D1730400

27

L'ONGLE

DANS LA MÊME COLLECTION

Traumatic brachial plexus injuries (n° 22), sous la direction de J.Y. Alnot. Paris, Expansion Scientifique Française, 1996.

La main et le poignet rhumatoïdes (n° 23), sous la direction de Y. Allieu. Paris, Expansion Scientifique Française, 1996.

The rheumatoid hand and wrist. Surgical treatment, medical treatment, physiotherapy and rehabilitation (n° 24), sous la direction de Y. Allieu. Paris, Expansion Scientifique Publications, 1998.

Infections de la main (n° 25), sous la direction de M. Ébelin. Paris, Expansion Scientifique Publications, 1998.

Réadaptation de la main (n° 26), sous la direction de D. Sassoon et M. Romain. Paris, Expansion Scientifique Publications. Membre d'Elsevier Science, 1999.

MONOGRAPHIE
DE LA SOCIÉTÉ FRANÇAISE DE CHIRURGIE DE LA MAIN (GEM)

27

L'ONGLE

sous la direction de

C. DUMONTIER

avec la participation de

P. ABIMELEC, J. ANDRÉ, T. ARDOUIN, R. BARAN, J. BITTOUN, F. BRUNELLI,
G. CANDELIER, F. CHAISE, F. DAP, P. DESCAMPS, Z. DAILIANA,
A. DIDIERJEAN-PILLET, J.L. DRAPÉ, G. FOUCHER, E. GASTON,
A. GILBERT, S. GUÉRO, E. HANEKE, R. LEGRÉ, J.P. LEMERLE,
D. LE VIET, G. PAJARDI, C. PERRIN, J. PILLET, P. POIRIER, B. RICHERT,
M. SANGUINA, U. SASS, A. SAUTET, F. SCHERNBERG, G.H. SHEPARD, G. TILLES,
R. TUBIANA, P. VALENTI, J.R. WERTHER

ELSEVIER

Amsterdam, Lausanne, New York, Oxford, Paris, Shannon, Tokyo

Membre d'Elsevier Science

Imprimé en France par Corlet Imprimeur SA, 14110 Condé-sur-Noireau
N° d'Imprimeur : 45961 - Dépôt légal: mai 2000 - ISBN 2-84299-193-1 - ISSN 1292-3702

L'ONGLE

Table des matières

TECHNIQUES CHIRURGICALES

L'ONGLE CONGÉNITAL

TRAUMATOLOGIE UNGUÉALE ET SÉQUELLES

LÉSIONS NON TRAUMATIQUES

TUMEURS DE L'APPAREIL UNGUÉAL

Introduction

C. DUMONTIER

L'ongle ! Un appendice si distal justifierait-il un livre ? La précédente monographie a connu un grand succès qui démontre l'intérêt des praticiens pour ce thème. L'avancée des techniques et des connaissances justifiait une nouvelle édition. L'organisation de cet ouvrage m'a été confiée par le bureau de la Société française de chirurgie de la main et je les remercie de leur confiance.

Je tiens tout particulièrement à remercier Philippe Abimelec qui m'a assisté pour le choix des chapitres et des auteurs. Dermatologue spécialisé en pathologie unguéale, ses connaissances du sujet sont très étendues. Nous travaillons ensemble depuis cinq ans et il m'a beaucoup appris sur la pathologie des ongles, y compris au bloc opératoire.

Cet ouvrage s'adresse avant tout aux chirurgiens. Philippe Abimelec m'a aidé à choisir les meilleurs dermatologues européens, spécialisés en pathologie unguéale. Car l'ongle n'est pas un domaine réservé aux chirurgiens ou aux dermatologues. En effet, la plupart des médecins connaissent peu ou mal l'onychologie, malgré les efforts de Robert Baran qui a mis en lumière un appendice délaissé et a fait beaucoup progressé les connaissances sur ce sujet. Ses traités sur l'unité unguéale servent de référence dans le monde entier. L'ongle se situe aux confins de nombreuses spécialités et un travail d'équipe est indispensable à une prise en charge optimale des patients. Cet ouvrage est pour moi l'occasion de montrer au lecteur la complémentarité des différentes disciplines médicales au service de l'appareil unguéal. Les dermatologues spécialisés nous aident pour l'approche diagnostique, le choix des laboratoires d'analyse mycologique ou dermato-pathologique, les techniques de biopsies, la prise en charge médicamenteuse et la cosmétologie unguéale. Grâce aux nouvelles antennes de surface, les radiologues peuvent préciser la localisation exacte des tumeurs. L'imagerie guide ainsi le chirurgien pour le choix optimal de sa voie d'abord afin de limiter le risque de séquelles. L'anatomopathologiste est parfois le seul à pouvoir faire un diagnostic exact mais son travail est souvent très difficile et tous n'ont pas la compétence requise. L'article de Christophe Perrin montre bien les difficultés d'analyse des prélèvements opératoires et il donne de précieux conseils pour améliorer la qualité de nos prélèvements.

Les autres chapitres, de techniques ou de pathologies chirurgicales, ont été rédigés par des collègues chirurgiens dont l'expérience et le sérieux sont unanimement reconnus. Chacun d'entre nous, et les médecins également, pourra profiter de cette expérience étayée par une grande connaissance de la littérature.

Pour la rédaction de cette monographie, le bureau de la Société française a décidé de faire appel préférentiellement à des auteurs français ou européens. Il y a néanmoins un article nord-américain, celui de Glenn Shepard. En effet, personne ne possède une telle expérience de la greffe de lit d'ongle dans la reconstruction de l'appareil unguéal !

J'ai été impressionné par la qualité des articles qui forment un recueil unique et sans équivalent. J'espère que les lecteurs et le bureau de la Société française de chirurgie de la main partageront mon enthousiasme. Je sais que c'est aussi le vœu de tous les auteurs que je remercie ici pour leur disponibilité et la qualité de leur travail.

Un bref rappel historique dermatologique et chirurgical de la pathologie unguéale

C. DUMONTIER, G. TILLES

INTRODUCTION

Situés sur la face sociale de la main et soumis à de nombreux traumatismes, les ongles sont pourtant longtemps restés les parents pauvres de la médecine et de la chirurgie. Quasiment inconnus des traités de médecine grecque et romaine, sans même une divinité qui leur fut consacrée ! Au XIIᵉ-XIVᵉ siècle on considérait que leur croissance était liée à l'attraction des astres (*in* : Bean, 1980). Au XVIIIᵉ siècle, l'ongle était considéré comme une arme vestigiale qui ne servait plus « qu'à se défendre contre les petites bêtes qui habitent sur notre corps » (Zook *et al.,* 1980) ; et pourtant nombreuses sont les « légendes » se rapportant à l'ongle (pour trouver un mari, lire l'avenir, se protéger du diable ou l'attirer,…) (Baran, 1998).

L'ongle et sa pathologie sont cependant notés depuis l'Antiquité, même s'ils n'occupent pas une place prépondérante dans les traités de médecine. Rayer cite ainsi Celse (53 avant J.-C.), et Galien (vers 131-vers 201) (Rayer, 1835). L'hippocratisme digital avait été noté… par Hippocrate (vers 460 - vers 377 avant J.-C.) ! Mais l'accumulation des faits cliniques fut assez lente, mélangée fréquemment à un certain charlatanisme, et les anomalies furent notées par des disciplines qui ne communiquaient pas beaucoup entre elles (Crissey et Parish, 1990). Il faut dire que l'ongle pose de difficiles problèmes ; sa présentation clinique est limitée mais recouvre un vaste champ de pathologies ; sa biopsie est difficile,…

La pathologie unguéale fait maintenant partie de la plupart des traités de dermatologie, signifiant ainsi l'intérêt des dermatologistes pour les maladies de ces annexes cutanées et cet intérêt est aussi ancien que la dermatologie elle-même. En effet, dès la naissance de la dermatologie en tant que discipline individualisée, les auteurs d'ouvrages consacrés aux maladies de la peau accordèrent à l'ongle une attention particulière et c'est grâce à eux que nos connaissances ont progressé. La dermatologie, en tant que discipline médicale permettant de faire un diagnostic de maladie de la peau, naquit à la fin du XVIIIᵉ siècle (Crissey et Parish, 1989 ; Tilles, 1989). C'est en effet dans un ouvrage rédigé en 1776 par un chirurgien accoucheur, Joseph Jacob Plenck, que se trouve la première description de la méthode dite des lésions élémentaires qui, pour la première fois, permettait à un médecin d'approcher avec un peu de rigueur le diagnostic (Plenck, 1776). Grâce à cette méthode, Plenck divisait les maladies de la peau en 14 classes dont 11 d'entre elles étaient entièrement fondées sur la reconnaissance de la lésion élémentaire des maladies. Toutefois, à côté de ce classement morphologique. Plenck retenait les maladies des cheveux et des ongles comme faisant clairement partie du domaine de la dermatologie.

Plenck proposa une approche essentiellement morphologique de la pathologie unguéale *(morbi unguium),* réduite à quelques caractères peu nombreux mais d'observation relativement simple. Il reconnaissait ainsi les taches unguéales, les déformations en griffe, les fissurations unguéales, les teignes de l'ongle, les ongles mous, le ptérygium, les ongles incurvés et les ongles déformés. Les descriptions occupent quelques lignes, les hypothèses étiologiques sont évidemment fragmentaires et la thérapeutique sommaire (Plenck, 1776).

Quelques années plus tard, c'est à Robert Willan, médecin anglais, de perfectionner le travail de Plenck et surtout de décrire quelques maladies cutanées de manière reconnaissable. Parmi elles, il décrivit le psoriasis et notamment ses formes unguéales dont il indiquait qu'elles pouvaient survenir de façon isolée mais plus souvent associées aux localisations habituelles des coudes et des genoux. Il décrivait également l'aspect jaunâtre, parfois rugueux et épaissi, des ongles psoriasiques (Willan, 1808).

En France, l'École dermatologique prit naissance avec l'arrivée à Saint-Louis en 1801 de Jean-Louis Alibert, probablement le premier à enseigner la clinique dermatologique et ainsi à instaurer des relations durables et privilégiées entre la dermatologie et l'hôpital Saint-Louis. Plutôt opposé à une conception purement morphologique de la dermatologie, Alibert privilégiait une approche physiopathologique et étiologique des maladies, nécessairement vouée à l'échec dans le contexte des connaissances et des moyens d'investigation de l'époque. Inventeur d'un vocabulaire dermatologique fortement teinté de racines grecques, il considérait les affections des ongles comme un groupe disparate encore mal compris, les rangeant ainsi dans les « dermatoses hétéromorphes, où les faits demeurent en réserve » (Alibert, 1835) et les regroupant sous le terme d'onygose, « affection caractérisée par l'état phlegmasique de la matrice des ongles, par la douleur, par la rubéfaction et la tuméfaction de la partie affectée avec déformation, induration ou altération quelconque de la substance unguiculaire » (Alibert, 1835). Il isolait quatre grandes maladies unguéales : l'onygose aiguë dans laquelle on peut identifier un périonyxis infectieux, l'onygose chronique observée au cours de multiples dermatoses (lèpre, syphilis, teigne…), l'onygose incarnée, l'onygose par difformité.

À Paris, alors qu'Alibert obscurcissait la nosologie dermatologique, d'autres médecins dermatologues de Saint-Louis adoptaient les principes de Willan et s'efforçaient de développer la clinique dermatologique. À l'hôpital de la Charité, Rayer, également willaniste, manifestait une attention particulière pour les maladies des ongles. Il publia ainsi dans un superbe atlas une planche consacrée à la représentation des onychopathies, probablement la première, au moins dans un ouvrage de dermatologie. Il y présentait des gravures d'onychomycose, d'onychogriphose, de verrues unguéales et de déformations des ongles (Rayer, 1835). Rayer parle notamment des ongles incarnés, terme qu'il reprend de Monteggia, et dont il signale à cette occasion qu'ils surviennent lors du port de chaussures trop serrées. L'ongle incarné semble connu depuis le Moyen Âge car Rayer rapporte les propositions thérapeutiques d'Albucasis, de Paul d'Égine (VIIᵉ siècle) et d'Ambroise Paré (vers 1509-1590), dont les techniques sont très proches de celles que nous utilisons… (Rayer, 1835).

En Grande-Bretagne, Wilson, dans son traité des maladies de la peau, consacrait un court chapitre à la pathologie unguéale (Wilson, 1863). Il considérait la pathologie unguéale comme pouvant être divisée en trois grands groupes : les maladies péri-unguéales, les maladies du développement de l'ongle et les maladies de la matrice unguéale.

De fait, à partir des années 1860-1870, la pathologie unguéale, devenue partie intégrante des traités de dermatologie, bénéficiant des mêmes attentions descriptives que les maladies de la peau, commença même à faire l'objet de thèses de médecine, telle celle de Louis Ancel.

Ancel fut sans doute ainsi un des premiers auteurs à consacrer sa thèse à la pathologie unguéale. Il classait les maladies des ongles en altérations de cause interne (eczéma, psoriasis, syphilis, tuberculose, fièvres), de cause externe (dermatophyties, ongles incarnés, professionnelles) et difformités (congénitales, accidentelles). Parmi les altérations de cause interne, on remarquera ce qu'on considère comme la description princeps du psoriasis unguéal en dé à coudre soulignant « l'état pointillé de la lame unguéale (…) ce sont de petites dépressions d'abord peu nombreuses et atteignant à peine le volume de la tête d'une épingle (…) elles représentent de véritables desquamations ou pertes de substance très superficielles de la lame cornée » (Ancel, 1868).

En 1878, Jonathan Hutchinson décrivait l'atteinte unguéale du pityriasis rubra pilaire qu'il considérait comme particulièrement fréquente (Hutchinson, 1878). En 1899, Dubreuilh, dermatologue bordelais, décrivait l'atteinte unguéale au cours du lichen plan auparavant décrit par Erasmus Wilson à Londres (Dubreuilh, 1899).

Brocq, comme la plupart des auteurs, établissait une distinction nosologique entre les maladies unguéales de cause externe au sens large et les maladies au cours desquelles l'atteinte unguéale faisait partie d'un ensemble symptomatique plus étendu (Brocq, 1907). Parmi les causes externes, Brocq retenait les traumatismes, les maladies professionnelles, les infections bactériennes, mycosiques et parasitaires.

En fait, c'est en 1900 que naquit la dermatologie unguéale avec la publication du traité de Heller, premier ouvrage, à notre connaissance, exclusivement consacré aux maladies des ongles (Heller, 1900). Après une étude assez détaillée de l'anatomie et de la physiologie de l'ongle, Heller consacrait quelque 200 pages à la description des maladies unguéales qu'il considérait, comme la plupart des auteurs, comme pouvant soit évoluer au sein d'une maladie cutanée ou générale, soit évoluer comme une atteinte unguéale isolée et autonome. Fait notable, l'ouvrage de Heller comportait un chapitre d'histopathologie unguéale dans lequel, après avoir décrit les techniques histologiques propres à l'ongle, il développait quelques aspects histopathologiques observés notamment au cours des ichtyoses, de l'eczéma, des gangrènes diabétiques, des trichophyties unguéales. Heller résumera une vie consacrée à l'ongle dans un chapitre fameux du grand livre allemand de dermatologie du début du siècle (Heller, 1927).

Le traité de Heller fit école et tous les grands traités de dermatologie s'attachèrent alors à préciser la pathologie unguéale. Ainsi, par exemple, en France, Milian dans la *Nouvelle pratique dermatologique,* décrivait une véritable sémiologie et nosologie unguéale où il distinguait les lésions de l'ongle proprement dit (les taches, les érosions, les raies transversales, l'atrophie, l'hypertrophie), les lésions de la matrice unguéale qu'il nomme périonyxis, l'onychogryphose et l'onychophagie (Milian, 1936). Au chapitre pathologie il retient les altérations traumatiques, les infections (mycoses, tuberculose, syphilis, gale, streptococcies), les altérations observées au cours des intoxications (arsenicisme, saturnisme…), les atteintes unguéales au cours d'autres pathologies cutanées (eczéma, lichen, psoriasis), les troubles trophiques unguéaux, les tumeurs unguéales, les affections congénitales de l'ongle.

Mais les travaux du XIXᵉ siècle restaient méconnus, car en 1954, Lewis se « plaignait » qu'il n'existât qu'un livre, et deux chapitres dans un autre ouvrage, qui soient consacrés à la pathologie de l'ongle (Heller, 1927 ; Pardo-Castello, 1941 ; Pinkus, 1927). En fait, d'autres travaux concernaient l'ongle, même s'ils étaient peu nombreux (Berthold, 1850 ; Burrows, 1919 ; Gilchrest et Buxton, 1939 ; Halban et Spitzer, 1929 ; Head et Sherren, 1905 ; Krantz, 1932 ; Lovibond, 1938 ; Mitchell, 1871 ; Sheehan, 1938 ; Unna, 1883). Ce sont moins les travaux sur l'ongle qui manquent que l'intérêt que l'on porte à cet organe. Crissey et Parish, dans leur étude historiographique, ont signalé que dans les ouvrages anciens les feuilles consacrées à l'ongle n'étaient le plus souvent pas annotées, voire pas décollées (Crissey et Parish, 1990).

L'absence apparente d'intérêt des chirurgiens pour l'ongle tient essentiellement à notre méconnaissance de sa physiopathologie. L'ongle est un phanère qui n'est présent que chez les primates, et qui ne peut être complètement comparé aux sabots des ongulés ou aux griffes des félins. Pour des raisons éthiques, pratiques et économiques, les expérimentations animales de physiologie unguéale sont restées très rares. Zaias en 1965, puis Hashimoto en 1971, ont mis en évidence le rôle des différentes structures dans la production de l'ongle et l'importance de l'orientation du lit unguéal dans la forme de l'ongle (Hashimoto, 1971 ; Zaias, 1965 ; Zaias et Alvarez, 1968). Les travaux d'Hashimoto, publiés initialement en japonais, sont surtout connus des chirurgiens par l'intermédiaire de Tajima (Tajima, 1974). Ces travaux expérimentaux n'ont été repris, à notre connaissance, que par Shepard (Shepard, 1983 ; Shepard, 1990). L'autre limite importante à la diffusion de la chirurgie unguéale est liée à la petite taille de cet organe qui a limité les travaux anatomiques. Enfin, comme il faut au moins un an pour juger des résultats, la plupart des patients sont perdus de vue et si les techniques proposées ont été nombreuses, les séries publiées sont rares, ce qui ne favorise ni la comparaison des résultats ni la diffusion des techniques.

LES DÉCOUVERTES ANATOMIQUES

La description de la tablette unguéale est aussi ancienne que l'anatomie. Les descriptions plus précises datent des dissections du début du XIXᵉ siècle mais cet organe était grossièrement décrit, même si Bichat y consacre 15 pages dans son traité d'anatomie générale (Postel-Vinay, 1998). Astley Cooper, à la fin du XVIIIᵉ siècle, pensait que l'ongle était issu d'une glande unguéale richement vascularisée

(*in :* Crissey et Parish, 1990) ! Le XIXᵉ siècle est celui de l'anatomopathologie et avec elle les premiers travaux sur l'histologie unguéale avec Kölliker, Virchow,… (Crissey et Parish, 1990). Curtis publie en 1889 un rapport considérable sur le développement de l'ongle chez le fœtus et reprend l'ensemble des travaux publiés avant lui (Curtis, 1889). C'est Unna qui définit le terme éponychium dans un traité « complet » de la peau (Unna, 1883). Kölliker (1888) en Allemagne dans un traité d'embryologie, Arloing (1880) et Retterer (1885) dans des thèses de sciences, d'embryologie ou de dermatologie évoquent l'embryologie de l'ongle (*in :* Curtis, 1889). D'autres recherches menées par Henlé (1884), Biesadecki (1872), Renaut et Brooke (1883) portent également sur l'embryologie unguéale. Henlé décrit le premier apparemment les crêtes et les sillons que l'on observe dans le lit unguéal, observation reprise par Curtis (Curtis, 1889 ; Henlé, 1884). Nous nous attacherons surtout, dans ce chapitre, aux descriptions plus spécifiques et plus récentes de l'ongle ayant des implications chirurgicales.

Les structures fibreuses péri-unguéales

Connues mais mal détaillées par les travaux anatomiques des siècles passés, les structures fibreuses péri-unguéales n'ont été précisées que récemment. C'est à Flint, en 1955, que l'on doit la description du ligament interosseux, sur lequel s'insèrent les fibres terminales des tendons extenseurs et fléchisseurs et qui protège les vaisseaux à destinée unguéale issus de la pulpe (Flint, 1955 ; Stack, 1958). Les cloisons pulpaires sont mieux connues par les travaux de Wilkinson, confirmés par ceux de Shrewsbury (Shrewsbury et Johnson, 1975 ; Wilkinson, 1951). Plus récemment, Guéro a mis en évidence un ligament matrico-phalangien qui stabilise la matrice sur la phalange et intervient, peut-être, dans certaines conditions pathologiques (déviation congénitale des orteils, maladie de Dupuytren,…) (Guéro *et al.,* 1994).

La vascularisation de l'ongle

Bien qu'issues en partie des travaux des anatomistes du XIXᵉ siècle, nos connaissances précises sur la vascularisation artérielle de l'appareil unguéal reposent sur les travaux de Flint, publiés en 1955, et, du pied, sur ceux de Samman (Flint, 1955 ; Samman, 1959). Les travaux les plus récents n'ont fait que confirmer les travaux initiaux (Brunelli et Brunelli, 1991 ; Schernberg et Amiel, 1985 ; Smith *et al.,* 1991 ; Zook, 1981). L'étude de la microvascularisation a confirmé la richesse vasculaire de l'appareil unguéal, même si les différentes structures ont des vascularisations « spécialisées » (Pardo-Castello, 1941 ; Wolfram-Gabel et Sick, 1995). Si l'anatomie artérielle est assez bien systématisée, la systématisation veineuse semble impossible à définir et ce n'est qu'à partir de l'interphalangienne distale que l'on retrouve constamment une veine qu'on peut individualiser (Moss *et al.,* 1985 ; Smith *et al.,* 1991 ; Zook, 1981).

L'innervation unguéale

Elle est mal connue, non systématisée, et n'a pas réellement, à notre connaissance, été étudiée au-delà de la trifurcation du nerf collatéral.

RAPPEL DES TRAVAUX HISTOLOGIQUES ET PHYSIOLOGIQUES

Histologie et embryologie de l'appareil unguéal

Les chirurgiens connaissent l'histologie unguéale par les publications de Zook qui a repris les travaux de Lewis (Lewis, 1954). Celui-ci a, pour sa thèse de science, étudié 45 appareils unguéaux dont 23 chez le fœtus. À cette occasion, il avait fait une revue très complète de la littérature, retrouvant 13 articles, dont 9 en allemand, sur l'étude anatomique ou microscopique de l'appareil unguéal entre 1849 et 1940 (*in :* Lewis, 1954). Lewis soulignait qu'encore à son époque les imprécisions étaient fréquentes et liées aux difficultés de dissection et de préparation histologique de l'appareil unguéal. Les travaux de Lewis retrouvant trois zones de production d'ongle ont, en partie, été confirmés par Hashimoto en 1966 qui a montré que, chez le fœtus, la formation initiale de la tablette dépendait des zones ventrales, apicales et dorsales (Hashimoto *et al.,* 1966).

Le rôle de l'ongle et sa physiologie

Le rôle physiologique du lit unguéal reste encore maintenant un objet de controverse. L'inclusion dans la tablette des hématomes sous-unguéaux de petite taille avait fait envisager la participation du lit à la production de la tablette (Pinkus, 1927). Cette notion a été récusée par d'autres travaux, notamment ceux de Samman et de Zaias (Samman, 1959 ; Zaias, 1965 ; Zaias et Alvarez, 1968) (voir chapitre sur la physiologie unguéale).

Le rôle de contre-appui de l'ongle, qui augmente la sensibilité pulpaire, a été reconnu très tôt par Shoemaker qui, en 1890, a publié le «premier papier» sur la chirurgie de l'ongle (Shoemaker, 1890). D'autres auteurs ont confirmé qu'il est impossible, ou très difficile, de boutonner une chemise avec un doigt dépourvu de tablette (Iselin *et al.,* 1963 ; McCash, 1956 ; Pardo-Castello, 1941). La richesse vasculaire de l'ongle a fait supposer qu'il participait à la régulation thermique (Pardo-Castello, 1941).

La croissance unguéale est encore un sujet d'étude, car malgré de nombreux travaux, l'usure spontanée liée au frottement gêne l'appréciation exacte de la vitesse de pousse et de ses variations (Bean, 1980). Cette croissance avait été étudiée dès 1684 par Robert Boyle puis en 1741 par Haller qui avait calculé qu'il fallait trois mois à

l'ongle pour pousser de la cuticule au bord libre (*in :* Crissey et Parish, 1990). Les premiers travaux «scientifiques» datent du siècle dernier ou du début de ce siècle (Berthold, 1850 ; Le Gros Clark et Buxton, 1938 ; Pardo-Castello, 1941 ; Unna, 1883). C'est dans une étude de la croissance unguéale que Joseph Honoré Simon Beau décrit en 1846 le sillon transversal qui porte son nom (Beau, 1846).

Notre connaissance de la régénération de l'ongle après un traumatisme repose sur un cas clinique, et un seul !, de Baden qui s'était écrasé le doigt et a observé soigneusement l'évolution de sa croissance unguéale (Baden, 1965).

La place respective des replis et du lit unguéal dans la forme de la tablette est débattue depuis plus d'un siècle, mais reste discutée et mal comprise (Biesiadecki, 1872, cité *in :* Baran, 1981 ; Hashimoto, 1971 ; Kligman, 1961 ; Zaias et Alvarez, 1968).

L'ongle et la pathologie mycosique

Les premières conceptions étiologiques solides en matière de pathologie unguéale concernent vraisemblablement les onychopathies mycosiques. Déjà, Alibert faisait remarquer au chapitre des « dermatoses teigneuses » la possibilité d'atteintes unguéales au cours des teignes du cuir chevelu. Quelques années plus tard, les frères Mahon qui, bien que non médecins, bénéficiaient d'une concession pour le traitement des teignes à Saint-Louis observèrent l'atteinte unguéale provoquée par le favus considérant l'altération des ongles comme une auto-inoculation secondaire au prurit (Mahon, 1829).

Puis Bazin, à Saint-Louis, précisa les altérations morphologiques accompagnant le favus : «parmi les phénomènes qui annoncent la germination du parasite, on doit signaler surtout l'épaississement de la lame cornée unguéale ; en même temps, on aperçoit par transparence une matière sale brunâtre. Bientôt l'ongle jaunit, se flétrit dans une partie de son étendue ; les stries longitudinales deviennent plus apparentes (…). Assez souvent, des renflements, des nodosités se forment (…). Après un temps ordinairement assez long, la perforation de l'ongle est complète» (Bazin, 1862).

Besnier et Doyon complétèrent la description de l'ongle favique, «l'onychomycose favique pouvant être partielle sous forme de taches jaune maïs, fissuraires ou érodées ou généralisées occupant l'ongle tout entier qui devient épais, strié longitudinalement en moelle de jonc» (Besnier et Doyon, 1891).

Plus tard, Sabouraud, chef du laboratoire des teignes de la Ville de Paris à l'hôpital Saint-Louis, apporta la contribution essentielle du laboratoire en décrivant la méthode de recherche des filaments mycéliens qui assure le diagnostic du favus (Sabouraud, 1905).

De même que les teignes occupaient une part importante des traités de dermatologie du XIXe et du début du XXe siècle, la syphilis était alors pour les dermatologues un autre sujet de préoccupation quotidienne. Alfred Fournier, premier professeur de clinique des maladies cutanées et syphilitiques à la faculté de médecine de Paris, décrivait les altérations unguéales observées au cours de la syphilis secondaire et tertiaire : ongle craquelé ou déchiqueté qui s'étoile, s'écaille, s'exfolie, se brésille, décollement de l'ongle, chute de l'ongle, pachyonyxis (épaississement de la lamelle unguéale), elconyxis (ulcération de l'ongle), périnonyxis sec, inflammatoire (tourniole syphilitique) ou ulcéreux (Fournier, 1899).

L'imagerie de l'appareil unguéal

Elle s'est longtemps limitée à la transillumination, à l'emploi de lumières particulières et surtout aux radiographies standards. L'échographie a été introduite récemment mais reste peu usitée, même si l'emploi de nouvelles sondes pourrait avoir un intérêt dans l'étude de la structure de la tablette elle-même (Finlay *et al.*, 1987 ; Fornage, 1988). L'artériographie, proposée dans l'étude des tumeurs unguéales, notamment le diagnostic des tumeurs glomiques et des ostéomes ostéoïdes, a été supplantée par le scanner et plus récemment par l'imagerie par résonance magnétique (IRM). Pour des raisons techniques, l'IRM est encore peu utilisée mais c'est manifestement une technique d'avenir pour l'étude de l'appareil unguéal et le lecteur est renvoyé au chapitre très complet sur l'imagerie dans cette monographie.

HISTORIQUE DES TECHNIQUES CHIRURGICALES

Bien que les connaissances anatomiques et physiologiques aient été fragmentaires, cela n'a pas empêché les chirurgiens du début du siècle d'« inventer » des techniques chirurgicales qui restent d'actualité. Les travaux restent cependant peu nombreux avant les années 1980. L'exposition de la tablette par deux contre-incisions placées à l'angle entre les replis latéraux et le repli proximal a été proposée par Kanavel dans les années 1920. La classification des lésions traumatiques actuellement utilisée a été proposée par Kleinert (Ashbell *et al.*, 1967).

Le remplacement de la tablette

Étant donné son rôle physiologique, plusieurs auteurs ont insisté sur la reposition et/ou le remplacement d'une tablette traumatisée. Elle était utilisée, après l'avoir percée, pour servir d'attelle et de pansement (Douglas, 1948 ; Flatt, 1955 ; Horner et Cohen, 1966 ; Iselin *et al.*, 1963 ; Schiller, 1957). McCash avait proposé une fixation transosseuse, qui a été rapidement abandonnée pour une fixation latérale (Iselin *et al.*, 1963 ; McCash, 1956). Lorsqu'elle était absente, une tablette était prélevée soit sur un autre doigt (Recht, 1976), soit sur un cadavre (Iselin *et al.*, 1963), voire remplacée par une pièce de

métal (Swanker, 1947) ou même un ongle artificiel en Celluloïd (Douglas, 1948). Enfin, lorsque la tablette était sectionnée ou fendue, une suture a été proposée dès 1929 (Carter, 1929 ; Hamrick, 1946 ; Swanker, 1947). D'autres techniques de synthèse utilisant du ciment dentaire ou un haubanage ont ensuite été proposées (Foucher *et al.*, 1984 ; Matthews, 1982). Initialement, ces sutures unguéales résumaient le traitement des lésions du lit et/ou de la matrice.

L'hématome sous-unguéal

Il est connu depuis toujours. Les premières publications modernes concernant son traitement datent des années 1950, avec l'« apparition » d'une technique simple et peu morbide, le trombone chauffé sur une burette d'alcool (Schiller, 1957).

La reconstruction des replis unguéaux

Les techniques décrites font appel à des lambeaux locaux pris au hasard et ils ont été proposés dans le traitement des séquelles de brûlure du repli proximal. Les premiers lambeaux décrits datent des années 1970 (Ashbell *et al.*, 1967 ; Barfod, 1972 ; Hayes, 1974).

Les sutures du lit unguéal et de la matrice

La cicatrisation dirigée des lésions unguéales a longtemps été la règle, même après les premières propositions de suture des lésions du lit (Allen, 1980 ; Iselin *et al.*, 1963 ; Matthews, 1982 ; Shoemaker, 1890 ; Verdan et Egloff, 1981). Les premières sutures de lit unguéal ont été proposées par Hamrick dès 1946, qui suturait le lit de l'ongle et la tablette dans les hémi-amputations dorsales avec apparemment de bons résultats (Hamrick, 1946). Malgré quelques publications isolées, c'est Kleinert qui en 1967 proposera une conduite à tenir cohérente face aux lésions simples du lit unguéal (Ashbell *et al.*, 1967 ; Horner et Cohen, 1966).

Les sutures matricielles ont été proposées dès 1929 (Carter, 1929). Carter proposait déjà de faire glisser les tissus lorsqu'existe une perte de substance, ce qui a conduit plus récemment à la description des lambeaux locaux de matrice (Johnson, 1971 ; Schernberg et Amiel, 1985).

Les greffes de lit

La greffe de lit unguéal, par reposition de la tablette lorsque le fragment est encore adhérent, a été proposée initialement par Swanker dès 1947 et repris depuis (Iselin *et al.*, 1963 ; Schiller, 1957 ; Swanker, 1947). Lorsque le fragment n'est pas disponible, la cicatrisation dirigée, initialement proposée, a rapidement été considérée comme insuffisante (Buncke et Gonzalez, 1962 ; Flatt, 1955 ; Horner et Cohen, 1966 ; Tajima, 1974). Ont alors été proposées des greffes de peau (Buncke et Gonzalez,

1962; Flatt, 1955; Hanrahan, 1946; Horner et Cohen, 1966), des greffes dermiques (Ashbell *et al.*, 1967) et des greffes dermiques inversées (Clayburgh *et al.*, 1983), qui toutes ont été abandonnées depuis les travaux de Saito et Shepard sur les greffes de lit unguéal (Saito *et al.*, 1983; Shepard, 1983). Les greffes de lit ou de matrice avaient déjà été utilisées auparavant; Brown, en 1938, était « déjà » déçu des résultats des greffes partielles de lit d'ongle qu'il avait effectuées (Brown, 1938). Les greffes épaisses de lit unguéal, qui supposent le sacrifice d'un doigt donneur, avaient été proposées par Swanker, Berson et McCash avant d'être reprises par Saito (Berson, 1950; McCash, 1956; Swanker, 1947). Quant au travail de Beasley, en 1969, qui utilisait des greffes de lit unguéal dans la reconstruction des amputations distales des doigts, il est passé inaperçu (Beasley, 1969).

Les greffes de matrice ou d'appareil unguéal

L'apparition d'ongles ectopiques après un traumatisme digital, qui avaient apparemment conduit à des équivalents de greffe de matrice, est connue depuis 1912, ce qui a donné l'idée des greffes de matrice.

En 1929, Sheehan a été le premier à faire une greffe composite en prélevant la moitié d'un complexe unguéal (matrice+lit), suivi en cela par Ko, puis d'autres auteurs comme Rivas et Tucillo (1947), Rupin (1949) (Berson, 1950; Ko, 1936; Sheehan, 1929; Swanker, 1947). McCash a, en 1956, fait un travail très complet résumant alors les connaissances de l'époque sur les greffes de matrice; les greffes de matrice isolées, fines ou épaisses, et les greffes matrice+lit donnaient régulièrement de mauvais résultats (McCash, 1956). Les greffes composites appareil unguéal+replis donnaient environ 50 % de bons résultats (McCash, 1956). La greffe complète d'un appareil unguéal avait été proposée à partir d'un orteil par Berson en 1950 dans une reconstruction d'index. La greffe semble avoir survécu (Berson, 1950).

La conservation d'une vascularisation matricielle semblant indispensable pour augmenter la fiabilité des greffes matricielles, les premières greffes vascularisées l'ont été à partir de doigts voisins traumatisés, selon le principe des lambeaux en îlot (Butler, 1964; Krishna et Pelly, 1982; Papavassiliou, 1969).

En pratique, seuls les transferts microchirurgicaux d'appareil unguéal sont actuellement utilisés pour apporter une matrice vascularisée qui produira une tablette unguéale et les premiers cas réalisés datent des années 1980 (Foucher *et al.*, 1980; Morrison, 1990).

Les réimplantations distales

La greffe composite non vascularisée du fragment pulpaire et de l'appareil unguéal a été la première technique rapportée (Brown, 1938). Les résultats ont continué d'être « encourageants » jusqu'aux années 1960 (Douglas, 1959; Schiller, 1957), puis ont rapidement fait place à une déception quasi constante et cette technique a été abandonnée (Beasley, 1969). Quelques variations techniques ont cependant été récemment rapportées qui amélioreraient sa fiabilité (Hirase, 1997; Rose *et al.*, 1989).

Quant la réimplantation n'est pas possible, la reposition-greffe de l'ensemble os et appareil unguéal avec couverture par un lambeau pulpaire d'avancement a été proposée par Mantero et la technique modifiée par Foucher (Foucher *et al.*, 1992; Mantero et Bertolotti, 1975). Les réimplantations distales microchirurgicales sont aussi anciennes que les premières réimplantations de doigts.

Les tumeurs de l'appareil unguéal

Nous renvoyons le lecteur au chapitre sur les tumeurs car il n'est pas possible, étant donné leur variété, de les citer toutes. La première description du mélanome unguéal (1830) est attribuée à Dubourg, un dermatologue français, mais c'est Hutchinson qui l'a redécrit et renommé (Hutchinson, 1857).

CONCLUSION

Comme Crissey et Parish, nous voudrions insister sur le fait que les travaux sur l'ongle et son environnement ne manquent pas; c'est l'envie ou le besoin de les lire qui fait défaut. Nous espérons que les lecteurs trouveront dans cet ouvrage l'envie de découvrir un organe fascinant dont la pathologie riche laisse encore une large place aux découvertes cliniques et/ou thérapeutiques.

RÉFÉRENCES

Alibert J.L. – *Monographies des dermatoses. In:* Germer-Baillières, Paris, 1835, pp. 709-718.

Allen M.J. – Conservative management of finger tip injuries in adults. *The Hand*, 1980, *12*, 257-265.

Ancel L. – *Des ongles au point de vue anatomique, physiologique et pathologique.* Thèse médecine, Paris, Delahaye, 1868.

Ashbell T.S., Kleinert H.E., Putcha S.M., Kutz J.E. – The deformed fingernail, a frequent result of failure to repair nail bed injuries. *J. Trauma.*, 1967, *7*, 177-190.

Baden H.P. – Regeneration of the nail. *Arch. Dermatol.*, 1965, *91*, 619-620.

Baran R. – Nail growth direction revisited. *J. Am. Acad. Dermatol.*, 1981, *4*, 78-84.

Baran R. – *Ongles et croyances.* Histoire de l'ongle, laboratoire Roche, pp. 2-6, 1998.

Barfod B. – Reconstruction of the nail fold. *The Hand*, 1972, *4*, 85-87.

Bazin E. – *Leçons théoriques et cliniques sur les affections cutanées parasitaires,* Paris, Delahaye, 1862.

Bean W.B. – Nail growth. Thirty five years of observation. *Arch. Intern. Med.,* 1980, *140,* 73-76.

Beasley R.W. – Reconstruction of amputated fingertips. *Plast. Reconstr. Surg.,* 1969, *44,* 349-352.

Beau J.H.S. – Note sur certains caractères de sémiologie rétrospective présentés par les ongles. *Arch. Gen. Med.,* 1846, *11,* 447.

Berson M.I. – Reconstruction of index finger with nail transplantation. *Surgery,* 1950, *27,* 594-599.

Berthold A.A. – Beobachtungen über das quantitative verhältniss des nägel-und haarbildung beil Menschen. *Arch. Anat. Physiol.,* 1850, 156-160.

Besnier E., Doyon A. – *In:* Kaposi M. (Eds): *Leçons sur les maladies de la peau,* pp. 775, Paris, Masson, 1891.

Brocq L. – *Traité élémentaire de dermatologie pratique comprenant les syphilides cutanées,* Doin, Paris, 1907.

Brown J.B. – The repair surface defects of the hand. *Ann. Surg.,* 1938, *107,* 952-971.

Brunelli F., Brunelli G. – Vascular anatomy of the distal phalanx. *In:* Foucher G. (Eds): *Fingertip and nailbed injuries,* pp. 1-9. Edinburgh, Churchill Livingstone, 1991.

Buncke H.J.J., Gonzalez R.I. – Fingernail reconstruction. *Plast. Reconstr. Surg.,* 1962, *30,* 452-461.

Burrows M.T. – The significance of the lunula of the nail. *Johns Hopkins Hosp. Rep.,* 1919, *18,* 357-361.

Butler B. – Ring-finger pollicization with transplantation of nail bed and matrix on a volar flap. *J. Bone Jt Surg. [Am.],* 1964, *46A,* 1069-1076.

Carter W.W. – Treatment for split fingernails. *JAMA,* 1929, *90,* 1619-1620.

Clayburgh R.H., Wood M.B., Cooney W.P. 3rd. – Nail bed repair and reconstruction by reverse dermal grafts. *J. Hand Surg. Am.,* 1983, *8,* 594-598.

Crissey J.T., Parish L.C. – Dermatology and syphilology of the 19th century, New York, Praeger, 1989.

Crissey J.T., Parish L.C. – Historical aspects of nail diseases. *In:* Scher R.K., Daniel C.R. (Eds): *Nails: therapy, diagnosis, surgery,* pp. 2-10. Philadelphia, WB Saunders, 1990.

Curtis F. – Sur le développement de l'ongle chez le fœtus humain jusqu'à la naissance. *J. Anat.,* 1889, *25,* 125-186.

Douglas B. – An operation to aid in the formation of new nail beds. *Plast. Reconstr. Surg.,* 1948, *3,* 451-453.

Douglas B. – Successful replacement of completely avulsed portions of fingers as composite grafts. *Plast. Reconstr. Surg.,* 1959, *23,* 213-225.

Dubreuilh W. – *Précis de dermatologie,* Paris, Doin, 1899.

Finlay A.Y., Moseley H., Duggan T.C. – Ultrasound transmission time: an in vivo guide to nail thickness. *Br. J. Dermatol.,* 1987, *117,* 765-770.

Flatt A.E. – Nail-bed injuries. *Br. J. Plast. Surg.,* 1955, *34.*

Flint M.H. – Some observations on the vascular supply of the nail bed and terminal segments of the finger. *Br. J. Plast. Surg.,* 1955, *8,* 186-195.

Fornage B.D. – Glomus tumours in the fingers: diagnosis with ultrasound. *Radiology,* 1988, *167,* 297-322.

Foucher G., Merle M., Maneau D., Michon J. – Microsurgical free partial toe transfer in hand reconstruction. *Plast. Reconstr. Surg.,* 1980, *65,* 616-621.

Foucher G., Braga Da Silva J., Boulas J. – La technique du lambeau-reposition dans les amputations distales des doigts. À propos d'une série de 21 cas. *Ann. Chir. Plast. Esthét.,* 1992, *37,* 438-442.

Foucher G., Merle M., Van Genechten F., Denuit P. – La synthèse unguéale. *Ann. Chir. Main,* 1984, *3,* 168-169.

Fournier A. – *Traité de la syphilis, Tome I, période primaire. période secondaire,* Paris, J. Rueff, 1899.

Gilchrest M.L., Buxton L.H.D. – The relation of finger-nail growth to nutritional status. *J. Anat.,* 1939, *73,* 575-582.

Guéro S., Guichard S., Fraitag S.R. – Ligamentary structure of the base of the nail. *Surg. Radiol. Anat.,* 1994, *16,* 47-52.

Halban J., Spitzer M.Z. – On the increased growth of nails in pregnancy. *Monatsschr. Gerburtsh. Gynak.,* 1929, *82,* 25.

Hamrick W.H. – Suture of the fingernail in crushing injuries. *U.S. Naval Med. Bull.,* 1946, *46,* 225-228.

Hanrahan E.M. – The split thickness skin graft as a cover following removal of a fingernail. *Surgery,* 1946, *20,* 398-400.

Hashimoto K., Gross B.G., Nelson R., Lever W. – The ultrastructure of the skin of human embryos: the formation of the nail in 16-18 weeks old embryos. *J. Invest. Dermatol.,* 1966, *47,* 205-217.

Hashimoto R. – Experimental study on histogenesis of the nail and its surrounding tissues. *Niigato Med. J.,* 1971, *82,* 254-260.

Hayes C.W. – One-stage nail fold reconstruction. *The Hand,* 1974, *6,* 74-75.

Head H., Sherren J. – Changes in the nail associated with nerve injuries. *Brain,* 1905, *28,* 263-275.

Heller J. – *Die Krankheiten der Nägel,* Berlin, August Hirschwald, 1900.

Heller J. – Die Kranheiten des Nägel. *In:* Jadassohn J. (Eds): *Handbuch der Haut- und Geschlechtskrankeiten.* Berlin, Springer Verlag, 1927.

Henlé. – Wachstum des menschen Nagels und Pferdehufs. *In:* Abhand I. Der König. Göttingen, *Gesellschaft der Wissensch.,* 1884.

Hirase Y. – Salvage of fingertip amputated at nail level: new surgical principles and treatments. *Ann. Plast. Surg.,* 1997, *38,* 151-157.

Horner R.L., Cohen B.I. – Injuries to the fingernail. *Rocky Mt. Med. J.,* 1966, *63,* 60-62.

Hutchinson J. – Melanotic whitlow. *Trans. Pathol. Soc.,* 1857, *8,* 404.

Hutchinson J. – On the nails and the diseases to which they are liable. *Med. Times,* 1878, 423-426.

Iselin M., Recht R., Bazin C. – La primauté de la conservation de l'ongle dans les écrasements de la pulpe. *Mem. Acad. Chir.,* 1963, *89,* 717-723.

Johnson R.K. – Nailplasty. *Plast. Reconstr. Surg.,* 1971, *47,* 275-276.

Kligman A.M. – Why do nails grow out instead of up? *Arch. Dermatol.,* 1961, *84,* 313-315.

Ko C. – Nail repair. *Taiwan Igakkai Zasshi,* 1936, *35,* 1072.

Krantz W. – Beitrag zur anatomie des nagels. *Dermatol. Zeitschr.,* 1932, *64,* 239-242.

Krishna B.V., Pelly A.D. – Nail relocation by nail flap in digital injuries. *Br. J. Plast. Surg.,* 1982, *35,* 53-57.

Le Gros Clark W.E., Buxton L.H.D. – Studies in nail growth. *Br. J. Dermatol.,* 1938, *50,* 221-235.

Lewis B.L. – Microscopic studies of fetal and mature nail and surrounding soft tissue. *Arch. Dermatol.,* 1954, *70,* 732-747.

Lovibond J.L. – Diagnosis of clubbed fingers. *Lancet,* 1938, 363.

Mahon M. Jr. – *Recherches sur le siège et la nature des teignes,* Paris, JB Baillière, 1829.

Mantero R., Bertolotti P. – Le cross finger et réimplantations des extrémités. *Ann. Chir.,* 1975, *29,* 1019-1023.

Matthews P. – A simple method for the treatment of finger tip injuries involving the nail bed. *Hand,* 1982, *14,* 30-32.

McCash C.R. – Free nail grafting. *Br. J. Plast. Surg.,* 1956, *8,* 19-33.

Milian G. – Les ongles. *In:* Darier, Sabouraud R., Gougerot, Milian G., Pautrier, Ravaut, Sezary (Eds): *Nouvelles pratiques dermatologiques,* pp. 275-325. Paris, Masson, 1936.

Mitchell S.W. – On the growth of nails as a prognostic indication in cerebral palsy. *Am. J. Med. Sci.,* 1871, *61,* 420-422.

Morrison W.A. – Microvascular nail transfer. *Hand Clin.,* 1990, *6,* 69-76.

Moss S.H., Schwartz K.S., von Drasek Ascher G., Ogden L.L. 2nd, Wheeler C.S., Lister G.D. – Digital venous anatomy. *J. Hand Surg. Am.,* 1985, *10,* 473-482.

Papavassiliou N.P. – Transplantation of the nail: a case report. *Br. J. Plast. Surg.,* 1969, *22,* 274-280.

Pardo-Castello V. – *Diseases of the nails, 2.* Springfield, Thomas C.C., 1941.

Pinkus F. – Der nagel. *In:* Jadassohn J. (Eds): *Handbuch der haut-und geschlechtskrankheiten,* pp. 267-289. Berlin, Springer Verlag, 1927.

Plenck J.J. – *Doctrina de morbis cutaneis,* ap. Rodolphum Graffer, Viennae, 1776.

Postel-Vinay N. – *L'ongle et l'anatomie de Bichat. Histoire de l'ongle,* laboratoire Roche, pp. 7-10, 1998.

Rayer P. – Altération des ongles et de leur matrice. *In:* Rayer P. (Eds): *Traité théorique et pratique des maladies de la peau,* pp. 746-772. Paris, JB Baillière, 1835.

Recht P. – Fingertip injuries and a plea for the nail. *J. Dermatol. Surg. Oncol.,* 1976, *2,* 327-238.

Rose E.H., Norris M.S., Kowalski T.A., Lucas A., Fleegler E.J. – The «cap» technique: nonmicrosurgical reattachment of fingertip amputations. *J. Hand Surg. Am.,* 1989, *14,* 513-518.

Sabouraud R. – *Manuel élémentaire de dermatologie topographique régionale,* Paris, Masson, 1905.

Saito H., Suzuki Y., Fujino K., Tajima T. – Free nail bed graft for treatment of nail bed injuries of the hand. *J. Hand Surg. Am.,* 1983, *8,* 171-178.

Samman P.D. – The human toe nail. Its genesis and blood supply. *Br. J. Dermatol.,* 1959, *71,* 296-302.

Schernberg F., Amiel M. – Étude anatomo-clinique d'un lambeau unguéal complet. *Ann. Chir. Plast. Esthét.,* 1985, *30,* 127-131.

Schiller C. – Nail replacement in finger tip injuries. *Plast. Reconstr. Surg.,* 1957, *19,* 521-530.

Sheehan J.E. – Replacement of thumb nail. *JAMA,* 1929, *92,* 1253-1255.

Sheehan J.E. – *In:* Sheehan J.E. (Eds): *A manual of reparative surgery,* pp. 279-281. New York, Paul. B. Hoeber, 1938.

Shepard G.H. – Treatment of nail bed avulsions with split-thickness nail bed grafts. *J. Hand Surg. Am.,* 1983, *8,* 49-54.

Shepard G.H. – Nail grafts for reconstruction. *Hand Clin.,* 1990, *6,* 79-102.

Shoemaker J.V. – Some notes on the nails. *JAMA,* 1890, *15,* 427-428.

Shrewsbury M.M., Johnson R.K. – The fascia of the distal phalanx. *J. Bone Jt Surg. [Am.],* 1975, *57-A,* 784-788.

Smith D.O., Oura C., Kimura C., Toshimori K. – Artery anatomy and tortuosity in the distal finger. *J. Hand Surg. Am.,* 1991, *16,* 297-302.

Stack H.G. – Some details of the anatomy of the terminal segment of the finger. *Acta Orthop. Belg.,* 1958, 113-116.

Swanker W.A. – Reconstructive surgery of the injured nail. *Am. J. Surg.,* 1947, *74,* 341-345.

Tajima T. – Treatment of open crushing type of industrial injuries of the hand and forearm: degloving, open circumferential, heat-press, and nail bed injuries. *J. Trauma,* 1974, *14,* 995-1011.

Tilles G. – *La naissance de la dermatologie,* Paris, Da Costa, 1989.

Unna P.G. – *Entwwichtlungsgeschichte und Anatomy. Handbuch der speciellen Pathologie und Therapie.* Leipzig, Ziemessen's, 1883.

Verdan C.E., Egloff D.V. – Fingertip injuries. *Surg. Clin. North Am.,* 1981, *61,* 237-266.

Wilkinson J.L. – The anatomy of an oblique proximal septum of the pulp space. *Br. J. Surg.,* 1951, *38,* 454-459.

Willan R. – *On cutaneous diseases,* J. Johnson, 1808.

Wilson E. – *On diseases of the skin,* London, John Churchill, 1863.

Wolfram-Gabel R., Sick H. – Vascular networks of the periphery of the fingernail. *J. Hand Surg. [Br],* 1995, *20,* 488-492.

Zaias N. – The regeneration of the primate nail studies of the squirrel monkey, Saimiri. *J. Invest. Dermatol.,* 1965, *44,* 107-117.

Zaias N., Alvarez J. – The formation of the primate nail plate: an autoradiographic study in squirrel monkey. *J. Invest. Dermatol.,* 1968, *51,* 120-136.

Zook E.G. – The perionychium: anatomy, physiology, and care of injuries. *Clin. Plast. Surg.,* 1981, *8,* 21-31.

Zook E.G., Van Beek A.L., Russell R.C., Beatty M.E. – Anatomy and physiology of the perionychium: a review of the literature and anatomic study. *J. Hand Surg. Am.,* 1980, *5,* 528-536.

Dénominations anatomiques

C. DUMONTIER

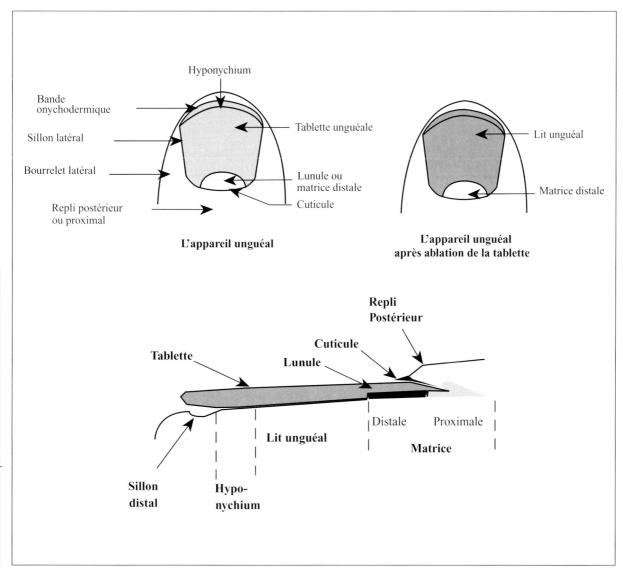

Anatomie chirurgicale de l'appareil unguéal

F. BRUNELLI, M. SANGUINA

INTRODUCTION

Chez l'homme, devenu *erectus* et plantigrade, l'évolution phylogénétique des phanères distaux des doigts et des orteils a perdu en partie la fonction agressive des griffes. L'ongle (du latin *unguis,* apparenté au grec *onux, onukhos*) est une tablette rectangulaire kératinisée à grand axe longitudinal aux doigts des mains et gros orteils et transversal aux autres orteils. Sa face supérieure est translucide, lisse et brillante. Sa face inférieure est intimement liée à la face dorsale des dernières phalanges.

Les ongles constituent pour l'homme le support distal de la pulpe ; ils protègent l'extrémité des doigts des traumatismes ; ils jouent un rôle important dans la sensibilité tactile de la pulpe, l'adaptant à la préhension des outils, à la reconnaissance et à la manipulation fine des petits objets. Dans la vie quotidienne, le rôle des ongles n'échappe à personne (grattage, valeur esthétique).

L'ongle normal n'est pas pigmenté, sauf dans les ethnies noires où la pigmentation se présente le plus souvent sous forme de stries, rarement diffuses, localisées plus particulièrement dans les couches profondes de la tablette.

EMBRYOLOGIE

Le développement embryologique de l'ongle débute sur la face dorsale de l'extrémité des doigts et des orteils au cours de la neuvième semaine de gestation et arrive à sa conformation définitive à la vingtième semaine.

L'aire unguéale primitive est la première à apparaître. De forme quadrangulaire, elle est constituée d'un épithélium épais limité en distal par un sillon transversal continu. Dès la onzième semaine commence la kératinisation en arrière du sillon. En distal, le stratus intermedium s'épaissit en crête distale qui deviendra hyponychium. À la treizième semaine, l'aire unguéale primitive s'invagine obliquement en bas et en arrière pour former le bourgeon unguéal primitif, ou matrix primordium, et une languette dermo-épidermique, le futur repli postérieur. La division de la matrix primordium en une double couche de cellules germinatives séparées par une couche de cellules du stratum intermedium donne deux lèvres, supérieure et inférieure.

La matrice unguéale, kératogène, se différencie aux dépens de la partie postérieure de la lèvre supérieure et de la totalité de la lèvre inférieure. Le processus débute dans la zone lunulaire, puis il gagne la région proximale.

La construction de la tablette unguéale s'effectue dans la zone kératogène, ou matrice unguéale. Elle comporte un triple processus : aplatissement des cellules basales de la matrice, fragmentation des noyaux et condensation du cytoplasme. Les cellules cornées, ainsi formées, adhèrent fortement entre elles.

À la vingtième semaine de gestation, l'ongle progresse d'arrière en avant pour dépasser la crête distale et former l'hyponychium à la vingt-quatrième semaine.

L'ongle de l'enfant à terme est comparable à celui de l'adulte. Il est plus mince et plus mou, la lunule est présente sur certains doigts. Chez l'adulte, l'épaisseur de l'ongle varie de 0,50 à 0,75 mm au niveau des doigts jusqu'à 1 mm à celui des orteils.

MACRO-ANATOMIE DE L'APPAREIL UNGUÉAL

L'appareil unguéal occupe toute la face dorsale des dernières phalanges des doigts et orteils (fig. 1 et 2). Il est intimement rattaché au périoste de la phalangette par

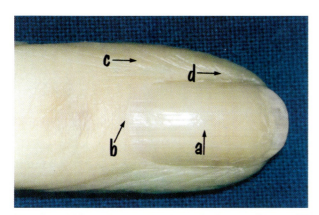

FIG. 1. – **Préparation anatomique de l'appareil unguéal avant avulsion de la tablette unguéale (a : Tablette unguéale. b : Cuticule. c : Bourrelet latéral. d : Sillon latéral).**

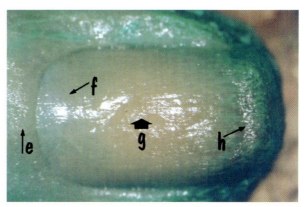

FIG. 2. – **Préparation anatomique de l'appareil unguéal après avulsion de la tablette unguéale (e : Repli proximal. f : Lunule. g : Lit unguéal. h : Hyponychium).**

des ligaments et travées conjonctives. La double convexité de la tablette unguéale peut être expliquée par l'action des ligaments latéraux sur la matrice unguéale pour l'axe transversal. La convexité de l'axe longitudinal s'explique par la vitesse de croissance cellulaire différente des deux couches (croissance du tiers superficiel plus rapide que le profond) et par la pression subie à la naissance de l'ongle par le repli postérieur.

L'appareil unguéal se divise en trois parties anatomiques dont les deux premières vont former la kératine dure et la troisième la kératine molle. Ces trois parties sont la matrice, le lit unguéal et l'hyponychium.

La matrice

La matrice unguéale est constituée de deux parties, une proximale et une distale (fig. 3). Une formation conjonctive de type ligamentaire la stabilise du côté proximal au plan ostéo-articulaire. Il s'agit d'une expansion dorsale du ligament latéral de l'articulation interphalangienne distale, naissant de l'extrémité distale de la phalange intermédiaire et se terminant au sein de la matrice et sur la lunule.

Ce ligament « ostéo-matriciel » (Guéro *et al.,* 1994) peut jouer un rôle dans la transmission des contraintes biomécaniques sur l'ongle et expliquer les dystrophies unguéales stéréotypées associées à certaines malpositions articulaires des doigts ou des orteils.

Dans la partie proximale, la tablette unguéale s'enfonce dans un cul-de-sac parallèle à la surface cutanée, la matrice unguéale proximale. La matrice unguéale est recouverte dans sa partie dorsale par un repli épidermique, l'éponychium ou repli postérieur ou repli proximal. L'adhérence entre la tablette et le repli proximal est assurée par un « joint » transversal kératinisé de la partie distale du repli postérieur, la cuticule.

La partie distale de la matrice en contact avec la face palmaire de la tablette unguéale est de couleur blanche opaque, de forme arciforme proximale, la lunule. La partie proximale de la tablette est mince, aplatie et n'adhère pas au derme.

La partie proximale de la matrice unguéale donne le tiers superficiel ou dorsal de la tablette unguéale, la partie distale de la matrice les deux tiers inférieurs ou palmaires.

La matrice unguéale présente trois couches cellulaires épithéliales :

– la couche basale, constituée de cellules cubiques qui adhèrent entre elles ;

– la couche intermédiaire ou stratum spinosum, constituée de six à dix rangées de kératinocytes aux noyaux pycnotiques ;

– la couche superficielle, constituée par des rangées polygonales de cellules aplaties dépourvues de grains de kératohyaline.

La région matricielle, recouverte par une gaine conjonctive, est intimement liée au périoste des bords latéraux de la phalange distale par des prolongations ligamentaires des ligaments latéraux de l'articulation interphalangienne distale.

L'épiderme du repli postérieur se caractérise par l'absence de papilles dermiques et de poils. Les capillaires du repli postérieur, disposés dans l'axe des doigts, sont accessibles à l'étude physiologique de la vascularisation par capillaroscopie microscopique.

Le lit unguéal

La tablette unguéale, au cours de sa croissance, adhère et glisse sur une zone dorsale rosée. Cette zone vue par transparence constitue le lit unguéal. Le derme, richement vascularisé, est le seul tissu interposé entre l'os de la phalange et la tablette unguéale.

L'épithélium du lit unguéal, pauvre en couche cornée, est dépourvu de couche granuleuse. L'avulsion traumatique

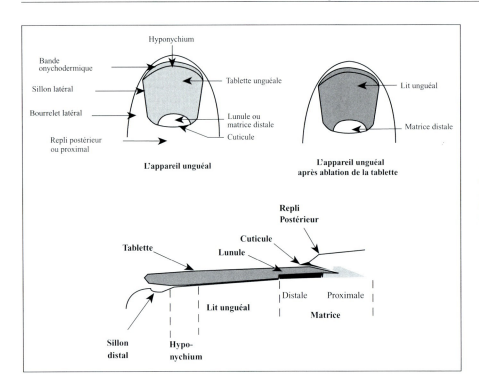

FIG. 3. – Représentation schématique des différentes zones anatomiques de l'appareil unguéal avec leur dénomination la plus commune.

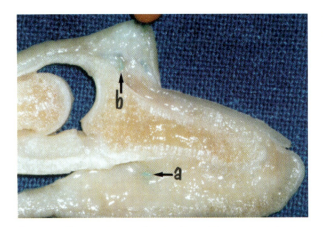

FIG. 4. – Section longitudinale d'un doigt après injection artérielle par latex coloré qui permet de mettre en évidence l'arcade pulpaire (a) et l'arcade du repli proximal (b). La tablette unguéale est solidement fixée à la phalange distale par l'intermédiaire du lit de l'ongle. Remarquer la proximité de la matrice proximale avec l'articulation interphalangienne distale et le tendon extenseur.

de la tablette unguéale laisse apparaître les crêtes interpapillaires. Lors de la cicatrisation, ils produisent parfois une couche cornée appelée « faux ongle ». Le derme, intimement rattaché au périoste de la phalange par ses fibres collagènes horizontales et verticales (fig. 4), est richement innervé et vascularisé. La présence de nombreux shunts vasculaires explique la physiopathologie des doigts hippocratiques. La forme des papilles épouse l'axe longitudinal de la tablette unguéale. Les capillaires de parois minces et de diamètre large ont une disposition en spirale.

L'hyponychium

L'hyponychium est la zone anatomique distale du lit unguéal où la tablette unguéale se détache des plans sous-jacents. Il s'agit d'une extension sous-unguéale de l'épiderme proximal de l'extrémité du doigt. Sous la tablette unguéale, entre la partie distale du lit unguéal et l'hyponychium, se trouve une bande transversale, pâle, ambrée, translucide, étroite de 0,5 à 1 mm, la bande onychodermique (fig. 3). Elle correspond au point de séparation entre l'ongle et son lit. Elle est moins apparente sur les pouces que sur les autres doigts.

Histologiquement, la structure de l'hyponychium est peu différenciée de l'épithélium cutané. L'accumulation physiologique de substance cornée distale à l'hyponychium, de forme arciforme à convexité antérieure, est appelée sillon distal.

Les replis de l'ongle, le paronychium

Latéralement, la tablette unguéale s'enfonce dans des replis latéraux appelés sillons latéraux. La face profonde des sillons latéraux est pourvue d'un épithélium stratifié producteur d'une kératine souple qui s'étend sur la surface adjacente de la tablette unguéale.

Le repli postérieur est relié aux sillons latéraux par des tissus mous qui surplombent la tablette unguéale, les bourrelets péri-unguéaux. Cet ensemble constitue une voie anatomique pour la propagation des périonyxis.

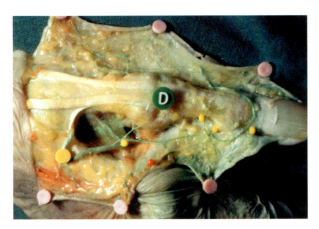

Fig. 5. – Préparation anatomique de la vascularisation de la face dorsale du pouce. On remarquera ici la présence de longues artères collatérales dorsales qui vont former presque à elles seules l'arcade du repli proximal.

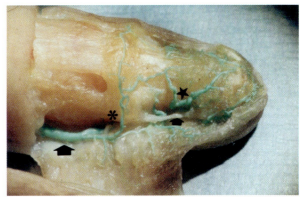

Fig. 6. – Au niveau des doigts, la totalité de la vascularisation de l'appareil unguéal est sous la dépendance des artères collatérales palmaires.
◄ : Indique l'artère collatérale palmaire digitale.
* : Indique l'arcade du repli proximal. ◄ : Indique le ligament interosseux sous lequel passent de chaque côté les branches artérielles qui vont former l'arcade du lit unguéal indiquée par ★.

VASCULARISATION DE L'APPAREIL UNGUÉAL

Apport artériel

La vascularisation artérielle des doigts longs est presque exclusivement assurée par les artères digitales collatérales palmaires car les artères collatérales dorsales, inconstantes, ne vascularisent que la région cutanée dorsale de la première phalange. Ce n'est qu'au pouce que les artères collatérales dorsales, beaucoup plus développées et autonomes, peuvent arriver à former l'arcade du repli unguéal proximal d'une façon autonome (fig. 5).

Les artères collatérales digitales palmaires, au nombre de deux par doigt, longent la face latérale du canal digital en avant du ligament du Cleland et sont accompagnées par les nerfs collatéraux digitaux. Le calibre de ces artères est de 1 mm environ à la base des doigts, puis il diminue progressivement pour n'être plus que de 0,5 mm au niveau de la phalange distale où les deux artères se réunissent pour former l'arcade pulpaire.

L'apport artériel de l'appareil unguéal est donc principalement (sauf au niveau du pouce) dépendant des artères digitales palmaires. Ces artères donnent naissance à la vascularisation de trois régions topographiques distinctes : la région du repli proximal, celle du lit de l'ongle et celle comprenant les bourrelets latéraux et le sillon distal (fig. 6).

La région du repli proximal

Elle est vascularisée d'une façon prédominante par sa propre arcade artérielle qui est formée par des branches qui se détachent des artères collatérales palmaires au niveau du pli de flexion digital distal. Ces artères, longues

et fines, paires et symétriques, se dirigent dorsalement et distalement avec un trajet oblique et superficiel pour se réunir dans les tissus sous-cutanés du repli proximal et former son arcade. Cette dernière (qui peut au pouce être formée principalement par les deux artères collatérales dorsales) est caractérisée par une situation topographique et une constance tout à fait étonnantes si l'on considère la finesse de son calibre. Elle est localisée à environ 3 ou 4 mm proximalement à la cuticule et son diamètre mesure approximativement deux dixièmes de millimètre.

L'arcade du lit unguéal

La vascularisation du lit unguéal est unique en son genre puisqu'elle doit nourrir un tissu qui est localisé entre deux structures rigides : la tablette unguéale et l'os de la phalange distale.

Deux branches se détachent des artères digitales palmaires juste avant leur jonction dans l'arcade pulpaire. Celles-ci, constamment symétriques et d'un diamètre généralement plus important par rapport à celles qui forment l'arcade du repli postérieur, s'enfoncent sous le ligament interosseux qui réunit la base de la dernière phalange à son tubercule distal.

Devenues dorsales, elles se disposent profondément au lit de l'ongle, presque au contact du périoste, et se réunissent sur l'axe médian pour former l'arcade du lit de l'ongle. Souvent, cette arcade se compose de deux arches différentes : la première transversale et la seconde, plus distale, à convexité distale.

Dans le cas où l'arcade est composée de deux arches différentes, les artères qui la forment peuvent être déjà individualisées à leur origine ou se diviser un peu plus loin au niveau de leur passage sous le ligament interosseux. La distinction entre ces deux arcades est souvent artificielle puisque les artères du lit de l'ongle se divisent en un nombre très riche et variable de petites branches terminales dont la systématisation est difficile à faire.

La richesse de ces branches artérielles est plus importante dans la région proximale du lit de l'ongle, c'est-à-dire, dans la région proche de la matrice unguéale.

Le plexus artériel des bourrelets latéraux et du sillon distal

Il est constitué par un richissime système d'artérioles qui prennent leur naissance à partir des branches terminales de l'arcade pulpaire. Ces artères contournent latéralement et distalement l'appareil unguéal et se divisent en de nombreuses terminaisons artérielles qui donnent naissance au plexus artériel sur tout le périmètre de l'ongle.

Le territoire de vascularisation de ces artères ne s'arrête pas au sillon distal et elles se prolongent dans la portion la plus lointaine du lit de l'ongle pour s'anastomoser avec les branches terminales des arcades du lit l'ongle dans un plexus artériel richissime.

Le retour veineux

Le système veineux dorsal des doigts, qui a été bien étudié par Moss, est constitué par une série d'arcades, une au niveau de chaque phalange dont seule l'arcade proximale est présente d'une façon constante (Moss *et al.,* 1985).

Les veines provenant des sillons et des bourrelets latéraux et de la partie distale de la pulpe forment une arcade sur la phalange distale qui entoure l'appareil unguéal proximalement. Cette arcade veineuse distale présente une convexité proximale et communique par des veines médianes avec l'arcade veineuse de la phalange moyenne, qui est la plus inconstante des trois arcades digitales.

L'arcade de la phalange proximale se termine dans des veines qui sont localisées au niveau de l'espace commissural sur chaque côté de l'articulation métacarpo-phalangienne.

Le système veineux dorsal digital, ainsi que le système veineux palmaire, présente des valves même pour des vaisseaux extrêmement fins (jusqu'à 0,1 mm). Ces valves ont une disposition particulière puisqu'elles sont absentes au niveau des arcades dorsales et sont extrêmement nombreuses au niveau des veines communicantes entre le système palmaire et dorsal et disposées de façon à diriger les flux veineux dans cette même direction. En clinique, l'extrême richesse vasculaire de l'appareil unguéal, avec ses anastomoses artério-veineuses cernées par des glomi, trouve une importante application dans les réimplantations digitales distales. Quand l'amputation est localisée au-delà de l'articulation interphalangienne distale, il est en effet très difficile de trouver des veines d'un calibre suffisant pour effectuer une anastomose microchirurgicale alors qu'il est souvent possible d'effec-

tuer une suture artérielle correcte. Dans ces cas, le retour veineux est remplacé par un saignement continu que l'on obtient par une scarification de la région de l'hyponychium. Ce saignement très abondant grâce à l'hypervascularisation locale et au manque de retour veineux physiologique est entretenu soit par application locale d'héparine, soit par la mise en place régulière de sangsues qui dégorgent le segment réimplanté par une action qui est à la fois mécanique et pharmacologique (Gordon *et al.,* 1985 ; Smith *et al.,* 1991 ; Zook, 1981). Le saignement doit être entretenu de cette façon pour une période minimale de 5 jours.

Le système lymphatique

Les vaisseaux lymphatiques du lit unguéal sont extrêmement nombreux, particulièrement au niveau de la région de l'hyponychium où la densité lymphatique est plus riche que dans n'importe quelle autre région dermique.

Le système superficiel est relié au système profond par un très riche réseau anastomotique. Il ne peut être systématisé. Les lymphatiques des deux doigts ulnaires se drainent préférentiellement dans les ganglions épitrochléens, alors que ceux des doigts radiaux se drainent plutôt dans les ganglions axillaires. La palpation ganglionnaire et la recherche du ganglion satellite dépendront ainsi de la localisation digitale de la tumeur ou de l'infection.

INNERVATION DE L'APPAREIL UNGUÉAL

L'innervation de l'appareil unguéal est sous la dépendance directe des nerfs collatéraux digitaux. Ceux-ci, au nombre de quatre pour chaque doigt, prennent leur origine dans les trois principaux nerfs destinés à l'innervation de la main (médian, ulnaire et radial).

Le cinquième doigt est le seul à être innervé par un seul nerf, le nerf ulnaire ; les autres doigts doivent leur innervation à deux nerfs différents : ainsi le IVe doigt est innervé par le médian et le nerf ulnaire, le IIIe et le IIe par le médian et le radial, alors que le pouce doit son innervation palmaire au médian et son innervation dorsale au radial.

L'innervation de l'appareil unguéal peut elle aussi être divisée en trois régions différentes : la région du repli proximal, la région du lit de l'ongle et celle comprenant les bourrelets latéraux et le sillon distal. L'innervation du repli proximal est variable selon les doigts, alors que les deux autres régions sont innervées d'une façon similaire pour les doigts et le pouce.

Innervation de la région du repli proximal

Quelques distinctions doivent être faites entre les deux doigts extrêmes et les trois médians.

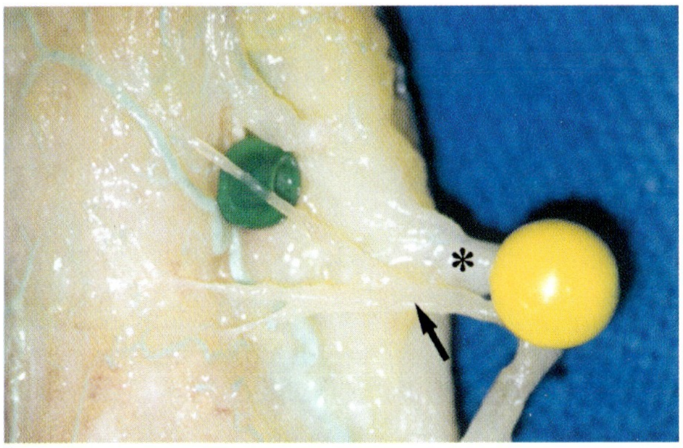

FIG. 7. – **Préparation anatomique de la phalange distale montrant l'innervation du lit de l'ongle (la base du doigt est en bas).**
* : Montre le ligament interosseux qui a été détaché proximalement ; la flèche indique la branche dorsale du nerf collatéral palmaire se divisant en trois fines branches terminales destinées à l'innervation du lit de l'ongle.

Au niveau du pouce

Cette région est innervée par des branches nerveuses longues qui prennent leur origine au niveau du tiers inférieur de l'avant-bras.

Il s'agit, pour le pouce, des rameaux terminaux de la branche sensitive du nerf radial. Cette dernière, après s'être séparée des vaisseaux radiaux au niveau du tiers inférieur de l'avant-bras, s'engage d'abord sous le tendon du brachioradialis, puis obliquant en dehors, en arrière et en bas, contourne le bord externe du radius, perfore l'aponévrose antibrachiale et, devenue dorsale et superficielle, se termine à 4 ou 5 cm au-dessus de l'apophyse styloïde radiale en se divisant en trois branches terminales.

À partir de ces branches prennent naissance les nerfs collatéraux dorsaux propres du pouce qui, se disposant sur les côtés du tendon extenseur, donnent l'innervation de la face dorsale du pouce jusqu'au repli proximal.

Au niveau du petit doigt

D'une façon similaire, cette région est innervée par les rameaux terminaux de la branche sensitive du nerf ulnaire. Cette branche, la plus volumineuse des branches collatérales du nerf ulnaire, se détache à l'union du tiers inférieur et des deux tiers supérieurs de l'avant-bras. Située tout d'abord en dedans du nerf ulnaire, dont elle partage le trajet, elle s'écarte du nerf ulnaire au niveau du bord supérieur du muscle pronator quadratus pour se porter obliquement en bas, en dedans et en arrière.

Après avoir contourné l'ulna et perforé l'aponévrose, elle devient alors superficielle et se divise aussitôt en trois rameaux. À partir de ces branches prennent naissance les nerfs collatéraux dorsaux propres du petit doigt qui, se disposant sur les côtés du tendon extenseur, parcourent et innervent sa face dorsale jusqu'au repli proximal.

Au niveau des trois doigts médians

Le repli proximal est innervé au contraire par des branches beaucoup plus courtes, c'est-à-dire les rameaux dorsaux provenant des nerfs digitaux palmaires. Ces derniers pénètrent à la racine de chaque doigt latéralement aux tendons fléchisseurs ; ils se placent à la face latérale du canal digital et se dirigent de manière distale pour se diviser au niveau de l'interphalangienne distale en leurs branches terminales.

Sur les trois doigts médians, les collatéraux palmaires issus du médian et du nerf ulnaire (pour le côté interne de l'annulaire) innervent les téguments de la face dorsale des deux dernières phalanges de ces doigts par l'intermédiaire de deux ou trois rameaux dorsaux qui, se détachant au niveau de la région métacarpo-phalangienne et interphalangienne, contournent la face latérale des doigts. C'est à ces branches que l'on doit l'innervation du repli proximal dans les trois doigts médians où les nerfs collatéraux dorsaux se terminent au niveau de la première phalange.

Innervation du lit de l'ongle

Le lit unguéal est innervé par de courtes branches des divisions distales du nerf collatéral palmaire. Au niveau de l'interphalangienne distale, le nerf digital palmaire se divise dans ses branches terminales, en général trois ou quatre. La plus externe de ces branches, par rapport à l'axe du doigt, est destinée à la sensibilité du lit de l'ongle. De chaque côté du doigt, cette fine branche contourne la face latérale de l'articulation interphalangienne distale avec un trajet oblique de palmaire en dorsal, et de proximal en distal.

Assez profondément située, elle s'engage sous le ligament interosseux de la phalange distale avec son pédicule vasculaire et elle se divise aussitôt en deux ou trois branches terminales, destinées à l'innervation du lit unguéal (fig. 7). Le lit de l'ongle est donc indépendant de l'innervation dorsale des doigts et sa sensibilité dépend des nerfs collatéraux digitaux palmaires.

Innervation des bourrelets latéraux et du sillon distal

Ces régions sont sous le contrôle des branches terminales de nerfs collatéraux digitaux palmaires dont les terminaisons se distribuent à la région latérale et distale de l'appareil unguéal.

*
* *

RÉFÉRENCES

Achten G. – L'ongle normal. *J. Med. Esthet. Chir. Derm.,* 1988, *15,* 193-200.

Baran R., Dawber R.P.R. – Guide médico-chirurgical des onychopathies, 2e éd, Paris, Arnette Blackwell, 1995.

Dawber R.P.R. – The ultrastructure and growth of human nails. *Arch. Dermatol. Res.,* 1980, *269,* 197-204.

Ditre M.C., Howe N.R. – Surgical anatomy of the nail unit. *J. Dermatol. Oncol.,* 1992, *18,* 665-671.

Fleckman P. – Anatomy and physiology of the nail. *Dermatol. Clin.,* 1985, *3,* 373-381.

Gordon L., Leitner D.W., Buncke H.J., Alpert B.S. – Partial nail plate removal after digital replantation as an alternative method of venous drainage. *J. Hand Surg. [Am],* 1985, *10,* 360-364.

Guéro S., Guichard S., Fraitag S.R. – Ligamentary sructure of the base of the nail. *Surg. Radiol. Anat.,* 1994, *16,* 47-52.

Lewin K. – The normal finger nail. *Br. J. Dermatol.,* 1965, *77,* 421-430.

Moss S.H., Schwartz K.S., von Drasek Ascher G., Ogden L.L. 2nd, Wheeler C.S., Lister G.D. – Digital venous anatomy. *J. Hand Surg. [Am],* 1985, *10,* 473-482.

Smith D.O., Oura C., Kimura C., Toshimori K. – The distal venous anatomy of the finger. *J. Hand Surg. [Am],* 1991, *16,* 303-307.

Zook E.G. – The perionychium : anatomy, physiology, and care of injuries. *Clin. Plast. Surg.,* 1981, *8,* 21-31.

Zook E.G. – Anatomy and physiology of the perionychium. *Hand Clin.,* 1990, *6,* 1-7.

Wolfram-Gabel R., Sick H. – Vascular networks of the periphery of the fingernail. *J. Hand Surg.,* 1995, *20B,* 488-492.

Anatomie microscopique de l'appareil unguéal

Histologie et histopathologie

C. PERRIN

INTRODUCTION

L'étude histologique de l'appareil unguéal est particulière pour plusieurs raisons :

– Sa structure anatomique est complexe et sa terminologie, bien qu'en voie de simplification, reste encore quelque peu flottante.

– Du fait de sa spécificité anatomique, les maladies de l'ongle prennent souvent un aspect histopathologique différent de celui observé sur le reste du tégument.

– Bien souvent, l'histopathologiste doit opérer une reconstitution spatiale à partir de segments anatomiques dissociés par l'acte opératoire curatif ou biopsique.

Ces difficultés d'approche rendent encore plus nécessaire la confrontation anatomo-clinique habituellement prônée en dermatopathologie.

En pathologie tumorale, on n'insistera jamais assez sur la nécessité, pour l'histologiste, de connaître les hypothèses diagnostiques du clinicien, l'éventualité d'une exérèse antérieure, la topographie précise de la lésion et, bien sûr, la durée d'évolution de la lésion et l'âge du patient.

HISTOLOGIE DE L'APPAREIL UNGUÉAL

L'appareil unguéal est constitué par l'accolement intime de trois compartiments qu'on peut individualiser sur le plan histologique et physiologique : l'épithélium unguéal, les replis unguéaux et les tissus conjonctifs de soutien.

L'épithélium unguéal (Zaias, 1980)

L'épithélium unguéal s'étend de la matrice au lit de l'ongle. La matrice, encore dénommée matrice intermédiaire (Dawber *et al.,* 1994), est limitée à sa partie

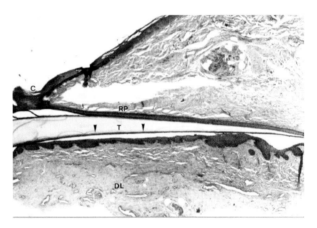

FIG. 1. – **Matrice proximale. DL : derme lâche et œdémateux situé à la partie profonde du derme sous-unguéal (derme lunulaire) ; T : tablette unguéale ; RP : repli proximal ; C : cuticule. La zone kératogène, marquée par des flèches, reste adhérente à la tablette. (HES × 16).**

proximale par la face ventrale du repli proximal et à sa partie distale par le lit de l'ongle.

On distingue deux zones matricielles (Walter et Scher, 1995) :

– La matrice proximale est située sous le repli proximal. Elle représente les deux tiers de la matrice (fig. 1).

– La matrice distale correspond, classiquement, à la lunule, elle débute en regard de la cuticule et occupe le tiers distal de la matrice. À l'histologie, on constate à sa partie distale une réduction de l'épaisseur de l'épithélium unguéal et une importante diminution de la couche kératogène (Dawber *et al.,* 1994). Le lit de l'ongle s'étend du bord distal de la lunule à l'hyponychium.

En réalité, la notion de matrice distale lunulaire reste floue :

– La lunule n'est pas un phénomène clinique constant.

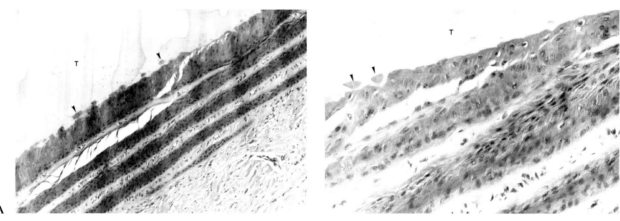

FIG. 2. – Coupe longitudinale tangentielle mettant bien en évidence la papillomatose du lit de l'ongle en longues crêtes longitudinales. L'incorporation des onychocytes du lit de l'ongle dans la tablette (T) est indiquée par des flèches. (A) HES × 16. (B) HES × 250.

– Sur le plan histologique il n'y a pas de critères vraiment formels (Zaias, 1990; Dawber *et al.*, 1994). L'épaississement de la couche kératogène à ce niveau est loin d'être constant, on remarque bien plus souvent un pic en regard de la partie distale du repli proximal et/ou de la région cuticulaire, suivi d'une rapide décroissance. Le caractère lâche du derme lunulaire a été récemment remis en lumière en utilisant une technique couplée, associant l'imagerie par résonance magnétique (IRM) et l'étude histologique (Drapé *et al.*, 1996). Dans cette étude, les patients dépourvus de lunule, sur le plan clinique, présentaient une zone lunulaire sous le repli proximal (fig. 1). La valeur anatomique de ce critère histologique, essentiellement dermique, reste cependant à confirmer sur une série de patients plus importante.

L'épithélium unguéal présente deux aspects caractéristiques

– La couche granuleuse est absente. Elle est remplacée par une couche kératogène, constituée par une à plusieurs assises de cellules polygonales, aplaties, à cytoplasme fortement éosinophile. Ces cellules s'incorporent, en superficie, directement dans la tablette et perdent alors rapidement leurs affinités tinctoriales.

– La tablette unguéale est très différente de la kératine épidermique. Elle est constituée, sur le plan histologique, par des cellules étroitement imbriquées, les onychocytes, qui donnent à la tablette une texture homogène contrastant avec la structure feuilletée de la kératine épidermique. Ces onychocytes ont un cytoplasme transparent à la coloration standard par l'hématoxyline-éosine-safran (HES).

De plus, à l'inverse de la kératinisation épidermique, les onychocytes conservent leur noyau. Cette parakératose physiologique subit un phénomène de maturation.

En effet, les cellules nucléées sont nombreuses dans la tablette proximale en regard de la zone kératogène, elles

sont rares et réduites à des cellules à noyaux pycnotiques au bord distal de la tablette.

La singularité de mode de kératinisation de l'épithélium unguéal, constatée sur le simple examen histologique mais également sur le plan ultrastructural (Parent *et al.*), fait actuellement l'objet de nouvelles investigations utilisant des méthodes immunohistochimiques. En particulier, l'étude des cytokératines unguéales, de leurs répartitions, de leur disposition structurale constitue un champ d'investigation à part entière. Cependant, les résultats sont encore très fragmentaires (Heid *et al.*, 1988; revue *in* Fleckmann, 1997).

Trois critères permettent de distinguer l'épithélium originaire de la matrice de celui du lit

L'épithélium matriciel se caractérise par:

– une couche de cellules basales particulièrement épaisse, faite de plusieurs assises (de quatre à dix) de cellules cubiques à cytoplasme basophile peu abondant;

– une couche épineuse peu développée. Cette couche épineuse est composée, comme l'épiderme normal, de cellules polygonales à cytoplasme éosinophile;

– une zone kératogène épaisse;

– des crêtes épithéliales absentes ou peu développées.

L'épithélium du lit de l'ongle se caractérise par:

– une couche basale monocellulaire;

– une couche épineuse bien développée, contrastant avec une zone kératogène réduite à une couche, ou focalement absente;

– une organisation spatiale très particulière des crêtes épithéliales. Les crêtes du lit sont beaucoup plus volumineuses que celles de la matrice et disposées selon un axe longitudinal (fig. 2).

Après de nombreuses controverses, il semble acquis que l'épithélium matriciel est responsable, pour l'essentiel, de la formation de la tablette unguéale (De Berker, 1996).

L'épithélium du lit de l'ongle intervient cependant pour une petite part dans la formation de la tablette. L'incorporation d'onychocytes sur toute la longueur du lit de l'ongle (fig. 2), par l'intermédiaire de sa zone kératogène mince (Zaias), assure l'adhérence étroite du lit et de la tablette.

Les études ultrastructurales (Hashimoto, 1971) et immunohistochimiques (Sinclair *et al.*, 1994) n'ont pas montré de différence entre la jonction dermo-épidermique et la zone de la membrane basale de l'ongle. Seuls les mélanocytes unguéaux présentent quelques particularités (Perrin *et al.*, 1997).

Les mélanocytes unguéaux se différencient par trois points des mélanocytes épidermiques

– L'utilisation d'anticorps monoclonaux dirigés contre les différents systèmes enzymatiques de la mélanogenèse a permis d'identifier deux compartiments : un compartiment de mélanocytes dormant incapable de synthétiser à l'état basal de la mélanine, un compartiment actif possédant le matériel enzymatique nécessaire à la synthèse de mélanine.

Le compartiment dormant est prédominant dans la matrice proximale et le lit de l'ongle. Seule la matrice distale présente un compartiment fonctionnellement actif.

Contrairement à l'opinion classique, les mélanocytes de la matrice distale ne sont pas plus nombreux que les mélanocytes de la matrice proximale. L'origine fréquemment distale des mélanonychies longitudinales s'explique uniquement par l'existence d'un comportement mélanocytaire actif propre à la matrice distale.

– La densité des mélanocytes unguéaux est faible. Elle s'établit à 217 mél/mm^2 (à titre de comparaison, l'épiderme a en moyenne une densité mélanocytaire de 1 155 mél/mm^2).

– La distribution des mélanocytes dans la matrice proximale simule, à l'état physiologique, des images habituellement rencontrées dans le cadre du mélanome acro-lentigineux :

• On peut retrouver de fausses images de migration pagétoïde mais, point négatif important, il n'y a pas de mélanocytes dans la couche kératogène.

• Dans le cadre d'un processus d'activation mélanocytaire, les mélanocytes unguéaux ont des aspects très dendritiques. Cet aspect dendritique est donné comme le signe histologique le plus précoce du mélanome acro-lentigineux, permettant d'évoquer le diagnostic en l'absence d'atypie cytonucléaire (Kopf *et al.*, 1979).

Ces particularités anatomiques doivent être bien connues afin d'éviter un diagnostic de malignité par excès.

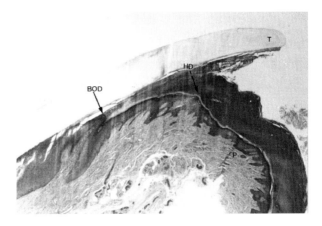

FIG. 3. – **Hyponychium. BOD : bande onychodermique caractérisée par une digitation épithélio-cornée avec perte de l'adhérence étroite à la tablette. HD : limite distale de l'hyponychium. T : tablette. HES × 16.**

Les replis unguéaux

Ils sont constitués par les quatre couches habituelles de l'épiderme, à savoir : une couche basale monocellulaire, une couche épineuse pluristratifiée et une couche granuleuse donnant naissance à une lame cornée feuilletée. Les replis forment de profondes invaginations, comblées par une kératine orthokératosique épaisse servant de « glissière » à la tablette unguéale. On distingue le repli proximal encore dénommé repli postérieur ou repli sus-unguéal, les replis ou sillons latéraux et la rainure distale (fig. 3) ou hyponychium ; cette dernière étant soulignée par la bande onychodermique.

Le repli proximal

Le repli proximal (fig. 1) se distingue des autres replis par :

– l'absence de papillomatose et d'annexe sudorale ;

– une kératine plus mince mais plus compacte et étroitement associée à la tablette ;

– la présence, à la jonction entre le revêtement cutané du dos de la phalange et le repli sus-unguéal, d'une expansion cornée en doigt de gant : la cuticule ;

– cette cuticule s'étend plus ou moins sur la tablette, jouant un rôle essentiel dans le scellement de la zone matricielle.

Le sillon latéral

Le sillon latéral, comme l'hyponychium, se présente sous la forme d'une profonde gouttière revêtue par un épiderme donnant naissance à une couche cornée épaisse.

Le sillon latéral se caractérise par une couche cornée particulièrement épaisse et relativement lâche. Cette particularité anatomique est amplifiée dans les conditions pathologiques, tout particulièrement au cours des onychomycoses. Ce qui explique la mauvaise pénétration des antimycosiques systémiques dans cette région et en conséquence, la difficulté de traiter une onychomycose en cas d'atteinte du sillon latéral (Baran et De Doncker, 1996).

L'hyponychium

Certains auteurs (Achten *et al.*, 1991) incluent la kératine hyponychiale dans la définition de la tablette unguéale en isolant trois couches : une couche supérieure mince provenant de la matrice proximale, une zone intermédiaire provenant de la matrice distale et une couche inférieure ou hyponychium. En réalité, ce n'est que dans les états lésionnels que l'hyponychium peut, stricto sensu, appartenir à la tablette. En effet, dans des conditions pathologiques, en particulier dans le psoriasis et les onychomycoses, la région hyponychiale s'étend aux dépens du lit de l'ongle, par un processus de métaplasie épidermique du lit de l'ongle. La tablette unguéale est alors soulevée à sa partie profonde par une kératine feuilletée ortho- ou parakératosique prenant fortement l'éosine (HES) et le *Periodic Acid Schiff* (PAS). Deux raisons supplémentaires nous semblent justifier l'abandon de cette partition unguéale en trois zones :

– Les critères histochimiques permettant d'individualiser, selon ces auteurs, une couche supérieure (ongle dorsal) prenant faiblement le bleu de toluidine et le PAS et une couche intermédiaire (ongle intermédiaire) ne prenant pas ces colorants sont souvent, en pratique, pris en défaut.

– L'idée que la matrice proximale donne naissance dans tous les cas à un ongle dorsal mince correspondant au tiers supérieur de la tablette reste théorique. Comme nous l'avons précédemment noté, les notions de matrice proximales et distales sont bien souvent fluctuantes. De plus, dans bien des cas, l'épithélium matriciel proximal, est responsable, en raison de l'épaisseur de sa zone kératogène, de l'essentiel de la formation de la tablette.

Ces données ont une grande importance pratique puisque la position du pigment mélanique dans la tablette permet de guider, dans une certaine mesure, le geste chirurgical, dans le cadre d'une mélanonychie longitudinale siégeant à la partie médiane de l'ongle : un pigment de siège ventral permet, théoriquement, d'éviter une incision du repli proximal (Baran et Kechijian, 1989).

À notre avis, cette terminologie d'ongle ventral et dorsal est source de confusion et explique des gestes d'exérèse trop limités. Lorsque la lunule est cliniquement présente, seul un pigment mélanique au tiers inférieur de la tablette peut raisonnablement justifier une voie d'abord respectant, dans un premier temps, le repli proximal.

La bande onychodermique de l'hyponychium se manifeste cliniquement comme un arceau leuconychique, rehaussé à sa partie distale par un liseré rosé (Sonnex *et al.*, 1991). Elle correspond, à l'histologie, à un petit méplat proximal aboutissant à une digitation épithélio-cornée plus ou moins prononcée (observations personnelles) (fig. 3).

Le derme

On doit distinguer le derme péri-unguéal du derme unguéal. Le derme unguéal comprend le tissu conjonctif de soutien situé sous la matrice et le lit de l'ongle. Le derme unguéal diffère du derme normal par plusieurs points.

– Il ne possède pas d'annexe sudorale ni de couche adipeuse nettement constituée (en revanche, on peut retrouver quelques îlots adipocytaires, dispersés à sa partie profonde aussi bien sur le lit que sur la matrice).

– Il se présente sous deux aspects :

• un aspect lâche et œdémateux au niveau de la matrice distale (matrice lunulaire) (Drapé *et al.*, 1996) ;

• un aspect fibro-tendineux sous la matrice proximale et le lit de l'ongle. Cet aspect fibro-tendineux est renforcé par l'implantation directe de l'expansion dorsale du ligament latéral de l'articulation interphalangienne distale sur les bords latéraux de l'épithélium matriciel (Guéro *et al.*, 1994). Le faisceau médian de ce ligament latéral s'insère sur la base latérale de la phalange dorsale (Soon *et al.*, 1991) et son expansion ventrale se termine dans le lit de l'ongle (Guéro *et al.*, 1994).

– Le réseau vasculaire papillaire est à peu de distance de l'épithélium unguéal et il est peu développé, tout particulièrement dans la matrice lunulaire (Wolfram-Gabel et Sick, 1995).

De ce fait, le derme papillaire est difficile à repérer sur les coupes histologiques, ce qui rend délicate l'utilisation, dans l'appareil unguéal, de la classification histo-pronostique des mélanomes malins de Clark fondée sur la séparation derme papillaire - derme réticulaire.

Le derme péri-unguéal est identique au derme cutané pulpaire.

HISTOPATHOLOGIE DE L'APPAREIL UNGUÉAL

Les difficultés d'interprétation histologique secondaires aux techniques opératoires utilisées

L'avulsion unguéale préalable à l'acte opératoire

L'avulsion de la tablette emporte, avec la tablette, la zone kératogène matricielle et la plus grande partie de l'épithélium du lit de l'ongle. Aussi, il est indispensable :

1) de fournir à l'histologiste cette tablette ;

2) de la fixer dans le formol tamponné à 10 %.

En effet, cette composante épithéliale adhérente à la tablette constitue bien souvent le support essentiel du diagnostic histologique. On ne peut parler de migrations pagétoïdes dans le cadre d'un mélanome unguéal qu'en présence de mélanocytes nombreux et atypiques dans la zone kératogène et/ou la tablette unguéale. De même, l'extension au lit de l'ongle d'un mélanome unguéal ne peut être analysée sur une pièce d'exérèse séparée de sa tablette unguéale.

La biopsie au trépan

Dans ce type de biopsie, l'histologiste est souvent confronté à un prélèvement incomplet. En effet, le fragment unguéal peut être perdu sur la compresse lors d'une biopsie en deux temps ou même laissé dans le trépan lui-même. Il faut se rappeler que, lors d'une biopsie matricielle, la préhension à la pince est facilement responsable d'un clivage entre la zone kératogène et les couches basales de la matrice. Le chirurgien doit toujours s'assurer de donner à l'histologiste une carotte unguéale complète, incluant la tablette et donc la zone kératogène. Là encore, il doit adresser les deux fragments dans le formol à 10 %.

Du fait de la fragilité de l'épithélium matriciel, la pince à griffe est à proscrire. Elle est en effet responsable, sur le plan histologique, de nombreux artefacts à type d'écrasement cellulaire, ne permettant pas d'apprécier correctement les atypies cyto-nucléaires qui constituent bien souvent la clef du diagnostic dans le mélanome malin unguéal.

L'exérèse fragmentée

Du fait des difficultés d'abord de la région unguéale, l'exérèse peut être fragmentée. Si dans les conditions physiologiques l'histologiste peut reconnaître assez facilement les différentes structures unguéales, il n'en est pas de même dans des conditions pathologiques où l'épithélium unguéal perd ses caractéristiques, avec très souvent apparition d'une granuleuse et formation d'une kératine épidermique. Dans ces conditions, l'histologiste a du mal à préciser la topographie ou l'extension réelle d'une lésion tumorale.

Dans de tels cas, le chirurgien se doit de préciser les caractéristiques topographiques macroscopiques de la tumeur excisée.

La pathologie tumorale

Comme la plupart des lésions tumorales unguéales ne présentent pas de particularités histologiques par rapport à leurs contreparties cutanées, nous centrerons notre exposé soit sur des tumeurs particulièrement fréquentes, soit sur des aspects histologiques singuliers liés aux particularités anatomiques de l'appareil unguéal.

Les tumeurs mélaniques

a) *L'examen de la kératine distale*

L'examen de la kératine distale prélevée à la pince ou au ciseau courbe est une méthode simple pour le clinicien. Nous rappelons que ce type de prélèvement doit être large en mordant sur l'hyponychium, ce qui s'accompagne d'un léger saignement ; il doit être laissé dans un tube sec, sans formol, car le pigment formolique imprègne la tablette et rend illisible la coloration par le Fontana Masson.

Le pigment mélanique apparaît, à l'HES, sous la forme de dépôts brunâtres en grain dessinant le contour des onychocytes. Les dépôts hématiques sont très différents, se disposant en flaques, plus ou moins volumineuses suivant qu'il s'agit d'hématomes filiformes ou d'hématomes en nappes ; ils sont brun-rouge à l'HES, verdâtres au bleu de toluidine. En raison de l'absence de reprise hémosidérinique, la coloration par le Perls est négative. Ces deux types de pigments peuvent se localiser dans la kératine hyponychiale.

La coloration par le Fontana Masson permet :

– de colorer de façon spécifique les grains de mélanine ;

– de préciser la topographie du pigment dans la tablette, ce qui conditionne en partie le geste opératoire. Un pigment au tiers inférieur témoigne d'une origine matricielle distale. Du pigment sur toute la hauteur de la tablette indique une source pigmentaire proximale.

b) *Les mélanonychies næviques bénignes*

Elles posent à l'histologiste deux problèmes :

– La définition histologique du lentigo s'appuie sur deux critères : une papillomatose épidermique régulière, une augmentation du nombre des mélanocytes sans formation de thèques. En présence de thèques, on parle alors de nævus-nævo-cellulaire. La présence de thèques næviques est une éventualité relativement rare (Molina et Sanchez, 1995 ; Goettmann *et al.*, 1996). Le plus souvent, il s'agit de mélanocytes dispersés le long de la membrane basale. Comme à l'état physiologique les mélanocytes sont peu nombreux et de répartition inhomogène, l'appréciation histologique d'une éventuelle hyperplasie mélanocytaire est souvent difficile. On ne peut pas s'aider d'une éventuelle hyperplasie épithéliale car celle-ci est presque constamment absente. Aussi dans un bon nombre de cas l'histologiste ne peut trancher entre une simple activation mélanocytaire et une hyperplasie vraie.

– La présence de mélanocytes d'aspect dendritique en position suprabasale est physiologique dans la matrice unguéale (Perrin *et al.*, 1997). L'interprétation d'une éventuelle migration pagétoïde doit donc être toujours prudente.

c) *Le mélanome malin unguéal in situ*

Il est relativement fréquent. Le type acrolentigineux prédomine, mais on peut également observer des mélanomes in situ de type pagétoïde (SSM) (fig. 4).

Fɪɢ. 4. – **Migrations pagétoïdes de mélanocytes atypiques (flèches) dans le cadre d'un mélanome in situ de type superficiel. T: tablette. HES × 400.**

Les éléments de diagnostic différentiel entre mélanome in situ et nævus se présentent différemment sur la peau et l'appareil unguéal :

– le caractère symétrique du nævus peut être pris en défaut (Tosti *et al.*, 1996) en raison de l'extension fréquente des nævi de cette région à la face ventrale du repli proximal et, plus rarement, à l'hyponychium ;

– au même titre que les nævi plantaires (Clemente *et al.*, 1995), les nævi unguéaux peuvent montrer des aspects simulant le mélanome malin. Les faux aspects classiques de malignité sont : un mode de croissance lentigineux, une migration suprabasale y compris dans la tablette, une réponse inflammatoire du derme. Il faut y ajouter le caractère souvent dendritique des mélanocytes unguéaux. Les meilleurs critères restent : les atypies cytonucléaires, la confluence des mélanocytes disposés le long de la basale, des migrations répétées dans la zone kératogène et/ou la tablette unguéale, des migrations au-delà des dernières thèques. Ces migrations sont souvent très focales, nécessitant de ce fait des coupes sériées. La constatation de thèques confluentes, de thèques de tailles et de contours variés sont des signes indiscutables de malignité. Ces derniers signes sont cependant rarement présents dans le cadre du mélanome unguéal in situ.

d) *Le mélanome unguéal invasif* (Patterson et Helwing, 1980 ; Feibleman *et al.*, 1980).

Les mélanomes unguéaux ne se résument pas aux mélanomes acrolentigineux. Tous les types décrits sur le revêtement épidermique peuvent être observés sur l'appareil unguéal.

L'appréciation du niveau d'invasion n'obéit pas aux règles classiques décrites pour le revêtement cutané.

– *Le niveau de Clark* est modifié pour deux raisons :

• le derme papillaire est anatomiquement très mince. De ce fait, les niveaux d'invasion III et IV sont majorés.

De plus, la séparation entre le niveau III et le niveau IV est particulièrement difficile dans la région matricielle distale et le repli sus-unguéal, en raison d'un réseau vasculaire papillaire peu développé (Wolfram-Gabel et Sick, 1995 ; Drapé *et al.*, 1996) ;

• du fait de l'absence de plan hypodermique anatomiquement constitué, le niveau V correspond à un envahissement des structures osseuses de voisinage (Patterson et Helwing, 1980).

– *L'indice de Breslow* est également modifié par deux facteurs :

• L'indice de Breslow se mesure, à l'aide d'un micromètre oculaire, depuis le sommet de la couche granuleuse épidermique jusqu'à la cellule mélanique la plus profonde.

• L'épithélium unguéal est dépourvu de cellules granuleuses. Dans le cadre du mélanome, on retrouve, le plus souvent, une métaplasie épidermique qui permet le calcul de cet indice.

Cependant, cette métaplasie peut être partielle et ne pas correspondre à la partie la plus profonde de la lésion.

• À l'état physiologique et comparé à l'épiderme, l'épithélium du repli sus-unguéal et de la matrice est beaucoup plus mince, tandis que l'épithélium du lit de l'ongle est nettement plus épais par accentuation du dessin papillaire. Cette architecture papillaire du lit unguéal est particulièrement marquée au cours des processus malins, aboutissant à des aspects proches du mélanome malin verruqueux. Or on sait que l'indice de Breslow est difficile à établir de façon correcte dans ce type de lésion (Blessing *et al.*, 1993).

L'indice de Breslow joue un rôle déterminant dans le suivi du mélanome.

Il permet de distinguer les mélanomes de faible risque (Breslow inférieur à 1,5 mm) des mélanomes à fort potentiel métastatique. Les essais thérapeutiques actuels utilisent l'indice de Breslow dans leurs critères d'inclusion. C'est le cas, en particulier, de la dissection élective des ganglions lymphatiques guidée par la lymphoscintigraphie pré- et peropératoire, qui semble apporter un certain bénéfice en ce qui concerne la diminution du risque métastatique pour des indices de Breslow compris entre 1 et 2 mm chez des patients âgés de moins de 60 ans (Glass *et al.*, 1998). Du fait de sa valeur pronostique et thérapeutique, l'indice de Breslow doit être analysé sur le plan clinique avec prudence dans les mélanomes unguéaux, en étroite liaison avec l'histologiste.

Les tumeurs épithéliales bénignes

a) *Les kystes épidermoïdes sous-unguéaux*

Trois types de kystes épidermoïdes sous-unguéaux ont été décrits dans la littérature.

La variété la plus commune correspond à un kyste épidermique d'implantation. La localisation est soit dermique post-traumatique, avec ou sans érosion osseuse, soit intra-osseuse pure ostéolytique (Baran et Hancke, 1994).

Le deuxième type, plus rare, correspond à un kyste onycholemmal (Haneke, 1983). Histologiquement, l'épithélium de revêtement montre en superficie des cellules claires, riches en glycogène, et une kératinisation abrupte sans le plus souvent de couche granuleuse.

Le troisième type correspond à une exagération d'un processus physiologique : les inclusions « épidermoïdes ».

Il s'agit de petites invaginations de l'épithélium du lit de l'ongle et de la matrice revêtue par un épithélium le plus souvent de type unguéal (Lewin, 1969).

Lorsque ces inclusions épidermoïdes sont nombreuses, elles peuvent aboutir à des modifications cliniques à type d'hyperkératose distale avec une tablette unguéale épaisse et de petite taille (Fanti, 1989).

b) *La kératose sous-unguéale distale limitée monodactylique* (Baran et Perrin, 1995)

Elle se manifeste cliniquement par une hyperkératose sous-unguéale distale limitée, avec hématome filiforme de la tablette, faisant discuter la possibilité d'un Bowen sous-unguéal débutant.

Histologiquement, elle se caractérise par :

– une papillomatose du lit de l'ongle aboutissant à une masse cornée distale de type unguéale sans interposition de granuleuse ;

– la présence de nombreuses cellules multinucléées sans cependant d'atypie cytonucléaire.

c) *Le kératoacanthome*

Il présente un aspect souvent différent du kératoacanthome de revêtement cutané (Ackermann *et al.*, 1992) :

– il s'agit d'une lésion endophytique profonde à orientation verticale ;

– il présente une papillomatose à bord inférieur souvent renflé ;

– les atypies cytonucléaires basales restent modérées ;

– la dyskératose est confluente.

Les critères diagnostiques essentiels séparant le kératoacanthome de l'épithélioma spinocellulaire et du carcinome verruqueux sont :

– l'architecture endophytique avec bec de réflexion aigu ;

– une base arciforme où les travées épithéliales les plus profondes s'orientent selon un mode horizontal ;

– l'importance de la dyskératose, contrastant avec la discrétion des atypies cytonucléaires basales.

En cas d'exérèse fragmentée, un diagnostic histologique définitif est souvent impossible dans la mesure où l'étude de l'architecture générale de la lésion constitue le point fondamental du diagnostic différentiel.

d) *Les tumeurs annexielles bénignes*

La plus importante est l'adénome papillaire eccrine.

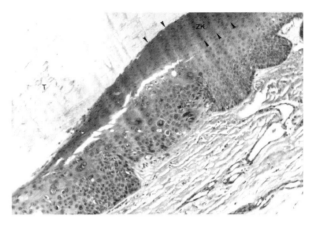

Fig. 5. – Maladie de Bowen. ZK: zone kératogène normale de la matrice soulignée par des flèches. T: tablette unguéale. HES × 250.

Il s'agit d'une lésion, quasi exclusivement localisée aux extrémités, d'individualisation récente (Smith *et al.*, 1992). Son architecture est nodulaire avec une bonne limitation périphérique sans encapsulation. Elle est constituée par des structures glandulaires, plus ou moins dilatées, revêtues d'une double couche épithéliale formant de petites papilles intraluminales. Il n'y a pas de décapitation de type apocrine ni d'atypie cytonucléaire. Le stroma scléreux et hypocellulaire est important, il s'associe parfois à des infiltrats lymphoplasmocytaires abondants.

Nous citerons pour mémoire le porome eccrine, le syringofibroadénome eccrine et la syringométaplasie mucineuse.

Les tumeurs épithéliales malignes

a) *Le carcinome in situ* (fig. 5)

Il est également dénommé maladie de Bowen. Il est fréquent. Il se manifeste par :

– des atypies sur toute la hauteur de l'épithélium, avec souvent des multinucléations unguéales ;

– des mitoses anormales et/ou superficielles ;

– une parakératose confluente. De plus, on constate de façon fréquente des stigmates d'infection virale, témoignant du lien étiopathogénique existant entre certain sous-type de papillomavirus et le Bowen unguéal.

b) *Le carcinome invasif*

On distingue :

– le carcinome verruqueux (carcinome cuniculatum). Il s'agit d'une tumeur rare caractérisée par l'importance de son mode de croissance endophytique et des atypies cytonucléaires limitées à la couche basale ;

– l'épithélioma spinocellulaire. Il représente avec la maladie de Bowen les deux tumeurs malignes les plus fréquentes de l'appareil unguéal. Les atypies cyto-

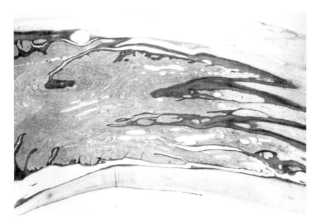

Fig. 6. – Partie distale de l'onychomatricome (exérèse sans avulsion unguéale préalable). HES × 16.

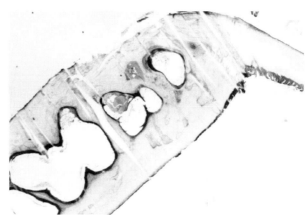

Fig. 7. – Pièce d'avulsion unguéale d'un onychomatricome caractérisée par de multiples cavités au sein d'une tablette épaissie. HES × 16.

nucléaires sont marquées, la stroma réaction est importante et la différenciation cornée variable.

c) *Le kyste onycholemmal proliférant malin* (Alessi *et al.*, 1994)

Il constitue l'équivalent, au niveau de l'ongle, du kyste trichilemmal proliférant malin.

d) *L'adénome papillaire agressif digital et l'adéno-carcinome papillaire digital* (Smith *et al.*, 1992)

Il montre des aspects identiques à l'adénome papillaire eccrine alternant avec des zones adénocarcinomateuses. Selon le degré des atypies cytonucléaires, l'index mitotique, la présence de plages de nécrose, on distingue des lésions de bas grade (adénome papillaire agressif) et des lésions de haut grade (adénocarcinome).

Pour ces dernières, le risque de récidive locale est important et le potentiel métastatique, en particulier au poumon, élevé. Cette tumeur doit être différenciée d'une métastase d'un adénocarcinome papillaire du poumon, du sein, de la thyroïde, de l'ovaire.

Les tumeurs fibroépithéliales

a) *Le fibrokératome acquis*

Il présente une architecture en «doigt de gant» avec un stroma collagène parallèle à l'axe du nodule et un épiderme épaissi. Il se différencie du doigt surnuméraire par l'absence de filets nerveux à sa base et/ou l'absence d'os et de cartilage.

b) *Le fibrokératome invaginé* (Perrin, 1994)

Il se différencie cliniquement du fibrokératome unguéal classique par deux points.

– Il s'agit d'un cône kératosique naissant de la face ventrale du repli sus-unguéal et se présentant comme une pseudo-tablette unguéale en continuité, latéralement, avec la tablette proprement dite.

– Une profonde gouttière unguéale longitudinale souligne cette lésion. Elle contraste avec la petite taille du cône proximal à type de pseudo-tablette.

Histologiquement, il se caractérise par :

– une profonde invagination épithéliale développée aux dépens du repli sus-unguéal ;

– une différenciation de type matriciel de l'épithélium ;

– un stroma conjonctif nettement démarqué des plans sous-jacents.

c) *L'onychomatricome*

Il s'agit d'une tumeur rare, bien individualisée sur le plan clinique (Baran et Kint, 1992). À partir d'une étude de 12 cas (Perrin, 1998), nous avons pu préciser les critères du diagnostic histologique et ainsi différencier l'onychomatricome des autres tumeurs fibroépithéliales, en particulier les fibromes et les fibrokératomes unguéaux.

L'onychomatricome est une tumeur fibroépithéliale présentant deux zones.

Trois critères permettent de reconnaître la zone proximale :

– L'épithélium présente des invaginations, où la zone kératogène est épaisse dessinant une architecture en V.

– Cette zone kératogène forme des cônes unguéaux donnant un aspect ondulé à la face inférieure de la tablette.

– Le stroma conjonctif superficiel, nettement démarqué des plans sous-jacents, prend un aspect fibrillaire.

La zone distale se repère par trois aspects :

– L'épithélium matriciel est soulevé par des axes conjonctifs en «doigts de gant» (fig. 6).

– La tablette unguéale est nettement plus épaisse que dans sa partie proximale, avec apparition de multiples cavités où se logent les digitations épithélio-conjonctives (fig. 7). L'architecture rappelle un fibrokératome ; cependant, le caractère multiple des digitations épithéliales et leur capacité onychoformatrice éliminent un fibrokératome.

– Le stroma est profondément implanté, rappelant un fibrome. Là encore, le caractère onychoformateur de la tumeur élimine un fibrome.

À partir de ces critères, une nouvelle forme clinique d'onychomatricome a pu être reconnue : l'onychomatricome à type de corne cutanée développée aux dépens de la face ventrale du repli sus-unguéal.

Le kyste mucoïde

On distingue deux types de kystes mucoïdes. Le kyste mucoïde de type mucinose focale montre un foyer de dégénérescence mucineuse du derme souvent riche en fibroblaste. Dans ce premier type, il n'y a pas de revêtement épithélial. Dans le kyste mucoïde d'origine synoviale, les fentes mucineuses acellulaires sont revêtues, au moins partiellement, par un revêtement synoviocytaire.

L'exostose sous-unguéale (ostéochondrome)

Elle correspond à un stroma conjonctif abondant riche en fibroblastes. En son sein, on retrouve des plages de métaplasie cartilagineuse et/ou des zones d'ossification enchondrale, aboutissant parfois à la formation d'une coque fibrocartilagineuse surmontant un tissu osseux mature. L'aspect cellulaire de la composante cartilagineuse (cellules binucléées, noyau augmenté en taille) et/ou un aspect immature avec un fond myxoïde riche en cellules étoilées, une activité mitotique importante des fibroblastes peuvent faire évoquer, à tort, un sarcome juxtacortical : chondrosarcome ou ostéosarcome (Fechner et Mills, 1992). La localisation phalangienne de la lésion et l'absence de destruction osseuse à l'examen radiologique sont les deux critères essentiels en faveur de la bénignité. Sur le plan histologique, ce diagnostic de bénignité sera étayé par la constatation de plages cartilagineuses matures en périphérie des zones myxoïdes, une composante osseuse sensiblement normale, l'absence de nécrose, de mitose atypique.

La tumeur glomique

C'est une tumeur fréquente présentant en proportion variable des cellules glomiques cuboïdales aux noyaux ronds basophiles et des vaisseaux sanguins. La contrepartie maligne est exceptionnelle.

La pathologie inflammatoire

Parmi les multiples maladies inflammatoires pouvant toucher l'ongle, nous retiendrons en raison de leur fréquence le psoriasis et le lichen. Leurs aspects lésionnels sur l'ongle sont en partie identiques à ceux observés sur le reste du tégument.

Le lichen plan se caractérise par :

– un infiltrat lymphocytaire en bande avec margination le long de la basale ;

– des altérations vacuolaires et nécrotiques des cellules basales.

Le psoriasis présente :

– des modifications dermiques sous la forme de néovaisseaux comblant les papilles dermiques, ces dernières amincissent les plateaux épidermiques suprapapillaires ;

– des modifications superficielles à type de pustules spongiformes sous-cornées et d'abcès intracorné.

La réaction épithéliale est, en revanche, moins spécifique : le découpage en arcade de la basale, une granuleuse en V (signes lichéniens), une parakératose confluente (signe de psoriasis) sont des aspects inconstamment retrouvés. Dans l'ongle, tous les processus inflammatoires s'accompagnent d'une métaplasie épidermique : apparition d'une couche granuleuse avec hyperkératose orthokératosique (Kouskoukis *et al.*, 1984 ; Fanti *et al.*, 1994) et/ou d'une parakératose feuilletée. Le lichen unguéal montre une nette prédominance de la métaplasie épidermique orthokératosique tandis que le psoriasis montre une métaplasie parakératosique dominante.

Cette métaplasie est focale et transitoire en ce qui concerne le psoriasis ; tandis que dans le lichen elle peut devenir permanente, aboutissant à un accolement des couches cornées de l'épithélium unguéal modifié et de l'épiderme du repli proximal, ce qui rend compte de l'aspect cicatriciel clinique de type ptérygion.

La pathologie infectieuse

Les onychomycoses

Le prélèvement de kératine, soit distale dans les onychomycoses à localisation distale, soit superficielle dans les onychomycoses proximales et superficielles, constitue le support essentiel du diagnostic histologique. Les colorations spécifiques par le PAS et éventuellement le Grocott mettent en évidence l'atteinte mycélienne de l'hyponychium et, surtout, l'envahissement caractéristique de la tablette.

Les dermatophytes se reconnaissent par leurs filaments septés ou leurs arthrospores globuleuses de calibre régulier, tandis que, classiquement, les moisissures ont des calibres beaucoup plus irréguliers. Les *Candida* montrent des pseudo-filaments et des levures bourgeonnantes, les pseudodermatophytes type *Scytalidium* sont difficiles à distinguer des dermatophytes. La réaction épithéliale est, dans tous les cas, soit de type eczématiforme, soit de type psoriasiforme.

L'histologie ne permet pas cependant de porter un diagnostic formel d'espèce. Elle permet surtout de rectifier les faux négatifs de l'examen mycologique et d'affirmer le rôle pathogène d'une moisissure isolée à la culture.

Les autres pathologies infectieuses

Ces pathologies, en particulier la pathologie virale, ne présentent pas de signes distinctifs par rapport à leurs contreparties cutanées.

RÉFÉRENCES

Achten G., André J., Laporte M. – Nails in light and electron microscopy. *Sem. Dermatol.,* 1991, *1,* 54-64.

Ackerman A.B., Briggs P.L., Bravo F. – Differential diagnosis in dermatopathology III, Pennsylvania, Lea & Febiger, 1992, 126-129.

Alessi E., Zorzi F., Gianotti R., Parafioriti A. – Malignant proliferating onycholemmal cyst. *J. Cutan. Pathol.,* 1994, *21,* 183-188.

Baran R., Kechijian P. – Longitudinal melanonychia (melanonychia striata) : diagnosis and management. *J. Am. Acad. Dermatol.,* 1989, *21,* 1165-1175.

Baran R., Kint A. – Onychomatricoma : filamentous tufted tumour in the matrix of a funnel-shaped nail. A new entity (report of three cases). *Br. J. Dermatol.,* 1992, *26,* 510-515.

Baran R., Haneke E. – Tumours of the nail apparatus and adjacent tissues. *In :* Baran R., Dawber R.P.R. (Eds). *Disease of the nails and their management* (2nd ed), pp. 417-497. Oxford, Blackwell Scientific Publications, 1994.

Baran R., Perrin C. – Localized multinucleated distal subungual keratosis. *Br. J. Dermatol.,* 1995, *133,* 77-82.

Baran R., De Doncker P. – Lateral edge nail involvement indicates poor prognosis for treating onychomycosis with the new systemic antifungals. *Acta Derm. Venereol.,* 1996, *76,* 82-83.

Blessing K., Evans A.T., Al-Nafussi A. – Verrucous naevoid and keratotic malignant melanoma : a clinico-pathological study of 20 cases. *Histopathology,* 1993, *23,* 453-458.

Clemente C., Zurrida S., Bartoli C., Bono A., Collini P., Rilke F. – Acral-lentiginous naevus of plantar skin. *Histopathology,* 1995, *27,* 549-555.

Dawber R.P.R., De Berker D.A.R., Baran R. – Science of the nail apparatus. *In :* Baran R., Dawber R.P.R. (Eds). *Disease of the nails and their management* (2nd ed), pp. 1-9. Oxford, Blackwell Scientific Publications, 1994.

Drapé J.L., Wolfram-Gabel R., Idy-Peretti I. Baran R., Goettmann S., Sick H., Guerin-Surville H. *et al.* – The lunula : a magnetic resonance imaging approach to the subnail matrix area. *J. Invest. Dermatol.,* 1996, *106,* 1081-1085.

De Berker D., Angus B. – Proliferative compartments in the normal nail unit. *Br. J. Dermatol.,* 1996, *135,* 555-559.

De Berker D., Mawhinney B., Sviland L. – Quantification of regional matrix nail production. *Br. J. Dermatol.,* 1996, *134,* 1083-1086.

Fanti P.A., Tosti A. – Subungual epidermoid inclusions : report of 8 cases. *Dermatologica.,* 1989, *178,* 209-212.

Fanti P.A., Tosti A., Cameli N., Varotti C. – Nail matrix hypergranulosis. *Am. J. Dermatopathol.,* 1994, *16,* 607-610.

Fechner R.E., Mills S.E. – Tumors of the bones and joints. *In :* Rosai J., Sobin L.H. (Eds). *Atlas of tumor of pathology. Armed Forces institute of pathology publications,* pp. 269-271. Washington, 1992. Third Series, Fascicle 8.

Feibleman C.E., Stoll H., Maize J.C. – Melanomas of the palm, sole, and nailbed. *Cancer,* 1980, *46,* 2492-2504.

Fleckman P. – Basic science of the nail unit. *In :* Scher R.K., Daniel C.R. (Eds). *Nails therapy, diagnosis, surgery* (2nd ed), pp. 37-54. W.B. Sanders Company, 1997.

Glass F.L., Coltam J.A., Reintgen D.S., Fenske N.A. – Lymphatic mapping and sentinel biopsy in the management of high-risk melanoma. *J. Am. Acad. Dermatol.,* 1998, *39,* 603-610.

Goettmann S., André J., Belaich S. – Mélanonychies longitudinales de l'enfant. Étude clinique et histologique de 35 cas. *Ann. Dermatol.,* 1996, S48.

Guéro S., Guichard S., Fraitag S.R. – Ligamentary structure of the base of the nail. *Surg. Radiol. Anat.,* 1994, *16,* 47-52.

Haneke E. – Onycholemmal horn. *Dermatologica,* 1983, *167,* 155-158.

Hashimoto K. – Ultrastructure of the human toenail. *J. Invest. Dermatol.,* 1971, *56,* 235-246.

Heid H.W., Moll I., Franke W.W. – Patterns of expression of trichocytic and epithelial cytokeratins in mammalian tissues. *Differentiation,* 1988, *37,* 215-230.

Kopf A.W., Bart R.S., Rodriguez-Sains R.S., Ackerman A.B. – Malignant melanoma. New York, Masson, 1979.

Kouskoukis C.E., Scher R.K., Ackerman B. – The problem of features of lichen simplex chronicus complicating the histology of diseases of the nail. *Am. J. Dermatopathol.,* 1984, *6,* 45-49.

Lewin K. – Subungual epidermoid inclusions. *Br. J. Dermatol.,* 1969, *81,* 671-675.

Molina D., Sanchez J.L. – Pigmented longitudinal bands of the nail. *Am. J. Dermatopathol.,* 1995, *17,* 539-541.

Parent D., Achten G., Stouffs-Vanhoof F. – Ultrastructure of the normal human nail. *Am. J. Dermatopathol.,* 1985, *7,* 529-535.

Patterson R.H., Helwing E.B. – Subungual malignant melanoma : a clinical-pathologic study. *Cancer,* 1980, *46,* 2074-2087.

Perrin C., Baran R. – Invaginated fibrokeratoma with matrix differenciation : a new histological variant. *Br. J. Dermatol.,* 1994, *130,* 654-657.

Perrin C., Michiels J.F., Pisani A., Ortonne J.P. – Anatomical distribution of melanocytes in normal nail unit : an immunohistochemical investigation. *Am. J. Dermatopathol.,* 1997, *19,* 462-467.

Perrin C., Goettmann S., Baran R. – Onychomatricoma : clinical and histopathological findings in twelve cases. *J. Am. Acad. Dermatol.,* 1998, *39,* 560-564.

Sinclair R.D., Wojnarowska F., Leigh I.M., Dawber R.P.R. – The basement membrane zone of the nail. *Br. J. Dermatol.,* 1994, *131,* 499-505.

Smith K.J., Skelton H.G., Holland T.T. – Recent advances and controversies concerning adnexal neoplasm. *Dermatol. Clin.,* 1992, *1,* 117-160.

Sonnex T.S., Griffiths W.A.D., Nicol W.J. – The nature and significance of the transverse white band of human nails. *Sem. Dermatol.,* 1991, *10,* 12-16.

Soon P.H.S., Arnold M.A., Tracey D.J. – Paraterminal ligaments of the distal phalanx. *Acta. Anat.,* 1991, *142,* 339-346.

Tosti A., Baran R., Piraccini B.M., Cameli N., Fanti P.A. – Nail matrix nevi : a clinical and histopathologic study of twenty-two patients. *J. Am. Acad. Dermatol.,* 1996, *34,* 765-771.

Walters D.S., Scher R.K. – Nail terminology. *Int. J. Dermatol.,* 1995, *34,* 607-610.

Wolfram-Gabel R., Sick H. – Vascular networks of the periphery of the finger nail. *J. Hand Surg. Br.,* 1995, *20B,* 488-492.

Zaias N. – *The nail in health and disease.* Appleton and Lange, Norwalk CT, 1990, pp. 3-13.

Physiologie chirurgicale de l'appareil unguéal

C. DUMONTIER, R. LEGRÉ

Si l'on met de côté le rôle fondamental de l'ongle et de ses rognures dans la composition des philtres magiques, et notamment des philtres d'amour ; si l'on passe sous silence le fait que se tailler les ongles à bord d'un bateau attirerait la tempête ; si on élimine tout ce que la croyance populaire pense lire dans l'aspect des ongles (longueur de la lunule, présence de taches blanches,…), force est de reconnaître que la physiologie unguéale médicale reste mal connue (Baran, 1998). Ce sont les dermatologues qui se sont intéressés les premiers à la physiologie unguéale ; la constitution de la tablette unguéale, sa composition, sa vitesse de croissance et les facteurs la modifiant sont autant d'éléments indispensables pour la compréhension des altérations observées dans les maladies dermatologiques ou dans les infections. La connaissance de la physiologie permet ainsi de mieux choisir les voies et la durée d'administration des médicaments indispensables au traitement des lésions unguéales.

Pour le chirurgien, les besoins sont différents. Les lésions traumatiques et leur réparation ne correspondent pas aux lésions rencontrées en dermatologie. Malheureusement, les travaux de physiologie « chirurgicale » de l'ongle sont rares. À cela deux raisons principales :

— Les travaux expérimentaux ne peuvent être réalisés que chez des primates, animaux difficilement disponibles pour des raisons éthiques et financières. Les travaux à orientation chirurgicale sont donc très rares et, de plus, l'homme est le seul primate à posséder un ongle plat, ce qui limite les extrapolations (Hashimoto, 1971 ; Shepard, 1990b ; Tajima 1974 ; Zaias et Alvarez, 1968).

— L'expérimentation clinique, plus accessible, est limitée par la pratique. Il faut un an pour juger des résultats d'une intervention sur l'appareil unguéal et la plupart des patients sont perdus de vue, ce qui limite le nombre et la qualité des observations. Les publications actuelles du résultat des greffes de lit unguéal, par exemple, en dehors des publications de Shepard, sont au nombre de deux avec respectivement 24 et 8 cas, et un recul non précisé dans une série et inférieur à 12 mois dans l'autre (Pessa *et al.,* 1990 ; Yong et Teoh, 1992). Enfin, il faut remarquer l'intérêt modéré des chirurgiens de la main pour ce type de chirurgie. Pour les années 1995-1996, sur les 817 publications du *Journal of Hand Surgery (American and British volumes),* on compte seulement 9 publications dont un des mots-clés est « nails » et dont 8 seulement concernent la pathologie unguéale (3 concernent des lésions traumatiques, 2 des tumeurs, 2 des anomalies congénitales et 1 travail d'anatomie). Et pourtant, l'ongle est une interface cosmétique avec le milieu extérieur dont toute anomalie est mal ressentie par les patients.

À l'inverse, il faut signaler l'extrême conscience de Bean qui a scrupuleusement observé la croissance de son ongle du pouce gauche pendant 35 ans et dont l'observation clinique a beaucoup apporté à la physiologie normale de l'ongle (Bean, 1980).

Nous voudrions, dans ce chapitre, donner au chirurgien les bases physiologiques indispensables à la prise en charge et au suivi des patients porteurs d'altérations de l'appareil unguéal. Nous l'encourageons vivement à se plonger dans la littérature dermatologique pour compléter ses connaissances. La connaissance de l'anatomie reste un préalable indispensable à la compréhension de la physiologie.

À QUOI SERT UN ONGLE ?

Si, sur le plan de l'anatomie comparée, l'ongle est proche des sabots ou des griffes des animaux, il y a longtemps que chez l'homme il a perdu ces fonctions même si Zook rapporte qu'en 1724 on considérait l'ongle comme un don de Dieu en tant «qu'arme utile pour nous permettre de nous gratter et de lutter contre les petites bêtes qui grouillent sur notre corps» (Zook *et al.,* 1980). Pour Bichat, il est le témoin de notre animalité et le fait de se couper les ongles la preuve de la sociabilité de l'homme. Se couper les ongles a permis à l'homme d'inventer ou de conquérir un toucher, une sensibilité qui l'ont fait sortir de sa condition animale (Postel-Vinay, 1998).

La tablette unguéale sert de protection à la face dorsale des doigts. Elle participe à la finesse des prises; d'une part dans le ramassage des petits objets grâce aux prises pulpo-unguéales ou unguéo-unguéales (Ambroise Paré, *in* Postel-Vinay, 1998); d'autre part par sa rigidité et son effet de contre-pression pulpaire (Ashbell *et al.,* 1967). Elle augmente également la sensibilité pulpaire, et la perte de la tablette diminue les capacités de préhension. Il est impossible, ou très difficile, de boutonner une chemise avec un doigt dépourvu de tablette (Iselin *et al.,* 1963; Pardo-Castello, 1941; Shoemaker, 1890). Par sa richesse vasculaire, il est vraisemblable que l'appareil unguéal participe à la régulation thermique (Pardo-Castello, 1941). Enfin, et cette fonction est fondamentale, l'ongle participe à la beauté cosmétique des doigts.

D'OÙ POUSSE L'ONGLE?

La croissance de l'ongle est continue, à l'opposé de celle du poil qui est cyclique et subit un rythme diurne et nocturne, étant ralentie pendant la nuit.

On divise en deux (ou trois) régions les zones productrices de la tablette et de nombreuses controverses persistent sur leur participation à la production de la tablette. Les travaux d'Hashimoto ont montré que, chez le fœtus, la formation initiale de la tablette dépendait des zones ventrales, apicales et dorsales (Hashimoto *et al.,* 1966). Lewis, en 1954, décrivait histologiquement trois zones de productions unguéales et ce concept a été repris

largement, notamment par Zook, dans la littérature chirurgicale bien qu'il soit contredit de façon régulière dans la littérature dermatologique (Lewis, 1954; Zook, 1981) (fig. 1).

Le lit de l'ongle débute à la partie distale de la lunule et il s'étend jusqu'à l'hyponychium. C'est à ce niveau que la tablette est la plus adhérente, les digitations du lit s'imbriquant avec celle de la tablette. Pour certains, le lit participerait en partie à la formation de la tablette, comme en témoignent l'inclusion dans celle-ci des hématomes sous-unguéaux de petite taille (Fleckman, 1985; Pinkus, 1927; Zook, 1981) ou la kératinisation parfois notable du lit que l'on observe dans certaines destructions matricielles ou pathologies dermatologiques et qui permettent parfois de faire adhérer un ongle artificiel (Fleckman, 1990; Suzuki, 1984). Les travaux expérimentaux d'Hashimoto étaient également en faveur d'une contribution du lit à l'épaisseur de la tablette, et cette contribution pouvait atteindre 20% pour Johnson qui a montré que l'épaisseur de la tablette, ainsi que sa masse, augmentait de proximal en distal, y compris au-delà de la lunule (Johnson *et al.,* 1991). Pour d'autres auteurs, le lit ne contribuerait à l'épaisseur de la tablette que dans certaines circonstances pathologiques (Samman, 1959). Cependant, la majorité des travaux expérimentaux et/ou cliniques vont contre une quelconque participation du lit à l'épaisseur de la tablette (Baran et Dawber, 1994; Norton, 1971; Samman, 1959; Suzuki, 1984; Zaias, 1965; Zaias et Alvarez, 1968). Les derniers travaux semblent clore le débat en montrant que le nombre de cellules n'augmente plus au-delà de la lunule, alors qu'il augmente régulièrement tout le long de la matrice. L'épaississement distal de la tablette au-delà de la matrice serait lié à une modification de la forme des cellules (De Berker *et al.,* 1996).

C'est donc la matrice dite germinale qui est responsable de la totalité de la production de la tablette. Lewis divisait cette matrice en deux parties selon sa localisation par

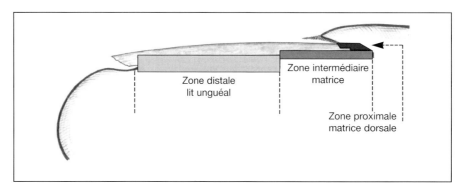

Zone distale
lit unguéal

Zone intermédiaire
matrice

Zone proximale
matrice dorsale

FIG. 1. – **Les trois zones productrices d'ongle selon Lewis. Cet auteur, après d'autres, décrit une zone distale qui correspond au lit de l'ongle, une zone proximale qui correspond à la petite portion de matrice qui se situe au-dessus de la tablette (à l'intérieur du repli) et une zone intermédiaire qui correspond à la matrice. Les travaux actuels montrent que seule la zone intermédiaire participe à la croissance de l'ongle en dehors de situations pathologiques.**

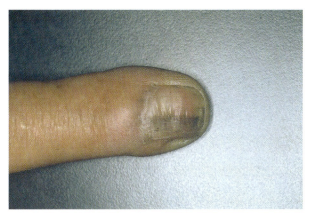

Fig. 2. – **Perte limitée du brillant de l'ongle après une lésion du repli, responsable d'une destruction, au moins partielle, de la zone matricielle proximale.**

rapport à la tablette (Lewis, 1954). La matrice dorsale, située dans le repli, au-dessus de la tablette, participerait très peu à la production de la tablette (Hashimoto *et al.,* 1966 ; Hashimoto, 1971 ; Kligman, 1961 ; Lewis, 1954 ; Zook, 1981). En revanche, une lésion de cette zone serait responsable d'une perte du brillant de l'ongle (Mahdi et Beardsmore, 1997 ; Zook *et al.,* 1980) (fig. 2). C'est donc la partie ventrale de la matrice qui est responsable de l'épaisseur de la tablette. Cette épaisseur est de 0,5 mm chez la femme et de 0,6 mm chez l'homme, et elle dépend de la longueur de la matrice (Fleckman, 1985). Approximativement, nous formons annuellement 3 g d'ongles au niveau des doigts (Fleckman, 1990). L'augmentation de l'épaisseur observée avec l'âge dépendrait de l'augmentation de la taille des cellules (Fleckman, 1985 ; Hamilton *et al.,* 1955). Sans entrer dans les détails, il faut retenir que la partie la plus superficielle de la tablette est formée par les cellules les plus proximales de la matrice. Cette notion fondamentale permet ainsi de localiser les lésions, mélaniques ou autres. Si la mélanonychie (ou la dystrophie) concerne seulement la partie inférieure de la tablette, c'est que la lésion est située au niveau de la lunule et que l'incision du repli postérieur n'est peut-être pas indispensable (Baran et Dawber, 1994).

LA VITESSE DE CROISSANCE

Elle est difficile à mesurer car l'usure naturelle liée au frottement est importante et de nombreuses méthodes ont été proposées (Baran et Dawber, 1994 ; Bean, 1980). La pousse unguéale peut former des ongles dont la longueur excède 50 cm. La vitesse de croissance varie, selon les auteurs, de 0,5 mm par semaine (Horner et Cohen, 1966), de 1,9 à 4,4 mm par mois (Sibinga, 1959) à 1,5 inch par an (Le Gros Clark et Buxton, 1938). Si les variations individuelles sont nombreuses, les variations sont moindres au sein d'une même famille, et la crois-

sance est en moyenne de 0,1 mm par jour, soit 3 mm par mois (Bean, 1980 ; Fleckman 1985 ; Zook *et al.,* 1980). Il faut donc environ deux mois à une nouvelle tablette pour parcourir les 5 mm qui la séparent du bord libre (Fleckman, 1985) et de 78 à 130 jours (Zook, 1981 ; Zook *et al.,* 1980) ou de 130 à 160 jours (Bean, 1980 ; Pardo-Castello, 1941) pour qu'elle atteigne le bord libre de la pulpe à partir du repli proximal. Il faut donc compter de quatre à six mois pour qu'un nouvel ongle repousse (Seaberg *et al.,* 1991), mais la première tablette est irrégulière, inesthétique, déformée à son bord distal et s'accroche sur les objets, ce dont il faut prévenir les patients. En pratique, il faut attendre 12 mois pour juger du résultat définitif d'une repousse unguéale.

LES FACTEURS DE VARIATIONS DE LA CROISSANCE UNGUÉALE

La vitesse de croissance unguéale est très variable et varie avec l'âge. Zook cite Jones (1941) qui dit que les ongles poussent deux fois plus vite chez les patients de moins de 30 ans que chez ceux de 80 ans et plus. L'ongle pousse moins vite chez les enfants de moins de 3 ans. Entre 10-14 ans et 80 ans, l'ongle pousse d'autant moins vite que l'âge augmente (Bean, 1980 ; Dawber, 1970 ; Dawber, 1981 ; Fleckman, 1985 ; Fleckman, 1990 ; Zook, 1981). Les ongles des pieds poussent deux à quatre fois moins vite que ceux des doigts (Fleckman, 1985 ; Zook, 1981).

Les ongles poussent plus vite sur la main droite que sur la gauche (Fleckman, 1985 ; Hamilton *et al.,* 1955), plus vite sur le majeur et moins vite sur le pouce et l'auriculaire (Bean, 1980 ; Dawber, 1970 ; Le Gros Clark et Buxton, 1938), plus vite en été qu'en hiver (Bean, 1980 ; Le Gros Clark et Buxton, 1938). Le sexe n'a pas d'influence pour Dawber, mais l'ongle pousse plus vite chez les hommes que chez les femmes pour Hamilton (Dawber, 1970 ; Hamilton *et al.,* 1955). De nombreux facteurs modifient la croissance de l'ongle et sont rappelés dans le tableau I. Les ongles, comme les cheveux, ne poussent plus après la mort mais la rétraction cutanée liée à la dessiccation et à la coagulation des protéines peut donner l'illusion d'une augmentation de taille de près de 1 mm (Bean, 1980).

Les dépressions transversales dans la tablette sont connues sous le nom de ligne de Beau (Beau, 1846). Elles font suite à un arrêt de la croissance linéaire de l'ongle. De très nombreuses maladies sont susceptibles d'entraîner une ligne de Beau (Ward *et al,* 1988). La largeur de la ligne de Beau traduit la durée de l'arrêt de croissance, et la pente distale de la tranche la soudaineté de l'atteinte (Ward *et al.,* 1988). Après un traumatisme, Baden a montré en 1965, à propos d'un cas seulement…, que la croissance s'arrêtait 21 jours alors que la partie proximale de l'ongle continue à s'épaissir pendant environ 50 jours. Cette période d'hyperproduction est suivie d'une phase d'hypoproduction de 30 jours, ce qui fait que la vitesse

TABLEAU I

Les facteurs connus de variation de la croissance unguéale.

Facteurs augmentant la vitesse de croissance	Facteurs diminuant la vitesse de croissance
Se ronger les ongles (Le Gros Clark et Buxton, 1938)	L'immobilisation des doigts (Dawber, 1981; Head et Sherren, 1905; Ross et Ward, 1987)
Une avulsion unguéale (Bean, 1980; Fleckman, 1985; Le Gros Clark et Buxton, 1938)	Une paralysie (Dawber, 1981; Head et Sherren, 1905; Mitchell, 1871; Ross et Ward, 1987)
La grossesse (Bean, 1980; Fleckman, 1985; Le Gros Clark et Buxton, 1938)	Une diminution de la vascularisation (Bean, 1980)
Les climats chauds (Bean, 1980; Fleckman, 1985; Le Gros Clark et Buxton, 1938)	La malnutrition (Gilchrest et Buxton, 1939)
Le travail manuel (Dawber, 1970)	La nuit (Fleckman, 1985)
Le psoriasis (Dawber, 1970)	La lactation (Bean, 1980)
L'onycholyse (Fleckman, 1985)	Les infections aiguës (Bean, 1980; Sibinga, 1959)
Le massage Head (1905 cité par Ross et Ward, 1987)	Le *yellow nail syndrome* (Fleckman, 1985)
Le pityriasis rubra pilaris, la leuconychie totale, érythrodermie bulleuse idiopathique, hyperthyroïdie (*in* Baran et Dawber, 1994)	Les antimitotiques (Fleckman, 1985)
Etretinate, L-Dopa, itroconazole, fluconazole, calcium et vitamine D, ciclosporine A, (*in* Baran et Dawber, 1994)	
Les shunts artério-veineux (*in* Baran et Dawber, 1994)	

de croissance unguéale et son épaisseur ne sont pas normales avant 100 jours (Baden, 1965). Ward *et al.* ont rapporté la présence de ligne de Beau chez six patients ayant eu une atteinte associée des tendons fléchisseurs et une lésion nerveuse (Ward *et al.,* 1988). Deux cas de ligne de Beau ont également été rapportés après une lésion du nerf médian (Ross et Ward, 1987).

LA FORME DE LA TABLETTE

Elle dépend de la largeur de la matrice et de la longueur du lit qui dépend de la position de la bande onycho-dermale (Gonzalez-Serva, 1990). La convexité de la tablette dépend essentiellement du degré de courbure de la matrice, plus marquée aux orteils qu'aux doigts, et de la double convexité du lit (longitudinale et sagittale). Le rôle de la phalange dans le maintien de la courbure ou de la forme est fondamental, comme en témoignent les déformations post-traumatiques observées (ongle en griffe, perte de convexité, de longueur,...).

Pour Kligman, la matrice produit un ongle qui pousserait verticalement si le repli proximal ne le forçait pas à s'étaler distalement (Kligman, 1961). La croissance verticale des cellules germinatives et leur épaississement vont entraîner une tension limitée en haut et proximalement par le repli qui induit un vecteur de force qui pousse la tablette distalement. Cette hypothèse avait été émise dès 1872 par Biesiadecki (cité *in* Kligman, 1961). Kligman va la vérifier en transposant en sous-cutané dans l'avant-bras

des biopsies matricielles chez deux sujets; tous deux auront un ongle ectopique qui poussera verticalement (Kligman, 1961). D'autres auteurs, à partir d'observations d'ongles ectopiques, vont appuyer cette hypothèse (Kikuchi *et al.,* 1984). Cette hypothèse a cependant été combattue d'abord par Zaias (Zaias et Alvarez, 1968) puis par Baran (Baran, 1981) qui a noté que l'ablation du repli proximal dans le traitement des paronychies n'entraînait pas une pousse verticale de l'ongle (comme l'avait noté également Kligman). Baran critiquait l'expérimentation de Kligman en disant qu'une greffe de matrice en dehors des doigts ne recréait pas les conditions physiologiques et il citait comme exemple l'absence d'ongle normal dans les anomalies congénitales des doigts avec absence de pha-lange (Baran, 1981). De plus, si les greffes matricielles observées après un traumatisme entraînent habituellement des spicules ou des ongles de petite taille, des ongles presque normaux ont été observés (Mahdi et Beardsmore, 1997). L'explication, pour Baran, du sens de la pousse unguéale était fournie par le travail d'Hashimoto *et al.* (1966) qui, chez les fœtus, avaient montré que les cellules germinales étaient orientées dans une direction proximo-distale et que ce schéma persistait à l'âge adulte (Hashimoto *et al.,* 1966). Hashimoto a, par ailleurs, mon-tré qu'un lit d'ongle plat était indispensable à une repousse normale (Hashimoto, 1971; Tajima, 1974). Le rôle du lit dans l'horizontalisation de la tablette a ainsi été reconnu plus récemment. Ainsi Kato a montré, à propos d'un cas clinique, que la présence des replis n'empêchait pas la pousse verticale de l'ongle en l'absence du lit (Kato, 1992). Il semble donc que le lit de l'ongle soit plus impor-tant que les replis dans la forme de l'ongle, à condition

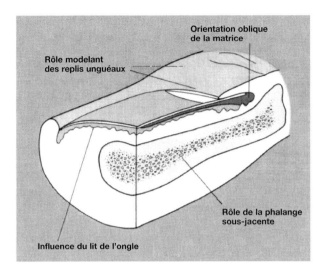

FIG. 3. – **Les différents facteurs anatomiques expliquant l'orientation de la pousse unguéale selon Baran : le repli proximal empêche l'ongle de pousser vers le haut ; la phalange sous-jacente ; le maintien et le guidage par les replis latéraux ; l'adhérence au lit de l'ongle (d'après Baran et Dawber, 1994).**

cependant que la matrice soit correctement orientée, ce qui suppose également un support osseux de qualité (Baran et Dawber, 1994 ; Gonzalez-Serva, 1990) (fig. 3). Enfin, l'aspect arrondi, et non pas pointu, de l'ongle semble dépendre de la forme de la lunule (Baran et Dawber, 1994).

L'AVANCÉE DE LA TABLETTE

C'est Pinkus qui, en 1927, avait postulé que lit et tablette avançaient ensemble un peu comme un sujet sur un escalator (Fleckman, 1985 ; Fleckman, 1990 ; Pinkus, 1927). Cette hypothèse avait été confirmée par Kligman qui estimait que c'était l'hyponychium qui attirait la tablette. Cependant, ces expérimentations n'ont pas pu être reproduites par Zaias qui a montré, au contraire, que si la partie proximale du lit avançait, sans doute sous la pression de la tablette, la partie distale du lit ne bougeait pas (Fleckman, 1990 ; Zaias, 1965). Il semble que les cellules de la partie proximale du lit avancent et s'incorporent à la face inférieure de la tablette. L'adhérence intime de la tablette et du lit fait qu'on comprend assez mal comment ce même lit permet le glissement de la tablette lors de la croissance (Fleckman, 1985 ; Suzuki, 1984).

LA CICATRISATION DU LIT UNGUÉAL

Lors d'une avulsion de la tablette, celle-ci emporte avec elle des fragments superficiels d'épithélium matriciel et des fragments plus importants d'épithélium du lit unguéal, laissant « à nu » lit et matrice (Gonzalez-Serva, 1990 ; Zaias, 1965). Ces zones cruentées sont immédiatement

recouvertes par une croûte. La cicatrisation du lit, au moins chez les primates, vient essentiellement des replis latéraux et de l'hyponychium (Zaias, 1965). Ces notions posent deux problèmes pratiques :

– La régénération du lit est-elle possible, et peut-on se contenter d'une cicatrisation dirigée comme le suggèrent certains auteurs ? (Allen, 1980 ; Iselin *et al.,* 1963 ; Matthews, 1982 ; Ogo, 1987 ; Ogunro, 1992 ; Verdan et Egloff, 1981). La fréquence des dystrophies après lésion du lit unguéal et les résultats satisfaisants obtenus après greffe de l'appareil unguéal font penser que si la régénération existe, son rôle est probablement faible.

– Le fait de reposer une tablette en postopératoire limite-t-il l'épithélialisation venue de l'hyponychium et des replis latéraux, protégeant ainsi le lit ?

Lorsque la tablette unguéale se reforme, elle apporte avec elle un nouvel épithélium qui vient remplacer l'épithélium cicatriciel (Gonzalez-Serva, 1990). Lorsqu'il existe une perte de substance du lit unguéal, il est possible, en urgence, de la combler avec de nombreux procédés et d'obtenir de bons résultats. Ont ainsi été proposées les greffes de peau (Buncke et Gonzalez, 1962 ; Flatt, 1955 ; Hanrahan, 1946 ; Horner et Cohen, 1966), les greffes dermiques (Ashbell *et al.,* 1967 ; Dumontier *et al.,* 1992) et les greffes dermiques inversées (Clayburgh *et al.,* 1983). Cependant, en secondaire, seule la greffe de lit unguéal, fine ou épaisse, permet d'obtenir une repousse unguéale de qualité. Le remplacement du lit unguéal par un tissu identique semble donc la meilleure solution physiologique. Proposée par Swanker dès 1947, la greffe épaisse suppose le sacrifice d'un doigt ou d'un orteil donneur, ce qui en limite les indications (Beasley, 1969 ; Saito *et al.,* 1983 ; Swanker, 1947). Qui plus est, il est nécessaire de respecter l'orientation de cette greffe (Shepard, 1990). Les travaux expérimentaux de Shepard ont montré que des résultats identiques, sinon meilleurs, pouvaient être obtenus avec une greffe fine de lit unguéal (Shepard, 1983). Les séquelles sont rares et l'orientation de la greffe n'a pas d'importance, ce qui permet d'adapter le prélèvement aux lésions rencontrées (Shepard, 1990b). La taille à partir de laquelle il faut greffer une perte de substance n'est pas documentée dans la littérature chirurgicale. On peut extrapoler à partir de l'expérience des biopsies au punch qui ne laissent pratiquement pas de séquelles lorsqu'elles mesurent moins de 3 mm de diamètre.

Lorsque le lit est détruit de façon temporaire (psoriasis) ou définitive (lichen plan), il existe une métaplasie épidermique avec exsudation, hyperplasie et hyperkératose, ce qui explique que l'on ait pu penser que le lit participait à la formation de la tablette (Gonzalez-Serva, 1990).

LA CICATRISATION DE LA MATRICE

Elle est mal connue. Les biopsies circulaires au punch n'entraînent pas de séquelles pour peu que leur diamètre soit inférieur à 3 mm. L'excision-suture transversale de la matrice, telle que la préconise Baran dans les biopsies pour mélanonychies, amincit l'ongle mais n'entraîne habituellement pas de dystrophie. Dans notre expérience, l'excision-suture longitudinale de la matrice n'entraîne pas non plus de séquelles dystrophiques si elle ne touche pas le repli proximal. À l'inverse, les excisions longitudinales incluant les replis, avec reconstruction par lambeau et affrontement matriciel, entraînent toujours des séquelles dystrophiques sous forme de rainures. L'impossibilité probable d'affronter rigoureusement des matrices de longueur différentes est, peut-être, responsable de ces séquelles.

Lorsqu'il existe une perte de substance matricielle, le problème est celui de la survie vasculaire de la greffe matricielle. Les greffes de matrice, fines ou épaisses, et les greffes matrices + lit ne donnent pas de bons résultats (Endo *et al.,* 1997 ; McCash, 1956 ; Saito *et al.,* 1983 ; Shepard, 1990b ; Zook, 1988). Les greffes composites de l'appareil unguéal incluant les replis donnent environ 50 % de bons résultats (McCash, 1956 ; Shepard, 1990 ; Van Beek *et al.,* 1990). Seuls les transferts microchirurgicaux d'appareil unguéal sont susceptibles d'apporter une matrice vascularisée qui produira une tablette unguéale (Endo *et al.,* 1997 ; Foucher *et al.,* 1980).

CONCLUSIONS PRATIQUES

Il peut paraître étonnant qu'un si petit organe soit le théâtre d'affrontements scientifiques aussi importants depuis plus d'un siècle sans que des certitudes aient pu se dégager. C'est bien le problème actuel posé aux chirurgiens. Nos connaissances sont anciennes, leurs métho-dologies sont contestées, mais aucun apport notable n'est venu modifier ces données. Notre connaissance de la physiologie post-traumatique repose sur une observation clinique de 1965 ! Les connaissances physiologiques apportées par Zook, qui cite Lewis, sont discutées sinon discutables. Nous devons garder à l'esprit que le paradigme de la physiologie unguéale est fragile et nos propres observations cliniques doivent nous faire réfléchir car la physiologie unguéale reste à découvrir.

Sur le plan pratique, on retiendra :

– qu'après un traumatisme, il se produit habituellement une ligne transversale dans la tablette, ligne qui avancera avec la pousse de l'ongle ;

– qu'après une avulsion unguéale, une nouvelle tablette poussera entre quatre et six mois, mais qu'elle sera irrégulière et qu'on ne pourra juger des résultats cliniques qu'après neuf à douze mois. Si on repose la tablette, celle-ci n'adhérera pas mais elle peut se maintenir en place, un à deux mois en « collant » sur l'hématome ;

– que les lésions du lit entraîneront comme séquelles des pertes d'adhérence, alors que les lésions matricielles seront responsables d'une perte de la production unguéale. Face à une perte de substance du lit unguéal, la greffe fine de lit unguéal est de loin la meilleure solution, en urgence comme en secondaire. Les greffes non vascularisées de matrice donnent à l'inverse des résultats inégaux ;

– que les lésions du repli doivent être réparées pour guider la repousse unguéale, mais que cette repousse nécessite aussi, sinon surtout, un lit d'ongle de qualité ;

– qu'un support osseux de qualité est un préalable à toute réparation, en urgence ou à distance de l'appareil unguéal.

RÉFÉRENCES

Allen M.J. – Conservative management of finger tip injuries in adults. *The Hand,* 1980, *12,* 257-265.

Ashbell T.S., Kleinert H.E., Putcha S.M., Kutz J.E. – The deformed fingernail, a frequent result of failure to repair nail bed injuries. *J. Trauma.,* 1967, *7,* 177-190.

Baden H.P. – Regeneration of the nail. *Arch. Dermatol.,* 1965, *91,* 619-620.

Baran R. – Nail growth direction revisited. *J. Am. Acad. Dermatol.,* 1981, *4,* 78-84.

Baran R. – *Ongles et croyances. Histoire de l'ongle,* pp. 2-6, laboratoire Roche, 1998.

Baran R., Dawber R.P. – *Diseases of the nails and their management, 2.* Oxford, Blackwell, 1994.

Bean W.B. – Nail growth. Thirty five years of observation. *Arch. Intern. Med.,* 1980, *140,* 73-76.

Beasley R.W. – Reconstruction of amputated fingertips. *Plast. Reconstr. Surg.,* 1969, *44,* 349-352.

Beau J.H.S. – Note sur certains caractères de sémiologie rétrospective présentés par les ongles. *Arch. Gen. Med.,* 1846, *11,* 447.

Buncke H.J.J., Gonzalez R.I. – Fingernail reconstruction. *Plast. Reconstr. Surg.,* 1962, *30,* 452-461.

Clayburgh R.H., Wood M.B., Cooney W.P. 3rd. – Nail bed repair and reconstruction by reverse dermal grafts. *J. Hand Surg. Am.,* 1983, *8,* 594-598.

Dawber R. – Fingernail growth in normal and psoriatic subjects. *Br. J. Dermatol.,* 1970, *82,* 454-457.

Dawber R. – The effect of immobilization on fingernail growth. *Clin. Exp. Dermatol.,* 1981, *6,* 533-535.

De Berker D., Mawhinney B., Sviland L. – Quantification of regional matrix nail production. *Br. J. Dermatol.,* 1996, *134,* 1083-1086.

Dumontier C., Tilquin B., Lenoble E., Foucher G. – Reconstruction des pertes de substances distales du lit de l'ongle par un lambeau d'avancement pulpaire désépidermisé. *Ann. Chir. Plast. Esthét.,* 1992, *37,* 553-559.

Endo T., Nakayama Y., Soeda S. – Nail transfer: evolution of the reconstructive procedure. *Plast. Reconstr. Surg.,* 1997, *100,* 907-913.

Flatt A.E. – Nail-bed injuries. *Br. J. Plast. Surg.,* 1955, *8,* 34-37.

Fleckman P. – Anatomy and physiology of the nail. *Dermatol. Clin.,* 1985, *3,* 373-381.

Fleckman P. – Basic science of the nail unit. *In:* Scher R.K., Daniel C.R. (Eds). *Nails: therapy, diagnosis, surgery,* pp. 36-51. Philadelphia, WB Saunders, 1990.

Foucher G., Merle M., Maneau D., Michon J. – Microsurgical free partial toe transfer in hand reconstruction. *Plast. Reconstr. Surg.,* 1980, *65,* 616-621.

Gilchrest M.L., Buxton L.H.D. – The relation of finger-nail growth to nutritional status. *J. Anat.,* 1939, *73,* 575-582.

Gonzalez-Serva A. – Structure ans function. *In:* Scher R.K., Daniel C.R. (Eds). *Nails: therapy, diagnosis, surgery,* pp. 11-30. Philadelphia, WB Saunders, 1990.

Hamilton J.B., Terada H., Mestler G.E. – Studies of growth throughout the lifespan in japanese: growth and size of nails and their relationship to age, sex, hereditary, and other factors. *J. Gerontol.,* 1955, *10,* 401-415.

Hanrahan E.M. – The split thickness skin graft as a cover following removal of a fingernail. *Surgery,* 1946, *20,* 398-400.

Hashimoto R. – Experimental study on histogenesis of the nail and its surrounding tissues. *Niigato Med. J.,* 1971, *82,* 254-260.

Hashimoto K., Gross B.G., Nelson R., Lever W. – The ultra-structure of the skin of human embryos: the formation of the nail in 16-18 weeks old embryos. *J. Invest. Dermatol.,* 1966, *47,* 205-217.

Head H., Sherren J. – Changes in the nail associated with nerve injuries. *Brain,* 1905, *28,* 263-275.

Horner R.L., Cohen B.I. – Injuries to the fingernail. *Rocky Mt. Med. J.,* 1966, *63,* 60-62.

Iselin M., Recht R., Bazin C. – La primauté de la conservation de l'ongle dans les écrasements de la pulpe. *Mem. Acad. Chir.,* 1963, *89,* 717-723.

Johnson M., Comaish J.S., Shuster S. – Nail is produced by the normal nail bed: a controversy resolved. *Br. J. Dermatol.,* 1991, *125,* 27-29.

Kato S. – Vertically growing ectopic nail. *J. Cutan. Pathol.,* 1992, *19,* 445-447.

Kikuchi I., Ogata K., Idemori M. – Vertically growing ectopic nail. Nature's experiment on nail growth direction. *J. Am. Acad. Dermatol.,* 1984, *10,* 114-116.

Kligman A.M. – Why do nails grow out instead of up? *Arch. Dermatol.,* 1961, *84,* 313-315.

Le Gros Clark W.E., Buxton L.H.D. – Studies in nail growth. *Br. J. Dermatol.,* 1938, *50,* 221-235.

Lewis B.L. – Microscopic studies of fetal and mature nail and surrounding soft tissue. *Arch. Dermatol.,* 1954, *70,* 732-747.

Mahdi S., Beardsmore J. – Post-traumatic double fingernail deformity. *J. Hand Surg. [Br.],* 1997, *22,* 752-753.

Matthews P. – A simple method for the treatment of finger tip injuries involving the nail bed. *Hand,* 1982, *14,* 30-32.

McCash C.R. – Free nail grafting. *Br. J. Plast. Surg.,* 1956, *8,* 19-33.

Mitchell S.W. – On the growth of nails as a prognostic indica-tion cerebral palsy. *Am. J. Med. Sci.,* 1871, *61,* 420-422.

Norton L.A. – Incorporation of thymidine-methyl-H[3] and glycine-2-H[3] in the nail matrix and bed of humans. *J. Invest. Dermatol.,* 1971, *56,* 61-68.

Ogo K. – Does the nail bed really regenerate? *Plast. Reconstr. Surg.,* 1987, *80,* 445-447.

Ogunro E.O. – *Treatment of severe avulsion injuries of the nail bed.* VIst International Congress of Hand Surgery, Paris, 1992.

Pardo-Castello V. – *Diseases of the nails,* 2nd ed., Springfield, Thomas C.C., 1941.

Pessa J.E., Tsai T.M., Li Y., Kleinert H.E. – The repair of nail deformities with the nonvascularized nail bed graft: indica-tions and results. *J. Hand Surg. Am.,* 1990, *15,* 466-470.

Pinkus F. – Der nagel. *In:* Jadassohn J. (Ed.) *Handbuch der Haut- und geschlechtskrankheiten,* pp. 267-289. Berlin, Springer-Verlag, 1927.

Postel-Vinay N. – *L'ongle et l'anatomie de Bichat. Histoire de l'ongle,* pp. 7-10. Laboratoire Roche, 1998.

Ross J.K., Ward C.M. – An abnormality of nail growth asso-ciated with median nerve damage. *J. Hand Surg. [Br.],* 1987, *12,* 11-13.

Saito H., Suzuki Y., Fujino K., Tajima T. – Free nail bed graft for treatment of nail bed injuries of the hand. *J. Hand Surg. Am.,* 1983, *8,* 171-178.

Samman P.D. – The human toe nail. Its genesis and blood supply. *Br. J. Dermatol.,* 1959, *71,* 296-302.

Seaberg D.C., Angelos W.J., Paris P.M. – Treatment of subun-gual hematomas with nail trephination: a prospective study. *Am. J. Emerg. Med.,* 1991, *9,* 209-210.

Shepard G.H. – Treatment of nail bed avulsions with split-thickness nail bed grafts. *J. Hand Surg. Am.,* 1983, *8,* 49-54.

Shepard G.H. – Management of acute nail bed avulsions. *Hand Clin.,* 1990a, *6,* 39-56.

Shepard G.H. – Nail grafts for reconstruction. *Hand Clin.,* 1990b, *6,* 79-102.

Shoemaker J.V. – Some notes on the nails. *JAMA,* 1890, *15,* 427-428.

Sibinga M.S. – Observations on growth of fingernails in health and diseases. *Pediatrics,* 1959, *24,* 225-233.

Suzuki Y. – Histological investigation of nail growth in human embryos and regrowth of nail after its removal in adult monkeys – with reference to clinical observation in injuries to the nail and its surrounding tissues. Nippon Seikeigeka Gakkai Zasshi. *J. Jap. Orthop. Assoc.,* 1984, *58,* 41-57.

Swanker W.A. – Reconstructive surgery of the injured nail. *Am. J. Surg.,* 1947, *74,* 341-345.

Tajima T. – Treatment of open crushing type of industrial injuries of the hand and forearm: degloving, open circum-ferential, heat-press, and nail bed injuries. *J. Trauma.,* 1974, *14,* 995-1011.

Van Beek A.L., Kassan M.A., Adson M.H., Dale V. – Management of acute fingernail injuries. *Hand Clin.,* 1990, *6,* 23-35.

Verdan C.E., Egloff D.V. – Fingertip injuries. *Surg. Clin. North Am.,* 1981, *61,* 237-266.

Ward D.J., Hudson I., Jeffs J.V. – Beau's lines following hand trauma. *J. Hand Surg. Br.,* 1988, *13,* 411-414.

Yong F.C., Teoh L.C. – Nail bed reconstruction with split-thick-ness nail bed grafts. *J. Hand Surg. [Br.],* 1992, *17,* 193-197.

Zaias N. – The regeneration of the primate nail studies of the squirrel monkey, Saimiri. *J. Invest. Dermatol.,* 1965, *44,* 107-117.

Zaias N., Alvarez J. – The formation of the primate nail plate: an autoradiographic study in squirrel monkey. *J. Invest. Dermatol.,* 1968, *51,* 120-136.

Zook E.G. – The perionychium: anatomy, physiology, and care of injuries. *Clin. Plast. Surg.,* 1981, *8,* 21-31.

Zook E.G. – The perionychium. *In:* Green D.P. (Ed.) *Operative hand surgery,* pp. 1331-1371. New York, Churchill Livingstone, 1988.

Zook E.G., Van Beek A.L., Russell R.C., Beatty M.E. – Anatomy and physiology of the perionychium: a review of the literature and anatomic study. *J. Hand Surg. Am.,* 1980, *5,* 528-536.

Nosologie des lésions élémentaires de l'appareil unguéal

P. ABIMELEC

La connaissance de la séméiologie unguéale est un préalable indispensable à l'étude de l'onychologie. La nomenclature des lésions élémentaires est le plus souvent spécifique à l'appareil unguéal et sa terminologie reste généralement hermétique pour le néophyte. La description précise des lésions élémentaires et leur groupement facilitent le diagnostic. Elle permet de préciser l'origine des lésions dont la localisation est indispensable à la compréhension des mécanismes qui en sont à l'origine et à la réalisation des biopsies ; elle facilite aussi les recherches bibliographiques et permet donc de reconnaître plus facilement les divers syndromes.

	Synonyme	Terme anglais	Définition
Acro-ostéolyse		*Acro-osteolysis*	Altérations osseuses destructrices des dernières phalanges.
Acropachie	Acro-pachydermie	*Acropachy*	Augmentation de volume des tissus de l'extrémité du doigt (ex. : acromégalie, hippocratisme digital, acropachie thyroïdienne, pachydermopériostite psoriasique...).
Anonychie		*Anonychia*	Absence complète d'appareil unguéal ou d'une de ses parties. Il existe cependant fréquemment un résidu unguéal et on parle alors d'hyponychie.
Brachyonychie	Ongle en raquette	*Brachyonychia, racquet nails*	Réduction de longueur du lit unguéal et de la phalangette responsable d'un appareil unguéal disproportionnellement large ; Il s'agit d'une anomalie congénitale fréquente au niveau des pouces.
Cannelure longitudinale		*Longitudinal nail groove, longitudinal depression of the nail plate*	Dépression longitudinale de la tablette en gouttière provoquée par une compression matricielle focalisée (kyste mucoïde, fibrome).
Chromonychie longitudinale		*Longitudinal chromonychia*	Bande colorée longitudinale de la tablette.
Cors	Hélome	*Heloma*	Hyperkératose localisée de la plante des pieds ou des orteils provoquée par des frottements anormaux secondaires à des anomalies de la statique.
Croissant érythémateux distal		*Erythematous crescent*	Coloration anormalement rouge de l'extrémité distale du lit unguéal visible au niveau de la bande onychodermique (zone distale où la tablette se détache du lit unguéal au niveau de l'hyponychium). Ce croissant à convexité antérieure est parallèle à la bande onychodermique et occupe moins de 40 % de la surface de la tablette. Sa signification est discutée, parfois physiologique, sa présence a été rapportée au cours de pathologies variées, dont l'insuffisance rénale.
Dépressions cupuliformes	Dépressions ponctuées	*Pits, Rosenau's depressions*	Dépressions ponctuées situées à la surface de la tablette correspondant à des zones de parakératoses focalisées. L'élimination des cellules parakératosiques au cours de la pousse de l'ongle est responsable de ces dépressions.
Dolichonychie		*Dolichonychia*	Augmentation du rapport entre la longueur et la largeur de l'appareil unguéal. Celui-ci, normalement égal à 1, devient supérieur à 1,9.
Dystrophie unguéale		*Ungueal dystrophy*	Désigne n'importe quel type d'anomalie unguéale. Il est souhaitable d'éviter ce terme imprécis.
Elkonyxis		*Elkonyxis*	Disparition localisée des couches superficielles de la tablette dans la région proximale. Elle a souvent une forme ovalaire ou arrondie.
Envies		*Hang nail, agnail*	Petits fragments épidermiques, triangulaires, dont l'extrémité est partiellement détachée du repli postérieur.
Fissure longitudinale		*Longitudinal fissure, longitudinal split*	Absence localisée de tablette unguéale sur toute la longueur du limbe corné. Cette fissure témoigne en règle d'une destruction matricielle focalisée, parfois induite par une tumeur.
Fractures		*Splits*	Les fractures longitudinales et distales accompagnent souvent les ongles striés, simple accentuation du relief physiologique de la tablette, onychorrhexis ou trachyonychie. Les fractures transversales sont souvent d'origine traumatique.
Fragilité unguéale		*Brittle nails*	Désigne des ongles qui se cassent facilement. Une fragilité unguéale peut s'observer au cours de l'onychoschizie distale ou proximale, en cas de fissure ou d'hapalonychie.
Half and half nail	Ongle équisegmenté hyperazotémique	*Half and half nail*	Désigne des ongles dont l'extrémité distale rose, rouge ou brune occupe 20 à 60 % de la surface de la tablette alors que la portion proximale de l'ongle est blanche ou de couleur normale. Cette anomalie a été décrite au cours de l'hyperazotémie et survient chez 9 à 50 % des patients qui présentent une insuffisance rénale chronique. Cette anomalie est parfois difficile à distinguer des ongles de Terry et du croissant érythémateux distal.
Hapalonychie	Ongles mous	*Hapalonychia*	Ongles mous, il s'agit souvent d'ongles fins et cassants.
Hémorragies filiformes	Hémorragies en flammèches	*Splinter hemorrhages*	Il s'agit de très fines (< 1 mm) stries rouge sombre ou noires dont la longueur varie de 1 à 3 mm. On les retrouve le plus souvent à l'extrémité distale de l'ongle où elles sont provoquées par de petites hémorragies traumatiques du lit unguéal dont les vaisseaux sont orientés dans le sens longitudinal. Elles témoignent plus rarement de thromboses ou de microembolies qui peuvent entrer dans le cadre de maladies sytémiques (endocardite, trichinose, lupus érythémateux, syndrome des anticorps antiphospholipides...).

	Synonyme	Terme anglais	Définition
Hippocratisme		*Clubbing, hippocratic digit*	Modification complexe de l'appareil unguéal associant : 1) une hypercourbure transversale et longitudinale de la tablette unguéale (angle de Lovibond > 180 ; l'angle formé par le repli postérieur et la lame unguéale normalement inférieur à 160° augmente et devient supérieur à 180°) ; 2) une augmentation de volume des tissus mous de l'extrémité du doigt, ou acropachie.
Hutchinson (signe de)		*Hutchinson sign*	Pigmentation péri-unguéale en général associée au mélanome malin de l'appareil unguéal. Il doit être différencié du pseudo-signe de Hutchinson que l'on observe parfois lorsqu'une mélanonychie longitudinale très foncée est visible par transparence à travers la cuticule très mince. Le signe de Hutchinson est évocateur de mélanome malin mais n'est pas pathognomonique, la survenue d'une pigmentation péri-unguéale peut plus rarement être associée à des mélanonychies longitudinales bénignes (maladie de Laugier, prise de minocycline, malnutrition, radiothérapie, nævus congénital...).
Hyperkératose sous-unguéale		*Subungueal hyperkeratosis*	Hyperkératose du lit unguéal et/ou de l'hyponychium.
Hyponychie		*Hyponychia*	Voir : Anonychie.
Koïlonychie		*Koilonychia*	Déformation de la tablette unguéale en cuillère.
Leuconychie		*Leukonychia*	Ongle de couleur blanche.
Leuconychie apparente		*Apparent leukonychia*	Ongle dont la couleur blanche est provoquée par une séparation de la tablette de son lit (onycholyse).
Leuconychie longitudinale		*Longitudinal leukonychia*	Bande blanche longitudinale de la tablette ou du lit unguéal.
Leuconychie ponctuée		*Punctate leukonychia*	Taches blanches punctiformes de la tablette unguéale.
Leuconychie vraie		*True leukonychia*	Ongle dont la couleur blanche est provoquée par une parakératose des onychocytes de la tablette d'origine matricielle (lignes de Mees, chimiothérapie, traumatismes...).
Ligne de Beau		*Beau's line*	Dépression transversale de la tablette provoquée par un arrêt temporaire de la croissance de l'ongle qui peut être secondaire à des affections variées. La largeur de la cannelure indique la durée du phénomène alors que la distance qui sépare le repli postérieur de la dépression permet d'évaluer rétrospectivement la date de survenue de l'affection responsable.
Lignes de Mees		*Mees' lines*	Leuconychies arciformes vraies parallèles à la lunule, unique et large ou parfois multiples. Ces bandes progressent avec l'ongle et sont caractéristiques de l'intoxication arsenicale chronique.
Lignes de Muehrcke		*Muehrcke's lines*	Groupe de deux arcs blancs parallèles à la lunule. Ces bandes siègent au niveau du lit unguéal (leuconychie apparente) et sont séparées entre elles par une portion de lit rosé normal. Ces bandes sont un marqueur hypoalbuminémie, aux cours de syndromes néphrotiques par exemple. La survenue de bandes similaires est possible au décours des chimiothérapies.
Lunule marbrée		*Spoted lunula*	Aspect particulier de la région lunulaire qui présente des macules érythémateuses punctiformes sur fond blanc rosé de lunule normale. Ces anomalies sont plus visibles au niveau des pouces. On observe une lunule marbrée au cours d'affections inflammatoires variées : psoriasis, pelade, lichen plan.
Macronychie		*Macronychia*	Ongle plus grand que la normale.
Mélanonychie longitudinale		*Longitudinal melanonychia*	Chromonychie longitudinale brune ou noire induite par une prolifération mélanocytaire ou une hypermélaninose.
Micronychie		*Micronychia*	Ongle plus petit que la normale.
Ongle de Terry		*Terry's nail*	Ongles presque totalement blancs, opaques, sauf leur extrémité distale (1-2 mm) qui reste rosée. L'ongle de Terry toucherait 82 % des patients qui présentent une cirrhose hépatique. L'ongle de Terry n'est pas spécifique de la cirrhose, il a été rapporté chez des sujets normaux (augmentation de fréquence avec l'âge) et au cours d'affections variées (insuffisance cardiaque congestive, tuberculose pulmonaire, polyarthrite rhumatoïde)
Ongle en bec de perroquet		*Parrot beak nail*	Hypercourbure de l'extrémité distale de la tablette simulant un bec de perroquet.

	Synonyme	Terme anglais	Définition
Ongle en griffe		*Claw-like nail, hook nail*	Hypercoubure de l'extrémité distale de la tablette en griffe. L'ongle en griffe peut être secondaire à une amputation de l'extrémité distale du doigt, à des traumatismes dans les chaussures ou congénital.
Ongle en pince		*Pincer nail, trumpet nail*	Hypercourbure transversale de la tablette qui s'incarne latéralement dans les bourrelets latéraux.
Onychalgie		*Onychalgia*	Douleurs au niveau de l'appareil unguéal.
Onychauxis	Pachyonychie	*Onychauxis, pachyonychia*	Épaississement de la tablette et/ou du lit unguéal.
Onychoatrophie		*Onychoatrophy*	Destruction partielle ou complète de l'appareil unguéal accompagnée de tissus cicatriciels et de résidus unguéaux, au cours du lichen unguéal.
Onychoclavus		*Onychoclavus*	Cors sous-unguéaux.
Onychogryphose		*Onychogryphosis*	Ongle dont l'aspect est celui d'une corne.
Onychohétérotopie		*Onychoheterotopia*	Présence de kératine unguéale dans une région où elle n'est pas normalement présente (ex. : inclusion matricielle post-traumatique).
Onycholyse		*Onycholysis*	Décollement de la tablette unguéale au niveau du lit.
Onychomadèse		*Onychomadesis, Defluvium unguium, nail shedding*	Décollement de la tablette unguéale au niveau de la région matricielle.
Onychomycose		*Onychomycosis, tinea unguium*	Infection de l'appareil unguéal provoquée par des levures, dermatophytes ou moisissures.
Onychomanie		*Self inflicted injury, habit tic, nail picking*	Manipulation compulsive d'une ou plusieurs régions de l'appareil unguéal.
Onychopathomimie	Onychotillomanie	*Onychopathomimia*	Forme sévère d'onychomanie.
Onychophagie		*Onychophagia, nail biting*	Utilisation des dents pour faciliter le frottement ou le grignotage compulsif d'une ou plusieurs régions de l'appareil unguéal.
Onychophose		*Onychophosis*	Hyperkératose des sillons latéraux observée sur les orteils et induite par des frottements anormaux dans les chaussures.
Onychoptose		*Onychoptosis*	Chute des ongles.
Onychorrhexis		*Onychorrhexis*	Hyperstriation longitudinale de la tablette qui comporte une alternance de crêtes et de sillons. La tablette dont l'extrémité est amincie au niveau des sillons a tendance à se fracturer dans le sens longitudinal.
Onychoschizie lamellaire distale		*Lamellar onychoschizia*	L'onychoschizie distale désigne le dédoublement lamellaire transversal de l'extrémité distale de la tablette. Cette variété d'onychoschizie est souvent d'origine exogène.
Onychoschizie proximale		*Proximal onychoschizia*	L'onychoschizie proximale concerne un dédoublement longitudinal de la tablette, d'origine matricielle.
Onychose		*Onychia*	Maladie de l'appareil unguéal, terme ancien et non spécifique dont l'utilisation doit être évitée.
Pachyonychie	Onychauxis	*Pachyonychia*	Épaississement de la tablette unguéale et/ou du lit unguéal.
Périonyxis	Paronychie	*Paronychia*	Inflammation du repli postérieur.
Platonychie		*Platonychia*	Aplatissement de la surface de l'ongle dont la concavité se tourne normalement vers la phalange distale.
Polyonychie		*Polyonychia*	Présence de plusieurs tablettes unguéales sur un même appareil unguéal.
Pseudo-leuconychies		*Pseudo-leukonychia*	Leuconychies vraies (leuconychies superficielles mycosiques, leuconychies sous-unguéales proximales mycosiques) ou apparentes (onycholyse et hyperkératose sous-unguéale) liées à une onychomycose.
Pseudomélanonychie		*Pseudomelanonychia*	Chromonychie longitudinale noire ou brune de la tablette unguéale sans rapport avec une hypermélanocytose ou une hypermélaninose fonctionnelle (ex. : corps étranger sous-unguéal, pigmentations fongiques, pigmentations hématiques).
Ptérygion dorsal		*Dorsal pterygium*	Fusion du repli postérieur et de la matrice pouvant aboutir à une onychoatrophie. Cette anomalie est liée à une cicatrice matricielle qui peut être postinflammatoire (lichen plan, bullose immunologique, toxidermie à type de syndrome de Steven-Johnson), post-traumatique ou iatrogène (radiothérapie, postchirurgical).

	Synonyme	Terme anglais	Définition
Ptérygion ventral		*Pterygium inversum unguis, ventral pterygium*	Extension distale de l'hyponychium qui adhère à la face inférieure de la tablette. Cette anomalie peut se voir au cours de la sclérodermie systémique, du lupus érythémateux systémique, des syndromes de Raynaud, de la causalgie du nerf médian, être traumatique ou familiale.
Taches saumonées	Tache d'huile	*Salmon patch, oil patch*	Taches jaune orangé du lit unguéal qui précèdent l'onycholyse au cours du psoriasis.
Trachyonychie	Dystrophie des vingt ongles	*Trachyonychia, Twenty nail dystrophy*	Ongle rugueux, opaque et fragile qui présente une onychorrhexis et des fractures distales. La trachyonychie se rencontre au cours de la pelade, du lichen ou du psoriasis. La trachyonychie idiopathique serait peut-être une forme de pelade localisée à l'appareil unguéal.
Trachyonychie type 1		*Trachyonychia type 1*	Ongle rugueux et brillant comportant une hyperstriation longitudinale opalescente.
Trachyonychie type 2		*Trachyonychia type 2*	Ongle rugueux, strié longitudinalement, opaque, comme passé au papier de verre.
Usure des ongles		*Worn down nails*	Ongles dont la tablette brillante survient secondairement à des frottements répétés (ex. : atopie, eythrodermie...).
Xanthonychie		*Xanthonychia*	Ongles de couleur jaune (psoriasis, syndrome des ongles jaunes...).

Les anomalies unguéales : une approche diagnostique

P. ABIMELEC

La sémiologie unguéale est spécifique et sa nomenclature difficile. La symptomatologie est masquée par l'écran formé par l'ongle qui recouvre la peau et l'os sous-jacent. Dans ce chapitre, j'ai essayé de donner une idée de l'approche diagnostique du dermatologue expert face à une pathologie unguéale. Cette approche suppose un classement nosologique des anomalies dont découlent les possibilités diagnostiques. Les onychomycoses représentent au moins un tiers des onychopathies, mais l'appareil unguéal peut être altéré au cours de la plupart des dermatoses où l'atteinte unguéale est d'ailleurs parfois inaugurale. Les onychopathies génétiques et malformatives peuvent être isolés ou associées à des syndromes variés. L'ongle est parfois le marqueur d'affections générales, l'hippocratisme digital et les nodules d'Osler sont bien connus, mais d'autres anomalies unguéales peuvent accompagner ou révéler des pathologies sévères. Presque toutes les tumeurs cutanées peuvent se localiser au niveau de l'appareil unguéal, le carcinome épidermoïde et le mélanome malin doivent être reconnus précocement pour bénéficier d'un traitement chirurgical rapide, seul garant d'une diminution de la mortalité et de la morbidité de ces affections. Enfin, la cosmétologie unguéale concerne de plus en plus de femmes et il faut connaître les onychopathies induites par les cosmétiques ou les soins inadaptés ainsi que les possibilités offertes par ces techniques pour masquer une onychopathie inesthétique. Cette revue de l'onychologie est nécessairement incomplète, nous conseillons au lecteur intéressé de se référer aux ouvrages de référence mentionnés dans la bibliographie.

Prélèvement mycologique

Cet examen est souvent indispensable, même si le diagnostic d'onychomycose est probable. On évite ainsi des erreurs diagnostiques et des traitements inutiles. Il doit être réalisé au sein d'un laboratoire expérimenté, à distance (trois mois au moins) de toute thérapeutique antimycosique. Lorsque l'on suspecte une onychomycose, il faut examiner tous les ongles des mains et des pieds, les espaces interorteils, les paumes et les plantes ainsi que les plis inguinaux et interfessiers qui doivent si nécessaires être prélevés. L'aspect clinique et les résultats des prélèvements mycologiques doivent être confrontés car l'interprétation est délicate. Lorsque la culture objective un dermatophyte habituellement responsable d'onychomycoses (*Tricophyton rubrum mentagrophytes var interdigitale, Epidermophyton flocosum*), le diagnostic d'onychomycose à dermatophyte peut être retenu que l'examen direct soit négatif ou montre la présence de filaments mycéliens. Lorsque la culture isole *Candida albicans*, le diagnostic de candidose ne doit être retenu que si l'examen direct montre la présence de levures et de pseudomycélium. La présence de filaments mycéliens à l'examen direct et une négativité des cultures font suspecter une dermatophytie traitée récemment. La pathogénicité des moisissures et des levures autres que *Candida albicans* est difficile à établir car ce sont en général des saprophytes qui colonisent un ongle décollé. Lorsque l'on isole des dermatophytes inhabituels *(Microsporum canis, Tricophyton shonleinii, Tricophyton soudanense)*, des moisissures *(Scytalidium dimidiatum, Scopulariopsis brevicaulis, Fusarium oxysporum...)* ou d'autres levures *(Candida tropicalis, Candida parapsilosi...)*, il faut répéter les prélèvements et demander l'avis d'un spécialiste. Dans ces cas, le diagnostic repose sur la positivité de l'examen direct (présence de formes pathogènes) et des cultures (colonies nombreuses) qui doivent retrouver le même germe à plusieurs reprises. Le prélèvement de kératine (cf. infra) ou examen histomycologique est parfois un complément utile. En l'absence de traitement dans les trois mois qui précèdent, un examen direct et une culture négative permettent d'affirmer l'absence de mycose.

Capillaroscopie

Cet examen est utile au diagnostic étiologique des phénomènes de Raynaud, idiopathique ou accompagnant une collagénose (dermatomyosite, sclérodermie et syndrome de Sharp).

Prélèvement de kératine unguéale

C'est un examen simple et utile. Le fragment d'ongle et de kératine sous-unguéale doit être confié à un laboratoire spécialisé en anatomopathologie dermatologique. En dehors de la coloration standard (hematoxyline-éosine), la coloration de PAS permet d'objectiver les filaments mycéliens et la coloration de Fontana permet de caractériser le pigment mélanique. En présence d'une tache blanche de la surface de l'ongle, l'examen d'un copeau d'ongle permet de distinguer les leuconychies mycosiques (présence de filaments mycéliens) et parfois les leuconychies vraies d'origine matricielle (para-kératose des onychocytes), alors que l'examen est normal en cas de leuconychie apparente (lésion du lit unguéal). En cas de bande noire longitudinale, l'examen d'un fragment distal de tablette (et de kératine sous-unguéale en cas d'hyperkératose sous-unguéale associée) permet d'affirmer le diagnostic de mélanonychie vraie si l'on met en évidence la mélanine au sein de la tablette après coloration de Fontana. On peut aussi faire le diagnostic de mélanonychie mycosique si l'on met en évidence des filaments mycéliens au sein de l'hyper-kératose sous-unguéale.

Biopsies de l'appareil unguéal

(voir aussi le chapitre des biopsies)

Lorsque l'interrogatoire, l'examen clinique et les examens paracliniques usuels ne permettent pas d'aboutir à un diagnostic précis, une biopsie unguéale doit être pratiquée. Lorsqu'un diagnostic est évoqué cliniquement, l'intérêt de la biopsie peut être diagnostique, thérapeutique, pronostique ou médico-légal.

SÉMÉIOLOGIE UNGUÉALE : L'INTERROGATOIRE ET L'EXAMEN CLINIQUE EN PATHOLOGIE UNGUÉALE

Interrogatoire

L'interrogatoire recherche soigneusement les antécédents personnels et familiaux des patients :

– pathologies médicales, dermatologiques (psoriasis, lichen), génétiques et chirurgicales ;

– thérapeutiques topiques ou systémiques ;

– traumatismes, activités professionnelles, ménagères, soins des enfants, jardinage, activités sportives et de détente, habitudes cosmétiques (lavage excessif des mains, vernis colorés, durcisseurs ou faux ongles ;

– existence d'une onychophagie ou d'une onychomanie.

Examen clinique

Il porte sur tous les ongles, l'ensemble du tégument et les muqueuses afin de déterminer si l'atteinte est polydactylique ou monodactylique, monomorphe ou polymorphe, et si elle touche les mains et/ou les pieds. Les signes sémiologiques sont regroupés selon qu'il existe une atteinte de la forme générale de l'appareil unguéal, de la tablette unguéale (couleur, surface, forme, consistance) ou des tissus péri-unguéaux. L'interprétation de la sémiologie est nécessaire pour localiser le siège anatomique des lésions et préciser l'évolution (aggravation progressive, périodes d'améliorations et d'aggravations) (tableau I). En cas d'onycholyse, le découpage de la tablette décollée est indispensable. Ce geste simple permet de visualiser l'état du lit unguéal (normal, hyperkéra-tosique, pustuleux, érosif, tumoral...), d'apprécier la nécessité d'une biopsie et de favoriser la guérison quand l'onychopathie est simplement cosmétique.

EXPLORATION DE L'APPAREIL UNGUÉAL

(voir les chapitres sur l'imagerie, les biopsies et l'anatomie microscopique)

Nous disposons de peu d'examens complémentaires, mais ils sont essentiels à condition d'être parfaitement réalisés par des médecins rompus à ces techniques. Au moindre doute, il ne faut pas hésiter à refaire l'examen mycologique dans un centre spécialisé. La radiographie standard et l'examen mycologique doivent être des examens de routine.

NOMENCLATURE, NOSOLOGIE ET DÉFINITIONS DES LÉSIONS ÉLÉMENTAIRES

L'atteinte unguéale se manifeste par un nombre limité de modifications cliniques, des affections variées se traduisent donc par une séméiologie identique. Il est utile de définir le siège lésionnel (tablette, lit, matrice, repli postérieur, phalange...) pour orienter les examens complémentaires (biopsie, mycologie) ou proposer une thérapeu-

TABLEAU I

Origine habituelle des lésions en fonction de leur séméiologie.

Tablette	Lit unguéal / Hyponychium	Matrice	Périonychium	Phalange distale
	Onycholyse	*Onychomadèse*	*Onychomadèse*	*Onycholyse Onychomadèse*
	Hyperkératose sous-unguéale			*Pseudo-hyperkératose sous-unguéale*
	Ptérygion ventral	*Ptérygion dorsal*		
Pigmentations	*Pigmentations*	*Pigmentations*	*Pigmentations*	*Pigmentations*
Pigmentations exogènes – Henné – KMNO₄ – Nicotine – NO₃Ag – Vernis colorés				
Pseudo-leuconychies mycosiques – Leuconychies superficielles mycosiques – Leuconychies mycosiques à *T. rubrum*	Pseudo-leuconychies mycosiques Leuconychies apparentes – Lignes de Muerhcke – *Half and half nail* – Ongle de Terry	Leuconychies vraies – Lignes de Mees		Leuconychies apparentes – Tumeur osseuse
Pseudo-mélanonychies mycosiques	Pseudo-mélanonychies – Corps étrangers – Hémorragies en flammèches	Mélanonychies longitudinales	Signe de Hutchinson	
		Lunule rouge Lunule marbrée		
Dystrophie de la tablette	*Dystrophie de la tablette*	*Dystrophie de la tablette*	*Dystrophie de la tablette*	*Dystrophie de la tablette*
Onychodystrophie totale mycosique	Onychodystrophie totale mycosique	Onychodystrophie totale mycosique		
		Dépression longitudinale Dépression transversale	Dépression longitudinale Dépression transversale	
		Dépressions punctiformes Fissure longitudinale Onychorrhexis		
Onychoschizie distale		Onychoschizie distale		
		Onychoschizie proximale Ptérygion dorsal Dépression transversale Trachyonychie		
	Tuméfaction	Tuméfaction	Tuméfaction	Tuméfaction
	Périonyxis	Périonyxis	Périonyxis	

tique locale adaptée. Le tableau I résume l'origine des lésions en fonction de la sémiologie. Les anomalies de la forme générale de l'appareil unguéal doivent faire chercher une lésion osseuse. Une onychopathie monodactylique doit faire évoquer une tumeur. La pathologie du lit de l'ongle est masquée par la tablette qui la recouvre et elle se traduit surtout par une modification de la couleur de l'ongle. Les altérations de la surface de l'ongle témoignent le plus souvent d'une lésion matricielle.

Modifications de la forme générale de l'appareil unguéal

Les modifications de la forme générale de l'appareil unguéal doivent faire rechercher une anomalie osseuse sous-jacente et faire pratiquer une radiographie du doigt. L'hippocratisme est une modification complexe de l'appareil unguéal qui associe une hypercorrection trans-

TABLEAU II
Étiologie des hippocratismes digitaux.

Génétique	Pathologies thoraciques 80 %		Pathologies gastro-intestinales 5 %	Divers
	Pulmonaires	**Cardiaques**		
Hippocratisme héréditaire	Broncho-pneumopathies chroniques	Cardiopathies congénitales	Tumeurs et affections diverses de l'œsophage, de l'estomac, du côlon, de l'intestin ou du foie	Hyperthyroïdie Maladie de Vaquez
	Tumeurs du poumon et du médiastin	Malformations vasculaires		
		Insuffisance cardiaque		

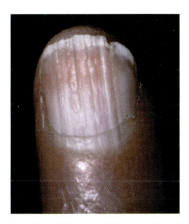

FIG. 1. – Fragilité unguéale : onychorrhexis et fractures distales.

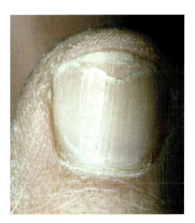

FIG. 2. – Fragilité unguéale : onychoschizie lamellaire distale.

versale et longitudinale de la tablette unguéale, un angle de Lovibond supérieur à 180° (l'angle formé par le repli postérieur et la lame unguéale normalement égal à 160° augmente et devient supérieur à 180°), une augmentation de volume des tissus mous de l'extrémité du doigt ou acropachie. Un hippocratisme digital acquis doit faire rechercher une pathologie thoracique (tableau II).

Lésions se traduisant par une modification de la tablette

Modification de la consistance

Fragilité unguéale (fig. 1 et 2)

La fragilité unguéale désigne des ongles qui se cassent facilement. L'ongle est fragile quand son extrémité se dédouble dans le sens de la largeur (onychoschizie distale) ou dans le sens de la longueur (onychoschizie proximale), s'il est strié (onychorrhexie), fissuré ou mou (hapalonychie). Les étiologies des ongles fragiles sont dominées par des facteurs exogènes : séquences répétées d'hydratations et de déshydratations, traumatismes, contacts avec des agents chimiques, qui exercent leurs

effets délétères directement sur la tablette. L'influence de ces facteurs externes est facilitée par le vieillissement matriciel physiologique ou une prédisposition génétique. Une fragilité unguéale est plus rarement l'occasion de découvrir une affection dermatologique (lichen plan, psoriasis) ou systémique.

Modifications de la couleur (dyschromies, chromonychies)

Introduction

La coloration de l'ongle peut traduire une modification structurelle de la tablette d'origine matricielle (chromonychie vraie), refléter au travers de celle-ci une anomalie du lit unguéal ou de la matrice (chromonychie apparente). La présence d'un espace libre sous l'ongle définit l'onycholyse et traduit une lésion du lit unguéal. Les chromonychies mycosiques (pseudo-chromonychies) peuvent appartenir aux deux types précédents. En cas de coloration blanche, jaune, brune ou noire de la surface, on doit faire réaliser un examen mycologique (grattage de la surface à la curette ou à la lame de bistouri) pour le diagnostic des onychomycoses. Lorsque l'examen mycologique est normal, si la pigmentation s'en va lors du grattage, il s'agit d'une pigmentation exogène (henné, nicotine, colorants, vernis à ongle). La morphologie de la coloration (tache, bande longitudinale, transversale) ou son siège (lunule) permet parfois d'orienter le diagnostic.

Ongle décollé (onycholyse et onychomadèse) et hyperkératose sous-unguéale

L'onycholyse et l'onychomadèse sont des chromonychies apparentes, la coloration du lit de l'ongle ou de la matrice est visible par transparence au travers de la tablette unguéale.

• Onycholyse

Au début, la coloration du lit de l'ongle est visible par transparence au travers de la tablette unguéale. L'onycholyse témoigne d'une pathologie du lit unguéal (tumeur, hyperkératose sous-unguéale, vésicule, pustule, hématome, atrophie, corps étranger, rupture simple des attaches). En cas d'onycholyse, l'ongle décollé doit être découpé à la pince. Ce geste est essentiel, il permet de se rendre compte de l'état du lit unguéal : normal, présence d'une hyperkératose ou d'une tumeur... Une fois l'ongle découpé, il est possible de réaliser un prélèvement mycologique, bactériologique ou histologique du lit de l'ongle. La couleur de l'ongle décollé est variable, elle permet dans certains cas d'orienter le diagnostic. Un ongle blanc fait suspecter un lit normal (onycholyse par manucurie). Un ongle brun jaunâtre évoque une hyperkératose sous-unguéale (onychomycose). L'ongle jaune se voit au cours du psoriasis, des onychomycoses et du syndrome des ongles jaunes. L'ongle vert est consécutif à la surinfection bactérienne d'une onycholyse (*Pseudomonas aeruginosa*). L'ongle noir se voit au cours des onychomycoses, après un hématome et en cas de surinfection bactérienne *(Proteus mirabilis)* ou de mélanome malin (fig. 3). Au niveau des mains, les traumatismes (manucure) et les contacts prolongés avec l'humidité sont le plus souvent en cause. Une onycholyse monodactylique doit toujours faire évoquer une tumeur.

• Onychomadèse

L'onychomadèse désigne le détachement de la tablette unguéale de la région matricielle. Elle est provoquée par une souffrance matricielle prolongée qui inhibe temporairement la pousse de l'ongle. L'onychomadèse peut être consécutive à des affections aiguës (érythème polymorphe majeur, pyrexie élevée) ou chroniques (maladies bulleuses immunologiques, périonyxis), des traumatismes ou une prise médicamenteuse (chimiothérapies). La lunule peut être blanche (simple décollement, collection purulente), rouge ou noire (hématome). Après cette dyschromie, une dépression transversale profonde (sillon de Beau) apparaît avant la disparition de la portion lunulaire de l'ongle.

• Hyperkératose sous-unguéale

L'hyperkératose du lit unguéal et/ou de l'hyponychium est un signe fréquent. Lorsque la tablette est présente,

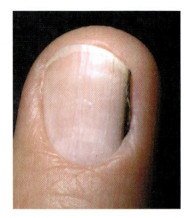

Fig. 3. – Onycholyse distolatérale et surinfection par *Proteus mirabilis.*

l'hyperkératose du lit provoque un décollement de celle-ci. L'hyperkératose est observée en regardant sous l'ongle ou directement si l'ongle est détruit. Les étiologies les plus fréquentes des hyperkératoses sous-unguéales sont les onychomycoses, le psoriasis et les troubles de la statique des pieds. Une hyperkératose monodactylique doit faire évoquer la possibilité d'un carcinome épidermoïde.

Chromonychies exogènes et mycosiques (pseudo-chromonychies)

La chromonychie peut témoigner d'une coloration de l'ongle par sa face supérieure (colorants [henné, nicotine, colorants dermatologiques], onychomycoses...), par sa face inférieure (hématomes, bactéries, onychomycoses). Une coloration superficielle de l'ongle par sa face supérieure est facilement dépistée car elle s'enlève au grattage. Les colorations exogènes épousent en général la forme de la base de l'ongle lors de sa repousse. Des taches blanches (leuconychies) ou noires superficielles peuvent témoigner d'une mycose et nécessitent un examen mycologique (prélèvement à la curette ou à la lame de bistouri).

Autres chromonychies

• Couleur blanche (leuconychies)

En pratique, on rencontre le plus souvent des leuconychies vraies d'origine traumatique (manucurie) au niveau des mains alors que les pseudo-leuconychies mycosiques se rencontrent surtout au niveau des pieds *(Tricophyton interdigitale var mentagrophytes* et *Tricophyton rubrum)*. On peut plus rarement observer des leuconychies vraies d'origine génétique, après des chimiothérapies (leuconychies en bandes), au cours de maladies dermatologiques (psoriasis) ou au décours d'affections variées. Mis à part les onycholyses, on ne rencontre que rarement les autres leuconychies apparentes.

Leuconychie vraie

Ongle dont la couleur blanche est provoquée par une parakératose des onychocytes de la tablette d'origine matricielle. Ce type de leuconychie peut être totale, sub-totale ou ponctuée. Les leuconychies vraies peuvent être génétiques, dermatologiques (psoriasis, pelade), traumatiques (onychomanie, manucurie), médicamenteuses (chimiothérapies) ou secondaires à des affections aiguës ou chroniques variées.

– *Les lignes de Mees :* ce sont des leuconychies arciformes vraies parallèles à la lunule, unique et large ou parfois multiples. Ces bandes progressent avec l'ongle et sont caractéristiques de l'intoxication arsenicale chronique.

Leuconychies apparentes

– *Half and half nail :* désigne des ongles dont l'extrémité distale rose, rouge ou brune occupe 20 à 60% de la surface de la tablette alors que la portion proximale de l'ongle est blanche ou de couleur normale. Cette anomalie a été décrite au cours de l'hyperazotémie et survient chez 9 à 50% des patients qui présentent une insuffisance rénale chronique. Elle est souvent physiologique et peut se rencontrer au cours du psoriasis. Le *half and half nail* est parfois difficile à distinguer de l'ongle de Terry ou du croissant érythémateux distal.

– *Lignes de Muehrcke :* groupe de deux arcs blancs parallèles à la lunule. Ces bandes siègent au niveau du lit unguéal (leuconychie apparente) et sont séparées entre elles par une portion de lit rosé normal. Elles sont un marqueur d'hypoalbuminémie au cours de syndromes néphrotiques par exemple. La survenue de bandes similaires est possible au décours des chimiothérapies.

– *Ongle de Terry :* sauf dans son extrémité distale (1-2 mm) rosée, l'ongle de Terry est presque totalement blanc, opaque. Cet aspect clinique est retrouvé chez 82% des patients qui présentent une cirrhose hépatique. L'ongle de Terry n'est pas spécifique de la cirrhose, il a été rapporté chez des sujets normaux (augmentation de fréquence avec l'âge) et au cours d'affections variées (insuffisance cardiaque congestive, tuberculose pulmonaire, polyarthrite rhumatoïde).

Lunule blanche

Après élimination d'une onychomycose, elle peut traduire une onychomadèse latente, un ongle de Terry ou un *half and half nail.*

• Couleur noire

Hémorragies filiformes (hémorragies en flammèches)

Il s'agit de très fines (< 1 mm) stries rouge sombre ou noires dont la longueur varie de 1 à 3 mm. Elles siègent le plus souvent à l'extrémité distale de l'ongle où elles sont provoquées par de petites hémorragies traumatiques du lit unguéal dont les vaisseaux sont orientés dans le sens longitudinal. Elles témoignent plus rarement de

thromboses ou de microembolies qui peuvent entrer dans le cadre de maladies systémiques (endocardite, trichinose, lupus érythémateux, syndrome des anticorps antiphospholipides...).

Mélanonychie longitudinale (se référer au chapitre consacré à ce sujet)

Il s'agit d'une bande longitudinale brune ou noire de l'ongle provoquée par l'accumulation de pigment mélanique au sein des onychocytes de la tablette. Ce pigment mélanique est produit par les mélanocytes matriciels et peut traduire une hyperactivité de ceux-ci (hypermélaninose fonctionnelle) ou une tumeur mélanocytaire (nævus ou mélanome malin). Les étiologies des mélanonychies longitudinales sont nombreuses et sont discutées au chapitre consacré à ce sujet. Une mélanonychie longitudinale monodactylique de l'adulte sans cause apparente doit a priori faire évoquer un mélanome malin et elle nécessite une biopsie à l'origine de la bande. Les mélanonychies polydactyliques sont en règle bénignes et liées à une hyperactivité mélanocytaire. La pseudo-mélanonychie peut simuler une mélanonychie vraie, elle est secondaire à une lésion du lit unguéal (hématome, onychomycose, corps étranger ou tumeur du lit de l'ongle). Une étude histologique récente des mélanonychies longitudinales monodactyliques chez le sujet caucasien montre que les deux tiers sont liés à une hyperactivité mélanocytaire, un tiers à un nævus ou à une hyperplasie mélanocytaire, elles témoignent d'un mélanome malin chez 5% des patients.

• Couleur rouge (rubronychies)

Bande longitudinale

Une bande rouge longitudinale de la tablette peut traduire une tumeur glomique, une maladie de Bowen, une maladie de Darier, une verrue vulgaire ou une tumeur filiforme sous-unguéale.

Lunules rouges

– *Lunules marbrées :* aspect particulier de la région lunulaire qui présente des macules érythémateuses punctiformes sur fond blanc rosé. Cette anomalie est plus visible au niveau des pouces. On observe une lunule marbrée au cours du psoriasis, de la pelade et du lichen plan.

– *Lunule rouge homogène :* la lunule rouge a été décrite au cours de nombreuses affections : cardio-vasculaires (angor, insuffisance cardiaque, rhumatisme articulaire aigu), dermatologiques (collagénoses, pelade, psoriasis, vitiligo), endocriniennes (diabète, dysthyroïdie), gastrointestinales (cirrhoses), hématologiques (anémies, leucémies, maladie de Hodgkin, polyglobulie), infectieuses, néoplasiques, neurologiques (accident vasculaire cérébral), pulmonaires (pneumonies, tuberculose), rénales (protéinurie), rhumatologiques (polyarthrite rhumatoïde), traumatiques (onychomanie) et toxiques (azathioprine, corticothérapie, procaïnamide). L'interrogatoire et l'examen clinique doivent être complets et les examens complémentaires orientés en fonction de ce dernier.

• Couleur jaune (xanthonychie)

Taches saumonées (tache d'huile)

Taches jaune orangé du lit unguéal qui précèdent l'onycholyse au cours du psoriasis.

Modification de la surface

Lésions matricielles

• Lignes longitudinales

Dédoublement longitudinal (onychoschizie proximale)

L'onychoschizie proximale est un dédoublement longitudinal de la tablette, d'origine matricielle, qui se rencontre au cours du lichen plan ou après la prise de rétinoïde.

Dépression longitudinale

Il s'agit d'une cannelure longitudinale de la tablette en gouttière provoquée par une compression matricielle localisée, le plus souvent d'origine tumorale.

Fissure longitudinale ou absence localisée de tablette unguéale

Cette fissure témoigne en règle d'une destruction matricielle focalisée, elle doit faire rechercher une origine tumorale. La manipulation répétée de la région matricielle peut induire une fissure médio-unguéale bordée de stries disposées en chevrons (dystrophie médiane canaliforme d'Heller).

Fractures longitudinales

– *Ongles striés (onychorrhexis) :* hyperstriation longitudinale de la tablette qui comporte une alternance de crêtes et de sillons. La tablette dont l'extrémité est amincie au niveau des sillons a tendance à se fracturer dans le sens longitudinal. Ces «rides des ongles» sont fréquentes et physiologiques au cours du vieillissement. On peut les rencontrer au cours du lichen plan.

– *Ongles rugueux (trachyonychie, dystrophie des vingt ongles) :* l'ongle est rugueux, mat ou brillant, opaque et fragile, il présente une onychorrhexie et des fractures distales. La trachyonychie se rencontre au cours de la pelade, du lichen ou du psoriasis. Elle révèle rarement une amylose systémique. La trachyonychie idiopathique est peut-être une forme de pelade localisée à l'appareil unguéal.

– *Ptérygion dorsal :* c'est la fusion du repli postérieur et de la matrice. Le ptérygion dorsal est le témoin d'une cicatrice matricielle postinflammatoire, post-traumatique ou iatrogène.

• Lignes transversales

Décollement matriciel (onychomadèse)

Plusieurs semaines après l'événement qui a provoqué le décollement matriciel, une dépression transversale profonde (sillon de Beau) apparaît, puis la portion lunulaire de l'ongle disparaît.

Sillon transversal (ligne de Beau)

Ce sont des dépressions transversales de la tablette provoquées par un arrêt temporaire de la croissance de l'ongle, qui peut être secondaire à des affections variées. La largeur de la cannelure indique la durée du phénomène alors que la distance qui sépare le repli postérieur de la dépression permet d'évaluer rétrospectivement la date de survenue de l'affection responsable. Les sillons de Beau ne sont pas spécifiques, ils peuvent notamment apparaître au décours d'une fièvre élevé, de périonyxis chroniques, de traumatismes (onychomanie) ou de chimiothérapies.

• Lésions arrondies

Dépressions cupuliformes (dépressions ponctuées ou en dés à coudre)

Ces dépressions ponctuées sont situées à la surface de la tablette et elles correspondent à des zones de parakératose localisée. Les dépressions superficielles et isolées sont fréquentes, souvent physiologiques. Les dépressions profondes sont caractéristiques du psoriasis. Les dépressions multiples et superficielles se rencontrent au cours de la pelade ou de l'eczéma.

• Autres

Onychoatrophie

C'est la destruction partielle ou complète de l'appareil unguéal, parfois accompagnée de tissus cicatriciels et de résidus unguéaux. L'onychoatrophie peut être secondaire à des affections génétiques (épidermolyse bulleuse), inflammatoires (sclérodermie, lichen plan ou érosif, érythème polymorphe majeur), à des traumatismes ou être iatrogène. L'onychoatrophie est parfois difficile à distinguer de l'anonychie congénitale.

Lésions de la tablette

• Fractures transversales

Elles sont souvent d'origine traumatique.

• Dédoublement transversal (onychoschizie lamellaire distale)

Cette variété d'onychoschizie est fréquente chez les femmes, où elle est favorisée par les travaux en milieu humide.

Tuméfaction

Une tuméfaction unguéale doit faire rechercher une tumeur du lit, de la matrice ou de la phalange distale.

Modification de la forme

Absence d'ongle (anonychie)

Absence complète d'appareil unguéal ou d'une de ses parties. Il existe cependant fréquemment un résidu unguéal et on parle alors d'hyponychie. L'anonychie congénitale accompagne des maladies génétiques, elle peut être isolée ou associée à des syndromes variés. L'anonychie acquise est postcicatricielle.

Ongle en cuillère (koïlonychie)

C'est une déformation de la tablette unguéale en cuillère. Les ongles fins et mous ont tendance à se déformer en cuillère. Le contact avec des solvants peut induire cette anomalie.

Ongle en griffe et onychogryphose

On peut observer une hypercourbure de l'extrémité distale de la tablette après un traumatisme, plus rarement il s'agit d'une malformation congénitale. Au cours de l'onychogryphose, l'ongle a l'aspect d'une corne. Cet aspect s'observe surtout au niveau des pieds chez des patients âgés qui se négligent ou qui présentent des troubles vasculaires périphériques ou de la statique des pieds. L'onychogryphose peut être consécutive à des dermatoses (psoriasis) ou être post-traumatique, surtout chez le sujet jeune.

Ongles incarnés (onychocryptose)

• Incarnation latérale

C'est l'incarnation d'un bord latéral de l'ongle dans le repli latéral. Elle est exceptionnelle au niveau des mains et doit alors faire rechercher un facteur déclenchant (prise de rétinoïdes ou d'inhibiteur des protéases, tumeur ou arthrose le plus souvent).

• Incarnation antérieure

C'est l'incarnation de l'extrémité distale de l'ongle dans l'hyponychium. L'incarnation antérieure fait suite à une chute de l'ongle ou à une avulsion unguéale.

Ongle en pince

Hypercourbure transversale de la tablette qui entraîne une incarnation latérale responsable de douleurs. Un retentissement osseux est possible (résorption osseuse, exostose). L'ongle en pince accompagne souvent une arthrose phalangienne mais peut être consécutive à une tumeur osseuse, à un psoriasis ou à une onychomycose.

Ongle épais (pachyonychie, onychauxis)

Épaississement de la tablette et/ou du lit unguéal. Les causes d'hyperkératose sous-unguéale doivent être recherchées (onychomycose, psoriasis, pachyonychie congénitale...). Une tablette épaissie s'observe au cours du syndrome des ongles jaunes, des troubles vasculaires et chez les patients âgés.

Lésions se traduisant par une altération des tissus péri-unguéaux

Périonyxis

Le périonyxis est défini par l'inflammation des tissus du pourtour de l'ongle (replis postérieurs et/ou latéraux). Les périonyxis ont des étiologies multiples (tableau III). En pratique quotidienne, les périonyxis infectieux sont les plus fréquents. Les périonyxis aigus sont essentiellement bactériens alors que les périonyxis chroniques sont induits par des levures et des germes variés chez un hôte dont la barrière cutanée est altérée par des activités en milieu humide (voir onychomycoses et onychopathies traumatiques chroniques).

Ptérygion ventral

Il s'agit d'une extension distale de l'hyponychium qui adhère à la face inférieure de la tablette. Cette lésion

TABLEAU III
Étiologies des périonyxis.

	Périonyxis aigus	Périonyxis chroniques
Dermatologiques		Acrodermatite entéropathique Dermite toxique Eczéma de contact Engelures Pemphigus Psoriasis Tumeurs (cutanées ou osseuses) Vascularites
Infectieuses	Bactériens (pyogènes) Parasitaire (tungose) Viral (Herpès)	Mycobactéries Mycosiques Moisissures Candidoses Viral (verrue) Tréponème (syphilis)
Systémiques		Collagénoses Sarcoïdose Métastases
Traumatiques		Contact avec l'eau et activités en milieu humide Corps étrangers Succion du pouce
Médicaments		Rétinoïdes

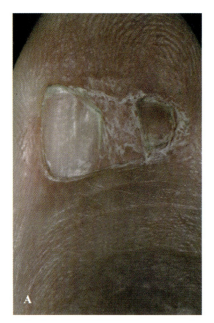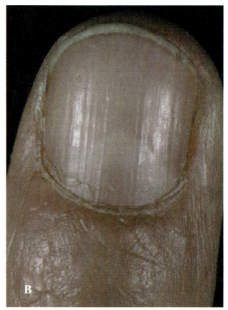

Fig. 4. – *Nail-patella syndrome.*
A : Hémianonychie longitudinale.
B : Lunule triangulaire.

s'observe au cours de la sclérodermie systémique, du lupus érythémateux systémique, des phénomènes de Raynaud, de la causalgie du nerf médian. Elle peut être traumatique ou génétique.

Certaines anomalies unguéales sont physiologiques

Chez l'enfant

L'enfant présente souvent des crêtes longitudinales de la tablette convergentes vers l'extrémité distale.

La présence d'une dépression transversale (sillon de Beau) d'un seul ongle est fréquente chez le nourrisson.

La koïlonychie est fréquente chez les nourrissons, particulièrement au niveau des ongles des gros orteils. Chez l'enfant, la koïlonychie doit faire rechercher un déficit en fer.

Chez l'adulte

La présence de crêtes longitudinales est fréquente et s'accentue avec l'âge. La tablette unguéale souvent amincie entre les crêtes se fracture à son extrémité.

Avec le vieillissement, on observe fréquemment un épaississement des ongles des pieds dont la vitesse de pousse est réduite (pachyonychie).

PATHOLOGIE UNGUÉALE MÉDICALE

Onychopathies génétiques

La malformation de l'ongle peut être isolée ou associée à des syndromes malformatifs, squelettiques, cutanés (dysplasies ectodermiques) ou complexes. La malformation unguéale peut aussi entrer dans le cadre d'un syndrome toxique fœtal ou d'une anomalie chromosomique. Nous décrivons quelques syndromes typiques. Le lecteur intéressé se reportera aux ouvrages de référence.

Onycho-ostéodysplasie héréditaire (HOOD) ou nail-patella syndrome (autosomique dominant)

L'atteinte unguéale est caractéristique. Il existe une hypoplasie unguéale congénitale qui prédomine aux ongles des mains. Les ongles des pouces et des index sont le plus sévèrement touchés, la disparition de la tablette unguéale prédomine du côté cubital où il existe souvent une hémianonychie longitudinale (fig. 4A). La présence d'une lunule triangulaire est quasi pathognomonique (fig. 4B). C'est une affection autosomique dominante, le locus du gène responsable est sur le bras long du chromosome 9, lié à celui du groupe ABO. Les manifestations unguéales s'associent à des manifestations osseuses et surtout rénales. L'atteinte osseuse comporte une absence ou une hypoplasie de la rotule (quasi constante), des anomalies de l'épaule, du radius ainsi que des crêtes iliaques. L'atteinte rénale fait la gravité de ce syndrome. Plus d'un tiers des patients adultes développent une glomérulonéphrite chronique dont la protéinurie est révélatrice. Elle peut évoluer vers une insuffisance rénale.

Onychodysplasie congénitale de l'index, syndrome d'Iso-kikuchi ou syndrome COIF (autosomique dominant ou sporadique)

Il existe une micronychie de l'index qui prédomine du côté radial. L'atteinte peut être unilatérale ou bilatérale. Une brachy-mésophalangie est parfois associée.

Pachyonychie congénitale (autosomique dominant)

Il s'agit d'une dysplasie ectodermique qui comporte une atteinte unguéale caractérisée par des ongles épais et surélevés par une hyperkératose sous-unguéale brun jaunâtre (fig. 5). Les signes unguéaux sont caractéristiques et ils apparaissent en général au cours des premiers mois. La transmission est le plus souvent autosomique dominante. La symptomatologie unguéale peut s'accompagner de manifestations variées. Le type I de Jadassohn-Lewandowsky comporte une kératodermie palmoplantaire, des leucokératoses buccales et des spicules kératosiques cutanées. En plus des manifestations précédentes, les autres variétés peuvent comporter des kystes épidermiques (type 2), des lésions oculaires (type 3), une atteinte laryngée, un retard mental et une atteinte capillaire (type 4). Le type 5 a été récemment décrit, il concerne une variété dont les atteintes unguéales et cutanées peuvent apparaître à l'âge adulte.

Maladie de Darier (kératose folliculaire)

C'est une génodermatose autosomique dominante dont les mutations spontanées sont fréquentes. Les lésions cutanées comportent des papules kératosiques folliculaires au niveau des zones séborrhéiques (visage, cuir chevelu, tronc, dos). Les lésions unguéales présentes chez la majorité des patients sont caractéristiques; elles associent des lignes rouges et blanches longitudinales de la tablette unguéale dont l'extrémité se fissure en V. On note parfois une hyperkératose sous-unguéale et un amincissement de l'ongle qui devient fragile, des leuconychies, des hémorragies filiformes. La surinfection mycosique des lésions unguéales n'est pas rare. Les histologies cutanées et unguéales sont différentes mais caractéristiques.

Onychopathies dermatologiques

La majorité des affections cutanées peuvent comporter des signes unguéaux qui se manifestent au cours de

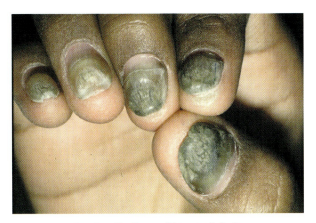

FIG. 5. – **Pachyonychie congénitale.**

l'évolution. Il n'est cependant pas exceptionnel que la symptomatologie soit limitée à l'appareil unguéal, notamment au début.

Psoriasis

Il s'agit d'une dermatose génétique, inflammatoire et proliférative d'évolution chronique. Les lésions cutanées caractéristiques comportent des plaques erythématosquameuses des faces d'extension des membres et du cuir chevelu. Les formes cliniques sont nombreuses. L'extension est variable d'un patient à l'autre et, au cours de l'évolution, tous les intermédiaires sont possibles entre les formes très localisées et les formes généralisées (pustuleuses, érythrodermiques). L'évolution se fait en général avec des périodes de poussées et des phases de rémission dont la durée est variable. L'atteinte unguéale est fréquente en cas de psoriasis cutané (au moins 50% des patients) et encore plus habituelle en cas d'arthropathie. L'évolution est en règle prolongée et les rémissions complètes spontanées sont rares. Le traitement est difficile et réservé aux formes graves ou aux atteintes polydactyliques de l'adulte. Une atteinte unguéale sévère n'indique pas un psoriasis grave mais les psoriasis graves (érythrodermiques, pustuleux généralisés) comportent souvent une atteinte unguéale sévère.

Formes cliniques (fig. 6)

La sémiologie unguéale est diversifiée (tableau IV) en fonction du siège anatomique (lit, matrice, repli postérieur ou os) de l'atteinte unguéale. Certains aspects sont très caractéristiques ou évocateurs: dépressions ponctuées larges et profondes, taches jaune orangé (taches d'huile), onycholyse cernée d'un liseré érythémateux, atteinte polymorphe et polydactylique. En règle générale, les lésions des pieds sont plus hyperkératosiques que celles des mains. Certaines lésions sont plus rares: le périonyxis peut s'accompagner d'ondulations ou d'anomalies superficielles de la tablette (trachyonychie), la lunule rouge ou marbrée est plus visible au niveau des

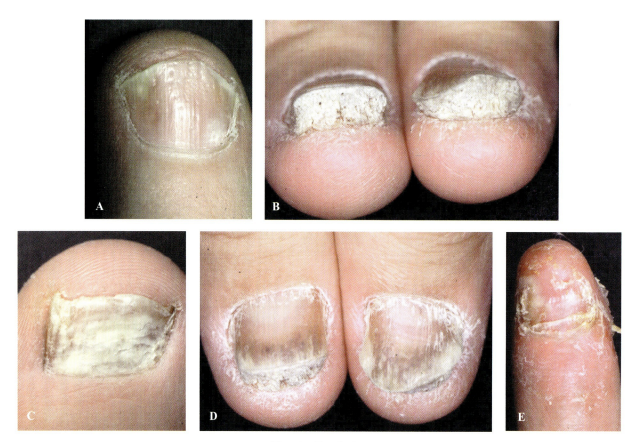

FIG. 6. – Psoriasis.
A : Psoriasis du lit unguéal (taches saumonées, onycholyse et hyperkératose sous-unguéale) et matriciel (dépressions ponctuées).
B : Psoriasis du lit unguéal (hyperkératose sous-unguéale).
C : Psoriasis matriciel (leuconychies vraies).
D : Psoriasis du lit unguéal (onycholyse, hyperkératose sous-unguéale et hémorragies filiformes).
E : Psoriasis pustuleux monodactylique isolé.

TABLEAU IV
Sémiologie du psoriasis unguéal.

Atteinte	Lit	Matrice	Repli postérieur	Os / Articulation
Fréquente	Taches jaune orangé (d'huile)	Dépressions ponctuées		
	Onycholyse	Dépressions transversales		
	Hyperkératose sous-unguéale	Ondulations		
	Leuconychie	Ongles rugueux		
	Hémorragies filiformes	Leuconychies		
		Anonychie		
Rare	Pustules	Lunule rouge	Périonyxis	Tuméfaction de l'IPD Pachydermie

pouces, la tuméfaction de l'interphalangienne distale ou une acropachie doivent faire rechercher une atteinte rhumatologique. Le psoriasis pustuleux unguéal est souvent masqué par la tablette qui prend une coloration jaunâtre ou verdâtre. Il peut se manifester par un aspect croûteux et jaunâtre du lit unguéal. On observe parfois une pustulation du lit de l'ongle ou des tissus péri-unguéaux qui peut égarer le diagnostic vers une pathologie infectieuse. Les formes monodactyliques sont trompeuses, particulièrement la forme pustuleuse (acropustulose et acrodermatite continue d'Hallopeau). Elles s'accompagnent souvent d'une atteinte cutanée péri-unguéale psoriasiforme (pulpe, replis latéraux et postérieurs). En présence d'une forme typique, le diagnostic de psoriasis unguéal ne nécessite pas d'examens complémentaires, surtout si l'on retrouve des antécédents personnels ou familiaux de psoriasis. Les lésions cutanées psoriasiques doivent être recherchées avec soin car elles sont parfois discrètes (érythème des plis interfessiers, axillaires ou inguinaux, balanite érythémateuse, parakératose du cuir chevelu, épisode de psoriasis pustuleux palmo-plantaire, plaques érythémato-squameuses isolées...). Dans les cas difficiles (lésion monodactylique ou monomorphe, évolution continue d'un seul tenant, psoriasis pustuleux), l'histologie d'une lésion unguéale permet le plus souvent de trancher car elle est proche de celle du psoriasis cutané.

Diagnostic différentiel

Le diagnostic différentiel comporte de nombreuses pathologies unguéales. L'évolution chronique est émaillée de phases d'aggravation mais aussi d'amélioration (guérison spontanée d'un ou plusieurs ongles), voire de guérison apparente. Ce profil évolutif est parfois utile au diagnostic différentiel. Les onychomycoses posent les problèmes les plus fréquents et les plus difficiles. Le prélèvement mycologique est souvent nécessaire, particulièrement au niveau des orteils où psoriasis et onychomycoses peuvent être associés chez un même patient. En cas d'onycholyse et d'hyperkératose sous-unguéale, l'examen histologique d'un fragment de kératine est un examen simple qui permet de trancher.

Traitement

Le traitement du psoriasis unguéal est décevant, les traitements locaux traversent mal la barrière unguéale et les traitements systémiques sont rarement justifiés par une atteinte modérée. Quand les résultats thérapeutiques sont favorables, les récidives sont fréquentes lors de son interruption.

Dans tous les cas, il faut protéger l'appareil unguéal des traumatismes qui peuvent aggraver la maladie. Les formes discrètes (anomalies de la surface, onycholyse minime) bénéficient de soins cosmétiques (ponçage délicat de la surface de l'ongle, vernis colorés chez les femmes). En cas d'onycholyse, on peut proposer l'application quotidienne de dermocorticoïdes de niveau 1 (Dermoval® ou Diprolène®) sur le lit unguéal après découpe de la tablette décollée. Les patients qui présentent une atteinte peauci-dactylique peuvent bénéficier d'injections intralésionnelles de corticoïdes, mais elles doivent être répétées tous les mois pendant quatre à six mois. Les formes unguéales et cutanées sévères bénéficient de l'acitrétine, du méthotrexate ou de la ciclosporine.

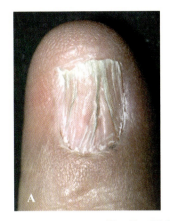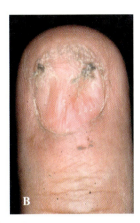

Fig. 7. – Lichen plan.
A : Lichen plan matriciel (onychoschizie lamellaire proximale, onychorrhexis).
B : Lichen plan cicatriciel (ptérygion, bulging).

Lichen (fig. 7)

Le lichen plan est une affection inflammatoire d'étiologie inconnue qui touche la peau et les muqueuses. L'éruption cutanée est formée de papules violacées groupées et de plaques prurigineuses dont l'aspect est caractéristique. Les lésions cutanées sont localisées sur les faces d'extension des membres et les organes génitaux. L'atteinte de la muqueuse buccale comporte un réseau lichénien blanchâtre à la face interne des joues, une atteinte gingivale et linguale. L'atteinte des muqueuses génitales est possible. L'évolution spontanée se fait en général sur 12 à 18 mois et laisse des séquelles pigmentées. L'atteinte unguéale touche 10 % des patients, elle accompagne ou suit l'éruption cutanée chez un patient sur quatre mais peut survenir isolément. En règle, la majorité des ongles sont touchés mais l'atteinte peut être peauci-dactylique.

Les rémissions spontanées sont possibles, mais la gravité du lichen unguéal est liée à l'évolution localement destructrice qui peut aboutir à l'anonychie. Elle justifie la mise en route rapide d'un traitement.

Formes cliniques

• Lichen matriciel

C'est de loin la forme la plus fréquente. Au début, l'ongle est strié (onychorrhexis ou trachyonychie) et se dédouble dans le sens de la longueur (onychoschizie proximale). La lunule peut être marbrée. L'ongle s'amincit (hapalonychie) puis se fissure dans le sens de la longueur. Les lésions cicatricielles irréversibles apparaissent ensuite, ptérygion dorsal avec séparation de la tablette unguéale en deux parties qui forment « des ailes d'ange » ou des résidus unguéaux puis onychoatrophie totale. L'histologie est très proche du lichen cutané.

Fig. 8. – Trachyonychie d'origine péladique.

• Lichen du lit unguéal

C'est une forme plus rare, l'ongle est décollé, épais et jaunâtre. Sa surface est parfois un peu striée. L'ongle décollé recouvre un lit unguéal atrophique ou discrètement kératosique.

Traitement

La corticothérapie générale est la base du traitement des lichens polydactyliques (0,5 à 1 mg/kg pendant quatre à six semaines). Ce traitement est en échec une fois sur trois (résistances, récidives à l'arrêt). Les lichens peauci-dactyliques bénéficient d'injections intra-lésionnelles de corticoïdes.

Pelade

Les manifestations unguéales de la pelade sont fréquentes, surtout au cours des pelades sévères. On peut observer des dépressions ponctuées multiples et superficielles, des leuconychies, une trachyonychie ou une lunule marbrée (fig. 8).

Eczéma

L'eczéma atopique ou de contact peut s'accompagner de lésions unguéales. On rencontre alors des anomalies superficielles de la tablette (dépressions transversales, dépressions ponctuées) en cas d'atteinte du repli postérieur ou une onycholyse accompagnée d'une hyper-kératose sous-unguéale en cas de pulpite. L'atteinte unguéale isolée est possible. Les allergènes des eczémas de contacts unguéaux sont nombreux, citons : les résines acryliques chez les dentistes ou les techniciens, les bulbes de tulipes et d'hortensias chez les fleuristes, l'essence de térébenthine chez les peintres, la codéine chez les travailleurs de l'industrie pharmaceutique. L'eczéma secondaire à l'utilisation de cosmétiques (vernis et faux ongles) est traité avec ce chapitre.

Lichen striatus

Le lichen striatus est une éruption papuleuse, souvent linéaire, qui touche l'enfant. Elle est assez rapidement régressive. Elle peut entraîner des lésions unguéales si l'éruption touche le repli postérieur. Ces lésions sont spontanément régressives en quelques mois ou années.

Pemphigus

Les lésions unguéales sont consécutives à une atteinte cutanée péri-unguéale. Le périonyxis érosif entraîne des modifications secondaires de la surface unguéale (dépressions transversales).

Onychomycoses et autres infections

Onychomycoses

On distingue plusieurs formes cliniques (tableau V). Les onychomycoses des mains sont dominées par les candidoses secondaires, plus fréquentes chez les femmes et quasi inexistantes chez les enfants. Les onychomycoses posent des problèmes diagnostiques et thérapeutiques. Le diagnostic doit toujours être confirmé par un examen mycologique (direct et culture) car de nombreuses onychopathies, parfois sévères, peuvent simuler une onychomycose. Le traitement est long et coûteux, les récidives ne sont pas rares.

Formes cliniques

• Onychomycoses à *Candida*

Il s'agit en règle d'onychomycoses secondaires (contacts fréquents avec l'humidité, syndrome de Raynaud, maladie de Cushing, diabète, vasculopathie, psoriasis...). Les onychomycoses vraies à *Candida* sont rares et le plus souvent provoquées par *Candida albicans*. La présence d'une atteinte unguéale dont l'aspect ressemble à une dermatophytie doit faire évoquer une candidose muco-cutanée chronique. La découverte de *Candida albicans* au niveau unguéal doit faire discuter sa pathogénicité qui ne peut être admise que s'il existe des pseudo-filaments mycéliens à l'examen direct et si l'histologie de kératine unguéale montre leur présence à la face inférieure de la tablette. Le plus souvent, il s'agit de la colonisation d'ongles pathologiques, l'élimination des facteurs favorisants permet alors d'éviter la prolifération des *Candida albicans* et des bactéries associées.

• Onychomycoses à dermatophytes

L'atteinte des ongles des mains est rare et en général consécutive à une atteinte des orteils. Elles sont le plus souvent provoquées par *Tricophyton rubrum*, la pathogénicité d'autres germes devant être discutée. La contamination initiale des pieds se fait par contact cutané

TABLEAU V

Formes cliniques des onychomycoses.

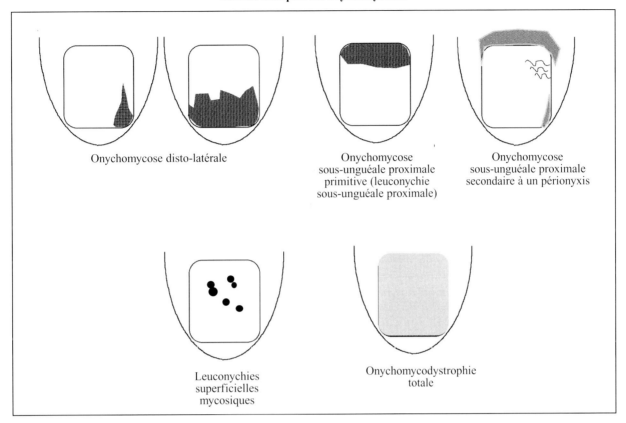

Onychomycose disto-latérale

Onychomycose sous-unguéale proximale primitive (leuconychie sous-unguéale proximale)

Onychomycose sous-unguéale proximale secondaire à un périonyxis

Leuconychies superficielles mycosiques

Onychomycodystrophie totale

de fragments de kératine infectés sur les sols des lieux publics (piscines, salles de sports, saunas). Les onychomycoses à dermatophytes se développent en général à partir de l'atteinte cutanée interorteil (intertrigo entre le 4e et le 5e orteil). D'autres atteintes cutanées sont possibles et doivent être recherchées (plis inguinaux et interfessiers, paumes et plantes). *Tricophyton rubrum* est responsable d'une kératodermie plantaire bilatérale et palmaire unilatérale *(one hand two foot)*.

Onychomycose disto-latérale (ODL)

Elle peut être primitive avec d'abord une hyperkératose sous-unguéale au niveau d'un sillon disto-latéral. L'extrémité de l'ongle décollé est de couleur blanche, jaunâtre, brune ou plus rarement noire. L'atteinte progresse lentement et on retrouve parfois une bordure érythémateuse dont l'aspect pourrait faire évoquer un psoriasis. L'ensemble de l'ongle peut être progressivement atteint. L'onychomycose peut également être secondaire à la colonisation d'une onycholyse dermatologique par des dermatophytes. La pathogénicité des germes doit alors être confirmée par l'examen histopathologique de la kératine unguéale, qui montre une invasion de la kératine par des filaments mycéliens en cas

d'onychomycose vraie. Le découpage de l'ongle décollé et le traitement de l'affection responsable de l'onycholyse sont nécessaires.

Leuconychie mycosique (fig. 9A)

La leuconychie profonde mycosique est fréquente au niveau des mains. *Tricophyton rubrum* est souvent le champignon responsable. Les leuconychies superficielles mycosiques sont des taches blanc jaunâtre de la surface de l'ongle facilement enlevées à la curette. Ces lésions sont plus fréquentes aux pieds. *Tricophyton rubrum mentagrophytes var interdigitale* est souvent en cause.

Onychomycose sous-unguéale proximale primitive : leuconychie sous-unguéale proximale mycosique

C'est une forme rare. L'infection débute sous la base de l'ongle, au niveau de la lunule qui devient blanche. Le prélèvement mycologique est délicat. L'association à une infection par le VIH a été décrite.

Onychomycodystrophie totale (fig. 9B)

C'est l'aboutissement de l'évolution d'une des formes précédentes. L'ongle est détruit, le lit unguéal est hyperkératosique.

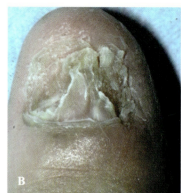

FIG. 9. – Onychomycose.
A : Leuconychie mycosique (onychomycose enolonyx).
B : Onychodystrophie totale dermatophytique.

• Onychomycoses à moisissures

Elles représentent 5 à 15 % des onychomycoses (*Scytalidium dimidiatum, Scopulariopsis brevicaulis, Fusarium oxysporum, Aspergillus sp*). Le diagnostic repose sur des critères stricts dont l'interprétation fait appel au spécialiste. La pathogénicité ne peut être admise que si deux examens mycologiques successifs ont mis en évidence des filaments mycéliens (ou pseudo-mycélium) à l'examen direct et la même moisissure en culture (pousse de la moisissure sur au moins un quart des inoculats).

Examens complémentaires

Le diagnostic d'onychomycose repose sur l'examen mycologique, qui doit être corrélé à l'aspect clinique. L'examen histologique d'un fragment de kératine sous-unguéale est utile au diagnostic d'onychomycose quand il n'est pas possible de réaliser un prélèvement myco-logique (traitement récent, pas de laboratoire spécialisé), lorsqu'on hésite entre saprophyte et pathogène (découverte d'une moisissure, d'un dermatophyte inhabituel ou d'un *Candida*) ou entre psoriasis et onychomycose.

Diagnostic différentiel

Il n'est pas possible de passer en revue le diagnostic différentiel des onychomycoses car il recouvre une grande partie de la pathologie unguéale. La réalisation d'un examen mycologique et/ou d'un examen histologique est nécessaire chaque fois qu'il existe un doute diagnostique. En pratique, les problèmes les plus fréquents se posent avec le psoriasis, les traumatismes (contact avec l'humidité et manucurie aux mains), les tumeurs (verrues, maladie de Bowen).

Traitement des onychomycoses

Le traitement des localisations cutanées est nécessaire, parallèlement à celui de l'atteinte unguéale.

• Onychomycoses à *Candida*

Colonisation d'ongles pathologiques

La colonisation d'ongles pathologiques par *Candida albicans* est fréquente. Il faut rechercher les facteurs prédisposants et les éliminer.

Onycholyse

En cas d'onycholyse, il faut découper la tablette décollée. Aux mains, on recherche les contacts avec l'humidité, des manucuries inadaptées (nettoyage sous les ongles) ou un phénomène de Raynaud.

Onychomycose sous-unguéale proximale secondaire à un périonyxis chronique

Il faut découper l'ongle lorsqu'il est décollé. Le traitement médical détaillé est envisagé au chapitre des périonyxis chroniques. Les périonyxis chroniques qui surviennent sur un terrain particulier (phénomène de Raynaud, diabète, syndrome de Cushing) peuvent nécessiter un traitement prolongé par fluconazole. Le fluconazole est un triazolé dont l'hépatotoxicité est réduite par rapport au kétoconazole. Les interactions médicamenteuses avec la ciclosporine A, les sulfamides hypoglycémiants ou les anticoagulants doivent être surveillées.

Onychomycoses primitives

Elles sont exceptionnelles, entrent souvent dans le cadre des candisoses mucocutanées chroniques et nécessitent l'avis du spécialiste.

• Onychomycoses à dermatophytes

Onychomycose disto-latérale

L'atteinte des orteils (souvent associée à l'atteinte digitale) détermine la durée du traitement car les onychomycoses digitales sont de traitement plus rapide et les succès plus fréquents.

Traitement local : les indications d'un traitement purement local sont limitées aux atteintes peauci-dactyles et

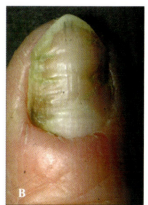

Fig. 10. – A, B : **Périonyxis candidosiques.**

distales sans atteinte de la région matricielle. Le traitement local doit le plus souvent être associé à un traitement par voie orale.

La kératinolyse ou avulsion chimique est utile en cas d'atteinte monodactylique/peauci-dactyle inférieure à 40 % de la surface unguéale. Ce traitement entraîne la destruction de la kératine unguéale pathologique grâce à une pâte à l'urée (Xérial 50® ou préparation à l'urée à 40 %) ou à une association d'urée et de bifonazole (Amycor-Onychoset®). La pâte est appliquée tous les jours sous un pansement (fourni avec le produit pour Amycor-Onychoset®) pendant 15 jours à trois semaines sur l'ongle pathologique. La kératine infectée est enlevée quotidiennement avec une curette. On poursuit le traitement local par l'application de crème antifongique (imidazolés, terbinafine ou ciclopiroxolamine) sous occlusion pendant trois mois.

Une solution filmogène est parfois suffisante pour une atteinte très distale (Locéryl® une fois par semaine ou Mycoster Vernis® tous les jours pendant trois mois). Il faut se méfier d'une atteinte de la matrice qui passe souvent inaperçue (bord latéral) et nécessite un traitement par voie générale.

Traitement général : il est le plus souvent nécessaire, en cas d'atteinte supérieure à 40 %, d'atteinte de la région matricielle ou des orteils. La terbinafine est utilisée en première intention, à la dose de 250 mg par jour pendant trois mois (pour les mains) à six mois (pour les pieds). Parmi les effets secondaires : les troubles digestifs nécessitent rarement l'interruption du médicament ; l'agueusie est rare mais peut se prolonger plusieurs mois après l'interruption thérapeutique ; les complications hépatiques (hépatite toxique), hématologiques (granulopénie, thrombopénie), dermatologiques (rash allergique, érythème polymorphe majeur) ont une incidence faible mais sont rapportées de plus en plus fréquemment. Une surveillance hépatique ou hématologique peut être rendue nécessaire par les antécédents du patient. Le taux de guérison clinique et mycologique est de l'ordre de 50 % en cas d'onychomycose des orteils, plus élevé en cas d'atteinte isolée des mains. Le recours à la griséofulvine (Fulcine

Forte® : 1 g par jour) est nécessaire en cas d'antécédent allergique, de complication ou d'échec thérapeutique avec la terbinafine. Les effets secondaires de la griséofulvine comportent : céphalées et troubles digestifs, interactions médicamenteuses (anticoagulants, pilules), effet antabuse, complications hépatiques, hématologiques et dermatologiques (rash allergique, photosensibilité, lupus érythémateux, porphyrie cutanée tardive). Le fluconazole et l'itraconazole donnent des résultats intéressants, mais n'ont pas d'AMM en France dans cette indication. Un traitement local peut être associé au traitement par voie orale, il augmente les chances de succès thérapeutique.

Leuconychies mycosiques

Les leuconychies profondes sont traitées comme l'onychomycose disto-latérale. Les leuconychies superficielles sont rapidement éliminées par un grattage à la curette. L'application d'une solution filmogène antimycosique pendant trois mois (Locéryl® une fois par semaine ou Mycoster Vernis® tous les jours) complète ce traitement.

Onychomycose sous-unguéale proximale

Traitement per os pendant trois à six mois (terbinafine 250 mg par jour ou griséofulvine 1 g par jour).

• **Onychomycoses à moisissures**

Le traitement des onychomycoses à moisissures n'est pas codifié. Il faut demander l'avis du spécialiste.

Périonyxis chroniques

Les périonyxis chroniques se rencontrent chez des sujets dont la barrière cutanée ou les défenses immunitaires sont altérées. Le périonyxis chronique habituel ne touche que les ongles des mains. Les femmes, les professionnels de santé et de l'industrie alimentaire en sont les principales victimes. La barrière cutanée est altérée par l'eau (femmes au foyer, aides-soignantes, travailleurs des industries de la restauration...). L'humidité et la macération modifient les rapports anatomiques (altération de la cuticule et ouverture du cul-de-sac sous-unguéal) qui favorisent la pénétration de *Candida albicans* et de bactéries variées (fig. 10). Un tableau semblable peut être observé chez les enfants qui sucent leur pouce. Certaines pathologies favorisent ces périonyxis : troubles vasculaires (artériopathies, acrocyanose, phénomène de Raynaud), diabète, syndrome de Cushing. Le rôle d'une hypersensibilité immédiate aux aliments (tomates, oignons) a été mis en évidence chez les patients qui les manipulent. Le périonyxis chronique touche en général plusieurs doigts et s'accompagne d'une disparition de la cuticule. Une pression sur la base de l'ongle ramène parfois un exsudat purulent. Une dystrophie unguéale peut secondairement apparaître sous forme de sillons parallèles entre eux. Le décollement d'un bord latéral de l'ongle et/ou l'apparition d'une coloration verdâtre est possible. L'évolution chronique s'étale sur plusieurs mois ou années, elle est fréquemment interrompue par des poussées aiguës provoquées par des germes pyogènes. Ces épisodes nécessitent rarement un drainage chirurgical. Les cultures isolent des _Candida albicans_ associés à une flore bactérienne variée. Le traitement fait appel à l'éviction de l'humidité (limitation du nombre de lavages de mains, protection contre l'humidité par une paire de gants de coton portée sous les gants de caoutchouc habituels) et/ou aux traitements des facteurs de risque. Les dermocorticoïdes de classe I appliqués sur le repli postérieur réduisent l'inflammation et contribuent à la restauration de la cuticule. L'administration d'antibiotiques à large spectre (amoxicilline-acide clavulinique, pénicilline M, synergistine) et/ou d'antifongiques (fluconazole) est parfois nécessaire au traitement des poussées aiguës ou de formes secondaires.

Infections à _Pseudomonas_

C'est la surinfection d'ongles décollés ou de périonyxis chronique, elle est parfois associée à une surinfection candidosique. L'ongle prend une coloration verdâtre. La surinfection peut survenir quelle que soit l'étiologie primitive, il faut la rechercher et la traiter. Le traitement de la surinfection bactérienne est simple. En cas d'onycholyse, il faut découper l'ongle décollé. Dans tous les cas, il faut conseiller l'éviction de l'humidité.

Infections virales

Herpès

Les virus herpès type I ou II peuvent être responsables d'herpès digitaux. La primo-infection a une évolution plus aiguë et douloureuse que les récidives. L'atteinte polydactylique est possible. L'herpès digital touche le repli postérieur (périonyxis ou panaris herpétique) ou la pulpe et se manifeste par des lésions vésiculo-pustuleuses qui évoluent vers des lésions croûteuses (fig. 11). Le cytodiagnostic permet de retrouver l'effet cytopathogène caractéristique. La culture virale est possible à partir de lésions récentes. L'immunofluorescence directe peut être réalisée à partir de lésions récentes ou croûteuses, elle est aussi fiable que la culture. L'acyclovir et le valacyclovir

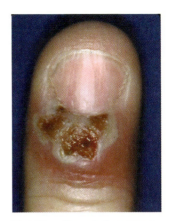

FIG. 11. – **Panaris herpétique.**

permettent de raccourcir l'évolution d'un épisode aigu, les antalgiques sont utiles en cas de primo-infection, l'antisepsie locale évite les surinfections. La protection préventive des personnels de santé par des gants permet d'éviter leur contamination.

Verrues

Les verrues sont des tumeurs bénignes induites par des virus du papillome humain. Elles sont étudiées au chapitre qui leur est consacré.

Onychopathies traumatiques chroniques et onychopathies occupationnelles

Onychopathies traumatiques chroniques

Les onychopathies traumatiques chroniques représentent une des premières causes de consultation en pathologie unguéale.

Les mains sont l'objet de microtraumatismes constants à l'origine de pathologies variées.

Onychopathies auto-induites

Elles témoignent rarement d'une pathologie psychiatrique qu'il faut suspecter en cas d'automutilation ou lorsque le patient nie toute participation à la survenue de ses troubles (pathomimie).

• Onychophagie

L'onychophagie touche la moitié des enfants avant la puberté et 10 % des adultes. Les anomalies suivantes peuvent être constatées à des degrés divers : fragilité, dédoublement transversal, hémorragies filiformes, dépressions transversales, dépression longitudinale, koïlonychie, leuconychie, mélanonychie longitudinale,

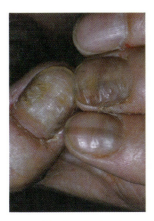

FIG. 12. – **Mélanonychie longitudinale et sillon de Beau secondaires à une onychomanie.**

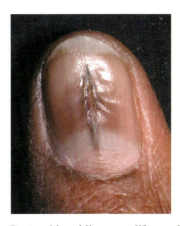

FIG. 13. – **Dystrophie médiane canaliforme de Heller.**

lunule rouge, onychoatrophie, dédoublement longitudinal, périonyxis (notamment chez l'enfant qui suce son pouce), panaris. Les techniques de psychothérapie comportementale semblent donner les meilleurs résultats (autocontrôle du comportement, geste de substitution), l'utilisation de vernis amers ou de faux ongles peut aider.

• **Onychomanie** (fig. 12)

L'onychomanie s'observe essentiellement chez l'adulte qui évite de se ronger les ongles. Elle peut s'associer à l'onychophagie. Les excoriations et les plaies périunguéales sont fréquentes.

• **Dystrophie médiane canaliforme de Heller** (fig. 13)

Il existe une fissure ou une dépression longitudinale médio-unguéale, parfois limitée à la région lunulaire. La fissure est bordée de crêtes disposées en chevron. L'érythème lunulaire est fréquent. Cette dystrophie caractéristique est souvent provoquée par une onychomanie acceptée par le patient. Dans un certain nombre de cas, le patient affirme ne pas toucher ses ongles, il est alors difficile d'affirmer sa nature auto-induite.

Onychopathies occupationnelles

Sous ce terme occupationnel sont regroupées les activités professionnelles, les activités familiales quotidiennes (lavage et entretien de la maison, soin des enfants, bricolage) ainsi que les activités sportives et de détente.

Onychopathies liées au contact de l'eau (fig. 14)

• **Périonyxis chronique (voir pathologie infectieuse)**

Le contact prolongé avec l'eau et les détergents altère la barrière cutanée et ramollie la kératine. La cuticule très fine qui scelle le cul-de-sac postérieur se décolle, la pénétration de germes variés et/ou de substances allergisantes entraîne une inflammation chronique du repli postérieur.

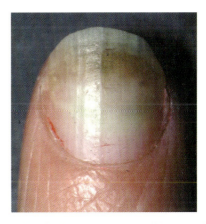

FIG. 14. – **Onycholyse occupationnelle secondaire aux contacts répétés avec l'humidité.**

• **Onychoschizie lamellaire distale (voir cosmétologie unguéale)**

Les contacts prolongés avec l'eau fragilisent le réseau de kératine responsable de la solidité de l'ongle et favorisent le dédoublement transversal de la tablette.

Onychopathies et soins des ongles

Les soins trop attentionnés sont souvent la cause d'onychopathies : refoulement des cuticules (dépressions transversales, leuconychies), nettoyage de l'hyponychium (onycholyse), ponçage pour la pose de faux ongles (fragilité des ongles)...

Microtraumatismes divers

Ils sont fréquents dans les gestes de la vie courante et chez les professionnels. On rencontre des hémorragies filiformes (chocs répétés : traction de sacs, plumage de volailles...) et onycholyses (jardinage à mains nues, archéologie, ouverture de boîtes de soda, port d'ongles longs, contact avec des produits chimiques...).

Onychopathies professionnelles

• Périonyxis

Les périonyxis professionnels peuvent être traumatiques, secondaires à la pénétration d'un corps étranger, à une dermite irritative ou allergique.

Traumatique

Le contact prolongé avec l'eau favorise des infections chroniques avec des germes variés. Leur survenue pose de difficiles problèmes de reclassement. Ils se rencontrent notamment dans les industries et les professions suivantes : alimentation (vendeurs en charcuterie, pâtissiers, bouchers, personnels de la restauration), ménagères, santé (aides-soignantes), services (nettoyage, nourrices, gardiennes d'immeuble). Les coiffeurs sont l'objet de périonyxis à corps étrangers liés à la pénétration de fragments de cheveux dans les replis unguéaux.

Toxique/irritatif

Le contact avec des substances toxiques ou irritantes peut engendrer un périonyxis, notamment chez les travailleurs des industries de l'esthétique (formaldéhyde des durcisseurs, acétone des dissolvants, thioglycolates des dépilatoires). D'autres lésions d'origine toxique peuvent s'y associer (onycholyse).

Allergique

Des périonyxis allergiques peuvent notamment survenir chez les travailleurs des industries suivantes : alimentation (tomates, oignons), dentaires (résines acryliques et époxy), esthétiques : ongleries (vernis, durcisseurs, monomère liquide pour la confection des faux ongles, colle cyanoacrylate), coiffure : (dicyandiamide), horticoles (bulbes de tulipes, hortensias), santé (codéine, formaldéhyde), bâtiment : maçons (ciment), peintres (térébenthine), photographie (hydroxylamine). D'autres lésions d'origine allergique peuvent s'y associer (onycholyse).

Viral

Les panaris herpétiques se rencontrent parfois chez les personnels de santé.

• Onycholyse

Traumatique

Des microtraumatismes répétés des ongles peuvent entraîner une onycholyse mécanique.

Toxique/irritative

Des onycholyses toxiques ou irritatives peuvent notamment survenir chez les travailleurs des industries suivantes : agriculture (insecticides : diquat, paraquat), automobile (huiles minérales des moteurs), bâtiment (acide fluorhydrique des antirouilles). D'autres lésions d'origine toxique peuvent s'y associer (périonyxis).

Allergique

Les substances responsables de périonyxis allergiques peuvent en général entraîner des onycholyses.

• Carcinome épidermoïde

Les carcinomes épidermoïdes professionnels sont devenus exceptionnels du fait des mesures de protection renforcées. On les observait au sein des professions de santé (exposition aux rayons X chez les radiologues et les chirurgiens) et dans les industries du bâtiment (travailleurs du goudron).

Onychopathies induites par les médicaments et les toxiques

Le spectre des onychopathies médicamenteuses et toxiques est large. Les variations de la vitesse de pousse unguéale sont peu visibles (accélération avec la ciclosporine, l'itraconazole et le fluconazole, ralentissement avec l'azathioprine, l'étrétinate et le méthotrexate).

Dyschromies

Les dyschromies sont fréquentes et bien connues au décours des chimiothérapies mais elles peuvent survenir après la prise d'antibiotiques, d'antimalariques, d'autres médicaments ou de toxiques. Ces pigmentations sont diffuses ou localisées et forment des taches ou des bandes. La possibilité de mélanonychies longitudinales a été décrite après prise d'AZT (azydothimidine, zidovudine), de cyclines, de fluoroquinolones, de chimiothérapies, de phénothiazines ou de psoralènes. Les bandes transversales blanches sont classiques au décours de l'intoxication arsenicale chronique (lignes de Mees), des bandes identiques peuvent apparaître après chimiothérapie. Les pigmentations de la lunule se rencontrent après prise de tétracyclines (fluorescence jaune), minocycline (bleu), intoxication par l'argent (bleu-gris) ou le monoxyde de carbone (rouge cerise).

Dépressions transversales

Elles peuvent apparaître au décours des chimiothérapies qui interrompent temporairement la pousse unguéale.

Onycholyses

Les onycholyses médicamenteuses (captopril, chimiothérapies, rétinoïdes) sont rares, elles peuvent être photo-induites (cyclines, fluoroquinolones, phénothiazines, psoralènes) et accompagnées d'hémorragies sous-unguéales.

Botryomycome

La survenue de botryomycomes est une complication particulière à la prise de rétinoïdes qui peuvent induire également des lignes de Beau, des leuconychies, une fragilité unguéale, une onycholyse, une onychomadèse et un périonyxis. Leur survenue après la prise d'anti-protéases a récemment été rapportée.

Hippocratisme

Un pseudo-hippocratisme toxique peut être provoqué par l'intoxication au chlorure de vinyle.

Périonyxis

La survenue d'un périonyxis a été décrit après la prise de bléomycine, de méthotrexate, de rétinoïdes et de céphalosporines.

Onychopathies et maladies générales

Onychopathies spécifiques d'affections systémiques

Acrokératose paranéoplasique de Bazex

Il s'agit d'un syndrome paranéoplasique dont l'aspect typique révèle le plus souvent un carcinome des voies aéro-digestives supérieures. Les lésions unguéales psoriasiformes sont associées à des lésions érythémato-squameuses de la pointe du nez et du sommet des oreilles (fig. 15).

Hippocratisme digital acquis

• **Hippocratisme digital acquis simple**

Il s'associe à une pathologie pulmonaire ou cardiaque chez huit patients sur dix, plus rarement à une affection digestive, endocrinienne ou métabolique.

• **Ostéopathie hypertrophiante pneumique**

L'ostéopathie hypertrophiante pneumique associe un hippocratisme digital, une pleurésie et une périostose. Ce syndrome est fréquemment associé à un carcinome intrathoracique.

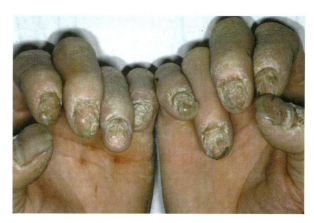

FIG. 15. – **Acrokératose paranéoplasique de Bazex.**

Nail-patella syndrome

Il est associé une fois sur deux à une néphropathie, le plus souvent découverte par une protéinurie asymptomatique, qui évolue vers l'insuffisance rénale chez 10% des patients.

Onychodystrophie totale candidosique

Elle s'observe au cours des candidoses mucocutanées chroniques.

Syndrome des ongles jaunes

La triade comporte une xanthonychie, un lymphœdème et une pneumopathie. Les modifications unguéales sont caractéristiques et comportent des ongles jaunes, épais, dont la croissance est très ralenti (les patients ne coupent plus leurs ongles). Il existe une hypercourbure trans-versale et longitudinale de la tablette, une onycholyse et la cuticule a disparu (fig. 16). Les manifestations unguéales précèdent, accompagnent ou suivent la survenue des autres manifestations. Le lymphœdème

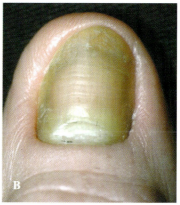

FIG. 16. – **A, B : Syndrome des ongles jaunes.**

touche surtout les chevilles et les jambes, parfois les mains ou le visage. La pneumopathie peut comporter une pleurésie ou une broncho-pneumopathie chronique. En dehors de la triade classique, une sinusite est fréquente. Diverses autres pathologies sont plus rarement associées : dysthyroïdies, cancers, collagénoses, affections cardiaques, gastro-intestinales, gynécologiques, rénales, infection à VIH...

Onychopathies parfois associées à des maladies systémiques

De nombreuses anomalies unguéales peuvent accompagner des affections générales, elles sont rarement spécifiques et/ou révélatrices. Citons les hémorragies filiformes (cardiopathies cyanogènes, collagénoses, endocardites, syndrome des anticorps antiphospholipides, trichininose, vascularite...) ; la koïlonychie (carence en fer chez l'enfant...) ; les leuconychies : ongle de Terry (cirrhose, insuffisance cardiaque, diabète non insulino-dépendant..., lignes de Muehrcke (hypoalbuminémie...), *half and half nail* (hyperazotémie, insuffisante rénale, androgènes...), lignes de Mees (intoxication arsenicale...) ; ligne de Beau (affections aiguës et chroniques variées...) ; lunule rouge (accident vasculaire cérébral, cirrhose, collagénoses, dysthyroïdie, insuffisance cardiaque, intoxication au monoxyde de carbone, maladie de Hodgkin, pneumonie, polyarthrite rhumatoïde, polyglobulie, lupus érythémateux...) ; mélanonychie longitudinale (maladie d'Adison, cancer du sein, carence en vitamine B12, hémochromatose, hyperthyroïdie...) ; onycholyse (hyperthyroïdie, syndrome des ongles jaunes,...) ; trachyonychie (amylose).

RÉFÉRENCES

Abimelec P. – Pathologie unguéale. *In : Encycl. Med. Chir.* Dermatologie. Paris, Elsevier,1998.

Abimelec P., Grußendorf-Conen E.I. – Tumors of hair and nails. *In :* Hordinsky M.K., Sawaya M. (Eds). *Atlas of hair and nails,* pp. 141-150. Philadelphia, Churchill Livingstone, 2000.

Baran R., Dawber R.P.R. – *Disease of the nails and their management.* Oxford, Blackwell Scientific Publications,1994.

Scher R.K., Daniel R.I. – *Nails: therapy, diagnosis, surgery.* Philadelphia, W.B. Saunders Compagny, 1990, pp. 276-278.

Zaïas, N. – *The nail in health and disease.* Lancaster, MTP Press, 1980.

Le bilan radiographique, l'échographie, l'imagerie par résonance magnétique

J.L. DRAPÉ, J. BITTOUN

Imagerie de l'appareil unguéal

L'imagerie de l'appareil unguéal s'est peu développée au cours du temps en raison du siège superficiel de la tablette unguéale, la rendant accessible à des explorations simples comme la transillumination ou la photographie. Une simple lampe de poche peut être utile pour faire le diagnostic de kyste mucoïde par transillumination. Cette technique différencie également une chromonychie intrinsèque d'une modification de surface (Goldman, 1962). L'emploi de lumières particulières, comme la lumière de Wood ou la lumière polarisée, peut fournir des renseignements sur la coloration de la tablette ou sur les crêtes longitudinales (Apolinar et Rowe, 1980). De nombreux systèmes photographiques fournissent de bons clichés de l'appareil unguéal à la condition de disposer de macrophotographies d'un rapport 1:1 au minimum et d'un éclairage dirigé du bout du doigt vers le bras, afin d'éviter les ombres portées.

Radiographies standard

Les radiographies standards restent encore aujourd'hui le seul examen d'imagerie complémentaire réalisé en routine. Elles sont essentielles pour l'étude de la phalange distale, mais elles montrent peu de choses des parties molles. La technique doit être adaptée avec la prise de clichés à bas voltage pour l'étude des parties molles. Les films sans écran ont progressivement été remplacés par les films de type mammographique qui présentent une meilleure résolution spatiale que les films standards. Les clichés numérisés ont, en revanche, une résolution spatiale faible, malgré l'emploi impératif de petits champs, mais la résolution en contraste est meilleure. Les incidences de face et de profil du doigt concerné sont généralement suffisantes. Parfois, des incidences obliques sont nécessaires pour mettre en évidence de discrètes encoches ou érosions de la phalange distale. Des agrandissements peuvent améliorer la lisibilité.

La plupart des dystrophies unguéales isolées devraient bénéficier de radiographies avant une exploration chirurgicale. Elles peuvent mettre en évidence des anomalies des parties molles, à type d'épaississement du repli postérieur en cas de kyste mucoïde, ou une asymétrie de l'espace sous-unguéal sur des radiographies comparatives de profil en cas de processus expansif du lit unguéal, comme cela a été décrit pour les tumeurs glomiques (Gandon *et al.,* 1992 ; Mathis et Schulz, 1948). L'étude des parties molles est également appropriée pour rechercher des calcifications, comme des phlébolithes en cas d'angiome. La mise en évidence de corps étrangers radio-opaques (métal, verre) est possible avec les radiographies, mais le scanner est plus sensible et peut objectiver de fins débris de verre radiotransparents.

Les radiographies sont surtout performantes pour l'analyse de la phalange distale et de l'articulation interphalangienne distale. Elles apportent des arguments de certitude en faveur d'une exostose sous-unguéale (fig. 1), mettent en évidence une acro-ostéolyse ou une encoche osseuse régulière en cas de tumeur glomique, de kyste épidermoïde. Dans le carcinome invasif sous-unguéal à cellules squameuses, 55 % des patients présentaient des modifications de la phalange sous-jacente (Baran et Haneke, 1994). Les radiographies sont également capables de visualiser des lésions condensantes, parfois réactionnelles à un ostéome ostéoïde, voire associées à une périostite en cas d'arthropathie psoriasique. En cas d'arthrose interphalangienne distale, les clichés de profil étudient au mieux les volumineux ostéophytes dorsaux entrant en conflit avec la bandelette terminale du tendon extenseur (fig. 2).

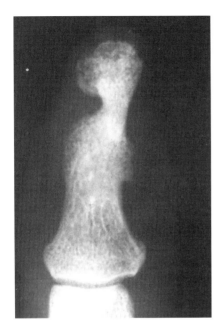

FIG. 1. – **Aspect caractéristique d'une exostose sous-unguéale pédiculée, insérée sur la houppe phalangienne.**

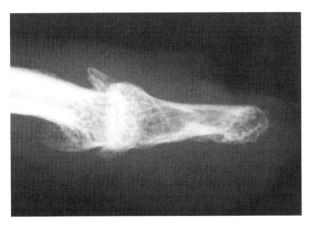

FIG. 2. – **Arthrose interphalangienne distale sévère avec pincement majeur de l'interligne articulaire et ostéophytose essentiellement développée aux dépens de la tête de la phalange moyenne. L'important épaississement du repli postérieur doit faire suspecter un kyste mucoïde.**

Lors d'un traumatisme récent, la présence d'un hématome touchant plus de 25 % de la partie visible de la tablette unguéale doit faire craindre une lésion sévère du lit unguéal et une fracture de la phalange distale. Une radiographie est alors indiquée pour évaluer les dégâts au niveau de la phalange distale. Environ 50 % des traumatismes du lit unguéal s'accompagnant d'une fracture (Zook, 1988). Les écrasements de la houppe phalangienne doivent être distingués des fractures de la diaphyse, de moins bon pronostic. Les radiographies s'attachent à distinguer les fractures transversales simples, associées à des lésions modérées de la houppe,

des fractures complexes avec deux ou plusieurs fragments diaphysaires, associées à des lésions étendues de la houppe phalangienne.

Dans les dystrophies post-traumatiques, les radiographies peuvent mettre en évidence une lacune régulière de la phalange distale due à un kyste développé sur une inclusion épidermique. La survenue d'un ongle en griffe doit faire discuter une rétraction sur une cicatrice palmaire ou un défaut de soutien de la part d'une phalange distale courte, dont il faut estimer l'importance de la perte osseuse sur les radiographies (Rosenthal, 1983).

Échographie

L'échographie est rarement pratiquée pour l'exploration de l'appareil unguéal. Son caractère opérateur-dépendant et la faible expérience des radiologistes au niveau de cette région anatomique freinent son développement. Sur le plan technique, l'emploi d'une sonde haute fréquence de 7,5 à 10 MHz est nécessaire. La mise en place d'un matériel d'interposition aide l'interprétation des plans les plus superficiels. Le lit unguéal présente un aspect hypo-échogène régulier, compris entre les échos intenses de la tablette unguéale et de la corticale de la phalange distale. Les coupes transversales montrent des artefacts dus à la convexité de la tablette unguéale (fig. 3). L'échographie a été utilisée pour l'étude des tumeurs glomiques. Les lésions de moins de 3 mm sont difficiles à voir et la région sous-unguéale est d'accès délicat (Fornage, 1988). La région pulpaire est d'accès plus aisé. Devant une masse sous-cutanée, l'étude en écho-Doppler peut juger de son caractère vasculaire. L'échographie est également utile pour rechercher d'éventuels corps étrangers radio-transparents, comme les épines, associés ou non à une réaction granulomateuse.

Les études échographiques en très haute résolution restent du domaine de la recherche et ont d'abord concerné la peau dès 1979 (Alexander et Miller, 1979). L'échographie est apparue comme une méthode fiable et non invasive de mesure de l'épaisseur du derme (Tan *et al.*, 1981). Des appareils d'échographie en modes A et B dédiés à l'exploration de la peau ont été développés comme outils de recherche et comme aides à la clinique, essentiellement dans la pathologie tumorale et inflammatoire (Serup, 1991). Les explorations en mode M, en Doppler haute fréquence et 3D restent encore en développement. Les sondes de 20 MHz donnent le meilleur compromis entre une résolution spatiale élevée et une profondeur suffisante. Les sondes de 50 MHz ou plus ne permettent qu'une étude de l'épiderme, avec une résolution axiale de 37,5 µm et une résolution latérale de 125 µm (El-Gammal *et al.*, 1991). Paradoxalement, les travaux sur l'appareil unguéal restent rares. Finlay introduisit l'échographie pour l'étude de l'épaisseur de la tablette unguéale avec une sonde de 20 MHz en mode A (Finlay, 1987 ; Finlay *et al.*, 1990). Il trouva que l'ongle était plus épais et hydraté au niveau de la lunule. Les vitesses de conduction distales

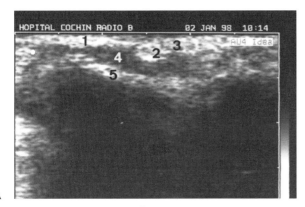 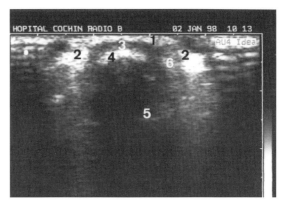

Fɪɢ. 3. – **Échographie d'un appareil unguéal normal avec une sonde de 7,5 MHz. A : Coupe sagittale : 1, tablette unguéale, 2, cul-de-sac, 3, repli postérieur, 4, lit unguéal, 5, corticale de la phalange distale. B : Coupe axiale : 1, tablette unguéale, 2, repli latéral, 3, lit unguéal, 4, corticale de la phalange distale, 5, faible écho de la face palmaire de la pulpe, 6, la courbure latérale de la tablette gêne l'analyse des parties latérales du lit unguéal.**

(moyenne de 2 470 m/s) étaient bien corrélées avec les mesures du bord libre de la tablette au micromètre. Le temps de transmission, réduit de 8,8 % en distal en comparaison avec les mesures proximales, serait, pour l'auteur, en faveur d'une épaisseur et d'une hydratation supérieures de la tablette au niveau de la lunule. Jemec étudia également l'échostructure en mode A d'ongles de pouces de cadavres in situ et après avulsion (Jemec et Serup, 1989). La résolution spatiale était de 75 μm avec une sonde de 20 MHz. À la différence de Finlay, il releva deux compartiments de vélocimétries différentes, un compartiment superficiel sec (vitesse de conduction de 3 103 m/s) et un compartiment profond humide (vitesse de conduction de 2 125 m/s). En revanche, il n'a pas été capable de distinguer en échographie les différentes couches du lit unguéal.

Xéroradiographie

La xéroradiographie, autre méthode d'imagerie pour l'étude des tissus mous, n'est plus guère employée.

Artériographie

L'artériographie a été proposée dans le diagnostic des tumeurs glomiques (Camirand et Giraud, 1970) et des ostéomes ostéoïdes, mais elle ne se justifie plus depuis l'apparition du scanner et de l'imagerie par résonance magnétique (IRM) (Drapé *et al.*, 1995 ; Holzberg, 1992 ; Jablon *et al.*, 1990).

Scanner

Le scanner n'est intéressant que pour l'étude fine de la phalange distale. Les coupes doivent être millimétriques afin de mettre en évidence le nidus d'un éventuel ostéome ostéoïde (fig. 4). Les acquisitions spiralées permettent des reconstructions 3D d'excellente qualité de la phalange. En revanche, l'étude des parties molles est décevante.

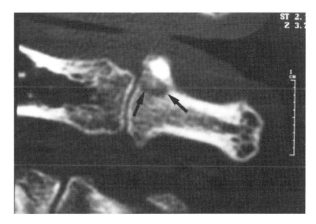

Fɪɢ. 4. – **Coupe scanographique frontale de 1 mm d'épaisseur de la phalange distale du médius. Les limites du nidus partiellement calcifié d'un ostéome ostéoïde du bord ulnaire de la base de la phalange sont particulièrement bien définies (flèches).**

Imagerie par résonance magnétique

L'IRM est connue pour ses remarquables capacités de contraste des tissus mous. Pourtant, les études sur l'appareil unguéal sont rares et seuls quelques cas de tumeurs sous-unguéales, en particulier de tumeurs glomiques, ont été rapportés dans la littérature (Drapé et Bachow, 1995, 1996a ; Holzberg *et al.*, 1992 ; Hou *et al.*, 1993 ; Jablon *et al.*, 1990 ; Kneeland *et al.*, 1987; Matloub *et al.*, 1992 ; Schneider *et al.*, 1991).

Technique

Les contraintes de l'IRM de l'appareil unguéal sont bien spécifiques. La résolution spatiale doit être élevée avec une hauteur de voxel de l'ordre de 100 μm dans la direction perpendiculaire à la tablette, afin de distinguer les différentes couches du lit unguéal (épithélium et derme). Dès 1986, la possibilité d'obtenir des images en haute résolution spatiale a été rapportée (Aguayo *et al.*, 1986 ; Johnson *et al.*, 1986). Le développement de modules d'imagerie haute résolution sur des appareils corps entier s'est opéré parallèlement chez plusieurs équipes et les premières applications cliniques ont porté sur la peau au Centre interétablissements de résonance magnétique (CIERM) (Bittoun *et al.*, 1990 ; Richard *et al.*, 1991). Les études ultérieures se sont étendues au poignet, aux doigts (Blackband *et al.*, 1994 ; Dion *et al.*, 1991 ; Foo *et al.*, 1992 ; Wong *et al.*, 1991) et à l'œil (Foo *et al.*, 1992), mais faisaient appel soit à des bobines dédiées de gradient local, soit à des séquences d'imagerie spécifiques non disponibles sur les appareils standards. Mais depuis peu, des antennes de surface de très petite taille sont commercialisées. Associées à des systèmes corps entier à haut champ avec des gradients intenses (de plus de 20 mT/m), elles permettent d'atteindre de telles résolutions avec des temps d'acquisition acceptables. L'IRM de l'appareil unguéal devient donc accessible aux appareils de dernière génération. Un champ d'exploration de 3 cm est le plus adapté, car il permet une vue d'ensemble de l'appareil unguéal, tout en conservant un signal suffisant. Pour les doigts de petite taille (auriculaire), des champs de 2 cm sont souvent nécessaires. La tablette unguéale doit être positionnée contre l'antenne de surface afin d'offrir le maximum de signal. Une bonne coopération du patient et une contention mécanique efficace par des bandes adhésives sont nécessaires, afin de minimiser les artefacts de mouvement, particulièrement gênants en haute résolution. La position du bras est variable, soit en élévation, soit contre le corps. Pour l'étude des orteils, le positionnement est plus confortable. Le patient est couché en décubitus ventral, les pieds vers l'appareil et la face dorsale de l'orteil contre l'antenne. L'exploration de base comporte des coupes axiales d'écho de spin T1 et T2, complétées par des coupes sagittales T1 ou T2, voire des coupes écho de gradient 3D dans les plans axial ou sagittal selon les pathologies. Les coupes 3D sont essentielles dans la détection des petites lésions de 1 à 2 mm, afin de pallier l'épaisseur trop importante des coupes d'écho de spin (de l'ordre de 2 à 3 mm). L'injection de gadolinium à la dose de 0,1 mmol/kg est faite à la demande. L'adjonction d'une présaturation des graisses sensibilise les prises de contraste.

Aspect IRM de l'appareil unguéal normal

La tablette unguéale elle-même ne présente pas de signal sur l'ensemble des séquences utilisées. Cette absence de signal est probablement due à la structure très organisée de la kératine. Comme le collagène, cette scléroprotéine entraîne des raccourcissements majeurs des temps de relaxation (Richard *et al.*, 1991). Si la face inférieure de la tablette est bien cernée par le signal intense de la couche épithéliale de la matrice et du lit, la face supérieure de la tablette n'est pas visible. Son interface avec

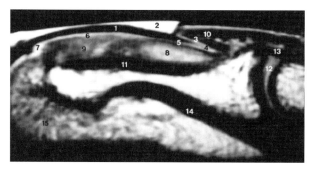

FIG. 5. – **Coupe IRM sagittale en écho de spin pondérée en densité de protons d'un appareil unguéal normal. 1 : tablette unguéale, 2 : vaseline, 3 : matrice proximale, 4 : cul-de-sac matriciel, 5 : matrice distale, 6 : couche épithéliale du lit unguéal, 7 : hyponychium, 8 : zone d'hypersignal sous-matriciel, 9 : derme du lit unguéal, 10 : repli postérieur, 11 : corticale de la phalange distale, 12 : articulation interphalangienne distale, 13 : bandelette terminale de l'appareil extenseur, 14 : insertion du tendon fléchisseur commun profond, 15 : pulpe.**

l'air, également vide de signal, n'est pas décelable. L'application de vaseline sur la tablette avant son installation sur l'antenne est un excellent moyen d'obtenir une délimitation nette de la face supérieure de la tablette unguéale, quelle que soit la séquence utilisée (fig. 5). La présence de graisse expose cependant à l'artefact de décalage chimique et peut fausser de façon substantielle (jusqu'à 40 %) les mesures d'épaisseur de la tablette unguéale. Sur les coupes sagittales, la tablette est très fine au niveau de sa racine, cernée par le fin signal intense du cul-de-sac matriciel. La tablette s'épaissit progressivement jusqu'au bord libre, mais de façon plus rapide au niveau de la matrice distale (dans la région de la lunule). Cette constatation est en accord avec les mesures directes de Johnson (Johnson *et al.*, 1991 ; Johnson et Shuster, 1993). En revanche, l'IRM ne permet pas d'identifier les différentes couches décrites histologiquement au niveau de la tablette ou les deux couches isolées en échographie par Jemec (Jemec et Serup, 1989).

Les coupes axiales proximales permettent le repérage facile du repli postérieur, des tendons extenseur et fléchisseur, des ligaments collatéraux de l'articulation interphalangienne distale, des ligaments matrico-phalangiens et de la plaque palmaire. Les matrices proximale et distale enveloppent la racine de la tablette unguéale (fig. 6). La coupe au niveau de la matrice distale montre nettement l'épaississement de la couche épithéliale autour de la ligne médiane, bien que les crêtes ne soient pas directement visibles. Les replis latéraux sont bien analysés, ainsi que les ligaments latéraux interosseux délimitant le rima ungualum. Le derme sous-matriciel apparaît de signal assez intense et homogène. Sur la coupe axiale du lit unguéal, la couche épithéliale fine du lit présente un signal intense, alors que le derme sous-jacent se décompose en une couche superficielle mince de faible signal et une couche profonde de signal hétérogène. Cette

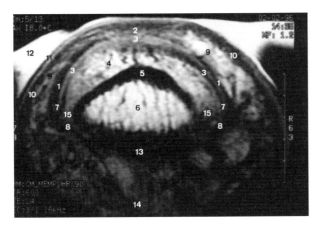

Fig. 6. – Coupe IRM axiale en écho de spin T1 passant par le cul-de-sac matriciel d'un appareil unguéal normal. 1 : tablette unguéale, 2 : matrice proximale, 3 : matrice distale, 4 : derme sous-matriciel, 5 : corticale phalange distale, 6 : os spongieux de la phalange distale, 7 : corne postérolatérale matricielle, 8 : ligament matrico-phalangien, 9 : hypoderme du repli postérieur, 10 : derme du repli postérieur, 11 : épiderme du repli postérieur, 12 : vaseline, 13 : insertion du tendon fléchisseur commun profond, 14 : pulpe, 15 : rima ungualum.

hétérogénéité est renforcée par l'injection de gadolinium, traduisant la présence de nombreux corps glomiques rehaussés. Ces organes encapsulés de 300 μm de diamètre environ apparaissaient sous la forme de petits nodules de signal intense en T2 et après injection de gadolinium.

Les coupes sagittales analysent plus particulièrement l'articulation interphalangienne distale avec l'insertion de la bandelette terminale du tendon extenseur sur la base de la phalange distale, le cartilage articulaire et la plaque palmaire. La racine de l'ongle avec le cul-de-sac n'est bien détaillée que sur cette incidence (fig. 5). Au niveau du bord libre de la tablette, il existe souvent un artefact de susceptibilité magnétique, particulièrement présent sur les images en écho de gradient 3D. Il n'est pas possible de mettre en évidence sur toutes les séquences disponibles une différence de signal entre la matrice et la couche épithéliale du lit ou la face ventrale du repli postérieur. Mais dans ce plan, la matrice distale apparaît plus fine que la couche épithéliale du lit, ce qui semble contradictoire avec les données histologiques qui montrent un épithélium matriciel épais pourvu de crêtes. De toute façon, la transition entre la matrice et le lit unguéal est indiquée par une rupture brutale d'épaisseur de la couche épithéliale. Un autre marqueur de la matrice est supporté par le derme sous-matriciel, qui présente un comportement magnétique particulier. Il forme une plage ovalaire bien limitée, de signal intense sur les images T2 et de rehaussement intense et homogène après injection de gadolinium. Cette zone d'hypersignal sous-matriciel est fortement corrélée à la taille de la lunule (fig. 5) (Drapé *et al.*, 1996b). Sur les doigts ne présentant pas de lunule, la plage d'hypersignal est de petite taille et recouverte par le repli postérieur. Les corrélations histologiques ont montré une zone de derme

lâche avec des faisceaux de collagène moins développés qu'au niveau du lit. L'étude de la microvascularisation révèle une angioarchitecture plus régulière dans cette région qu'au niveau du lit en distal. La lunule apparaît ainsi liée à une zone bien limitée du derme sous-jacent qui présente des caractères histologiques et vasculaires propres. La signification et le rôle de cette région restent encore à préciser. Pour Baden, le fait que les kératinocytes matriciels synthétisent des kératines « molles » en culture cellulaire serait en faveur d'une synthèse in vivo des protéines de l'ongle sous l'influence d'un signal venant de ce derme (Baden, 1987 ; Baden et Kubilus, 1983). Cela pourrait expliquer la tendance qu'a l'ongle à se reformer après des techniques de destruction superficielle de la matrice, l'épiderme adjacent qui repousse sur la matrice pouvant être reprogrammé pour synthétiser la tablette unguéale (Baden, 1987). En distal, la couche épithéliale s'épaissit au niveau de l'hyponychium. L'absence de graisse au niveau du lit unguéal, en dehors d'une fine tablette sous la racine unguéale, n'expose pas à l'artefact de décalage chimique.

Les coupes frontales se révèlent décevantes car très tributaires du positionnement du doigt. Une minime rotation rend les coupes difficilement interprétables. De plus, le plan frontal apparaît mal adapté à la conformation de l'appareil unguéal : ses différentes composantes sont tangentes au plan frontal et donc sujettes aux artefacts de volume partiel.

Applications cliniques

Les indications de l'IRM dans la pathologie de l'appareil unguéal restent en cours d'évaluation. L'IRM pourrait être intéressante dans l'exploration des dystrophies post-traumatiques (fig. 7) et de l'appareil ligamentaire. Mais la recherche d'une tumeur sous-unguéale est actuellement l'indication la plus courante. Les tumeurs de l'appareil unguéal peuvent être de diagnostic difficile en raison des particularités anatomiques de la région. Ces particularités peuvent modifier les symptômes, la croissance et surtout l'aspect des tumeurs, souvent visibles au travers de l'écran unguéal (Baran et Dawber, 1990). Les lésions qui prennent naissance dans le cul-de-sac sont masquées par le repli postérieur et ne peuvent s'exprimer que par une dystrophie de la tablette. Les déformations de la tablette sont souvent le signe d'une bénignité, alors qu'une destruction partielle ou totale de la tablette est évocatrice d'un processus malin. Ainsi toute lésion suspecte de l'appareil unguéal exige une radiographie et une biopsie. Une imagerie complémentaire autre, comme l'IRM, devrait pouvoir constituer une étape intermédiaire dans les cas difficiles, en confirmant la présence d'un processus expansif péri-unguéal et plus particulièrement sous-unguéal.

La recherche de *tumeurs glomiques* sous-unguéales se révèle être l'indication la plus fréquente. En effet, les tumeurs glomiques sont le résultat d'une hyperplasie d'un ou de plusieurs éléments des corps glomiques et peuvent être considérées comme des hamartomes (Carroll et

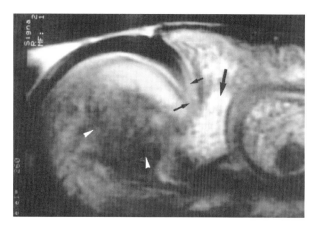

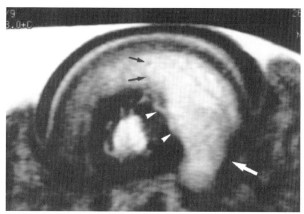

Fig. 7. – **Ongle en griffe post-traumatique. Coupe sagittale en écho de spin T1. Il ne persiste que la base de la phalange distale (grande flèche). Le lit unguéal est occupé par du tissu cicatriel hypertrophique de bas signal (têtes de flèche) qui entraîne une verticalisation de la matrice (petites flèches).**

Fig. 8. – **Tumeur glomique du lit unguéal de l'annulaire. Coupe axiale en écho de spin T1 avec injection de gadolinium. La lésion se rehausse de façon intense et homogène. Elle est latéralisée dans la moitié radiale du lit unguéal. Ses limites sont mal définies au niveau du lit (petites flèches) et des adhérences peropératoires seront notées lors de l'intervention. La lésion s'étend vers la région pulpaire via le rima ungualum et refoule en dehors le ligament latéral interosseux de Flint (grande flèche). Une encoche osseuse est détectée en IRM (têtes de flèche) alors qu'elle n'était pas visible sur les radiographies.**

Berman, 1972). L'intérêt clinique est important. La classique triade associant douleur, point douloureux et sensibilité au froid est fortement évocatrice mais assez rare. Le délai diagnostique moyen varie de quatre à sept ans dans la littérature (Carroll et Berman, 1972 ; Gandon *et al.*, 1992 ; Matloub *et al.*, 1992 ; Rettig et Strickland, 1977). La sensibilité de l'IRM est excellente et doit se substituer totalement à l'artériographie. Quelques difficultés d'interprétation peuvent être dues à des variations histologiques, relevées par Masson dès 1924 (Masson, 1924). Elles ne sont pas rapportées en routine dans les comptes rendus anatomopathologiques, car elles se révèlent sans incidence pronostique. Cependant, elles sont importantes à connaître en raison de leur implication sur le signal tumoral. En effet, le signal peut varier en fonction de la composante histologique dominante. Quatre variétés sont ainsi identifiables (Drapé *et al.*, 1995) :
– forme vasculaire avec un grand nombre de lumières vasculaires. Elle se traduit par un rehaussement très intense après injection de gadolinium et un signal assez élevé en T2 ;
– forme cellulaire ou solide avec une prolifération prédominante de cellules épithélioïdes (cellules glomiques) et une relative pauvreté des lumières vasculaires. Cette forme est particulièrement difficile à mettre en évidence. Son signal est peu différent de celui du derme du lit unguéal en T1 et T2. L'injection de gadolinium peut se révéler très utile afin d'améliorer le contraste. Les coupes fines jointives des acquisitions 3D sont également d'un grand secours afin de mettre en évidence une capsule périphérique ;
– forme mucoïde avec une dégénérescence mucoïde du stroma. Elle présente un rehaussement assez faible après

injection de gadolinium. En revanche, son signal est particulièrement intense en T2 en raison de la composante mucoïde ;
– forme mixte regroupant différentes composantes élémentaires.

Les formes vasculaires et mixtes sont de loin les plus fréquentes.

Les limites tumorales sont le plus souvent nettes avec confinement de la lésion dans une pseudo-capsule constituée par une réaction secondaire du tissu périphérique. Cette capsule présente un signal très bas sur l'ensemble des séquences, mais est mieux visible sur les séquences en pondération T2. Son analyse précise est facilitée par l'injection de gadolinium. Dans un quart des cas, la capsule est incomplète ou absente avec des contours lésionnels flous (Drapé *et al.*, 1996a). Il est souvent noté dans ces cas des adhérences peropératoires avec le lit unguéal (fig. 8). L'envahissement local de la capsule est discuté et a été rapporté sur les constatations histologiques dans 1 à 2 % des cas par Kohout et n'a pas été retrouvé par Carroll (Carroll et Berman, 1972 ; Kohout et Stout, 1961). Il est certain que le risque de laisser en place du tissu tumoral en postopératoire est plus élevé dans ces formes mal limitées. Le taux de récidive varie dans la littérature de 12 à 24 % (Carroll et Berman, 1972 ; Davis *et al.*, 1981 ; Rettig et Strickland, 1977 ; Varian et Cleak, 1980). L'IRM est certainement utile dans ces cas à risque élevé de récidive, ainsi que pour les formes multiples touchant un même doigt. En cas de récidive douloureuse, l'IRM apparaît peu gênée par la cicatrice et très sensible pour détecter un résidu tumoral.

L'IRM détermine avec précision le siège de la lésion, le plus souvent en sous-unguéal dans le tissu de soutien du lit ou de la matrice. Ces localisations sont certainement les plus difficiles à mettre en évidence en échographie, en raison des artefacts induits par la courbure de la tablette sus-jacente (Fornage, 1988). La lésion est au contact du périoste de la phalange sous-jacente et une érosion corticale est souvent mise en évidence sur les coupes axiales, alors qu'elle n'est pas visible sur les radiographies. Les coupes axiales sont essentielles pour définir le siège médian ou latéral dans le lit unguéal et pour mettre en évidence une éventuelle extension vers la pulpe via le rima ungualum (fig. 8). L'abord chirurgical est orienté par le siège lésionnel. Les coupes sagittales sont nécessaires pour déterminer la position de la tumeur par rapport à la matrice.

Plus rarement, les lésions peuvent siéger au niveau de la pulpe ou du repli postérieur. Le contraste tissu sain/tumeur est totalement différent avec souvent la graisse de l'hypoderme en périphérie. La tumeur est visible spontanément en T1, cernée par le signal intense de la graisse. En revanche, l'injection de gadolinium va entraîner un effacement des contours tumoraux en égalisant les signaux. Son seul intérêt est de pouvoir mettre en évidence un éventuel prolongement vers le lit unguéal.

De nombreuses autres pathologies tumorales de l'appareil unguéal peuvent bénéficier de l'IRM. Retenons les plus fréquentes et les plus caractéristiques.

– Parmi les tumeurs épithéliales, les *kystes épidermoïdes* de la phalange distale sont rares, généralement secondaires à un traumatisme violent avec inclusion d'épiderme dans les tissus sous-cutanés, voire l'os. Un traumatisme ancien passe facilement inaperçu. Un kyste peut se développer en postopératoire sur une cicatrice (Baran et Haneke, 1994). La phalange distale s'élargit progressivement et la déformation devient évidente. La douleur est tardive, parfois à l'occasion d'une fracture pathologique. Les radiographies mettent en évidence une lacune ronde ou une encoche régulière finement cerclée de la phalange distale. En IRM, la lésion présente un signal discrètement hétérogène et peu intense en T2, dû à la présence d'orthokératine. Un rehaussement modéré et hétérogène est noté après injection de gadolinium. La fine coque épidermique est visible et présente le même signal que l'épiderme normal (fig. 9). Les encoches osseuses, même discrètes, sont particulièrement bien vues sur les coupes axiales. Des artefacts au niveau de la zone de pénétration peuvent être notés sur les séquences en écho de gradient.

Les *onychomatricomes* (tumeur filamenteuse matricielle sur un ongle en entonnoir) doivent être évoqués devant quatre signes cliniques (Baran et Klint, 1992) : une coloration jaune sur toute la longueur de la tablette et d'une largeur variable, un aspect proéminent de la tablette, une courbure transversale accrue de la tablette et une tumeur provenant de la matrice visible après avulsion de la tablette. La tablette unguéale se présente comme un tunnel aplati dans lequel pénètrent des digitations filamenteuses. En IRM, les coupes sagittales sont essen-

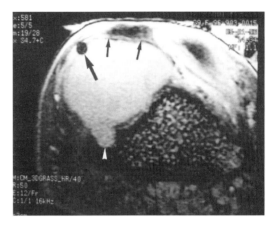

FIG. 9. – **Kyste épidermoïde du pouce. Coupe axiale de 1 mm d'épaisseur en écho de gradient. Le kyste présente un signal intense et homogène avec ce type de séquence. Ses limites sont nettes et sa coque épidermique est bien visible (petites flèches). Une petite encoche osseuse, radiologiquement occulte, est notée sur la base de la phalange (tête de flèche). Un artefact signale la zone probable du traumatisme pénétrant initial (grande flèche).**

tielles pour mettre en évidence le noyau tumoral dans la région matricielle et l'invagination de la lésion dans la déformation en entonnoir de la tablette. La partie distale des prolongements filamenteux a un signal plus intense en T2 (stroma mucoïde). Les coupes axiales mettent bien en évidence les trous dans la substance de la tablette unguéale, remplis par les prolongements filamenteux (fig. 10).

– L'IRM a peu d'intérêt dans l'étude des *tumeurs fibreuses,* bien que leur aspect soit assez spécifique. Il en existe de nombreux types qui peuvent se développer en sous- ou péri-unguéal. Ces tumeurs, allant des dermatofibromes aux fibrokératomes digitaux, présentent des tableaux cliniques variés contrastant avec une certaine uniformité histologique. La tumeur de Koenen, le fibrokératome acquis et le dermatofibrome présenteraient en fait une certaine « continuité clinique ». Dans les fibrokératomes acquis péri-unguéaux, l'IRM visualise bien la partie issue du repli postérieur dans la gouttière de la tablette. Elle montre surtout l'implantation en profondeur vers la racine de l'ongle (fig. 11). Le signal dépend des variantes histologiques : signal très faible sur toutes les séquences en cas de composition riche en fibres de collagène, signal élevé en T2 en cas de stroma œdémateux. La lésion peut comporter des cloisonnements. La couverture épidermique acanthosique présente un signal identique à celui de l'épithélium normal. L'IRM peut également montrer des formes touchant la face ventrale du repli proximal avec une invagination épithéliale. Cette invagination agit comme une matrice accessoire et produit un pseudo-ongle de kératine.

– Les *tumeurs à cellules géantes* sont des tumeurs qui dérivent des gaines tendineuses ou de la synoviale articulaire. C'est, en fréquence, la deuxième tumeur des

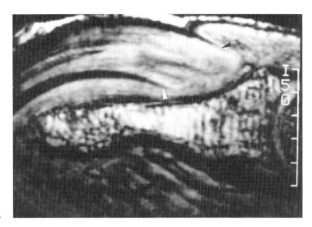

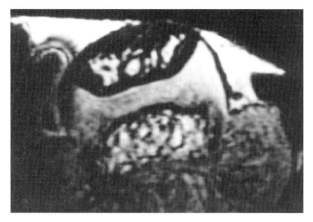

A

B

Fig. 10. – Onychomatricome de l'index. A : Coupe sagittale en écho de gradient. Les prolongements filamenteux de la tumeur pénétrent dans la déformation en entonnoir de la tablette ungéale (têtes de flèche). B : Coupe axiale en écho de gradient. Les nombreux prolongements filamenteux, de signal intense, sont bien visibles dans la substance même de la tablette.

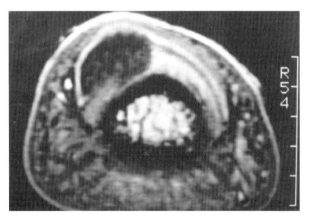

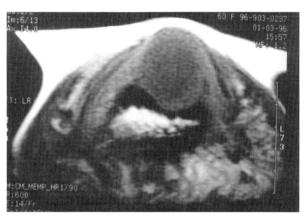

Fig. 11. – Fibrokératome acquis. Coupe axiale en écho de gradient. La tumeur fibreuse présente un bas signal sur l'ensemble des séquences. La lésion est implantée sur le bord ulnaire du cul-de-sac matriciel et soulève en dorsal la matrice proximale.

Fig. 12. – Kyste mucoïde sous-unguéal. Coupe axiale en écho de spin T1. Le kyste de bas signal occupe toute l'épaisseur du lit et entraîne une encoche sur la phalange sous-jacente et une déformation en pince de la tablette unguéale.

parties molles de la main. Aux doigts, elle siège plus volontiers au niveau de la face dorsale de l'articulation interphalangienne et est solitaire. Ces tumeurs touchent peu l'appareil unguéal. Il n'y a pas de calcifications, comme cela peut se voir, en revanche, dans les synovialo-sarcomes. Les tumeurs à cellules géantes peuvent s'étendre vers la phalange distale avec ostéolyse corticale sur les radiographies. La lésion osseuse est expansive dans un tiers des cas. Des fractures pathologiques sont possibles. Histologiquement, on retrouve les caractéristiques de la synovite villo-nodulaire. Des dépôts d'hémosidérine peuvent donner une coloration brune à la tumeur et les artefacts caractéristiques sur les coupes d'IRM, bien que moins nets qu'au niveau du genou. Le signal n'est pas très spécifique avec un signal assez faible en T2 et un rehaussement relativement intense après injection de gadolinium.

– Les *kystes mucoïdes* des doigts posent peu de problème diagnostique, mais sont volontiers récidivants. L'IRM semble capable d'expliquer certains échecs thérapeutiques, malgré la multitude de traitements proposés. La plupart des kystes sont solitaires et siègent dans le repli postérieur. Leur aspect est évocateur avec des parois régulières, un signal faible en T1, très intense en T2. Les cloisonnements intrakystiques sont particulièrement bien mis en évidence avec les images T2. L'injection de gadolinium ne montre qu'un faible rehaussement de la périphérie. L'IRM est particulièrement intéressante quand elle met en évidence des kystes satellites, voire des prolongements sous-matriciels cliniquement occultes (Drapé *et al.*, 1996c). Cette localisation sous-matricielle est très rarement mentionnée dans la littérature et est mal connue cliniquement. L'IRM est alors le seul examen capable de mettre ces kystes en évidence (fig. 12). Le

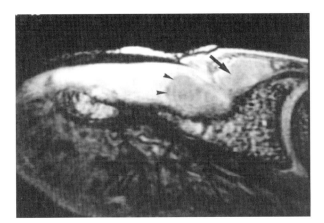

FIG. 13. – **Kyste mucoïde. Coupe sagittale en écho de gradient. Le kyste de bas signal est implanté dans le repli postérieur (flèche). Il présente un prolongement sous-matriciel (têtes de flèche), de diagnostic clinique difficile.**

diagnostic peut être discuté avec une tumeur glomique en cas de symptomatologie douloureuse. Quand le kyste est volumineux, il peut entraîner une encoche sur la corticale osseuse sous-jacente. La compression matricielle peut entraîner une fissure de la tablette avec déformation en pince de celle-ci. Le prolongement sous-matriciel peut être occulte cliniquement et être source de récidive (fig. 13). Dans la majorité des cas, l'IRM met en évidence un pédicule faisant communiquer le kyste avec l'articulation interphalangienne distale. Dans tous les cas, ces pédicules sont latéraux, sous l'insertion du tendon extenseur sur la base de la phalange distale (fig. 14). En cas de décision chirurgicale, la mise en évidence du pédicule est nécessaire afin de réaliser son ablation pour éviter les récidives. La recherche d'un pédicule est encore plus crucial dans les localisations sous-matricielles, car la résection isolée de celui-ci permet l'affaissement secondaire du kyste sans nécessiter un abord direct de la matrice, toujours source d'éventuelles séquelles dystrophiques. L'injection de bleu de méthylène mêlé à de l'eau oxygénée dans la face palmaire de l'articulation interphalangienne distale a été proposée en peropératoire pour colorer le pédicule, mais sa réalisation n'est pas toujours aisée (Newmeyer *et al.*, 1974). Une arthrose de l'articulation interphalangienne distale est retrouvée sur les radiographies dans la plupart des cas avec une ostéophytose dorsale de la tête de P2 pouvant léser l'insertion du tendon extenseur. L'ostéophyte dorsal doit être réséqué en même temps que le kyste et le pédicule, afin d'éviter toute récidive.

– L'IRM n'a pas d'indications pour le diagnostic des fréquents chondromes ou des exostoses sous-unguéales. En revanche, elle peut mettre en évidence des chondromes de sièges inhabituels dans les parties molles (lit unguéal) ou juxta-cortical. Le signal est évocateur d'un tissu cartilagineux avec un signal intense en T2 et un rehaussement faible en périphérie, sans lobules. Dans les cas exceptionnels de

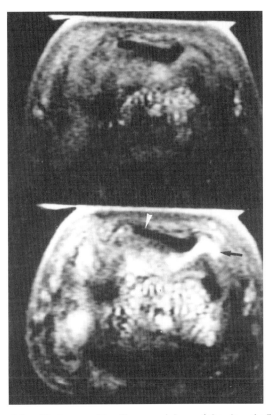

FIG. 14. – **Kyste mucoïde. Coupe axiale en écho de spin T1 avant et après injection de gadolinium, passant par l'articulation interphalangienne distale. Arthrose sévère avec ostéophytose dorsale soulevant la bandelette terminale du tendon extenseur (tête de flèche). Un pédicule synovial se rehausse intensément sous le bord latéral du tendon (flèche).**

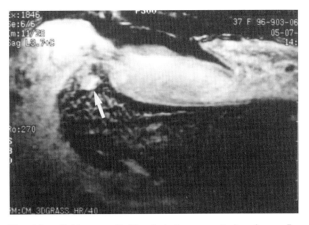

FIG. 15. – **Ostéome ostéoïde de la houppe phalangienne. Le nidus de tissu ostéoïde présente un signal intense (flèche). Le lit unguéal et la région hyponychiale sont épaissis et de signal inflammatoire.**

dégénérescence sarcomateuse, l'IRM peut fournir des arguments supplémentaires en montrant un rehaussement inhabituel, lobulaire pour les lésions de bas grade, et plus diffus pour les lésions les moins différenciées.

Si la mise en évidence du nidus d'un *ostéome ostéoïde* doit être faite au scanner parfois guidé par la scintigraphie préalable, l'IRM montre mieux les modifications associées. Environ 8% des ostéomes ostéoïdes touchent les phalanges, mais l'ostéome ostéoïde est rare au niveau de la phalange distale (Baran et Haneke, 1994). Il entraîne un gonflement de l'extrémité digitale avec un élargissement et un épaississement de l'ongle. Comme dans les autres localisations, le nidus peut être intramédullaire, cortical ou sous-périosté. Le tissu ostéoïde est particulièrement intense sur les images en écho de gradient (fig. 15). Les importantes réactions inflammatoires du lit unguéal, difficiles à voir sur le scanner, sont très bien vues en IRM, ainsi que l'œdème médullaire réactionnel au niveau de la phalange distale.

CONCLUSION

L'imagerie de l'appareil unguéal reste souvent rudimentaire et se limite aux radiographies standards. Il ne faut pas oublier l'échographie pour la mise en évidence d'un processus tumoral ou la recherche de corps étrangers. Les progrès récents de la résolution spatiale de l'IRM rendent l'appareil unguéal accessible à ce type d'investigation. Le bilan d'extension préopératoire précis des processus tumoraux, en particulier des tumeurs glomiques, devient actuellement possible.

RÉFÉRENCES

Aguayo J.B., Blackband S.J., Schoeniger J., Mattingly M.A., Hintermann M. – Nuclear magnetic resonance imaging of a single cell. *Nature*, 1986, *322*, 190-191.

Alexander H., Miller D.L. – Determining skin thickness with pulsed ultrasound. *J. Invest. Dermatol.*, 1979, *72*, 17-19.

Apolinar E., Rowe WF. – Examination of human fingernail ridges by means of polarized light. *J. Forensic. Sci.*, 1980, *25*, 154-161.

Baden H.P. – Structure, composition, and physiology of nails. *In :* Baden H.P. (Ed.). *Diseases of the hair and nails*, pp. 3-11. Chicago, London, Year Book Medical Publishers, 1987.

Baden H.P., Kubilus J. – Fibrous proteins of bovine hoof. *J. Invest. Dermatol.*, 1983, *81*, 220-224.

Baran R., Dawber R.P.R. – Anatomie et physiologie de l'appareil unguéal. *In :* Baran R. (Ed.). *Guide médico-chirurgical des onychopathies*, pp. 1-15. Paris, Arnette, 1990.

Baran R., Klint A. – Onychomatrixoma. *Br. J. Dermatol.*, 1992, *126*, 510-515.

Baran R., Haneke E. – Tumours of the nail apparatus and adjacent tissues. *In :* Baran R., Dawber R.P.R. (Eds). *Diseases of the nails and their management*, pp. 417-497. London, Blackwell Scientific Publications, 1994.

Bittoun J., Saint-Jalmes H., Querleux B., Darrasse L., Jolivet O., Idy-Peretti I. *et al.* – In vivo high resolution MR imaging of the skin a whole body system at 1.5 T. *Radiology*, 1990, *176*, 457-460.

Blackband S.J., Chakrabarti I., Gibbs P., Buckley D.L., Horsman A. – Fingers : three-dimensional MR imaging and angiography with a local gradient coil. *Radiology*, 1994, *190*, 895-899.

Camirand P., Giroud J.M. – Subungual glomus tumour. Radiological manifestations. *Arch. Dermatol.*, 1970, *102*, 677-679.

Carroll R.E., Berman A.T. – Glomus tumors of the hand : review of the literature and report of 28 cases. *J. Bone Jt Surg.*, 1972, *54 A*, 691-703.

Davis T.S., Graham W.P. III, Blomain E.W. – A ten-year experience with glomus tumors. *Ann. Plast. Surg.*, 1981, *6*, 297-299.

Dion E., Idy-Peretti I., Bellin M.F., Oberlin C., Grellet J., Bittoun J. – MR imaging of the carpal tunnel with a specific high-resolution coil. *Radiology*, 1991, *181*, 106.

Drapé J.L., Idy-Peretti I., Goettmann S., Wolfram-Gabel R., Dion E., Grossin M. *et al.* – Subungual glomus tumors : evaluation with MR imaging. *Radiology*, 1995, *195*, 507-515.

Drapé J.L., Idy-Peretti I., Goettmann S., Guérin-Surville H., Bittoun J. – Standard and high resolution magnetic resonance imaging of glomus tumors of toes and fingertips. *J. Am. Acad. Dermatol.*, 1996a, *35*, 550-555.

Drapé J.L., Wolfram-Gabel R., Idy-Peretti I., Baran R., Goettmann S., Sick H. *et al.* – The lunula : a magnetic resonance imaging approach to the subnail matrix area. *J. Invest. Dermatol.*, 1996b, *106*, 1081-1085.

Drapé J.L., Idy-Peretti I., Goettmann S., Salon A., Abimelec P., Guérin-Surville H. *et al.* – MR imaging of digital mucoid cysts. *Radiology*, 1996c, *200*, 531-536.

El-Gammal S., Hoffmann K., Auer T., Korten M., Altmeyer P., Höss A. *et al.* – A 50-MHz high-resolution ultrasound imaging system for dermatology. *In :* Altmeyer P., El-Gammal S., Hoffmann K. (Eds). *Ultrasound in dermatology*, pp. 41-54. Berlin, Springer-Verlag, 1991.`

Finlay A.Y., Moseley H. Duggan T.C. – Ultrasound transmission time : an in vivo guide to nail thickness. *Br. J. Dermatol.*, 1987, *117*, 765-770.

Finlay A.Y., Western B., Edwards C. – Ultrasound velocity in human fingernail and effects of hydratation : validation of in vivo nail thickness measurement techniques. *Br. J. Dermatol.*, 1990, *123*, 365-373.

Foo T.K., Shellock F.G., Hayes C.E., Schenck J.F., Slayman B.E. – High resolution MR imaging of the wrist and eye with short TR, short TE, and partial echo acquisition. *Radiology*, 1992, *183*, 277-281.

Fornage B.D. – Glomus tumours in the fingers : diagnosis with ultrasound. *Radiology*, 1988, *167*, 297-322.

Gandon F., Legaillard P., Brueton R., Le Viet D., Foucher G. – Forty-eight glomus tumors of the hand : retrospective study and four-year follow-up. *Ann. Hand Surg.*, 1992, *11*, 401-405.

Goldman L. – Transillumination of the fingertip as aid in examination of nail changes. *Arch. Dermatol. Chicago*, 1962, *85*, 644.

Holzberg M. – Glomus tumor of the nail : a « red herring » clarified by magnetic resonance imaging. *Arch. Dermatol.*, 1992, *128*, 160-162.

Hou S.M., Shih T.T.F., Lin M.C. – Magnetic resonance imaging of an obscure glomus tumour in the fingertip. *J. Hand Surg. Br.*, 1993, *18B*, 482-483.

Jablon M., Horowitz A., Bernstein D.A. – Magnetic resonance imaging of a glomus tumor of the finger tip. *J. Hand Surg. Am.*, 1990, *15A*, 507-509.

Jemec G.B.E., Serup J. – Ultrasound structure of the human nail plate. *Arch. Dermatol.*, 1989, *125*, 643-646.

Johnson G.A., Thomson M.B., Gewalt S.L., Hayes C.E. – Nuclear magnetic resonance imaging at microscopic resolution. *J. Magn. Reson.*, 1986, *68*, 129-137.

Johnson M., Comaish J.S., Shuster S. – Nail is produced by the normal bed : a controversy resolved. *Br. J. Dermatol.,* 1991, *125,* 27-29.

Johnson M., Shuster S. – Continuous formation of nail along the bed. *Br. J. Dermatol.,* 1993, *128,* 277-280.

Kneeland J.B., Middleton W.D., Matloub H.S., Jesmanowicz A., Froncisz W., Hyde J.S. – High resolution MR imaging of glomus tumor. *J. Comput. Assist. Tomogr.,* 1987, *11,* 351-352.

Kohout E., Stout A.P. – The glomus tumor in children. *Cancer,* 1961, *14,* 555-556.

Masson P. – Le glomus neuromyo-artériel des régions tactiles et ses tumeurs. *Lyon Chir.,* 1924, *21,* 256-280.

Mathis W.H., Schulz M.D. – Roentgen diagnosis of glomus tumours. *Radiology,* 1948, *51,* 71-76.

Matloub H.S., Muoneke V.N., Prevel C.D., Sanger J.R., Yousif N.J. – Glomus tumor imaging : use of MRI for localization of occult lesions. *J. Hand Surg.,* 1992, *17A,* 472-475.

Newmeyer W.L., Kilgore E.S., Graham W.P. – Mucous cyst : the dorsal distal interphalangeal joint ganglion. *Plast. Reconstr. Surg.,* 1974, *53,* 313-315.

Rettig A.C., Strickland J.W. – Glomus tumor of the digits. *J. Hand Surg.,* 1977, *2,* 261-265.

Richard S., Querleux B., Bittoun J., Idy-Peretti I., Jolivet O., Cermacova E. *et al.* – In vivo proton relaxation times analysis of the skin layers by magnetic resonance imaging. *J. Invest. Dermatol.,* 1991, *97,* 120-125.

Rosenthal E.A. – Treatment of finger tip and nail bed injuries. *Orthop. Clin. North Am.,* 1983, *14,* 675-697.

Schneider L.H., Bachow T.B. – Magnetic resonance imaging of glomus tumor. *Orthop. Rev.,* 1991, *20,* 255-256.

Serup J. – Ten years' experience with high-frequency ultrasound examination of the skin : development and refinement of technique and equipment. *In :* Altmeyer P., El-Gammal S., Hoffmann K. (Eds). *Ultrasound in dermatology,* pp. 41-54. Berlin, Springer-Verlag, 1991.

Tan C.Y., Marks R., Payne P. – Comparison of xeroradiographic and ultrasound detection of corticosteroid induced dermal thinning. *J. Invest. Dermatol.,* 1981, *76,* 126-128.

Varian J., Cleak D.K. – Glomus tumors in the hand. *Hand,* 1980, *12,* 293-299.

Wong E.C., Jesmanowicz A., Hyde J.C. – High-resolution short echo time MR imaging of the fingers and wristswith a local gradient coil. *Radiology,* 1991, *181,* 393-397.

Zook E.G. – The perionychium. *In :* Green D.P. (Ed). *Operative hand surgery,* pp. 1331-1375. New York, Churchill Livingstone, 1988.

Conduite à tenir devant une mélanonychie longitudinale

R. BARAN

Les causes des mélanonychies longitudinales (ML) sont nombreuses et souvent difficiles à cerner par l'anamnèse et la simple clinique. Elles surviennent à tout âge, hommes et femmes sont également atteints.

Si les formes polydactyliques sont a priori rassurantes, les formes monodactyliques idiopathiques, surtout du pouce et du gros orteil des sujets blancs, le sont infiniment moins. Environ 77% des Afro-Américains de plus de 20 ans ont une ou plusieurs ML, la prévalence augmentant avec l'âge. La ML est relativement commune chez les Japonais (10-20%), chez les hispaniques et les sujets au teint foncé. Elle n'atteint pas 1% de la population blanche.

Habituellement, une ML peut être sous la dépendance de quatre causes principales :

1. Une activation focale des mélanocytes.

2. Une hyperplasie mélanocytaire.

3. Un nævus matriciel.

4. Un mélanome matriciel.

Il est parfaitement impossible de faire une distinction des formes isolées sur le simple plan clinique. En effet, de nombreuses tumeurs, qu'elles soient malignes (maladie de Bowen, épithélioma basocellulaire) ou bénignes (pseudo-kyste mucoïde, onychomatricome, papillome pigmenté linéaire) sont capables d'activer les mélanocytes de la matrice unguéale. De plus, les micro-traumatismes répétés (pigmentation de frottement des orteils, onychotillomanie), voire certaines mélanonychies fongiques, sont également susceptibles de stimuler l'activité des mélanocytes. Il en est de même de quelques dermatoses inflammatoires (lichen plan, onychomycoses nigricantes, radiodermite chronique, psoriasis pustuleux, lupus érythémateux systémique, etc.).

Il n'est pas toujours aisé d'éliminer une pseudo-mélanonychie longitudinale isolée par l'interrogatoire : c'est parfois l'avulsion partielle de la tablette qui permet le diagnostic d'une épine fichée sous l'ongle.

Le spectre du mélanome doit guider en permanence la conduite à tenir.

L'EXAMEN CLINIQUE

L'âge du patient est important à considérer, la soixantaine fournissant le lot habituel des mélanomes unguéaux.

L'examen de tous les ongles des mains et des pieds indique si la pigmentation est isolée ou non. Il faut, aux orteils, vérifier la présence d'un chevauchement ou l'existence possible d'une mélanonychie de frottement (principalement de la moitié externe des derniers orteils), aux doigts, éliminer un hématome linéaire non migrateur ou un corps étranger (une écharde par exemple).

L'examen des téguments et des muqueuses doit être particulièrement minutieux (présence d'une pigmentation ? d'une leucokératose ?). L'existence d'une pigmentation péri-unguéale rend le problème encore plus angoissant.

Signes cliniques en faveur d'un processus malin du système mélanocytaire

Élargissement rapide de la bande (d'où la nécessité de prendre des photos 1×1 tous les six mois) (fig. 1).

Polychromie allant du beige clair au noir brillant.

Flou des bords.

Débordement pigmentaire connu sous le nom de signe de Hutchinson (fig. 2). Il correspond au stade d'extension horizontale d'un mélanome malin sous-unguéal.

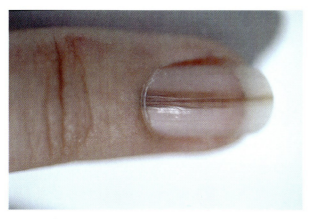

FIG. 1. – **Élargissement rapide de la bande mélanonychique.**

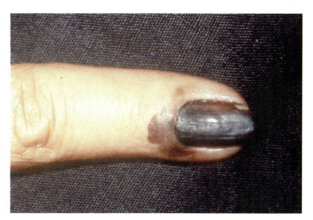

FIG. 2. – **Mélanome malin avec tablette noire et signe de Hutchinson.**

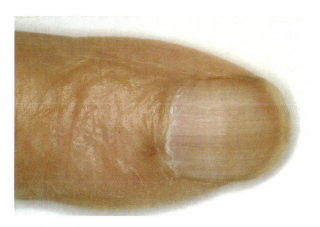

FIG. 3. – **Mélanonychie longitudinale au cours d'un syndrome de Laugier-Hunziker avec pigmentation du repli sus-unguéal réalisant un pseudo-signe de Hutchinson.**

Malheureusement, ce signe manque de spécificité en l'absence de dystrophie unguéale (anonychie partielle par exemple) ou de lésion ulcéreuse ou végétante associée. C'est dire l'importance d'une bonne connaissance du pseudo-signe de Hutchinson dont il existe trois variétés :

– Les formes bénignes, parmi lesquelles nous citerons : maladie de Laugier-Hunziker (fig. 3), le syndrome de Peutz-Jeghers, le nævus congénital, une pigmentation ethnique, traumatismes répétés, le sida avec ou sans traitement par zidovudine, minocycline, une radiothérapie locale, une résurgence pigmentaire après biopsie pour ML.

– Les formes malignes épithéliomateuses (maladie de Bowen).

– Les formes trompeuses par erreur d'interprétation (dues le plus souvent à la transparence des tissus du repli sus-unguéal).

Au total, en l'absence d'un diagnostic étiologique de certitude, au terme d'un examen clinique critique révélant un des signes de risque, la biopsie-exérèse d'une ML s'impose. Mais, pour être effectuée dans les meilleures conditions, elle devra prendre en compte :

– l'existence éventuelle d'une pigmentation péri-unguéale, correctement évaluée ;

– la situation topographique de la ML sur la tablette (latérale ou centrale ?) ;

– le siège matriciel du foyer mélanique responsable de la pigmentation ;

– la largeur de la bande.

Une excision en bloc est indispensable lorsque la pigmentation péri-unguéale et la ML sont associées à une destruction partielle de la lame, à une ulcération du lit ou à une tumeur végétante.

La présence d'une pigmentation péri-unguéale avec mélanonychie longitudinale monodactylique d'un ongle anatomiquement normal exige également, dans un premier temps, l'excision en bloc de l'appareil unguéal avec une marge de sécurité de 2 mm de tissu sain, sans considération esthétique. Une telle intervention permet à l'histologiste de pratiquer des coupes sériées, d'autant plus utiles que leur lecture peut être délicate.

Lorsque la mélanonychie longitudinale parcourt le tiers latéral (externe ou interne) de la tablette, nous préconisons une biopsie exérèse latéro-longitudinale car elle offre au patient un résultat esthétique convenable. L'ongle conserve sa forme normale et apparaît simplement plus étroit. Il arrive toutefois qu'une désaxation légère se produise du côté opéré.

Lorsque la mélanonychie longitudinale se trouve dans le tiers moyen de la tablette, le choix de la technique de biopsie-exérèse dépend de deux critères indissociables, la largeur de la bande et le siège matriciel du foyer mélanique. En effet, il existe une double règle d'or :

– une biopsie de 3 mm de diamètre ne laisse pratiquement pas de séquelle ;

– une intervention sur la matrice distale ne se complique pas de dystrophie unguéale.

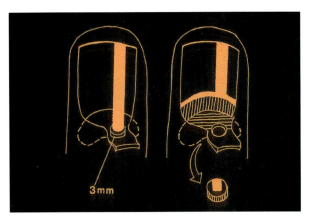

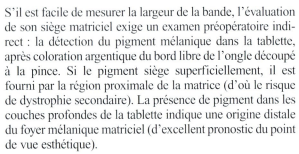

Fig. 4. – **Biopsie à l'emporte-pièce de 3 mm d'une mélano-nychie longitudinale d'origine distale. La section de la tablette après la biopsie effectuée à travers l'ongle permet de vérifier l'aspect de la région et de recueillir le cylindre tissulaire sans l'endommager.**

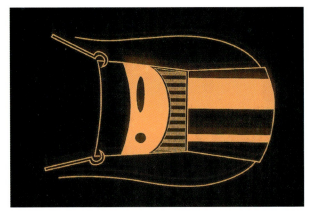

Fig. 5. – **Biopsie transversale en ellipse de la matrice.**

S'il est facile de mesurer la largeur de la bande, l'évaluation de son siège matriciel exige un examen préopératoire indirect : la détection du pigment mélanique dans la tablette, après coloration argentique du bord libre de l'ongle découpé à la pince. Si le pigment siège superficiellement, il est fourni par la région proximale de la matrice (d'où le risque de dystrophie secondaire). La présence de pigment dans les couches profondes de la tablette indique une origine distale du foyer mélanique matriciel (d'excellent pronostic du point de vue esthétique).

1. Si le foyer matriciel mélanique est distal *(pigment situé dans les deux tiers inférieurs de la lame unguéale),* la biopsie sera faite au punch pour une ML dont la largeur est inférieure à 3 mm, ou bien dessinera une ellipse transversale si la largeur de la bande dépasse 3 mm (fig. 4 et 5).

Pour une bande dont la largeur est inférieure à 3 mm, on utilise un emporte-pièce de 3 mm. Lorsque l'origine matricielle de la bande est très distale, il suffit souvent de repousser le repli sus-unguéal avant de supprimer la source pigmentaire au bistouri circulaire.

Si le refoulement du repli sus-unguéal ne découvre pas l'origine de la bande, une incision oblique et en dehors, de part et d'autre du repli sus-unguéal, permet de récliner le repli proximal après l'avoir décollé avec une spatule dentaire.

L'emporte-pièce est enfoncé dans la tablette à l'extrémité proximale de la bande noire jusqu'au contact osseux. La base de l'ongle est ensuite découpée transversalement pour exposer la matrice sous-jacente et recueillir commodément le fragment biopsique. Ce geste permet également de vérifier l'intégrité pigmentaire de la région matricielle située en amont et en aval de la zone prélevée.

Une biopsie en ellipse transversale (ou en croissant) est effectuée à la naissance de la bande pigmentée lorsque sa largeur est égale ou supérieure à 3 mm.

2. Si le foyer matriciel mélanique est proximal *(pigment disposé dans le tiers supérieur de la lame unguéale)* et la largeur de la bande inférieure à 3 mm, une biopsie au punch de 3 mm est réalisable après avoir récliné le repli proximal.

Lorsque la largeur de la bande se situe entre 3 et 6 mm, la technique du lambeau unguéal complet de Schernberg et Amiel est souhaitable. Le premier temps consiste en une exérèse monobloc de la bande longitudinale ; le deuxième temps est consacré à la taille du lambeau. Il reste à compléter la section des deux autres côtés du rectangle : en avant, à la limite entre la sole et la pulpe digitale ; latéralement, l'incision longitudinale emporte 2 ou 3 mm du repli latéral et s'évase en direction proximale, de manière à agrandir la largeur du pédicule.

La libération du lambeau, à l'aide d'un bistouri, passe au ras du périoste. Le troisième temps réalise la suture appuyée du lambeau. Une rotation va permettre de rapprocher ce lambeau de la zone unguéale intacte.

Lorsque la largeur de la bande est égale ou supérieure à 6 mm, ou bien dépasse la moitié de celle de la tablette, une biopsie au punch de 3 mm dans deux zones distantes l'une de l'autre dicte ultérieurement la conduite du clinicien à la faveur des résultats de l'examen histologique : une simple activité mélanocytaire est rassurante, tandis qu'une dysplasie mélanocytaire indiscutable exige l'excision de l'appareil unguéal.

LE PROBLÈME DE L'ENFANT

Le mélanome de l'appareil unguéal est tout à fait exceptionnel chez l'enfant. Si de très rares observations ont été rapportées dans la littérature japonaise, certaines qualifiées de mélanome in situ sont d'interprétation histologique discutable. Toutefois, en dehors d'une seule observation japonaise bien documentée, nous ignorons encore si parmi les mélanomes de l'appareil unguéal de l'adulte certains ont débuté dans l'enfance sous forme de mélanonychie longitudinale.

Principes et matériel
Technique des biopsies unguéales

P. ABIMELEC, C. DUMONTIER

INTRODUCTION

Mis à part sa fonction esthétique, l'ongle protège l'extrémité distale du doigt et joue un rôle dans la préhension des petits objets. Il contribue par ailleurs à la sensibilité pulpaire tactile et au grattage.

La réalisation de biopsies unguéales nécessite une bonne connaissance de l'anatomie et de la fonction de l'appareil unguéal, une anesthésie et une hémostase efficaces, une asepsie parfaite liée à la proximité de l'os et de l'articulation. La biopsie unguéale est utile pour le diagnostic ou le traitement d'onychopathies variées. Au même titre que la biopsie cutanée ou osseuse, ce geste fait partie intégrante de notre arsenal diagnostique.

Lorsque l'interrogatoire, l'examen clinique et les examens paracliniques usuels ne permettent pas d'aboutir à un diagnostic précis, une biopsie unguéale est nécessaire si l'examen histologique permet de différencier ou d'exclure, parmi les diagnostics cliniques évoqués, une affection qui nécessite la mise en route d'un traitement rapide. Lorsque le diagnostic est évoqué cliniquement, l'intérêt de la biopsie peut être diagnostique, thérapeutique, pronostique ou médico-légal.

Les indications et les méthodes des biopsies unguéales sont fonction du type et du siège de l'onychopathie. Il est possible de prélever chacune des structures de l'appareil unguéal. Une bonne connaissance de la sémiologie unguéale permet de préciser l'origine des lésions à biopsier, préalable indispensable si l'on souhaite obtenir une réponse histologique qui permettra d'aboutir à un diagnostic précis. Les biopsies du lit unguéal au punch sont de réalisation simple et le risque de dystrophie unguéale résiduelle est faible. Les biopsies de la matrice sont souvent indiquées pour le diagnostic des mélanonychies longitudinales monodactyliques. D'autres affections tumorales ou inflammatoires peuvent nécessiter un prélèvement matriciel. Les biopsies matricielles sont en règle plus délicates ; le risque de dystrophie unguéale secondaire est d'autant plus marqué que la biopsie est volumineuse et proximale. Il est indispensable de collaborer avec un dermatopathologiste expérimenté auquel il faudra préciser le siège, le type et l'orientation du prélèvement sur un schéma ainsi que les diagnostics différentiels évoqués. La maîtrise de ces paramètres et une technique chirurgicale minutieuse permettent de recueillir les informations souhaitées et de minimiser les risques de dystrophies unguéales.

MATÉRIEL

Instruments

En dehors du matériel habituel qui est utilisé en petite chirurgie cutanée, quelques instruments particuliers sont utiles. Le décolleur pour les avulsions (décolleur de Freer, spatule dentaire, décolleur à dure mère) peut être remplacé par le côté mousse d'une petite pince de Halstead, une pince à ongles simple ou une pince orthopédique à double articulation (type Ruskin ou Liston). Les micro-instruments (bistouris et lames de Beaver®, petites pinces, porte-aiguilles ophtalmologiques du type Castroviejo), et les loupes grossissantes (2:1 à 4:1) Zeiss® ou Heine® sont très utiles.

Matériel consommable

Il comporte : un gant stérile pour le garrot, du fil résorbable 5 à 7-0 serti avec une aiguille courte (6 à 9 mm), un doigtier pour le pansement. Le reste du matériel est classique.

Précautions préopératoires

La nécessité d'une biopsie unguéale est appréciée par l'interrogatoire et l'examen clinique complet. Les clichés photographiques sont utiles : ils permettent de préciser l'état initial et de suivre l'évolution. Un examen myco-logique doit être réalisé quand il existe des signes cliniques compatibles avec une onychomycose (onycho-lyse, hyperkératose sous-unguéale, destruction de la tablette, fissure, colorations blanche, brune ou noire de la tablette..., périonyxis). Des lésions osseuses tumorales (exostose, ostéochondrome, ostéome ostéoïde, cal osseux, kyste anévrismal...), inflammatoires (psoriasis, sarcoï-dose) ou traumatiques (cal osseux) de la phalangette ou de l'articulation interphalangienne peuvent entraîner une modification de la morphologie de l'extrémité du doigt ou une tuméfaction localisée. Certaines tumeurs (carcinome épidermoïde, kérato-acanthome, tumeur glomique...) de l'appareil unguéal peuvent retentir sur l'os. Il faut donc réaliser une radiographie de l'extrémité du doigt a chaque fois que l'on suspecte une atteinte osseuse ou articulaire.

Les clichés numérisés avec agrandissement permettent une meilleure visualisation des pathologies osseuses et des tissus mous, très utile pour repérer les corps étrangers. La résonance magnétique nucléaire de haute définition reste un examen de recherche qui permet de préciser le siège, les dimensions et les limites de certaines tumeurs et parfois de conforter un diagnostic clinique difficile en préopératoire (tumeur glomique, kyste mucoïde sous-unguéal).

L'interrogatoire recherche les facteurs de risque et les contre-indications

Les antécédents médicaux

L'évaluation de l'état vasculaire périphérique est primordiale : syndrome de Raynaud, artériopathie péri-phérique, insuffisance veineuse, lymphœdème, neuro-pathie périphérique.

On recherchera aussi une valvulopathie, une arthropathie distale, un diabète.

Chez ces patients, il est nécessaire d'évaluer le rapport bénéfice/risque avec grand soin.

Les prises médicamenteuses

Il s'agit des prises médicamenteuses pouvant interférer avec l'hémostase ou les anesthésiques locaux (bêta-bloqueurs).

Allergies médicamenteuses aux anesthésiques locaux et aux antibiotiques

Un nettoyage soigneux des mains est souhaitable la veille au soir et le matin qui précèdent l'intervention, on recom-mande un brossage de cinq minutes avec une solution moussante à base de chlorrhexidine (Hibiscrub®) ou de polyvidone iodée (Bétadine solution moussante®).

Une antibiothérapie préopératoire systématique n'est pas utile, elle est réalisée chez les patients porteurs de valvulopathies, elle peut être discutée chez des patients diabétiques. Une infection locale (onychomycoses, ony-cholyses toujours colonisées par des germes variés, péri-onyxis infectieux...) doit si possible être traitée avant la biopsie. Lorsque l'urgence nécessite un prélèvement rapide, une antibiothérapie de couverture à large spectre est conseillée. La possibilité d'une dystrophie unguéale définitive doit être discutée avec le patient, celle-ci est d'autant plus probable que le prélèvement sera matriciel et/ou volumineux.

ANESTHÉSIE LOCALE

Une anesthésie locale de bonne qualité permet d'assurer une intervention et des suites postopératoires indolores. Les anesthésiques utilisés appartiennent au groupe Amide et nous ne reviendrons pas sur leurs précautions d'emploi. La lidocaïne sans adrénaline à 1 ou 2 % (Xylocaïne®) est l'anesthésique le plus souvent utilisé, sa durée d'action courte (de 20 à 30 minutes) est suffisante pour une biopsie unguéale mais ne permet pas d'analgésie postopératoire. La bupivacaïne à 0,25 ou 0,5 % (Marcaïne®) permet une analgésie postopératoire (de quatre à six heures) très utile si on envisage des suites postopératoires douloureuses (exérèse latéro-longitudinale). L'utilisation d'adrénaline est classiquement contre-indiquée, l'utilisation d'un garrot la rend de plus inutile dans cette indication.

Un certain nombre de précautions permettent de minimiser la douleur liée à l'anesthésie ou de faciliter l'injection :

– l'application de crème EMLA sous occlusion une heure avant la première piqûre permet de réaliser facilement des anesthésies digitales distales chez les enfants ou des patients pusillanimes ;

– aiguilles 30 G ou 27 G ;

– seringues dentaires à carpules de 1,8 ml ou seringues 2-3 ml à cône Luer-lok ;

– injection très lente de l'anesthésique ;

– piqûres successives réalisées au sein de territoires déjà anesthésiés.

Le praticien a le choix entre plusieurs techniques. En dehors des contre-indications relatives à chacune d'elles, le choix est guidé par leurs avantages et inconvénients respectifs pour la procédure à réaliser.

Une infection du doigt contre-indique une anesthésie locale et nécessite l'utilisation d'un bloc plexique, s'il n'y a pas de lymphangite ou d'adinopathies.

Anesthésies digitales distales

Les anesthésies distales sont intéressantes. Elles prennent effet immédiatement, le paquet vasculo-nerveux digital

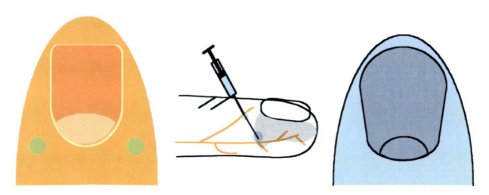

FIG. 1. – **Anesthésies digitales distales partielles.**

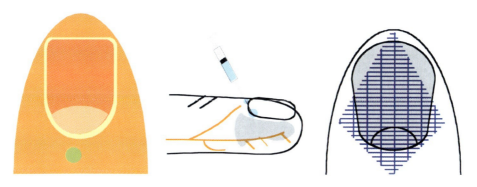

FIG. 2. – **Anesthésie distale transmatricielle.**

n'est pas traumatisé et la compression provoquée par l'injection réalise une hémostase qui peut être utile. Ces techniques sont plus douloureuses que les anesthésies proximales, l'injection doit être réalisée très lentement. Ces techniques distales sont à éviter chez les patients qui présentent une arthropathie, une artériopathie ou un diabète, elles sont contre-indiquées en cas d'infection de l'appareil unguéal. L'utilisation de seringues et de carpules dentaires est utile car la pression nécessaire à l'injection est parfois importante. Différentes méthodes peuvent être utilisées.

Bloc anesthésique digital distal (fig. 1)

Le bloc anesthésique digital distal est immédiatement efficace et permet une anesthésie complète de l'appareil unguéal. Pour réaliser un bloc anesthésique distal, l'aiguille est introduite 2-3 mm en arrière de la jonction repli postérieur-repli latéral. On réalise une papule d'anesthésie dermique puis l'injection est réalisée le long du bord latéral du doigt. On injecte 0,5 à 1 ml d'anesthésique. Le côté opposé est anesthésié de la même manière.

Anesthésie distale transmatricielle (fig. 2)

L'anesthésie distale transmatricielle permet une anesthésie du repli postérieur de la matrice et d'une partie du lit unguéal. Pour une anesthésie distale transmatricielle, on réalise une papule anesthésique dermique au milieu du repli postérieur. L'aiguille est ensuite introduite au sein de la matrice à travers la tablette unguéale et on injecte 1 ml d'anesthésique. Le blanchiment indique approximativement le territoire d'anesthésie.

Anesthésie distale hyponychiale (fig. 3)

L'anesthésie distale hyponychiale est plus rarement utilisée car elle est plus douloureuse. Le territoire anesthésique comprend la pulpe, le lit unguéal et une portion de la matrice. Pour une anesthésie distale hyponychiale, l'aiguille est introduite au niveau de l'hyponychium et dirigée horizontalement au sein du lit de l'ongle où l'on injecte 1 ml d'anesthésique. Là encore, le blanchiment indique le territoire d'anesthésie.

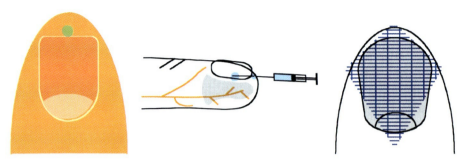

Fɪɢ. 3. – **Anesthésie distale hyponychiale.**

Infiltration locale

Une infiltration locale est parfois suffisante. En fonction de la région à anesthésier, on peut réaliser une infiltration isolée ou combinée des régions suivantes : repli postérieur, bourrelets latéraux ou pulpe.

Bloc des nerfs collatéraux digitaux

L'anesthésie classique en bague complète est contre-indiquée car elle comporte un risque de nécrose digitale. L'approche dorsale est la plus souvent utilisée : la main est posée à plat, l'aiguille est introduite verticalement au niveau d'un des bords latéraux de la base du doigt, elle est poussée au contact de la phalange sur quelques millimètres et l'anesthésique est injecté (1 ml) à proximité du nerf collatéral digital dorsal. L'aiguille est ensuite poussée verticalement en rasant l'os vers la commissure interdigitale, jusqu'à ce que le doigt palmaire ressente son contact, elle est ensuite retirée de quelques millimètres et l'anesthésique est injecté à proximité du nerf collatéral palmaire (1 à 2 ml). L'opération sera ensuite répétée du côté opposé.

La piqûre est peu douloureuse et une anesthésie de bonne qualité est obtenue si on patiente dix à quinze minutes avant de débuter l'intervention.

Anesthésie digitale par la gaine du tendon fléchisseur

Cette technique récente a été décrite en 1990 par Chiu (Chiu, 1990). Cette approche de l'anesthésie digitale utilise la gaine du tendon fléchisseur pour introduire l'anesthésique. Cette méthode est indiquée pour l'anesthésie distale des trois doigts médians, elle est contre-indiquée en cas d'infection locale. Une asepsie rigoureuse est nécessaire pour éviter une contamination potentiellement désastreuse. On utilise de la lidocaïne à 2 % (Xylocaïne®) ou de la bupivacaïne à 0,5 % (Marcaïne®). Le repère du point de ponction est facile, il se situe dans la région du pli palmaire distal. On expose la face palmaire de la main, le mouvement de flexion-extension du doigt permet

de palper le tendon fléchisseur qui glisse sur la tête du métacarpien. On utilise une aiguille 27 G qui pénètre la peau au niveau de l'articulation métacarpo-phalangienne jusqu'au tendon. L'aiguille est retirée de quelques millimètres en cas de pénétration du tendon. On injecte ensuite 3 ml d'anesthésique dans la gaine du fléchisseur. Le patient ressent alors l'écoulement du liquide le long du doigt. L'anesthésie est obtenue après trois à cinq minutes d'attente.

Cette technique comporte plusieurs avantages : injection unique, anesthésie prolongée (de trois à six heures) avec la bupivacaïne, aucune complication rapportée sur 700 cas publiés (Chevaleraud *et al.,* 1993). Les inconvénients sont les suivants : pénétration cutanée douloureuse et possibilité d'une douleur prolongée au point de ponction, risque théorique de contamination du tendon fléchisseur, nécessité d'utiliser une modification de la méthode pour l'anesthésie du pouce et de l'auriculaire.

GARROT ET HÉMOSTASE

Un champ chirurgical exsangue est nécessaire pour réaliser une chirurgie de la main ou des ongles. On reproche aux garrots digitaux classiques – drain de Penrose et bande de caoutchouc – d'appliquer une pression excessive sur le paquet vasculo-nerveux digital. On a effectivement montré que ces garrots délivrent une pression élevée comprise entre 675 (drain de Penrose) et 1 080 mmHg (bande de caoutchouc). Cette pression varie selon l'opérateur qui place le garrot. À l'inverse, un doigt de gant dont la taille est adaptée à celle du patient applique une pression reproductible et inférieure à 500 mmHg (Palmer, 1986).

Pour un garrot de doigt, nous utilisons un gant chirurgical stérile de la taille du patient. Le doigt de gant est coupée à son extrémité et roulé jusqu'à la base du doigt. Cela permet d'obtenir sans danger un champ exsangue et de plus stérile. Le gant chirurgical est plus difficile à oublier qu'une bande de caoutchouc lors de la réalisation du pansement. Pour éviter un saignement intempestif, il est

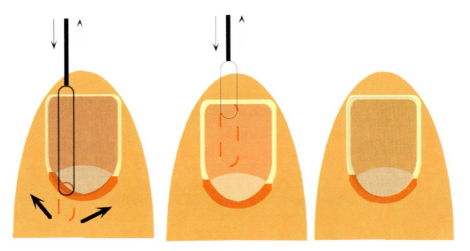

Fig. 4. – Avulsion unguéale complète.

souvent pratique de réaliser le pansement alors que le garrot est en place. Il faut alors s'assurer personnellement que celui-ci a bien été retiré avant le départ du patient. Les biopsies ne nécessitent en général pas d'hémostase chirurgicale, le saignement s'arrête spontanément sous un pansement épais non compressif.

AVULSIONS UNGUÉALES

Lorsqu'il existe une onycholyse, la pince à ongles permet de découper la tablette décollée et de visualiser la zone à prélever. L'avulsion unguéale est seulement réalisée si elle est indispensable.

Avulsion unguéale complète (fig. 4)

Elle est nécessaire pour explorer le lit unguéal et la matrice ou réaliser une biopsie fusiforme longitudinale médiane du lit. Il faut désolidariser la face profonde de la tablette du lit auquel elle adhère, le décolleur est inséré sous l'extrémité distale de la tablette qui est progressivement décollée par des mouvements de va-et-vient antéropostérieurs. Il faut prendre soin de bien désolidariser les cornes latérales. Il est alors possible de soulever la tablette comme un «capot de voiture», cela est parfois suffisant pour une exploration ou une intervention sur le lit. Si l'on désire réaliser l'avulsion complète de la tablette, le décolleur est initialement introduit sous le repli postérieur afin de désolidariser la tablette de sa face profonde, puis mobilisé latéralement sous le repli jusqu'aux cornes latérales. La tablette est ensuite enlevée avec une pince hémostatique de Halstead et nettoyée avec un antiseptique.

Fig. 5. – Hémi-avulsion longitudinale.

Avulsions partielles

Nous décollons seulement la portion de tablette nécessaire à la réalisation de l'acte chirurgical.

Hémi-avulsion longitudinale (fig. 5)

Pour réaliser une biopsie fusiforme longitudinale du lit, on peut soulever la tablette comme nous l'avons vu précédemment. Le geste est limité à une moitié longitudinale pour un prélèvement latéralisé, la tablette peut être soulevée avec un écarteur de Gillis ou bien une pince de Halstead.

Une hémi-avulsion longitudinale complète (avec section d'une hémitablette) n'est pas indispensable pour une voie d'abord, elle est nécessaire si l'on souhaite une avulsion thérapeutique (onychomycoses). On décolle alors le repli postérieur de la tablette puis la tablette du lit sur la largeur que l'on souhaite avulser.

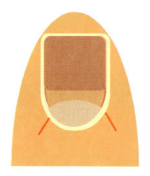

Fig. 6. – Hémi-avulsion transversale.

L'*English nail splitter* ou le ciseau à ongle incarné permettent ensuite facilement de sectionner longitudinalement l'hémitablette. Puis, elle est retirée avec une petite pince de Halstead. Le plus souvent, il n'est pas nécessaire de découper la tablette décollée, qui peut simplement être soulevée par un assistant pour offrir accès à la zone opératoire.

Hémi-avulsion transversale (fig. 6)

Elle est utilisée pour les biopsies matricielles. On décolle le repli postérieur de la tablette puis la tablette est décollée par voie latérale au niveau de la lunule et ensuite découpée transversalement au ciseau en suivant l'arc lunulaire. La tablette est ensuite facilement retirée avec une petite pince de Halstead.

Avulsions en quadrants (fig. 7)

Elles sont utiles pour les biopsies au punch, l'ablation de corps étrangers, l'évacuation d'un hématome ou simplement pour explorer une zone du lit unguéal. En fonction de la portion que l'on souhaite aborder, on peut décoller les zones : distale externe ou interne, proximale externe ou interne. On découpe ensuite les deux côtés (biopsie au punch) ou uniquement un côté (pour une exploration ou l'ablation d'un corps étranger). La portion de tablette décollée peut être ensuite soulevée avec une petite pince de Halstead puis éventuellement remise en place et suturée une fois la biopsie réalisée.

Autres types d'avulsions partielles (fig. 8)

En fonction des besoins, il est possible de réaliser une avulsion partielle « sur mesure ». Les avulsions latéro-longitudinales sont utiles à la réalisation de matricectomies sélectives (au phénol ou au laser CO_2) ou au traitement complémentaire d'une onychomycose. L'avulsion centro-longitudinale est un complément utile au traitement d'une onychomycose alors que l'avulsion circulaire permet l'ablation d'un petit corps étranger ou l'évacuation d'un hématome.

Remise en place et fixation de la tablette (fig. 9)

Une fois l'acte chirurgical terminé, il faut le plus souvent repositionner la tablette. Nous ne replaçons pas la tablette pour les hémi-avulsions tranversales proximales. En l'absence de décollement des tissus sous-cutanés, la tablette est repositionnée et fixée par des Stéristrip®, un point en X ou bien un point placé à chaque extrémité disto-latérale. L'hématome permet l'adhésion de la tablette aux plans sous-jacents pendant quatre à huit semaines, elle protège le lit et/ou la matrice avant de se détacher spontanément. Lorsque l'on décolle la tablette en quadrant, on peut éventuellement placer un point de suture au vicryl rapide 5-0.

Chaque fois qu'on réalise un large décollement, nous préférons laisser un orifice de drainage (orifice circulaire au punch, triangulaire distal ou avulsion proximale). En cas d'avulsion complète, il est possible de redécouper un peu la tablette ou de faire un orifice circulaire au trépan biopsique de 3 mm avant de remettre en place la tablette.

BIOPSIES UNGUÉALES

Quand doit-on réaliser une biopsie unguéale ?

L'appareil unguéal est susceptible d'un nombre limité de modifications cliniquement différenciables (par exemple : onycholyse, hyperkératose sous-unguéale,

Fig. 7. – Avulsions en quadrants.

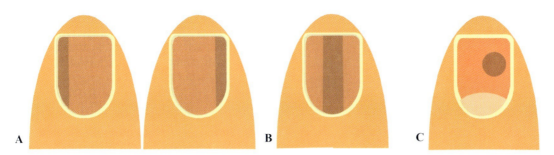

**Fig. 8. – A : Avulsions latéro-longitudinales. B : Avulsion centro-longitudinale.
C : Avulsion circulaire.**

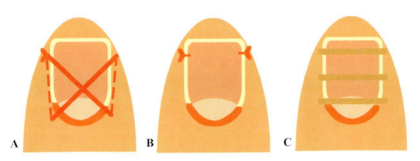

**Fig. 9. – Fixation de la tablette.
A : Point en X. B : Points disto-latéraux. C : Stéristrip®.**

leuconychies, dépressions ponctuées, fissures...). C'est dire que des affections variées peuvent induire une séméiologie identique.

Lorsque l'examen clinique et les examens paracliniques usuels ne permettent pas d'aboutir à un diagnostic précis, une biopsie unguéale est nécessaire si l'examen histologique est susceptible de différencier ou d'exclure, parmi les diagnostics cliniques évoqués, une affection qui nécessite la mise en route rapide d'un traitement adapté.

Lorsque le diagnostic est évoqué cliniquement, l'intérêt de la biopsie peut être :

– diagnostique : confirmation d'une hypothèse clinique ;

– thérapeutique : ablation de petites tumeurs et suppression des douleurs qu'elles engendrent (tumeur glomique, cors...) ;

– et/ou pronostique : mesure de l'épaisseur des mélanomes malins ;

– médico-légal : si on envisage un traitement susceptible d'entraîner des complications (antimétabolites, rétinoïdes, immunosuppresseurs, corticoïdes) ou si l'affection comporte un pronostic péjoratif.

La biopsie unguéale est indiquée pour le diagnostic des tumeurs, d'affections inflammatoires limitées à l'appareil unguéal et des onychomycoses dont le prélèvement mycologique est négatif. Il est en général souhaitable de réaliser une biopsie unguéale chaque fois qu'une lésion (onycholyse, dystrophie unguéale, mélanonychie longi-

tudinale, tuméfaction...) reste inexpliquée malgré l'interrogatoire, l'examen clinique et les examens paracliniques correctement menés, surtout si l'atteinte unguéale est monodactylique.

Les indications les plus fréquentes des biopsies unguéales sont les suivantes :

– pathologies inflammatoires : psoriasis, lichen, mélanonychies longitudinales, trachyonychies idiopathiques ;

– pathologies infectieuses : onychomycoses, verrues vulgaires ;

– pathologies tumorales :

• tumeurs bénignes : botryomycomes, kystes mucoïdes, fibromes, papillomes hyperkératosiques, cors, tumeur glomique, lentigo, nævus nævo-cellulaire ;

• tumeurs malignes : maladie de Bowen, carcinome épidermoïde, mélanome malin ;

– pathologies traumatiques : hématomes, corps étrangers.

L'appareil unguéal peut être atteint au cours de nombreuses dermatoses : inflammatoires (amylose, bulloses immunologiques, eczéma, sarcoïdose, vascularites...), infectieuses (lèpre, syphilis...) ou génétiques (maladie de Darier, épidermolyses bulleuses) dont le diagnostic repose rarement sur une biopsie unguéale. Cependant, l'onychopathie inaugure parfois une dermatose ou une maladie systémique rare dont la biopsie permet le diagnostic (pemphigus, amylose, histyocytose...).

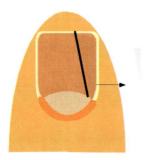

FIG. 10. – Biopsies de la kératine unguéale.

Quel doit être le siège de la biopsie ?

Il n'est pas possible de schématiser tous les cas de figure. Il est possible de prélever un échantillon de chacune des structures de l'appareil unguéal (tablette, repli postérieur et bourrelets latéraux, matrice, lit, hyponychium) ou des tissus voisins, mais il est souvent préférable de réaliser un prélèvement limité à la structure unguéale concernée. Le prélèvement doit en général être réalisé à l'origine suspectée des lésions, elle dépend essentiellement de l'aspect séméiologique mais aussi du type de pathologie suspectée. Lorsque les lésions sont diffuses ou l'origine douteuse, une biopsie de l'ensemble de l'appareil unguéal (latéro-longitudinale ou médio-unguéale) doit être réalisée. Le tableau I du chapitre sur l'approche diagnostique résume l'origine habituelle des lésions en fonction de la traduction séméiologique sur l'appareil unguéal.

INDICATIONS ET TECHNIQUES

Biopsies de la kératine unguéale (fig. 10)

Le prélèvement d'un coin de tablette avec la kératine sous-unguéale est un geste facile qui ne nécessite en général pas d'anesthésie, celle-ci est néanmoins appréciée par les patients. Ce prélèvement permet d'affirmer l'existence d'une onychomycose suspectée dont l'examen mycologique est faussement négatif (erreur technique, traitement préalable). La coloration au PAS permet de mettre en évidence des filaments mycéliens dans la kératine sous-unguéale et à la partie profonde de la tablette. Si l'aspect histologique ne permet pas de déterminer la nature exacte du champignon responsable, il est parfois possible de préciser s'il s'agit d'un dermatophyte, d'une levure ou bien d'une moisissure. Un prélèvement histo-mycologique négatif permet éventuellement de redresser un résultat mycologique faussement positif du fait de la colonisation d'une onycholyse par des champignons saprophytes. Le prélèvement de kératine sous-unguéale permet de conforter un diagnostic de

psoriasis quand il montre une parakératose confluente et l'absence de levures et de filaments mycéliens. Si on suspecte une gale norvégienne, un prélèvement de la kératine hyponychiale permet de mettre en évidence les parasites en grand nombre.

On prélève le coin de tablette disto-latéral avec une pince à ongles (pince à double articulation de Ruskin ou de Liston). Il faut prendre un fragment suffisamment important (> 3 mm) jusqu'au front proximal de l'onychomycose suspectée et prélever la kératine sous-unguéale.

Après anesthésie locale, un prélèvement au punch, limité à la tablette unguéale, permet de prouver l'étiologie mycosique de certaines leuconychies (leuconychies proximales mycosiques).

En cas de mélanonychie longitudinale, la coloration argentique (Fontana-Masson) d'un fragment de tablette distale prélevé à la pince permet de déterminer l'origine matricielle distale ou proximale de la lésion à son origine. Lorsque le pigment siège dans les couches supérieures de la lame unguéale, la lésion responsable est matricielle proximale. Lorsque le pigment siège dans les couches inférieures de la lame unguéale, la lésion est matricielle distale. La détermination de l'origine exacte du foyer mélanocytaire responsable de la bande permet de guider le geste chirurgical et d'évaluer le risque dystrophique avant l'intervention.

Un prélèvement de kératine permet aussi de déterminer l'origine hématique d'une pigmentation. L'histologie colorée au bleu de toluidine met en évidence des espaces colorés en vert au sein de la kératine sous-unguéale. La coloration de Perls ne permet pas d'identifier les pigments hématiques au sein de la kératine car l'hémoglobine non métabolisée n'est pas colorée par cette technique.

Les prélèvements de tablette doivent être acheminés au laboratoire dans un tube sec sans fixateur.

Biopsies du lit unguéal et de l'hyponychium

Indications des biopsies du lit unguéal

La biopsie du lit unguéal est un geste simple dont les risques dystrophiques sont faibles. Elle permet de différencier des pathologies unguéales du lit dont la séméiologie (hyperkératose, onycholyse, pigmentation, tuméfaction, douleur...) est identique. Les indications recouvrent des pathologies tumorales, infectieuses ou inflammatoires dont la localisation unguéale isolée peut rendre le diagnostic difficile. Le tableau I résume les principales indications des biopsies du lit unguéal en fonction de la séméiologie. La présence d'une onycholyse impose la section de la tablette décollée avant toute biopsie, elle permet de visualiser le lit de l'ongle. On peut ainsi mettre en évidence une hyperkératose ou une tumeur qui nécessitent une biopsie, un hématome ou une plaie qui aurait pu faire craindre un mélanome.

TABLEAU I

Indications principales des biopsies du lit unguéal en fonction de la séméiologie.

Onycholyse	Tumeur, hyperkératose.
Hyperkératose sous-unguéale	**Carcinome épidermoïde, maladie de Bowen, verrue vulgaire.** Kérato-acanthome, cors, fibrokératome, tumeur filamenteuse sous-unguéale. **Onychomycose, psoriasis,** lichen, gale norvégienne.
Tumeur du lit	**Carcinome épidermoïde, maladie de Bowen, verrue vulgaire,** kérato-acanthome, fibrokératome, tumeur filamenteuse sous-unguéale. **Botryomycome, mélanome malin achromique,** exostose[1]. Kyste épidermique, kyste mucoïde. Lymphome, maladie de Kaposi, métastase.
Tache pigmentée	**Hématome, mélanome malin,** nævus. **Botryomycome, mélanome malin achromique,** exostose[1] Psoriasis, lichen plan, onychomycose. Tumeur glomique.
Bande pigmentée	**Corps étranger, hématome filiforme, mélanome,** papillome sous-unguéal, tumeur filamenteuse sous-unguéale et kératose distale à cellules multinucléées. Onychomycose.
Douleur	Tumeur glomique. **Carcinome épidermoïde, kérato-acantome, verrue vulgaire,** cors, kyste épidermique, exostose[1]. Hématome.

1. Une radiographie préalable à la biopsie doit permettre de porter ce diagnostic.

En pratique, une biopsie du lit unguéal est le plus souvent utile pour différencier les pathologies suivantes :

– Carcinome épidermoïde, maladie de Bowen, verrue vulgaire évoqués devant une onycholyse, une hyperkératose ou une tuméfaction parfois douloureuse. Il faut savoir mettre en doute le diagnostic de verrue vulgaire devant une tuméfaction hyperkératosique traînante du lit unguéal.

– Mélanome malin achromique, botryomycome devant une tache pigmentée du lit, une onycholyse ou une tumeur du lit. La présence d'un botryomycome du lit unguéal nécessite une radiographie pour éliminer une exostose de la phalangette puis un examen histologique pour éliminer un mélanome malin achromique, une maladie de Kaposi.

– Mélanome malin, hématome, devant une tache pigmentée du lit.

– Onychomycose suspectée (dont l'examen mycologique est faussement négatif), psoriasis qui peuvent comporter : onycholyse, hyperkératose sous-unguéale associée à une coloration jaunâtre de la tablette. Les formes onycho-lytiques et hyperkératosiques du lichen unguéal sont plus rares.

Une biopsie du lit permet d'assurer le diagnostic et le traitement d'une tumeur glomique suspectée devant des douleurs associées à une tache pigmentée du lit, seule l'imagerie par résonance magnétique (IRM) permet de visualiser la tumeur qui prend le produit de contraste (gadolinium). La biopsie des cors sous-unguéaux est parfois un préalable nécessaire à l'étape podologique.

Techniques des biopsies du lit unguéal

• Biopsies du lit unguéal au punch (fig. 11)

Si l'on ne réalise pas d'avulsion unguéale, il est possible d'effectuer une biopsie au punch à travers la tablette, plusieurs artifices permettant de franchir sa kératine épaisse :

– la lame unguéale peut être ramollie par une immersion du doigt dans l'eau quelques minutes avant l'intervention ;

– elle peut aussi être amincie avec une lame de bistouri ;

– on peut réaliser un prétrouage de la lame avant la biopsie proprement dite, un punch de 5 ou 6 mm permet une perforation limitée à la tablette, le fragment circulaire de kératine est retiré. Cette dernière technique facilite l'ablation du fragment biopsique.

La biopsie proprement dite est facile, le punch de 3-4 mm est enfoncé directement à travers la tablette ou au centre de l'orifice de prétrouage, jusqu'au contact osseux. Le fragment biopsique est saisi délicatement (une aiguille 30 G dont l'extrémité recourbée à son extrémité peut faciliter cette opération), on sectionne ensuite sa face profonde au contact de l'os. Il n'est pas nécessaire de mettre de suture et la cicatrisation est complète en dix jours. À long terme, la rançon cicatricielle est nulle, l'orifice réalisé au sein de la tablette persistera néanmoins jusqu'à la repousse du nouvel ongle.

• Biopsies fusiformes longitudinales du lit unguéal (fig. 12)

Il faut au préalable soulever ou avulser la tablette. Le fuseau ne doit pas avoir plus de 3 mm de largeur, il doit

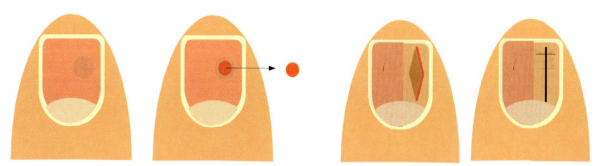

Fig. 11. – Biopsies du lit unguéal au punch.   **Fig. 12. – Biopsies fusiformes longitudinales du lit unguéal.**

TABLEAU II
Indications des biopsies matricielles.

Tuméfaction matricielle	Kyste mucoïde, tumeur glomique, mélanome malin, carcinome épidermoïde...
Mélanonychie	Mélanome, nævus, lentigo, maladie de Bowen, carcinome basocellulaire.
Tache pigmentée	Mélanome malin, hématome. Lichen, psoriasis, onychomycose.
Dystrophies de la tablette	Tumeur glomique , kyste mucoïde. Lichen plan, psoriasis, radiodermite, amylose, histyiocytose.
Périonyxis	Carcinome épidermoïde, mélanome malin.
Douleur	Carcinome épidermoïde, tumeur glomique.

(Adapté et modifié d'après Rich, 1992b. Reprinted with permission of Elsevier Inc.).

être allongé et orienté parallèlement aux sillons du lit unguéal. Les incisions doivent être réalisées jusqu'au contact osseux. Le décollement des berges de la plaie n'est pas toujours nécessaire. Il est souhaitable de suturer la perte de substance avec un fil 6-0 résorbable. Ce type de biopsie ne laisse en général pas de séquelles.

Biopsies de la matrice

Recommandations générales

Les biopsies de la matrice sont délicates et susceptibles de laisser une dystrophie unguéale définitive. Pour cette raison, il est nécessaire de bien peser leurs indications.

Les règles suivantes doivent être suivies :

– Les biopsies matricielles ne doivent être réalisées que si elles sont indispensables. Il faut préférer un autre type de biopsie si elle peut fournir des informations identiques.

– Lorsque l'on a le choix, le prélèvement de la matrice distale est préférable à celui de la matrice proximale.

– Les incisions matricielles doivent si possible être transversales et respecter l'incurvation de la lunule, un fuseau transversal réalisé au niveau de la matrice distale réduit seulement l'épaisseur de la tablette.

– Les pertes de substance matricielles doivent être suturées chaque fois que cela est possible. On peut laisser cicatriser spontanément les pertes de substance circulaires inférieures à 3 mm de diamètre au niveau de la matrice distale.

Indications des biopsies matricielles (tableau II)

• Mélanonychies longitudinales (voir le chapitre sur les mélanonychies longitudinales)

La principale indication des biopsies matricielles est le diagnostic des mélanonychies longitudinales (ML) monodactyliques pour lesquelles une étiologie dermatologique, loco-régionale, traumatique, inflammatoire ou infectieuse n'a pas pu être retenue. Cette biopsie est d'autant plus indispensable si le sujet est à risque (sujet à peau pigmentée, âge > 50 ans, syndrome du nævus dysplasique) ; s'il existe des signes cliniques évocateurs de mélanome (bandes très pigmentées, larges, couleurs variées, flou des bords, présence de bandes multiples sur un même ongle, pigmentation péri-unguéale, bande plus large à la base qu'à l'extrémité – témoignant d'une croissance rapide –, apparition ou modification récente d'une seule bande) ou si la bande touche le pouce, l'index ou le gros orteil. Les lésions originaires de la matrice proximale sont a priori plus suspectes que celles qui sont originaires de la matrice distale. Le refoulement atraumatique du repli postérieur permet de déterminer l'origine matricielle du pigment avant l'intervention car on visualise facilement l'origine de la bande si celle-ci est distale. La biopsie va permettre de déterminer si la lésion matricielle responsable de cette bande est un mélanome malin, un nævus nævo-cellulaire, un lentigo ou une simple hyperpigmentation mélanique.

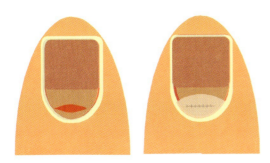

FIG. 13. – **Biopsie matricielle en fuseau transversal.**

• **Autres indications**

Une biopsie matricielle est plus rarement indiquée pour le diagnostic de tumeurs (maladie de Bowen, carcinome épidermoïde, tumeur glomique, kyste mucoïde sous-unguéal, tumeur à cellules géantes) ou d'affections inflammatoires limitées à l'ongle (lichen plan, psoriasis) comportant une atteinte matricielle prédominante (anomalies de la tablette). Les pseudo-mélanonychies longitudinales qui sont originaires du lit de l'ongle ne nécessitent pas de biopsie matricielle, une biopsie du lit est parfois nécessaire.

Techniques des biopsies matricielles

• **Biopsie matricielle au punch**

Elle peut être directement réalisée au punch de 3 mm à travers la tablette, le punch est profondément enfoncé jusqu'au contact osseux. En règle générale, nous ne conseillons pas la biopsie au punch des mélanonychies longitudinales monodactyliques quand les diagnostics de nævus ou de mélanome malin sont suspectés. Cette technique est, en revanche, utile si le diagnostic évoqué est celui de mélanonychie fonctionnelle (simple hyper-pigmentation par hyperactivité des mélanocytes).

Les chances de dystrophies unguéales sont quasi nulles en cas de biopsie matricielle distale. Une fissure longitudinale superficielle de la tablette est cependant possible en cas de prélèvement proximal.

Biopsie matricielle en fuseau transversal
(fig. 13)

Les biopsies plus importantes de la matrice nécessitent la réalisation d'un fuseau transversal. Il faut exposer la zone matricielle en soulevant le repli postérieur. Cela est possible grâce à deux incisions menées à l'angle de chacun des replis latéral et postérieur. Ces incisions doivent être profondes et selon la bissectrice de l'angle virtuel formé par le repli postérieur et le repli latéral. On procède ensuite à une hémi-avulsion transversale proximale. Le fuseau est réalisé pour qu'un de ses bords reste parallèle avec la convexité de la lunule. Les incisions doivent être menées jusqu'au contact osseux. Le fragment biopsique est retiré avec des ciseaux très fins. Il est parfois nécessaire de décoller les berges de l'incision avant de placer les sutures matricielles au fil 6-0 résorbable. Les incisions cutanées sont rapprochées à l'aide de Stéristrip® ou suturées au fil 5-0 résorbable. Le risque de dystrophie unguéale est d'autant plus marqué que le prélèvement est volumineux et proximal. Si la biopsie est distale et limitée (2 à 3 mm de large), on peut escompter un simple amincissement de la tablette. Si la biopsie est volumineuse et proximale, on peut craindre la survenue d'une dystrophie unguéale, voire d'un ptérygion.

Biopsie matricielle en fuseau longitudinal
(fig. 14)

La biopsie matricielle en fuseau longitudinal est classiquement contre-indiquée et la majorité des auteurs recommandent de réaliser les biopsies-excisions matricielles en fuseau transversal. En cas de mélanonychie longitudinale dont la largeur n'excède pas 3 mm, nous avons constaté que les biopsies-exérèses en fuseau longitudinal sont plus faciles à réaliser et ne laissent pas de dystrophie unguéale postopératoire. La majorité des lésions à l'origine des mélanonychies longitudinales sont parallélépipédiques et orientées suivant l'axe longitudinal. Ainsi, une biopsie longitudinale permet de préserver des tissus sains. Dans un premier temps, on réalise une hémi-avulsion transversale proximale. En cas de lésion matricielle proximale, on expose la matrice proximale en pratiquant une incision à l'union des replis postérieurs

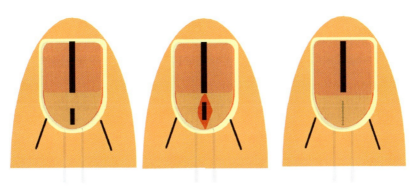

FIG. 14. – **Biopsie-excision matricielle en fuseau longitudinal.**

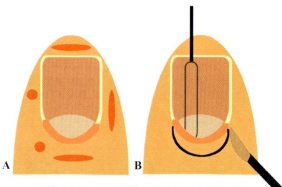

FIG. 15. – A : **Différents types de biopsies du périonychium. B : Excision en bloc du repli postérieur.**

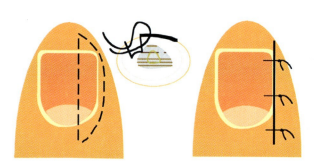

FIG. 16. – **Biopsie latéro-longitudinale.**

et latéraux. La lésion est excisée en fuseau longitudinal. Pour des excisions inférieures à 3 mm de largeur, il est rarement nécessaire de décoller les berges de la plaie. On suture ensuite la perte de substance au fil résorbable, au besoin après décollement latéral, comme le proposait Johnson (Johnson, 1971), pour minimiser le risque de dystrophie postopératoire. Pour permettre le drainage, la tablette avulsée n'est pas toujours remise en place. Cette technique nous paraît être la plus adaptée pour l'exérèse des lésions à l'origine de mélanonychies longitudinales dont la largeur n'excède pas 2-3 mm.

Biopsies du périonychium

Indications des biopsies du périonychium

La majorité des affections cutanées sont susceptibles de toucher la région péri-onychiale et de nécessiter une biopsie. Certaines modifications de la tablette peuvent être provoquées par des lésions du repli postérieur : cannelure longitudinale qui accompagne un kyste mucoïde du repli postérieur, un fibrome ou d'autres tumeurs.

Techniques des biopsies du périonychium

• Biopsies simples

Les biopsies de la peau péri-unguéale ne diffèrent pas beaucoup des biopsies cutanées en général. On peut facilement réaliser des biopsies au punch sans suture. Les biopsies au punch du repli postérieur doivent éviter son extrémité distale. Les biopsies fusiformes sont orientées selon les axes suivants : longitudinal au niveau des bourrelets latéraux, transversal au niveau du repli postérieur, transversal ou horizontal au niveau de la pulpe. Les biopsies du repli postérieur doivent inclure complètement son extrémité distale ou passer plusieurs millimètres en retrait (fig. 15A).

Les petits fibromes prennent souvent leur origine à la face inférieure du repli postérieur, près de la base de la matrice. L'excision du fibrome à sa base permet l'examen anatomopathologique et résume son traitement.

Excision en bloc du repli postérieur (fig. 15B)

L'excision complète du repli postérieur est parfois proposée comme traitement des périonyxis chroniques et de certains kystes mucoïdes.

On insère le décolleur sous le repli postérieur, qui est excisé en croissant symétrique. Pour éviter une incision trop profonde qui pourrait léser la matrice ou le tendon extenseur, la lame de bistouri doit être orientée tangentiellement vers l'avant et aller à la rencontre du décolleur qui protège les tissus sous-jacents d'une incision trop profonde. La cicatrisation spontanée se fait en six semaines. Le résultat esthétique est satisfaisant avec un repli postérieur en retrait de 5 mm.

Le traitement des périonyxis chroniques est avant tout médical (protection très stricte de l'eau et de l'humidité) et nous n'avons jamais eu besoin de recourir à cette technique. En ce qui concerne le traitement des kystes mucoïdes, nous préférons utiliser la méthode chirurgicale classique (exposée au chapitre consacré à ce sujet).

Biopsies de l'ensemble de l'appareil unguéal

Biopsie latéro-longitudinale (fig. 16)

C'est une technique intéressante pour l'exérèse de tumeurs latéralisées. Elle permet aussi le prélèvement de l'ensemble des structures de l'appareil unguéal (tablette, lit, matrice, repli postérieur, bourrelet latéral) si l'onychopathie est diffuse ou si son siège précis (lit, matrice, repli postérieur) est douteux. Elle entraîne un rétrécissement harmonieux de l'appareil unguéal, mais celui-ci peut devenir disgracieux si la largeur du fuseau excède le quart de celle de la tablette. En outre, il faut prendre soin d'exciser complètement la corne matricielle latérale pour éviter la repousse d'un spicule d'ongle quelques mois après la biopsie.

Fɪɢ. 17. – **Biopsie médio-unguéale selon Zaias.**

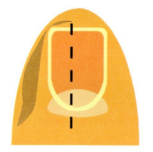

Fɪɢ. 18. – **Lambeau du type Schernberg-Amiel.**

On dessine un hémifuseau longitudinal dont l'extrémité proximale débute en avant de l'articulation interphalangienne distale et s'étend jusqu'à l'extrémité distale pulpaire. Le côté incurvé de l'incision se trouve dans un sillon latéral alors que le côté opposé est en pleine tablette. L'incision initiale débute un peu en avant de l'articulation interphalangienne distale et se poursuit le long de la tablette unguéale, parallèlement au sillon latéral, jusqu'à l'extrémité du doigt. L'incision doit prendre toute l'épaisseur des téguments jusqu'au contact osseux. La seconde incision est curviligne, elle débute à l'origine de la précédente et longe le repli latéral jusqu'à l'extrémité distale du doigt où elle rejoint l'incision initiale. Le fragment biopsique est ensuite soigneusement disséqué au bistouri à partir de la berge latérale de la première incision, il faut prendre soin de conserver le contact avec l'os de la phalangette et de disséquer soigneusement la corne matricielle. On place trois points de suture le long de l'incision. Nous utilisons un monofil de polyamide 4-0 non résorbable ou un vicryl rapide 4-0. La réalisation de points de matelas vertical (Blair-Donati vertical) permet de reconstituer le repli latéral. Il est parfois utile de prétrouer la tablette à l'aide d'une aiguille 27 G. Ce type de biopsie peut entraîner des douleurs postopératoires importantes qui nécessitent la prescription d'antalgiques puissants et de somnifères pendant 24 à 48 heures.

Biopsie médio-unguéale totale (Zaias) (fig. 17)

Les biopsies ou les excisions longitudinales médianes doivent être évitées car elles entraînent toujours une fissure longitudinale postopératoire définitive. Cette biopsie peut être réalisée avec ou sans avulsion unguéale. On dessine un fuseau longitudinal dont l'extrémité proximale débute en avant de l'articulation interphalangienne distale et s'étend jusqu'à l'extrémité distale pulpaire. La dissection du fragment biopsique se fait au contact de l'os. Il est nécessaire de décoller les berges de l'incision au contact de la phalangette, les excisions supérieures à 3 mm nécessitent une fermeture par lambeau du type Schernberg-Amiel (voir le chapitre consacré à ce lambeau) (fig. 18). Il faut réaliser une suture soigneuse avec un monofil synthétique non résorbable 4-0.

COMPLICATIONS

Les séquelles cicatricielles ont été envisagées en fonction de chaque type de prélèvement, nous ne rappellerons pas les précautions qui permettent de les minimiser. Les biopsies unguéales peuvent engendrer les complications chirurgicales habituelles : douleurs, saignement, œdème, infection, nécrose, retard de cicatrisation. Comme pour toute chirurgie du membre supérieur, la survenue d'un syndrome algodystrophique postopératoire est possible et nécessite la mise en route rapide d'un traitement adapté. Les particularités anatomiques et fonctionnelles de la main et de l'appareil unguéal expliquent la gravité potentielle des complications vasculaires et infectieuses qui doivent être évitées par un bilan préopératoire détaillé, une antisepsie, une asepsie et une technique rigoureuse.

SOINS POSTOPÉRATOIRES

On réalise un pansement épais non compressif avec une crème antibiotique, une compresse non adhérente, des compresses stériles, une bande de 5 cm et un Elastoplaste® placé de manière à ne pas être compressif (hémicirculaire).

Des antalgiques (Doliprane®, Codoliprane®, Di-Antalvic®, Topalgic®, Temgésic®) et parfois des somnifères sont prescrits chaque fois que l'on anticipe des douleurs postopératoires importantes (biopsies latéro-longitudinales). Certains auteurs recommandent la prise d'anti-inflammatoires non stéroïdiens qui permettent de réduire la douleur et l'œdème postopératoire, ils peuvent être débutés la veille de l'intervention. Il faut demander au patient de conserver le membre surélevé plusieurs heures après l'intervention pour diminuer l'œdème, le saignement et donc les douleurs postopératoires.

Les soins postopératoires biquotidiens débutent le lendemain de l'intervention : bains antiseptiques avec de la chlorhexidine diluée à 0,05 %, pansement avec une crème antibiotique (Fucidine® par exemple), et se poursuivent pendant sept à douze jours (jusqu'à l'ablation des fils). D'autres préfèrent réaliser un pansement sec changé après 24 ou 48 heures puis au 7e jour.

RÉFÉRENCES

Abimelec P. – Pathologie unguéale. *In: Encycl. Med. Chir.* Dermatologie. Paris, Elsevier, 1998.

Abimelec P. – Ongles (hygiène, soins, vernis, fragilité unguéale). *In:* Beylot C., Ochonisky D. (Eds). *Encycl. Med. Chir.* Dermatologie esthétique et cosmétologie, Elsevier, 2000.

Abimelec P., Grussendorf-Conen E.I. – Tumors of hair and nail. *In:* Hordinsky M.K., Sawaya M. (Eds). *Atlas of hair and nails,* pp. 141-150. Philadelphia, Churchill Livingstone, 2000.

Achten A., Parent D., Stouffs-Vanhoof F. – Ultrastructure of the normal human nail. *Am. J. Dermatopathol.,* 1985, *7,* 529-535.

Achten A., André J. – Techniques de biopsie de l'ongle. *Ann. Dermatol. Venereol.,* 1987, *114,* 889-892.

Achten G., Andre J., Laporte M. – Nails in light and electron microscopy. *Semin. Dermatol.,* 1991, *10,* 54-64.

Ackerman A.B. – Histologic diagnosis of inflammatory skin diseases: a method by pattern analysis. Philadelphia, Lea & Febiger, 1978.

Ackerman A.B. – Subtle clues to diagnosis by conventional microscopy. Neutrophils within the corrnified layer as clues to infection by superficial fungi. *Am. J. Dermatol.,* 1979, *1,* 69.

André J., Achten G. – Techniques de biopsie de l'ongle (E.P.U.). *Ann. Dermatol. Venereol.,* 1987, *114,* 889-892.

Baran R., Kéchijian P. – Longitudinal melanonychia (melanonychia striata) diagnosis and management. *J. Am. Acad. Dermatol.,* 1989, *21,* 1165-1175.

Breathnach S., Wilkinson J., Black M. – Systemic amyloidosis with an underlying lymphoproliferative disease: report of a case in which nail involvement was a presenting feature. *Clin. Exp. Dermatol.,* 1979, *4,* 495-499.

Chevaleraud E., Ragot J.M., Brunelle E., Dumontier C., Brunelli F. – Anesthésie locale par la gaine du fléchisseur. *Ann. Fr. Anesth. Réanim.,* 1993, *12,* 237-240.

Chiu D. – Transthecal digital block flexor tendon sheath used for anesthetic infusion. *J. Hand Surg.,* 1990, *15A,* 471-473.

Dawber R., Colver G. – The spectrum of malignant melanoma of the nail apparatus. *Semin. Dermatol.,* 1991, *10,* 82-87.

de Berker D.A., Dahl M.G., Comaish J.S., Lawrence C.M. – Nail surgery: an assessment of indications and outcome. *Acta Dermatol. Venereol.,* 1996, *76,* 484-487.

Fleegler E.J. – A surgical approach to melanonychia striata. *J. Dermatol. Surg. Oncol.,* 1992, *18,* 708-714.

Garland L., Salasche S.J. – Tumors of the nails. *In:* Scher R.K., Daniel R. (Eds). *The nail. Dermatologic clinics,* 3nd ed., pp. 501-519. Philadelphia, Saunders, 1985.

Goettmann S., Grossin M. – La biopsie unguéale. Techniques et indications diagnostiques. *Ann. Pathol.,* 1992, *12,* 295-302.

Hafner J., Haenseler E., Ossent P., Burg G., Panizzon R.G. – Benzidine stain for the histochemical detection of hemoglobin in splinter hemorrhage (subungual hematoma) and black heel. *Am. J. Dermatopathol.,* 1995, *17,* 362-367.

Haneke E. – Reconstruction of the lateral nail fold after lateral longitudinal biopsy. *In:* Robins P. (Eds). *Surgical gems in dermatology,* p. 91. New York, Journal Publishing Group, 1988.

Haneke E. – Nail surgery and traumatic abnormalities. *In:* Baran R., Dawber R. (Eds). *Diseases of the nails and their management,* pp. 345-416. Oxford, Blackwell Scientific Publications, 1994.

Haneke E., Baran R. – Nail surgery. *In:* Harahap M. (Eds). *Complications of dermatologic surgery,* pp. 85-91. Berlin, Springer, 1993.

Hannor R., Krull E.A., Mathes B. – Longitudinal nail biopsy in evaluations of acquired nail dystrophies. *J. Am. Acad. Dermatol.,* 1986, *14,* 803-809.

Hasson A., Arias D., Gutierez M. *et al.* – Periungueal granular cell tumor: a light microscopic, immunohistochemical and ultrastructural study. *Skin Cancer,* 1991, *6,* 41-46.

Higashi N. – Origin of the pigment in pigmented bands on Nails. *Jap. J. Dermatol. Serie A,* 1967, *77,* 396-397.

Higashi N. – The melanocytes of nail matrix and nail pigmentation. *Arch. Dermatol.,* 1968, *97,* 570-574.

Hixson F.P., Shafiroff B.B., Werner F.W., Palmer A.K. – Digital tourniquets: a pressure study with clinical relevance. *J. Hand Surg. Am.,* 1986, *11A,* 865-868.

Johnson M., Comaisch J., Shuster S. – Nail is produced by the normal nail bed: a controversy resolved. *Br. J. Dermatol.,* 1991, *125,* 27-29.

Johnson R.K. – Nailplasty. *Plast. Reconstr. Surg.,* 1971, *47,* 275-276.

Kanvar A., Handa S., Ghosh S., Kaur S. – Lichen planus in childhood: a report of 17 patients. *Pediatr. Dermatol.,* 1991, *8,* 289-291.

Kopf A., Albom M., Ackerman A. – Biopsy technique for longitudinal steaks of pigmentation in nails: a preliminary report. *Am. J. Dermatopathol.,* 1984, *6* (suppl), 309-312.

Krull E. – Surgery of the nail. *In:* Moschella H.J.H.S.L (Eds). *Dermatology,* pp. 2403-2410. Philadelphia, WB Saunders, 1992.

Lambert D., Siegle R., Camisa C. – Lichen planus of the nail presenting as a tumor: diagnosis by longitudinal nail biopsy. *J. Dermatol. Surg. Oncol.,* 1988, *14,* 1245-1247.

Machler B.C., Kirsner R.S., Elgart G.W. – Routine histologic examination for the diagnosis of onychomycosis: an evaluation of sensitivity and specificity. *Cutis,* 1998, *61,* 217-219.

Rich P. – Nail biopsy. Indications and methods. *J. Dermatol. Surg. Oncol.,* 1992a, *18,* 673-682.

Rich P. – Nail biopsy: Indications and methods. *J. Dermatol. Surg. Oncol.,* 1992b, *18,* 673-685.

Scher R. – Punch biopsies of nails. *J. Dermatol. Surg. Oncol.,* 1978, *4,* 528-530.

Scher R. – Biopsy of a nail. *J. Dermatol. Surg. Oncol.,* 1980, *6,* 19-21.

Scher R., Ackerman A. – Subtle clues to diagnosis from biopsies of nails: the value of nail biopsy for demonstrating fungi not demonstrable by microbiologic technique. *Am. J. Dermatopathol.,* 1980, *2,* 55-56.

Schernberg F. – Pathologie traumatique de l'ongle. *In: Conférence d'enseignement de chirurgie de la main,* pp. 57-66. Paris, Expansion Scientifique Française, 1992.

Spearman R. – The physiology of the nail. *In:* Jarrett A. (Ed.). *The physiology and pathophysiology of the skin,* pp. 1827. New York, Academic Press, 1978.

Tosti A., Fanti P., Morelli R., Bardazzi F. – Trachyonychia associated with alopecia areata: a clinical and pathologic study. *J. Am. Acad. Dermatol.,* 1991, *25,* 266-270.

Tosti A., Peluso A., Fanti P., Piraccini B. – Nail lichen planus: clinical and pathological study of 24 patients. *J. Am. Acad. Dermatol.,* 1993, *28,* 724-731.

Tosti A., R. Baran, Peluso A.M., Fanti P.A., Liguori R. – Reflex sympathetic dystrophy with prominent involvement of the nail apparatus. *J. Am. Acad. Dermatol.,* 1993, *29,* 865-868.

Tosti A., Baran R., Piraccini B.M., Cameli N., Fanti P.A. – Nail matrix nevi: a clinical and histopathologic study of twenty-two patients. *J. Am. Acad. Dermatol.,* 1996, *34,* 765-771.

Zaias N. – The longitudinal nail biopsy. *J. Invest. Dermatol.,* 1967, *49,* 406.

Zaias N. – The nail in lichen planus. *Arch. Dermatol.,* 1970, *101,* 264.

Les gestes dermatologiques de base

R. BARAN

INSTRUMENTATION

L'instrumentation en chirurgie unguéale ne diffère pas de celle nécessaire à toute bonne chirurgie classique. Elle utilise cependant, plus spécialement :

– des pinces hémostatiques type Halstead-Mosquito ;

  des ciseaux de Metzenbaum fins et courbes ;

– des ciseaux de Streiff droits ;

– des ciseaux de Gradle, particulièrement commodes pour libérer l'attache profonde du cylindre biopsié à l'emporte-pièce ;

– une rugine-spatule de Freer ou un décolle-dure-mère de Davis (double) ou,

– une simple spatule dentaire ;

– des emporte-pièces (punchs) de 2 ; 2,5 ; 3 ; 4 ; 5 et 6 mm) ;

– des curettes-lupus fenêtrées ;

– une pince coupante à double action (pince démultipliée) ;

– une pince de fixation type Graefe ;

– une pince à section unguéale *(English nail splitter)* (fig. 1) ;

– des lames de bistouri classique n°s 11 et 15 ;

– les diverses lames du système Beaver, parfaitement adaptées à la chirurgie ophtalmologique et unguéale, que nous recommandons vivement,

– un drain de Penrose ou une lame de Delbet peuvent être utilisés comme garrot. Nous trouvons très commode l'emploi du garrot métallique.

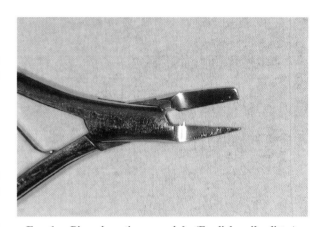

FIG. 1. – **Pince à section unguéale** *(English nail splitter).*

MATRICECTOMIE

La matrice, dont la lunule blanche opaque, à limite arciforme antérieure, correspond à la partie distale, visible, tapisse le sol du cul-de-sac unguéal et remonte sur le quart postérieur du repli proximal, correspondant à la face ventrale du repli sus-unguéal. Par sa face profonde, la matrice repose sur la phalange osseuse terminale. Elle dessine un croissant à concavité postéro-inférieure dont les cornes latérales sont situées, aux gros orteils, sur un plan inférieur à celui des doigts.

Du point de vue chirurgical, on considère que la matrice est la seule zone onychogène de l'appareil unguéal, le lit n'étant responsable que d'une pseudo-tablette, en l'absence d'ongle.

Une matricectomie totale est rarement envisagée en chirurgie unguéale. Toutefois, lorsqu'elle est décidée, il faut se souvenir de la possibilité de complications à type de spicules, par excision incomplète des cornes matricielles, surtout aux gros orteils.

Le problème à résoudre consiste donc à réaliser une excision correcte des limites de la matrice. Après deux incisions obliques à 110°, pour récliner le repli préalablement décollé de la face dorsale de la base de l'ongle, une première incision horizontale située à la partie moyenne de la face ventrale du repli sus-unguéal délimite la partie supérieure de la matrice proximale. Une seconde incision horizontale, jusqu'au contact osseux, en avant de la lunule, délimite la matrice distale. Le temps le plus délicat est celui de l'excision complète des cornes latérales des gros orteils. L'insertion d'une aiguille intra-musculaire le long des gouttières latérales indique la position de la zone postéro-inférieure de la corne matricielle lorsqu'elle bute sur la partie évasée de la phalange distale. Il suffit alors d'exciser le quadrilatère qu'on vient de délimiter en rasant le périoste.

CRYOCHIRURGIE

Le cryochirurgie s'est beaucoup développée dans ce dernier quart de siècle. Sa simplicité d'emploi, la modicité de son coût et les résultats obtenus devaient fatalement pousser les thérapeutes à l'utiliser sur l'appareil unguéal.

Une connaissance du mécanisme d'action de la cryo-chirurgie s'impose : une modification du volume des compartiments intra- et extracellulaires s'accompagne d'une rupture des membranes cellulaires. Une dysfonction circulatoire, capillaire et lymphatique avec œdème et souffrance des cellules endothéliales ainsi qu'une occlusion capillaire et veineuse conduisent à l'anoxie, la mort cellulaire et la nécrose tissulaire.

L'azote liquide est conservée dans des récipients thermi-quement isolés et s'utilise au moyen d'un Coton-Tige ou d'un cryocautère dont la terminaison est en cuivre. Cette technique est difficile à standardiser et dépend de la température ambiante comme de la pression exercée. C'est dire que les appareils portables pulvérisant l'azote liquide ont rapidement gagné droit de cité. Ils facilitent la mise en application des cycles réfrigération-décongé-lation.

Indications

Ongle incarné

Parmi les nombreuses variétés d'ongle incarné, la cryo-chirurgie s'est montrée efficace dans le traitement de l'hypertrophie des replis latéraux et sur le tissu de granu-lation avec un seul cycle de congélation de 20 secondes. Cette technique serait également efficace dans le traite-ment du cor sous-unguéal (Sonnex et Dawber, 1985).

Pseudo-kyste mucoïde

Dawber estime que la cryochirurgie a sa place dans l'arsenal thérapeutique de cette tumeur avec 86 % de guérison après un double cycle congélation rapide-décongélation lente sur la région kystique avec un débor-dement proximal de 1 cm pour traiter la communication articulaire (Dawber *et al.*, 1982).

Verrues

On connaît la difficulté de traiter les verrues péri-unguéales. La cryochirurgie demande quatre ou cinq traitements à un mois d'intervalle et s'effectue avec un spray de 15 à 20 secondes.

Le *molluscum contagiosum* répond favorablement à un spray de durée maximale de 10 secondes.

Tumeurs malignes ou agressives

Selon Dawber, la cryochirurgie peut traiter avec succès la maladie de Bowen péri-unguéale. Le kératoacanthome pourrait en bénéficier également.

Complications

Malheureusement, le risque cicatriciel, inacceptable sur cette région de signification esthétique importante (repli sus-unguéal encoché), a quelque peu freiné l'enthou-siasme des praticiens inexpérimentés.

L'inconvénient majeur de la cryochirurgie réside dans la douleur qu'elle provoque. Bien que la tolérance à la douleur varie selon les individus, il est indispensable de prévenir le patient atteint de verrues péri-unguéales de la possibilité de douleurs lancinantes sur le site traité. Débutant avec le traitement et susceptibles de durer plusieurs heures, elle peut conduire à la syncope, surtout chez le jeune.

Un prétraitement par EMLA est utile et peut même précéder une injection anesthésique.

L'inflammation et l'œdème secondaires, en particulier chez l'enfant et le vieillard, sont limités par un traitement anti-inflammatoire de trois à cinq jours débutant avant la cryothérapie (500 mg d'aspirine quatre fois/jour et des applications répétées de crème Dermoval®). Les corticoïdes systémiques sont parfois nécessaires pour réduire l'intensité de la phase inflammatoire aiguë.

Le développement de bulles, souvent hémorragiques, est normal. Le fait que la cryothérapie soit responsable de dyschromies (par excès, lors d'une congélation brève, hypochromie après congélation prolongée, plus de cinq secondes par exemple) ne limite pas réellement son emploi dans la région péri-unguéale des sujets à phototype foncé.

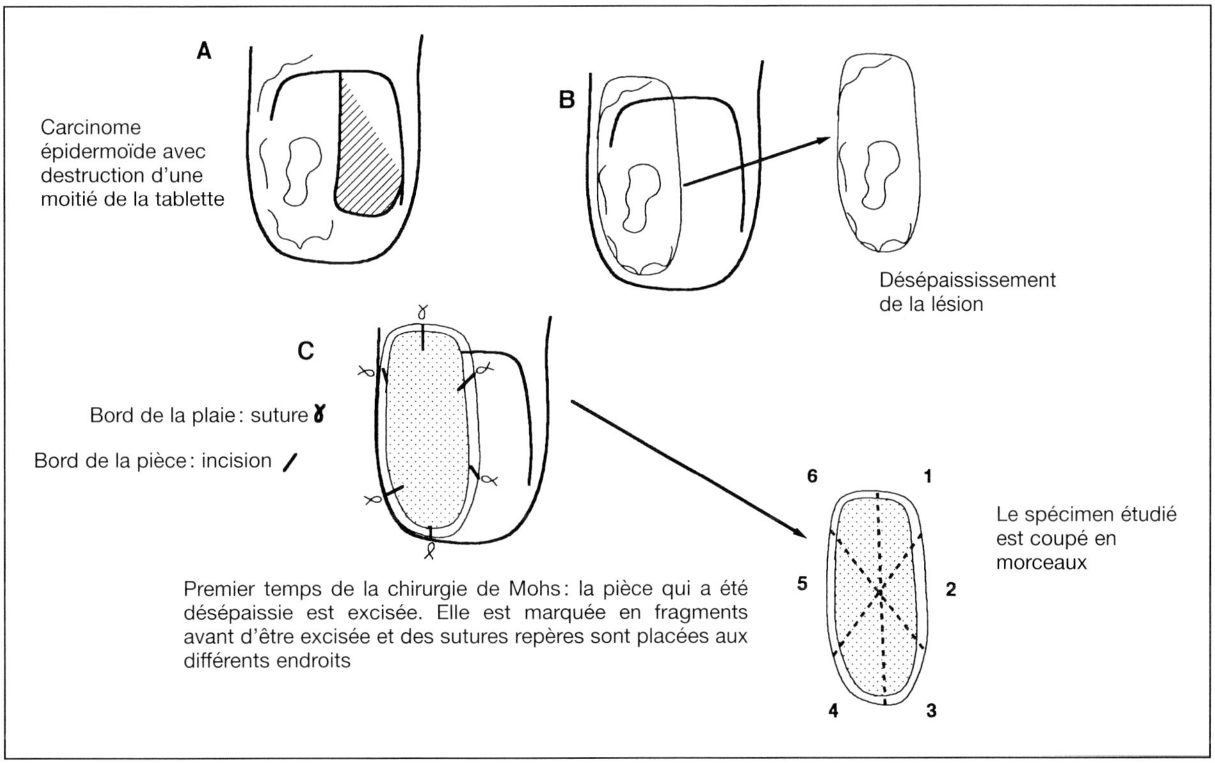

A

Carcinome épidermoïde avec destruction d'une moitié de la tablette

B

Désépaississement de la lésion

C

Bord de la plaie : suture ૪

Bord de la pièce : incision /

Premier temps de la chirurgie de Mohs : la pièce qui a été désépaissie est excisée. Elle est marquée en fragments avant d'être excisée et des sutures repères sont placées aux différents endroits

Le spécimen étudié est coupé en morceaux

2A

Chaque morceau de la pièce est placée sur une feuille numérotée

Les bords sont marqués avec des colorants

Section horizontale de la base de la pièce d'excision et des berges de la plaie

SECTION 1

La pièce est ensuite sectionnée en tranches minces à partir de la profondeur

Les bords colorés permettent de maintenir l'orientation

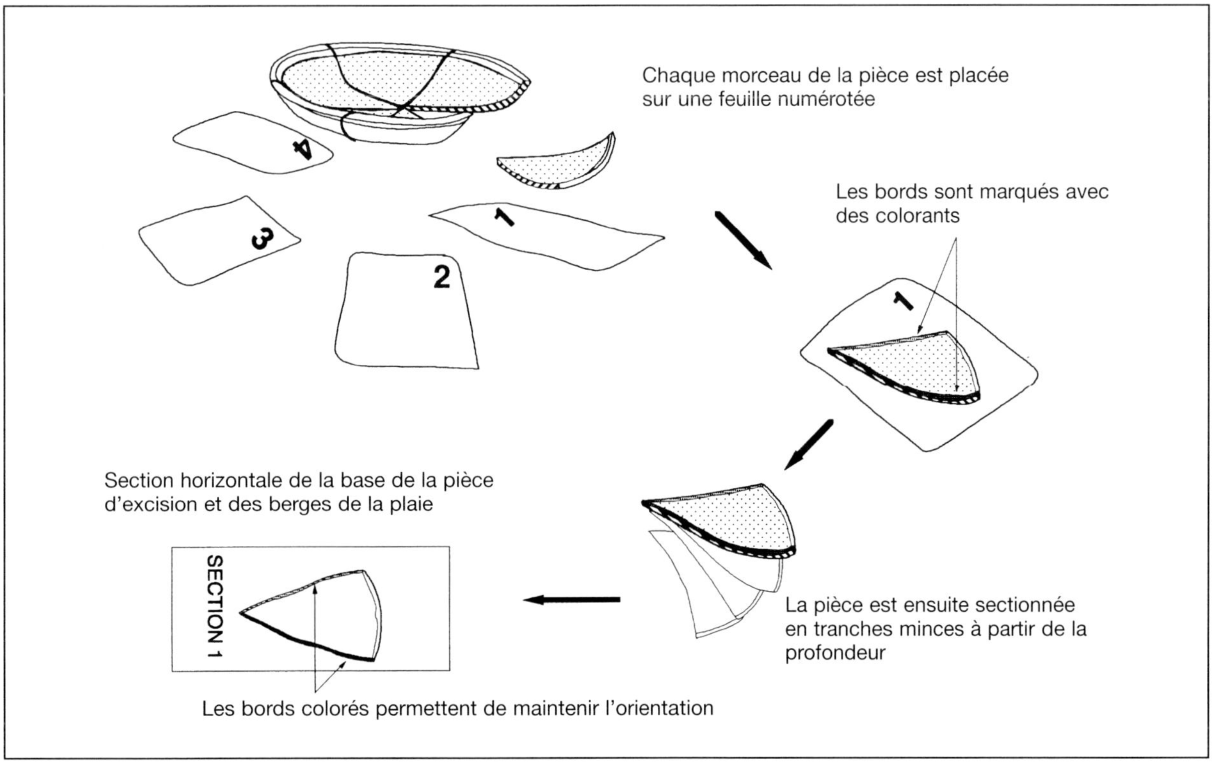

2B

FIG. 2. – A, B : Les différents temps de la technique de chirurgie micrographique de Mohs (schémas de Berker *et al.*, 1996).

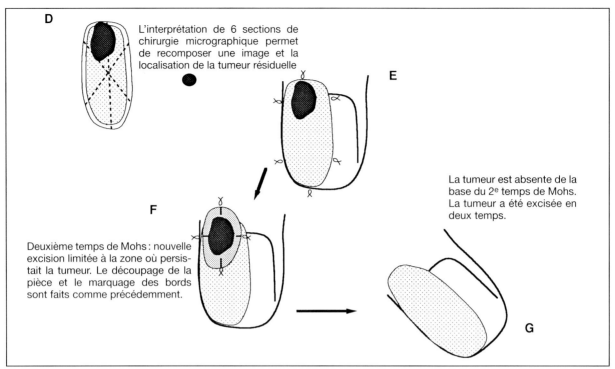

FIG. 2. – C : **Les différents temps de la technique de chirurgie micrographique de Mohs**
(schémas de Berker *et al.*, 1996).

TECHNIQUE DE MOHS

(chirurgie micrographique)

Le terme «micrographique» résulte de la combinaison de micro (qui se réfère à la microscopie) et graphique (à la cartographie).

Il existe deux méthodes de Mohs visant à exciser les tissus cancéreux : la technique classique sur tissus fixés, par badigeonnage à l'acide dichloracétique à saturation suivi d'une application de pâte au chlorure de zinc à 40 % ; la technique sur tissus frais (De Berker *et al.*, 1996) qui a supplanté la précédente et qui permet d'effectuer, rapidement et sans douleur, le contrôle microscopique répété des fragments excisés de tumeur maligne (fig. 2A, B, C). Alors qu'avec la technique sur tissus frais, cinq à six séances, lorsqu'elles sont nécessaires, peuvent être effectuées en un seul jour, la méthode de Mohs sur tissus fixés réclamerait une ou deux semaines pour réaliser le même travail.

La chirurgie micrographique de Mohs offre au patient une sécurité maximale. Elle lui garantit une excision de la totalité de la tumeur. Elle réalise de surcroît une meilleure préservation des tissus normaux et de la fonction physiologique. C'est dire tout l'intérêt qu'elle présente pour la chirurgie du pouce.

La chirurgie micrographique s'adresse à toutes les variétés de carcinomes : maladie de Bowen, épithéliomas spino- et basocellulaires. L'utilisation de la technique de Mohs est toutefois sujette à controverse dans le traitement des mélanomes, certains auteurs estimant que l'évaluation correcte des bords de la lésion est un exercice délicat.

Le kérato-acanthome, en revanche, bénéficie au maximum de ce mode thérapeutique.

La chirurgie micrographique ne serait pas souhaitable en cas d'extension osseuse des tumeurs malignes.

PHÉNOLISATION

(Kimata *et al.*, 1995)

Le phénolisation est un procédé simple, de destruction partielle (corne matricielle) ou complète de la matrice unguéale, voire de tous les tissus sous-unguéaux (au cours de la pachyonychie congénitale, par exemple). Elle utilise le phénol à saturation (88 % en solution aqueuse). Il est indispensable de travailler sur un champ exsangue (donc de placer un garrot et d'éponger avec une gaze stérile les parois du cul-de-sac unguéal) toute trace de sang diminuant l'efficacité du traitement. Il est nécessaire de protéger les tissus péri-unguéaux avec de la vaseline, par exemple, avant de traiter les tissus concernés. Trois applications de 30 secondes chacune avec un fin Coton-Tige, bien essoré, puis glissé sous le repli proximal sont recommandées. Le phénol est ensuite neutralisé à l'alcool à pansement et la cavité est obturée d'un tulle bétadine. L'orteil est nettoyé dès le lendemain à l'eau oxygénée à 10 volumes et le malade est invité à prendre un bain de pieds antiseptique biquotidien – si possible – pendant environ quatre à six semaines.

Avantages

Technique totalement indolore, même au-delà des effets habituels de l'anesthésie locale initiale. Elle peut être envisagée sans inconvénient en présence d'une infection locale.

Inconvénients

Ses propriétés nécrosantes (qui en font tout l'intérêt) sont à l'origine d'un suintement persistant de deux à six semaines, traduisant à la fois l'élimination progressive de l'escarrification produite et une éventuelle infection, d'où la nécessité de bains antiseptiques quotidiens. Le risque de périostite est exceptionnel, mais réel si la phénolisation est précédée d'un curetage de la région matricielle, par exemple. En revanche, le curetage est parfois préconisé immédiatement après la phénolisation. Particulièrement indiquée dans le traitement de l'onycho-cryptose avec incarnation disto-latérale, la phénolisation peut être recommandée dans le traitement définitif des dystrophies comme l'ongle en griffe, consécutif à une amputation partielle de la phalange distale, en l'absence d'intervention plus ambitieuse.

La phénolisation supprime efficacement un spicule unguéal compliquant un large éventail d'interventions, depuis l'ongle incarné jusqu'à l'excision complète de l'appareil unguéal (fig. 3A, B, C).

La phénolisation permet de corriger certaines déforma-tions héréditaires (pouce en raquette, par exemple) ou acquises (brachyonychie après intervention pour panaris dans l'adolescence, ou simple pouce en raquette). Il suffit de sectionner la tablette dont on réduit la largeur de part et d'autre et de phénoliser les cornes latérales matri-cielles. Le tissu en excès est supprimé au cours d'une plastie en W.

ÉLECTROCHIRURGIE

(Hettinger *et al.*, 1991 ; Pollack, 1991 ;

Kerman et Kalmus, 1982)

Après quelques années d'oubli, l'électrochirurgie a retrouvé la faveur de certains dermatologistes avec la radiochirurgie et l'utilisation de nouvelles électrodes qui permettent, en particulier, de traiter efficacement l'ongle incarné (fig. 4).

Comme pour toute intervention sur l'appareil unguéal, l'électrochirurgie s'effectue sous anesthésie locale.

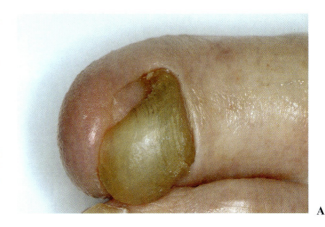

A

B

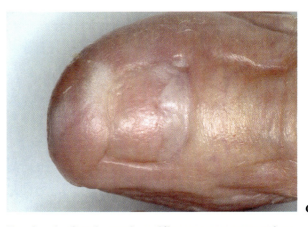

C

FIG. 3. – **A : Onychogryphose débutante post-traumatique. B : Phénolisation du lit et de la matrice. C : Résultat quelques mois plus tard.**

Verrues

Le traitement des verrues sous-unguéales demande une avulsion partielle de la tablette, moitié distale ou latérale, fonction bien entendu de la localisation de la tumeur. Il est indispensable de réaliser une coagulation superficielle

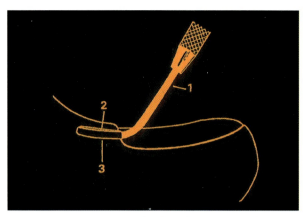

FIG. 4. – Terminaison souple de l'électrode glissée sous le repli sous-unguéal. La partie supérieure est recouverte d'un isolant, la partie inférieure est active.

suivie d'un curetage délicat évitant de léser les tissus sous-unguéaux fragiles. Habituellement, une simple compression avec une double épaisseur de gaze stérile réalise une hémostase efficace. Toutefois, elle pourrait être complétée par des attouchements appuyés à l'aide d'un Coton-Tige imbibé de chlorure d'aluminium à 20% en solution aqueuse.

Botryomycome

Cette tumeur qui saigne facilement au contact peut être excisée à l'anse électrique coupante, ce qui permet son examen histopathologique. L'intervention sera complétée par une discrète coagulation de la base du botryomycome ou par des applications de chlorure d'aluminium à 20%.

RÉFÉRENCES

Dawber R.P.R., Sonnex T.S., Leonard J., Ralfs I. – Myxoid cysts of the finger; treatment by liquid nitrogen cryo-surgery. *Clin. Exp. Dermatol.,* 1982, *8,* 153-156.

de Berker D.A.R., Dahl M.G.C., Malcolm A.J., *et al.* – Micrographic surgery for subungual squamous cell carcinoma. *Br. J. Plast. Surg.,* 1996, *49,* 414-419.

Hettinger D.F., Valinsky M.S., Nucci G., *et al.* – Nail matrixectomies using radio wave technique. *J. Am. Pediatr. Med. Assoc.,* 1991, *81,* 317-321.

Kerman B.C., Kalmus A. – Partial matricectomy with electrodessication for permanent repair of ingrowing nail borders. *J. Foot Surg.,* 1982, *21,* 54-56.

Kimata Y., Uetake M., Tsukada S., *et al.* – Follow-up study of patients treated for ingrown nails with the nail matrix phenolisation method. *Plast. Reconstr. Surg.,* 1995, *95,* 719-724.

Pollack S.V. – *Electrosurgery of the skin.* New York, Churchill Livingstone, 1991.

Sonnex T.S., Dawber R.P.R. – Treatment of ingrowing toenails with liquid nitrogen spray therapy. *Br. Med. J.,* 1985, *291,* 173-175.

Les lésions des replis unguéaux

C. DUMONTIER, R. LEGRÉ, A. SAUTET

Nous parlerons essentiellement dans ce chapitre des lésions traumatiques des replis unguéaux mais les principes de réparation sont proches sinon identiques pour les lésions tumorales ou infectieuses. Si les lésions traumatiques de l'appareil unguéal sont fréquentes, les lésions associées ou limitées aux replis unguéaux (le paronychium) sont beaucoup plus rares (Guy, 1990). Le traitement des lésions du paronychium relève des mêmes principes que ceux du traitement des lésions des parties molles (Lister, 1981), mais doit prendre en compte le rôle particulier des replis dans la croissance unguéale et la possibilité de séquelles unguéales si la plaie atteint la matrice ou le lit adjacent. Il faut en pratique différencier les lésions des replis latéraux, qui n'entraînent pratiquement pas de séquelles unguéales et posent seulement le

problème de leur reconstruction, des lésions du repli proximal. En effet, le repli proximal se prolonge sur la tablette par une couche cornée, la cuticule, qui fait office de bouchon pour empêcher toute pénétration bactérienne sous le repli. Par ailleurs, à la face profonde et à la partie proximale du repli proximal, se trouve une zone matricielle responsable du brillant de l'ongle (Zook, 1990). À ce niveau, la tablette est assez mince, et toute plaie est susceptible de provoquer une lésion dont la cicatrisation peut entraîner la formation d'une barre cicatricielle (le ptérygium) joignant la face profonde du repli et la matrice (fig. 1). Ces ptérygia vont gêner, voire empêcher la pousse de la tablette et doivent être prévenus lors du traitement en urgence, car leur traitement à distance est assez décevant (Dumontier, 1995).

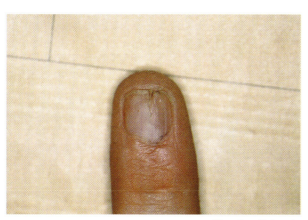
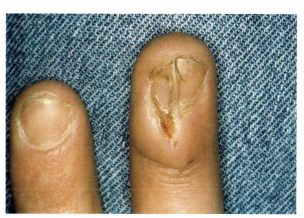

A **B**

Fig. 1. – Ptérygium post-traumatique.
**A : Ptérygium de petite taille après écrasement de l'ongle. Noter cependant qu'il entraîne
une fissure distale de la tablette. Noter également que la partie latérale de l'ongle a perdu
une partie de son brillant, témoignant d'une lésion de la partie dorsale de la matrice.**
B : Ptérygium de grande taille responsable d'une division de la tablette.

LES LÉSIONS
DU REPLI LATÉRAL

Elles sont la conséquence ou la séquelle des plaies en sifflet oblique. En urgence, les plaies franches ne nécessitent qu'une suture au fil fin et nous utilisons volontiers du Vicryl® rapide 5/0. Si le repli est emporté par le traumatisme, l'exposition du lit de l'ongle n'est pas en soi un problème, mais pour des raisons esthétiques et fonctionnelles, il est important de reconstruire les replis latéraux. Dans les petites pertes de substances, la cicatrisation dirigée est simple, efficace et peu coûteuse. Lorsque la perte de substance est plus importante, l'idéal, si la lésion n'emporte pas la peau de la partie latérale de la pulpe, est d'utiliser l'ensemble de la peau pulpaire que l'on fait glisser vers la partie dorsale du doigt en décollant la pulpe du socle phalangien. Ce lambeau de translation avait été décrit par Dubois pour la reconstruction des replis latéraux dans la cure des ongles incarnés (Baran et Dawber, 1990). Lorsque la perte de substance est assez importante, il faut sectionner le ligament de Flint pour pouvoir faire glisser le lambeau (Flint, 1955).

La principale difficulté vient du dessin du lambeau. Pour ne pas léser la matrice, la partie proximale de l'incision doit s'incurver latéralement alors que la berge latérale est rectiligne ; il est donc très difficile de reconstruire l'arrondi de la jonction repli latéral-repli proximal quels que soient les artifices de dessin (fig. 2 et 3). La fixation du lambeau sur la tablette se fait avec des points en U pour reconstruire au mieux le repli. Les résultats cosmétiques sont bons sans être parfaits, les séquelles très rares.

Si la lésion pulpaire est prédominante, il faut faire appel à des lambeaux de reconstruction pulpaire qui permettront dans le même temps de reconstruire le repli latéral. Nous renvoyons le lecteur aux ouvrages spécialisés pour choisir le lambeau pulpaire le plus adapté (Foucher, 1991).

Lorsque la lésion est vue au stade de séquelle, le lambeau de Dubois reste le plus utilisé pour reconstruire le repli latéral (fig. 4). Ces séquelles sont surtout marquées par des adhérences douloureuses entre la tablette et la cicatrice latérale, responsables d'incarnations unguéales.

LES LÉSIONS
DU REPLI PROXIMAL

L'abord du repli proximal
et le traitement préventif des lésions

L'abord de la partie proximale de l'ongle nécessite le relèvement du repli proximal. Pour éviter les lésions toujours possibles de la matrice, Kanavel a proposé de réaliser deux incisions à la jonction entre le repli proximal et le repli latéral. Si des lésions unguéales étaient créées, les séquelles seraient masquées par les replis latéraux lors de la repousse de la tablette (Zook *et al.,* 1984). Les incisions peuvent être poursuivies jusqu'au repli interphalangien à la jonction peau palmaire-peau dorsale. Lors du traitement des lésions du repli proximal, deux points sont importants à considérer. Il faut impérativement, pour des raisons esthétiques, reconstruire l'arrondi cuticulaire *et* prévenir l'apparition d'un ptérygium en remettant en place la tablette à la fin de toute intervention et en la glissant dans le repli proximal (Dautel, 1997 ; Magalon et Zalta, 1991 ; Ogunro, 1989 ; Rosenthal, 1983 ; Shepard, 1990a ; Van Beek *et al.,* 1990 ; Zook, 1981 ; Zook *et al.,* 1984). Cette attitude reste cependant discutée par certains (Ogo, 1990).

La reconstruction en urgence
du repli proximal

Dans le traitement des lésions fraîches, il faut d'une part reconstruire le repli, d'autre part prévenir l'apparition d'un ptérygium entre la face profonde du lambeau utilisée et la zone matricielle. Si la lésion est superficielle, la cicatrisation dirigée reste, de loin, le meilleur traitement. Lorsqu'il existe une perte de substance, un lambeau de rotation local est suffisant pour reconstruire le repli (Rosenthal, 1983). La plupart des lambeaux locaux ont été décrits dans le traitement des rétractions liées aux brûlures mais ils sont applicables pour les lésions traumatiques car il ne s'agit que de variantes de lambeaux de rotation, de glissement ou de translation qui répondent aux principes habituels de la chirurgie plastique (Achauer et Welk, 1990 ; Alsbjorn *et al.,* 1985 ; Ashbell *et al.,* 1967 ; Barfod, 1972 ; Förstner, 1993 ; Hayes, 1974 ; Kasai et Ogawa, 1989 ; Kasdan et Stutts, 1993 ; Lister, 1981 ; Magalon et Zalta, 1991 ; Ngim et Soin, 1986 ; Spauwen *et al.,* 1987). Leur dessin est rappelé dans les figures 5 à 12. Il s'agit cependant de lambeaux de petite taille, inapplicables lorsque la lésion s'étend. Il faut alors utiliser la partie distale d'un lambeau de rotation dorsal de type Hueston pour reconstruire le repli (Dautel, 1997 ; Foucher, 1991). Si un lambeau local n'est pas disponible, on peut utiliser à partir du majeur l'artifice d'Atasoy pour couvrir la face dorsale de l'index ou de l'annulaire et reconstruire en même temps le repli proximal (Atasoy, 1982). Il s'agit d'un lambeau doigt croisé désépidermisé de type Pakiam (Pakiam, 1978) sur lequel on a conservé à sa partie distale une barrette épidermique qui servira à reconstruire le repli (fig. 13).

Un cas particulier est celui des lésions de la partie distale du repli proximal. Dans certains cas, il est possible de ne pas reconstruire le repli mais au contraire de régulariser la plaie pour recréer un repli harmonieux mais plus court, comme l'avaient proposé Baran et Bureau pour le traitement des paronychies chroniques (Baran et Bureau, 1981).

La prévention du ptérygium passe, à notre avis, par la suture soigneuse d'éventuelles lésions matricielles et la

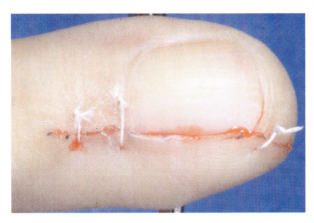

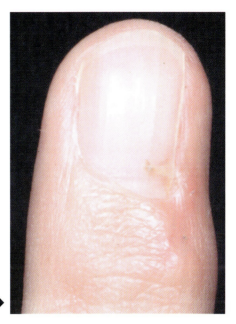

Fig. 2. – Reconstruction du repli latéral par un lambeau de Dubois (lésion tumorale). Noter l'aspect un peu trop rectiligne du repli.

Fig. 3. – Résultat imparfait avec dépression cuticulaire ▶ d'une reconstruction du repli latéral.

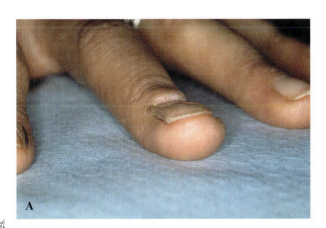

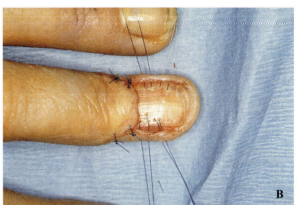

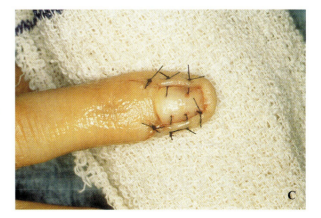

Fig. 4. – Reconstruction du repli latéral dans un ongle en tuile de Provence.
A : La déformation initiale avec absence de replis latéraux.
B : Le passage des fils pour reconstruire les replis après mobilisation des berges latérales. La peau doit chevaucher la tablette.
C : Aspect en fin d'intervention.

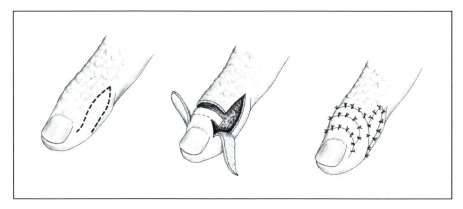

FIG. 5. – Le principe du lambeau de reconstruction du repli proximal proposé par Barfod (1972). Il s'agit d'un double lambeau de translation-rotation.

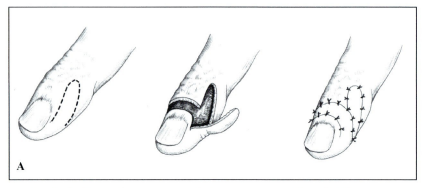
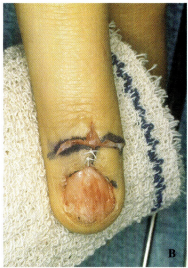

FIG. 6. – Le lambeau de rotation-translation proposé par Hayes (1974).
A : Le dessin du lambeau à pédicule distal.
B : Exemple clinique d'un double lambeau pour reconstruire un repli proximal dans le traitement d'un ptérygion.

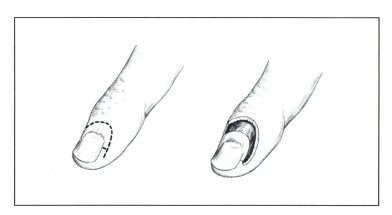

FIG. 7. – Le lambeau de glissement proposé par Alsbjorn (1985).

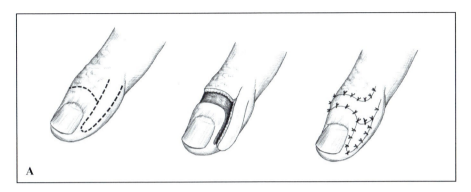

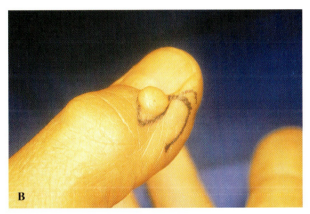

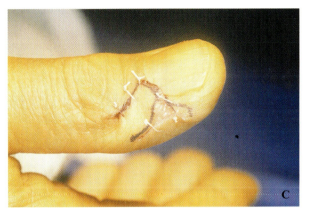

Fɪɢ. 8. – Le lambeau de rotation-translation proposé par Ngim et Soin (1986).
A : Représentation schématique. Il s'agit de l'équivalent du lambeau de Hayes mais avec un pédicule proximal, a priori plus fiable.
B : Excision d'un dermatofibrome placé sur le repli proximal. Le dessin du lambeau.
C : Aspect peropératoire. Noter que le repli latéral de l'ongle a été respecté.

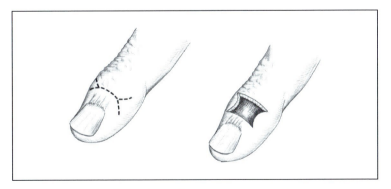

Fɪɢ. 9. – Le principe du lambeau d'avancement proposé par Spauwen *et al.* (1987). La perte de substance, dans cette indication, est greffée en peau pleine.

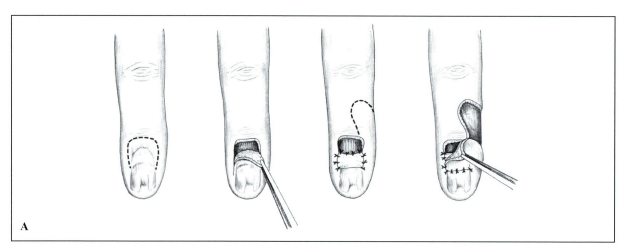

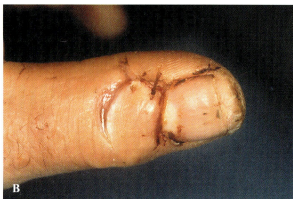

FIG. 10. – Le principe du lambeau de rotation proposé par Kasai et Dgawa (1989). Il s'agit d'une variante de celui proposé par Hayes auquel les auteurs ajoutent un artifice de reconstruction du repli en retournant la peau restante comme un livre, réalisant ainsi l'équivalent d'une greffe dermique inversée.
A : Représentation schématique.
B : Une variante d'un lambeau d'avancement.

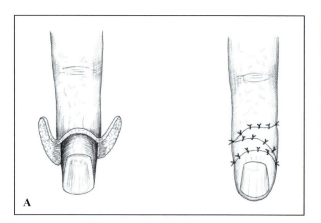

FIG. 11. – Les deux lambeaux proposés par Achauer et Welk (1990) qui sont en fait deux lambeaux de Ngim entrecroisés.
A : Représentation schématique.
B : Un exemple de reconstruction du repli proximal détruit par un coup de scie circulaire. Dans cet exemple, les lambeaux n'ont pas adhéré à la tablette et se sont rétractés secondairement. Une greffe de lit unguéal à la face profonde aurait peut-être favorisé une meilleure adhérence.

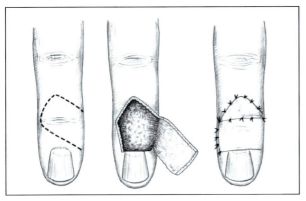

FIG. 12. – **Représentation schématique du lambeau proposé par Kasdan et Stutts (1993). Il s'agit d'une variante d'un lambeau d'avancement dit de Hueston dorsal.**

remise en place de la tablette, ou d'un substitut, pour éviter toute cicatrisation entre matrice et repli. Certains ont proposé de greffer la face profonde du repli reconstruit, soit en peau mince (Magalon et Zalta, 1991 ; Rosenthal, 1983 ; Zook, 1988), soit même avec une greffe fine de lit unguéal (Shepard, 1990b) (voir le chapitre de Shepard dans ce même ouvrage).

Le traitement des séquelles

Il repose sur les mêmes principes. Le repli sera reconstruit par des lambeaux, mais c'est le ptérygium qui pose les plus difficiles problèmes thérapeutiques. Schématiquement, on peut proposer la progression thérapeutique suivante dans le traitement du ptérygium :

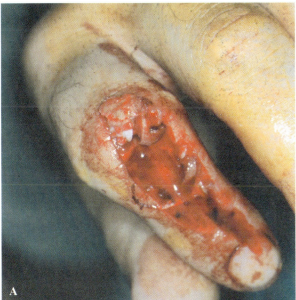

FIG. 13. – **Plaie par scie à ruban du dos de la deuxième phalange de l'index chez un sculpteur se terminant dans le repli proximal et la matrice.**
A : Aspect des lésions.
B : Le dessin du lambeau de Pakiam et la portion cutanée qui sera incluse pour reconstruire le repli.
C : Le lambeau en place et la reconstruction du repli.
D : Résultat à un an. Noter que le lambeau s'est rétracté, ce qui a découvert la portion proximale de la tablette. Le sillon dans la tablette est le témoin de la lésion matricielle initiale.

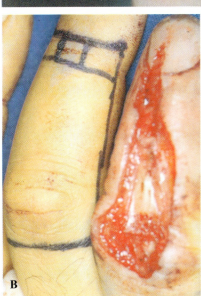

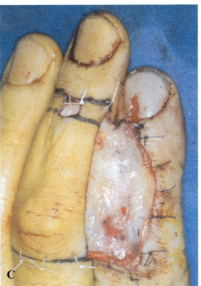

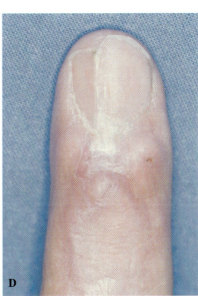

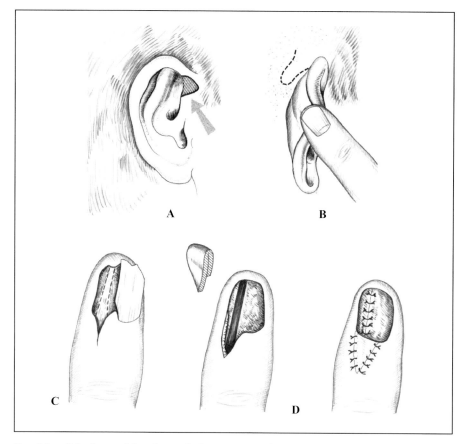

FIG. 14. – Principes schématiques de la reconstruction du repli proximal par une greffe d'hélix, proposé par Rose (1980).
A : La zone donneuse.
B : Utilisation de la peau rétro-auriculaire pour fermer la zone donneuse.
C : La zone cicatricielle à exciser.
D : La greffe d'hélix associée à la suture du lit unguéal et de la matrice.

– Bains d'eau chaude pour ramollir les tissus puis le patient repousse doucement, à partir de la tablette, le repli proximal pour tenter de décoller celui-ci de la tablette.

– Si le ptérygium est de petite taille on peut proposer une excision en croissant de la partie distale du repli. Cette technique, proposée initialement dans le traitement des paronychies chroniques (Baran, 1986 ; Baran et Bureau, 1981 ; Baran et Dawber, 1994), donne un bon résultat esthétique, au prix d'un recul du repli.

– Sinon il faut exciser la barre cicatricielle et interposer soit la tablette unguéale, soit un substitut (Seckel, 1986 ; Zook, 1988).

La reconstruction, associée au traitement du ptérygium ou isolée du repli proximal, fait appel aux lambeaux précédemment décrits. On peut y ajouter, mais nous n'en avons pas d'expérience, la greffe d'hélix proposée par Rose (Rose, 1980) (fig. 14).

RÉFÉRENCES

Achauer B.M., Welk R.A. – One-stage reconstruction of the postburn nailfold contracture. *Plast. Reconstr. Surg.,* 1990, *85,* 937-940.

Alsbjorn B.F., Metz P., Ebbehoj J. – Nailfold retraction due to burn wound contracture. A surgical procedure. *Burns,* 1985, *11,* 166-167.

Ashbell T.S., Kleinert H.E., Putcha S.M., Kutz J.E. – The deformed fingernail, a frequent result of failure to repair nail bed injuries. *J. Trauma.,* 1967, *7,* 177-190.

Atasoy E. – Reversed cross-finger subcutaneous flap. *J. Hand Surg. Am.,* 1982, *7,* 481-483.

Baran R. – Removal of the proximal nail fold. Why, when, how ? *J. Dermatol. Surg. Oncol.,* 1986, *12,* 234-236.

Baran R., Bureau H. – Surgical treatment of recalcitrant chronic paronychias of the fingers. *J. Dermatol. Surg. Oncol.,* 1981, *7,* 106-107.

Baran R., Dawber R.P. – *Guide médico-chirurgical des ony-chopathies.* Paris, Arnette, 1990.

Baran R., Dawber R.P. – *Diseases of the nails and their management,* 2nd ed. Oxford, Blackwell, 1994.

Barfod B. – Reconstruction of the nail fold. *The Hand,* 1972, *4,* 85-87.

Dautel G. – L'ongle traumatique. *In :* Merle M., Dautel G. (Eds). *La main traumatique,* pp. 257-269. Paris, Masson, 1997.

Dumontier C. – Traitement chirurgical des dystrophies unguéales en dehors de l'ongle en griffe. *In :* Tubiana R. (Ed.). *Traité de chirurgie de la main,* pp. 712-721. Paris, Masson, 1995.

Flint M.H. – Some observations on the vascular supply of the nail bed and terminal segments of the finger. *Br. J. Plast. Surg.,* 1955, *8,* 186-195.

Förstner H. – Traumatologie des Fingernagels. *Aktuel. Traumatol.,* 1993, *23,* 193-199.

Foucher G. – *Fingertip and nailbed injuries.* Edinburgh, Churchill Livingstone, 1991.

Guy R.J. – The etiologies and mechanisms of nail bed injuries. *Hand Clin.,* 1990, *6,* 9-19.

Hayes C.W. – One-stage nail fold reconstruction. *The Hand,* 1974, *6,* 74-75.

Kasai K., Ogawa Y. – Nailplasty using a distally based ulnar finger dorsum flap. *Aesthetic Plast. Surg.,* 1989, *13,* 125-128.

Kasdan M.L., Stutts J.T. – One-stage reconstruction of the nailfold. *Orthopedics,* 1993, 16, 887-889.

Lister G. – The theory of the transposition flap and its practical application in the hand. *Clin. Plast. Surg.,* 1981, *8,* 115-127.

Magalon G., Zalta R. – Primary and secondary care of nail injuries. *In :* Foucher G. (Ed.) *Fingertip and nailbed injuries,* pp. 103-113. Edinburgh, Churchill Livingstone, 1991.

Ngim R.C., Soin K. – Postburn nailfold retraction : a reconstructive technique. *J. Hand Surg. Br.,* 1986, *11,* 385-387.

Ogo K. – Split nails. *Plast. Reconstr. Surg.,* 1990, *86,* 1190-1193.

Ogunro E.O. – External fixation of injured nail bed with the INRO surgical nail splint. *J. Hand Surg. Am.,* 1989, *14,* 236-241.

Pakiam A.I. – The reversed dermis flap. *Br. J. Plast. Surg.,* 1978, *31,* 131-135.

Rose E.H. – Nailplasty utilizing a free composite graft from the helical rim of the ear. *Plast. Reconstr. Surg.,* 1980, *66,* 23-29.

Rosenthal E.A. – Treatment of fingertip and nail bed injuries. *Orthop. Clin. North Am.,* 1983, *14,* 675-697.

Seckel B.R. – Self advancing silicone rubber splint for repair of split nail deformity. *J. Hand Surg. Am.,* 1986, *11,* 143-144.

Shepard G.H. – Management of acute nail bed avulsions. *Hand Clin.,* 1990a, *6,* 39-56.

Shepard G.H. – Nail grafts for reconstruction. *Hand Clin.,* 1990b, *6,* 79-102.

Spauwen P.H., Brown I.F., Sauer E.W., Klasen H.J. – Management of fingernail deformities after thermal injury. *Scand. J. Plast. Reconstr. Hand Surg.,* 1987, *21,* 253-255.

Van Beek A.L., Kassan M.A., Adson M.H., Dale V. – Management of acute fingernail injuries. *Hand Clin.,* 1990, *6,* 23-35.

Zook E.G. – The perionychium : anatomy, physiology, and care of injuries. *Clin. Plast. Surg.,* 1981, *8,* 21-31.

Zook E.G. – The perionychium. *In :* Green D.P. (Ed.). *Operative and surgery,* pp. 1331-1371. New York, Churchill Livingstone, 1988.

Zook E.G. – Anatomy and physiology of the perionychium. *Hand Clin.,* 1990, *6,* 1-7.

Zook E.G., Guy R.J., Russel R.C. – A study of nail bed injuries : causes, treatment, and prognosis. *J. Hand Surg. Am.,* 1984, *9,* 247-252.

Le lambeau unguéal unipédiculé

P. SCHERNBERG, E. GASTON

L'ongle est une structure complexe et le traitement des lésions comportant une perte de substance de la région matricielle est difficile.

Dans le cas particulier de lésions tumorales ou séquellaires de traumatismes ou d'infections comportant après la résection du tissu lésé, une perte de substance en bande, le traitement par le simple rapprochement est malheureusement le plus souvent voué à la formation d'un ongle bifide disgracieux et gênant.

La possibilité d'effectuer une autoplastie unguéale unipédiculée permet, dans ce cas, de réaliser une reconstruction avec une rançon cicatricielle minime.

RAPPEL ANATOMIQUE

L'anatomie de l'unité unguéale est mentionnée dans les traités classiques. Zook a codifié l'anatomie chirurgicale (Zook, 1981).

La vascularisation artérielle a été précisée par Flint (1955). Plus récemment, à partir d'un travail anatomique, nous avons pu individualiser l'autonomisation d'un lambeau à pédicule vasculaire (Schernberg et Amiel, 1985).

La vascularisation artérielle (fig. 1)

La vascularisation des extrémités distales des doigts est sous la dépendance des deux artères digitales propres. Elles convergent dans la pulpe et s'anastomosent à plein canal, formant l'arcade palmaire pulpaire.

En règle générale, l'une d'elles prédomine. Elle donne des rameaux transversaux et longitudinaux à la fois superficiels et profonds.

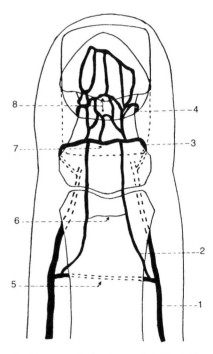

FIG. 1. – La vascularisation artérielle de l'ongle.
1 : artère collatérale ;
2 : branche artérielle dorsale (de Flint) ;
3 : arcade dorsale proximale ;
4 : arcade dorsale distale ;
5 : anastomose rétrotendineuse (d'Edwards) ;
6, 7, 8 : anastomoses transversales et longitudinales multiples entre les différents réseaux artériels.

Les rameaux transversaux superficiels se portent à la face dorsale de la phalange distale et constituent l'arcade dorsale proximale au sein du bourrelet proximal.

Les rameaux profonds formeront les arcades dorsales distales au sein du lit de l'ongle.

Les branches longitudinales superficielles se distribuent à la partie latérale des bourrelets latéraux et de la sole ; les profondes ont une destinée pulpaire.

L'arcade dorsale proximale (au sein du bourrelet proximal) reçoit, outre l'apport des artères digitales propres, un apport supplémentaire important, le rameau dorsal de la phalange moyenne. Ce rameau naît au niveau de l'artère digitale propre dans les deux tiers distaux de la phalange moyenne par un tronc commun avec l'anastomose rétro-tendineuse diaphysaire distale.

Il parcourt ensuite obliquement la face latérale du doigt pour se porter à la face dorsale et se jeter dans l'arcade dorsale proximale. Les deux rameaux sont eux-mêmes anastomosés par une artériole transversale.

L'arcade dorsale proximale est constante.

Lorsque l'artère digitale propre manque ou se termine près de la racine du doigt, l'autre bifurque au niveau d'une anastomose rétrotendineuse et diaphysaire et reconstitue ainsi un segment artériel suppléant l'artère digitale propre manquante.

Ainsi, l'arcade proximale dorsale est toujours constituée. Elle donne de nombreux rameaux pour les replis proximaux et latéraux, la matrice et le lit de l'ongle.

Le drainage veineux

Le système veineux est situé dans un plan superficiel. La semelle veineuse pulpaire se déverse dans les veines palmaires. Le plan veineux sous-unguéal se jette dans une veine péri-unguéale, distale par rapport à l'arcade artérielle dorsale proximale. Les veines des bourrelets latéraux se jettent dans les veines de la face latérale des doigts qui anastomosent les réseaux palmaires et dorsaux, constituant une véritable gaine veineuse digitale.

DESCRIPTION
DU LAMBEAU (fig. 2)

Le lambeau unipédiculé (Schernberg et Amiel, 1985) comprend une portion longitudinale de matrice solidaire du bourrelet latéral adjacent et de la portion correspondante du repli postérieur ou proximal.

L'apport artériel provenant de l'artère digitale propre est sectionné lors de la taille du lambeau. La vascularisation n'est plus assurée que par la portion d'arcade dorsale proximale alimentée par le rameau dorsal qui est constant.

Le retour veineux est assuré par une veine longitudinale superficielle qui se déverse dans les gaines veineuses digitales.

LA TECHNIQUE OPÉRATOIRE

L'anesthésie

On peut réaliser un bloc plexique ou, plus simplement, une anesthésie tronculaire, voire une anesthésie intra-thécale. La durée de l'intervention est inférieure à une heure.

L'intervention

Elle se déroule sous garrot après exsanguination et comporte quatre temps.

Le premier temps

Il consiste en l'exérèse des tissus pathologiques ramenés en une bande longitudinale.

Elle diffère selon la nature de la lésion. Ainsi dans le cas :

– d'une bande unguéale mélanique (fig. 2A), il s'agit d'une biopsie-exérèse selon la technique de Zaias (Zaias, 1967). Les limites de l'exérèse sont dictées par l'étendue de la tumeur et confirmées par l'examen anatomopathologique extemporané si possible ;

– de séquelles dystrophiques post-traumatiques ou post-infectieuses, le parage doit être large afin d'être certain de ne laisser en place que du tissu sain capable de cicatriser dans de bonnes conditions.

Dès lors, il est possible d'évaluer les possibilités de reconstruction en fonction de la taille et du siège de la perte de substance (fig. 2B). Deux situations se présentent ainsi :

– habituellement, dans le cas d'une lésion paramédiane ou latérale, on taille le lambeau aux dépens de la portion la plus petite ;

– dans le cas où la perte de substance est importante ou médiane, il est préférable d'envisager, en fait, la taille de deux lambeaux permettant de recentrer l'ongle reconstruit.

Le deuxième temps

Il correspond à la dissection du lambeau.

Pour pouvoir réaliser la suture du tissu sous-unguéal sans être gêné par la présence de la tablette, on réalise, au préalable, la résection de 1 ou 2 mm de tablette longitudinalement au niveau de la tranche du lambeau et de l'ongle restant. On décolle la tablette du lit unguéal avec le bistouri, la recoupe proprement dite étant faite alors avec la pince de Liston (fig. 2C et D).

La taille comporte la section des deux autres côtés du rectangle : en avant à la limite entre la sole et la pulpe digitale et latéralement, l'incision longitudinale emporte 2 ou 3 mm de repli latéral. La libération de sa face profonde se fait par décollement sous-périosté de la phalange distale au bistouri ou avec une rugine fine.

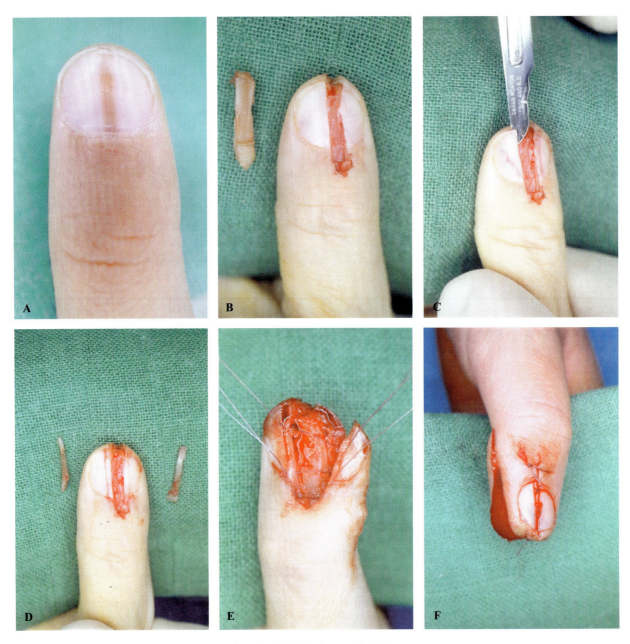

Fig. 2. – La technique opératoire :
A : état préopératoire : mélanonychie ;
B : résection monobloc selon Zaias ;
C : résection complémentaire de la tablette : le décollement à l'aide du bistouri ;
D : résection complémentaire réalisée ;
E : les fils de suture en place ;
F : le lambeau suturé après lâcher du garrot.

Le troisième temps

C'est l'adaptation du lambeau.

Le but étant de juxtaposer le plus précisément possible le fond du sillon proximal du lambeau avec celui du segment unguéal restant.

En raison de l'aspect arciforme du repli proximal, il ne suffit pas de réaliser une simple translation, il faut également réaliser un recul induisant une légère plicature au niveau du pédicule du lambeau.

Ce n'est que lorsqu'on a la certitude de la bonne adaptation du lambeau que l'on envisage le temps suivant.

Le quatrième temps

La suture : on utilise, en général, du fil résorbable 5 ou 6/0. Il est fortement recommandé de réaliser ce geste avec des loupes grossissantes.

Le premier point doit être impérativement placé au niveau de l'arête du dièdre du sillon proximal du lambeau et de la partie de l'ongle restant (fig. 2C).

Ce point une fois placé, on vérifie la bonne adaptation en croisant les fils sans réaliser le nœud.

On place ensuite un point dans la partie moyenne et distale de la zone de suture. Ce n'est qu'après avoir vérifié la bonne adaptation de l'ensemble du lambeau que l'on serre les points en commençant par le point le plus proximal. Selon l'aspect de l'affrontement, on complète éventuellement en ajoutant un ou deux points supplémentaires.

Il est également important de réaliser un point au niveau de la partie distale cutanée. La zone latérale étant laissée libre pour évoluer selon le principe de la cicatrisation dirigée.

À ce moment-là, on lâche le garrot pour contrôler la vitalité du lambeau (fig. 2F).

Soins postopératoires

Le pansement est réalisé par l'application de simples compresses vaselinées ou de tulle gras sans utilisation d'une orthèse quelconque. Nous ne réalisons pas de pansement de type bourdonnet. Le premier pansement est fait à la 48e heure pour vérifier l'absence d'hématome, le pansement étant laissé en place pendant trois semaines, puis laissé à l'air libre.

Évolution

On assiste progressivement à une repousse unguéale avec, bien sûr, au début, un ongle bifide. La première repousse complète est généralement de qualité médiocre.

Ce n'est qu'ensuite que l'on note l'apparition de l'ongle définitif ne présentant, en général, plus qu'une simple petite rainure minime.

LES INDICATIONS

Ce lambeau est particulièrement utile dans les pertes de substance longitudinales de l'unité unguéale après exérèse :
– d'une mélanonychie longitudinale ;
– des onychodystrophies séquellaires post-traumatiques et infectieuses.

Il faut souligner que ce lambeau ne se justifie que si au minimum la moitié ou les deux tiers de l'unité unguéale peuvent être reconstruits. En pratique, la limite de reconstruction correspond aux cas de pertes de substance de 6 mm de large au plus.

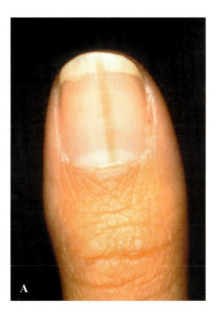 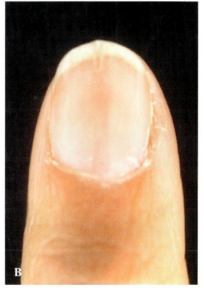

FIG. 3. – La lésion : bande noire monodactylique de 3 mm traitée par exérèse monobloc.
A : État préopératoire.
B : Résultat à deux ans après autoplastie locale, jugé excellent par la patiente.

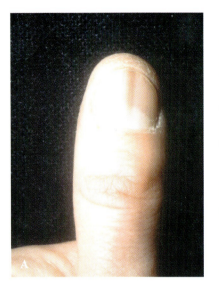
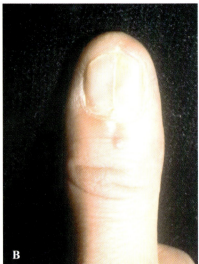

Fɪɢ. 4. – La lésion : bande noire monodactylique de 4 mm.
A : État préopératoire.
B : État postopératoire. Résultat à trois ans, qualifié de moyen par la patiente.
Il existe une cannelure centrale et un ptérygion.

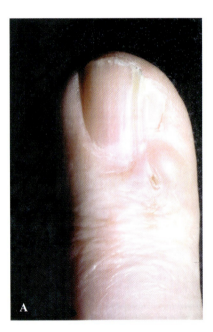
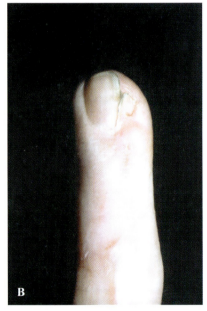

Fɪɢ. 5. – Séquelle de lésion post-traumatique avec un ongle bifide.
A : État préopératoire.
B : Résultat après autoplastie à trois ans, jugé par la malade très bon sur le plan
fonctionnel. Sur le plan esthétique, résultat moyen avec un ptérygion.

Dans le cas de séquelles traumatiques ou infectieuses, il est important de ne pas réaliser de lambeau lorsqu'il existe une dystrophie importante sur un ou sur les deux segments d'ongle restant.

Il faut également se méfier, dans le cas de pertes de substance relativement étroites, de ne réaliser qu'une simple suture sans autoplastie. C'est dans ces cas que, malheureusement, on note souvent l'apparition d'un ongle bifide. Pour éviter cela, il faut bien vérifier dans ces cas la bonne adaptation des tranches et tout particulièrement dans la région matricielle sous le repli proximal. Il ne faut pas hésiter, lorsqu'il existe la moindre tension ou béance, à réaliser le lambeau.

RÉSULTATS (fig. 3, 4, 5)

Depuis 1981, 68 cas de reconstruction de l'unité unguéale ont été réalisés grâce à ce lambeau (59 cas après exérèse de mélanonychies longitudinales et neuf cas de dystrophies post-traumatiques ou infectieuses) au niveau des doigts ou des orteils.

Dans aucun cas, nous n'avons eu à déplorer de complications majeures (nécrose ou infection).

Les complications que l'on peut noter apparaissent au niveau de l'aspect esthétique et dépendent essentiellement de la qualité de l'exérèse, de la viabilité du tissu avoisinant et de la précision de l'adaptation-suture.

Récemment, nous avons rapporté deux études rétrospectives dans le but d'évaluer les résultats fonctionnels et cosmétiques concernant les reconstructions après exérèse monobloc de mélanonychies longitudinales (Gaston *et al*, 1998).

Sur un total de 33 patients revus avec un recul de un à 14 ans :

– 23 (76 %) ne présentaient pas de séquelles ;

– six (18 %) présentaient une dystrophie ;

– quatre (3 %) présentaient une hypoesthésie latéropulpaire.

Aucune gêne fonctionnelle n'a été retrouvée.

Les résultats cosmétiques uniquement appréciés par les patients permettaient de retrouver 28 (85 %) très bons et bons résultats, quatre (12 %) moyens et un (3 %) médiocre.

CONCLUSION

Le lambeau unguéal unipédiculé est un lambeau vascularisé par une artère cutanée directe constante qui le rend fiable. Il est particulièrement utile dans la reconstruction des lésions limitées de la matrice et/ou du lit.

La qualité du résultat est directement liée à la minutie de la résection du tissu pathologique et à la qualité de l'adaptation du lambeau. Ce lambeau vient ainsi enrichir les possibilités de reconstruction locale.

RÉFÉRENCES

Flint M.H. – Some observations on the vascular supply of the nailbed and terminal segments of the finger. *Br. J. Plast. Surg.*, 1955, *8*, 156-195.

Gaston E., Schernberg F., Calle C., Elbaz M. – Reconstruction de l'unité unguéale par lambeau unguéal unipédiculé après exérèse monobloc de mélanonychie longitudinale : évaluation des résultats à propos de 33 cas. Communication libre au 43e Congrès de la Société française de chirurgie plastique, reconstructrice et esthétique, Paris 21-23 octobre 1998.

Schernberg F., Amiel M. – Étude anatomoclinique d'un lambeau unguéal complet. *Ann. Chir. Plast. Esthét.*, 1985, *30*, 127-131.

Zaias N. – The longitudinal nail biopsy. *J. Invest. Derm. Syph.*, 1967, *49*, 406-408.

Zook E.G. – The perionychium. Anatomy, physiology and care of injuries. *Clin. Plast. Surg.*, 1981, *8*, 21-31.

La reconstruction microchirurgicale de l'ongle

G. FOUCHER, G. PAJARDI

Ce chapitre est là pour témoigner que l'ongle n'est pas seulement un appendice esthétique de la main mais que son rôle fonctionnel n'est pas négligeable surtout au niveau de la pince radiale. Apanage des primates, son rôle d'arme est au second rang chez l'homme et peut-être chez la femme. Il prend, en revanche, une place importante dans les prises fines, notamment pouce-index, tant unguéales que pulpaires ; en effet, sa fonction de stabilisateur de la pulpe participe aux performances de sensibilité discriminative. Quant à l'ongle – outil de grattage –, son rôle quotidien prend une consonance particulière lorsqu'il s'agit du pouce dominant d'un musicien à cordes. Cela explique que nombre de nos reconstructions microchirurgicales se soient imposées dans ce cadre.

La reconstruction à visée « purement » esthétique est un tout autre problème. Jean Pillet a attiré notre attention sur le « profil » particulier de tels patients qu'il qualifie, à juste titre, de « perfectionnistes » ; ce type de patient est en effet très exigeant, réclamant un ongle parfait et une quasi-absence de cicatrices... Un espoir est né pour ce type de patient avec l'implantation de prothèse par vis en titanium autorisant une ostéo-intégration et une excellente « fixité » de la prothèse permettant même une transmission transosseuse de la sensibilité unguéale. Cette méthode apporte une solution à la fixation de ces prothèses qui a fait couler beaucoup d'encre et tomber beaucoup de prothèses par comblement progressif des replis créés chirurgicalement.

La microchirurgie est venue combler un hiatus dans les possibilités reconstructives de l'ongle. Les tentatives de greffes libres non vascularisées restent sinon infructueuses du moins imprévisibles ; ainsi, sur 25 greffes de ce type, McCash retrouvait 22 repousses dont seulement cinq étaient acceptables esthétiquement (McCash, 1955). Plus récemment Endo *et al.* ont obtenu des résultats acceptables dans les absences congénitales de l'ongle

mais insistent sur l'importance de la vascularisation du sous-sol de la greffe qu'ils jugent impropre dans les cas post-traumatiques (Endo *et al.*, 1997). La production de la tablette unguéale nécessite une « énergie » importante que seule procure une vascularisation indépendante.

Un second apport de la microchirurgie sur lequel nous avons insisté dès 1980 (Foucher, 1982, Foucher *et al.*, 1980) est la possibilité de transfert composite apportant un os vascularisé. En effet, dans les reconstructions distales classiques, avec greffon osseux non vascularisé, la résorption est fréquente, conduisant à la bascule de l'ongle en griffe.

On voit ainsi se dessiner plusieurs techniques microchirurgicales de reconstruction unguéale. Il faut en effet distinguer les amputations distales des doigts où la perte est composite et la destruction isolée de l'ongle sur un doigt de longueur normale mais où le complexe unguéal doit être reconstruit.

RAPPEL ANATOMIQUE

L'anatomie de l'ongle des orteils est très proche de celle parfaitement décrite au niveau des doigts et du pouce dans le travail princeps de Flint (Flint, 1955). Nous insisterons surtout sur l'anatomie vasculaire qui joue un rôle important dans la technique de prélèvement.

Sur le plan veineux, nous insisterons sur la présence constante de trois réseaux. L'un très superficiel, adhérant à la peau et dont le prélèvement peut aboutir à des nécroses des berges cutanées au niveau du pied. Plus profond est le réseau classiquement prélevé et drainé dans une arcade dorsale et nous privilégions comme veine proximale la veine grande saphène sur le versant interne du pied. Leung a montré que cette arcade est présente

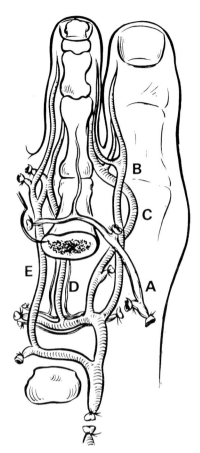

FIG. 1.– **Anatomie vasculaire du premier et du second espace.**
A : Veine grande saphène.
B : Artère dorsale du premier espace.
C : Artère plantaire du premier espace.
D : Artère plantaire du second espace.
E : Artère dorsale du second espace (le plus souvent grêle).

dans 46 % de ses dissections anatomiques et que la prédominance de la veine grande saphène est constante (Leung *et al.,* 1983). Nous avons par ailleurs constamment retrouvé une veine sur le versant interne de l'ongle du gros orteil que nous prélevons systématiquement dans les transferts isolés de l'ongle.

Sur le plan artériel, les artères disponibles dans le premier espace sont l'artère métacarpienne dorsale (dans sa variété superficielle ou intramusculaire) et l'artère plantaire (dont le trajet sous la première articulation métatarso-phalangienne est d'accès difficile). Deux artères sont également présentes dans le second espace et si l'artère dorsale est souvent très grêle, l'artère plantaire est constante (Foucher *et al.,* 1988) mais accessible uniquement par voie plantaire ou après ostéotomie du second métatarsien (fig. 1).

Au niveau de la pulpe des orteils, les deux artères collatérales plantaires s'anastomosent en une arcade ; auparavant, ces artères plantaires donnent une première branche passant à la face postérieure au niveau de la base de la phalange distale ; cette artère s'anastomose avec son homologue controlatérale pour former l'arcade matricielle. Une seconde branche, plus fiable, se dirige en arrière et passe sous le ligament latéral de la phalange distale (décrit par Flint, 1955), où elle se divise pour donner deux arcades, l'une proximale, l'autre distale, d'une façon analogue à celle des doigts. La seule différence avec la vascularisation digitale concerne la présence fréquente d'une branche artérielle dorsale pour le premier et le second orteil en provenance de l'artère dorsale du premier espace. Cette artère s'anastomose avec l'arcade proximale (matricielle).

TECHNIQUES

Généralités

Nous serons brefs en ce qui concerne les généralités, largement publiées ailleurs (Foucher et Binhammer, 1995 et 1997 ; Foucher et Smith, 1997 ; Foucher et Blauvet, 1997 ; Foucher *et al.,* 1985). Nous rappellerons cependant que nous effectuons cette chirurgie à une seule équipe, en commençant par le prélèvement au niveau du pied, sous garrot et grossissement optique. Nous n'utilisons qu'une incision dorsale, droite (pour éviter tout risque de nécrose) et centrée sur le premier espace. La dissection vasculaire, effectuée par voie dorsale pure (plus facile que dans la graisse plantaire), évite toute incision plantaire et facilite la reprise précoce de la marche. En l'absence d'un lambeau « orteil croisé », celle-ci est reprise dès la sortie du patient, au cinquième jour, grâce à une chaussure de Barouk. La veine grande saphène et ses branches sont ensuite préparées. En cas de transfert d'un lambeau « artériel » à pédicule « long », la dissection artérielle est d'abord proximale, en soulevant l'extenseur du gros orteil pour repérer l'artère pédieuse. La dissection est ensuite distale, à la base des premier et second orteils pour connaître le type d'arborisation distale et notamment la situation de l'artère en dorsal ou en plantaire par rapport au ligament intermétatarsien. La section de ce ligament permet la dissection des deux artères du premier espace. Si la dissection de la dorsale ne pose pas de problème même dans sa variété intramusculaire, la dissection de la plantaire sous la tête du premier métatarsien reste plus délicate. La conservation du second orteil dans les transferts partiels n'autorise pas l'ostéotomie du second métatarsien qui seule permet la dissection de l'artère plantaire du second espace. En revanche, il faut rechercher la présence, certes rare, d'une artère dorsale du second espace qui présente fréquemment une anastomose avec l'artère pédieuse. Tous les pédicules vasculaires sont soigneusement dégraissés à la base de l'orteil pour éviter tout renflement inesthétique. Le garrot du pied est ensuite relâché pendant la dissection de la main et les longueurs de pédicule sont alors précisément mesurées. Après le transfert, le site receveur est suturé intégralement et la revascularisation est contrôlée pendant la fermeture du site donneur. La durée moyenne des transferts, tous types confondus, est de trois heures quarante dans notre série personnelle de 221 transferts.

Nous décrirons successivement les transferts unguéaux isolés puis les transferts composites que nous avons appelés «sur mesure» (Foucher et Binhammer, 1995 ; Foucher *et al.*, 1980, 1985, 1991, 1993).

Le transfert de complexe unguéal isolé

Ce transfert peut s'effectuer soit en «lambeau artériel», c'est-à-dire vascularisé par une des artères que nous venons de décrire et dont le sang veineux est drainé par une veine, soit en «lambeau veineux» n'emportant que des veines dont l'une sera anastomosée avec une artère au niveau du site receveur. Concernant le pédicule, celui-ci peut être long (et anastomosé au niveau de la tabatière anatomique ou de la paume de la main) ou court (Yoshimura, 1984). Enfin, ce pédicule peut être définitivement enfoui sous la peau ou maintenu extériorisé (Brunelli *et al.*, 1992), et sacrifié secondairement.

Le prélèvement du complexe unguéal reste le même, quels que soient le siège de prélèvement et la vascularisation utilisée. Il emmène en bloc la tablette et le lit, distalement une bande cutanée de 1 à 2 mm, latéralement les bourrelets latéraux et proximalement un lambeau cutané du dos de l'orteil comportant la zone matricielle. Une forme ovalaire ou carrée de lambeau a tendance à se rétracter en «brioche» et nous préférons une forme trapézoïdale. La dissection du lambeau débute en distal en soulevant le lit et le périoste de la phalangette, mais en prenant garde de ne pas léser l'insertion distale du tendon extenseur. En cas de lambeau veineux, l'artère du lit unguéal est sacrifiée des deux côtés et seules deux ou trois veines sont disséquées en proximal. En cas de lambeau artériel, après décollement médian et interne du lit unguéal, la dissection est poursuivie en dehors au ras de la phalange pour désinsérer le ligament latéral de Flint et emporter l'artère du lit unguéal. L'artère collatérale plantaire est ensuite disséquée proximalement en faisant l'hémostase des artères rétrotendineuses d'Edwards (parfois très volumineuses au niveau du gros orteil). La dissection est plus ou moins poursuivie au niveau du dos du pied selon que l'on préférera un transfert long ou court. Il n'est pas, pour nous, nécessaire d'inclure le nerf plantaire mais certains auteurs le préconisent.

Au niveau du doigt receveur, une excision de peau est effectuée, de taille identique au lambeau à transférer. L'artère receveuse varie : il peut s'agir d'une artère collatérale au niveau de l'IPP en cas de transfert court, d'une artère interdigitale, de l'arcade palmaire superficielle ou de l'artère radiale (pouce) en cas de transfert long. L'anastomose peut être soit latéro-latérale, soit termino-terminale. Cette dernière est préférée par la plupart des auteurs dans les transferts courts. Dans les transferts longs, notre technique favorite (Foucher et Norris, 1998 ; Foucher, 1993 ; Foucher et Binhammer, 1995 et 1998), tant au niveau de l'arcade palmaire que de l'artère radiale au niveau de la tabatière anatomique, est l'interposition en T de l'artère pédieuse et de l'arcade plantaire par deux sutures termino-terminales, permettant de rétablir le flot vasculaire au niveau de l'artère receveuse et un flux physiologique dans la (ou les) artère(s) nourrissant le transfert. Au niveau du dos de la main, la suture artérielle, comme la suture veineuse, sont effectuées, après tunnelli-

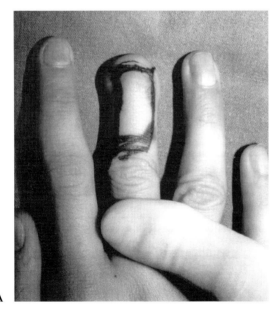
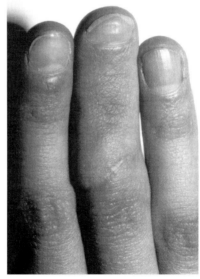

A   **B**

FIG. 2. – A : Amputation distale du médius chez une jeune harpiste du conservatoire.
B : Aspect après transfert d'un complexe unguéal prélevé sur le second orteil.

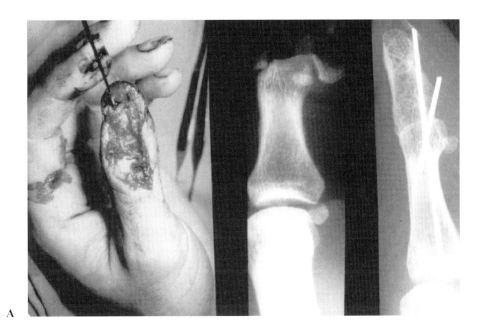

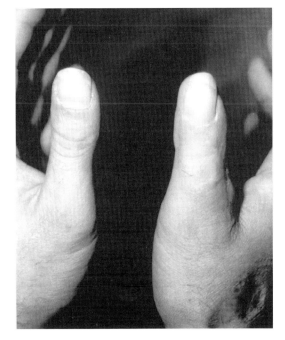

FIG. 3.– A : Amputation dorsale du pouce avec destruction de l'ongle et de la phalange distale chez un guitariste professionnel. Transfert sur mesure d'un ongle et d'un fragment osseux. B : Résultat huit ans plus tard.

sation sous-cutanée, à travers une incision horizontale de 2,5 cm, peu visible esthétiquement. Certains auteurs sacrifient un nerf collatéral pour préserver l'innervation de l'ongle et d'autres ne prélèvent que le nerf dorsal (Koshima *et al.,* 1988 ; Shibata *et al.,* 1991) ; si l'on croit à un quelconque rôle de ce nerf, une anastomose termino-latérale avec ou sans fenêtre épi- ou périneurale paraît la technique la moins agressive.

Les transferts distaux composites

La technique est très voisine en ce qui concerne les transferts « sur mesure » composites intégrant aussi bien un segment osseux vascularisé qu'une pulpe. Nous laisserons de côté la technique que nous avons décrite pour les ongles en griffe (Foucher *et al.,* 1980), n'emportant qu'un lambeau de lit unguéal en bloc avec un fragment osseux vascularisé du gros orteil et la pulpe latérale. Ce problème fait l'objet d'un autre chapitre de ce livre. Nous n'insisterons ici que sur les détails techniques propres aux transferts partiels.

Il n'y a pas de point particulier pour les transferts distaux à partir du second orteil, qui permettent l'allongement d'un doigt long avec présence d'un ongle certes plus petit que celui des doigts voisins mais fonctionnellement utile chez certains musiciens (fig. 2A, B).

En revanche, quelques points méritent d'être clarifiés en ce qui concerne le prélèvement sur le gros orteil. L'ongle du gros orteil est habituellement plus large que l'ongle du pouce et un prélèvement partiel ou une résection partielle ont été proposés. L'un comme l'autre conduisent constamment, dans notre expérience, à une dystrophie unguéale. C'est pourquoi nous avons proposé la technique « en trompe l'œil », qui consiste à accentuer la courbure de l'ongle pour en diminuer la projection visuelle (Foucher et Sammut, 1992) (fig. 4). Le site donneur est habituellement fermé par un lambeau du type Tranquilli Leali Atasoy.

Lorsqu'un fragment d'os est incorporé au transfert (fig. 3A, B), nous avons proposé une technique d'ostéo-

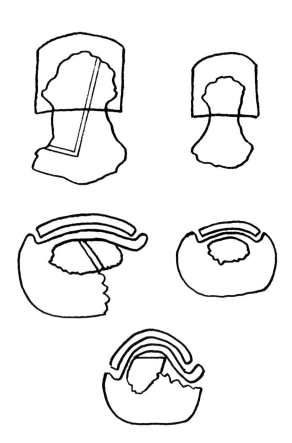

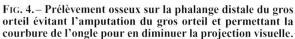

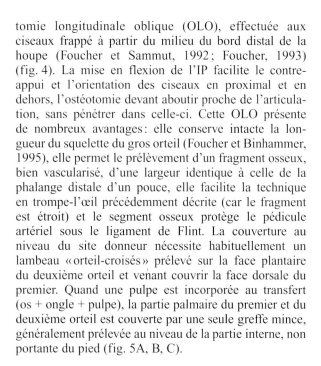

FIG. 4. – **Prélèvement osseux sur la phalange distale du gros orteil évitant l'amputation du gros orteil et permettant la courbure de l'ongle pour en diminuer la projection visuelle.**

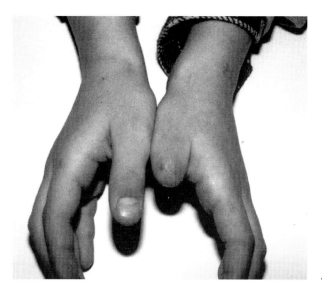

A

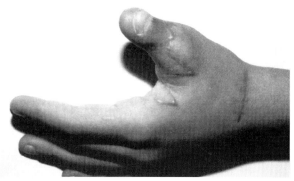

B

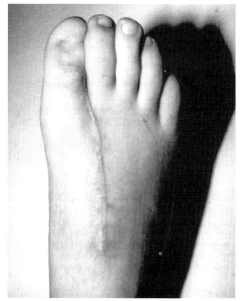

C

tomie longitudinale oblique (OLO), effectuée aux ciseaux frappé à partir du milieu du bord distal de la houpe (Foucher et Sammut, 1992 ; Foucher, 1993) (fig. 4). La mise en flexion de l'IP facilite le contre-appui et l'orientation des ciseaux en proximal et en dehors, l'ostéotomie devant aboutir proche de l'articulation, sans pénétrer dans celle-ci. Cette OLO présente de nombreux avantages : elle conserve intacte la longueur du squelette du gros orteil (Foucher et Binhammer, 1995), elle permet le prélèvement d'un fragment osseux, bien vascularisé, d'une largeur identique à celle de la phalange distale d'un pouce, elle facilite la technique en trompe-l'œil précédemment décrite (car le fragment est étroit) et le segment osseux protège le pédicule artériel sous le ligament de Flint. La couverture au niveau du site donneur nécessite habituellement un lambeau «orteil-croisés» prélevé sur la face plantaire du deuxième orteil et venant couvrir la face dorsale du premier. Quand une pulpe est incorporée au transfert (os + ongle + pulpe), la partie palmaire du premier et du deuxième orteil est couverte par une seule greffe mince, généralement prélevée au niveau de la partie interne, non portante du pied (fig. 5A, B, C).

FIG. 5. – **A : Amputation au niveau du tiers proximal de la première phalange du pouce. B : Résultat après transfert sur mesure d'une pulpe, en bloc avec un fragment d'os et l'ongle combiné à un creusement commissural (allongement dit bipolaire). C : La zone donneuse est fermée par un lambeau «orteil croisé».**

DISCUSSION

Nous avons d'emblée dit ce que nous pensions du problème esthétique pur et si l'ongle du pouce peut être reconstruit d'une façon symétrique par rapport au côté sain, grâce à l'artifice du trompe-l'œil, la reconstruction au niveau des doigts longs est plus décevante.

Au niveau du pouce, l'absence congénitale, la perte traumatique isolée de l'ongle et les pertes complexes sont d'excellentes indications (Endo et Nakayama, 1996 ; Foucher *et al.,* 1980 ; 1993 ; Foucher et Binhammer, 1995 ; Foucher *et al.,* 1996). À ce niveau, notre préférence va au transfert d'un lambeau artériel à pédicule long. Ce lambeau est certes plus épais que le lambeau veineux mais plus sûr si l'on en croit les travaux expérimentaux

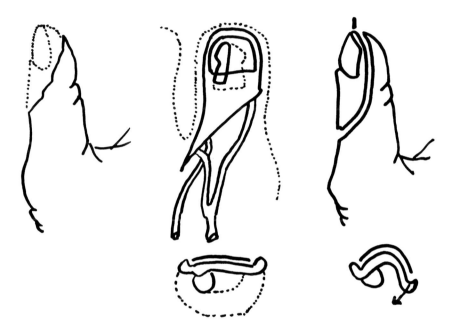

FIG. 6. – **Schéma de reconstruction du pouce après amputation dorsale laissant indemne la peau palmaire.**

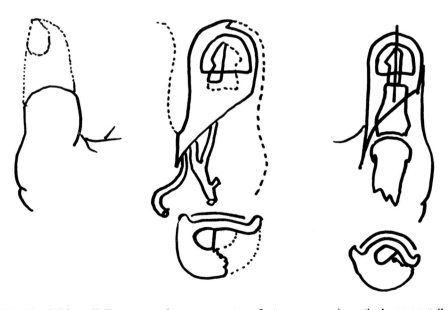

FIG. 7. – **Schéma d'allongement du pouce par transfert sur mesure à partir du gros orteil emportant l'ongle avec un fragment osseux et une pulpe.**

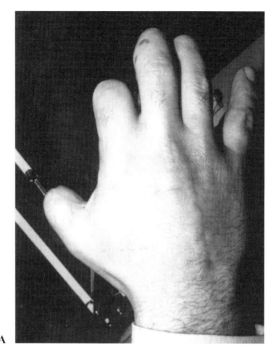

A

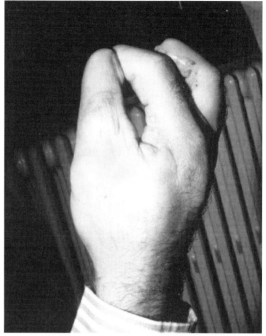

B

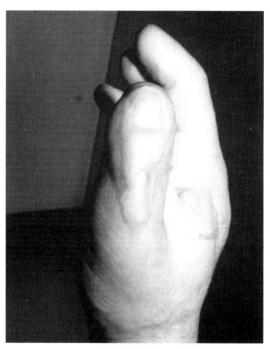

C

Fig. 8.– A : Amputation du pouce. B : Allongement par pollicisation du moignon d'index. C : Aspect après transfert d'un complexe unguéal à partir du gros orteil.

(Lenoble *et al.,* 1993). La présence de valves au niveau de la veine artérialisée reste imprévisible et peut conduire à l'échec. Or, dans une chirurgie à visée au moins partiellement esthétique, la présence de cicatrices et la perte d'un ongle du pied, sans le bénéfice d'un ongle au niveau du pouce, sont réellement inacceptables pour le patient. Cependant, dans les séries de Endo et Nakayama (1990, 1996), les trois cas tentés ont été des succès. Le principal avantage du lambeau veineux reste sa faible épaisseur car il n'est pas nécessaire d'emporter l'artère du lit, le ligament latéral et l'ambiance graisseuse les entourant. Les deux autres avantages concernant la rapidité de la dissection et son caractère moins extensif au niveau du pied nous paraissent plus accessoires. Quant au pédicule court, l'anatomie artérielle du pouce ne le favorise guère et la discrétion d'une courte incision dorsale horizontale au niveau de la tabatière anatomique, après tunnellisation sous-cutanée, a été facilement acceptée par nos patients. La technique de l'interposition artérielle en T permet le rétablissement du flux artériel physiologique tant au niveau de l'artère radiale que du transfert (flux en dérivation). Nos indications ont concerné, outre les pertes isolées de l'ongle, les pertes composites et nous avons insisté sur l'intérêt des reconstructions «sur mesure» dans les amputations distales du pouce. Parfois le squelette est conservé comme dans les dégantages et les excisions cutanées pour tumeur à faible malignité (n'atteignant pas le squelette) où un transfert cutanéo-unguéal est pratiqué. Il peut s'agir d'une amputation «palmaire oblique» avec vaste perte de substance pulpaire associée, «dorsale oblique» avec perte osseuse et matricielle mais peau palmaire intacte (fig. 6) ou «transverse» nécessitant une reconstruction de la phalange distale (fig. 7). Si nous considérons comme importants la limite d'âge et le «profil» du patient en ce qui concerne les transferts comportant une pulpe (Foucher, 1993 ; Foucher et Smith, 1997), il n'en est pas de même en leur absence. Les amputations dorsales emportant le squelette et l'ongle mais laissant une peau palmaire intacte et sensible (Foucher, 1991) sont d'excellentes indications mixtes, fonctionnelles (maintien de la longueur du pouce) et esthétiques (présence d'un ongle), même chez un patient autour de la cinquantaine. De même, nous avons pratiqué des transferts d'ongles isolés (Foucher *et al.*, 1996), (fig. 8A, B, C), après reconstruction ostéo-plastique ou allongement de Matev, chez des patients où l'âge du transfert sur mesure nous semblait dépassé (supérieur à 35-40 ans). Il nous faut accepter qu'en microchirurgie on a l'âge de ses nerfs et non de ses artères (du moins chez le sujet sain, non fumeur).

Notre opinion est plus mitigée en ce qui concerne les doigts longs et tous nos transferts (à l'exception d'un sur les six) ont été effectués chez des musiciens. Cela nous a permis d'apprécier le résultat esthétique qui reste bien éloigné de l'idéal. Nous avons depuis longtemps abandonné le gros orteil, encore récemment proposé par Koshima *et al.* (1992) comme site donneur car l'ongle est trop long (ce qui peut se corriger), mais surtout il faut sacrifier un des bourrelets latéraux, ce qui conduit à une dystrophie tout aussi gênante esthétiquement que fonctionnellement (du fait des accrochages). L'ongle du second orteil reste plus étroit et plus court dans la plupart des cas.

Quand un transfert d'un segment distal de second orteil est effectué pour remplacer une phalange distale, à l'ongle court et étroit s'ajoute le renflement distal et pulpaire. La réduction par incision médiane (Wei *et al.*, 1993) ne nous a jamais semblé une solution acceptable pour les musiciens du fait de la situation défavorable de la cicatrice, et l'idée de Kleinert (non publiée) de la réduc-

tion par lambeau V-Y reste meilleure. Nous ne l'avons pratiquée que deux fois, en l'exécutant dans un premier temps avant le transfert.

Au niveau des doigts longs, le lambeau artériel est épais et le pédicule est souvent difficile à enfouir. Le transfert veineux (faible épaisseur) et le transfert court auraient ici des avantages plus nets. Cependant, la suture termino-terminale avec l'artère collatérale au niveau de l'IPP « sacrifie » une artère collatérale, alors que le branchement proximal au niveau de l'arcade « ajoute » une artère ; ce problème est important au niveau de l'index où l'artère cubitale est généralement de meilleur calibre mais où l'artère collatérale radiale est absente dans 10% des cas. L'idée de Brunelli *et al.* (1992) d'un pédicule extériorisé nous paraît également devoir être retenue à ce niveau car le pédicule et sa graisse environnante épaississent souvent le doigt après le transfert. Notre recul n'est cependant pas suffisant pour connaître l'évolution à long terme de l'ongle du fait de la possibilité d'atrophie secondaire comme dans les transferts non vascularisés ayant « pris » initialement.

Ainsi la microchirurgie a été d'un apport incontestable dans le remplacement de l'ongle. Une écoute de la demande du patient est importante et la présence d'un psychanalyste à la consultation permet de mieux cerner le problème. Une sélection précise des patients est fondamentale car l'échec est à juste titre mal toléré. Un contrat réaliste avec le patient doit faire état des cicatrices cutanées inévitables et mal acceptées par les « perfectionnistes », qui attendent de la microchirurgie un « miracle » que nous sommes loin de réaliser sur le plan esthétique, notamment au niveau des doigts longs.

RÉFÉRENCES

Brunelli F., Brunelli G. – Vascular anatomy of the distal phalanx. *In:* Foucher G. (Ed.). *Fingertip injuries.* Edinburgh, Churchill Livingstone, 1991.

Brunelli F., Brunelli G., Perrota R. – Combined second toe and partial nail transfer from the big toe by means of an exteriorized pedicle. *Ann. Hand Surg.*, 1992, *11*, 411-415.

Endo T., Nakayama Y. – Short-pedicle vascularized nail flap. *Plast. Reconstr. Surg.*, 1996, *97*, 656-659.

Endo T., Nakayama Y., Soeda S. – Nail transfer: evolution of the reconstructive procedure. *Plast. Reconstr. Surg.*, 1997, *100*, 907-913.

Flint M.H. – Some observations on the vascular supply of the nail bed and terminal segments of the finger. *Br. J. Plast. Surg.*, 1955, *8*, 186-195.

Foucher G. – Indication du transfert osseux vascularisé en chirurgie de la main. *Rev. Chir. Orthop.*, 1982, suppl. *2*, 38-39.

Foucher G. – *Fingertip injuries.* Edinburgh, Churchill Livingstone, 1991.

Foucher G. – La reconstruction du pouce traumatique. *Ann. Chir. Plast. Esthét.*, 1993, *38*, 4.

Foucher G. – *La reconstruction après amputation traumatique du pouce.* Conférence du GEM. Paris, Expansion Scientifique Française, 1993, pp. 65-76.

Foucher G., Norris R.W. – The dorsal approach in harvesting the second toe. *Intern. J. Microsurg.*, 1988, *4*, 185-187.

Foucher G., Sammut D. – Aesthetic improvement of the nail by the illusion technique in partial toe transfer for thumb reconstruction. *Ann. Plast. Surg.*, 1992, *28*, 195-196.

Foucher G., Binhammer P. – Plea to save the great toe in total thumb reconstruction. *Microsurgery*, 1995, *16*, 373-376.

Foucher G., Binhammer P. – Thumb reconstruction by microvascular techniques. *Intern. Angiology*, 1995, *14*, 313-318.

Foucher G., Binhammer P. – Free vascularized toe tranfer. *In:* Foucher G. (Ed.). *Reconstruction surgery in hand mutilation*, pp. 57-65. London, Martin Dunitz, 1997.

Foucher G., Smith D. – Indications in secondary reconstruction of the thumb. *In:* Foucher G. (Ed.). *Reconstruction surgery in hand mutilation.* London, Martin Dunitz, 1997.

Foucher G., Blauvet R. – Indications for reconstruction in finger mutilations. *In:* Foucher G. (Ed.). *Reconstruction surgery in hand mutilation.* London, Martin Dunitz, 1997.

Foucher G., Merle M., Maneau D., Michon J. – Microsurgical free partial toe transfer in hand reconstruction. *Plast. Reconstr. Surg.*, 1980, *65*, 616-621.

Foucher G., Van Genechten F., Morrison W.A. – Composite tissue transfer to the hand from the foot. *In:* Jackson J.T., Somerlad B.C. (Eds). *Recent advances in plastic surgery,* pp. 65-82. Edinburgh, Churchill Livingstone, 1985.

Foucher G., Braun F.M., Smith D.T. – Custom-made free vascularized compound toe transfer for traumatic dorsal loss of the thumb. *Plast. Reconstr. Surg.,* 1991, *87,* 310-314.

Foucher G., Rostane S., Chammas M., Smith D., Allieu Y. – Transfer of a severely damaged digit to reconstruct an amputated thumb. *J. Bone Jt Surg.,* 1996, *78A,* 1889-1896.

Iwasawa M., Furuta S., Noguchi M., Hirose T. – Reconstruction of finger tip deformities of the thumb using a venous flap. *Ann. Plast. Surg.,* 1992, *28,* 187-189.

Koshima I., Soeda S., Takase T., Yamasaki M. – Free vascularized nail grafts. *J. Hand Surg.,* 1988, *13A,* 29-32.

Koshima I., Moriguchi T., Soeda S., Ishii M., Marashita T. – Free thin osteo-onychocutaneous flaps from the big toe for reconstruction of the distal phalanx of the finger. *Br. J. Plast. Surg.,* 1992, *45,* 1-5.

Lenoble E., Foucher G., Voison M.C., Maurel A., Goutallier D. – Observations on experimental flow through venous flaps. *Br. J. Plast. Surg.,* 1993, *46,* 378-383.

Leung P.C., Wong W.L., Kok L.C. – The vessels of the first metatarsal space. *J. Bone Jt Surg.,* 1983, *65A,* 235-238.

McCash C.R. – Free nail grafting. *Br. Jt Plast. Surg.,* 1955, *8,* 19-33.

Morrison M.A. – Reconstruction de l'ongle par transferts libres microvascularisés prélevés au niveau des orteils. *In:* Pierre M. (Ed.). Monographie du GEM. *L'Ongle,* pp. 123-127. Paris, Expansion Scientifique Française, 1978.

Nakayama Y., Iinot T., Ichida A. – Vascularized free nail grafts nourished by arterial inflow from the venous system. *Plast. Reconstr. Surg.,* 1990, *85,* 239-242.

Shibata M., Seki T., Yoshizu T., Saito H., Tajima T. – Microsurgical toe nail transfer to the hand. *Plast. Reconstr. Surg.,* 1991, *88,* 102-109.

Wei F.C., Epstein M.D., Chen H.C., Chuang C.C., Chen H.T. – Microsurgical reconstruction of distal digits following mutilating hand injuries. *Br. J. Plast. Surg.,* 1993, *46,* 181-186.

Yoshimura M. – Toe to hand transfer. *Plast. Reconstr. Surg.,* 1984, *73,* 851-852.

Pathologie congénitale de l'ongle

S. GUÉRO

INTRODUCTION

Les anomalies congénitales des ongles des doigts ou des orteils surviennent de façon sporadique ou font partie de syndromes héréditaires. Dans le cadre de syndromes poly-malformatifs, l'atteinte unguéale a un caractère mineur à côté de graves malformations viscérales ou squelettiques. Parfois, au contraire, une atteinte apparemment isolée des ongles permet de mettre en évidence des anomalies jusque-là ignorées. Il est impossible de donner une liste exhaustive de tous les syndromes associant une atteinte unguéale tant leur nombre est important. Il s'agit souvent de maladies orphelines ; beaucoup de ces syndromes ne regroupent qu'un ou deux cas. Il nous paraît plus intéressant d'insister sur les pathologies les plus fréquentes.

Notre classification n'est pas embryologique mais clinique. Le praticien est confronté à une agénésie de l'appareil unguéal ou à un trouble de la croissance de l'ongle et c'est à partir de la sémiologie qu'il pourra remonter à l'origine embryologique.

La formation de l'appareil unguéal débute à la neuvième semaine de gestation. La croissance de la tablette unguéale débute à la quatorzième semaine et est complète à la vingtième semaine. Les atteintes unguéales qui surviennent pendant cette période sont des embryopathies. La formation des mains et des doigts survient dès la fin de la cinquième semaine de gestation. Les atteintes unguéales qui en résultent débutent encore plus tôt. La période des embryopathies s'étale de la cinquième à la vingtième semaine. Au-delà, il s'agit de fœtopathie. La majorité des maladies héréditaires sont des embryopathies. Les fœtopathies sont plus volontiers d'origine vasculaire ou méca-nique (syndrome des brides amniotiques). Beaucoup d'anomalies unguéales sont présentes dès la naissance, d'autres se préciseront dans l'enfance, voire à l'âge adulte.

ABSENCE D'ONGLE (anonychie) ET ONGLES COURTS (micronychie)

L'anonychie est l'absence complète d'appareil unguéal. Il existe cependant fréquemment un résidu unguéal et on parle alors d'hyponychie. L'anonychie congénitale accompagne des maladies génétiques ; elle peut être isolée ou associée à des syndromes variés (*nail patella syndrome,* onychodysplasie congénitale des index, syn-drome de Coffin Siris, syndrome DOOR).

Atteinte matricielle

Anonychie

L'absence totale de tous les ongles est rare. Plus fréquem-ment, il existe une anonychie sur certains rayons digitaux à côté d'hypoplasies plus ou moins marquées sur d'autres rayons (fig. 1A et 1B). L'anonychie est généralement associée à une anomalie des phalanges distales : hypo-plasie ou agénésie. Si l'agénésie est complète et isolée, sans aucune malformation osseuse, il peut s'agir d'une dysplasie ectodermique qui rassemble des tableaux cliniques très variés à transmission héréditaire dominante (Barbareschi *et al.,* 1997) ou récessive (Teebi et Kaurah, 1996). Ces atteintes globales des ongles restent excep-tionnelles. Aucun traitement n'est efficace.

Micronychie et polyonychie

La micronychie peut se rencontrer sur des cas spora-diques (COIF) (Prais *et al.,* 1999) ou héréditaires (Kavanagh *et al.,* 1997), dans le cadre ou non de

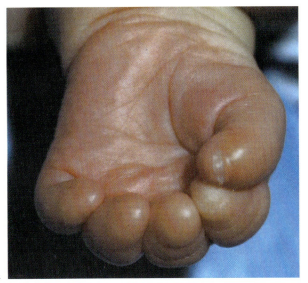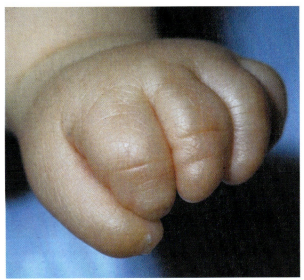

A B

FIG. 1A et B. – **Anonychie et micronychie.**

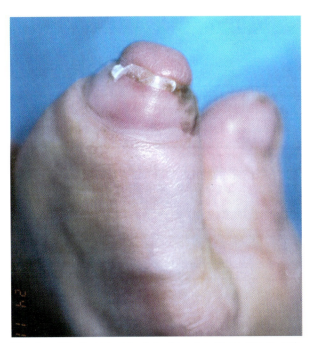

FIG. 2. – **Ongle commun dans le cadre d'une syndactylie complexe d'Apert.**

syndromes polymalformatifs : Turner, trisomie 8, 13 et 18 (McCarthy, 1995), ou après intoxication (diphényls, hydantoïnes). Les polyonychies ou duplications des ongles sont mentionnées dans ce chapitre car la taille de l'ongle est réduite, mais les polyonychies sont associées le plus souvent à des duplications des phalanges distales (voir ci-après). Un bilan radiographique est indispensable.

Syndrome ongle-patella (hereditary osteoonychodysplasia : HOOD)

Ce syndrome autosomal dominant, identifié sur le locus 9Q34, est l'association de micronychie et d'anonychie avec absence ou hypoplasie des rotules, anomalie rénale et ostéo-articulaire. L'atteinte unguéale est présente à la naissance : anonychie ou micronychie prédominante sur le pouce et l'index. La lunule est de forme triangulaire. Ces anomalies doivent faire évoquer le diagnostic et entraîner un bilan ostéo-articulaire et rénal ; les crêtes iliaques postérieures ont une forme caractéristique. Les rotules sont absentes (Feingold *et al.,* 1998) ou hypoplasiques, luxées dans 90 % des cas, limitant la fonction des genoux. Les coudes peuvent également être enraidis. L'atteinte rénale est révélée par une protéinurie, le plus souvent à l'âge adulte. L'évolution se fait vers une glomérulonéphrite chronique imposant une dialyse ou une greffe rénale. D'autres atteintes sont rencontrées : retard mental, atteinte oculaire (colobome, glaucome), hypoplasie de l'extrémité proximale du radius et de l'ulna, scoliose, hypoplasie de la scapula.

Atteinte squelettique

Malformations congénitales de la phalange distale

– *Syndactylies*

Les atteintes unguéales peuvent se voir au cours des syndactylies simples complètes, ou complexes avec fusion osseuse. L'ongle est rarement commun à deux doigts (fig. 2). On trouve au contraire deux ongles accolés, séparés par un sillon plus ou moins profond, marquant la ligne de séparation. La reconstruction des

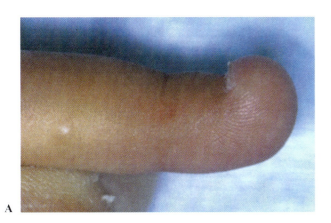

A

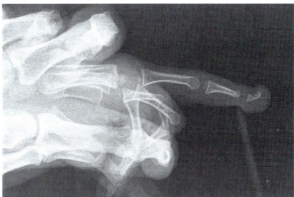

B

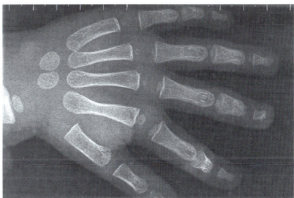

C

FIG. 3. – **Micronychie par recurvatum congénital de la phalange distale. Radiographie préopératoire (B) et postopératoire (C) après greffe osseuse.**

bourrelets latéraux, (paronychium) est un temps capital. La technique la plus utilisée est celle de Buck-Gramcko (Buck-Gramcko, 1988) : deux lambeaux triangulaires sont dessinés sur la partie distale de la pulpe ; après décollement, les lambeaux tournent de 90° et sont suturés au bord latéral de l'ongle. Bien que très fins, ces lambeaux ont une bonne fiabilité vasculaire chez l'enfant.

– Polydactylie et duplication

La correction de la polyonychie s'effectue pendant le traitement de la duplication osseuse. L'idéal serait de réunir deux ongles de petite taille pour obtenir un ongle de taille sensiblement normale. C'est le principe de l'intervention de Bilhaut (Bilhaut, 1890) décrite pour les duplications distales des pouces. Si les résultats des sutures des deux matrices et des lits unguéaux ont progressé grâce aux techniques microchirurgicales, la résection centrale des deux phalanges contiguës aboutit à un décalage des cartilages de croissance et/ou à des raideurs articulaires qui nous font renoncer à cette intervention. Nous préférons ne garder qu'un squelette osseux et un seul appareil unguéal même petit, puis réaxer l'ensemble pour préserver une croissance régulière et une bonne mobilité articulaire.

– Aplasie phalangienne

L'aplasie phalangienne distale est souvent sporadique et ne touche qu'un doigt. Si l'anonychie est la conséquence d'une telle agénésie, la reconstruction du squelette osseux peut être suivie d'une apparition d'une tablette unguéale plus ou moins développée des doigts (fig. 3).

L'aplasie de toutes les phalanges distales est rare. Nous traitons une famille dont le père, un fils et une fille sont atteints sur les quatre extrémités. Les deux autres enfants de la fratrie sont normaux. L'atteinte squelettique est une agénésie complète de presque toutes les phalanges distales des orteils et des doigts, y compris sur les premiers rayons. Seuls les premiers rayons des mains et des pieds présentent une ébauche de phalange distale. Les ongles sont très courts et très convexes, de dorsal en

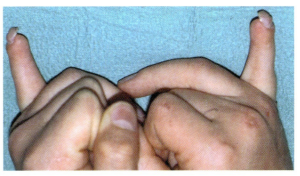

FIG. 4. – **Ongles convexes par aplasie congénitale héréditaire de la phalange distale.**

palmaire (ou plantaire) (fig. 4). Les griffes unguéales gênent l'écriture et surtout la marche en raison d'un conflit entre le bout distal de l'ongle et le sol. Selon les doigts ou orteils, nous traitons ces griffes par des lambeaux d'avancement pulpaire bipédiculés et parfois par des lambeaux de recul dorsal de l'appareil unguéal (Kurokawa *et al.*, 1994).

Les brachydactylies sont plus fréquentes et l'hypoplasie ou l'agénésie siège sur les phalanges intermédiaires. Les

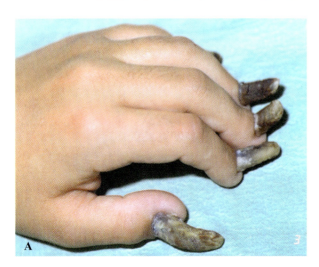

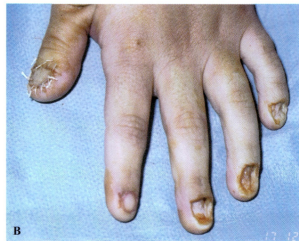

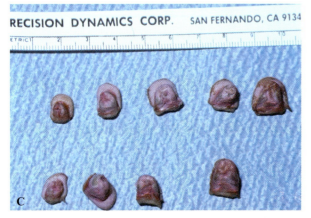

Fig. 5. – Pachyonychie congénitale chez une enfant de 10 ans (type IV). A : Vue préopératoire. B : Vue peropératoire. L'index a été opéré six mois avant à titre de test, noter l'absence de récidive. Le lit unguéal des troisième, quatrième et cinquième doigts a été excisé jusqu'au périoste. La greffe de peau totale est suturée sur le pouce. C : Ablation des neuf ongles des mains (l'index a déjà été opéré).

ongles sont souvent courts et peuvent être très larges, trapus comme les doigts qui les supportent. Une réduction de la largeur selon Lelièvre améliore l'esthétique.

Congenital osteodysplasy of the index finger (COIF)

Le syndrome COIF (Kikuchi *et al.,* 1981) est une forme particulière d'onychodysplasie atteignant les deux index. La dysplasie unguéale est variable, micronychie, anonychie, polyonychie avec ou sans duplication des phalanges. D'autres anomalies des phalanges sont décrites : hypoplasie, aplasie.

Chute prématurée : onychomadèse

L'onychomadèse est l'arrêt de croissance de l'ongle puis la chute de la tablette unguéale. La séparation se fait au niveau du repli cutané dorsal. Dans la grande majorité des cas, l'arrêt de croissance de l'ongle est transitoire mais il existe des formes définitives.

Épidermolyse bulleuse dystrophique (EBD)

Les formes graves d'épidermolyses bulleuses récessives type Hallopeau-Siemens s'accompagnent d'une chute très précoce des ongles des doigts et des orteils, parfois dans la période néonatale. Le mécanisme de la chute n'est pas élucidée. Après la chute, aucune repousse n'est observée et aucun traitement ne peut être proposé.

Origine toxique per partum

Divers agents sont connus pour leur unguéo-toxicité : alcool, anticonvulsivants, anticoagulants (antivitamines K : warfarine). La chute survient le plus souvent in utero. Le nouveau-né se présente avec une anonychie plus ou moins complète. Habituellement, la repousse unguéale reprend dès que l'agent toxique est éliminé.

EXCÈS DE PRODUCTION D'ONGLE

Pachyonychie congénitale

Il s'agit d'une dysplasie ectodermique qui comporte une atteinte unguéale caractérisée par des ongles épais et surélevés par une hyperkératose sous-unguéale brun jaunâtre. Les signes unguéaux sont caractéristiques et ils apparaissent en général au cours des premiers mois : les ongles des doigts sont monstrueux, poussant dorsalement (fig. 5A). Tous les doigts et orteils sont atteints. Plus tard, l'enfant ne peut utiliser ses mains ou marcher tant l'hypertrophie devient gênante. La transmission est le plus souvent autosomique dominante. La symptomatologie unguéale peut s'accompagner de manifestations variées. Le type I de Jadassohn-Lewandowsky comporte une kératodermie palmo-plantaire, des leucokératoses buccales et des spicules kératosiques cutanées. En plus des manifestations précédentes, les autres variantes peuvent comporter des kystes épidermiques (type 2), des lésions oculaires (type 3), une atteinte laryngée, un retard mental et une atteinte des cheveux (type 4). Le type 5 a été récemment décrit, il concerne une variante dont les atteintes unguéales et cutanées peuvent apparaître à l'âge adulte.

Le seul traitement efficace dans notre expérience est l'ablation de tout le lit de l'ongle jusqu'au périoste non compris, qui est remplacé par une greffe de peau totale (fig. 5B). Le résultat esthétique est satisfaisant, eu égard à l'état préopératoire. Même si la matrice n'est pas excisée, il ne se produit aucune repousse de l'ongle. En revanche, il faut exciser très largement le lit unguéal sous peine de voir une récidive de l'hyperkératose en couronne à la jonction de la peau saine et de la greffe.

Onychauxis et onychogryphose héréditaire

L'hypertrophie ou l'épaississement de la tablette unguéale de n'importe quelle étiologie est appelée onychauxis.

L'onychogryphose est une variante où l'ongle prend une forme de griffe, sans déviation latérale (De Berker et Carmichael, 1995). Cette forme se voit volontiers chez les sujets âgés avec une mauvaise hygiène unguéale. Il existe toutefois des formes infantiles. Une forme autosomale dominante a été décrite, qui ne doit pas être confondue avec la déviation congénitale des ongles des gros orteils où il existe bien une déviation latérale, mais pas de courbure du lit de l'ongle.

ANOMALIES DE CROISSANCE

Syndrome du bourrelet

C'est un motif fréquent de consultation en chirurgie pédiatrique. Cette pathologie bénigne se voit surtout chez le nouveau-né et le nourrisson, parfois jusqu'à 3-4 ans. L'anomalie siège principalement sur les gros orteils et atteindrait 5 % des enfants de 2 ans (Silverman, 1999).

Les parents sont inquiets car l'ongle est court, concave (koïlonychie) et semble s'encastrer dans l'hyponychium. Il est vrai qu'un conflit peut se déclarer entre la tablette unguéale et le bourrelet distal. L'inflammation est fréquente, la surinfection possible mais l'évolution vers l'abcédation exceptionnelle. Habituellement, l'inflammation cède rapidement grâce aux antiseptiques et aux corticoïdes locaux. L'évolution spontanée se fait vers la guérison car la tablette unguéale finit dans la grande majorité des cas par s'épaissir puis franchir le bourrelet, supprimant tout risque de récidive.

Il faut donc rassurer les parents, leur expliquer comment contrôler la phase d'inflammation et attendre l'épaissis-

sement de l'ongle. L'indication chirurgicale est exceptionnelle : deux fois seulement dans notre expérience, nous avons dû exciser un bourrelet trop exubérant et infecté. L'excision se fait jusqu'à un plan légèrement inférieur à celui de tablette unguéale et on applique un Corticotulle® jusqu'à cicatrisation.

Déviation congénitale des ongles des gros orteils

Relativement fréquente, elle se caractérise par une déviation en valgus de la tablette unguéale des gros orteils. Le repli cutané dorsal est orienté de manière distale et en dehors. L'ongle est épais, convexe, de coloration brunâtre ou verdâtre. Il est dévié latéralement mais sans courbure de proximal en distal comme dans les onychogryphoses. La gêne est à la fois esthétique et fonctionnelle. La coloration et l'épaississement empêchent les enfants de porter des chaussures découvertes. L'ongle du gros orteil est sensible à la pression et peut gêner le chaussage (Baran et Bureau, 1983). De plus, l'ongle peut entrer en conflit avec le bourrelet latéral ou le deuxième orteil.

Beaucoup de familles consultent et les enfants sont souvent traités pour mycoses. Malgré la négativité des prélèvements et l'échec des vernis et traitements antifongiques, beaucoup de praticiens persistent dans leur erreur et finissent par nous les adresser pour ablation de la tablette unguéale pour faciliter le traitement… antifongique.

Le diagnostic peut alors être redressé (ainsi que l'ongle !), car il existe une intervention décrite par Baran et Bureau (1983). Il s'agit de pratiquer une rotation en monobloc du lit et de la tablette unguéale. Une incision en « gueule de requin » est pratiquée d'un angle à l'autre de l'ongle en respectant scrupuleusement la projection latérale de la matrice. Rappelons que celle-ci déborde latéralement des limites de l'ongle apparent. Toute lésion de cette région risque de provoquer la poussée d'un ongle ectopique en spicule dont le traitement secondaire est très difficile. Une excision de décharge est préparée sur la pulpe à l'extrémité externe de l'incision. On décolle ensuite l'ensemble de la tablette et du lit de l'ongle au ras de la face dorsale de la phalange distale, si possible en passant en sous-périosté mais le périoste est souvent fragile. Le décollement se poursuit jusqu'à l'insertion de l'extenseur. Pour faciliter la rotation, il faut sectionner un frein ligamentaire externe qui est l'expansion dorsale du ligament collatéral externe phalango-matriciel (Guéro *et al.,* 1994). Ce ligament s'étend de la face latérale de la phalange intermédiaire (ou de la première phalange du premier rayon) et s'amarre de manière distale à la base de l'ongle (fig. 6). Sa section doit être la plus proximale possible pour ne pas endommager la matrice. Ce geste libère l'appareil unguéal en dehors, et la rotation se fait facilement. Un croissant cutané distal peut être excisé, plus large dans sa partie interne pour forcer l'ongle vers le versant distal et interne. En fait, il faut se méfier d'une

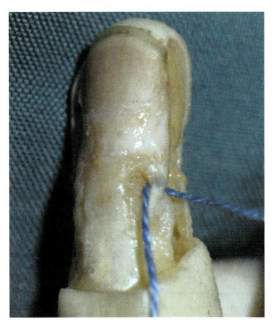

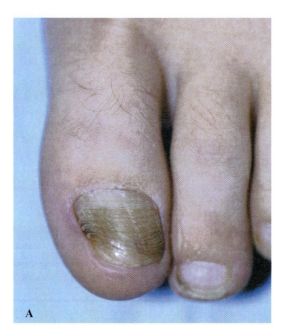

FIG. 6. – **Dissection montrant l'expansion dorsale du ligament collatéral de l'articulation interphalangienne distale ou ligament phalango-matriciel.**

FIG. 7. – **Déviation congénitale de l'ongle du gros orteil. A : Aspect préopératoire. B : Vue peropératoire : incision péri-unguéale avant la rotation de l'appareil unguéal. C : Résultat à six mois.**

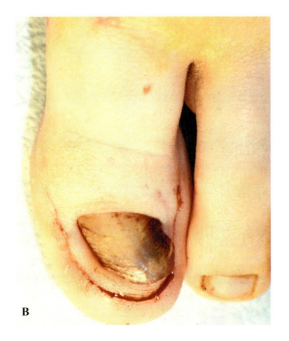

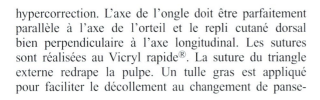

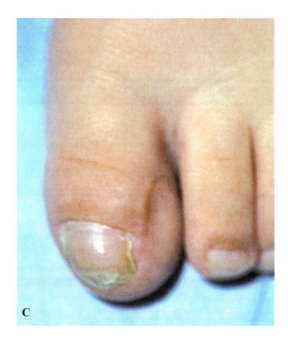

hypercorrection. L'axe de l'ongle doit être parfaitement parallèle à l'axe de l'orteil et le repli cutané dorsal bien perpendiculaire à l'axe longitudinal. Les sutures sont réalisées au Vicryl rapide®. La suture du triangle externe redrape la pulpe. Un tulle gras est appliqué pour faciliter le décollement au changement de panse-

ment. Le patient est prévenu que son ongle dystrophique est toujours présent, mais qu'il s'améliorera progressivement de proximal en distal en quatre à six mois car l'ongle s'affine et devient normalement transparent. L'amélioration est donc spectaculaire même si l'ongle reste toujours un peu court (fig. 7).

ANOMALIES DE FORMES

Ongle concave : koïlonichie congénitale

La tablette unguéale est concave dans les deux plans, en cuillère. La koïlonychie est fréquente chez les nourrissons, particulièrement au niveau des ongles des gros orteils. Les ongles fins et mous ont tendance à se déformer en cuillère. La koïlonychie familiale isolée est rare (transmission autosomique dominante) (Bumpers et Bishop, 1980). Il existe des formes familiales associant koïlonychies et leuconychies (De Graciansky et Boule, 1961).

Chez l'enfant, la koïlonychie doit faire rechercher un déficit en fer, bien que ce point soit contesté chez certains (Silverman, 1999). La koïlonychie se rencontre également dans l'hémochromatose, l'hypothyroïde, le lichen plan et le syndrome de la « dystrophie des 20 ongles » (Hazelrigg *et al.*, 1977).

Ongle convexe

Hippocratisme digital (clubbing)

L'ongle est convexe en verre de montre, il est associé à une hypertrophie et à une hyperplasie des parties molles distales du doigt. La région matricielle semble flotter (signe du glaçon). Cet hippocratisme est le témoin de nombreuses maladies systémiques, en particulier, chez l'enfant, les cardiopathies cyanogènes. Les hippocratismes associés à des affections malignes sont heureusement exceptionnels chez l'enfant.

Une forme héréditaire, sans aucune atteinte générale a été décrite (Fisher *et al.*, 1964). Rappelons que l'hippocratisme des nouveau-nés est physiologique.

Pachydermopériostose

La forme de l'ongle est proche de celle de l'hippocratisme. Il s'agit d'une forme idiopathique parfois familiale qui touche souvent un doigt. Il existe une hypertrophie du doigt qui apparaît à la puberté : le bout du doigt est bulbeux, « grotesque » (Juhlin et Baran, 1999). Le diagnostic différentiel est l'ostéome ostéoïde dans sa forme condensante, mais la radiographie redresse le diagnostic. On retrouve une hyperostose engainante des phalanges sans condensation ni nidus.

Hypercourbure de l'ongle (pincer nails)

Il s'agit d'une malformation congénitale avec courbure d'un ou plusieurs ongles dans le sens transversal. La courbure est plus marquée à l'extrémité distale et les ongles prennent une forme conique avec la croissance. Cette déformation provoque une incarnation très gênante fonctionnellement. Certains ongles deviennent parfois circulaires distalement (Chavda et Crosby, 1993). Une crête dorsale peut se former sur la phalange (hyperostose).

Le traitement des formes mineures est confié aux podologues qui confectionnent des orthonyxies avec des agrafes métalliques ou des bandes à mémoire de forme collées sur la tablette unguéale. Pour les déformations sévères, nous utilisons la technique de Haneke (Baran et Haneke, 1987) : ablation des deux tiers distaux et des bords latéraux de la tablette, destruction des cornes latérales de la matrice par phénolisation ou laser CO_2, éversion des bourrelets par des points en U noués palmairement. Une incision longitudinale du lit permet de resurfacer, si besoin, la face dorsale de la phalange.

Dystrophie centrale : solénonychie

Cette rare déformation siège sur les deux pouces. Il s'agit d'une fissure ou d'un sillon central barré par des ondulations transverses donnant un aspect en arbre de Noël. L'origine héréditaire est contestée (Silverman, 1999) et pourrait être auto-induite par un tic : recul du repli cutané dorsal par les index, entraînant des sillons transversaux en tôle ondulée. Ce syndrome fréquent est connu sous le terme de refoulement maniaque des cuticules ou « *Washboard nail* » et serait une forme mineure de solénonychie. Un pansement permanent type Micropore® pendant six mois peut faire perdre le tic.

Ligne de Beau

La présence d'un sillon transversal sur tous les ongles (ligne de Beau) est physiologique chez 20 à 25 % des nouveau-nés entre 4 et 10 semaines (Tosti *et al.*, 1997). En dehors de ce contexte, les lignes de Beau témoignent d'un traumatisme de la matrice ou d'une cause générale (maladie aiguë, fébrile, brutale).

ONGLES ECTOPIQUES : ONYCHOHETEROTOPIA

Une trentaine de publications font état d'ongles ectopiques retrouvés en l'absence de tout traumatisme de la matrice sur la face dorsale (Lida *et al.*, 1997 ; Tomita *et al.*, 1997) ou palmaire (Al Qattan *et al.*, 1997 ; Markinson *et al.*, 1988 ; Rider, 1992) des doigts, que l'ongle soit normal (Muraoka *et al.*, 1996) ou non (Kamibayashi *et al.*, 1998). Des ongles circulaires ont également été décrits (Alves *et al.*, 1999 ; Chavda et Crosby, 1993). Les publications portent sur un ou deux cas. Le traitement chirurgical est fonction des caractères propres à chaque patient. Aucun consensus ne peut être dégagé à part l'importance de stériliser complètement la matrice, ce qui reste difficile en pratique, et l'usage quasi systématique de lambeaux locaux (Kimura *et al.*, 1997).

TROUBLES DE LA COLORATION

Les colorations blanches sont appelées leuconychies. Il s'agit le plus souvent de taches d'origine traumatique. Les leuconychies totales ou « vraies » sont des anomalies de la kératinisation. La tablette unguéale est totalement opaque et blanche.

La maladie de Darier (anciennement kératose folliculaire) est une génodermatose autosomique dominante dont les mutations spontanées sont fréquentes. Les lésions cutanées comportent des papules kératosiques folliculaires au niveau des zones séborrhéiques (visage, cuir chevelu, tronc, dos). Les lésions unguéales présentes chez la majorité des patients sont caractéristiques ; elles associent des lignes rouges verticales et des leuconychies longitudi-

nales de la tablette unguéale dont l'extrémité se fissure en V. On note parfois une hyperkératose sous-unguéale et un amincissement de l'ongle qui devient fragile, des hémorragies filiformes. La surinfection mycosique des lésions unguéales n'est pas rare.

Le syndrome des ongles jaunes ou xanthonychique est rare. Il repose sur une triade : ongles jaunes, lymphœdème primaire, épanchement pleural. Il se révèle habituellement à l'âge adulte mais a été rapporté chez l'enfant (Paradisis et Van Asperen, 1997 ; Sacco *et al.,* 1998).

Les mélanonychies des enfants à peau noire sont normales. Chez les enfants blancs, elles sont rares et font craindre une transformation maligne. Ce point est abordé dans un autre chapitre de ce livre.

RÉFÉRENCES

Al Qattan M.M., Hassanain J., Hawary M.B. – Congenital palmar nail syndrome. *J. Hand Surg. [Br.],* 1997, *22,* 674-675.

Alves G.F., Poon E., John J., Salomao P.R., Griffiths W.A. – Circumferential fingernail. *Br. J. Dermatol.,* 1999, *140,* 960-962.

Baran R., Bureau H. – Congenital malalignment of the big toe-nail as a cause of ingrowing toe-nail in infancy. Pathology and treatment (a study of thirty cases). *Clin. Exp. Dermatol.,* 1983, *8,* 619-623.

Baran R., Haneke E. – Nail surgery. *In:* Epstein E., Epstein E. Jr (Eds). *Skin surgery,* 6th ed., Philadelphia, Saunders, 1987.

Barbareschi M., Cambiaghi S., Crupi A.C., Tadini G. – Family with « pure » hair-nail ectodermal dysplasia. *Am. J. Med. Genet.,* 1997, *72,* 91-93.

Bilhaut M. – Guérison d'un pouce bifide par un nouveau procédé opératoire. *Congrès français de chirurgie (4e session, 1889),* 1890, *4,* 576.

Buck-Gramcko D. – Congenital malformations: syndactyly and related deformities. *In:* Nigst H., Buck-Gramcko D., Millesi H. (Eds). *Hand surgery.* New York, Thieme Medical Publishers, 1988.

Bumpers R.D., Bishop M.E. – Familial koilonychia. *Arch. Dermatol.,* 1980, *116,* 845.

Chavda D.V., Crosby L.A. – Circumferential toe-nail. *Foot Ankle,* 1993, *14,* 111-112.

De Berker D., Carmichael A.J. – Congenital alternate nail dystrophy. *Br. J. Dermatol.,* 1995, *133,* 336-336.

De Graciansky P., Boule S. – Association de koïlonichie et de leuconychie transmise en dominance. *Bull. Soc. Fr. Syphiligr.,* 1961, *68,* 15.

Feingold M., Itzchak Y., Goodman R.M. – Ultrasound prenatal diagnosis of the Nail-Patella syndrome. *Prenat. Diagn.,* 1998, *18,* 854-856.

Fisher D.R., Singer D.H., Felman S.M. – Clubbing: a review with emphasis on hereditary acropachy. *Medicine,* 1964, *43,* 459.

Guéro S., Guichard S., Fraitag S.R. – Ligamentary structure of the base of the nail. *Surg. Radiol. Anat.,* 1994, *16,* 47-52.

Hazelrigg D.E., Dunca W.C., Jarrat M. – Twenty-nail dystrophy of childhood. *Arch. Dermatol.,* 1977, *113,* 73-75.

Juhlin L., Baran R. – Hereditary and congenital nails disorders. *In:* Baran R., Dawber R.P. (Eds). *Diseases of the nails and their management.* 2nd ed., pp. 297-341. Oxford, Blackwell, 1999.

Kamibayashi Y., Abe S., Fujita T., Imai A., Komatsu K., Yamamoto Y. – Congenital ectopic nail with bone deformity. *Br. J. Plast. Surg.,* 1998, *51,* 321-323.

Kavanagh G.M., Jardine P.E., Peachey R.D., Murray J.C., De Berker D. – The scleroatrophic syndrome of Huriez. *Br. J. Dermatol.,* 1997, *137,* 114-118.

Kikuchi I., Ishii Y., Idemori M., Ogata K. – Congenital onychodysplasia of the index fingers. A possible explanation of radially-pronounced involvement of the nail in this disorders. *J. Dermatol.,* 1981, *8,* 145-149.

Kimura C., Oyama A., Kouraba S. – Congenital ectopic nails reconstructed with local skin flaps. *J. Dermatol.,* 1997, *24,* 670-674.

Kurokawa M., Isshiki N., Inoue K. – A new treatment for parrot beak deformity of the toe. *Plast. Reconstr. Surg.,* 1994, *93,* 558-560.

Lida N., Fukuya Y., Yoshitane K., Hosaka Y. – A case of congenital ectopil nails on bilateral little fingers. *J. Dermatol.,* 1997, *24,* 38-42.

Markinson B., Brenner A.R., McGrath M. – Congenital ectopic nail. A case study. *J. Am. Pediatr. Med. Assoc.,* 1988, *78,* 318-319.

McCarthy D.J. – Congenital anomalies of the nail unit. *Clin. Pediatr. Med Surg.,* 1995, *12,* 319-325.

Muraoka M., Yoshioka N., Hyodo T. – A case of double fingernail and ectopic fingernail. *Ann. Plast. Surg.,* 1996, *36,* 201-205.

Paradisis M., Van Asperen P. – Yellow nail syndrome in infancy. *J. Paediatr. Child Health,* 1997, *33,* 454-457.

Prais D., Horev G., Merlob P. – Prevalence and new phenotypic and radiologic findings in congenital onychodysplasia of the index finger. *Paediatr. Dermatol.,* 1999, *16,* 201-204.

Rider M.A. – Congenital palmar nail syndrome. *J. Hand Surg. [Br.],* 1992, *17,* 371-372.

Sacco O., Fregonese B., Marino C.E., Mattioli G., Gambini C., Rossi G.A. – Yellow nail syndrome and bilateral cystic lung disease. *Paediatr. Pulmonol.,* 1998, *26,* 429-433.

Silverman R. – Nail and appendageal abnormalities. *In:* Schachner L.A., Hansen R.C. (Eds). *Pediatric dermatology,* 2nd ed., pp. 615-632. New York, 1999.

Teebi A.S., Kaurah P. – Total anonychia congenita and microcephaly with normal intelligence: a new autosomal-recessive syndrome? *Am. J. Med. Genet.,* 1996, *66,* 257-260.

Tomita K., Inoue K., Ichikawaaa H., Shirai S. – Congenital ectopic nails. *Plast. Reconstr. Surg.,* 1997, *100,* 1497-1499.

Tosti A., Peluso A.M., Piraccini B.M. – Nail diseases in children. *Adv. Dermatol.,* 1997, *13,* 353-373.

Les lésions traumatiques de l'appareil unguéal de l'adulte

C. DUMONTIER, F. DAP, A. SAUTET

Les traumatismes digitaux représentent environ 10 % des traumatismes et ils concernent l'appareil unguéal une fois sur quatre (Abbase *et al.,* 1995 ; Shepard, 1983). La plupart des lésions sont bénignes mais quelques-unes peuvent avoir des conséquences fonctionnelles ou esthétiques importantes et elles doivent être reconnues car le traitement initial des lésions de l'appareil unguéal donne, de loin, les meilleurs résultats fonctionnels et esthétiques (Beasley, 1969 ; Dautel, 1997 ; Guy, 1990). La connaissance approfondie de l'anatomie et de la physiologie unguéale est donc un préalable indispensable à la bonne prise en charge des patients (voir chapitres sur l'anatomie et la physiologie). Les techniques proposées dans ce chapitre sont plus spécifiques des lésions digitales, mais les principes et les techniques restent identiques pour les lésions unguéales des orteils (Daly, 1996).

MÉCANISME

Le mécanisme le plus fréquent, qui rend compte de 50 à 80 % des lésions, est l'écrasement du doigt dans une porte (25 %) ou entre deux objets (O'Shaughnessy *et al.,* 1990 ; Zook *et al.,* 1984). Le périonychium est coincé entre deux structures rigides, la phalange distale et la tablette unguéale. Pour entraîner des lésions du périonychium, il faut très souvent qu'il y ait une lésion associée soit du plancher, la phalange, soit du plafond, la tablette (Guy, 1990). Les sections simples sont rares puisqu'il faut presque toujours une composante d'écrasement pour produire une lésion (Zook *et al.,* 1984). Un objet pointu entraîne une plaie longitudinale, alors qu'un écrasement plus étendu sur la tablette entraînera des lésions en étoile, par éclatement (Guy, 1990).

FRÉQUENCE

La majorité des lésions surviennent chez des patients masculins (ratio 2/1 à 3/1) âgés de 4 à 30 ans, les deux mains étant atteintes avec la même fréquence (Guy, 1990 ; O'Shaughnessy *et al.,* 1990 ; Zook *et al.,* 1984). Les doigts longs sont le plus souvent atteints, avec quelques variations selon les séries (Guy, 1990 ; O'Shaughnessy *et al.,* 1990 ; Zook *et al.,* 1984). Les lésions simples représentent 36 %, les plaies en étoile 27 %, les écrasements/éclatements 22 % et les arrachements 15 % des lésions. 40 % des lésions siègent dans les deux tiers distaux de l'appareil unguéal, alors que les lésions des replis sont assez rares (Guy, 1990).

ASSOCIATIONS LÉSIONNELLES

Les lésions « isolées » de la partie distale du lit unguéal ou des replis ont un meilleur pronostic que les lésions plus étendues intéressant la matrice ou la totalité du lit unguéal (Zook *et al.,* 1984). Une fracture de la houppe phalangienne est associée dans 50 à 60 % des cas et justifie la réalisation systématique d'une radiographie de face et de profil du doigt devant tout traumatisme digital distal (Guy, 1990 ; O'Shaughnessy *et al.,* 1990 ; Zook *et al.,* 1984). Les lésions associées de la pulpe sont six fois plus fréquentes que les lésions isolées de l'appareil unguéal (Guy, 1990 ; Zook *et al.,* 1984). Elles ne semblent pas avoir d'influence pronostique sur le résultat fonctionnel ou esthétique unguéal (Guy, 1990).

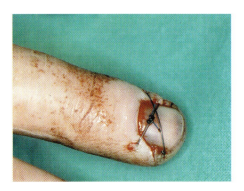

FIG. 1. – Fixation de l'appareil unguéal par un point en X. Cette fixation a l'avantage de ne pas transpercer l'appareil unguéal après une réparation.

LES PRINCIPES DE LA CHIRURGIE

Ce sont ceux de la chirurgie de la main. Le doigt doit être anesthésié et préparé pour une intervention dans un bloc d'urgence au minimum. L'utilisation de loupes grossissantes et d'instruments adaptés est nécessaire (voir chapitre sur les techniques chirurgicales de base). La tablette unguéale, souvent intacte, masque les lésions et son ablation est indispensable à l'exploration des lésions. Une fois ôtée, la tablette unguéale est retournée et examinée car des fragments de lit et/ou de matrice peuvent y être adhérents.

Bien que confinées sur une petite surface, chacune des structures anatomiques de l'appareil unguéal a une fonction précise et il faudra les réparer une à une, avec du PDS® 6/0 incolore, du Vicryl® 6/0, voire du 6/0 ou du 7/0 ophtalmique à double aiguille (Van Beek et al., 1990). Les aiguilles doivent être fines mais capables de supporter les contraintes en flexion. Certaines aiguilles de microchirurgie seraient plus résistantes que d'autres (Wu et al., 1993) mais, dans notre expérience, les aiguilles de fils 8/0 sont trop petites et incapables de supporter les contraintes. Des séquelles dystrophiques ont été décrites après utilisation de fil trop épais à résorption lente ou après avulsion un peu brutale de la tablette (Guy, 1990). Lorsque l'accès à la partie proximale de l'appareil unguéal est difficile, il faut faire des contre-incisions sur le repli proximal. Proposées par Kanavel, et sur la réalisation desquelles Zook a insisté, ces incisions sont situées à la jonction entre le repli proximal et les replis latéraux (Zook et al., 1984). Ainsi, s'il existe des séquelles, ou des cicatrices responsables de dystrophies, celles-ci seront situées sous les replis latéraux et donc invisibles.

À la fin de l'intervention, la tablette est percée d'un orifice de drainage, et reposée pour servir d'attelle et de pansement (Schiller, 1957). Cette adhérence va se

poursuivre entre un et trois mois avant que la pousse du nouvel ongle vienne faire tomber la tablette (Zook, 1981). La remise en place de la tablette a de nombreux avantages : elle facilite les pansements, protège les réparations, moule les sutures et/ou les repositions-greffes, limite la granulation des tissus, sert d'attelle pour les fractures, évite l'apparition de synéchies et améliore la sensibilité pulpaire (Cantero, 1979 ; Chudnofsky et Sebastian, 1992 ; Douglas, 1948 ; Flatt, 1955 ; Horner et Cohen, 1966 ; Iselin et al., 1963 ; Ogunro, 1989 ; Rosenthal, 1983 ; Schiller, 1957 ; Shepard, 1990 ; Van Beek et al., 1990 ; Verdan et Egloff, 1981 ; Zook et al., 1984). Nous pensons, comme d'autres auteurs, qu'elle doit être glissée dans le repli proximal pour éviter l'apparition de synéchies (Zook, 1981 ; Dautel, 1997 ; Ersek et al., 1985 ; Hart et Kleinert, 1993 ; Magalon et Zalta, 1991 ; Ogunro, 1989 ; Rosenthal, 1983 ; Van Beek et al., 1990 ; Zook et al., 1984). Nous n'avons pas observé de complications septiques avec cette technique, pour peu que le drainage ait été correctement réalisé. Cette attitude est critiquée par certains auteurs qui ne replacent jamais la tablette, sans que les résultats semblent différents (O'Shaughnessy et al., 1990).

La technique de fixation de la tablette n'est pas encore résolue. La fixation transosseuse rapportée par McCash a été abandonnée pour une fixation latérale de la tablette au lit de l'ongle par un point de chaque côté, en ajoutant éventuellement un point passant dans le repli proximal, ou un point au bord libre de l'ongle (Dautel, 1997 ; Hart et Kleinert, 1993 ; Iselin et al., 1963 ; Magalon et Zalta, 1991 ; McCash, 1956 ; Zook, 1981). Nous pensons qu'il est le plus souvent inutile de fixer la base de la tablette, et nous avons observé des cicatrices disgracieuses avec les points de fixation appuyés sur le repli proximal. La fixation latérale est « difficile » car la tablette ne se laisse pas transpercer facilement. De plus, cette technique nous paraît dangereuse car elle ajoute encore un traumatisme du lit. Nous avons proposé d'utiliser un point cutané transversal en X qui applique la tablette comme nous l'avait enseigné Gilbert (fig. 1). Cette technique présente cependant des inconvénients : trop serré, ou à cause de l'œdème, le point en X entraîne une striction de la pulpe qui peut limiter temporairement la flexion de la dernière phalange par la tension sur les parties molles. Un point longitudinal en 8 a également été proposé, s'appuyant entre le repli proximal et la pulpe pour maintenir la tablette (Bindra, 1996). Henderson a proposé d'utiliser du cyanoacrylate (superglu) avec apparemment des bons résultats (Henderson, 1984). Depuis quelque temps, nous nous contentons de reposer la tablette et de la fixer par un Stéristrip® lorsque c'est possible. L'adhérence à l'« hématome » nous est apparue suffisante si on conserve un orifice de drainage.

Pour remplacer la tablette lorsqu'elle est absente, l'« ongle de banque » prélevé sur cadavre et proposé en 1963 ne peut plus guère être conseillé actuellement, de même que l'ongle prélevé sur un autre doigt (Dautel,

1997; Iselin *et al.,* 1963; Recht, 1976; Swanker, 1947). Lorsqu'un prélèvement est fait sur un orteil, l'ongle de l'orteil donneur doit être utilisé et moulé à la demande (Shepard, 1990). Sinon, de nombreux substituts ont été proposés, des plus simples aux plus complexes : un morceau de compresse (Dautel, 1997), des pansements type Adaptic® ou Xeroform® (Zook *et al.,* 1984), un morceau découpé dans un film radiographique (fig. 2), un morceau métallique découpé dans l'enveloppe des fils de sutures (Cohen *et al.,* 1990; Förstner, 1993), une feuille de silicone (Wallace, 1991; Zook, 1981), une xenogreffe de porc (Ersek *et al.,* 1985), un morceau d'éponge en polyuréthane (Dove *et al.,* 1988), un ongle artificiel (Douglas, 1948; Ogunro, 1989). Les résultats semblent identiques (Zook *et al.,* 1984).

L'immobilisation complémentaire du doigt pendant une à trois semaines a été proposée (Van Beek *et al.,* 1990). Pour notre part, elle n'est pas systématique, le volume du pansement suffisant à assurer une certaine contention.

Au pied les principes sont identiques, mais la fréquence des surinfections avec leur risque d'ostéite fait que la prescription d'antibiotiques est systématique (Daly, 1996). À la main, plusieurs études ont montré que le taux d'infection était très faible, voire nul, y compris dans les fractures ouvertes en l'absence d'antibiothérapie prophylactique (Seaberg *et al.,* 1991; Suprock *et al.,* 1990; Zook *et al.,* 1984). Leur utilisation doit donc être raisonnée au cas par cas. Ces principes chirurgicaux s'appliquent également aux lésions vues à distance, jusqu'au huitième jour.

CLASSIFICATION DES LÉSIONS

Kleinert et Zook ont proposé une classification des lésions que nous reprendrons et qui différencie les hématomes sous-unguéaux, les plaies du lit et/ou de la matrice, les pertes de substance et les lésions des replis (Ashbell *et al.,* 1967; Zook, 1981). Les indications que nous donnons doivent cependant être relativisées car il n'existe pas de réel consensus sur le traitement idéal des lésions unguéales (Chudnofsky et Sebastian, 1992). Si certains auteurs, dont nous sommes, recommandent l'exploration et la réparation systématique des lésions (Ashbell *et al.,* 1967; Gumener *et al.,* 1979; O'Shaughnessy *et al.,* 1990; Zook, 1981), d'autres considèrent que les réparations du lit de l'ongle sont plus péjoratives qu'utiles (Allen, 1980; Iselin *et al.,* 1963; Matthews, 1982; Ogunro, 1992; Verdan et Egloff, 1981). En l'absence d'études prospectives, un certain recul est nécessaire.

L'hématome

Sa fréquence, bien qu'inconnue, reste très élevée. Faisant suite à un traumatisme par écrasement, l'hématome est

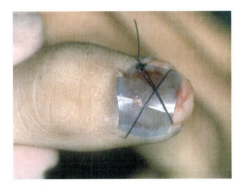

FIG. 2. – **Utilisation d'un fragment de radiographie pour mouler une réparation unguéale lorsque la tablette n'est pas disponible.**

secondaire à une plaie du lit unguéal ou de la matrice qui ne peut s'évacuer car les berges latérales et distales de la tablette restent adhérentes. La douleur est le symptôme principal qui motive la consultation des patients. Intense, liée à la tension induite par le volume de l'hématome, elle est parfois pulsatile. Contrairement aux autres traumatismes, le pouce est plus souvent touché suivi de l'index (Ranjan, 1979). Le seul problème que pose cette lésion est celui de la conduite à tenir. L'évacuation de l'hématome doit-elle être systématique? Doit-on y associer une réparation chirurgicale du lit unguéal, ou peut-on se contenter d'un drainage simple?

Les hématomes de petites tailles, c'est-à-dire dont l'étendue ne dépasse pas 20% de la surface visible de la tablette, et qui sont habituellement peu ou pas douloureux, ne nécessitent aucun traitement. Ils vont progressivement s'inclure dans la tablette et s'évacuer avec la repousse unguéale (Hart et Kleinert, 1993; Stone et Mullins, 1963). Les hématomes douloureux de plus de 20% de la surface visible de la tablette doivent être évacués, seul moyen de soulager efficacement la douleur (Ranjan, 1979; Wee et Shieber, 1970), et pour éviter qu'ils ne se surinfectent secondairement, ou qu'ils n'entraînent une kératinisation excessive du lit unguéal avec absence d'adhérence secondaire de l'ongle (fig. 3).

Zook a proposé l'exploration chirurgicale du lit de l'ongle dès que l'hématome atteignait 25% de la surface visible de la tablette et cette proposition a ensuite été reprise largement (Hart et Kleinert, 1993; Melone et Grad, 1985; Zook, 1981; Zook *et al.,* 1984). Cette attitude paraît excessive en pratique clinique en l'absence d'autres lésions. Une étude prospective de Simon a ainsi montré que seuls les patients ayant un hématome de plus de 50% de la surface visible et une fracture phalangienne présentaient des lésions du lit de l'ongle susceptibles de réparation, c'est-à-dire faisant plus de 2-3 mm (Simon et Wolgin, 1987). Les patients sans fracture associée avaient moins de 20% de risques d'avoir une lésion de plus de 2-3 mm du lit unguéal. Cependant, ce travail prospectif,

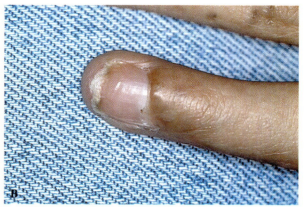

Fɪɢ. 3. – Kératinisation excessive du lit unguéal par hématome sous-unguéal non traité.
A : Absence d'adhérence.
B : Le simple «grattage» de la kératine a permis une repousse satisfaisante de l'ongle.

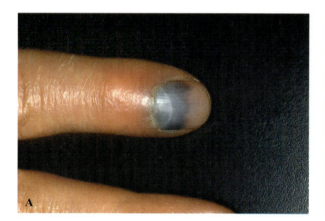

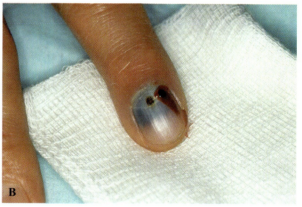

Fɪɢ. 4. – Trombonisation d'un hématome unguéal.
A : L'hématome sous-unguéal.
B : Réalisation de deux orifices par où s'évacue l'hématome qui doit être vidé par expression manuelle.
C : Fixation de la tablette sur le lit par deux Stéristrip®.

Nous proposons l'évacuation simple de l'hématome s'il est douloureux et si sa taille fait plus de 25 % de la surface visible de la tablette, et réservons l'exploration chirurgicale aux hématomes avec fracture déplacée associée, ou avec des lésions associées des replis, ou une avulsion partielle de la tablette. L'évacuation de l'hématome nécessite au moins de percer un trou, ou mieux deux trous, dans la tablette (fig. 4). La perforation de la tablette par la pointe d'un trombone chauffé à blanc sur une burette d'alcool reste la technique la plus utilisée (Schiller, 1957 ; Wee et Shieber, 1970). D'autres auteurs ont préconisé l'emploi d'aiguilles, d'une pointe de bistouri, d'un moteur à main, d'un bistouri électrique, voire d'un Laser pour éviter l'introduction de particules de carbone... (Förstner, 1993 ; Newmeyer et Kilgore, 1977 ; Palamarchuk et Kerzner, 1989 ; Ranjan, 1979 ;

s'il précise mieux les lésions attendues, ne permet pas de conclure qu'une réparation donne de meilleurs résultats (Hedges, 1988). C'est le mérite de Seaberg d'avoir montré, dans une étude prospective, que la simple évacuation de l'hématome, quelle que soit son étendue, et qu'il soit ou non associé à une fracture, suffisait à guérir les patients et n'entraînait aucune séquelle (Seaberg _et al.,_ 1991).

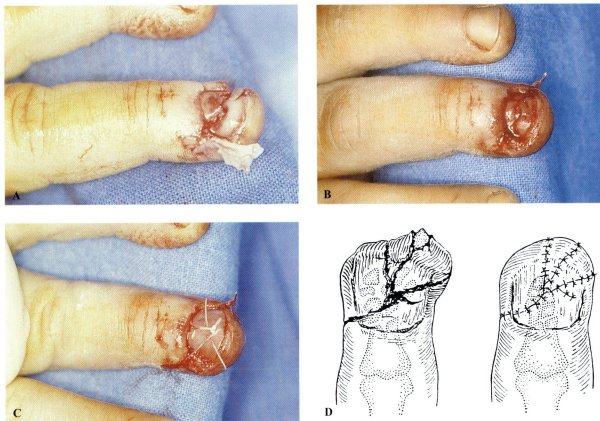

FIG. 5. – Suture d'une plaie simple transversale du lit unguéal.
A : La plaie initiale avant que la tablette soit déposée.
B : La suture, réalisée au PDS® incolore.
C : La reposition de la tablette, fixée par un point en X, permet de mouler et de protéger
la réparation.
D : Représentation schématique de la suture des plaies du lit unguéal (d'après Ashbell).

Seaberg *et al.,* 1991 ; Simon et Wolgin, 1987). Laser et bistouri électrique sont contre-indiqués si les patients sont porteurs d'ongles en acryliques qui peuvent s'enflammer (Chudnofsky et Sebastian, 1992) ! Pour notre part, nous sommes restés fidèles à la perforation par un trombone du commerce, objet peu onéreux facilement disponible dans toutes les structures hospitalières. Après avoir badigeonné le doigt avec un antiseptique coloré, le trombone, maintenu par une pince, est chauffé au rouge sur une mèche à alcool (ou un briquet), et appliqué sur la tablette juste au niveau du repli proximal. Un ou mieux deux trous sont réalisés. Il est impératif, une fois l'orifice percé, d'évacuer manuellement l'hématome et d'appliquer l'ongle le plus soigneusement possible pour éviter une récidive (Hart et Kleinert, 1993 ; Wee et Shieber, 1970). Nous utilisons habituellement deux Stéristrip® de part et d'autre de l'orifice. Ce geste n'est cependant efficace que dans les 24-48 premières heures. L'adjonction d'antibiotiques en cas de fracture associée n'est pas systématique.

Le traitement des corps étrangers sous la tablette, échardes le plus souvent, est particulier. Lorsqu'ils sont inaccessibles, il est possible, sans anesthésie, d'amincir la tablette avec un bistouri à lame 15 jusqu'à l'évaser suffisamment pour saisir le corps étranger, technique déjà proposée par Rayer (Rayer, 1835 ; Schwartz et Schwen, 1997).

L'avulsion de la tablette

Rare isolément, cette lésion pose le problème de la conduite à tenir. Faut-il ou non reposer la tablette ? Nous pensons que si la tablette a été retrouvée, il est logique, après l'avoir percée d'un orifice de drainage, de la reposer sous les replis, sous anesthésie locale ou non, et de la fixer par un ou deux Stéristrip®. En l'absence de lésions associées, il est excessif d'employer des substituts unguéaux. La justification de cette attitude repose sur la possibilité d'adhérence temporaire de la tablette qui protégera mieux le lit que la simple kératinisation spontanée en attendant la repousse d'un nouvel ongle.

Les lésions du lit unguéal

Elles doivent être séparées des lésions de la matrice car le risque de dystrophies, et les possibilités thérapeutiques, sont différents. En l'absence de traitement s'observeront une absence d'adhérence (onycholyse), un ongle cassant distal, une fissure de la tablette, voire un sillon séparant deux hémi-ongles selon la gravité des lésions.

Il est habituel de les différencier en lésions simples, lésions complexes et/ou contuses et pertes de substance (Ashbell *et al.,* 1967 ; Hart et Kleinert, 1993). L'avulsion de la tablette, si elle est encore présente, est le préalable indispensable au bilan des lésions. Elle est faite avec une spatule mousse.

Les lésions simples

Il s'agit de plaies linéaires. Sur des tissus peu contus, elles ne nécessitent qu'un lavage sans parage grâce à la très bonne vascularisation du lit unguéal, et à cause de l'absence de souplesse des tissus (Ashbell *et al.,* 1967). La suture sera faite avec du fil 6/0 (Horner et Cohen, 1966 ; Zook, 1981). Le lit de l'ongle est adhérent au derme sous-jacent, aussi faut-il prendre assez large sur les berges pour pouvoir suivre la courbure de l'aiguille. Quelques points sont suffisants et une fois les berges de la plaie rapprochées, la tablette est reposée soigneusement après avoir été nettoyée et perforée (fig. 5). Ces sutures simples donnent des ongles « normaux » dans plus de 90 % des cas (Hart et Kleinert, 1993).

Les lésions contuses

Leur traitement est identique mais l'ablation des tissus manifestement dévascularisés peut conduire à des pertes de substance. Il faut, ici encore, être très économe et profiter de deux circonstances favorables :

– la très riche vascularisation habituelle de l'appareil unguéal, ce qui explique la sévérité des dystrophies unguéales observées dans les réimplantations ayant eu une souffrance vasculaire (Nishi *et al.,* 1996) ;

– la possibilité de revascularisation, comme greffe libre, des tissus dévascularisés (Zook, 1981).

On suturera donc au 6/0 les plaies les plus larges, et on utilisera impérativement la tablette unguéale pour mouler et maintenir en place les fragments simplement reposés (Ashbell *et al.,* 1967 ; Zook, 1981).

Les lésions associées à une fracture

Si la fracture n'est pas déplacée, ce qui est le cas le plus fréquent, la simple reposition de l'ongle servira d'attelle et aucun traitement complémentaire n'est nécessaire. Si la fracture est déplacée, elle doit être réduite et fixée par une broche ou une aiguille intra-osseuse selon sa taille. La persistance d'une déformation persistante est responsable de dystrophies unguéales secondaires.

Il faut mettre à part les plaies transversales du lit associées à une fracture de la tablette pour lesquelles Foucher a proposé une suture appuyée de la tablette qui permet de solidariser les plaies transversales du lit unguéal. Une aiguille de 20 mm est passée successivement à travers la tablette et le lit de l'ongle de part et d'autre de la ligne de fracture. Le fil de l'aiguille est alors utilisé pour rapprocher les deux fragments, réalisant un véritable haubanage (Foucher *et al.,* 1984). Cette « synthèse » de l'ongle est une technique ancienne (Hamrick, 1946). Matthews la réalisait avec un ciment dentaire, la rigidité de l'ensemble suffisant à assurer la stabilisation du squelette (Matthews, 1982). Nous trouvons la technique de Foucher élégante et efficace et elle peut en pratique être utilisée chaque fois qu'il existe une « fracture » de la tablette pour la synthéser et ce, que la phalange soit ou non fracturée, ou quel que soit le plan de section de la tablette (Dautel, 1997) (fig. 6).

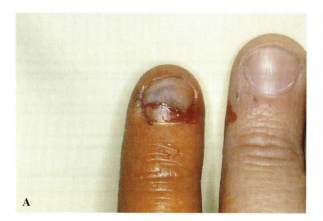
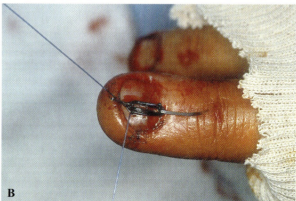

FIG. 6A et B. – Synthèse unguéale selon Foucher d'une plaie transversale du lit unguéal avec fracture de la tablette.

Résultats

Globalement, les résultats sont bons dans 90 % des cas (excellent 55 %, très bons 24 %, bons 11 %), moyens ou mauvais dans 10 % des cas (moyens 2 %, mauvais 8 %) (Ashbell *et al.,* 1967 ; Ogunro, 1989 ; Zook *et al.,* 1984). Les résultats sont moins bons dans les lésions les plus contuses et/ou les plus étendues. L'association à une fracture diminue la qualité des résultats (Guy, 1990). Dans la série de O'Shaughnessy, les séquelles étaient plus fréquentes avec 30 % de fissures, 9 % d'ongles cassants et 3 % d'onycholyse distale (O'Shaughnessy *et al.,* 1990).

Les pertes de substance du lit unguéal

Ce sont les lésions qui ont évidemment le plus mauvais pronostic. Leur fréquence est d'environ 15 % selon les séries (Shepard, 1983 ; Zook *et al.,* 1984).

Deux types de lésions existent : lorsque le lit de l'ongle arraché est encore adhérent à la tablette, la situation est presque idéale et il faut replacer le fragment dès que possible (Schiller, 1957 ; Iselin *et al.,* 1963). Les résultats ont toujours été excellents dans notre expérience, comme dans ceux de Shepard qui rapporte 85 % de bons résultats sur 29 doigts, et 91 % si on ne considère que les lésions du lit unguéal (Shepard, 1990). Shepard conseille d'ôter le fragment de lit de la tablette et de le suturer. Pour notre part, nous pensons plus logique comme Zook de le laisser attacher à la tablette (Zook, 1981). Il suffit de retourner la tablette, de parer sur 0,5 mm les berges du lit et de reposer le tout comme une greffe. La reposition de la tablette met en place une greffe avec une tension idéale. Ces greffes prennent parfaitement, y compris sur l'os cortical phalangien (Shepard, 1990 ; Zook, 1988).

Lorsque le fragment arraché n'est pas disponible, il faut le remplacer car la cicatrisation dirigée donne toujours de mauvais résultats (Buncke et Gonzalez, 1962 ; Flatt,

1955 ; Horner et Cohen, 1966 ; Tajima, 1974). La plupart des techniques historiquement proposées ont été abandonnées et trois possibilités seulement s'offrent à l'opérateur.

• Il existe, sur un doigt amputé, non réimplantable, un appareil unguéal intact. Il faut utiliser ce lit unguéal comme zone donneuse pour une greffe totale de lit unguéal (Dautel, 1997 ; Förstner, 1993 ; Saito *et al.,* 1983).

• Si l'amputation siège dans la moitié distale du lit, qu'elle s'accompagne d'une lésion pulpaire à biseau dorsal, il est possible d'utiliser l'artifice proposé par Foucher de traiter en même temps la lésion pulpaire et la perte de substance distale en avançant un lambeau pulpaire dont la partie distale est désépidermisée. La tablette a toujours adhéré sur plus des trois quarts de sa surface dans notre expérience (Dumontier *et al.,* 1992) (fig. 7).

• La greffe de lit unguéal (Beasley, 1969 ; Shepard, 1983 ; Swanker, 1947). Elle a supplanté les greffes de peau (Buncke et Gonzalez, 1962 ; Flatt, 1955 ; Hanrahan, 1946 ; Horner et Cohen, 1966), les greffes dermiques (Ashbell *et al.,* 1967), et les greffes dermiques inversées (Clayburgh *et al.,* 1983), dont les résultats en urgence étaient par trop aléatoires (Shepard, 1983). En 1990, Shepard rapportait 84 greffes fines de lit unguéal (Shepard, 1990). Plus des deux tiers avaient été prélevées sur le même doigt, ce qui, dans notre expérience, n'est possible que dans des petites pertes de substance. Leur technique de prélèvement est décrite dans le chapitre de Shepard. La greffe doit être un peu plus large, environ 0,5 mm, que la perte de substance car sa contraction est limitée (Shepard, 1990). Seul le gros orteil peut être donneur s'il est impossible de prélever sur le même doigt. Le lit de l'ongle mesure entre 240 et 990 mm d'épaisseur, alors qu'une greffe fine prélevée avec une lame de 15 fait

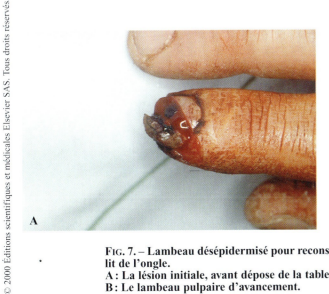
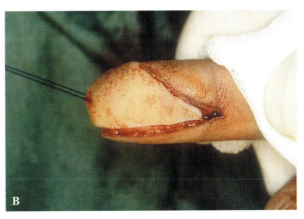

Fig. 7. – Lambeau désépidermisé pour reconstruction d'une perte de substance distale du lit de l'ongle.
A : La lésion initiale, avant dépose de la tablette.
B : Le lambeau pulpaire d'avancement.

(Suite de la figure 7 page suivante)

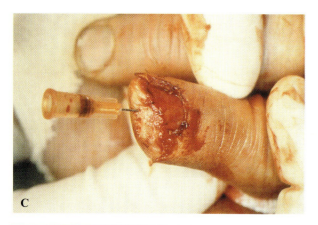

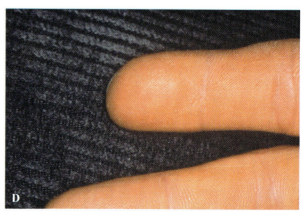

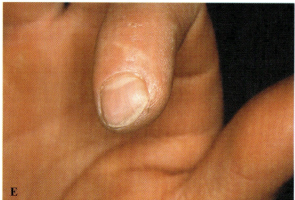

Fig. 7. *(suite)* – **Lambeau désépidermisé pour reconstruction d'une perte de substance distale du lit de l'ongle.**
C: La partie distale du lambeau a été désépidermisée pour être à niveau avec le lit de l'ongle.
D et E: Résultat esthétique avec adhérence complète de la tablette sur le néo-lit.
F: Représentation schématique de l'intervention. 1 : la partie distale du lambeau, désépidermisée, est suturée au lit de l'ongle restant.

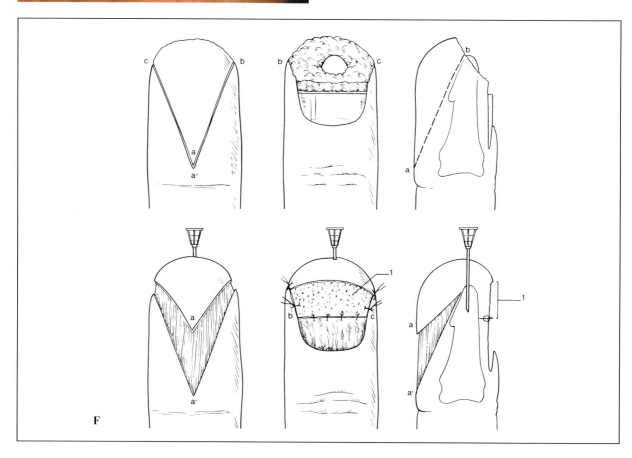

entre 165 et 240 mm (Shepard, 1990). Si Shepard ne rapporte aucune séquelle sur la zone donneuse chez ses patients, l'équipe de Kleinert a rapporté 25 % de séquelles sur le pied donneur, ce qui correspond à notre expérience (Pessa *et al.*, 1990). L'orientation de la greffe, longitudinale ou transversale, semble n'avoir aucune importance pour les greffes fines de lit unguéal (Shepard, 1990). Cette greffe doit être faite en urgence et il n'est pas nécessaire, même si l'os est exposé, d'attendre une quelconque granulation (Matsuba et Spear, 1988). Shepard rapporte 89 % de bons résultats et 11 % de moyens (Shepard, 1990). Pour éviter une greffe, il est possible de faire tourner en bloc, comme lambeau pédiculé, le lit de l'ongle et la matrice pour couvrir une perte de substance (Shepard, 1990).

• Il faut mettre à part la proposition d'Ogunro qui propose une cicatrisation dirigée sous un ongle artificiel et rapporte 14 bons résultats (Ogunro, 1992). Ce travail pose le problème d'une éventuelle régénération du lit unguéal à partir des replis ou de la profondeur (Ogo, 1987).

Les lésions de la matrice

Ces lésions doivent être individualisées car les séquelles y sont toujours plus importantes, entraînant une fissure, un sillon, voire une absence d'ongle selon leur gravité.

Le déchaussement de la partie proximale de la matrice est une lésion de bon pronostic car il suffit de reposer simplement la matrice dans le repli proximal (Ashbell *et al.*, 1967 ; Buncke et Gonzalez, 1962 ; Horner et Cohen, 1966 ; Shepard, 1990 ; Zook, 1981). Ces lésions particulières sont liées à la fragilité de l'attachement proximal de la matrice.

Devant une plaie linéaire, plus ou moins contuse, la suture de la matrice reste, de loin, le meilleur traitement et elle avait été proposée dès 1929 (Carter, 1929). Cependant, la région matricielle correspond à une zone moins bien vascularisée que le lit de l'ongle et/ou l'hyponychium, ce qui explique peut-être les moins bons résultats observés (Wolfram-Gabel et Sick, 1995) (fig. 8). Lorsque la tension sur les sutures paraît trop importante, il faut faire appel à des lambeaux locaux de translation. Celui décrit par Johnson permet de couvrir des pertes de substance de 2-3 mm, alors que celui proposé par Schernberg permet de couvrir des lésions de 4-5 mm (Johnson, 1971 ; Schernberg et Amiel, 1985 ; Schernberg et Amiel, 1987).

Lors des traumatismes matriciels, l'implantation de fragments de matrice peut conduire au développement d'ongles ectopiques, habituellement de petites tailles (Mahdi et Beardsmore, 1997). À partir de ces observations, des greffes de matrice ont été proposées dans le traitement des pertes de substance. Les greffes fines de matrice ne donnent pas de bons résultats (Shepard, 1990). Les greffes épaisses isolées sont abandonnées depuis les travaux de McCash (McCash, 1956). Les greffes complètes matrice + lit sont également contre-indiquées en urgence, devant l'inconstance des résultats par insuf-

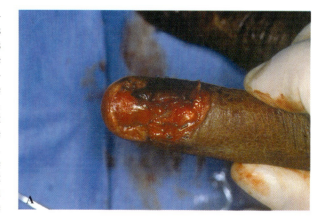
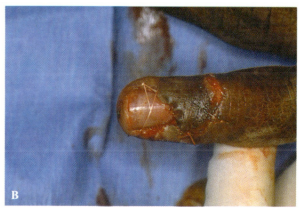
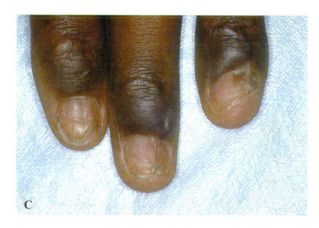

Fɪɢ. 8. – **Plaie complexe de la matrice et du repli proximal sur trois doigts.**
A : La lésion initiale sur l'annulaire.
B : La suture de la matrice avec la reconstruction des replis par lambeau local de rotation.
C : Le résultat au 6ᵉ mois. Notez la persistance d'une rainure dans la tablette traduisant la lésion matricielle.

fisance du lit receveur (Endo *et al.*, 1997 ; Saito *et al.*, 1983 ; Shepard, 1990 ; Zook, 1988). Les greffes composites appareil unguéal + replis, proposées initialement également par McCash, donnent en secondaire environ

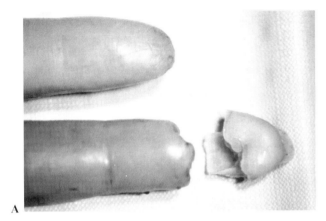

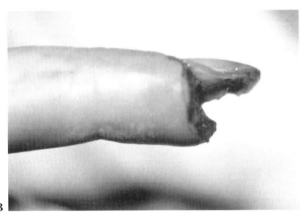

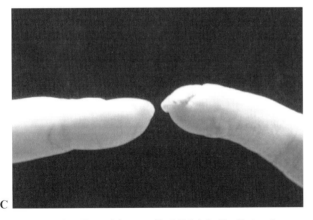

FIG. 9. – **Reposition-greffe (cliché du Dr Dubert).**
A : Le fragment amputé : aucune anastomose ne peut être réalisée.
B : Reposition de la phalange et de l'appareil unguéal. La perte de substance sera comblée par l'avancée d'un lambeau.
C : Résultat : l'ongle en griffe est une séquelle obligatoire.

50 % de bons résultats (McCash, 1956 ; Shepard, 1990 ; Van Beek *et al.*, 1990). Les résultats de leur utilisation en urgence n'ont jamais été rapportés. Devant une perte de substance matricielle qui ne peut être comblée par un lambeau local, il faut parfois proposer aux patients des greffes vascularisées d'appareil unguéal. En branchant

un pédicule court au niveau de l'IPP, les résultats sont fonctionnellement satisfaisants sans être parfaits sur le plan esthétique (Endo *et al.*, 1997) (voir chapitre de Guy Foucher dans cet ouvrage).

Les amputations distales passant par l'ongle

Elles relèvent avant tout des techniques microchirurgicales de réimplantation (Hirase, 1997). Dans les réimplantations très distales sans anastomose veineuse, on se servira de la richesse vasculaire du lit unguéal pour faire saigner la pulpe (Gordon *et al.*, 1985). Les séquelles unguéales observées dépendent alors des lésions initiales et de la qualité de la survie vasculaire (Nishi *et al.*, 1996). Lorsque la réimplantation n'est pas possible, il faut essayer, par ordre chronologique :

– La reposition-greffe de l'ensemble os et appareil unguéal avec couverture par un lambeau pulpaire d'avancement (Foucher *et al.*, 1992). Les séquelles unguéales sont fréquentes mais la longueur du doigt est conservée, et des retouches esthétiques et/ou fonctionnelles sont possibles (Dubert *et al.*, 1997) (fig. 9).

– La greffe composite du fragment pulpaire et de l'appareil unguéal. Seule technique décrite initialement, elle n'a pas la fiabilité rapportée dans les premières séries (Brown, 1938 ; Douglas, 1959). Chez l'adulte, cette intervention est pratiquement toujours un échec (Beasley, 1969 ; Schiller, 1957). Seul Hirase rapporte un taux de succès de 91 % sur des fragments glacés pendant plusieurs jours (Hirase, 1997). Rose a proposé le dégraissage du fragment distal pour favoriser la prise de la greffe mais, même chez l'enfant, les résultats ont été décevants dans notre expérience (Rose *et al.*, 1989). Si Rose rapporte sept cas avec des ongles plats, une des photos illustrant son article montre un ongle court et courbé... (fig. 10).

– La régularisation est indiquée si la matrice est conservée. L'ongle sera plus court, mais à condition de conserver un support osseux à la matrice et au reste de lit, le risque d'ongle en griffe semble limité (Kumar et Satku, 1993).

LES LÉSIONS DES REPLIS

Bien que plus rares, elles peuvent également entraîner des séquelles sérieuses. Les lésions du repli dorsal peuvent être responsables de la perte du brillant de l'ongle. Si la lésion est plus profonde, il peut alors se former un véritable ptérygion qui gêne, voire empêche la repousse unguéale. Lorsqu'il existe une perte de substance, un lambeau de rotation local est suffisant pour reconstruire les replis, mais les résultats sont assez imprédictibles (Rosenthal, 1983). De nombreux lambeaux locaux ont été décrits, notamment pour le traitement des rétractions liées aux brûlures, et ils sont applicables pour les lésions trau-

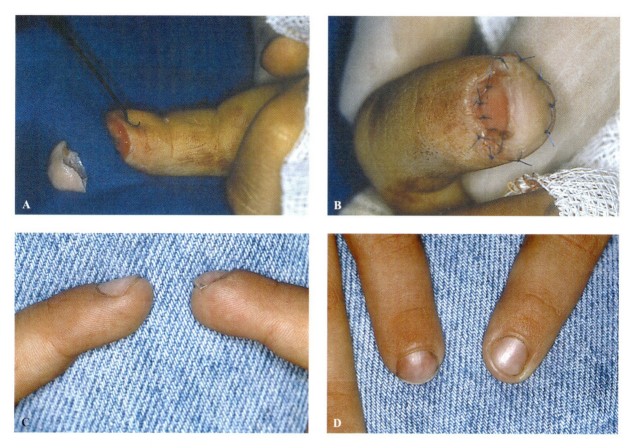

Fig. 10. – **Reposition-greffe selon Rose d'une amputation distale du doigt chez un enfant.**
Résultat au 6ᵉ mois.
A : Le fragment amputé.
B : La reposition avec suture soigneuse de la pulpe et du lit.
C et D : Résultats.

matiques (Achauer et Welk, 1990 ; Alsbjorn *et al.,* 1985 ; Ashbell *et al.,* 1967 ; Barfod, 1972 ; Förstner, 1993 ; Hayes, 1974 ; Kasai et Ogawa, 1989 ; Kasdan et Stutts, 1993 ; Ngim et Soin, 1986 ; Spauwen *et al.,* 1987). Atasoy a proposé d'utiliser un lambeau doigt croisé partiellement désépidermisé qui peut être utile dans les avulsions dorsales intéressant la deuxième phalange (Atasoy, 1982). La greffe d'hélix proposée par Rose n'a pas d'indications en urgence à notre avis (Rose, 1980). Pour éviter les adhérences, quelques auteurs ont proposé de greffer la face inférieure du lambeau en peau mince (Magalon et Zalta, 1991). Shepard propose d'associer systématiquement à la reconstruction des replis une greffe fine de lit unguéal entre le repli reconstruit et la tablette (Shepard, 1990). Nous n'en avons qu'une expérience fragmentaire et aucune série n'a été publiée.

LES LÉSIONS DE L'ENFANT

Elles sont traitées dans un autre chapitre de ce livre. Le doigt coincé dans une porte représente environ 5 à 6 % des traumatismes de l'enfant (Ardouin *et al.,* 1997 ; Duthie et Adams, 1984). Il est classique de suturer le lit de l'ongle, mais certains auteurs ont proposé de fixer la pulpe, soit par des Stéristrip® (Illingworth, 1974), soit par des bandages aérés légèrement compressifs (Duthie et Adams, 1984).

Le plus important est de ne pas négliger ces lésions, car la qualité du traitement initial conditionne le pronostic et la réparation systématique du lit donne habituellement de bons résultats (Ardouin *et al.,* 1997 ; Inglefield *et al.,* 1995).

* *
*

RÉFÉRENCES

Abbase E.H., Tadjalli H.E., Shenaq S.M. – Fingertip and nail bed injuries. Repair techniques for optimum outcome. *Postgraduate Medicine,* 1995, *98,* 217-219.

Achauer B.M., Welk R.A. – One-stage reconstruction of the postburn nailfold contracture. *Plast. Reconstr. Surg.,* 1990, *85,* 937-940.

Allen M.J. – Conservative management of finger tip injuries in adults. *The Hand,* 1980, *12,* 257-265.

Alsbjorn B.F., Metz P., Ebbehoj J. – Nailfold retraction due to burn wound contracture. A surgical procedure. *Burns,* 1985, *11,* 166-167.

Ardouin T., Poirier P., Rogez J.M. – Les traumatismes des extrémités digitales et de l'appareil unguéal chez l'enfant. À propos de 241 cas. *Rev. Chir. Orthop.,* 1997, *83,* 330-334.

Ashbell T.S., Kleinert H.E., Putcha S.M., Kutz J.E. – The deformed fingernail, a frequent result of failure to repair nail bed injuries. *J. Trauma,* 1967, *7,* 177-190.

Atasoy E. – Reversed cross-finger subcutaneous flap. *J. Hand Surg. Am.,* 1982, *7,* 481-483.

Barfod B. – Reconstruction of the nail fold. *The Hand,* 1972, *4,* 85-87.

Beasley R.W. – Reconstruction of amputated fingertips. *Plast. Reconstr. Surg.,* 1969, *44,* 349-352.

Bindra R.R. – Management of nail-bed fracture-lacerations using a tension-band suture. *J. Hand Surg. [Am],* 1996, *21,* 1111-1113.

Brown J.B. – The repair surface defects of the hand. *Ann. Surg.,* 1938, *107,* 952-971.

Buncke H.J.J., Gonzalez R.I. – Fingernail reconstruction. *Plast. Reconstr. Surg.,* 1962, *30,* 452-461.

Cantero J. – Problèmes posés par les traumatismes des extrémités digitales. *Med. Hyg.,* 1979, *37,* 758-762.

Carter W.W. – Treatment for split fingernails. *JAMA,* 1929, *90,* 1619-1620.

Chudnofsky C.R., Sebastian S. – Special wounds. Nail bed, plantar puncture, and cartilage. *Emerg. Med. Clin. North Am.,* 1992, *10,* 801-822.

Clayburgh R.H., Wood M.B., Cooney W.P. 3rd. – Nail bed repair and reconstruction by reverse dermal grafts. *J. Hand Surg. Am.,* 1983, *8,* 594-598.

Cohen M.S., Hennrikus W.L., Botte M.J. – A dressing for repair of acute nail bed injury. *Orthop. Rev.,* 1990, *19,* 882-884.

Daly N. – Fractures and dislocations of the digits. *Clin. Pod. Med. Surg.,* 1996, *13,* 309-326.

Dautel G. – L'ongle traumatique. *In:* Merle M., Dautel G. (Eds). *La main traumatique,* pp. 257-269. Paris, Masson, 1997.

Douglas B. – An operation to aid in the formation of new nail beds. *Plast. Reconstr. Surg.,* 1948, *3,* 451-453.

Douglas B. – Successful replacement of completely avulsed portions of fingers as composite grafts. *Plast. Reconstr. Surg.,* 1959, *23,* 213-225.

Dove A.F., Sloan J.P., Moulder T.J., Barker A. – Dressings of the nailbed following nail avulsion. *J. Hand Surg. Br.,* 1988, *13,* 408-410.

Dubert T., Houimli S., Valenti P., Dinh A. – Very distal finger amputations: replantation or «reposition-flap» repair? *J. Hand Surg. [Br],* 1997, *22,* 353-358.

Dumontier C., Tilquin B., Lenoble E., Foucher G. – Reconstruction des pertes de substance distales du lit unguéal par un lambeau d'avancement pulpaire désépidermisé. *Ann. Chir. Plast. Esthét.,* 1992, *37,* 553-559.

Duthie G., Adams J. – Meshed adhesive tape for the treatment of crushed fingers in children. *J. Hand Surg. Br.,* 1984, *9,* 41-41.

Endo T., Nakayama Y., Soeda S. – Nail transfer: evolution of the reconstructive procedure. *Plast. Reconstr. Surg.,* 1997, *100,* 907-913.

Ersek R.A., Gadaria U., Denton D.R. – Nail bed avulsions treated with porcine xenografts. *J. Hand Surg. [Am],* 1985, *10,* 152-153.

Flatt A.E. – Nail-bed injuries. *Br. J. Plast. Surg.,* 1955, *34.*

Förstner H. – Traumatologie des Fingernagels. *Aktuel. Traumatol.,* 1993, *23,* 193-199.

Foucher G., Merle M., Van Genechten F., Denuit P. – La synthèse unguéale. *Ann. Chir. Main,* 1984, *3,* 168-169.

Foucher G., Braga Da Silva J., Boulas J. – La technique de lambeau-reposition dans les amputations pulpaires. À propos de 21 cas. *Ann. Chir. Plast. Esthét.,* 1992, *37,* 438-442.

Gordon L., Leitner D.W., Buncke H.J., Alpert B.S. – Partial nail plate removal after digital replantation as an alternative method of venous drainage. *J. Hand Surg. [Am],* 1985, *10,* 360-364.

Gumener R., Chamay A., Montandon D. – Traitement chirurgical des plaies des extrémités digitales avec perte de substance. *Med. Hyg.,* 1979, *37,* 778-786.

Guy R.J. – The etiologies and mechanisms of nail bed injuries. *Hand Clin.,* 1990, *6,* 9-19.

Hamrick W.H. – Suture of the fingernail in crushing injuries. *U.S. Naval Med. Bulletin,* 1946, *46,* 225-228.

Hanrahan E.M. – The split thickness skin graft as a cover following removal of a fingernail. *Surgery,* 1946, *20,* 398-400.

Hart R.G., Kleinert H.E. – Fingertip and nail bed injuries. *Emergency Med. Clin. North Am.,* 1993, *11,* 755-765.

Hayes C.W. – One-stage nail fold reconstruction. *The Hand,* 1974, *6,* 74-75.

Hedges J.R. – Subungual hematoma. *Am. J. Emerg. Med.,* 1988, *6,* 85-85.

Henderson H.P. – The best dressing for a nail bed is the nail itself. *J. Hand Surg. Br.,* 1984, *9,* 197-198.

Hirase Y. – Salvage of fingertip amputated at nail level: new surgical principles and treatments. *Ann. Plast. Surg.,* 1997, *38,* 151-157.

Horner R.L., Cohen B.I. – Injuries to the fingernail. *Rocky Mt. Med. J.,* 1966, *63,* 60-62.

Illingworth C.M. – Trapped fingers and amputated finger tips in children. *J. Pediat. Surg.,* 1974, *9,* 853-858.

Inglefield C.J., d'Arcangelo M., Kolhe P.S. – Injuries to the nail bed in childhood. *J. Hand Surg. [Br],* 1995, *20,* 258-261.

Iselin M., Recht R., Bazin C. – La primauté de la conservation de l'ongle dans les écrasements de la pulpe. *Mem. Acad. Chir.,* 1963, *89,* 717-723.

Johnson R.K. – Nailplasty. *Plast. Reconstr. Surg.,* 1971, *47,* 275-276.

Kasai K., Ogawa Y. – Nailplasty using a distally based ulnar finger dorsum flap. *Aesthetic. Plast. Surg.,* 1989, *13,* 125-128.

Kasdan M.L., Stutts J.T. – One-stage reconstruction of the nailfold. *Orthopedics,* 1993, *16,* 887-889.

Kumar V.P., Satku K. – Treatment and prevention of «hook nail» deformity with anatomic correlation. *J. Hand Surg. [Am],* 1993, *18,* 617-620.

Magalon G., Zalta R. – Primary and secondary care of nail injuries. *In:* Foucher G. (Eds). *Fingertip and nailbed injuries,* pp. 103-113. Edinburgh, Churchill Livingstone, 1991.

Mahdi S., Beardsmore J. – Post-traumatic double fingernail deformity. *J. Hand Surg. [Br],* 1997, *22,* 752-753.

Matsuba H.M., Spear S.L. – Delayed primary reconstruction of subtotal nail bed loss using a split-thickness nail bed graft on decorticated bone. *Plast. Reconstr. Surg.*, 1988, *81*, 440-443.

Matthews P. – A simple method for the treatment of finger tip injuries involving the nail bed. *Hand*, 1982, *14*, 30-32.

McCash C.R. – Free nail grafting. *Br. J. Plast. Surg.*, 1956, *8*, 19-33.

Melone C.P.J., Grad J.B. – Primary care of fingernail injuries. *Emerg. Med. Clin. North Am.*, 1985, *3*, 255-261.

Newmeyer W.L., Kilgore E.S.J. – Common injuries of the fingernail and nail bed. *Am. Fam. Physician*, 1977, *16*, 93-95.

Ngim R.C., Soin K. – Postburn nailfold retraction : a reconstructive technique. *J. Hand Surg. Br.*, 1986, *11*, 385-387.

Nishi G., Shibata Y., Tago K., Kubota M., Suzuki M. – Nail regeneration in digits replanted after amputation through the distal phalanx. *J. Hand Surg. [Am]*, 1996, *21*, 229-233.

O'Shaughnessy M., McCann J., O'Connor T.P., Condon K.C. – Nail re-growth in fingertip injuries. *Ir. Med. J.*, 1990, *83*, 136-137.

Ogo K. – Does the nail bed really regenerate ? *Plast. Reconstr. Surg.*, 1987, *80*, 445-447.

Ogunro E.O. – External fixation of injured nail bed with the INRO surgical nail splint. *J. Hand Surg. Am.*, 1989, *14*, 236-241.

Ogunro E.O. – Treatment of severe avulsion injuries of the nail bed : VIth International congress of hand surgery, Paris. 1992.

Palamarchuk H.J., Kerzner M. – An improved approach to evacuation of subungual hematoma. *J. Am. Podiatr. Med Assoc.*, 1989, *79*, 566-568.

Pessa J.E., Tsai T.M., Li Y., Kleinert H.E. – The repair of nail deformities with the nonvascularized nail bed graft : indications and results. *J. Hand Surg. Am.*, 1990, *15*, 466-470.

Ranjan A. – Subungual haematoma. *J. Indian Med Assoc.*, 1979, *72*, 187-188.

Rayer P. – Altération des ongles et de leur matrice. *In :* Rayer P. (Ed.). *Traité théorique et pratique des maladies de la peau*, pp. 745-772. Paris, JB Baillière, 1835.

Recht P. – Fingertip injuries and a plea for the nail. *J. Dermatol. Surg. Oncol.*, 1976, *2*, 327-338.

Rose E.H. – Nailplasty utilizing a free composite graft from the helical rim of the ear. *Plast. Reconstr. Surg.*, 1980, *66*, 23-29.

Rose E.H., Norris M.S., Kowalski T.A., Lucas A., Fleegler E.J. – The « cap » technique : nonmicrosurgical reattachment of fingertip amputations. *J. Hand Surg. Am.*, 1989, *14*, 513-518.

Rosenthal E.A. – Treatment of fingertip and nail bed injuries. *Orthop. Clin. North Am.*, 1983, *14*, 675-697.

Saito H., Suzuki Y., Fujino K., Tajima T. – Free nail bed graft for treatment of nail bed injuries of the hand. *J. Hand Surg. Am.*, 1983, *8*, 171-178.

Schernberg F., Amiel M. – Étude anatomoclinique d'un lambeau unguéal complet. *Ann. Chir. Plast. Esthét.*, 1985, *30*, 127-131.

Schernberg F., Amiel M. – Lokale Verschiebelappen des Nagels. *Handchir. Mikrochir. Plast. Chir.*, 1987, *19*, 259-262.

Schiller C. – Nail replacement in finger tip injuries. *Plast. Reconstr. Surg.*, 1957, *19*, 521-530.

Schwartz G.R., Schwen S.A. – Subungual splinter removal. *Am. J. Emerg. Med.*, 1997, *15*, 330-331.

Seaberg D.C., Angelos W.J., Paris P.M. – Treatment of subungual hematomas with nail trephination : a prospective study. *Am. J. Emerg. Med.*, 1991, *9*, 209-210.

Shepard G.H. – Treatment of nail bed avulsions with split-thickness nail bed grafts. *J. Hand Surg. Am.*, 1983, *8*, 49-54.

Shepard G.H. – Management of acute nail bed avulsions. *Hand Clin.*, 1990, *6*, 39-56.

Simon R.R., Wolgin M. – Subungual hematoma : association with occult laceration requiring repair. *Am. J. Emerg. Med.*, 1987, *5*, 302-304.

Spauwen P.H., Brown I.F., Sauer E.W., Klasen H.J. – Management of fingernail deformities after thermal injury. *Scand. J. Plast. Reconstr. Surg. Hand Surg.*, 1987, *21*, 253-255.

Stone O.J., Mullins J.F. – The distal-course of nail matrix hemorrhage. *Arch. Dermatol.*, 1963, *88*, 186-187.

Suprock M.D., Hood J.M., Lubahn J.D. – Role of antibiotics in open fractures of the finger. *J. Hand Surg. Am.*, 1990, *15*, 761-764.

Swanker W.A. – Reconstructive surgery of the injured nail. *Am. J. Surg.*, 1947, *74*, 341-345.

Tajima T. – Treatment of open crushing type of industrial injuries of the hand and forearm : degloving, open circumferential, heat-press, and nail bed injuries. *J. Trauma*, 1974, *14*, 995-1011.

Van Beek A.L., Kassan M.A., Adson M.H., Dale V. – Management of acute fingernail injuries. *Hand Clin.*, 1990, *6*, 23-35.

Verdan C.E., Egloff D.V. – Fingertip injuries. *Surg. Clin. North. Am.*, 1981, *61*, 237-266.

Wallace P.F. – Dressing for acute nail bed repairs. *Orthopaedic Review*, 1991, *20*, 216-216.

Wee G.C., Shieber W. – Painless evacuation of subungual hematoma. *Surg. Gynecol. Obstet.*, 1970, *131*, 531-531.

Wolfram-Gabel R., Sick H. – Vascular networks of the periphery of the fingernail. *J. Hand Surg. [Br]*, 1995, *20*, 488-492.

Wu M.M., Morgan R.F., Thacker J.G., Edlich R.F. – Biomechanical performance of microsurgical spatula needles for the repair of nail bed injuries. *J. Emerg. Med.*, 1993, *11*, 187-193.

Zook E.G. – The perionychium : anatomy, physiology, and care of injuries. *Clin. Plast. Surg.*, 1981, *8*, 21-31.

Zook E.G. – The perionychium. *In :* Green D.P. (Eds). *Operative hand surgery*, pp. 1331-1371. New York, Churchill Livingstone, 1988.

Zook E.G., Guy R.J., Russell R.C. – A study of nail bed injuries : causes, treatment, and prognosis. *J. Hand Surg. [Am]*, 1984, *9*, 247-252.

Les lésions traumatiques récentes de l'appareil unguéal chez l'enfant

P. POIRIER, T. ARDOUIN

INTRODUCTION

Les lésions de l'appareil unguéal sont souvent associées aux traumatismes des extrémités digitales chez l'enfant. La souplesse et la plasticité des tissus permettent d'obtenir des résultats satisfaisants sans séquelles majeures, grâce à l'exploration systématique du lit unguéal, en bannissant les simples repositions aux résultats incomplets et inconstants. Ce consensus évite les séquelles majeures qui posent de difficiles problèmes thérapeutiques. Le traitement chirurgical diffère peu de celui de l'adulte dans les indications et les techniques (Magalon et Zalta, 1991 ; Michon et Delagoutte, 1978) ; seules la présence du cartilage de croissance de la base de P3 ainsi que la souplesse des tissus engendrent certaines particularités propres à l'enfant.

L'ÉCRASEMENT DIGITAL DISTAL

Chaque année, 13 enfants sur 100 sont victimes d'accidents de la vie domestique. Les écrasements dans une porte représentent près de 3 % des accidents répertoriés et atteignent les doigts dans deux tiers des cas d'après les chiffres fournis par une étude ELHASS (1991). Les autres types de traumatismes provoqués par les instruments ménagers, les outils agricoles ou les brûlures électriques entraînent des lésions plus complexes associant des lésions du périonychium, mais aussi des structures ostéoarticulaires ou vasculonerveuses. On note dans ces cas une surmorbidité masculine de 30 à 50%. Malgré l'importance numérique des traumatismes de l'extrémité unguéale et du lit de l'ongle chez l'enfant, les études orientées uniquement sur l'enfant sont rares et font état de séries ne tenant pas compte de l'âge. Les particularités anatomiques et le type de traumatisme propre à l'enfant nous semblent devoir les différencier de l'adulte.

PARTICULARITÉS PROPRES À L'ENFANT

L'ongle pousse en moyenne de 0,1 mm par jour, deux fois plus vite avant 30 ans qu'après 80 ans et plus lentement chez l'enfant de moins de 3 ans. La croissance est plus rapide au niveau des doigts longs (O'Shaughnessy et al., 1990 ; Zook et Russell, 1990). La tablette unguéale est constituée de trois strates de kératine ; la partie ventrale molle permet l'adhérence au lit unguéal, la partie intermédiaire la plus rigide assure la résistance et la partie dorsale assure le brillant de l'ongle. La différence d'épaisseur de la tablette unguéale entre l'adulte et l'enfant, ainsi que sa souplesse, expliquent le pourcentage élevé de luxations de la tablette unguéale chez l'enfant (fig. 1), l'ongle basculant autour d'un point pivot situé au niveau de l'extrémité de la phalangette lors d'un traumatisme appuyé (fig. 2). Cette souplesse explique de même une fréquence moindre des hématomes sous-unguéaux chez l'enfant. La présence d'un cartilage de croissance à la base de P3 explique la possibilité de lésion par pivotement complet, ainsi que l'a démontré Seymour associant une fracture décollement épiphysaire à la lésion du périonychium (Engber et Clancy, 1978) (fig. 3 et 4).

LES MOYENS TECHNIQUES

Les lésions sont traitées au bloc opératoire. En fonction de l'âge de l'enfant et de son degré de coopération, l'anesthésie est soit générale, soit tronculaire associée à une légère prémédication. L'hémostase par garrot pneumatique est la règle, le champ opératoire est badigeonné à l'aide de Chlorhexidrine® faiblement colorée. L'utilisation de moyens grossissants est systématique dès lors qu'il existe des lésions du périonychium.

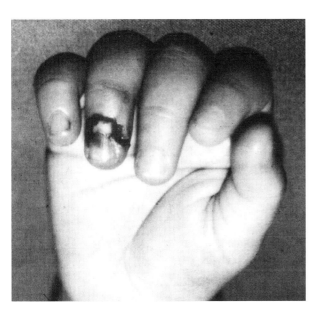

FIG. 1. – **Luxation proximale de la tablette unguéale.**

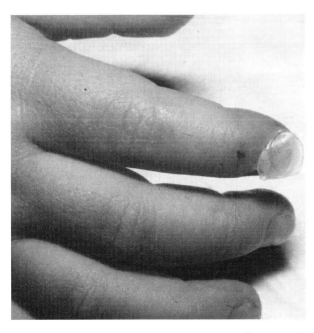

FIG. 2. – **Avulsion simple de la tablette unguéale chez le jeune enfant.**

Les lésions isolées de l'appareil unguéal

À l'instar d'autres auteurs, nous distinguons les hématomes sous-unguéaux, les plaies linéaires, les plaies stellaires et les pertes de substance selon la classification de Kleinert et Ashbell (Kleinert *et al.,* 1967) à laquelle on ajoute les luxations et les avulsions de la tablette unguéale.

Lésions de la tablette unguéale

Sauf dans les traumatismes par objets tranchants, la tablette unguéale est souvent respectée. Sa synthèse pourra être assurée chez l'enfant par du fil non résorbable ou par une synthèse par haubanage, comme l'a décrit Foucher. En cas de lésions multiples, il vaut mieux faire appel à un substitut unguéal. Ceux-ci sont principalement de trois types, soit un fragment de Silastic® peu rigide, soit un morceau de film radiographique qui a pour inconvénient d'être trop rigide, soit enfin l'ongle artificiel type Inro® qui réalise le meilleur compromis mais qui a comme inconvénient son coût.

Hématome sous-unguéal

Bien que l'hématome unguéal isolé soit rare chez l'enfant, il traduit une lésion du lit unguéal devant faire pratiquer une exploration de ce dernier quand il représente plus de 50 % de la surface visible de l'ongle.

Luxation proximale de la tablette unguéale

Il s'agit de la lésion la plus fréquente lors d'un traumatisme appuyé. Elle est favorisée par la différence d'adhérence de la tablette unguéale entre le lit unguéal et la matrice autorisant le déchaussement de la tablette. Le lit doit être complètement exploré à la recherche d'une plaie linéaire ou stellaire, d'une plaie de la matrice dans sa partie distale, ou d'une invagination par avulsion de la partie proximale. Dans la plupart des cas, ce bilan lésionnel et les gestes qu'il implique nécessitent la dépose temporaire de la tablette unguéale. Celle-ci peut être séparée du lit de l'ongle à l'aide de ciseaux spatulés type Kilner ou Ragnell maintenus fermés ou d'une petite spatule neurochirurgicale. L'invagination de la matrice proximale est au mieux traitée par la remise en place de la tablette unguéale. L'exploration et la suture d'une plaie linéaire à ce niveau peuvent nécessiter le relèvement d'un lambeau quadrangulaire formé par le repli postérieur, comme le préconise Zook. Il faut être vigilant si l'on est amené à pratiquer une réinsertion de la matrice proximale par des points en U appuyés sur le repli postérieur, car la tension de ces points peut entraîner des cicatrices invaginées ou des synéchies au niveau du repli postérieur.

Les plaies linéaires

Les plaies linéaires du lit de l'ongle sont suturées par des points séparés ou un surjet effectué au fil résorbable incolore de 6/0 ou 7/0. La plasticité des téguments n'impose pas obligatoirement le décollement des berges de la plaie du lit de l'ongle afin de diminuer la tension sur les sutures (fig. 5).

Les plaies étoilées

Les plaies étoilées sont traitées de façon similaire en affrontant parfaitement les lambeaux après un parage

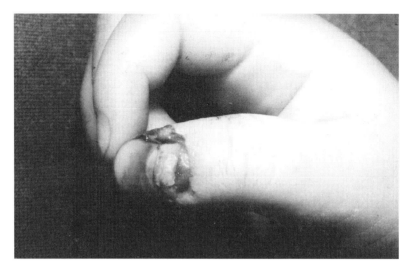

FIG. 3. – Aspect clinique de la lésion de Seymour.

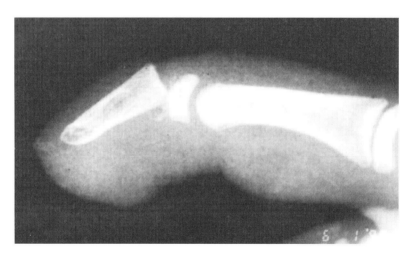

FIG. 4. – Aspect radiographique de la lésion de Seymour.

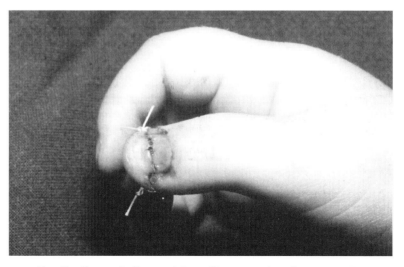

FIG. 5. – Suture du lit unguéal par fils monobrins résorbables 6/0.

minimal. Il faut éviter toute solution de continuité de façon à ne pas former de cicatrice de structures différentes du lit unguéal susceptible d'entraîner une zone de non-adhérence. La repose de la tablette unguéale fait appel, après son nettoyage soigneux et l'ébarbage parcimonieux de sa partie proximale, à la fixation soit par un point en U passant par les sillons latéraux, soit comme nous le préférons par des points séparés de fil à résorption rapide, ce qui a pour nous l'avantage de la facilité de leur ablation, mais permet aussi de ne pas se préoccuper de la date de cette dernière. L'ongle autologue adhère après sa reposition ou se décolle et la poursuite des soins fait appel à des pansements cortisonés.

Les plaies du lit unguéal avec perte de substance

Les plaies du lit unguéal avec perte de substance sont le plus souvent liées à des traumatismes par outils contondants et, de ce fait, rares chez l'enfant dans le cadre de l'urgence. Le traitement des séquelles fait appel aux mêmes techniques de greffe mince ou de lambeaux pédiculés que chez l'adulte (Rosenthal, 1983 ; Saito *et al.,* 1983).

Avulsion complète de la tablette unguéale

L'avulsion complète de la tablette unguéale est rare. Un problème thérapeutique particulier est constitué par les avulsions de la tablette unguéale à laquelle reste solidaire un fragment de lit. Il convient, dans ce cas, comme le préconise Shepard (1990) de détacher complètement ce fragment et de le reposer comme une greffe, la tablette étant ensuite repositionnée.

Les lésions associées

Les lésions de la pulpe sont fréquentes

Celle-ci est décalottée, réalisant un lambeau composite à pédicule proximal palmaire associée à une désinsertion proximale de la tablette et à une plaie transversale du lit de l'ongle. La phalangette est exposée et présente le plus souvent une fracture associée de la houppe. Malgré un pédicule de faible largeur, la vitalité de l'extrémité de la pulpe n'est pas compromise (Glicenstein et Haddad, 1991).

Les lésions osseuses

– Les fractures parcellaires n'appellent souvent pas de synthèse étant donné la petite taille du fragment. Leur présence, qu'elles soient longitudinales ou transversales très distales, doit attirer l'attention en cas d'hématome sous-unguéal sur une lésion associée du lit de l'ongle qui doit alors être exploré par relèvement de la tablette (fig. 1 et 6A).

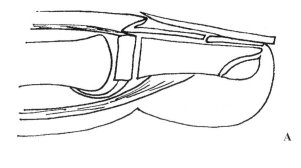

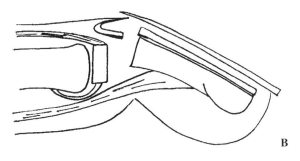

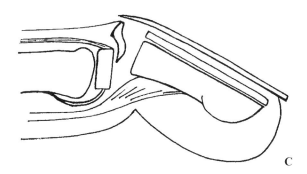

FIG. 6. – **A : Plaie du lit unguéal associée à une fracture de la houppe et désinsertion proximale de la tablette. B : Lésion de Seymour. C : Incarcération de la matrice dans le foyer de fracture-décollement épiphysaire.**

– Les fractures transversales sont plus rares chez l'enfant que chez l'adulte. Leur ostéosynthèse n'est réalisée qu'en cas de déplacement, à l'aide d'une broche fine ou d'une aiguille intradermique.

– Les fractures-décollements épiphysaires réalisent l'association lésionnelle décrite par Seymour (1966) (fig. 3, 4 et 6B). Le décollement épiphysaire doit être broché et la fracture du lit de l'ongle suturée. Le lit de l'ongle peut être incarcéré dans le foyer de fracture, empêchant la réduction de cette dernière et entraînant une séquelle unguéale inéluctable (fig. 6C). Le relèvement systématique de la tablette unguéale permet dans ce cas de pratiquer, à l'aide de deux incisions angulaires du repli proximal, une réduction de la fracture, son brochage, et la réparation du lit de l'ongle dont la plaie se situe dans ce cas au niveau de la matrice. Un cas d'inoculation de la gaine des fléchisseurs ayant entraîné un phlegmon a été décrit comme complication de cette association lésionnelle (Masquelet et Romana, 1988).

SÉRIE ÉTUDIÉE

Une étude portant sur les années 1992 et 1993 menée aux urgences pédiatriques de Nantes a colligé 243 dossiers de traumatismes de P3 chez des enfants dont la moyenne d'âge était de 6 ans avec des extrêmes de 3 mois et 15 ans (Ardouin *et al.*, 1997). Le pouce et le majeur étaient les rayons les plus fréquemment touchés. Dans 76 % des cas, l'agent vulnérant était une porte. Il n'existait pas d'avulsion unguéale dans seulement 22 cas, ce qui ne préjugeait pas de l'état du lit de l'ongle sous-jacent. Dans les 221 cas restants, les avulsions de la tablette se répartissent en 108 avulsions proximales, 105 complètes et trois avulsions latérales, le type d'avulsion n'étant pas précisé dans cinq cas. Il y était associée dans 31 % des cas une fracture de P3.

Lors de la révision de la série, 192 doigts ont pu être inclus avec un recul moyen de deux ans et demi. Lors de l'exploitation du dossier, l'état du lit unguéal n'a pas été précisé dans 158 cas sur 192. Le lit de l'ongle n'a été exploré chirurgicalement que 30 fois. Le type de lésion a été précisé 19 fois, révélant 13 plaies linéaires, quatre plaies en étoile et deux pertes de substance. La réparation du lit de l'ongle à l'aide de sutures résorbables a eu lieu dans 14 cas sur 19 lésions. L'ongle s'est révélé anormal dans 82 % des cas, les anomalies se répartissant de façon équivalente entre anomalies mineures (aspect bombé ou creux, tablette plus épaisse ou plus dure) et anomalies majeures (ongle en griffe, bifide ou présentant une onycholyse). On retrouve une différence significative entre les lits de l'ongle ayant bénéficié d'une suture où l'on retrouve 12 ongles normaux, une anomalie mineure, une anomalie majeure et les 158 lits non explorés où l'on note 82 ongles normaux, 38 anomalies mineures et 38 anomalies majeures.

Les séries étudiant les lésions unguéales chez l'enfant sont peu nombreuses. Ingelfield *et al.* (1995) rapportent 28 cas de lésions unguéales traumatiques chez 24 enfants. Il s'y associait une amputation subtotale dans neuf cas et une plaie pulpaire simple dans cinq cas et il existait des lésions osseuses dans 30 % des cas. L'exploration du lit unguéal, systématique dans cette série, permet, avec un recul moyen de 11,7 mois, d'obtenir 91 % de bons résultats.

CONCLUSION

La grande fréquence des lésions par écrasement du périonychium chez l'enfant leur a valu une réputation d'apparente bénignité. La révision de 192 dossiers d'urgences pédiatriques révèle plus de 80 % de lésions unguéales séquellaires avec une différence statistiquement significative entre les cas où il y a eu une exploration du lit unguéal, éventuellement associée à une suture, et ceux où les lésions du périonychium ont évolué d'elles-mêmes vers des séquelles du fait d'une prise en charge initiale minimaliste. La reconstitution d'un complexe pulpo-unguéal correct doit être la préoccupation essentielle dans les écrasements distaux de l'enfant, en évitant de s'en remettre à un hypothétique remodelage lors de la croissance.

RÉFÉRENCES

Ardouin T., Poirier P., Rogez J.M. – Fingertip and nailbaid injury in children. A propos of 241 cas. *Rev. Chir. Orthop.,* 1997, *83,* 330-334.

Caisse nationale d'assurance maladie et des travailleurs salariés. – Les accidents de la vie courante des enfants de 0 à 16 ans. Dossiers études et statistiques n° 24, 1991. Département statistiques.

Engber W.D., Clancy W.G. – Traumatic avulsion of the finger nail associated with injury to the phalangeal epiphyseal plate. Case report. *J. Bone Jt Surg.,* 1978, *60A,* 713-714.

Glicenstein J., Haddad R. – Management of fingertip injury in the child. *Ann. Hand Surg. Upper Limb.,* 1991, *7,* 120-128.

Inglefield C.J., d'Arcangelo M., Kolhe P.S. – Injuries to the nailbed in childhood. *J. Hand Surg.,* 1995, *20B,* 258-261.

Kleinert H.E., Putcha S.M., Ashbell T.S., Kutz J.E. – The deformed fingernail, a frequent result of failure to repair nail-bed injuries. *J. Trauma.,* 1967, *7,* 177-190.

Magalon G., Zalta R. – Primary and secondary care of nail injuries. *Ann. Hand Surg. Upper Limb.,* 1991, *7,* 103-113.

Masquelet A.C., Romana C.F. – Phlegmon de la gaine des fléchisseurs après décollement épiphysaire ouvert. À propos d'un cas. *Ann. Chir. Main,* 1988, *7,* 72-74.

Michon J., Delagoutte J.P. – Écrasement des extrémités digitales. *In : L'Ongle.* Monographie du Groupe d'études de la main, Paris, Expansion Scientifique Française, 1978, pp. 112-114.

O'Shaughnessy M., McCann J., O'Connor T.P., Condon K.C. – Nail regrowth in finger-tip injuries. *Ir. Med. J.,* 1990, *83,* 136-137.

Rosenthal E.A. – Treatment of fingertip and nail bed injuries. *Orthop. Clin. North Am.,* 1983, *14,* 675-679.

Saito H., Suzuki Y., Fujino K., Tajima T. – Free nail bed graft for treatment of nailbed injuries of the hand. *J. Hand Surg.,* 1983, *8,* 171-178.

Seymour N. – Juxta epiphyseal fracture of the terminal phalanx of the finger. *J. Bone Jt Surg.,* 1966, *48B,* 347.

Shepard G.H. – Management of acute nailbed avulsions. *Hand Clin.,* 1990, *6,* 39-56.

Zook E.G., Russell R.C. – Reconstruction of a functional and esthetic nail. *Hand Clin.,* 1990, *6,* 59-67.

Traitement des dystrophies unguéales par greffes fines de lit d'ongle

G.H. SHEPARD

Les dystrophies unguéales que rencontre le chirurgien sont d'origine post-traumatique dans 95 % des cas. Étant donné les difficultés techniques rencontrées dans le passé pour traiter ces lésions, de gros efforts ont été faits pour leur traitement préventif en urgence. La suture précise des lésions traumatiques de l'appareil unguéal à l'aide de moyens grossissants et de fils fins est la plus importante des avancées techniques récentes. Parmi les autres avancées techniques, il faut citer : la greffe fine de lit unguéal en cas d'avulsion (Shepard, 1983b) ; la reconstruction du repli proximal lorsqu'il est détruit (Hayes, 1974 ; Rosenthal, 1983) ; la reconstruction des parties molles en cas d'amputation pour prévenir l'apparition secondaire d'ongle en griffes par des lambeaux d'avancement en VY (Atasoy *et al.,* 1970), en « VY étendu » (Shepard, 1983a) ou d'autres lambeaux homodigitaux (Dumontier *et al.,* 1995). La couverture du lit unguéal après sa réparation avec l'ongle du patient (Shepard, 1985 ; Zook, 1982), une feuille de gaze (Ashbell *et al.,* 1967), un morceau de silicone (Zook, 1988) ou des substituts prothétiques (Ogunro, 1989) permettent une meilleure adhérence de la tablette qui repousse sur son lit et prévient l'apparition de synéchies (ptérygia) du repli proximal.

Ces progrès chirurgicaux ont non seulement diminué l'incidence des séquelles dystrophiques dans les mains des chirurgiens consciencieux, mais également stimulé leur intérêt dans le traitement des lésions séquellaires. Comme pour toutes les disciplines, chaque découverte est un tremplin pour la résolution de problèmes plus complexes. Le traitement des dystrophies unguéales, regardé avec appréhension il y a quelques années à cause des résultats décevants qu'il produisait, est actuellement envisagé de façon plus optimiste, maintenant que les techniques mises au point pour les lésions fraîches sont utilisées dans le traitement des séquelles. Le but de ce chapitre est de montrer l'application des greffes fines du lit unguéal, proposées initialement dans le traitement des lésions fraîches, au traitement des dystrophies unguéales.

LES GREFFES DE LIT UNGUÉAL DANS LES PERTES DE SUBSTANCE RÉCENTES

Le lit de l'ongle est une structure spécialisée dont le rôle normal est de permettre l'adhérence de la tablette unguéale. Il n'y a normalement pas de kératinisation du lit unguéal comme on le rencontre dans la peau. Lorsqu'une kératinisation apparaît sur le lit de l'ongle, l'adhérence disparaît. Les premiers essais de remplacement du lit arraché par des greffes de peau (Flatt, 1955 ; Hanrahan, 1946) ou des greffes dermiques (Ashbell *et al.,* 1967) ont été des échecs par absence d'adhérence du nouvel ongle. On sait depuis longtemps que les greffes épaisses de lit unguéal sont efficaces (Berson, 1950 ; McCash, 1956 ; Swanker, 1947). Elles entraînent cependant des séquelles majeures et définitives sur le site donneur (fig. 1). Des études ont été réalisées sur les singes afin de mieux comprendre la croissance unguéale. Nous avons commencé en 1974 par une méthode produisant systématiquement des déformations de l'ongle chez des singes écureuils (saimiri) afin de mieux comprendre leur pathologie. Ces primates, qui pèsent entre 650 et 750 g, ont des ongles macroscopiquement et microscopiquement proches de ceux des hommes. Les greffes fines de lit unguéal avaient le même taux de succès que les greffes épaisses. Cela nous a conduit à utiliser les greffes fines de lit unguéal en pratique clinique dans les lésions traumatiques. Le taux de succès était initialement très élevé, avec une repousse

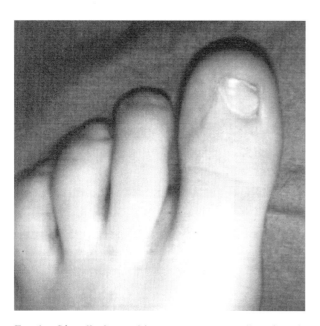

FIG. 1. – Séquelle dystrophique sur un gros orteil après prélèvement d'une greffe épaisse de lit et de matrice pour reconstruire un doigt dystrophique.

normale de 24 ongles sur les 31 premiers cas traités (Shepard, 1983b). L'utilisation régulière de cette technique a encore amélioré nos résultats, avec une repousse unguéale normale chez environ 95% des patients. Les figures 2, 3 et 4 montrent trois patients présentant une avulsion unguéale traités par greffe fine de lit unguéal et les résultats observés habituellement chez nos patients. La prise des greffes sur l'os a été observée chez les primates, et de façon plus surprenante chez l'homme (Matsuba et Spear, 1988). La richesse vasculaire des tissus sous-unguéaux et l'abondance des anastomoses vasculaires entre les arcades superficielles et profondes et la corticale osseuse mince à ce niveau favorisent la prise de telles greffes (Smith *et al.*, 1991). Chez les primates, les greffes fines posées sur l'os sont capables de s'épaissir. De notre expérience, et comme le montrent les figures 2, 3 et 4, nous en concluons empiriquement que cela est possible chez l'homme également. Zook, en 1983, dans un commentaire sur l'utilisation des greffes fines de lit unguéal dans les avulsions traumatiques, avait imaginé qu'elles puissent également servir dans le traitement des dystrophies (Zook, 1983). Ses commentaires sur la préservation par la greffe fine de la fonction spécialisée du lit unguéal nous ont encouragé à poursuivre nos recherches. Celles-ci ont alors porté sur des singes plus gros, les cynomologus, dont le poids moyen est de 3750 g (Shepard, 1990). Notre meilleure compréhension des mécanismes conduisant aux dystrophies nous a amené à étendre les indications de greffes fines du lit unguéal, du traumatisme au traitement des séquelles. Les études expérimentales sont

résumées afin de mieux préciser la pathologie des déformations unguéales et les principes opératoires tirés de notre expérience du laboratoire sont présentés.

LES SILLONS LONGITUDINAUX (ONGLE FENDU)

Les sillons longitudinaux ont été produits chez les saimiri et les cynomologus par l'excision dans toute l'épaisseur de fragments de lit, ou par l'excision de bandes longitudinales de lit et de matrice. Il s'agit de la déformation la plus fréquemment produite chez le singe (fig. 5A), et la plus fréquemment observée en pratique clinique. Sur le plan pathologique, nous avons retrouvé chez les primates, de façon constante, un épaississement de l'épithélium du lit et de la tablette (fig. 5B). L'utilisation de greffes fines de lit unguéal, après création d'un défect expérimental, a permis de prévenir l'apparition de la déformation dans 88% des cas. Les greffes épaisses ont été un peu moins efficaces, ne prévenant l'apparition d'une déformation «que» dans 75% des cas. Au 10e jour, les éléments épithéliaux profonds étaient amincis sous la greffe fine (fig. 6A), mais dès le premier mois les tissus avaient retrouvé une épaisseur normale (fig. 6B). En raison de la protection qu'offre le repli proximal, la matrice est moins souvent touchée que le lit. Cela est heureux, car le traitement des séquelles matricielles est moins efficace que celui des séquelles du lit unguéal.

Les méthodes thérapeutiques

La figure 7 montre les principes techniques du traitement des sillons longitudinaux. Comme pour le traitement de toutes les lésions dystrophiques, il faut commencer par ôter la tablette et examiner les tissus sous-jacents au microscope opératoire. Les incisions latérales du repli permettent de relever le repli proximal pour examiner la matrice et la face profonde du repli proximal. On précise ensuite l'étendue des lésions du lit unguéal et l'épithélium anormal est excisé. L'épaisseur du tissu à exciser dépend de l'épaisseur du sillon, mais généralement on excise toute la largeur du sillon sur une épaisseur de 15 à 20/1000e d'inch par rapport au tissu sain adjacent (0,4 à 0,5 mm). Le prélèvement de la greffe fine de lit unguéal se fait sous grossissement optique. La greffe, qui doit être à peine plus large que la zone à greffer, est suturée avec du 7/0 chromique. La technique de prélèvement de la greffe est importante. L'avantage principal de la greffe fine est de donner suffisamment de tissu fonctionnel, et d'en laisser assez pour permettre la régénération complète du site donneur. Pour cela, les greffes fines sont prélevées avec la lame du bistouri qui doit être visible par transparence à travers la greffe (fig. 8A). Les greffes de lit se rétractent très peu par rapport aux greffes cutanées. Sur la peau, la rétraction est telle que les greffes doivent être 30% plus larges que la zone à couvrir. Avec

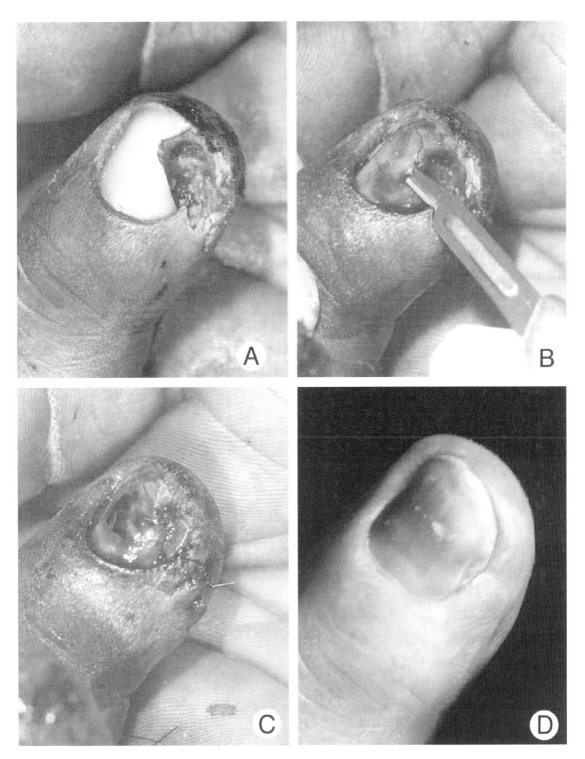

FIG. 2. – A : Traumatisme récent par scie avec avulsion complète du lit unguéal et perte de substance osseuse segmentaire. B : Prélèvement au bistouri d'une greffe fine de lit unguéal. C : La greffe est visible après qu'elle ait été suturée à la perte de substance. La fracture distale a été stabilisée. On peut également voir la zone de prélèvement. D : Résultats à six mois postopératoires.

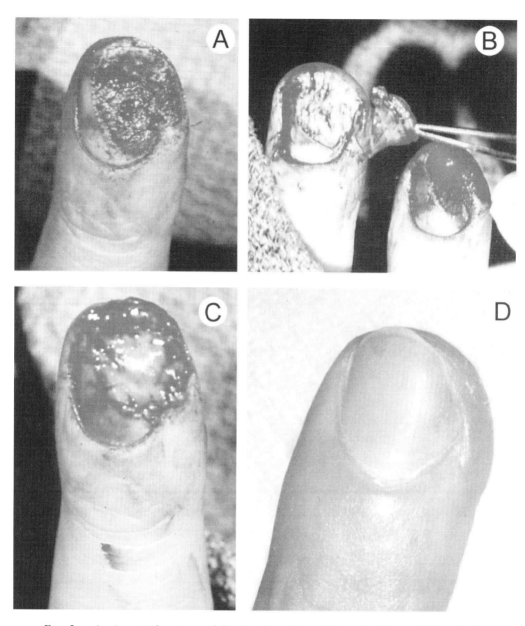

FIG. 3. – A : Amputation tangentielle des deux tiers distaux du lit unguéal et de la phalange. B : Prélèvement d'une grande greffe fine à partir d'un doigt adjacent. C : La greffe est suturée avec du fil 7/0 chromé. Remarquez que la contraction de la greffe est minime. D : Résultat final au 8e mois.

les greffes fines de lit unguéal, la greffe ne doit être que 5 à 10 % plus large que la zone réceptrice. L'étude de l'épaisseur de la greffe fine a été réalisée sur quatre doigts de cadavres. Au milieu du lit unguéal, l'épaisseur de l'épithélium, de la surface jusqu'à l'os était de 640 à 990 µm (30 à 40/1000e d'un inch). L'étude microscopique d'une greffe fine prélevée selon la technique employée en clinique a montré une épaisseur variant de 165 à 240 µm (7 à 11/1000e d'un inch). L'épaisseur des greffes prélevées

à la main n'est pas uniforme mais cela n'a pas posé de problèmes en pratique clinique. Chaque fois que possible, la greffe est prélevée sur le même doigt. Lorsque la perte de substance est importante, la greffe est prélevée sur un doigt voisin ou sur le gros orteil. Depuis 1974 que j'utilise ces greffes, je n'ai jamais eu une seule séquelle quel que soit le doigt ou l'orteil donneur. Si la tablette unguéale est trop déformée pour être réutilisée comme « attelle », j'utilise de la gaze fine pour couvrir la greffe

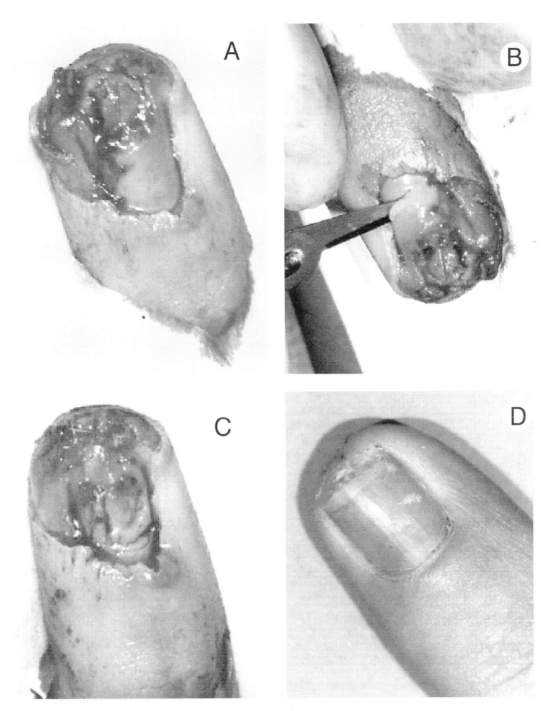

FIG. 4. – A : Amputation pulpaire dans une portière de voiture. 30 % du lit unguéal ont été arrachés de la phalange et il existe une perte de substance pulpaire. B : Sous grossissement optique, une greffe fine de lit unguéal est prélevée de la partie proximale du lit. C : La greffe est visible après sa suture ainsi que le défect sur la zone donneuse. La pulpe du doigt a été couverte par un lambeau latéral en VY. D : Résultat à quatre mois.

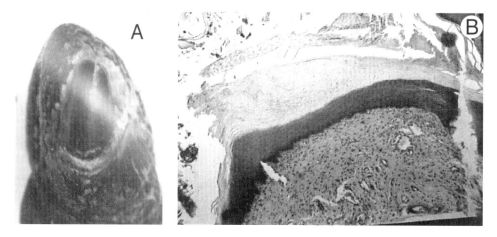

FIG. 5. – A : Ongle fendu quatre semaines après une excision complète du lit laissée à cicatrisation dirigée chez un singe cynomologus. B : Vue microscopique (×4) d'un ongle fendu à quatre semaines. L'épithélium est franchement épaissi dans la zone excisée avec un épaississement de la tablette.

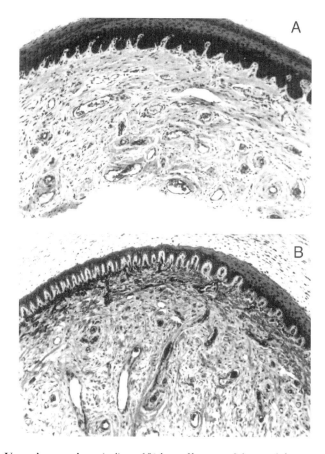

FIG. 6. – A : Vue microscopique (×4) au 10ᵉ jour d'une avulsion traitée par greffe fine de lit unguéal. Les tissus épithéliaux profonds sont encore amincis et les sillons réticulaires sont épais et mal définis. La tablette a une croissance satisfaisante. B : Même lésion à quatre semaines de la greffe. Les éléments épithéliaux profonds ont une épaisseur normale et les sillons réticulaires ont repris leur disposition habituelle. La tablette unguéale, normale, est fermement attachée.

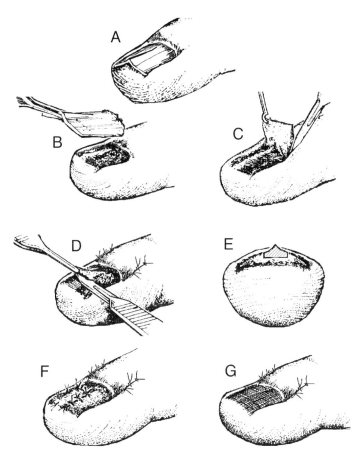

Fig. 7. – A : Vue schématique d'un ongle fendu. B : Ablation de la tablette. C : Pour voir la matrice, des incisions latérales sont faites dans le repli proximal. Le repli est alors retourné et examiné avec un grossissement optique. D : Le défect est apparemment exclusivement situé sur le lit unguéal. Le lit cicatriciel est excisé sur 0,4 à 0,5 mm en dessous de la surface normale du lit adjacent. E : Schéma d'une coupe transversale d'une excision tissulaire suffisamment profonde pour emporter toute l'épaisseur du lit anormal. F : La zone excisée est recouverte avec une greffe fine de lit unguéal prise sur le lit unguéal adjacent. G : En l'absence d'une tablette utilisable, une gaze fine est utilisée pour séparer le repli proximal de la matrice afin de prévenir l'apparition de synéchies.

Fig. 8. – A : Technique de prélèvement d'une greffe fine de lit unguéal. Sous grossissement optique, la lame du bistouri incise le lit sur une épaisseur suffisamment mince pour que la lame demeure visible à travers la greffe pendant le prélèvement. La greffe elle-même est à peine plus large que la zone à couvrir. B : Microphotographie d'une greffe prélevée sur un sujet anatomique. Avec cette technique de prélèvement « à la main », il existe des variations d'épaisseur d'une greffe à l'autre allant de 7 à 11/1000e d'un inch (0,15 à 0,25 mm).

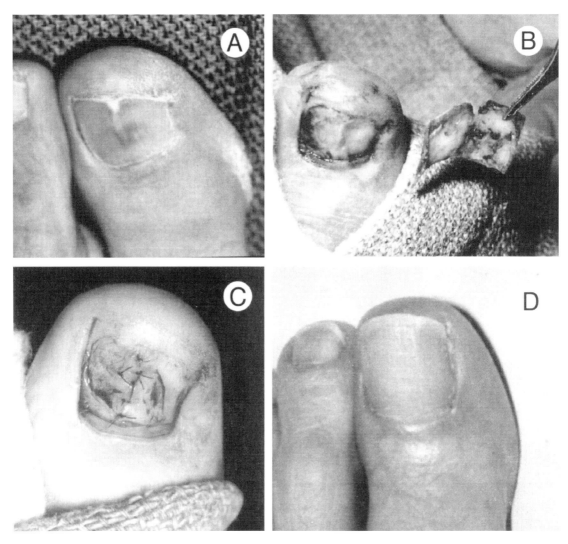

FIG. 9. – A : Déformation par un sillon sur un gros orteil. B : Inspection du lit unguéal après dépose de la tablette. C : Excision de la zone déformée du lit unguéal et greffe fine. D : Résultat satisfaisant à 14 mois de recul.

que je tasse sous le repli proximal pour prévenir les synéchies. La figure 9 montre un exemple clinique de lésion et son traitement. L'examen microscopique des tissus excisés a retrouvé un épaississement pathologique, très proche de celui observé chez les primates. Au début de mon expérience clinique, j'ai retrouvé, au scanner, un sillon osseux chez un tiers des patients. Je continue de pratiquer des scanners pour éliminer un cal vicieux. En l'absence de lésion osseuse, je crois que la qualité des résultats observés dépend avant tout de la qualité de l'excision des tissus pathologiques et de la greffe fine de lit unguéal, plutôt que du shaving (régularisation) de la phalange. Des crêtes osseuses ont été observées au scanner chez des patients qui n'avaient pas eu de fracture. Cela est probablement lié à la stimulation osseuse d'une

région qui a subi un traumatisme par écrasement. Les gestes osseux isolés, ne tenant pas compte des lésions des parties molles, ne traitent pas la lésion primitive.

L'ABSENCE D'ADHÉRENCE DISTALE DE L'ONGLE

L'absence d'adhérence distale de la tablette au lit unguéal était la dystrophie seconde en fréquence chez les primates (fig. 10). Il s'agit aussi de la dystrophie seconde en fréquence dans ma pratique clinique. L'examen microscopique du lit de l'ongle des primates a montré un épaississement de l'épithélium avec hyperkératinisation et

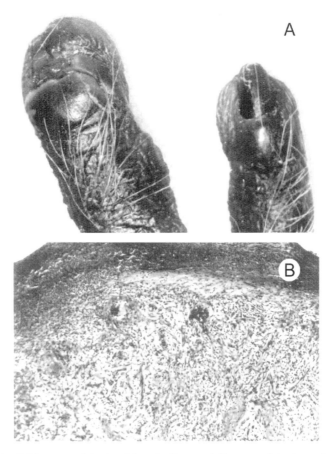

FIG. 10. – A : Lésion unguéale (avulsion du lit unguéal) non traitée du majeur chez un primate entraînant une absence d'adhérence distale de l'ongle à quatre semaines. L'ongle adjacent de l'index qui a bénéficié dans le même temps d'une greffe fine de lit unguéal montre une croissance normale. B : Coupe microscopique du lit unguéal anormal pris en regard de la zone non adhérente. Les sillons réticulaires sont absents et il y a une couche épaisse de tissu kératinisé.

c'est cette hyperkératose qui empêche l'adhérence de la tablette. Le traitement consiste à retirer la tablette, à exciser l'épithélium anormal et à greffer avec une greffe fine de lit unguéal prise sur le même doigt, s'il y a assez de surface donneuse (fig. 11). Un exemple traité est montré figure 12. L'examen microscopique des tissus excisés lors de l'intervention a montré une épaisse couche d'épithélium kératinisé avec une acanthose marquée.

L'ABSENCE D'ADHÉRENCE DE L'ONGLE DANS SA PARTIE CENTRALE

La figure 13 montre, chez un singe cynomologus, un ongle à croissance normale latéralement mais avec une

hyperkératose et un épaississement épithélial dans la zone où l'ongle a été arraché. Il y a également un épaississement de la tablette qui n'adhère pas sur l'épithélium hyperkératosique. Bien que ce problème n'ait été observé que chez deux singes, il s'agit d'un problème pratique courant. Le plus souvent, la dystrophie est d'origine post-traumatique, mais elle peut se voir après une infection fongique. Lorsqu'il s'agit d'une dystrophie post-traumatique, seul un traitement chirurgical est indiqué, alors que s'il s'agit d'une dystrophie infectieuse le traitement chirurgical n'est indiqué qu'en cas d'échec d'un traitement médical agressif et adapté. La figure 14 montre un exemple de non-adhérence centrale après un traumatisme. Il existait une infection fongique, secondaire à l'hyperkératose liée à un traumatisme négligé. Le traitement de ces lésions consiste à retirer la tablette, à réséquer l'épithélium du lit hyperkératosique et à greffer avec une greffe fine de lit unguéal. Dans les cas où il

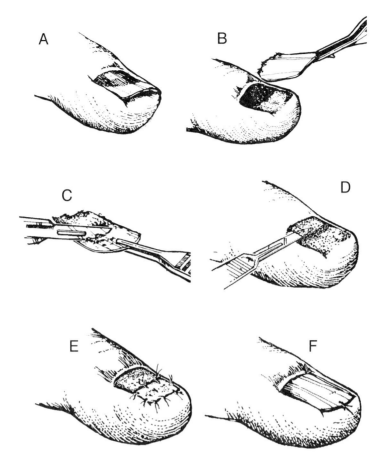

FIG. 11. – A : Vue schématique d'une absence d'adhérence distale de la tablette. B : Ablation de la tablette et inspection du lit. C : La tablette est utilisable pour couvrir la réparation. Elle est grattée à sa face inférieure pour ôter d'éventuels dépôts fongiques. D : La zone hyperkératinisée est excisée et le lit de l'ongle proximal, normal, est utilisé comme zone donneuse. E : La greffe, suturée au 7/0 chromé. F : La tablette est replacée au fond du repli proximal et suturée en place pour servir de protection.

existe une infection fongique, je préfère utiliser des gazes fines plutôt que de reposer la tablette. Cela permet de mettre localement des topiques antifongiques qui seront poursuivis jusqu'à la repousse de la tablette et son adhésion à la greffe.

L'ONGLE DIVISÉ

Je n'avais pas bien compris les lésions anatomiques des ongles divisés jusqu'à ce que j'ai pu les reproduire chez les primates. L'étude microscopique (fig. 15) montre que les lésions sont complexes. La matrice unguéale et le lit unguéal présentent un épaississement des éléments épithéliaux superficiels et profonds. Des synéchies ont été observées entre le repli proximal et la matrice dans le modèle expérimental, alors même qu'il n'y avait pas eu de lésions du repli proximal. Parfois, un ongle divisé peut s'observer lorsqu'il existe un ptérygium entre le repli proximal et la tablette. Ces lésions ont été observées lorsque aucun substitut unguéal (feuille de silicone, tablette unguéale, gaze fine ou un ongle artificiel Inro®) n'a été utilisé. Lorsqu'il s'agit d'un ongle divisé simple, sans synéchie évidente entre le repli et la matrice, il est logique de proposer un traitement «médical» de deux mois qui peut être efficace; le patient va avec un poussoir à cuticule refouler celle-ci mécaniquement pour séparer le repli de la tablette. En cas d'échec, l'exploration chirurgicale va conduire, en fonction des lésions, à réparer le lit de l'ongle, la matrice et le repli proximal. Il s'agit parfois des séquelles d'une plaie longitudinale. Dans ce cas, l'excision cicatricielle et le rapprochement des berges sont suffisants. Si la zone cicatricielle fait plus de 3 mm de large après excision, la couverture sera assurée par une greffe fine de lit unguéal (fig. 16).

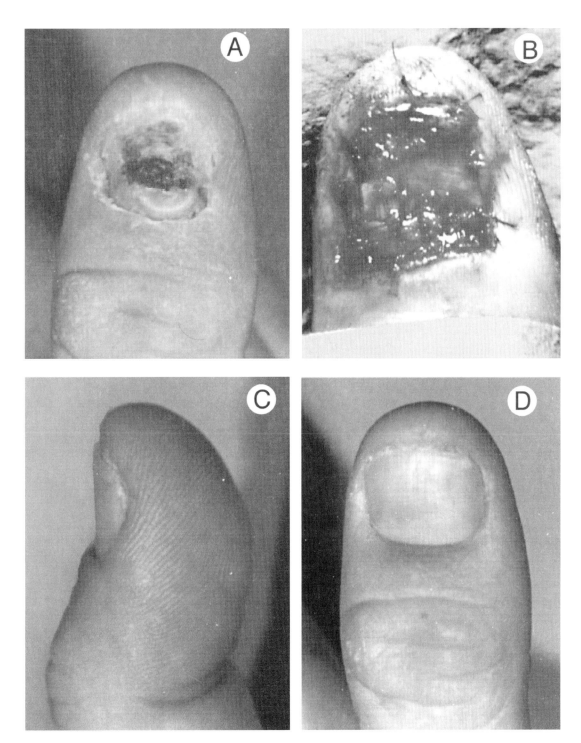

FIG. 12. – A : Huit mois après un accident de ponceuse sur le pouce, il existe une hyper-kératinisation de la partie distale du lit avec absence d'adhérence de la tablette sur une zone bourgeonnante en regard d'une phalange exposée. B : Excision de la partie distale du lit unguéal, débridement de l'os exposé et mise en place d'une greffe fine de lit unguéal prélevée sur le gros orteil. C et D : Résultats au 8e mois.

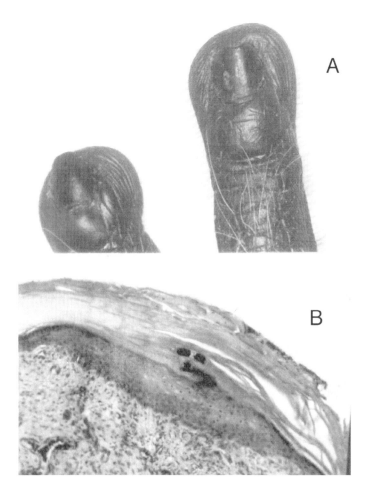

FIG. 13. – A : Le doigt de droite montre une absence d'adhérence centrale de l'ongle chez un primate, quatre semaines après une avulsion non traitée. B : Coupe microscopique à quatre semaines d'une absence d'adhérence centrale de l'ongle. L'épithélium est considérablement épaissi en comparaison avec les tissus adjacents sur les côtés.

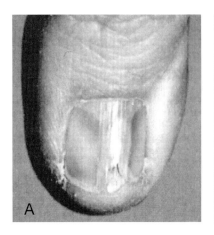
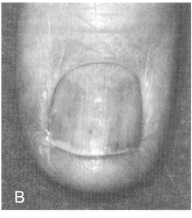

FIG. 14. – A : Absence d'adhérence centrale de l'ongle après un traumatisme. B : Résultat neuf mois après excision de la partie hypertrophique et couverture par une greffe fine de lit unguéal prise sur le même doigt.

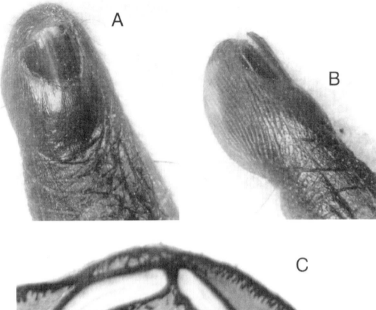

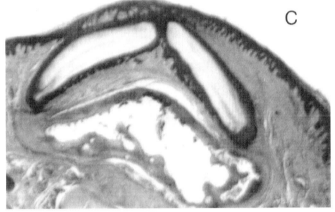

Fig. 15. – A : Ongle divisé chez un primate quatre semaines après une avulsion non traitée. B : Vue latérale du même doigt. C : Vue microscopique (×4) de la déformation à la 4ᵉ semaine.

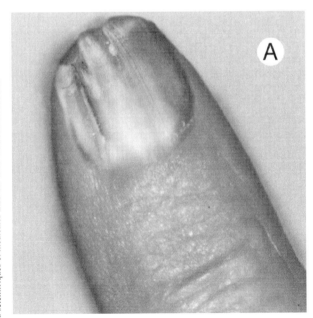

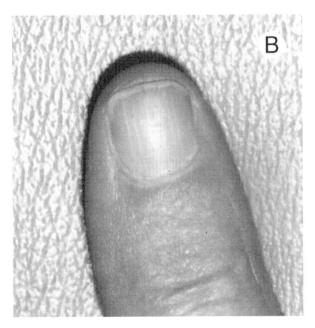

Fig. 16. – A : Ongle divisé un an après un écrasement non traité dans une portière de voiture. Le repli proximal adhère à l'ongle, créant des crêtes longitudinales. B : Après échec d'un traitement conservateur (massage et repousse de la cuticule, deux fois par semaine), une greffe de lit a été réalisée dont voici le résultat au 8ᵉ mois.

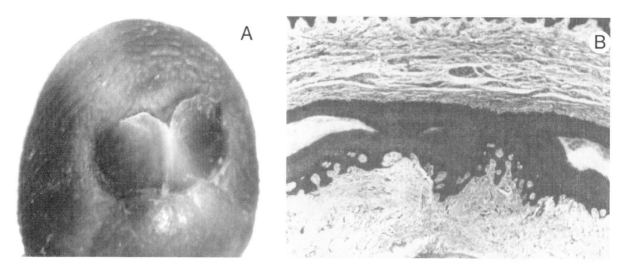

FIG. 17. – A : Ongle fendu avec une large synéchie du repli chez un primate, quatre semaines après une avulsion non traitée. B : Vue microscopique (× 4) avec la synéchie reliant le lit de l'ongle et le repli.

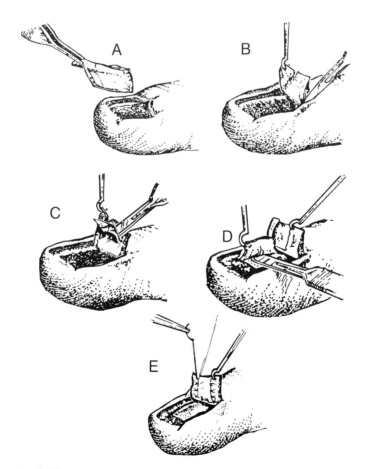

FIG. 18. – A : Schéma du traitement du ptérygium. La tablette est déposée et le défect apprécié. B : Des incisions latérales permettent d'explorer la matrice et le ptérygium à la face profonde du repli. C : Excision de la zone cicatricielle. D : Prélèvement d'une greffe fine de lit unguéal sur une zone saine du lit. E : Suture de la greffe sous le repli.

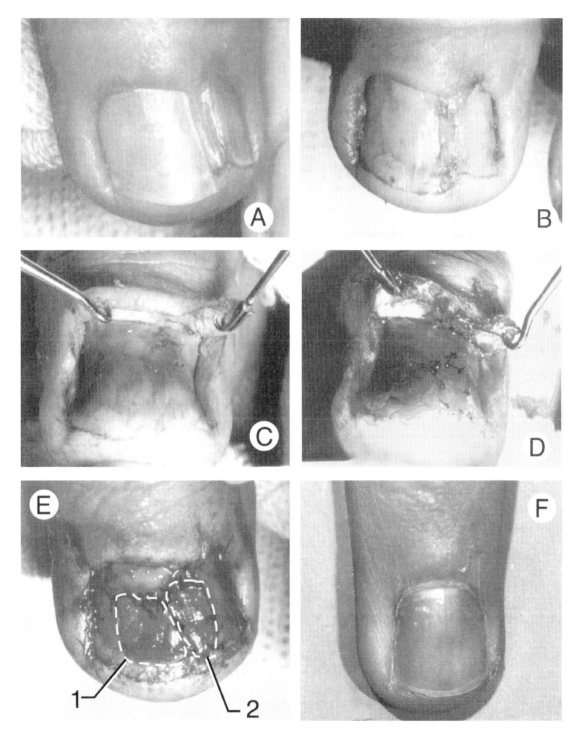

FIG. 19. – A : Ongle divisé avec ptérygium du repli. B : Aspect après dépose de la tablette. C : Inspection du repli cicatriciel. D : Greffe fine de lit unguéal suturée sur la zone d'excision du repli. E : Zone de prélèvement de la greffe (1) et de la zone pathologique (2). F : Ongle normal à un an de recul.

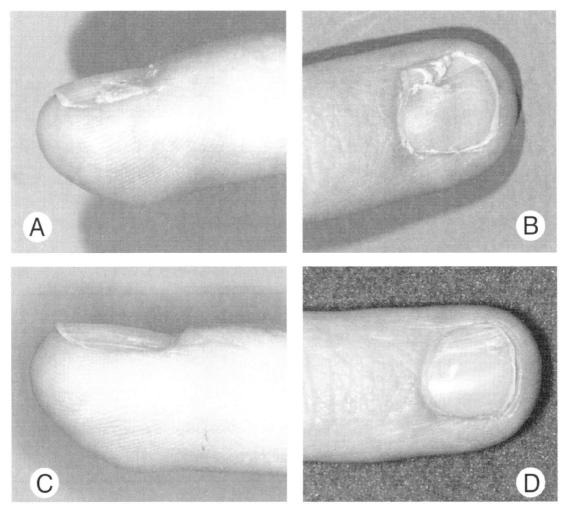

FIG. 20. – A et B : Ongle divisé avec lésion de la matrice. C et D : Résultats à deux ans d'une greffe fine de matrice et de lit. Le prélèvement a été réalisé sur un gros orteil, sans séquelle sur l'orteil donneur.

L'ONGLE DIVISÉ
AVEC PTÉRYGIUM DU REPLI

Lorsque la séparation entre les deux hémi-ongles est large, une synéchie majeure s'installe entre le repli et la matrice unguéale. Chez les primates, cette lésion est représentée figure 17. Sur le plan microscopique, il existe une large zone de fusion épithéliale qui ne peut être réparée que chirurgicalement. Le traitement de ce ptérygium (fig. 18) commence par une évaluation, sous microscope opératoire, de l'appareil unguéal après dépose de la tablette. Le plus important dans le choix thérapeutique est de savoir s'il existe des lésions matricielles, ou simplement une adhérence épithéliale. L'examen avec des moyens grossissants est le plus souvent suffisant. Si au moins 3 mm de la longueur de la matrice sont fonctionnels, le traitement par greffe fine de lit unguéal est suffisant (fig. 19). En cas de doute, il faut faire des biopsies tangentielles de la matrice qui seront analysées par un dermatopathologiste qui précisera si les lésions matricielles sont importantes ou non. Le plus souvent, si l'épaississement de l'épithélium matriciel n'est pas trop important (moins de 120 µm), l'excision du lit puis sa greffe, associée à une reconstruction du repli proximal et à la reposition d'une attelle unguéale, sont suffisantes. Les cicatrices du repli proximal sont traitées par excision puis remplacées par une greffe fine de lit unguéal. La greffe fine de lit unguéal sur le repli s'est révélée efficace en pratique clinique, même s'il existe des variations anatomiques entre les deux structures (Shepard, 1986). Les différences principales de la face profonde du repli avec

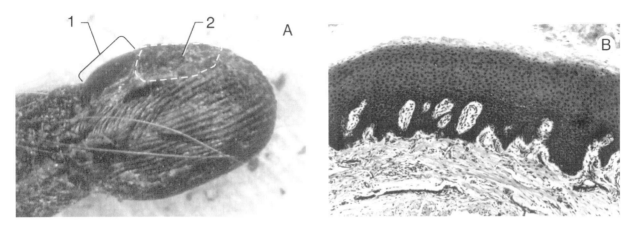

FIG. 21. – A : Hypertrophie de l'hyponychium chez un primate quatre semaines après avulsion unguéale non traitée. Les flèches montrent l'ongle normal mais raccourci (1), bloqué dans sa progression par l'hypertrophie de l'hyponychium (2). B : Vue microscopique (× 10) d'une hypertrophie de l'hyponychium. La section, réalisée juste en aval de la tablette unguéale, montre l'absence de crêtes réticulaires sur le lit de l'ongle et une métaplasie tissulaire qui ressemble plus à de la peau qu'à du lit de l'ongle.

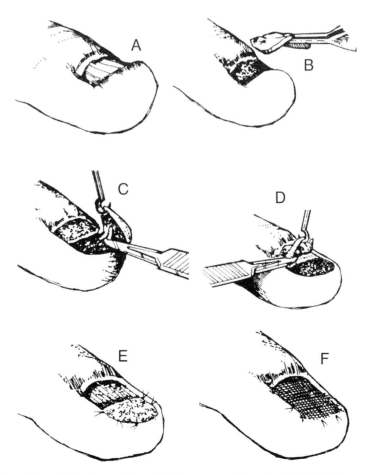

FIG. 22. – Vue schématique d'un doigt avec une hypertrophie de l'hyponychium. La tablette est ôtée (B) pour permettre l'excision large, jusqu'en tissu sous-cutané, de l'hyponychium en aval de la zone adhérente de la tablette (C). La greffe est prise du repli proximal (D) et suturée avec du 7/0 chromique (E) puis couverte par une gaze fine introduite sous le repli (F).

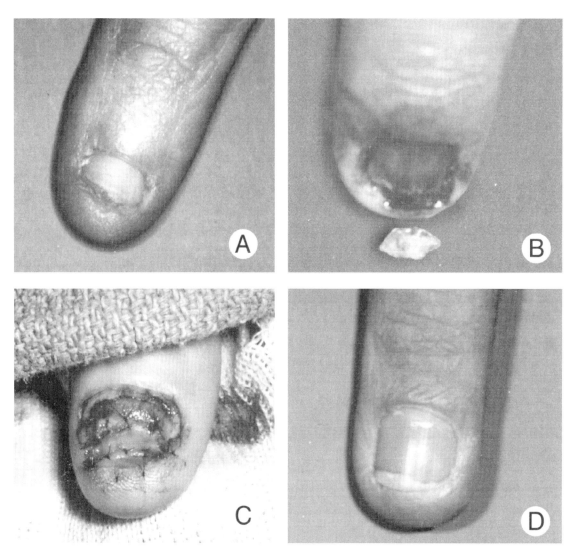

Fɪɢ. 23. – **Hypertrophie de l'hyponychium (A) traitée par excision des tissus faisant blocage (B) et greffe fine de lit unguéal prélevé à la partie proximale du lit (C). Résultats à six mois (D).**

le lit de l'ongle sont un épithélium plus mince, des crêtes réticulaires plus courtes et la présence d'une couche granuleuse. Une des fonctions de ce tissu spécialisé, comme pour le lit unguéal, est de permettre l'adhérence avec la tablette unguéale. Dans la mesure où il n'y a pas assez de tissu disponible à la face profonde du repli pour servir de zone donneuse à une greffe, et parce que cette zone est particulièrement mince, je n'ai pas essayé de faire des greffes à partir de la face profonde du repli. Le tissu le plus proche étant le lit de l'ongle, c'est celui qui a été utilisé.

Lorsqu'il existe une lésion significative de la matrice, la greffe de lit unguéal est insuffisante. Si la zone patholo-gique fait moins de 3 mm, il faut la réséquer, décoller les berges et les rapprocher. Dans la mesure où les tissus unguéaux sont peu élastiques, il faut décoller largement la zone matricielle. Lorsque la perte de substance est plus étendue, des greffes épaisses de matrice prélevée sur les orteils représentent le traitement de choix et nous avons eu quatre succès sur six tentatives. Les greffes fines de matrice ont été utilisées quatre fois avec des résultats moyens. Zook a insisté sur le fait que pour que la matrice produise de l'ongle, il fallait que les couches basales soient présentes (Zook, 1988). Il estimait que le prélève-ment de cette couche basale lors de greffes minces, lais-sant suffisamment de tissu pour permettre une régénéra-tion, était théoriquement possible mais difficile sur le plan chirurgical. Si la greffe n'est pas assez épaisse, elle échoue. Si elle est trop épaisse, le site donneur ne peut pas régénérer. Un exemple de greffe associée de lit et de matrice est présenté figure 20. Avec deux ans de recul, la tablette reste mince. La jonction entre la tablette produite par la matrice et celle produite par la greffe n'est pas satisfaisante. Bien qu'il y ait eu une amélioration, cette technique ne peut pas être recommandée de façon habituelle à cette date. Il n'y a pas eu de séquelles sur les quatre doigts utilisés comme site donneur des greffes minces lit + matrice.

L'HYPERPLASIE DE L'HYPONYCHIUM

Une des lésions post-traumatiques observée chez l'animal a été l'hyperplasie de l'hyponychium (fig. 21). L'épithélium est épaissi, mais le tissu obstructif contient aussi de la graisse sous-cutanée. Nous avons rencontré cinq cas cliniques identiques dans lesquels l'hyperplasie de l'hyponychium bloquait la pousse de l'ongle. Dans un cas, il existait même une infection liée à l'incarnation antérieure. Le traitement a consisté en l'excision de l'hyponychium hypertrophique et en la couverture de la zone excisée par une greffe fine de lit unguéal prise à la partie proximale du lit (fig. 22). Les résultats ont toujours été excellents (fig. 23).

LES FISSURES DISTALES DE L'ONGLE LIÉES À DES TUMEURS GLOMIQUES

Ce que j'ai appris de l'expérimentation animale dans le traitement des dystrophies post-traumatiques permet des applications dans le domaine des dystrophies non traumatiques. Sur environ 40 tumeurs glomiques traitées, dans deux cas la tumeur était si volumineuse qu'un ongle divisé est apparu comme sur la figure 24. J'ai donc décidé de réaliser une greffe fine de lit unguéal pour corriger le défect distal en même temps que l'excision tumorale. Les deux greffes ont permis d'obtenir un ongle normal qui n'aurait peut-être pas été obtenu par la seule excision de la tumeur.

RÉFÉRENCES

Ashbell T.S., Kleinert H.E., Putcha S.M., Kutz J.E. – The deformed fingernail, a frequent result of failure to repair nail bed injuries. *J. Trauma.*, 1967, *7*, 177-190.

Atasoy E., Iokamidis E., Kasdan M.L., Kutz J.E., Kleinert H.E. – Reconstruction of the amputated finger tip with a triangular volar flap. *J. Bone Jt Surg. [Am.]*, 1970, *52A*, 921-926.

Berson M.I. – Reconstruction of index finger with nail transplantation. *Surgery*, 1950, *27*, 594-599.

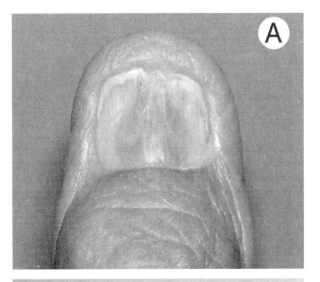
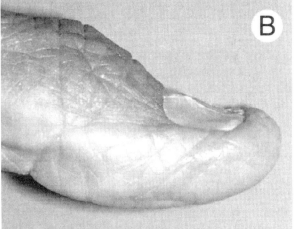
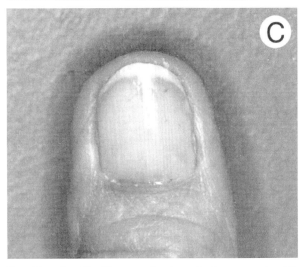

Fig. 24. – A et B : Tumeur glomique douloureuse et suffisamment volumineuse (8 mm) pour avoir entraîné un ongle fendu distalement. Après excision de la tumeur, l'épithélium hyperkératosique anormal est excisé et remplacé par une greffe fine de lit unguéal. L'incision du lit unguéal nécessaire pour exciser la tumeur a été simplement suturée. C : L'ongle est normal à un an de recul.

Dumontier C., Gilbert A., Tubiana R. – Hook-nail deformity. Surgical treatment with a homodigital advancement flap. *J. Hand Surg. [Br.]*, 1995, *20*, 830-835.

Flatt A.E. – Nail-bed injuries. *Br. J. Plast. Surg.*, 1955, *8*, 34-37.

Hanrahan E.M. – The split thickness skin graft as a cover following removal of a fingernail. *Surgery*, 1946, *20*, 398-400.

Hayes C.W. – One-stage nail fold reconstruction. *The Hand*, 1974, *6*, 74-75.

Matsuba H.M., Spear S.L. – Delayed primary reconstruction of subtotal nail bed loss using a split-thickness nail bed graft on decorticated bone. *Plast. Reconstr. Surg.*, 1988, *81*, 440-443.

McCash C.R. – Free nail grafting. *Br. J. Plast. Surg.*, 1956, *8*, 19-33.

Ogunro E.O. – External fixation of injured nail bed with the INRO surgical nail splint. *J. Hand Surg. Am.*, 1989, *14*, 236-241.

Rosenthal E.A. – Treatment of fingertip and nail bed injuries. *Orthop. Clin. North Am.*, 1983, *14*, 675-697.

Shepard G.H. – The use of lateral V-Y advancement flaps for fingertip reconstruction. *J. Hand Surg. Am.*, 1983a, *8*, 254-259.

Shepard G.H. – Treatment of nail bed avulsions with split-thickness nail bed grafts. *J. Hand Surg. Am.*, 1983b, *8*, 49-54.

Shepard G.H. – Treatment of nail bed injuries. *In:* O'Leary J.P. (Ed.). *Technics for surgeons*, pp. 212-214. New York, John Wiley and sons, 1985.

Shepard, G.H. – Nail bed grafts of the proximal nail fold. American Society for Surgery of the Hand. Correspondence Newsletter, 1986, 186.

Shepard G.H. – Nail grafts for reconstruction. *Hand Clin.*, 1990, *6*, 79-102.

Smith D.O., Oura C., Kimura C., Toshimori K. – Artery anatomy and tortuosity in the distal finger. *J. Hand Surg. Am.*, 1991, *16*, 297-302.

Swanker W.A. – Reconstructive surgery of the injured nail. *Am. J. Surg.*, 1947, *74*, 341-345.

Zook E.G. – Injuries of the fingernail. *In:* Green D.P. (Ed.). *Operative hand surgery*, pp. 895-914. New York, Churchill Livingstone, 1982.

Zook E.G. – Inserted comment. *J. Hand Surg.*, 1983, *8*, 178-178.

Zook E.G. – The perionychium. *In:* Green D.P. (Ed.). *Operative hand surgery*, pp. 1331-1371. New York, Churchill Livingstone, 1988.

L'ongle en griffe

C. DUMONTIER, A. GILBERT, R. TUBIANA

DÉFINITION

L'ongle en griffe est une déformation post-traumatique du lit unguéal qui entraîne une courbure de la tablette unguéale vers la pulpe qu'elle peut parfois recouvrir (fig. 1). Cela élimine les déformations osseuses de la dernière phalange et les anomalies congénitales distales de la pulpe des doigts.

ÉTIOLOGIE

La tablette unguéale prend la forme que lui donne le lit de l'ongle et la courbure en griffe de l'ongle est donc secondaire à la courbure du lit unguéal. Cette courbure est liée à la perte du support pulpaire et/ou osseux que l'on observe dans certains traumatismes digitaux. Interviennent comme facteurs d'apparition d'un ongle en griffe, le siège de la lésion, l'importance de la perte du support osseux et le type de traitement des lésions initiales (fig. 2).

Le siège de la lésion

Un ongle en griffe est rarement observé quand les lésions siègent au tiers proximal de la tablette, car la repousse unguéale après lésion de la matrice est en général insuffisante. Les lésions du tiers distal, qui laissent persister un support osseux suffisant, sont également rarement en cause. En revanche, les traumatismes des deux tiers distaux de l'appareil unguéal s'accompagnent dans 50% des cas de lésions dystrophiques unguéales, le plus souvent sous forme d'un ongle en griffe (Chow et Ho, 1982 ; Gumener *et al.,* 1979 ; Kapandji *et al.,* 1991).

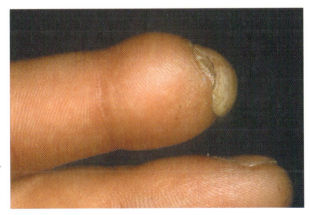

FIG. 1. – **Ongle en griffe sévère associant perte du support osseux, perte de substance pulpaire et renflement digital distal.**

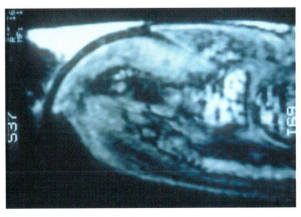

FIG. 2. – **Aspect en imagerie par résonance magnétique d'un ongle en griffe montrant la déformation du lit qui plonge vers la pulpe par perte du support osseux et traction pulpaire cicatricielle.**

L'importance du support osseux

En l'absence de lésions osseuses, Foucher n'a pas observé d'ongle en griffe avec un traitement par cicatrisation dirigée chez 77 patients (Foucher *et al.*, 1986). Cependant, si l'ongle en griffe se rencontre essentiellement après destruction du support osseux, il peut également se rencontrer comme séquelles des rétractions pulpaires qu'on observe dans les cicatrisations dirigées sans exposition osseuse, les gelures, les brûlures,… (Dumontier *et al.*, 1995). Pour Kumar et Satku, le lit de l'ongle repose entièrement sur la phalangette et toute perte de substance osseuse va entraîner une déformation en griffe de l'ongle (Kumar et Satku, 1993). Après un traumatisme, l'apparition d'un ongle en griffe est corrélée avec l'importance de la perte du support osseux (Kapandji *et al.*, 1991). Dans notre expérience, la perte de substance osseuse était de 50 % (extrêmes 0 - 90 %) et la déformation était en général d'autant plus sévère que la perte osseuse était importante (Dumontier *et al.*, 1989 ; Dumontier *et al.*, 1995).

Le type de traitement initial

La rétraction tissulaire observée dans les cicatrisations dirigées était en cause dans 60 % de nos cas (Dumontier *et al.*, 1995). Le traitement conservateur des lésions pulpaires, presque exclusivement utilisé dans les années 1950-1970, entraînait une fois sur deux des problèmes unguéaux dont la moitié étaient des ongles en griffe (Allen, 1980 ; Holm et Zachariae, 1974). Ces séquelles auraient été moins fréquentes chez l'enfant (Das et Brown, 1978 ; Illingworth, 1974). La suture sous tension de la pulpe peut également entraîner l'apparition d'un ongle en griffe (Tajima, 1974).

La réalisation de lambeaux, si elle diminue la tension sur le lit unguéal, ne fait pas entièrement disparaître cette complication. Après reconstruction pulpaire par lambeau, les séries publiées rapportent entre 9 et 33 % d'ongles en griffe (Elliot *et al.*, 1995 ; Kapandji *et al.*, 1991). La reposition-lambeau proposée dans les amputations digitales distales non réimplantables entraîne systématiquement l'apparition d'un ongle en griffe (Dubert *et al.*, 1997). Des ongles en griffe ont également été observés après réimplantation, probablement à cause de la rétraction pulpaire liée à l'hypovascularisation (Nishi *et al.*, 1996).

En plus de la courbure unguéale post-traumatique et de la disparition de l'hyponychium, les patients présentent fréquemment une atrophie pulpaire, une déformation phalangienne et un raccourcissement du lit de l'ongle. La gravité de la courbure unguéale observée dépend de l'importance de la perte de substance de chacun des composants, et surtout de leur association.

LA PLAINTE DES PATIENTS

Elle est triple. Fonctionnelle, car la perte des pinces pulpo-unguéale ou unguéo-unguéale est parfois gênante, même si la compensation habituelle avec un autre doigt limite les conséquences fonctionnelles de cette déformation. L'atrophie pulpaire associée à la perte de longueur de la tablette unguéale entraîne une diminution de la force de la pince pulpo-unguéale, et parfois une hypoesthésie. La douleur est un motif plus fréquent de consultation. Elle est habituellement liée à la cicatrice vicieuse qui remplace l'hyponychium, zone au niveau de laquelle la tablette unguéale cesse normalement d'être adhérente au lit de l'ongle. La perte de cette structure anatomique lors du traumatisme, et la difficulté habituelle à la reconstruire, expliquent la plainte fréquente des patients qui ne peuvent le plus souvent ni supporter le contact d'objets ni se couper les ongles. Surtout, la principale plainte des patients n'est le plus souvent pas exprimée lors de la consultation initiale ; la déformation en griffe de l'ongle est très inesthétique et mal supportée par les patients. Cette déformation s'ajoute à l'atrophie pulpaire et au doigt raccourci séquellaire de l'accident. Il est fondamental lors de cette première consultation de bien faire préciser aux patients la gêne réelle, car la déception postopératoire devant des résultats incomplets est habituellement liée au manque d'information initiale sur les possibilités techniques et esthétiques de la chirurgie.

NOTRE TECHNIQUE ET NOS RÉSULTATS

Technique

La technique que nous utilisons a été proposée par Raoul Tubiana et consiste à soulever l'ensemble de l'appareil unguéal en bloc, puis à le soutenir par l'avancée d'un lambeau en îlot assez épais. Pour relever l'appareil unguéal, il faut se « débarrasser » de la tablette qui est rigide. Malheureusement, cela nous prive d'une protection importante du lit de l'ongle en même temps que d'un système maintenant la tension du lit unguéal. Pour y remédier, nous proposons de découper à la scie trois bandes dans la tablette (fig. 3). La perte de substance créée par l'épaisseur de la lame de scie donne suffisamment de jeu pour que l'on puisse ensuite modeler la tablette pour la rendre plate. L'incision de l'appareil unguéal doit respecter 1 à 2 mm de tissus autour de la tablette, tissus qui serviront à reconstruire les replis. Cette incision se prolonge de chaque côté jusqu'à l'interphalangienne distale en prenant garde d'être assez latéral pour ne pas couper les expansions latérales de la matrice qui peuvent être responsables de la repousse de spicules (fig. 4). La dissection de l'appareil unguéal est laborieuse, et faite avec la pointe 11 d'une lame de bistouri. Il faut, en effet, suivre très soigneusement la phalange, le plus souvent déformée par le traumatisme initial, pour emporter en bloc l'appareil unguéal sans le perforer. Cette dissection est poursuivie jusqu'au niveau de l'insertion de l'extenseur. L'appareil unguéal est alors

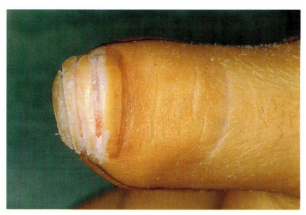

FIG. 3. – Pour redresser la tablette, trois bandes sont découpées à la scie.

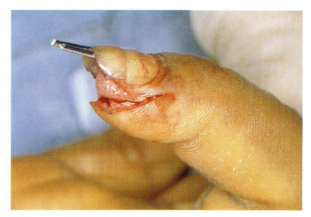

FIG. 4. – L'incision cutanée doit remonter de chaque côté jusqu'à l'interphalangienne distale en laissant environ 2 mm de tissu péri-unguéal pour faciliter les sutures et éviter l'apparition secondaire de spicules unguéales.

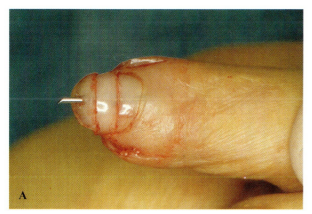

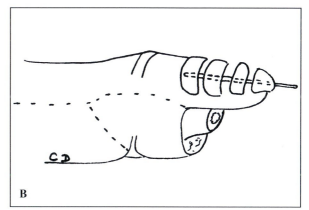

FIG. 5. – La synthèse unguéale est réalisée par une (ou deux) broches pontant la tablette afin de la maintenir en rectitude. A : Aspect peropératoire ; B : Représentation schématique.

mis en rectitude. Pour le maintenir dans cette position, on peut s'aider de deux artifices. Le premier est celui des broches de soutènement proposé par Atasoy, qui permet de lutter contre l'augmentation de la courbure transversale souvent présente mais ne permet pas toujours d'aplanir parfaitement le lit unguéal dans le plan sagittal (Atasoy *et al.*, 1983). C'est la raison pour laquelle nous préférons fixer la tablette à l'aide du second artifice, c'est-à-dire par une broche axiale (fig. 5). L'association des deux techniques est bien sûr possible. Une fois la perte de substance créée, celle-ci est mesurée. Il faut, impérativement, amener le lambeau à la partie distale de la pulpe et donc amener sa pointe du côté opposé à la zone de prélèvement. Le lambeau doit donc être long, au moins 1,5 cm pour couvrir toute la pulpe, et large pour bien soutenir le lit unguéal en tenant compte de la rétraction cicatricielle obligatoire (fig. 6). Le lambeau utilisé est un lambeau en îlot latéral homodigital, variante de ceux décrits par Segmüller, Venkataswami et Mouchet (Mouchet et Gilbert, 1982 ; Segmüller, 1976 ;

Venkataswami et Subramanian, 1980). La voie d'abord utilisée pour sa levée peut être latérale pure, ou en W de Littler sans que cela semble changer quoi que ce soit dans les suites opératoires. La dissection, proche du pédicule, mais en ménageant un peu de graisse périvasculaire présente deux difficultés : le ligament de Cleland, en arrière du pédicule, est très épais à la partie distale du doigt et difficile à effondrer. Il est donc plus facile de le sectionner par l'incision pulpaire en soulevant le lambeau comme les pages d'un livre. La seconde difficulté tient à la fixation du pédicule au col de la première et de la deuxième phalange par les anastomoses rétro-tendineuses d'Edwards. Leur coagulation à la pince bipolaire est indispensable pour éviter un hématome du pédicule, source de nécrose secondaire du lambeau.

Le lambeau est ensuite fixé sur la dernière phalange à l'aide d'une aiguille fine, artifice proposé initialement par Foucher. Cela évite de suturer le lambeau à la partie distale du lit unguéal. Cette zone est en effet volontiers douloureuse, et il faut éviter les cicatrices à ce niveau. Par

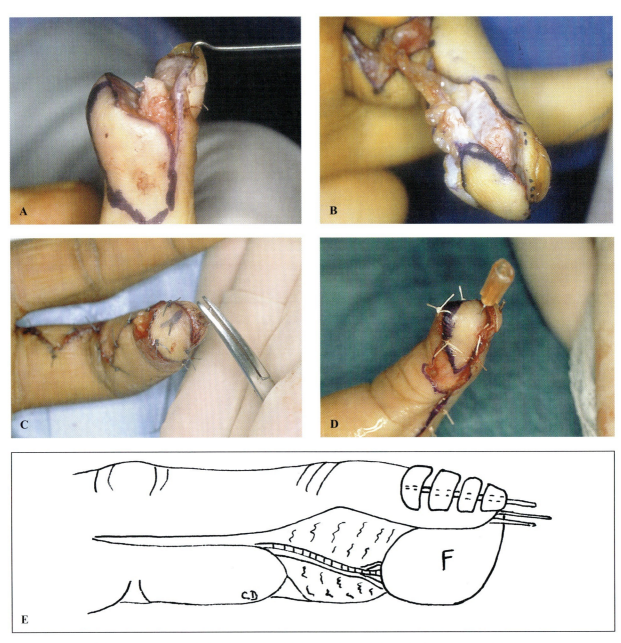

Fig. 6. – A : Une fois l'ongle et le lit relevés, on apprécie la perte de substance, toujours importante. Le lambeau doit être légèrement plus large que la perte de substance pour tenir compte de la rétraction secondaire. B : Le lambeau homodigital est avancé dans la perte de substance. C : Pour être efficace, il doit être fixé de l'autre côté du doigt afin de bien «remplir» la pulpe. D : La perte de substance créée par l'avancée du lambeau est greffée en peau mince «collée» au Corticotulle® chez l'adulte. E : Représentation schématique de l'avancée du lambeau. Dans cet exemple, un soutènement par deux broches selon Atasoy est associé au brochage de la tablette.

ailleurs, en cas de rétraction du lambeau, c'est à partir de cette cicatrice que se fera la tension sur l'appareil unguéal, source de récidive de la déformation. La perte de substance créée par l'avancée du lambeau est comblée par une greffe de peau fine prélevée au bistouri sur le bord ulnaire de l'éminence hypothénar selon Patton. Cette greffe n'est pas fixée mais simplement posée et maintenue par du

Corticotulle®. Chez l'enfant, nous utilisons plutôt une greffe de peau épaisse, également prélevée au bord cubital de l'éminence hypothénar et maintenue par un bourdonnet. Comme pour tous les lambeaux en îlot, une flexion de l'interphalangienne proximale est nécessaire pour pouvoir fermer l'incision digitale. Cette mise en flexion est maintenue par une attelle métallique pour cinq jours.

TABLEAU I

Données cliniques de nos 21 patients revus.

Dossier	Sexe	Âge lors de l'accident (années)	Âge lors du traitement (années)	Doigt atteint	Côté	Cause de la déformation	% perte osseuse	Technique chirurgicale
1	M	?	39	3	D	Plaie de pulpe, cicatrisation dirigée	33	VK + broches
2	F	53	54	3	G	Gelures	66	VK
3	F	53	55	4	G	Gelures	50	VK + broches
4	F	53	55	5	G	Gelures	75	VK + broches
5	F	2,5	3,5	2	G	Échec de réimplantation	50	VK
6	F	4	51	2	G	Cicatrisation dirigée	25	VK + broches
7	F	?	3	4	D			VK
8	M	2	15	2	D	Cicatrisation dirigée	60	VK + broches
9	M	1,5	2,5	2	G	Écrasement	75	VK + Os
10	F	33	36	3	G	Cicatrisation dirigée	70	VK + Os
11	M	?	33	3	D		15	
12	M	0,8	6	3	G	Greffe de peau épaisse	20	VK + broches
13	F	?	35	2	G			VK
14	M	58	64	3	D	Cicatrisation dirigée	15	VK
15	M	24	25	3	D	Amputation	50	VK
16	M	58	60	4	G	Cicatrisation dirigée	40	VK
17	M	30	32	2	D	Cicatrisation dirigée	75	VK
18	F	19	21	3	D	Lambeau d'Atasoy	30	VK + broches
19	M	?	24	2	G		25	VK
20	F	32	34	2	G	Cicatrisation dirigée	75	VK + Os
21	F	31	32	3	G	Nécrose d'un lambeau avancement	50	VK + broches

VK = lambeau en îlot type Venkataswami; VK + Os = greffe osseuse associée au lambeau; VK + broches = fixation unguéale ou soutènement par broche.

Le premier pansement a lieu au cinquième jour, ce qui permet d'ôter l'attelle. Le patient est encouragé à mobiliser son doigt, et une orthèse d'extension dynamique est parfois mise en place dès le huitième jour si la récupération de la mobilité n'est pas satisfaisante. L'aiguille qui maintient le lambeau et la (les) broche(s) de maintien de l'ongle sont ôtées à la troisième semaine. L'ongle s'éliminera progressivement et le résultat esthétique et fonctionnel peut être jugé entre le sixième et le neuvième mois en fonction de la repousse unguéale.

Résultats

À ce jour, 21 patients opérés avec cette technique ont été revus, avec un recul moyen de 28 mois (extrêmes 9 mois et 10 ans). Il s'agissait de 10 hommes et 11 femmes, d'âge moyen 32 ± 19 ans (extrêmes 2,5 et 64 ans). Les principales données sont résumées dans les tableaux I et II. Tous les patients ont été améliorés, mais seuls neuf ont un excellent résultat. Sept gardent une courbure sagittale modérée et cinq sont des échecs. Sur ces échecs, deux sont survenus sur des doigts gelés avec une importante perte de substance osseuse. Un troisième échec a été amputé secondairement car son index était douloureux et exclu. Un autre patient dont le résultat objectif était bon s'est dit gêné au point de demander l'ablation de l'appareil unguéal. Habituellement, les résultats subjectifs sont un peu moins bons que les résultats objectifs car les patients regrettent l'aspect court de leur doigt que ne corrige pas notre technique (fig. 7).

Le prélèvement du lambeau n'a pas entraîné de séquelles, ni sur la mobilité IPP ni sur la mobilité IPD, les raideurs observées étant préexistantes à l'intervention.

LES AUTRES TRAITEMENTS PROPOSÉS

Depuis la publication initiale de Dufourmentel en 1963, de nombreuses techniques ont été proposées pour le traitement de l'ongle en griffe (Dufourmentel, 1963). La plupart se limitent aux détails techniques et les résultats et le nombre de patients traités restent souvent imprécis (tableau III). Nous les avons classées en cinq groupes.

TABLEAU II

Dossier	Recul (mois)	Mobilité IPD (en %)	Pince	Récidive	Résultat objectif	Résultat subjectif	Gestes secondaires	Divers
1	11	100	Normale	Non	Très bon	Très bon		
2	24	0	Normale	Très modérée	Mauvais	Bon	Dégraissage d'un ongle court	
3	22	0	Normale	Oui	Mauvais	Bon	Dégraissage d'un ongle court	
4	12	0	Normale	Échec	Mauvais	Mauvais	Ablation de l'ongle dont il ne reste que des reliquats	
5	48		?	Oui	Mauvais	Mauvais		Plaie de l'artère du lambeau, suture microchirurgicale, déviation ulnaire de la tablette
6	10	100	Normale	Non	Très bon	Très bon		
7	72		?	Non	Moyen	?		
8	16		?	Modérée	Bon	Bon		
9	48	10	Normale	Modérée	Bon	Moyen		Consolidation osseuse
10	120	60	Normale	Non	Bon	Très bon		Résorption à 50 % du greffon à quatre mois, instabilité du lit unguéal, épaississement de la tablette
11	40		?	Modérée	Moyen	Moyen	Ablation de spicules ongles	
12	9	100	Normale	Non	Bon	Bon		Pulpe encore épaisse
13	36		?	Non	Très bon	Très bon	Excision secondaire de la partie distale du lit unguéal	
14	13	100	Normale	Non	Bon	Bon		Pulpe un peu mince
15	12	100	Normale	Modérée	Moyen	Moyen		Instabilité de l'ongle non gênante
16	16	30	Normale	Non	Très bon	Très bon		
17	12	50	Doigt exclu	Oui	Mauvais	Mauvais	Amputation du doigt exclu en préopératoire	
18	15	100	Normale	Non	Bon	Bon		Reliquat moignon unguéal gênant
19	30	100	Gêne	Modérée	Bon	Moyen	Reconstruction de l'hyponychium, dégraissage de la pulpe	Ablation secondaire de l'ongle pour troubles psychologiques
20	12		?	Modérée	Moyen			Ongle dystrophique, hyperesthésie, pas d'incorporation du greffon
21	19			Non	Oui	Moyen	Moyen	Ablation de spicules latérales

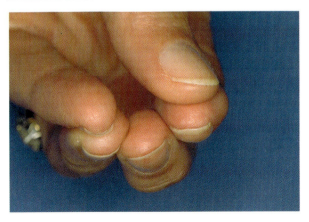

Fig. 7. – **Bon résultat (index) à neuf mois de recul.**

TABLEAU III
Les techniques conventionnelles publiées pour le traitement de l'ongle en griffe.

Principes techniques	Variantes	Auteurs	Nombre de cas
Ablation de l'ongle		(Verdan, 1978)	Non précisé
Apport de parties molles	Lambeaux locaux	(Onizuka et Ichinose, 1974)	Non précisé
	Lambeau d'Atasoy	(Verdan, 1978)	Non précisé
	Lambeau d'avancement type Snow	(Kojima *et al.*, 1994)	5
	Lambeau thénarien	(Barbato *et al.*, 1996)	3
	Lambeau homodigital à contre-courant	(Kaji *et al.*, 1991)	3
	Lambeau latéral homodigital	(Shepard, 1990)	7
	Lambeau latéral homodigital	(Dumontier *et al.*, 1995)	21
	Lambeau homodigital bipédiculé type O'Brien	(Glicenstein et Haddad, 1991)	Non précisé
	Lambeaux hétérodigitaux	(Atasoy *et al.*, 1983)	4
	Greffe composite d'orteil	(Bubak *et al.*, 1992)	9
Greffes osseuses	Non vascularisées	(Tubiana, 1986)	2
	Non vascularisées	(Verdan, 1978)	Non précisé
	Ostéotomie de la phalange	(Shepard, 1990)	7
	En îlot osseux vascularisé	(Saffar et Auclair, 1992)	Non précisé
	D'avancement vascularisées	(Gargollo *et al.*, 1990)	12
Recul unguéal	Technique de Dufourmentel	(Dufourmentel, 1963)	2
		(Verdan, 1978)	Non précisé
		(Foucher *et al.*, 1991c)	27
		(Dumontier *et al.*, 1989)	11
	Lambeau chenille	(Cantero, 1979)	Non précisé
	Lambeau escalator	(Foucher *et al.*, 1991c)	4

L'ablation de la tablette

Elle avait été envisagée par Verdan, mais aucune série ne rapporte de résultats (Verdan, 1978). Ses indications se limitent, selon nous, aux pertes de substance osseuses très étendues pour lesquelles aucune reconstruction microchirurgicale n'est envisageable. Cependant, dans ces lésions très proximales, l'ongle est rarement en griffe (Chow et Ho, 1982).

L'apport de parties molles

Le but commun à toutes ces techniques est de rembourrer la pulpe pour qu'elle soutienne le lit de l'ongle. Un relèvement avec réorientation du lit est donc nécessaire, la couverture de la perte de substance pulpaire faisant appel selon les auteurs :

– à des lambeaux pulpaires type Atasoy, ou Kutler (Atasoy *et al.*, 1970 ; Kutler, 1947). Ces lambeaux de petite taille découpés dans un tissu cicatriciel nous paraissent insuffisants et dangereux ;

– à des lambeaux hétérodigitaux, mais la peau qu'ils apportent est une peau dorsale, fine et peu sensible, et l'immobilisation nécessaire, même temporaire, est une source d'enraidissement sur ces doigts traumatisés (Atasoy *et al.*, 1983). Enfin, ils créent des séquelles sur un doigt sain, ce qui limite leurs indications dans une chirurgie à visée esthétique le plus souvent ;

– à des lambeaux à distance comme le lambeau thénarien dont les indications sont limitées par les mêmes critiques (Barbato *et al.*, 1996) ;

– à d'autres lambeaux en îlot. Nous préférons le lambeau homodigital en îlot pris à la face antéro-latérale du doigt car il est plus large et mieux matelassé que le lambeau latéral pur décrit par Segmüller (Mouchet et Gilbert, 1982 ; Segmüller, 1976 ; Shepard, 1990 ; Venkataswami et Subramanian, 1980). L'utilisation d'un lambeau en îlot a contrario a également été rapportée dans cette indication (Kaji *et al.*, 1991). Cependant, si ce lambeau est large, les séquelles donneuses sont importantes, et sa sensibilité est médiocre (Koshima *et al.*, 1992). Le lambeau de type O'Brien nous paraît trop étroit et découpé dans un tissu trop cicatriciel pour couvrir correctement une déformation marquée (Glicenstein et Haddad, 1991) ;

– à une greffe de peau épaisse prélevée sur la pulpe du deuxième orteil (Bubak *et al.*, 1992).

Les gestes osseux

L'apport d'un soutien osseux paraissait logique et Verdan comme Tubiana l'avaient proposé (Tubiana, 1986 ; Verdan, 1978). Nous l'avons réalisé chez trois patients et chaque fois le greffon s'est lysé très rapidement. Il n'est pas certain que le soutien initial, ou la cicatrice fibreuse laissée par la greffe, ait un quelconque rôle et, en pratique, nous avons abandonné cette technique. Notre expérience rejoint celle d'autres auteurs qui ont montré que les greffes osseuses corticales non vascularisées se lysent presque toujours (Foucher *et al.*, 1980 ; Leviet *et al.*, 1985 ; Magalon et Zalta, 1991). Pour limiter cette lyse, des lambeaux ostéo-cutanés ont été proposés (Gargollo *et al.*, 1990 ; Saffar et Auclair, 1992). Le greffon osseux est petit et mal positionné par rapport à la perte de substance. Les résultats n'ont pas été publiés mais nous pensons qu'ils ne constituent pas une alternative à une reconstruction microchirurgicale.

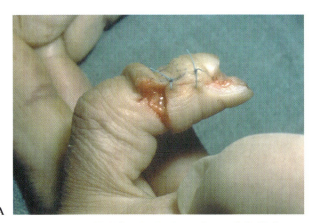
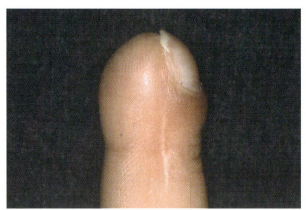

A   B

Fig. 8. – **Le lambeau de recul de Dufourmentel. A : Association d'un lambeau de recul à un lambeau quadrangulaire d'avancement (cliché du Dr Bouchon, Nancy). B : Aspect à six ans de recul d'un lambeau de recul de Dufourmentel avec couverture par un lambeau d'Atasoy.**

Shepard a insisté sur la déformation de la phalange et a proposé, en association avec un lambeau de soutien, une ostéotomie de déflexion de la phalange dont il rapporte sept cas (Shepard, 1990). Il a été montré, au pied et en dehors de tout traumatisme, que la forme de la partie proximale de la tablette dépendait de la forme de la phalange (Parrinello *et al.*, 1995). Cette technique est probablement difficile sur des fragments osseux remaniés et aucune illustration ne vient préciser les détails techniques. Shepard ne signale pas s'il a rencontré des problèmes de consolidation.

Le recul unguéal

Décrit initialement par Dufourmentel, la technique du recul unguéal propose de déplacer proximalement le lambeau dorsal lit + matrice qui a été redressé pour lui redonner un support osseux (Dufourmentel, 1963). La perte de substance créée par le recul est comblée par un lambeau. Les lambeaux latéraux proposés initialement par Dufourmentel sont trop petits, et dans l'expérience nancéenne la couverture était réalisée par un lambeau pulpaire type Atasoy (Dumontier *et al.*, 1989). Dans cette série dont le recul moyen était de 5 mm, nous n'avons pas retrouvé d'instabilité de l'appareil unguéal ni de retentissement sur la mobilité IPD (fig. 8). Le repli créé par le lambeau s'est aminci avec le temps et aucune correction secondaire n'a été réalisée. Cependant, le résultat cosmétique était moyen, puisque huit patients sur 11 étaient déçus de l'aspect raccourci du doigt, et que cinq patients ont récidivé (Dumontier *et al.*, 1989). Cantero et Foucher ont modifié le dessin initial en maintenant la charnière cutanée entre le lit et le lambeau et en faisant glisser en bloc l'appareil unguéal et le lambeau pulpaire (Cantero, 1979 ; Foucher *et al.*, 1991c). Les artifices techniques proposés limitent probablement les possibilités de recul et leur intérêt est plus théorique que réel car la cicatrice entre le lit unguéal et la pulpe est peu vascularisée (Verdan, 1978). Qui plus est, l'hyponychium est une zone

de jonction entre deux réseaux vasculaires différents et non une zone d'échange (Wolfram-Gabel et Sick, 1995).

La reconstruction microchirurgicale

Avec l'amélioration des techniques, les transferts partiels d'orteils sont de plus en plus devenus des transferts sur mesure (Foucher *et al.*, 1991b ; Hirase *et al.*, 1997). Des transferts d'ongle vascularisés ont ainsi été proposés dans le traitement de l'ongle en griffe et leur technique est détaillée dans un autre chapitre.

NOS INDICATIONS

Elles reposent avant tout sur une discussion avec le patient pour cerner sa ou ses demandes réelles. Si la gêne fonctionnelle est modérée, l'abstention thérapeutique est proposée mais c'est à ce moment que les patients avouent leur gêne esthétique. Chez les patients dont la perte de substance osseuse est inférieure à 50 %, nous proposons l'utilisation du lambeau en îlot de soutènement mais en insistant sur le fait que les patients conserveront un doigt plus court, une pulpe moins arrondie et que, si l'amélioration est constante, il est fréquent que persiste un aspect un peu bombé de l'ongle. Sous réserve de ces précautions, les résultats sont satisfaisants et les patients contents. Nous n'utilisons plus le recul unguéal car il nous paraît moins fiable dans ses résultats.

Lorsque la perte de substance osseuse dépasse 50 %, le lambeau risque d'être insuffisant, ce dont les patients doivent être prévenus, même si la plupart d'entre eux préfèrent un geste non microchirurgical. L'ablation de l'appareil unguéal est rarement acceptée par les patients qui préfèrent alors conserver leur déformation. Le transfert microchirurgical est proposé chez les sujets jeunes, dont la déformation est sévère, et d'autant plus volontiers qu'il existe une atrophie pulpaire.

TRAITEMENT PRÉVENTIF DE L'ONGLE EN GRIFFE

Kumar *et al.* ont insisté sur le fait que la totalité du lit unguéal reposait sur la phalange (Kumar et Satku, 1993). Ils pensent que la perte du support osseux permet à la partie redondante du lit unguéal de basculer, entraînant alors un ongle en griffe. Ils proposent comme traitement préventif de l'ongle en griffe la résection sur 2 mm de la partie «superflue» du lit unguéal (Kumar et Satku, 1993). L'ongle sera obligatoirement plus petit. Ils ne précisent pas leurs résultats.

La reconstruction de la pulpe est un complément indispensable de la réparation de l'appareil unguéal. Les nombreux lambeaux décrits permettent de couvrir pratiquement toutes les pertes de substance pulpaires traumatiques (Foucher, 1991a). Ils n'éliminent pas le risque d'apparition d'un ongle en griffe mais en diminuent, probablement, nettement la fréquence.

CONCLUSIONS

Le traitement de l'ongle en griffe ne peut être que chirurgical. Cependant, les nombreuses techniques décrites dans la littérature montrent que persistent des imperfections ou des limites techniques. Il est en effet difficile de reconstruire dans le même temps le support osseux, la pulpe et le lit unguéal. Notre technique d'alignement du lit unguéal soutenu par un lambeau en îlot donne de bons résultats subjectifs et objectifs, sans complications. Le doigt reste cependant court, mais si les explications préopératoires ont été correctes, les patients sont habituellement satisfaits des résultats obtenus.

La meilleure chirurgie de l'ongle en griffe reste certainement le traitement préventif, chirurgical, correct, de toutes les amputations distales du doigt. Il faut reconstruire la pulpe et l'appareil unguéal. D'abord en suturant soigneusement les lésions du lit et/ou de la matrice, puis en reconstruisant le lit unguéal s'il est détruit. La reconstruction de la pulpe fera appel à des lambeaux de taille suffisante et notre préférence va aux lambeaux en îlots. Enfin, chaque fois que c'est possible, une réimplantation distale réussie reste la meilleure technique et c'est celle que l'on doit privilégier, indépendamment de l'âge du patient.

RÉFÉRENCES

Allen M.J. – Conservative management of finger tip injuries in adults. *The Hand*, 1980, *12*, 257-265.

Atasoy E., Iokamidis E., Kasdan M.L., Kutz J.E., Kleinert H.E. – Reconstruction of the amputated finger tip with a triangular volar flap. *J. Bone Jt Surg. [Am.]*, 1970, *52A*, 921-926.

Atasoy E., Godfrey A., Kalisman M. – The «antenna» procedure for the «hook-nail» deformity. *J. Hand Surg. Am.*, 1983, *8*, 55-58.

Barbato B., Guelmi K., Romano S., Mitz V., Lemerle J.P. – Thenar flap rehabilitated: a review of 20 cases. *Ann. Plast. Surg.*, 1996, *37*, 135-139.

Bubak P.J., Richey M.D., Engrav L.H. – Hook nail deformity repaired using a composite toe graft. *Plast. Reconstr. Surg.*, 1992, *90*, 1079-1082.

Cantero J. – Problèmes posés par les traumatismes des extrémités digitales. *Méd. Hyg.*, 1979, *37*, 758-762.

Chow S.P., Ho M.B. – Open treatment of fingertip injuries in adults. *J. Hand Surg. [Am.]*, 1982, *7*, 470-476.

Das S.K., Brown H.G. – Management of lost finger tips in children. *The Hand*, 1978, *10*, 16-27.

Dubert T., Houimli S., Valenti P., Dinh A. – Very distal finger amputations: replantation or «reposition-flap» repair? *J. Hand Surg. [Br.]*, 1997, *22*, 353-358.

Dufourmentel C. – Correction chirurgicale des extrémités digitales en «massue». *Ann. Chir. Plast.*, 1963, *8*, 99-102.

Dumontier C., Dap F., Girot J., Bour C., Dautel G., Merle M. – L'ongle en griffe. À propos de 16 cas traités par recul unguéal. *Ann. Chir. Plast. Esthét.*, 1989, *34*, 517-520.

Dumontier C., Gilbert A., Tubiana R. – Hook-nail deformity. Surgical treatment with a homodigital advancement flap. *J. Hand Surg. [Br.]*, 1995, *20*, 830-835.

Elliot D., Moiemen N.S., Jigjinni V.S. – The neurovascular Tranquilli-Leali flap. *J. Hand Surg. [Br.]*, 1995, *20B*, 815-823.

Foucher G. – *Fingertip and nailbed injuries*, Edinburgh, Churchill Livingstone, 1991a.

Foucher G., Braun F.M., Smith D.J.J. – Custom-made free vascularized compound toe transfer for traumatic dorsal loss of the thumb. *Plast. Reconstr. Surg.*, 1991b, *87*, 310-314.

Foucher G., Lenoble E., Goffin D., Sammut D. – Le lambeau escalator dans le traitement de l'ongle en griffe. *Ann. Chir. Plast. Esthét.*, 1991c, *36*, 51-53.

Foucher G., Merle M., Maneau D., Michon J. – Microsurgical free partial toe transfer in hand reconstruction. *Plast. Reconstr. Surg.*, 1980, *65*, 616-621.

Foucher G., Merle M., Michon J. – Les amputations digitales distales : de la cicatrisation dirigée au transfert microchirurgical de pulpe d'orteil. *Chirurgie*, 1986, *112*, 727-735.

Freiberg A. – «Parrot-beak» deformity. *In:* Kasdan M.L., Amadio P.C., Bowers W.H. (Eds). *Technical tips for hand surgery*, p. 146. Philadelphia, Hanley and Belfus, 1994.

Gargollo C.O., Molina F., Trigos I.M. – Osteo-cutaneous flap for the correction of the «hook-nail» deformity. Abstract, A.S.S.H. meeting, 1990.

Glicenstein J., Haddad R. – Management of fingertip injury in the child. *In:* Foucher G. (Ed.). *Fingertip and nailbed injuries*, pp. 120-128. Edinburgh, Churchill Livingstone, 1991.

Gumener R., Chamay A., Montandon D. – Traitement chirurgical des plaies des extrémités digitales avec perte de substance. *Méd. Hyg.*, 1979, *37*, 778-786.

Hirase Y., Kojima T., Matsui M. – Aesthetic fingertip reconstruction with a free vascularized nail graft: a review of 60 flaps involving partial toe transfers. *Plast. Reconstr. Surg.*, 1997, *99*, 774-784.

Holm A., Zachariae L. – Fingertip lesions an evaluation of conservative treatment versus free skin grafting. *Acta. Orthop. Scand.*, 1974, *45*, 382-392.

Illingworth C.M. – Trapped fingers and amputated finger tips in children. *J. Pediatr. Surg.*, 1974, *9*, 853-858.

Kaji H., Kaji S., Sakito T., Yanagisawa A., Kondo K., Fujii T. – Reconstruction of parrot beak deformity of the nail using the reveerse digital artery island flap. *Jpn. J. Plast. Surg.,* 1991, *34,* 115-120.

Kapandji T., Bleton R., Alnot J.Y., Oberlin C. – Couverture des lésions pulpaires des doigts par lambeaux digitaux homola-téraux. Soixante-huit lambeaux. *Ann. Chir. Main,* 1991, *10,* 406-416.

Kojima T., Kinoshita Y., Hirase Y., Endo T., Hayashi H. – Extended palmar advancement flap with V-Y closure for finger injuries. *Br. J. Plast. Surg.,* 1994, *47,* 275-279.

Koshima I., Moriguchi T., Umeda N., Yamada A. – Trimmed second toetip transfer for reconstruction of claw nail deformity of the fingers. *Br. J. Plast. Surg.,* 1992, *45,* 591-594.

Kumar V.P., Satku K. – Treatment and prevention of «hook nail» deformity with anatomic correlation. *J. Hand Surg. Am.,* 1993, *18,* 617-620.

Kutler W. – A new method for fingertip amputations. *JAMA,* 1947, *133,* 29-30.

Leviet D., Meriaux J.L., Vilain R. – Les greffes osseuses digi-tales. *Chirurgie,* 1985, *111,* 235-243.

Magalon G., Zalta R. – Primary and secondary care of nail injuries. *In:* Foucher G. (Ed.). *Fingertip and nailbed injuries,* pp. 103-113. Edinburgh, Churchill Livingstone, 1991.

Mouchet A., Gilbert A. – Couverture des amputations distales des doigts par lambeau neurovasculaire en îlot. *Ann. Chir. Main,* 1982, *1,* 180-182.

Nishi G., Shibata Y., Tago K., Kubota M., Suzuki M. – Nail regeneration in digits replanted after amputation through the distal phalanx. *J. Hand Surg. Am.,* 1996, *21,* 229-233.

Onizuka T., Ichinose M. – Lengthening of the amputated fingertip. *J. Trauma.,* 1974, *14,* 419-422.

Parrinello J.F., Japour C.J., Dykyj D. – Incurvated nail. Does the phalanx determine nail plate shape? *J. Am. Podiatr. Med. Assoc.,* 1995, *85,* 696-698.

Saffar P., Auclair E. – *The osteocutaneous vascularized island flap for partial loss of digital fingertip.* Ve International congress of hand surgery, Paris, 1992.

Segmüller G. – Modifikation der Kutler-Lappens neuro-vaskuläre Stielung. *Handchirurgie,* 1976, *8,* 75-78.

Shepard G.H. – Nail grafts for reconstruction. *Hand Clin.,* 1990, *6,* 79-102.

Tajima T. – Treatment of open crushing type of industrial injuries of the hand and forearm: degloving, open circum-ferential, heat-press, and nail bed injuries. *J. Trauma.,* 1974, *14,* 995-1011.

Tubiana R. – Plaies et amputations des extrémités des doigts. *In:* Tubiana R. (Ed.). *Traité de chirurgie de la main,* pp. 830-851. Paris, Masson, 1986.

Venkataswami R., Subramanian N. – Oblique triangular flap: a new method of repair for oblique amputations of the fingertip and thumb. *Plast. Reconstr. Surg.,* 1980, *66,* 296-300.

Verdan C. – Chirurgie plastique de l'ongle en griffe. *In:* Pierre M. (Ed.). *L'Ongle,* pp. 128-141. Paris, Expansion Scientifique Française, 1978.

Wolfram-Gabel R., Sick H. – Vascular networks of the periphery of the fingernail. *J. Hand Surg. Br.,* 1995, *20,* 488-492.

Traitement microchirurgical de l'ongle en griffe

P. VALENTI

Le traitement chirurgical de l'ongle en griffe représente toujours un challenge difficile pour le chirurgien de la main. De nombreuses techniques ont été rapportées dans la littérature faisant appel le plus souvent à des lambeaux locaux dont le résultat esthétique final est fréquemment imparfait, voire médiocre à long terme. Il est en effet difficile de reconstruire dans le même temps à la fois le support osseux, la pulpe et le lit unguéal.

C'est la raison pour laquelle nous avons opté pour une technique microchirurgicale, certes plus sophistiquée et de réalisation plus complexe, mais qui a l'avantage de corriger en un seul temps opératoire la perte de substance osseuse pulpaire et unguéale. Bien que le concept de transfert d'orteil vascularisé fut introduit par H. Buncke dès 1966 (Buncke *et al.*, 1966), le développement des transferts partiels revient essentiellement à Morrison qui, en 1980, décrivait le lambeau d'enveloppement aux dépens du gros orteil (Morrison *et al.*, 1980). De nombreuses publications sur les transferts vascularisés d'appareil unguéal ont été rapportées depuis la première publication par Foucher en 1980 qui développait le concept du « sur mesure » (Koshima *et al.*, 1988 ; Nakayama *et al.*, 1990). Shibata, en 1991, décrivait le transfert veineux artérialisé, puis Hirase en 1994 proposait une stratégie de la reconstruction digitale, enfin Takashi en 1997 faisait le bilan des techniques de reconstruction de l'ongle.

Cependant, concernant spécifiquement l'ongle en griffe post-traumatique, peu de publications microchirurgicales ont été faites : en 1992, deux cas d'ongle en griffe étaient traités par un transfert vascularisé composite à partir du deuxième orteil (Koshima *et al.*, 1992). En 1997, Koshima rapportait au total neuf cas, dont trois à partir du gros orteil et six à partir du deuxième orteil. En 1996, nous avons rapporté quatre cas, dont trois à partir du gros orteil et un à partir du deuxième orteil, au Congrès du Groupe d'avancement pour la microchirurgie.

MATÉRIEL ET MÉTHODES

De 1992 à 1998, cinq ongles en griffe ont été traités par un transfert microchirurgical « sur mesure ». Il s'agissait de trois hommes et deux femmes dont la moyenne d'âge était de 23 ans avec des extrêmes de 12 et 35 ans. L'ongle en griffe intéressait trois fois l'index (fig. 1 et 2), deux fois le pouce. La perte de substance osseuse emportait plus de 50 % de la phalange distale et s'accompagnait d'une atrophie pulpaire. Dans tous les cas, la lésion initiale était une amputation digitale distale post-traumatique. La prise en charge en urgence avait fait appel soit à la technique de lambeau reposition, soit à un simple lambeau d'avancement pour recouvrir la phalange exposée. En secondaire, deux patients avaient déjà subi un lambeau local avec un échec : sur un pouce, il avait été effectué un lambeau dorso-cubital du pouce à vascularisation rétrograde selon Brunelli associé à un îlot osseux vascularisé selon Saffar ; sur un index, un lambeau thénarien pédiculé pour resurfaçage pulpaire. La plainte des patients était à la fois fonctionnelle, douloureuse mais aussi esthétique ; le contact pulpo-pulpaire, en particulier index-pouce, était perturbé par la tablette unguéale incurvée et épaissie. L'atrophie pulpaire associée à une perte de la longueur de la tablette unguéale entraînait une diminution de force de la pince I-II ainsi qu'une hypoesthésie objective d'autant plus accentuée que le doigt était moins utilisé. L'extrémité digitale était douloureuse car l'hyponychium était altéré ou remplacé par une cicatrice vicieuse et, très souvent, l'incurvation de l'ongle pénétrait dans la pulpe distale.

L'ongle en griffe est souvent caché par un sparadrap durant la vie sociale du patient et entraîne fréquemment un retentissement psychologique. Cette gêne esthétique n'est pas nécessairement toujours avouée par le patient mais peut représenter un facteur prédominant dans la

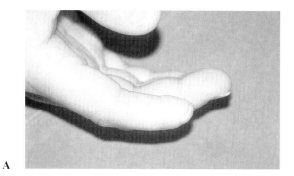

A

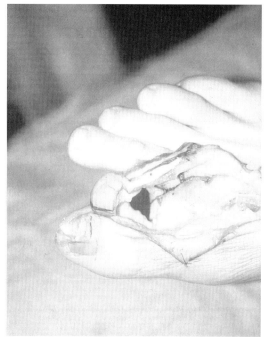

B

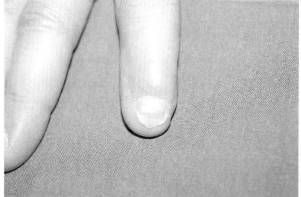

C

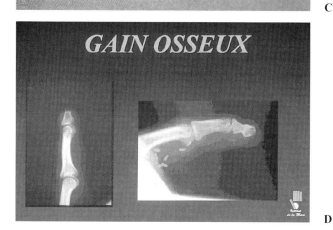

GAIN OSSEUX

D

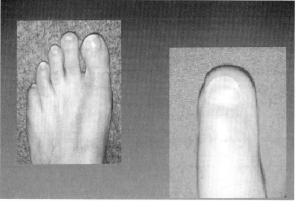

E

demande chirurgicale. C'est encore souligner que la demande n'est pas uniquement d'ordre fonctionnel mais s'associe très souvent à un souci esthétique.

Le transfert composite a été effectué aux dépens du gros orteil dans trois cas (deux fois pour le pouce et une fois pour l'index) et du deuxième orteil dans deux cas (index).

TECHNIQUE MICROCHIRURGICALE

Cette technique a comme objectif d'apporter, sur mesure, et de façon vascularisée, les composants manquants après la destruction distale du doigt à partir d'un orteil et nous prendrons comme type de description l'ongle en griffe au niveau de l'index traité par transfert sur mesure à partir du gros orteil (fig. 1).

Fig. 1. – **Correction d'un index en griffe par reconstruction microchirurgicale à partir du gros orteil.**
A : Ongle en griffe sévère.
B : Prélèvement « sur mesure » du complexe unguéal (os et hémipulpe) du gros orteil.
C : Résultats à six mois.
D : La reconstruction osseuse.
E : Les séquelles minimes au niveau du site donneur.

L'intervention est effectuée sous anesthésie loco-régionale : au membre supérieur, un bloc axillaire à l'aide de xylocaïne associée à de la marcaïne afin d'obtenir un effet vasodilatateur et anesthésique prolongé ; au membre inférieur, un bloc du nerf sciatique ou tronculaire bas,

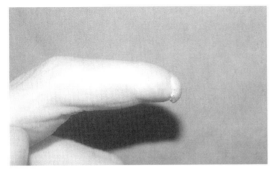

A

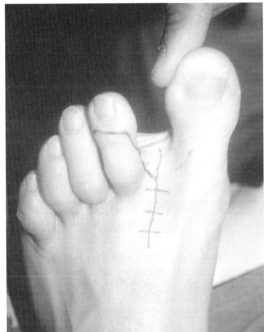

B

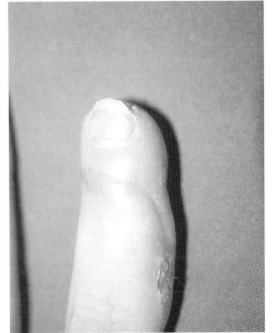

C

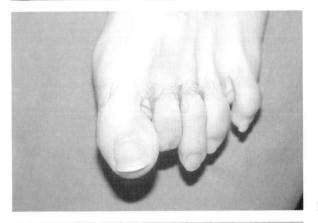

D

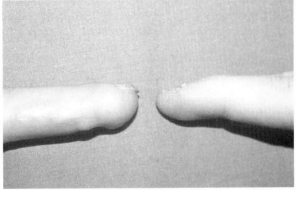

E

assure une anesthésie du pied qui autorise la mise en place d'un garrot pneumatique à la cheville. Le prélèvement porte sur le pied homolatéral afin que les anastomoses vasculaires soient plutôt sur le versant cubital de l'index où les cicatrices seront les plus minimes possibles.

Le *premier temps opératoire* est consacré au prélèvement ostéo-pulpo-unguéal sur mesure, aux dépens du gros orteil. La dissection débute au niveau de la première commissure, strictement en dorsal afin de visualiser le type de vascularisation intermétatarsienne. Quand il s'agit d'un réseau à prédominance dorsale, nous prolongeons la dissection en proximal afin d'obtenir un pédicule long et de réaliser des anastomoses avec des vaisseaux de plus gros calibres au niveau de la commissure, voire de la paume de la main. Quand il s'agit d'un réseau à prédominance plantaire, nous arrêtons la dissection dans la première commissure. Le pédicule est

FIG. 2. – Correction d'un ongle en griffe à partir du deuxième orteil.
A : Ongle en griffe sévère avec absence de croissance unguéale.
B : Prélèvement de l'extrémité distale du deuxième orteil.
C : Résultat à un mois.
D : Les séquelles sur le pied donneur.
E : Résultat au 6e mois.

alors court et nous effectuons les anastomoses au niveau de l'interphalangienne proximale. Quand le débit artériel n'est pas suffisant, nous prolongeons ce pédicule court par une greffe veineuse d'interposition branchée sur l'artère digitale commune.

Le drainage veineux est assuré par le système veineux superficiel se drainant vers la veine saphène interne. Une branche nerveuse du nerf musculo-cutané peut être prélevée sans qu'il ait été prouvé sa valeur trophique sur la qualité de la repousse unguéale. Une palette cutanée latérale sur l'orteil prélevé en regard de la première phalange permet de protéger le pédicule artério-veineux.

La partie distale du gros orteil est prélevée en bloc : le lit unguéal, la partie distale de la pulpe et un fragment d'os sous-jacent. La largeur et la longueur du prélèvement de l'unité unguéale sont adaptées aux dimensions du site receveur. En revanche, la matrice germinale est laissée en place. Néanmoins, le repli proximal ainsi que de la peau sont prélevés afin d'avoir une sécurité vasculaire, en particulier veineuse. Comme l'avait souligné Foucher, la dissection doit être extrêmement prudente en regard de l'articulation interphalangienne distale de l'orteil car l'artère collatérale chemine au contact du ligament latéral. Le nerf collatéral plantaire est sectionné au niveau de la première commissure.

Le *deuxième temps opératoire* consiste en la préparation de l'extrémité digitale durant la revascularisation du transplant composite. La tablette unguéale est enlevée et le lit unguéal est réséqué jusqu'en zone saine. La pulpe est incisée en gueule de requin et la cicatrice vicieuse d'hyponychium est excisée. L'incision digitale est latéro-cubitale permettant un repérage de l'artère collatérale digitale en regard de P1 ainsi qu'une veine dorsale au même niveau. Le nerf collatéral digital a été repéré au niveau de l'interphalangienne distale pour une anasto-mose future la plus distale possible.

Le *troisième temps opératoire* réalise le transfert du transplant composite d'orteil au niveau de l'index :

– l'ostéosynthèse du fragment osseux est réalisée à l'aide d'une broche de Kirschner 10/10ᵉ axiale et d'une broche oblique 8/10ᵉ au mieux extra-articulaire.

– Le lit unguéal est suturé à l'aide de fil résorbable (PDS 5/0), de façon atraumatique.

– La tablette unguéale est fixée par un point en U.

– De la peau saine est excisée sur le doigt receveur afin d'adapter au mieux du côté cubital la palette cutanée de l'orteil.

– Les anastomoses vasculaires termino-terminales sont effectuées en regard de l'interphalangienne proximale pour l'artère et en regard de P1, voire dorso-commissurale pour la veine.

– L'anastomose nerveuse du nerf plantaire est effectuée avec le nerf digital en regard de l'interphalangienne distale. Une branche du musculo-cutané peut être anastomosée à la branche dorsale du nerf collatéral

digital. Très fréquemment, la graisse entourant le pédi-cule artério-veineux ne permet pas une suture immédiate de l'incision latéro-digitale : c'est souligner l'importance de squelettiser le pédicule artério-veineux du transplant. Quand le pédicule est long, l'anastomose artérielle est réalisée au niveau du deuxième espace palmaire commis-sural avec l'artère digitale commune en termino-terminal en amont de la perforante commissurale. Ces anasto-moses sont réalisées au mieux après avoir lâché le garrot pneumatique pour vérifier le débit artériel du site receveur.

Le *quatrième temps opératoire* consiste en la fermeture du site donneur par simple cicatrisation dirigée ou par un lambeau plantaire d'avancement associé à une greffe de peau totale ou un *cross toe*.

Les suites postopératoires sont caractérisées par la surveillance de la vascularisation du transplant, en appréciant durant les 24 premières heures la couleur, la chaleur et le pouls capillaire toutes les deux heures. Une iso-anticoagulation à l'aide de Lovenox® 0,4 une fois par jour en sous-cutané est prescrite durant cinq jours et relayée par de l'aspirine à raison de 250 mg par jour pour 21 jours. Un vasodilatateur type blufomédil est associé durant les 21 premiers jours.

La compression digitale à l'aide de Cohéban© est débutée vers le 15ᵉ jour et les broches enlevées vers le 45ᵉ jour. Le temps de cicatrisation du site donneur varie entre trois et six semaines.

CAS PARTICULIERS

Pour un doigt, si l'ongle en griffe n'est pas trop sévère, nous préférons le deuxième orteil selon la même tech-nique que précédemment mais en prélevant sur le pied controlatéral (raisons vasculaires). Quand l'ongle en griffe est très sévère, nous prélevons la matrice unguéale avec le repli proximal. En effet, la croissance de l'ongle est souvent ralentie et la totalité du lit unguéal est dystrophique. Nous choisissons alors le gros orteil pour avoir un ongle de longueur et de largeur suffisantes (fig. 1).

Si l'ongle en griffe intéresse le pouce, nous préférons prélever un transfert composite vascularisé, os, pulpe, lit unguéal sur mesure, sur le gros orteil. Nous utilisons alors le gros orteil homolatéral avec un pédicule artériel long afin de réaliser l'anastomose artérielle en latéro-terminale dans la tabatière anatomique avec l'artère radiale. Dans un souci esthétique, le pédicule artério-veineux est bien sûr tunnellisé au niveau de la face dorsale du pouce. S'il s'agit d'une forme plantaire, nous réalisons une anastomose termino-terminale avec l'artère collatérale cubitale ou avec l'artère radiale sectionnée dans la tabatière anatomique et «retournée» pour réaliser une anastomose à la base du pouce.

RÉSULTATS

Le résultat vasculaire immédiat a été un succès dans quatre cas. Dans un cas, deux reprises précoces en raison d'une thrombose artérielle avant la 6e heure ont permis une survie totale du transplant. Tous les patients ont été satisfaits du résultat esthétique et fonctionnel (fig. 1 et 2). La consolidation osseuse a toujours été acquise en deux à trois mois avec une sensibilité discriminative entre 9 et 12 mm et une amélioration constante de la fonction pouce index. L'analyse des résultats avec un recul moyen de trois ans (un à cinq ans) a montré que l'os vascularisé ne se résorbait pas et que la repousse unguéale se faisait de façon rectiligne. Hormis l'index qui a été repris deux fois, nous n'avons pas constaté de récidive d'ongle en griffe. L'aspect « bulbeux et redondant » de la pulpe est fréquemment rencontré mais a nécessité un dégraissage dans un cas seulement (Wei *et al.*, 1996) La morbidité du site donneur a toujours été minime malgré des délais de cicatrisation atteignant parfois six semaines. À plus long terme, aucun patient ne s'est plaint de séquelles douloureuses au niveau du pied.

DISCUSSION

De nombreuses techniques conventionnelles ont été utilisées pour corriger un ongle en griffe (Dumontier *et al.*, 1994). Ces procédés ont pour objectif l'apport de parties molles à l'aide d'un lambeau (d'avancement ou latérodigital ou à contre-courant ou hétérodigital), l'apport d'une greffe osseuse ou un recul unguéal. Les résultats à moyen et à long terme de ces techniques montrent que l'os se résorbe progressivement et que la pulpe s'atrophie avec une rétraction de l'hyponychium. Ainsi les conditions locales sont de nouveau réunies pour une récidive de l'ongle en griffe. Le prélèvement sur mesure (Foucher *et al.*, 1980) d'os, de pulpe et de lit unguéal aux dépens de l'orteil, vascularisé, permet une reconstruction la plus anatomique possible de l'extrémité digitale avec un résultat qui se maintient dans le temps.

Cette technique microchirurgicale est certes difficile mais le traitement de l'ongle en griffe ne représente pas pour le chirurgien un challenge thérapeutique facile. Cette attitude peut donc paraître « jusqu'au-boutiste » mais a l'avantage de régler en un temps le défect osseux, pulpaire et unguéal. De plus, les indications microchirurgicales sont rares car nous avons, en six ans, réalisé seulement cinq transferts pour ongle en griffe sur une série de 40 transferts partiels d'orteils. C'est encore souligner notre prudence dans le choix de cette technique. Néanmoins, celle-ci nous paraît fiable, entre les mains de chirurgiens entraînés à la microchirurgie d'urgence, et grâce à une parfaite connaissance de l'anatomie vasculaire du pied. Comme le soulignait très justement Foucher dans une de ses conférences d'enseignement sur la reconstruction traumatique du pouce : « Une indication microchirurgicale ne peut être remplacée par une chirurgie conventionnelle en raison de la non-compétence du chirurgien. »

LES INDICATIONS
DE LA MICROCHIRURGIE

Nous limitons les indications de la microchirurgie au sujet jeune, motivé, dont la demande est à la fois esthétique et fonctionnelle. Il s'agit fréquemment de patients multiopérés qui ont subi une ou plusieurs techniques conventionnelles avec un résultat initial parfois acceptable mais qui s'est très souvent dégradé avec le temps. Nous la réservons au cas de perte de substance osseuse supérieure ou égale à 40 % de la phalange distale et/ou de rétraction pulpaire très marquée.

Le traumatisme psychologique est souvent présent et il faut prévenir les patients que le résultat esthétique ne sera jamais celui d'un doigt normal mais celui d'un doigt socialement non remarqué. Bien sûr, si la perte de substance osseuse est de 15 à 20 % ou si le sujet présente des risques vasculaires (tabac, artériopathie...), une technique conventionnelle sera préférée.

RÉFÉRENCES

Buncke H.J., Buncke C.M., Schulz W.P. – Immediate Nicoladoni procedure in the Rhesus monkey, or Hallux-to-hand, transplantation, utilizing microminiature vascular anastomoses. *Br. J. Plast. Surg.*, 1966, *19*, 332-337.

Dumontier C., Gilbert A., Tubiana R. – L'ongle en griffe. *In : Traité de chirurgie de la main.* Tubiana R. (Ed.). Tome 5, pp. 706-712. Paris, Masson, 1994.

Foucher G., Merle M., Maneaud M., Michon J. – Microsurgical free partial toe transfer in hand reconstruction. *Plast. Reconstr. Surg.*, 1980, *65*, 616-626.

Foucher G., Braun F.M., Smith D.J. Jr – Custom-made free vascularized compound toe transfer for traumatic dorsal loss of the thumb. *Plast. Reconstr. Surg.*, 1991, *87*, 310-314.

Hirase Y., Kojima T., Matsui M. – Fingertip reconstruction with a free vascularized nail graft: a review of 60 flaps involving partial toe transfers. *Plast. Reconstr. Surg.*, 1997, *99*, 774-784.

Koshima I., Soeda S., Takase T., Yamasaki M. – Free vascularized nail grafts. *J. Hand Surg.*, 1988, *13A*, 29-32.

Koshima I., Moriguchi N., Umeda N., Yamada A – Trimmed second toetip transfer for reconstruction of claw nail deformity of the finger. *Br. J. Plast. Surg.,* 1992, *45,* 591-594.

Morrison W.A., O'Brien B.M., McLeod A.M. – Thumb reconstruction with a free neurovascular wrap-around flap from the big toe. *J. Hand Surg.,* 1980, *5,* 575-583.

Nakayama Y.T., Uchida. A., Kiyosawa T., Soeda S. – Vascularized free nail grafts nourished by arterial inflow from the venous system. *Plast. Reconstr. Surg.,* 1990, *85,* 239-245.

Shibata M., Seki T., Yoshizu T., Saito H., TajimaT. – Microsurgical toenail transfer to the hand. *Plast. Reconstr. Surg.,* 1990, *88,* 102-107.

Takashi E., Nakayama Y., Soeda S. – Nail transfer : evolution of the reconstructive procedure. *Plast. Reconstr. Surg.,* 1997, *100,* 907-913.

Wei F.C., Chen H.C., Chuang D.C., Jeng S.F., Lin Ch. – Aesthetic refinements in toe-to-hand transfer surgery. *Plast. Reconstr. Surg.,* 1996, *98,* 485-490.

Panaris sous- et péri-unguéaux

J.R. WERTHER, G. CANDELIER,
P. DESCAMPS, J.P. LEMERLE

Le panaris est sans conteste la pathologie unguéale la plus fréquente mais son apparente banalité cache des difficultés souvent méconnues. Le panaris péri-unguéal est la localisation la plus fréquente des panaris. L'étio-pathogénie est discutée, mais l'hypothèse usuelle de rupture de la barrière paronychiale et de sa colonisation par un germe pyogène paraît satisfaisante.

Dans son évolution, il présente fréquemment des extensions sous-unguéales mais qui sont probablement sans réelles conséquences. Les extensions à distance ou les complications avec atteinte articulaire (arthrite) ou extension à la gaine du tendon (phlegmon) sont extrêmement rares dans notre expérience ; une récente étude rétrospective des 115 derniers phlegmons des gaines digitales, traités de 1985 à 1997 à Boucicaut, retrouvait seulement cinq cas dans lesquels un panaris pouvait être en cause (Richard et Vilain, 1982 ; Watson et Jebson, 1996).

TRAITEMENT
AVANT COLLECTION

Avant la collection, le traitement est médical : nous sommes restés fidèles au trempage cinq fois par jour dans un flacon d'Hexomédine® transcutanée qu'on change régulièrement, poursuivi pendant dix jours. Nous ne prescrivons pas d'antibiotiques dans cette indication, sauf terrain particulier (immunodépression, valves cardiaques artificielles…), et alors nous utilisons de préférence la cloxacilline (Orbénine®) à la dose de 1 g, trois fois par jour pendant cinq jours. Cet antibiotique est actif sur 90 % des germes responsables (cf. infra), une dose plus faible risquant d'induire des résistances ou de sélectionner un germe. Le spectre de la cloxacilline est relativement étroit et sa biodisponibilité est supérieure à celle de l'oxacilline (Bristopen®). En cas d'allergie, le rapport bénéfice/ risque demande à être réévalué et l'indication d'une anti-

biothérapie devient à notre sens bien plus discutable. La surveillance du traitement médical ne nous paraît pas indispensable en milieu chirurgical.

En cas d'inefficacité, l'évolution se fait vers la collection, plus rarement vers la chronicité, avec une aggravation clinique que le patient lui-même n'aura aucun mal à diagnostiquer. Il doit en être prévenu et encouragé dans ce cas à une consultation rapide.

Le traitement chirurgical au stade non collecté est très décevant, il n'y a pas de nécrose, l'étendue de la zone inflammatoire rend le geste peu satisfaisant, les limites de l'excision sont très difficiles à préciser.

A contrario, nous avons quelquefois pu observer, à la suite de contre-indications temporaires (femmes enceintes sur le point d'accoucher en particulier), des guérisons par la poursuite d'un traitement médical par Hexomédine® sur des panaris collectés, l'évolution se faisant alors vers la fistulisation et une guérison à terme. Mais cette évolution favorable n'est certainement pas la règle, et l'on ne saurait recommander l'abstention chirurgicale qu'en cas de risque vital chirurgical intolérable.

COLLECTION : EXCISION

Cet aphorisme bien connu : « un panaris ne s'incise pas, il s'excise » reste, bien entendu, vrai. Rien depuis Raymond Vilain ne nous a fait changer d'avis. Sa conception du traitement chirurgical des infections nous semble toujours d'actualité.

À des degrés divers, une infection est toujours *nécrosante.* La nécrose tissulaire favorise le développement des germes par l'absence de vascularisation qui empêche l'arrivée des effecteurs du système immunitaire, et de l'oxygène, molécule fort toxique pour la plupart des germes incriminés. Rappelons que le streptocoque est *anaérobie* mais aéro-*tolérant*. L'inflammation aiguë périphérique étend la nécrose tissulaire et le pus lui-même, témoin d'une lyse des polynucléaires avec libération massive d'enzymes lytiques et de radicaux libres, est toxique pour les tissus sains.

Le but de l'excision chirurgicale est l'élimination totale des tissus nécrosés, ce qui accélère le processus de détersion, apporte de l'oxygène (l'air ambiant) et ne laisse exposés aux germes que des tissus vivants.

LA FERMETURE

L'effet mécanique de réduction de la charge bactérienne nous paraît à lui seul insuffisant et nous condamnons formellement toute fermeture. Un panaris excisé doit être laissé en cicatrisation dirigée, car aucun élément fragile n'est exposé par l'excision des panaris latéro- ou sous-unguéaux.

LES MODALITÉS PRATIQUES DE L'EXCISION

Quelques points sont bien établis.

L'anesthésie

Elle doit être suffisante. Nous sommes le plus souvent restés fidèles au dogme de Raymond Vilain qui recommandait l'anesthésie générale. Mais il faut reconnaître que des fissures apparaissent : malgré les nouveaux médicaments (Diprivan®), l'anesthésie générale du panaris reste un exercice difficile : le geste d'excision est très douloureux, mais sa durée très brève : ce qui impose une anesthésie profonde et ultracourte : ces contraintes sont difficiles à concilier.

À l'inverse, il est clair que l'anesthésie locale stricto sensu est contre-indiquée par un risque assez évident de création d'un décollement susceptible de surinfection. Le bloc veineux paraît également contre-indiqué car il impose une durée de garrot importante qui empêche la vérification de la qualité de l'excision.

Nous utilisons de plus en plus le bloc plexique proximal. Depuis quelques années, l'utilisation du neurostimulateur a permis d'approcher de très près 100 % de succès. Les craintes anciennes de risque de dissémination de l'infection par traversée d'un ganglion semblent sans fondement. Nous continuons néanmoins de penser que la présence d'une lymphangite est une contre-indication à la réalisation d'un bloc plexique.

Plus discutable, une anesthésie intravaginale est d'une efficacité suffisante, mais nombreux sont ceux que la perspective d'une injection dans la gaine du tendon fléchisseur dans une ambiance septique laisse perplexes.

Certains ont une expérience considérable de cette pratique et revendiquent un taux de phlegmons iatrogènes nul, mais ils disent alors injecter en prévaginal dans cette indication.

Le garrot pneumatique

Il est indispensable pour une bonne visualisation des tissus et pour permettre une excision nécessaire et suffisante. Nous levons toujours le garrot pour vérifier la vitalité tissulaire après excision.

NOTRE TECHNIQUE D'EXCISION

La technique doit être rigoureusement atraumatique (bistouri), car il s'agit d'une chirurgie en milieu septique qui ne doit laisser que des tissus parfaitement vivants. Elle est stéréotypée : résection cutanée emportant l'éponychium, en profondeur jusqu'en zone saine (fig. 1), sans léser la matrice unguéale. Prélèvements bactériologiques profonds. Résection de la partie molle de la tablette unguéale et complément de résection à la demande. Nous utilisons des instruments fins de chirurgie de la main (pince d'Adson, bistouri lame 15). Nous n'utilisons pas la curette dont nous pensons qu'elle crée une contusion tissulaire. Un pansement humide est réalisé en fin d'intervention. Nous n'utilisons aucun antiseptique en lavage complémentaire, seulement du sérum physiologique.

Le prélèvement bactériologique nous est utile pour des études épidémiologiques et pour une éventuelle antibiothérapie complémentaire en cas d'évolution défavorable. Il présente en outre un intérêt médico-légal.

En postopératoire

Les pansements humides sont biquotidiens jusqu'à l'obtention d'une plaie propre, puis le pansement est fait au tulle gras jusqu'à bourgeonnement satisfaisant tous les deux jours, puis au Corticotulle® jusqu'à cicatrisation deux fois par semaine. La cicatrisation est obtenue en deux à quatre semaines. La surveillance des pansements est confiée à des infirmières spécialisées en pansement post-opératoire de chirurgie de la main. Nous ne donnons pas d'antibiotiques en postopératoire, car nous pensons qu'ils rendent plus difficile la surveillance, sans apporter de gain thérapeutique significatif.

Bactériologie

Sur une série rétrospective de 454 panaris opérés de septembre 1993 à janvier 1999, 324 ont eu un prélèvement bactériologique (Gaillot et Maruéjouls, 1998). Sur les 324 prélèvements, 243 étaient positifs ; les germes retrouvés figurent au tableau I.

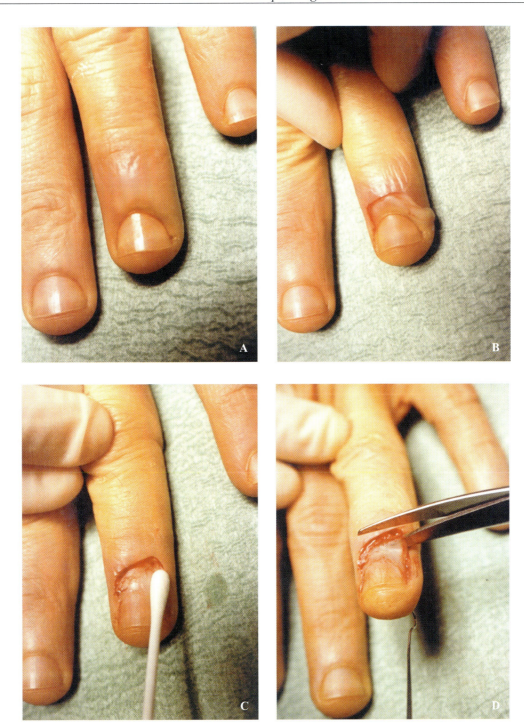

Fig. 1. – **Panaris collecté : excision classique.**
A : Aspect préopératoire. B : Incision primaire. C : Prélèvement par un écouvillon placé sur milieu gélosé. D : Recoupe de l'ongle mou.

Figures 1E et 1F page suivante

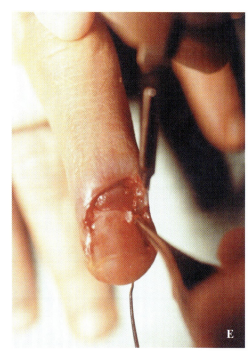

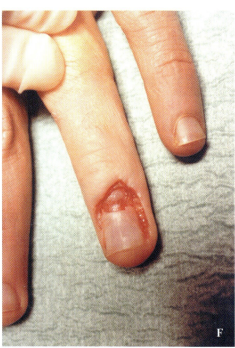

**Fig. 1. *(Suite)*. – Panaris collecté : excision classique.
E : Complément d'excision. F : Aspect final.**

TABLEAU I
**Écologie microbienne à propos de 243 prélèvements
bactériologiques positifs.**

Germe	N	%
Staphylococcus aureus	156	54
Staphylocoque A coagulase négative	3	1
Streptocoques	76	26,3
Streptococcus pyogenes groupe A	30	10,4
Streptococcus « milleri »	19	6,6
	Anginosus 5 Intermedius 8 Constellatus 2	
Streptococcus α-hémolytiques	4	1,4
Streptocoques β-hémolytiques	23	8
	Groupe B 14	4,8
	Groupe C 3	1
Streptocoque du groupe G	4	1,4
Entérobactéries	17	5,9
Eikenella corrodens	6	2
Candida sp. (non *albicans*)	2	0,7
Hafnia Alvei	2	0,7
Klebsiella oxytoca	2	0,7
Citrobacter diversus	1	0,3
Enterococcus faecium	1	0,3
Haemophilus paraphrophilus	1	0,3
Klebsiella pneumoniae	1	0,3
Proteus mirabilis	1	0,3
Anaérobies	7	2,4
Bacteroides fragilis	3	1
Escherichia coli	2	0,7
Peptostreptococcus prevotii	1	0,3
Prevotella bivia	1	0,3
Groupe HACEK	6	2
Citrobacter freundii	4	1,3
Haemophilus aphrophilus	2	0,7
Enterobacter cloacae	3	1
Haemophilus	7	2,4
Haemophilus parainfluenzae	3	1
Haemophilus Sp	2	0,7
Fusobacterium	1	0,3
Haemophilus hemolyticus	1	0,3
Haemophilus influenzae	1	0,3
Pyocyanique	12	4,2
Pseudomonas aeruginosa	6	2
Pseudomonas aeruginosa (0 : 01)	3	1
Pseudomonas aeruginosa (0 : 10)	2	0,7
Pseudomonas aeruginosa (0 : 04)	1	0,3
Klebsielle pneumoniae	1	0,3
Pasteurella	1	0,3
Total	**289**	**100**

Le total (289) est supérieur à 243 car 46 fois deux germes ou plus étaient mis en évidence. Ce tableau appelle plusieurs commentaires. L'attitude habituelle : «pas de prélèvement, c'est du staph» n'est que très partiellement vraie. *Staphylococcus aureus* n'est présent que dans 54% des cas, le streptocoque est responsable de 26,3% des panaris, les autres germes ne sont pas exceptionnels. On remarque parmi les streptocoques une proportion importante de germes réputés saprophytes et non pathogènes *(Streptococcus milleri)*, auxquels on peut ajouter *Eikenella corrodens*, dont l'identification précise en sous-groupe est un progrès récent de la microbiologie. Tous ces germes sauf

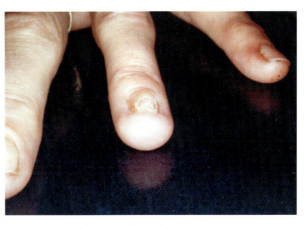

FIG. 2. – Séquelle mineure (à gauche sur l'image). Discret élargissement de la lunule et recul de l'éponychium, quelques stries unguéales.

FIG. 3. – Séquelle majeure.

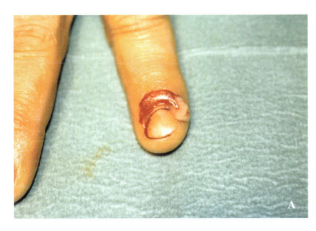
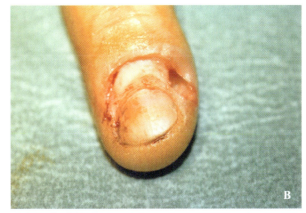
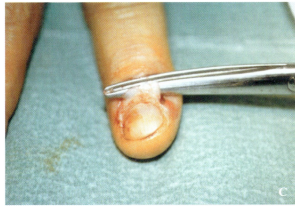
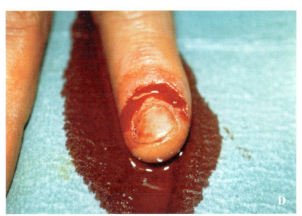

FIG. 4. – Panaris collecté : excision selon Zook.
A : Les limites de l'excision respectent l'éponychium. B : La zone excisée.
C : Recoupe de l'ongle mou. D : Levée de garrot, l'éponychium paraît vascularisé.

Staphylococcus aureus sont des germes buccaux. On peut même préciser que sauf les streptocoques β-hémolytiques, leur écologie habituelle est le vestibule buccal. *Eikenella corrodens* est très présent dans les morsures humaines.

Pasteurella est exceptionnelle, alors qu'elle est très fréquente dans les morsures animales.

Cela constitue une piste intéressante dans la pathogénie du panaris, dont il semble bien qu'une part importante provienne de l'habitude du mordillage des ongles qui, soit provoque une rupture de la barrière cutanée qui autorise la colonisation par un germe cutané (staphylocoque), soit fait entrer directement un germe buccal.

Il faut ajouter une remarque d'ordre pratique concernant les panaris : le panaris est souvent opéré en fin de programme (tard le soir), ce qui entraîne un certain délai de prise en charge du prélèvement. Un prélèvement bactériologique doit être conservé à au moins 25°. Si le prélèvement n'est pas «techniqué» dans des conditions optimales, les germes résistants vont se développer et être identifiés de façon préférentielle. Le staphylocoque doré est un germe résistant de culture très facile. Il existe certainement un biais systématique important dans cette étude qui conduit à une surestimation du nombre de *Staphylococcus aureus*. De même, la responsabilité réelle du pyocyanique est difficile à estimer vu la facilité de sa culture. À l'inverse, il est probable qu'un grand nombre, voire la majorité, des prélèvements négatifs correspondent à des insuffisances dans l'identification de germes anaérobies. En pratique, nous utilisons des écouvillons sur milieu gélosé qui permettent une certaine survie des germes anaérobies.

SÉQUELLES CHIRURGICALES

Nous avons pu revoir à long terme (plus d'un an) 40 panaris péri-unguéaux pour évaluer le préjudice esthétique unguéal après excision. La rançon cicatricielle est toujours présente, à type d'élargissement de la lunule et de reconstruction imparfaite du repli proximal. Malgré cela, dans 28 cas nous avons jugé le résultat esthétique parfait ou quasi parfait, dans sept cas des séquelles mineures étaient visibles et dans sept cas des séquelles dystrophiques jugées majeures ont été retrouvées (fig. 2 et 3).

Il reste donc indiscutablement une place pour une amélioration de la technique chirurgicale de l'excision des panaris, mais les pistes sont rares. Nous avons tenté, suivant les conseils de Zook, de préserver l'éponychium dans les excisions radicales (fig. 4). Cette excision moins radicale reste la même en profondeur et en proximal,

mais s'efforce de préserver une bande éponychiale de 4 mm en distal. Selon Zook, cette excision limitée serait à même, dans certains cas, de garder la fonction de vernis naturel de l'éponychium. En cas de nécrose de la partie préservée, son élimination se fait très facilement par dessèchement, et, dans notre expérience, sur une courte série, n'a pas diminué le taux de guérison de première intention. Il est encore trop tôt pour que nous puissions affirmer un gain esthétique significatif.

CONCLUSION

Le panaris est une pathologie chirurgicale très fréquente. C'est, et de très loin, la pathologie unguéale la plus fréquente. Comme dans tous les gestes de chirurgie unguéale, de nombreuses questions restent ouvertes.

Le moment de l'excision chirurgicale n'est pas toujours facile à déterminer. Il nous est arrivé d'exciser des phlyctènes surinfectées qui n'avaient pas d'évolution nécrosante en profondeur.

Il est probable que la simple incision conduirait à la guérison dans un certain nombre de cas, le gain réel en termes de guérison de première intention d'une excision radicale est très difficile à évaluer.

Les modalités de l'anesthésie restent discutables.

L'analyse de nos cas d'échecs de première intention nous a fait en déterminer la première cause : l'inexpérience. Il est assez fréquent qu'un interne en fin de cursus n'ait jamais vu une excision radicale de panaris. Le geste chirurgical est somme toute assez difficile car non réglé. Une excision mal adaptée n'a pas toujours de sanction nette et par là même l'échec n'est pas nécessairement pédagogique : une excision insuffisante suffira à guérir le patient dans la plupart des cas, en allongeant simplement le temps de détersion, mais imposera aussi quelquefois une reprise chirurgicale ; une excision excessive laissera plus de séquelles unguéales. L'idéal est affaire d'expérience chirurgicale.

RÉFÉRENCES

Gaillot O, Maruéjouls C – Bactériologie des infections de la main. *In :* Ebelin M. (Ed.). *Infection de la main,* pp. 3-8. Monographie du GEM n° 25. Paris, Expansion Scientifique Publications, 1998.

Richard JC, Vilain R – Acute septic arthritis of the fingers. A clinical study of 87 cases. *Ann. Chir. Main,* 1982, *1,* 214-220.

Watson PA, Jebson PJ – The natural history of the neglected felon. *Iowa Orthop. J.,* 1996, *16,* 164-166.

Dystrophies non traumatiques : l'incarnation unguéale

B. RICHERT

Cette affection douloureuse, touchant essentiellement les orteils, résulte d'un conflit entre la tablette et le périonychium. Son étiologie est multifactorielle : héréditaire, constitutionnelle par déséquilibre entre la largeur de la tablette et celle de son lit ou encore par modification de la courbure de l'ongle (ongle en pince). C'est une maladie de la civilisation puisqu'elle est précipitée par le port de chaussures : les talons hauts et les extrémités pointues chez la femme, qui paie son tribut à la mode avec deux fois plus d'ongle incarné que l'homme, et les chaussures de sport chez l'adolescent, également phénomène socioculturel, qui par l'hyperhidrose et la macération qu'elles induisent favorisent l'éclosion de l'affection ; la pédicurie inadéquate la pérennise. Cinq grands types d'incarnation peuvent être distingués (Baran, 1989).

LES FORMES INFANTILES

La désaxation congénitale de l'ongle du gros orteil (syndrome de Baran)

Dans cette affection, probablement autosomique dominante à expression variable (Baran, 1996), l'axe longitudinal de la tablette ne se superpose pas à celui de la phalange sous-jacente ; il est classiquement déjeté vers l'extérieur mais la déviation interne a été rapportée (Baran et Bureau, 1987). L'ongle est triangulaire, épaissi, parcouru de sillons transversaux et de croissance quasi nulle. Un renflement, parfois douloureux, s'observe à la jonction repli postérieur-repli latéral externe du côté dévié. La coloration brunâtre ou jaunâtre, pratiquement constante, traduit l'onycholyse associée, qui peut être contaminée par le *Pseudomonas,* lui conférant alors une teinte verdâtre. L'onychoptose spontanée est fréquente ; la repousse unguéale présentera la même dystrophie. Ce qui incite le patient à consulter, hormis le côté inesthétique,

c'est l'incarnation secondaire à la pousse latérale de l'ongle qui s'use sur le bourrelet latéral, ce qui explique sa forme triangulaire et l'absence de nécessité d'une pédicurie. Dans 50 % des cas, l'anomalie régresse spontanément avant l'âge de 10 ans (Handfield-Jones et Harman, 1988 ; Dawson, 1989), mais la cure chirurgicale sera optimale si elle est pratiquée avant l'âge de 2 ans (Baran et Dawber, 1995). Dans les formes mineures, l'abstention thérapeutique sera préconisée. Si la corne matricielle externe est responsable de douleurs entravant le port de chaussures et/ou la marche, une phénolisation sélective peut être proposée. Pour réaxer l'ongle du gros orteil, une autoplastie de rotation unguéo-dermique (Baran et Bureau, 1983) avec triangle de décharge externe est nécessaire : on résèque une partie de chair pulpaire en quartier d'orange, d'une largeur au maximum au bord externe, l'incision arciforme reliant l'articulation interphalangienne distale de son versant externe à son versant interne. L'appareil unguéal est ensuite décollé soigneusement de la phalange terminale en direction proximale jusqu'au tendon extenseur. La difficulté réside dans le décollement de la matrice, fortement adhérente au plan osseux et dont les cornes latérales s'enroulent en croissant à concavité postéro-inférieure sur la base de la phalange distale. Leur décollement incomplet est responsable de la persistance de fragments matriciels à l'origine de spicules unguéaux. Afin d'éviter cette complication, une phénolisation préalable des cornes matricielles peut être réalisée deux mois avant la rotation unguéo-dermique. Après décollement complet de l'appareil unguéal, un triangle de décharge externe est pratiqué pour faciliter la rotation interne et superposer l'axe de l'ongle à celui de la phalange sous-jacente. La suture fixe le lambeau. Les suites postopératoires sont douloureuses et le port de chaussures, même larges, est difficile pendant de nombreuses semaines, ce qui nous fait recommander cette intervention pendant les mois d'été où les sandales rendent le postopératoire plus confortable. La possibilité d'une réaxation spontanée dans la moitié des cas doit pousser à la surveillance photographique à intervalles réguliers (Baran, 1996) avant de proposer la sanction chirurgicale.

L'étude du système ligamentaire de l'appareil unguéal a démontré l'existence de plusieurs structures intervenant dans la stabilité latérale de la lame et du lit unguéal : le ligament latéral interosseux ou ligament de Flint et le ligament matrico-phalangien (Guéro *et al.*, 1994) qui est une expansion dorsale du ligament latéral interosseux. Récemment, leur étude a été approfondie par l'imagerie par résonance magnétique (IRM) de haute résolution (Drapé, 1997) et suggère leur rôle étiologique dans la désaxation congénitale de l'ongle du gros orteil (Baran, 1996). Les réaxations spontanées seraient dues à une modification des propriétés physiques de la structure ligamentaire avec le temps ou à une modification de leur direction avec l'élargissement de la phalange osseuse lors de la croissance (Baran, 1996). La section du ligament matrico-phalangien permettrait une réaxation immédiate de l'appareil unguéal (Baran *et al.,* 1998). Cette technique élégante ne semble pas toutefois fournir les résultats escomptés.

L'incarnation distale d'un ongle à direction normale

Les mouvements de reptation qu'effectue l'enfant lorsqu'il dort à plat ventre, associés aux vêtements élastiques (grenouillères) exerçant une contention excessive à la pointe des orteils lors de l'apprentissage de la marche à quatre pattes, favorisent le relèvement de la chair pulpaire qui forme alors un bourrelet distal contre lequel l'ongle fin et souvent koïlonychique du nourrisson vient buter. L'extrémité du gros orteil peut devenir très inflammatoire et douloureuse. Un traitement symptomatique résout l'affection dans la majorité des cas : port de vêtements larges n'emballant pas le pied, position au lit couchée sur le dos, désinfection locale, associée à l'application de corticoïdes puissants sous-occlusifs et, dans les cas résistants, l'injection de corticoïdes intralésionnels sous couverture antibiotique systémique. Dans les rares cas où l'affection persiste au-delà de l'âge de 1 an, une cure chirurgicale (intervention de Dubois) peut être proposée : résection en croissant de l'excès de chair pulpaire à environ 5 mm du bord libre de l'ongle, l'incision recherchant toujours le contact osseux et s'étendant d'un versant à l'autre de l'articulation interphalangienne distale. La largeur maximale du croissant sera d'environ 1 cm à l'extrémité distale de la pulpe. La suture par points simples abaisse le bourrelet distal et libère instantanément l'ongle (Dubois, 1974 ; Gréco *et al.*, 1973).

L'hypertrophie congénitale des bourrelets latéraux

Ces bourrelets fermes et érythémateux sont présents à la naissance et ils trouveraient leur origine dans une crois-

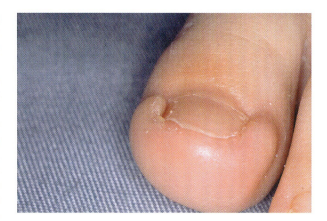

FIG. 1. – Hypertrophie congénitale des bourrelets latéraux.

sance plus rapide que celle de l'ongle (fig. 1). Ils peuvent être relativement volumineux et recouvrir un tiers de la tablette (Richert, 1997). Ils s'aggravent habituellement lorsque l'enfant commence à marcher mais, à l'opposé de l'hypertrophie acquise des replis latéraux de l'adulte, ces bourrelets du nourrisson vont régresser spontanément en plusieurs mois (Rufli *et al.,* 1992), avec un traitement symptomatique (cf. supra).

LA FORME JUVÉNILE

Cette variété, la plus fréquente, touche surtout l'adolescent. Elle s'observe habituellement au bord externe mais les formes bilatérales, au même orteil, ne sont pas rares. L'incarnation est favorisée par le port de chaussures de sport, la macération qu'elle entraîne et la pédicurie inadéquate classique dans cette tranche d'âge : découpage des angles distaux de la tablette mais le plus souvent, le patient arrache les coins au bord libre, rendus souples par la macération, formant ainsi un éperon unguéal qui s'insère progressivement dans l'épiderme du sillon latéral avec la croissance de la tablette. L'inflammation et la douleur qui en découle poussent le patient à couper le bord latéral de la tablette encore plus loin à des fins antalgiques, mais il ne réussit en fait qu'à déplacer le problème en créant un éperon encore plus proximal. À ce stade, un traitement conservateur peut être tenté : sous bloc locorégional, le spicule responsable est réséqué et le sillon latéral infiltré d'une suspension de corticoïde sous couverture antibiotique systémique. Les soins locaux seront biquotidiens et associeront bains de pieds antiseptiques et onguent bactéricide. Afin de réduire la pression exercée sur le sillon latéral, le placement d'une agrafe métallique (orthonyxie) par un pédicure podologue peut compléter le traitement.

Dans la plupart des cas, le patient ne consulte pas à ce stade et l'incarnation se complète par la formation d'un bourgeon charnu, entretenu par l'éperon unguéal et

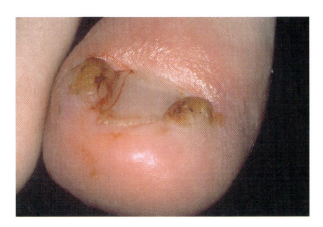

FIG. 2. – Ongle incarné, forme juvénile : volumineux bourgeons charnus, en phase d'épithélialisation, recouvrant partiellement la tablette.

saignant au moindre contact. Il comble progressivement le sillon latéral, s'étend secondairement à la surface de la tablette et parfois même s'immisce sous la lame unguéale, entraînant une onycholyse distolatérale souvent malodorante traduisant sa contamination par des anaérobies. L'épidermisation du botryomycome traduit une longue évolution (fig. 2). À ce stade, la cure chirurgicale radicale s'impose (Baran, 1987) : sous bloc loco-régional et champ parfaitement exsangue (garrot), le bourgeon charnu est cureté dans sa totalité sous peine de récidive. Le cinquième latéral de la tablette est décollé à l'aide d'un décolle dure-mère ou d'une spatule dentaire puis la tablette est fendue sur toute sa longueur à la limite du décollement. Une pince de Kocher droite est glissée sous les bords latéraux de la lame et le cinquième latéral est avulsé. Un Coton-Tige imbibé de phénol à saturation (88 %) puis soigneusement essoré est glissé dans la gouttière ainsi réalisée et poussé sous le repli dorsal pour réaliser une friction de la partie latérale de la matrice exposée par l'avulsion, trois fois de suite pendant trente secondes, chaque fois avec des Cotons-Tiges fraîchement imprégnés. Il est impératif de protéger le périonychium par un onguent gras (vaseline pure par exemple) avant la phénolisation, l'effet nécrosant du phénol devant se limiter aux cornes matricielles. Celui-ci possède en outre une action antiseptique et anesthésique qui fait tout l'intérêt de cette méthode. Le phénol est ensuite neutralisé à l'alcool et la cavité postopératoire bourrée d'onguent antiseptique et recouverte d'un pansement non adhérent, de compresses stériles et d'un bandage non circulaire et non compressif (pansement récurrent ou gaze tubulaire par exemple). Le patient devra garder le membre surélevé pendant 48 heures afin d'éviter tout œdème douloureux. La plaie est alors nettoyée à l'eau oxygénée et des soins locaux (bains de pieds antiseptiques, onguent bactéricide) devront être poursuivis pendant une quinzaine de jours. La phénolisation matricielle entraîne un suintement jaunâtre pendant trois à six semaines dont il faut informer le patient. Une onycholyse latérale proximale s'observe parfois : elle est due à une infiltration de phénol favorisée par le décollement induit par la section d'une tablette dure et épaisse nécessitant une pression importante sur la pince ou l'utilisation d'un instrument à mors trop épais. Cette zone onycholytique migrera distalement avec la croissance unguéale. Dans quelques rares cas, cette onycholyse mécanique entraîne une phénolisation matricielle plus large aboutissant à une repousse unguéale plus étroite que souhaitée. Parfois, un bourgeon charnu peut se développer sur l'éperon formé par la différence de largeur de la tablette. Compte tenu de la vitesse de croissance de l'ongle, cela s'observe un mois et demi à deux mois après l'intervention. Le curetage du botryomycome et la résection de l'angle vulnérant assurent la guérison.

Les récidives sont exceptionnelles : elles correspondent à une phénolisation matricielle incomplète responsable d'une repousse unguéale trop large avec formation d'un botryomycome à la jonction entre l'ongle néoformé et la ligne de section longitudinale de la tablette, imposant un nouvel acte chirurgical. La pédicurie inadéquate avec découpage des angles distolatéraux précipite également les rechutes, en particulier chez l'adolescent.

Dans le but d'éviter ces rares récidives, il a été préconisé de faire précéder la phénolisation d'un curetage de la corne latérale matricielle. Cette technique doit être proscrite compte tenu du risque d'ostéite (Baran et Dawber, 1995).

L'ONGLE EN PINCE

Cette dystrophie unguéale se caractérise par une hypercourbure transversale de la lame unguéale s'accentuant d'arrière en avant, où les bords latéraux de la tablette enserrent les tissus mous qu'ils cisaillent à la façon d'une pince. L'évolution ultime réalise l'ongle en cornet. Deux types différents peuvent être distingués (Haneke, 1992) :

– une première forme, asymétrique, touchant les gros orteils, conséquence de malformations orthopédiques (hallux valgus) souvent aggravées par le port de chaussures (Richert, 1995) et développée sur une arthrose sous-jacente chez le sujet âgé (fig. 3) ;

– une variété symétrique, où les ongles des premiers orteils présentent une déviation externe contrastant avec la déviation interne des autres orteils, qui se rencontre chez le sujet plus jeune et a volontiers un caractère héréditaire.

L'effet de pince, asymptomatique au stade débutant, entraîne progressivement une douleur au moindre contact puis un stade algique permanent. La radiographie s'impose dans tous les cas et révèle régulièrement des remaniements arthrosiques : pincement de l'interligne articulaire distal, exophytose à la base phalangienne. L'examen de profil découvre parfois une hyperostose dorsale de la houppe phalangienne, secondaire à la

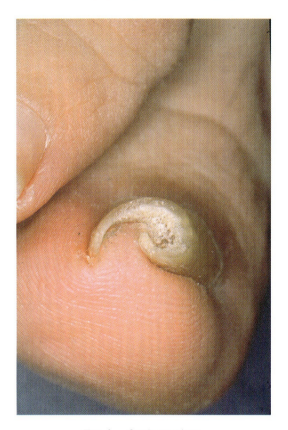

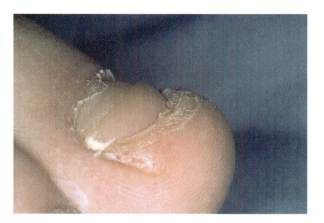

FIG. 4. – Incarnation antérieure.

FIG. 3. – Ongle en pince.

traction exercée par l'hypercourbure transversale sur la phalange (ostéophyte de traction), le lit unguéal étant solidement arrimé au plan osseux sous-jacent par des fibres de collagène (Haneke, 1992). Son existence influencera l'attitude thérapeutique.

Les formes mineures peuvent bénéficier d'un traitement podologique conservateur : le fraisage de la partie médiane de la tablette réduit l'effet de pince. Cette technique peut être conjuguée à l'application d'une orthonyxie : une agrafe métallique, dont la courbure épouse parfaitement celle de l'ongle, est arrimée par ses extrémités en crochets sous les bords latéraux de la lame unguéale à son tiers distal. Une courbure pratiquée à la partie médiane de l'agrafe permet d'exercer une traction supéro-latérale sur les bords latéraux de la tablette. L'ensemble est solidarisé par une résine acrylique. Un ajustement mensuel est nécessaire afin d'augmenter progressivement la force de relèvement soumise aux bords latéraux. Cette technique permet de réduire l'hypercourbure transversale de la tablette en six mois environ mais la rechute est la règle en quelques semaines à l'arrêt du traitement orthonyxique (Haneke et Baran, 1994).

Dans les formes algiques, la sanction chirurgicale s'impose :

– Avulsion des quarts latéraux de la tablette et phénolisation des cornes matricielles correspondantes, entraînant un soulagement immédiat suivi d'une repousse unguéale très étroite.

– Avulsion de la totalité de la tablette et phénolisation matricielle complète ou ablation de tout l'appareil unguéal en bloc ; cet acte chirurgical, non négligeable, doit être réservé aux formes extrêmes chez le vieillard et à l'ongle en cornet.

– En présence d'une hyperostose dorsale de la houppe, la technique de Haneke constitue le traitement de choix : après résection des cinquièmes latéraux de la tablette et phénolisation des cornes matricielles correspondantes, les deux tiers distaux sont avulsés et le lit incisé longitudinalement à sa partie médiane. Lors de ce geste, il est classique de « sentir » le relief de l'hyperostose. Celle-ci est réséquée et le lit suturé. Les replis latéraux sont maintenus écartés par des points rétro-éversants en U s'arrimant dans les sillons latéraux et rejoignant le côté controlatéral par la face pulpaire (Haneke et Baran, 1987).

L'INCARNATION ANTÉRIEURE

La disparition de l'ongle du gros orteil, d'origine traumatique ou iatrogène (avulsion chirurgicale pour onychomycose totale, découpage très large de la tablette pour accéder à une tumeur sous-unguéale par exemple), ne permet plus d'assurer la force de contre-pression qu'il exerce normalement sur les parties molles situées en avant de la dernière phalange osseuse, ce qui a pour conséquence le relèvement de la chair pulpaire sous forme d'un bourrelet distal dans lequel l'ongle néoformé vient s'enchâsser (fig. 4). Cette complication de l'onychoptose doit faire recommander les avulsions unguéales partielles et le replacement de l'ongle avulsé dans la mesure du possible.

Dans les formes mineures, ou de manière prophylactique, le placement d'une prothèse unguéale peut être proposé.

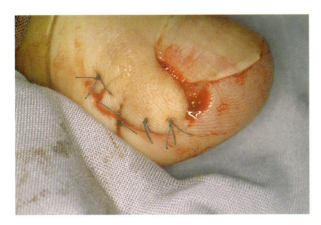

Fig. 5. – Lambeau de rotation dans l'hypertrophie acquise du bourrelet latéral.

Il peut s'agir d'un ongle artificiel en résine acrylique, collé et/ou moulé sur la tablette résiduelle ou néoformée. Cette technique séduisante est toutefois limitée : les forces subies par l'orthèse lors du port de chaussures et durant la phase de propulsion de la marche sont telles que l'ongle artificiel se décolle rapidement (Richert, 1997). L'existence d'une banque d'ongles peut permettre le placement d'une tablette sur le lit exposé et maintenu par des points de sutures laissés en place pendant plusieurs semaines.

La cure radicale est l'abaissement des parties molles distales selon la technique de Gréco et Dubois décrite plus haut.

L'HYPERTROPHIE ACQUISE DU BOURRELET LATÉRAL

L'incarnation latérale chronique, entretenue par la friction de la chaussure au bord interne et la pression de l'orteil adjacent au bord interne, réalise un bourrelet latéral hypertrophique réactionnel, indolent dans la majorité des cas. Une inflammation peut toutefois survenir par la pression qu'il subit entre la tablette et la structure contiguë (orteil ou chaussure) ; elle est favorisée par le découpage des bords latéraux de la lame dans le sillon douloureux que la patient effectue à des fins antalgiques. Deux techniques chirurgicales peuvent être pratiquées afin de désenclaver l'ongle de ce sillon trop profond : la réduction de la masse des tissus mous par une incision en hémigueule de requin dérivée de la technique Dubois ou, plus élégant, un lambeau de rotation vers le bas de la face latérale du repli latéral et de la pulpe sous-jacente : l'incision transfixe le sillon latéral verticalement jusqu'à sa face plantaire, d'arrière en avant, libérant ainsi un lambeau à base proximale, qui est abaissé et suturé après excision d'un triangle de Burow à la base proximale de l'incision inférieure (Tweedie et Ranger, 1985) (fig. 5).

CAS PARTICULIER DE L'INCARNATION UNGUÉALE AUX DOIGTS

L'incarnation unguéale digitale reste exceptionnelle et son étiologie diffère radicalement de celle rencontrée aux orteils. En effet, le doigt n'est pas soumis aux mêmes sollicitations biomécaniques que l'orteil (chaussure, marche, hyperhidrose…). L'origine tumorale sera suspectée en premier lieu : tout bourgeonnement, tuméfaction, lésion suintante et/ou hémorragique devra bénéficier d'un examen d'imagerie médicale (avant tout radiographie, xéroradiographie, voire échographie, rarement IRM) et d'une biopsie. On redoutera en particulier le mélanome achromique par son aspect protéiforme. Une publication rapporte l'association d'un carcinome gastro-intestinal à un développement brutal d'ongles en pince aux doigts et aux orteils, qu'elle considère comme syndrome paranéo-plasique (Jemec et Thomsen, 1997).

Les lésions sous-unguéales soulèvent volontiers la tablette sus-jacente qu'elles déforment parfois en pince : c'est le cas par exemple des kystes épidermiques d'implantation (Baran et Broutard, 1989) et des exostoses (Baran et Sayag, 1978 ; Caroll *et al.*, 1992). Nous avons pu observer une plicature de l'ongle d'un pouce lié à la présence d'un pseudo-kyste mucoïde sous-matriciel dans l'angle postéro-externe.

Une véritable incarnation par hypertrophie acquise de bourrelets latéraux peut toutefois s'observer aux doigts : l'hyperkératose des replis latéraux associée à une pression intense et répétée sur la pulpe favorise l'émergence de ces bourrelets tels qu'on peut les rencontrer chez les handicapés qui se déplacent en chaise roulante.

Plus fréquente, l'incarnation antérieure est généralement passagère et consécutive à une avulsion unguéale (pour onychomycose par exemple) ou une onychoptose post-traumatique. Elle nécessite parfois une cure chirurgicale (technique de Gréco et Dubois) comme décrit plus haut.

RÉFÉRENCES

Baran R. – L'ongle incarné. *Ann. Dermatol. Vénéréol.,* 1987, *114,* 1597-1604.

Baran R. – The management of ingrowing toenail in infancy. *J. Dermatol. Treat.,* 1989, *1,* 55-57.

Baran R. – Significance and management of congenital malalignment of the big toenail. *Cutis,* 1996, *58,* 181-184.

Baran R., Sayag A. – Exostose sous-unguéale de l'index. *Ann. Dermatol. Vénéréol.,* 1978, *105,* 1075-1076.

Baran R., Bureau H. – Congenital malalignment of the big toenail: a new subtype. *Arch. Dermatol.,* 1987, *123,* 437.

Baran R., Haneke E. – Surgery of the nail *In:* Epstein E., Epstein E. Jr. (Eds). *Skin surgery, 6th edition,* pp. 534-547, Philadelphia, Saunders, 1987.

Baran R., Broutard J.C. – Epidermoid cyst of the thumb presenting as pincer nail. *J. Am. Acad. Dermatol.,* 1989, *19,* 143-144.

Baran R., Dawber R.P. R. – Les traitements chirurgicaux. *In:* Baran R., Dawber R.P.R. (Eds). *Guide médico-chirurgical des onychopathies,* pp. 66-74, Paris, Arnette, 1995.

Baran R., Grognard C., Duhard E., Drapé J.L. – *Congenital malalignment of the great toenail: an enigma solved by a novel surgical approach,* pp. 17-21. International Congress of Pediatric Dermatology, Paris, 1998, May.

Caroll R.E., Chance J.T., Inan Y. – Subungual exostosis of the hand. *J. Hand Surg.,* 1992, *178,* 569-574.

Dawson T.A.J. – Great toenail dystrophy. *Br. J. Dermatol.,* 1989, *120,* 139-144.

Drapé J.L. – *Appareil unguéal : anatomie et imagerie par résonance magnétique haute résolution,* Thèse de doctorat de l'Université de Paris XI, 1997, 204.

Dubois J.Ph. – Un traitement de l'ongle incarné. *Nouv. Presse Méd.,* 1974, *3,* 1938.

Gréco J., Kiniffo H.V., Chanterelle A. *et al.* – L'attaque des parties molles, secret de la cure chirurgicale de l'ongle incarné. Un point de technique. *Ann. Chir. Plast.,* 1973, *18,* 363-366.

Guéro S., Guichard S., Fraitag S.R. – Ligamentary structure of the base of the nail. *Surg. Radiol. Anat.,* 1994, *16,* 47-52.

Handfield-Jones S.E., Harman R.R.M. – Spontaneous improvement of congenital malalignment of the great toenails. *Br. J. Dermatol.,* 1988, *118,* 305-306.

Haneke E. – Étiopathogénie et traitement de l'hypercourbure transversale de l'ongle du gros orteil. *J. Méd. Esthét. Chir. Dermatol.,* 1992, *19,* 123-127.

Haneke E., Baran R. – Nail surgery and traumatic abnormalities. *In:* Baran R., Dawber R.P.R. (Eds). *Diseases of the nails and their managment,* pp. 345-416, Oxford, Blackwell Scientific Publications, 1994.

Jemec G.B.E., Thomsen K. – Pincer nails and alopecia as markers of gastrointestinal malignancy. *J. Dermatol.,* 1997, *24,* 479-481.

Richert B. – Orthopaedic abnormalities of the foot and their consequences on the nail apparatus. *In:* Dyall-Smith D., Marks R. (Eds). *Dermatology at the Millenium,* London, Parthenon Publishing, pp. 430-453.

Richert B. – *Footwear-induced nail disorders.* IVth Congress of the European Academy of Dermatology, Bruxelles, 1995, October.

Richert B. – L'ongle incarné. *Informations dermatologiques,* 1997, *28,* 15-17.

Richert B. – *Podiatric care in nail dystrophies: when and how?* European Academy of Dermatology and Venereology, Dublin, 1997, September.

Rufli T., von Schulthess A., Itin P. – Congenital hypertrophy of the lateral nail folds of the hallux. *Dermatology,* 1992, *184,* 296-297.

Tweedie J.H., Ranger I. – A simple procedure with nail preservation for ingrowing toenails. *Arch. Emerg. Med.,* 1985, *2,* 149-154.

Épidémiologie, diagnostic et conduite à tenir devant une verrue péri-unguéale

J. ANDRÉ, U. SASS

ÉPIDÉMIOLOGIE

Les verrues péri-unguéales sont des tumeurs épithéliales bénignes, causées par les Papilloma virus humains (HPV) et localisées sous ou autour de l'ongle. Alors qu'actuellement une centaine de sous-types d'HPV ont été identifiés, les verrues péri-unguéales sont généralement causées par les HPV 2 ou 4, agents des verrues communes. Elles peuvent également être dues à HPV 1, agent des verrues plantaires profondes, ou HPV 3, agent des verrues planes (Cobb, 1990). HPV 7 est responsable des verrues péri-unguéales observées chez les bouchers et les poissonniers (Keefe *et al.*, 1994a).

Les verrues s'observent surtout chez l'enfant et l'adulte jeune : 10 à 22 % d'entre eux en sont porteurs (Cobb, 1990 ; Kilkenny *et al.*, 1998).

En 1989, Steele a réalisé une étude portant sur 826 patients atteints de verrues. Des verrues péri-unguéales étaient présentes chez 64 patients (7,7 %), elles étaient associées à des verrues communes chez 46 patients (72 %).

Les verrues peuvent être transmises par contact indirect via l'eau (piscine, bain) ou des objets contaminés, par exemple le pot de colle commun utilisé par les ouvrières d'une fabrique de boîtes en carton (McLaughlin et Edington, 1937). Elles peuvent également être transmises par contact direct et sont auto-inoculables. Les verrues récentes contiennent plus de virions et sont plus contagieuses que les verrues anciennes (Cobb, 1990). Une transmission génito-digitale serait responsable de la présence d'HPV génitaux potentiellement oncogènes, tels les HPV 16 et 18, dans les verrues et surtout dans les carcinomes épidermoïdes péri-unguéaux de l'adulte (Forslund *et al.*, 1997).

La durée d'incubation varie de quelques semaines à plus d'un an (Highet et Kurtz, 1992).

L'évolution naturelle des verrues se fait vers une disparition spontanée. Chez l'enfant, 53 % des verrues disparaissent spontanément en un an, 67 % en deux ans. Toutefois, pendant la même période, un tiers des enfants développe de nouvelles verrues (Massing et Epstein, 1963). Les verrues de l'adulte peuvent persister des années. L'immunité cellulaire ainsi que des thromboses vasculaires locales semblent jouer un rôle important dans ces phénomènes de régression ou de persistance (Laurent, 1997).

L'immunodépression et la macération (hyperhidrose, contacts répétés avec l'eau) sont des facteurs favorisants classiques, de même que les microtraumatismes : 77 % des patients avec des verrues péri-unguéales sont onychophages (Steele *et al.*, 1989).

La manipulation de viande ou de poisson favorise directement la prolifération d'HPV 7 (Keefe *et al.*, 1994a et 1994b).

CLINIQUE

Les verrues de l'appareil unguéal s'observent surtout autour de l'ongle, laissant la tablette relativement intacte. Il s'agit de papules fermes, kératosiques, de quelques millimètres à plusieurs centimètres de diamètre (fig. 1). Elles peuvent être douloureuses si elles se fissurent ou s'infectent. Les verrues sous-unguéales affectent en général l'hyponychium, partie distale du lit, et sont responsables d'une hyperkératose sous-unguéale disto-latérale ou d'une onycholyse. Une dépression longitudinale de la tablette est rare mais peut s'observer en cas d'atteinte du repli unguéal proximal (fig. 2). Une destruction de la tablette et des érosions osseuses ont été décrites mais doivent faire exclure d'autres diagnostics et, en particulier, une maladie de Bowen (Baran et Haneke, 1994).

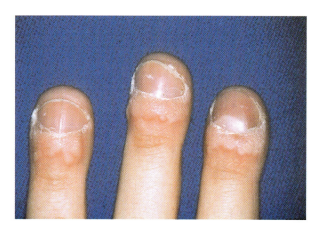

FIG. 1. – **Multiples verrues péri-unguéales et hippocratisme digital chez un patient atteint de mucoviscidose.**

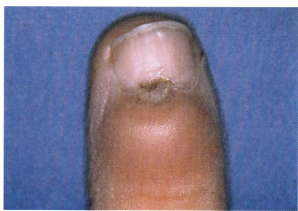

FIG. 2. – **Dépression longitudinale de la tablette due à une verrue du repli sous-unguéal proximal. Aspect clinique évoquant un kyste mucoïde.**

HISTOLOGIE

L'histopathologie se caractérise par un épiderme hyperplasique, parakératosique, avec présence de koïlocytes dans les assises supérieures de l'épiderme.

L'hybridation in situ et la *Polymerase Chain Reaction* (PCR) permettent une identification précise du type d'HPV (Cobb, 1990).

DIAGNOSTIC

Le diagnostic des verrues péri-unguéales repose sur la clinique. Dans les formes atypiques, une biopsie et une radiographie de la phalange distale sont nécessaires. En cas de verrue péri-unguéale récalcitrante de l'adulte, surtout monodactylique ou s'accompagnant d'une destruction de la tablette ou d'une érosion osseuse, la biopsie est indispensable, afin d'exclure un carcinome épidermoïde, voire un mélanome achromique.

L'exostose sous-unguéale, facilement mise en évidence par la radiographie, le cor sous-unguéal (hélome ou onychoclavus) et l'hyperkératose péri-unguéale secondaire aux microtraumatismes répétés (onychophose) sont des pièges diagnostiques fréquents, surtout aux pieds.

Font également partie du diagnostic différentiel : le fibrokératome, le kératoacanthome, la corne onycholemmale, les hamartomes épidermiques verruqueux, le kyste mucoïde (fig. 2), la tumeur filamenteuse sous-unguéale, la syringométaplasie mucineuse, la tuberculose verruqueuse, l'amyloïdose et la réticulohistiocytose multicentrique (Baran et Haneke, 1994).

CONDUITE À TENIR

Les verrues péri-unguéales sont difficiles à traiter. La plupart des traitements sont douloureux et comportent un risque d'altération définitive de la tablette. De plus, certaines verrues sont partiellement inaccessibles, en raison de l'anatomie complexe de l'appareil unguéal. Un traitement précoce se justifie cependant car les verrues les plus petites et les verrues de moins de un an d'évolution répondent mieux au traitement. De plus, une attitude abstentionniste peut conduire à une augmentation de la taille, voire à une multiplication des verrues (Miller et Brodell, 1996).

La décision et le choix thérapeutiques seront fonction du nombre et de l'évolutivité des verrues, de la motivation du patient et de son âge. Dans tous les cas, il faut insister sur la suppression des facteurs favorisants tels les contacts répétés avec l'eau, l'onychophagie et la manipulation répétée des bourrelets péri-unguéaux. Les verrues sous-unguéales doivent être mises à nu par une découpe minutieuse de la tablette. Chez l'enfant, les traitements douloureux et agressifs doivent être proscrits et l'évolution spontanée généralement favorable des verrues doit être expliquée au patient et à ses parents. Chez l'adulte motivé, chez qui les verrues sont plus persistantes, des traitements plus agressifs peuvent être envisagés en cas de verrue rebelle, mais il convient d'informer le patient du risque de récidive et d'altération définitive de l'ongle. Notons enfin que l'efficacité réelle des différents traitements est difficile à évaluer et à comparer, comme le souligne une étude récemment publiée (Combemal *et al.*, 1998).

Traitements chimiques

Acide salicylique

L'acide salicylique, kératolytique, est très utilisé pour les petites verrues, surtout chez l'enfant. Pour certains auteurs, il serait toutefois peu efficace dans les verrues péri-unguéales (Taylor, 1988). Il s'utilise à la concentration de 16,7 à 40 % et peut être associé à la cryothérapie et à d'autres agents chimiques tels l'acide lactique (5-26%), la résorcine (30%), l'urée (10-30%), l'acide rétinoïque (0,03 à 0,05%), l'acide monochloracétique, la cantharidine.

– Le Duofilm® est une préparation classique, facile à utiliser, qui contient 16,5% d'acide salicylique et 16,5% d'acide lactique, dans un collodion élastique. Son efficacité augmente lorsqu'il est utilisé sous occlusion. Le traitement doit être répété pendant plusieurs semaines et nécessite l'abrasion régulière de la verrue. Cela entraîne un problème de compliance et de tolérance, la peau devenant de plus en plus sensible.

– Samman (1986) et Haneke et Baran (1995) recommandent un traitement combiné par acide monochloracétique et acide salicylique. Une solution saturée d'acide monochloracétique est appliquée parcimonieusement sur la verrue. Après séchage, celle-ci est ensuite recouverte d'un emplâtre d'acide salicylique à 40%, maintenu en place par un pansement adhésif. Des bains de doigts ou d'orteils, aussi chauds que possible, sont effectués deux fois par jour, sans enlever le pansement. Après une semaine, les portions nécrotiques de la verrue sont enlevées à l'aide d'une curette, d'une pince ou de ciseaux et le traitement est répété jusqu'à guérison. Au fur et à mesure de la régression de la verrue, le traitement devient de plus en plus douloureux et l'acide monochloracétique peut être omis.

– Le Cantharone plus®, qui contient 30% d'acide salicylique, 5% de podophylline et 1% de cantharidine, extrait de coléoptère, ne doit plus être recommandé. Son usage topique est interdit par la Food and Drug Administration américaine. Il peut être responsable de lymphangite et de lymphœdème persistant (Stazzone *et al.*, 1998).

Bléomycine

La bléomycine est un médicament antimitotique qui peut être utilisé dans le traitement des verrues péri-unguéales récalcitrantes de l'adulte. Des taux de guérison voisins de 70 à 90% ont été publiés (Bunney *et al.*, 1984; Hayes et O'Keefe, 1986; Shelley et Shelley, 1991; Abimelec, 1998). La grossesse et les troubles vasculaires périphériques, dont le syndrome de Raynaud, sont des contre-indications formelles. La région matricielle doit également être évitée.

Plusieurs techniques sont possibles. La bléomycine peut être injectée dans la verrue à l'aide d'une aiguille 30G, jusqu'à obtention d'un blanchiment. Une solution de bléomycine à 0,5 U/ml dans du sérum physiologique est généralement recommandée mais autour de l'ongle, des concentrations beaucoup plus faibles (0,1 U/ml) peuvent être utilisées (Hayes et O'Keefe, 1986). Hayes et O'Keefe recommandent de ne pas utiliser plus de 1,5 U par visite et de ne traiter qu'une verrue par doigt, par visite. L'injection est suivie d'une réaction érythémateuse et œdémateuse douloureuse, ensuite la verrue noircit par

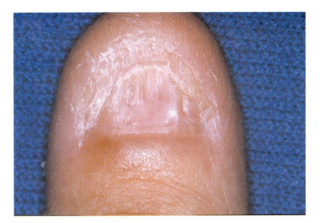

FIG. 3. – **Onychatrophie persistante après injection de bléomycine.**

thrombose locale. Après deux à trois semaines, l'escarre se détache spontanément ou peut être décapée. Autre technique: après mise en place d'un garrot et anesthésie locale, la verrue est scarifiée et ensuite badigeonnée par une solution de bléomycine à 1 U/ml (Shelley et Shelley, 1991; Munn *et al.*, 1996). Cette technique nous paraît la plus appropriée.

Plusieurs effets secondaires ont été décrits: lymphangite loco-régionale, urticaire (Hayes et O'Keefe, 1986), dystrophies unguéales transitoires (Baran, 1985b) ou définitives (Miller, 1984; Gonzalez *et al.*, 1986) (fig. 3), phénomène de Raynaud (Epstein, 1991).

Autres traitements chimiques

Le Solcoderm® est un mélange d'acides organiques et inorganiques (nitrique, acétique, oxalique, lactique) et de cuivre à un pH inférieur à 1. Ce produit paraît intéressant mais son efficacité est hautement dépendante du respect de la méthodologie bien décrite par Lambert *et al.* (1999). Une étude récente correctement menée serait intéressante pour confirmer les bons résultats déjà obtenus (Burri, 1984; Combemale *et al.*, 1998).

Pour les verrues péri-unguéales, nous ne recommandons ni l'application locale de 5-fluoro-uracile qui peut être responsable d'onycholyse, ni la prise orale de rétinoïdes. L'effet de ces derniers n'est que suspensif et ils peuvent entraîner diverses altérations unguéales.

Traitements physiques

Cryothérapie

La cryothérapie par azote liquide, généralement associée à l'application d'acide salicylique, est un traitement classique des verrues. Il est peu coûteux, largement disponible et laisse peu de cicatrices. Il peut être utilisé chez les enfants et les femmes enceintes. Il est surtout recommandé pour des verrues de moins de 5 mm de diamètre. Cependant, autour de l'ongle, la cryothérapie est très douloureuse, ce qui limite son emploi. De plus, il existe un risque d'altération matricielle si la verrue est localisée au repli unguéal proximal.

Les taux de guérison varient d'une étude à l'autre : pour certains auteurs, les verrues péri-unguéales répondent mal à la cryothérapie (Taylor, 1988) tandis que Kuflik (1992) obtient un taux de guérison supérieur à 90 % en une à deux séances pour des verrues strictement localisées autour de l'ongle, les verrues sous-unguéales ou récalcitrantes ne répondant pas bien. Les différents résultats obtenus résultent probablement de la localisation et de la taille de la verrue ainsi que de la technique utilisée. Ainsi Kuflik recommande un traitement de 45 à 60 secondes, permettant d'obtenir un blanchiment de la verrue et de 2 à 3 mm périphérique, avec formation d'une bulle en 24 heures et guérison en quatre à cinq semaines. Cependant, pour Bunney *et al.* (1976), la formation d'une bulle n'est pas souhaitable car elle augmente le risque de dispersion du virus autour du décollement.

La plupart des auteurs recommandent des applications d'azote liquide, jusqu'à obtention d'un halo blanchâtre autour de la base de la verrue (5 à 30 secondes). Ces applications doivent être répétées toutes les deux à trois semaines (Bunney *et al.*, 1976 ; Bourke *et al.*, 1995 ; Sterling, 1995). Le taux de guérison dépend du nombre d'applications (Bourke *et al.*, 1995).

L'inconvénient majeur de la cryothérapie est la douleur. Celle-ci peut être réduite par la prise orale d'acide acétylsalicylique, à débuter deux heures avant la cryothérapie, et l'application locale de propionate de clobetasol, avant et quelques jours après la cryothérapie (Baran et Haneke, 1994).

Des altérations unguéales, généralement transitoires, peuvent être observées : leuconychie circonscrite, ligne de Beau, onychomadèse. Une onychatrophie définitive avec ptérygion a été décrite par Baran (Baran, 1985a).

Électrocoagulation

L'électrocoagulation peut être utile pour le traitement des verrues péri-unguéales récalcitrantes (Mahrle et Alexander, 1983). Après anesthésie locale et mise en place d'un garrot, la verrue ainsi que 2 mm de peau saine périphérique sont électrocoagulés et ensuite curetés. La guérison est longue, douloureuse et s'accompagne fréquemment de cicatrice. Le risque de récidive est élevé.

Laser CO$_2$

Le laser CO$_2$ présente des avantages par rapport à l'électrocoagulation mais nécessite un appareillage coûteux. La destruction thermique étant plus faible, les douleurs postopératoires sont moins fortes et les cicatrices plus souples. Le taux de récidive serait également plus faible. Street et Roenigk (1990) ont traité 17 patients présentant des verrues péri-unguéales, récal-

citrantes. Après anesthésie locale et avulsion unguéale partielle ou totale, la verrue est vaporisée et éliminée jusqu'à réapparition des dermatoglyphes. Le temps de réépithélisation est de deux mois en moyenne. Le taux de guérison à un an est de 71 %, après une ou deux séances. Lim et Goh (1992) obtiennent des résultats comparables. Les complications sont la douleur, la surinfection et des altérations transitoires de la tablette (cinq patients sur 17) : onycholyse distale, pachyonychie, incurvation de la tablette et sillons (Street et Roenigk, 1990). Des cicatrices hypertrophiques ont également été décrites (Olbricht *et al.*, 1987).

Les modalités pratiques (mode continu ou pulsé, énergie et vitesse du spot, taille du focus) dépendent de l'appareil utilisé et des habitudes du praticien.

D'autres types de laser peuvent être utilisés dans le traitement des verrues péri-unguéales, tel le laser à colorants pulsés (Kauvar *et al.*, 1995).

Immunothérapie

L'immunothérapie de contact

L'immunothérapie de contact n'est pas douloureuse et ne laisse pas de cicatrice. Elle peut être utilisée chez l'enfant et est surtout intéressante en cas de verrues multiples (Taylor, 1988). Des taux de guérison de 60 à 75 % ont été rapportés dans les verrues péri-unguéales (Iijima et Otsuka, 1993 ; Naylor *et al.*, 1988). Cependant, la technique prend du temps et requiert de l'expérience : après sensibilisation du patient, la verrue est régulièrement badigeonnée avec de la diphencyprone (Naylor *et al.*, 1988) ou du dibutylester de l'acide squarique (Iijima et Otsuka, 1993) à une concentration permettant d'entretenir une dermite de contact modérée. Le dinitrochlorobenzène mutagène pour *Salmonella* (test de Ames) n'est plus utilisé.

Des dermites de contact sévères, au site de sensibilisation ou de traitement, peuvent s'observer.

Immunomodulateurs

L'efficacité des différents immunomodulateurs, administrés par voie orale, n'a jamais été démontrée. Dans certains cas rebelles cependant, ils permettent d'aider le patient. Citons : l'inosine pranobex 60 mg/kg/jour, une semaine/mois (Berth-Jones et Hutchinson, 1992), la cimétidine 25-40 mg/kg/j (Orlow et Paller, 1993 ; Bauman *et al.*, 1996 ; Glass et Barry, 1996 ; Yilmaz *et al.*, 1996 ; Karabulut *et al.*, 1997).

Traitements expérimentaux

Certains d'entre eux paraissent prometteurs mais, à notre connaissance, ils n'ont pas encore été essayés dans le traitement des verrues péri-unguéales : interféron alpha (Brodell, 1995), cidofovir (Siegfried et Frasier, 1997 ;

Zabawski *et al.*, 1997). Aucun vaccin n'est actuellement disponible mais des recherches sont en cours (Siegfried et Frasier, 1997).

Autres traitements

Le caractère rebelle de certaines verrues péri-unguéales explique la multitude d'approches thérapeutiques parallèles telles que l'hypnose, l'homéopathie, la suggestion. De nombreux remèdes folkloriques, de préférence appliqués à minuit, donnent parfois des résultats surprenants, surtout chez l'enfant (Janniger, 1992). Ces multiples observations, amusantes mais non reproductibles, ouvrent cependant le champ de la recherche sur les interactions entre le système nerveux central et la réponse immunitaire (Laurent, 1997).

RÉCIDIVES

Plusieurs facteurs peuvent être responsables des récidives observées après traitement des verrues péri-unguéales. Le traitement est souvent incomplet en raison de la douleur qu'il engendre, de l'anatomie complexe de l'appareil unguéal et en raison de l'existence d'infections à HPV sub-cliniques et latentes (Drake *et al.*, 1995). Les sources de recontamination sont multiples et les facteurs favorisants rarement éliminés. Enfin, l'immunité du patient joue également un rôle. À côté de véritables immunodépressions (sida, traitements immunosuppresseurs), il existe probablement chez certains enfants et adultes une tolérance immunitaire vis-à-vis des HPV, susceptible de favoriser les récidives.

RÉFÉRENCES

Abimelec Ph. – Traitement des verrues péri-unguéales. *Bulletin d'esthétique dermatologique et de cosmétologie*, 1998, *6*, 85-89.

Baran R. – Brachytéléphalangie révélée à l'occasion de dystrophies unguéales induites par cryothérapie. *Ann. Dermatol. Vénéréol.*, 1985a, *112*, 365-367.

Baran R. – Onychodystrophie induite par injection intra-lésionnelle de bléomycine pour verrue péri-unguéale. *Ann. Dermatol. Vénéréol.*, 1985b, *112*, 463-464.

Baran R., Haneke E. – Tumours of the nail apparatus and adjacent tissues - Epithelial tumours. *In :* Baran R., Dawber R.P. R. (Eds). *Diseases of the nails and their management*, pp. 418-421. Oxford, Blackwell Scientific Publ., 2d ed., 1994.

Bauman C., Francis J.S., Vanderhooft S., *et al.* – Cimetidine therapy for multiple viral warts in children. *J. Am. Acad. Dermatol.*, 1996, *35*, 271-272.

Berth-Jones J., Hutchinson P.E. – Modern treatment of warts : cure rates at 3 and 6 month. *Br. J. Dermatol.*, 1992, *127*, 262-265.

Bourke J.F., Berth-Jones J., Hutchinson P.E. – Cryotherapy of common viral warts at intervals of 1,2 and 3 weeks. *Br. J. Dermatol.*, 1995, *132*, 433-436.

Brodell R.T., Bredle D.L. – The treatment of palmar and plantar wart using natural alpha interferon and a needleless injector. *Dermatol. Surg.*, 1995, *21*, 213-218.

Bunney M.H., Nolan M.W., Williams D.A. – An assessment of methods of treating viral warts by comparative treatment trials based on a standard design. *Br. J. Dermatol.*, 1976, *94*, 667-679.

Bunney M.H., Nolan M.W., Buxton P.K., *et al.* – The treatment of resistant warts with intralesional bleomycin. *Br. J. Dermatol.* 1984, *110*, 197-207.

Burri P. – Treatment of naevi and warts by topical chemotherapy with Solcoderm®. *Dermatologica*, 1984, *168* (Suppl. 1), 52-57.

Cobb M.W. – Human papillomavirus infection. *J. Am. Acad. Dermatol.*, 1990, *22*, 547-566.

Combemale P., Delolme H., Dupin M. – Traitement des verrues. *Ann. Dermatol. Vénéréol.*, 1998, *125*, 443-462.

Drake L.A., Ceilley R.I., Cornelison R.L. – Guidelines of care for warts : human papillomavirus. *J. Am. Acad. Dermatol.*, 1995, *32*, 98-103.

Epstein E. – Intralesional bleomycin and Raynaud's phenomenon. *J. Am. Acad. Dermatol.*, 1991, *24*, 785-786.

Forslund O., Nordin P., Andersson K., Stenquist B., Hanson B.G. – DNA analysis indicates patient-specific human papillomavirus type 16 strains in Bowen's disease on fingers and in archival samples from genital dysplasia. *Br. J. Dermatol.*, 1997, *136*, 678-682.

Glass A.T., Barry A.S. – Cimetidine therapy for recalcitrant warts in adults. *Arch. Dermatol.*, 1996, *132*, 680-682.

Gonzalez F.U., Cristobal M., Martinez A.A., *et al.* – Cutaneous toxicity of intralesional bleomycin administration in the treatment of periungual warts. *Arch. Dermatol.*, 1986, *122*, 974-975.

Haneke E., Baran R. – Tumors of the nail apparatus. *In :* André J. (Ed). *CD-Rom : illustrated nail pathology. Diagnosis and management.* Anvers, Lasion Europe, 1995.

Hayes M.E., O'Keefe E.J. – Reduced dose of bleomycin in the treatment of recalcitrant warts. *J. Am. Acad. Dermatol.*, 1986, *15*, 1002-1006.

Highet A.S., Kurtz J. – Viral infections : human papillomavirus (HPV) and warts. *In :* Champion R.H., Burton J.L., Ebling F.J.G. (Eds). *Textbook of dermatology*, pp. 897-912. Oxford, Blackwell Scientific Publ., 5th ed., 1992.

Iijima S., Otsuka F – Contact immunotherapy with squaric acid dibutylester for warts. *Dermatology*, 1993, *187*, 115-118.

Janniger C.K. – Childhood warts. *Cutis*, 1992, *50*, 15-16.

Karabulut A.A., Sahin S., Eksioglu M. – Is cimetidine effective for nongenital warts : a double-blind placebo-controlled study. *Arch. Dermatol.*, 1997, *133*, 533-534.

Kauvar A.N.B., McDaniel D.H., Geronemus R.G. – Pulsed dye laser treatment of warts. *Arch. Fam. Med.*, 1995, *4*, 1035-1040.

Keefe M., Al-Ghamdi A., Coggon D., *et al.* – Cutaneous warts in butchers. *Br. J. Dermatol.*, 1994a, *130*, 9-14.

Keefe M., Al-Ghamdi A., Coggon D., *et al.* – Butchers' warts : no evidence for person to person transmission of HPV 7. *Br. J. Dermatol.*, 1994b, *130*, 15-17.

Kilkenny M., Merlin K., Young R., *et al.* – The prevalence of common skin conditions in Australian school students : 1. Common, plane and plantar viral warts. *Br. J. Dermatol.*, 1998, *138*, 840-845.

Kuflik E.G. – Specific indications for cryosurgery of the nail unit. *J. Dermatol. Surg. Oncol.*, 1992, *18*, 702-706.

Lambert J., Richert B., de la Brassine M. – Comment je traite les verrues péri-unguéales. *Rev. Méd. Liège,* 1999, *54,* 646-652.

Laurent R. – Pourquoi les verrues disparaissent-elles spontanément ? *Ann. Dermatol. Vénéréol.,* 1997, *124,* 809-810.

Lim J.T.E., Goh C.L. – Carbon dioxide laser treatment of periungual and subungual viral warts. *Australas. J. Dermatol.,* 1992, *33,* 87-91.

Mahrle G., Alexander W. – Surgical treatment of recalcitrant warts. *J. Dermatol. Surg. Oncol.,* 1983, *9,* 445-450.

Massing A.M., Epstein W.L. – Natural history of warts. *Arch. Dermatol.,* 1963, *87,* 306-310.

McLaughlin A.I.G., Edington J.W. – Infective warts in workers using bone-glue. *Lancet,* 1937, *2,* 685-686.

Miller R.A.W. – Nail dystrophy following intralesional injections of bleomycin for a periungual wart. *Arch. Dermatol.,* 1984, *120,* 963-964.

Miller D.M., Brodell R.T. – Human papillomavirus infection : treatment options for warts. *American Family Physician,* 1996, *53,* 135-143.

Munn S.E., Higgins E., Marshall M., Clement M. – A new method of intralesional bleomycin therapy in the treatment of recalcitrant warts. *Br. J. Dermatol.,* 1996, *135,* 969-971.

Naylor M.F., Neldner K.H., Yarbrough G.K. – Contact immunotherapy of resistant warts. *J. Am. Acad. Dermatol.,* 1988, *19,* 679-683.

Olbricht S.M., Stern R.S., Tang S.V., *et al.* – Complications of laser surgery. *Arch. Dermatol.,* 1987, *123,* 345-349.

Orlow S.J., Paller A. – Cimetidine therapy for multiple viral warts in children. *J. Am. Acad. Dermatol.,* 1993, *28,* 794-796.

Samman P.D. Tumours producing nail disorders. *In :* Samman P.D., Fenton D.A. (Eds). *The nails in disease,* pp. 155-167. London, Heinemann Medical Books, 4th ed., 1986.

Shelley W.B., Shelley E.D. – Intralesional bleomycin sulfate therapy for warts. A novel bifurcated needle puncture technique. *Arch. Dermatol.,* 1991, *127,* 234-236.

Siegfried E.C., Frasier L.D. – Anogenital warts in children. *Adv. Dermatol.,* 1997, *12,* 141-167.

Stazzone A.M., Borgs P., Witte C.L., *et al.* – Lymphangitis and refractory lymphedema after treatment with topical cantharidin. *Arch. Dermatol.,* 1998, *134,* 104-106.

Steele K., Irwin W.G., Merrett J.D. – Warts in general practice. *Irish Med. J.,* 1989, *82,* 122-124.

Sterling J. – Treating the troublesome wart. *The Practioner,* 1995, *239,* 44-47.

Street M.L., Roenigk R.K. – Recalcitrant periungual verrucae : the role of carbon dioxide laser vaporization. *J. Am. Acad. Dermatol.,* 1990, *23,* 15-120.

Taylor M.B. – Successful treatment of warts. *Postgraduate Med.,* 1988, *84,* 126-136.

Yilmaz E., Alpsoy E., Basaran E. – Cimetidine therapy for warts : a placebo-controlled double-blind study. *J. Am. Acad. Dermatol.,* 1996, *34,* 1005-1007.

Zabawski Jr E.J., Sands B., Goetz D., *et al.* – Treatment of verruca vulgaris with topical cidofovir. *JAMA,* 1997, *278,* 1236.

Les tumeurs glomiques de la main
À propos d'une série de 80 patients

Z. DAILIANA, G. PAJARDI, D. LE VIET, G. FOUCHER

INTRODUCTION

La tumeur glomique est réputée rare au niveau de la main (Glicenstein *et al.*, 1988 ; Zanasi *et al.*, 1989), et les séries publiées dans la littérature sont habituellement courtes (Mansat, 1985 ; Maxwell *et al.*, 1979 ; Menez *et al.*, 1988 ; Nigst, 1988). À propos d'une expérience de 80 patients opérés par deux chirurgiens, nous insisterons sur les formes dorsales en rapport avec le complexe unguéal qui sont le triomphe du diagnostic fondé sur l'examen clinique mais dont l'abord en vue de l'exérèse reste un sujet de controverse.

PRÉSENTATION CLINIQUE

Nous avons revu rétrospectivement avec un recul moyen de 91 mois (extrêmes 13 mois et 19 ans), une série de 80 patients opérés pour tumeur glomique de la main ou des doigts, par deux chirurgiens seniors (DLV et GF), entre 1977 et 1996. Tous les cas ont été confirmés par un examen histologique de la pièce. Il s'agit de 61 femmes et 19 hommes, d'un âge moyen de 45 ans avec des extrêmes de 12 et 70 ans. Le délai moyen de consultation est de 57 mois (2 mois à 25 ans). Le côté atteint est 37 fois le côté droit et 43 fois le gauche.

Le siège de la tumeur est digital dans 75 cas (94 %) et touche tant le pouce (15 cas) que les doigts (neuf fois l'index, 15 fois le médius, et 18 fois chacun l'annulaire et l'auriculaire).

Parmi les cinq autres localisations, il s'agit de quatre localisations palmaires et une dorsale au niveau méta-carpo-phalangien. Dans les cas de tumeurs digitales, le siège est fréquemment distal avec prédominance des loca-lisations dorsales (56 cas) sur les localisations pulpaires (19 cas). Ce sont sur ces formes dorsales que nous insis-terons du fait de leur rapport étroit avec l'ongle. La région du lit unguéal est intéressée dans 34 cas, la zone matri-cielle dans huit cas et dans 14 cas la tumeur est latérale, sous le ligament latéral de la phalange distale.

Le motif de consultation le plus fréquent reste la douleur (96 %), plus souvent déclenchée au choc que spontanée, sans caractère de rythmicité. Elle est parfois exacerbée par le froid (58 %) et associée à des troubles vasomoteurs (10 %). Elle est le plus souvent localisée par le patient en palmaire, même dans les formes de localisation dorsale. Elle est rarement très importante mais ne cède guère aux diverses médications antalgiques et une de nos patientes avait été hospitalisée un an en psychiatrie avant de nous consulter accidentellement.

Dans 57 % des cas, une tache bleuâtre est visible à l'inspection et il s'agit toujours de localisation en rapport avec le lit unguéal. Une dystrophie unguéale (en l'ab-sence d'intervention antérieure) est retrouvée dans 11 cas.

La palpation est douloureuse et effectuée avec la pointe d'un stylo, elle affine la localisation (signe de Love [Love, 1944]). Ce test n'est négatif que dans 3 % des formes digitales. La disparition ou l'atténuation de ce point douloureux après insufflation lente d'un garrot bra-chial (test d'Hildreth, [Hildreth, 1970]) est positive dans 63 % des 41 cas où cette manœuvre a été utilisée.

La tumeur n'a pu être palpée que dans 50 % des formes pulpaires.

Au terme de cet examen clinique, le diagnostic préopéra-toire a été affirmé dans 87 % des cas de tumeurs digitales et dans tous les cas de localisation péri-unguéale, à l'exception de trois observations. Dans deux cas, le diagnostic d'hémangiome du lit unguéal a été porté devant une tache bleuâtre particulièrement marquée.

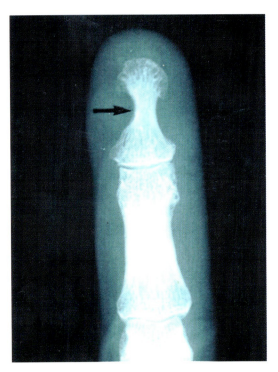

FIG. 1. – Aspect d'encoche à la face latérale de la troisième phalange.

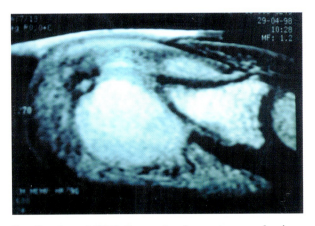

FIG. 2. – Aspect IRM d'une volumineuse tumeur glomique palmaire de la troisième phalange ayant érodé la corticale distale de P3.

EXAMENS COMPLÉMENTAIRES

Un examen radiographique de la phalangette est souhaitable dans les localisations distales, à la recherche de deux signes : une encoche osseuse (fig. 1) ou un pseudo-épaississement du lit unguéal. Une encoche est retrouvée dans 20 observations (dont une localisation pulpaire). Le pseudo-épaississement du lit est recherché sur une radiographie comparative de profil « tissus mous », le doigt atteint et son homologue controlatéral étant en contact par

leur extrémité distale (Littler, communication particulière 1987). Nous n'avons cependant retrouvé ce signe que dans deux observations sur les 22 où il a été recherché, en l'absence d'encoche osseuse.

Parrni les autres examens d'imagerie pratiqués, il faut citer six angiographies, une thermographie et six scintigraphies, toutes pratiquées dans des formes atypiques extra-digitales. Nous mettons à part l'imagerie par résonance magnétique (IRM) qui a fait l'objet d'une étude prospective dans les deux unités de chirurgie de la main, soit avec antenne spécifique pour la pulpe (Drapé *et al.*, 1996), soit avec un appareil de bas champ dédié à la main (Constantinesco *et al.*, 1994) (fig. 2). Sur 21 examens IRM, le diagnostic est affirmé 18 fois, reste douteux une fois et l'examen est faussement négatif deux fois.

Au terme de l'examen clinique et des examens complémentaires, le diagnostic n'a pas été posé chez 13 % des 75 patients avec tumeurs digitales de la série et sont évoqués : un hémangiome du lit unguéal (deux cas), un schwannome (deux cas), une tumeur nerveuse (un cas), un ostéome ostéoïde (deux cas), une lésion unguéale (un cas) et un kyste épidermoïde (deux cas).

TRAITEMENT CHIRURGICAL

Nous n'aborderons ici que les tumeurs digitales en restant bref sur les tumeurs pulpaires qui ont été abordées dans notre série trois fois par voie latérale et 16 fois par voie médiane transpulpaire (fig. 3).

Les tumeurs péri-unguéales sont, pour nous, abordées constamment par voie latérale, en soulevant le complexe unguéal du périoste phalangien distal (fig. 4A et B). Les deux seuls cas où une voie directe transunguéale a été utilisée correspondent aux deux cas précités où le diagnostic d'hémangiome du lit a été évoqué à tort. Cette voie latéro-unguéale permet constamment dans notre série l'ablation de la tumeur, le plus souvent petite (3,5 mm en moyenne avec des extrêmes de 0,5 et 8 mm), rarement polylobée (un cas) ou double (trois cas). Elle est parfois enchâssée dans le squelette distal et, dans un cas, un pertuis osseux en direction palmaire a conduit à explorer la région pulpaire, sans mettre en évidence une autre tumeur. Cette voie latérale a également permis sans problème l'exérèse des tumeurs situées sous le ligament latéral de la phalange distale ou sous la matrice unguéale. Aucun cas de dystrophie postopératoire ne peut être imputé à cette voie d'abord mais, dans un cas, une résection matricielle a été rendue nécessaire par une dystrophie secondaire à des interventions antérieures et infructueuses. Enfin, dans un cas, une résection partielle de la matrice a été effectuée du fait d'une dystrophie préopératoire.

L'aspect macroscopique peropératoire a permis de redresser trois erreurs de diagnostic. Il s'agit d'un des deux cas d'hémangiome du lit unguéal, d'un cas diagnostiqué

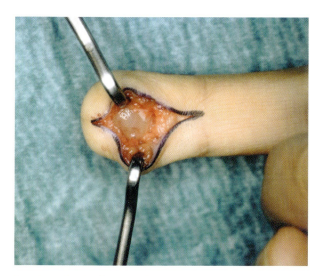

FIG. 3. – **Abord pulpaire médian pour une tumeur glomique à développement pulpaire.**

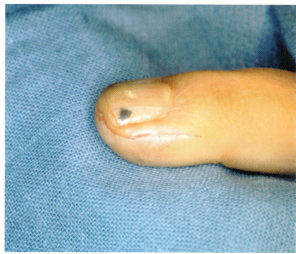

A

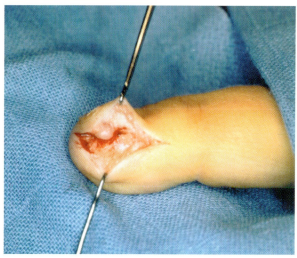

B

FIG. 4. – **A : Abord latéral pour une tumeur glomique sous-unguéale (point bleu sur l'ongle où siège la douleur maximale). B : Découverte de la tumeur glomique au ras du périoste de la troisième phalange après avoir relevé l'ongle.**

comme schwannome et d'un cas polyopéré avec excision d'une zone cicatricielle présumée être le siège d'un kyste épidermoïde. L'examen histologique a confirmé le diagnostic peropératoire et a redressé le diagnostic erroné d'hémangiome du lit dans le dernier cas.

RÉSULTATS
DU TRAITEMENT CHIRURGICAL

Les suites postopératoires immédiates sont simples, à l'exception d'un cas d'hématome limité ne nécessitant pas d'évacuation. Une hypersensibilité de la cicatrice est plus la règle que l'exception et une « déshypersensibilisation » a été pratiquée systématiquement le plus souvent par simple frottement sur les vêtements.

Au recul moyen de 91 mois, les douleurs ont totalement disparu (pour certains patients après plusieurs interventions) chez 76 des 80 patients. Aucune dystrophie unguéale n'a été constatée en l'absence d'altération opératoire.

Dans sept cas, il peut être fait état d'une récidive. Trois cas ont été opérés ailleurs mais le diagnostic est confirmé par un examen histologique et une phase indolore a été notée par les patients. Nos cinq cas de récidive chez des patients opérés dans nos unités (parmi eux, une patiente opérée d'abord ailleurs et puis secondairement dans notre unité) ont eu une disparition des douleurs pendant des périodes de un an et demi à cinq ans. Dans un cas, une géode perçant de part en part la phalange distale a été constatée à la réintervention (Johnson *et al.*, 1993).

Enfin, deux cas méritent une mention particulière. Le premier est celui d'une patiente déjà opérée à deux reprises avant sa consultation chez l'un d'entre nous ; elle a ensuite été opérée trois fois après des espaces libres (Dailiana *et al.*, 1999) de douleur de un an et demi et deux ans et demi. Elle est actuellement asymptomatique avec un recul de un an. La seconde observation concerne une tumeur médiane siégeant sous le lit unguéal qui est excisée lors d'une première intervention entraînant la sédation complète des douleurs. Trois ans plus tard, la jeune patiente revient avec des douleurs et une tumeur pulpaire médiane est retrouvée à l'intervention.

Toutes ces réinterventions ont été efficaces avec disparition des douleurs lors de la revue finale (en moyenne cinq ans).

DISCUSSION

La tumeur glomique de Masson est une tumeur bénigne constituée aux dépens du tissu neuro-myo-artériel siégeant au niveau des anastomoses capillaro-veineuses de régulation, particulièrement nombreuses au niveau des extrémités digitales. Il faut connaître les exceptionnelles tumeurs glomiques malignes, dont deux cas sont rapportés dans la littérature au niveau de la main (Wetherington *et al.*, 1997), ce qui justifie l'examen anatomopathologique systématique. Cette tumeur a la réputation d'être rare mais il est vraisemblable qu'elle est souvent ignorée, comme en témoigne notre série de 80 patients observés par deux chirurgiens de la main. Les séries publiées dans la littérature sont le plus souvent modestes (Mansat, 1985 ; Maxwell, 1979 ; Menez, 1988 ; Nigst, 1988), même lorsque plusieurs chirurgiens s'associent (Van Geertruyden *et al.*, 1996).

Certains points sont classiques dans la littérature : la prédominance féminine (76 % dans notre série), l'âge adulte (45 ans), le long délai qui précède le diagnostic (cinq ans en moyenne mais jusqu'à 25 ans dans deux cas) (Van Geertruyden *et al.*, 1996), la prédominance digitale (94 %) et surtout distale, sans rayon de prédilection. La prédominance sous-unguéale, notée par Mansat (1985) dans une courte série de 14 cas, n'est pas aussi nette chez nous où le pourcentage sur la série totale n'est que de 47,5 %, mais atteint 70 % si nous incluons les localisations sous le ligament latéral de la phalange. Quant à la difficulté de diagnostic préopératoire, souvent mentionnée, elle nous paraît exagérée, surtout dans les formes digitales où nous avons pu affirmer le diagnostic et préciser la localisation dès l'examen clinique dans 87 % de nos cas. La douleur est caractérisée par son déclenchement au choc plus souvent qu'au froid (58 %). Une tache bleuâtre sous-unguéale est retrouvée dans 57 % des localisations au niveau du lit unguéal ; elle peut être suffisamment prononcée pour faire envisager le diagnostic d'hémangiome du lit unguéal. La recherche du point douloureux exquis à l'aide de la pointe du crayon (signe de Love [Love, 1944]) n'est négatif que dans 3 % de nos cas, et l'atténuation de cette douleur après insufflation lente d'un garrot brachial (test d'Hildreth [Hildreth, 1970]) est positive dans 63 % des cas. Ce sont là deux signes de valeur (Raimbeau, 1985). Nous n'avons pas l'expérience de la transillumination proposée par Ekin *et al.* (1997).

Ainsi les examens complémentaires n'ont qu'une place limitée en dehors de la radiographie. Une radiographie standard comparative de profil centrée sur la troisième phalange peut révéler dans les formes sous-unguéales soit une encoche bien arrondie, soit un épaississement des parties molles. Cet examen est souvent suffisant pour éliminer le diagnostic d'ostéome ostéoïde que nous avions soulevé dans trois cas et qui a été infirmé dans deux de ces cas. À ce niveau, le tableau clinique de l'ostéome ostéoïde, comme l'un d'entre nous l'a rappelé (Foucher *et al.*, 1987), est plus souvent celui d'une « hypertrophie » de la phalange distale avec bombement en « verre de montre » de l'ongle, tableau que nous n'avons pas retrouvé dans les tumeurs glomiques. Parmi les autres diagnostics différentiels, il faut aussi rappeler le névrome douloureux et la rare hypertrophie du corpuscule de Pacini.

Ce n'est que dans les localisations atypiques ou les cas déjà opérés que nous faisons une place à d'autres techniques d'imagerie. Nous n'avons pas l'expérience de l'ultrasonographie proposée par certains auteurs (Hoglund *et al.*, 1997 ; Ogino et Ohnishi, 1993). La scintigraphie a été utilisée dans six de nos cas et, si elle n'a été faussement négative que dans un cas, sa faible spécificité et sa résolution limitée ne lui laissent guère d'indication. L'artériographie a été pratiquée dans de rares cas avant l'avènement de l'IRM (Constantinesco *et al.*, 1994 ; Drapé *et al.*, 1996 ; Dupuis *et al.*, 1994 ; Goettmann *et al.*, 1994 ; Matloub *et al.*, 1992 ; Shih *et al.*, 1996). Son caractère invasif ne lui laisse plus guère de place. Nous avons testé l'IRM dans une étude prospective tant à l'aide d'une antenne spéciale pour la phalange distale (Drapé *et al.*, 1996) qu'avec un appareil dédié de bas champ (Contanstinesco *et al.*, 1994). Elle s'est montrée positive dans 86 % des cas avec hyposignal en T1 et hypersignal en T2. Ces résultats sont très voisins des 16 diagnostics sur 18 tumeurs glomiques relevées par Dupuis *et al.* (1994), avec injection de gadolinium. Au terme de l'analyse de ces études, nous pensons que sa place actuelle doit se limiter aux cas multiopérés ou présentant une récidive.

Enfin, la voie d'abord des tumeurs glomiques sous-unguéales a divisé les chirurgiens en partisans de l'abord direct transunguéal (Ekin *et al.*, 1997 ; Heim, 1985) en partisans de l'abord latéral (Gandon *et al.*, 1992 ; Mansat, 1985), dont nous sommes résolument. Cet abord latéral nous a permis d'enlever tant les tumeurs situées sous le lit unguéal que celles situées sous la matrice ou sous le ligament latéral de la phalange distale. Elle permet une exploration extensive qui reste souhaitable du fait de la possibilité de tumeurs multiples (Maxwell *et al.*, 1979 ; Nakamura, 1992 ; Noor *et al.*, 1997), autorisant même l'exploration pulpaire que nous avons pratiquée dans un cas où il existait un pertuis osseux. Elle évite le décollement de l'ongle (Heim, 1985) qui, même reposé, reste gênant jusqu'à la repousse complète. Nous n'avons à déplorer aucune dystrophie unguéale, parfois mentionnée avec l'abord direct (Tada *et al.*, 1994 ; Van Geertruyden *et al.*, 1996).

Quant aux récidives, elles sont rarement mentionnées dans la littérature. Notre recul important par rapport aux séries publiées dans la littérature en est, peut-être, l'explication. En effet, les récidives que nous avons observées après intervention primaire dans nos unités (cinq cas, soit 6 %) ont mis de trois à cinq ans à se manifester cliniquement. Enfin, deux cas restent d'explication difficile avec dans un cas une « récidive » pulpaire après excision d'une tumeur sous le lit unguéal trois ans auparavant ; le silence clinique évoquerait cependant le développement successif de ces deux tumeurs plutôt que la présence de deux tumeurs d'emblée (Noor *et al.*, 1997) dont une, de petite taille, palmaire, est asymptomatique. En effet, dans notre série, des tumeurs de l'ordre du demi-millimètre étaient bruyantes cliniquement et nous n'avons pas retrouvé de corrélation entre la taille et l'importance de la douleur. Enfin, le cas précité ayant présenté successivement cinq tumeurs glomiques de même localisation reste pour nous mystérieux et unique à notre connaissance dans la littérature.

CONCLUSION

Les tumeurs glomiques sont certes rares mais non exceptionnelles et un haut degré de suspicion est nécessaire devant toute douleur digitale distale persistante sans étiologie évidente. Le diagnostic est essentiellement clinique et la place des examens complémentaires, limitée aux cas difficiles, récidivés ou multiopérés. La voie latéro-unguéale reste idéale dans les localisations dorsales de la phalange distale, permettant l'exérèse, la recherche de tumeurs multiples et la guérison sans séquelles esthétiques. La possibilité de récidives, certes rares, mérite d'être mentionnée dans un contexte d'information préopératoire de plus en plus contraignant.

RÉFÉRENCES

Constantinesco A., Arbogast S., Foucher G., Vinee Ph., Choquet Ph., Brunot B. – Detection of glomus tumor of the finger by dedicated MRI at OIT. *Magn. Res. Imaging,* 1994, *12,* 1131-1134.

Dailiana Z.H., Drapé J.L., Le Viet D. – A glomus tumour with four recurrences. *J. Hand Surg. (Br),* 1999, *24,* 131-132.

Drapé J.L., Idy Peretti I., Goettmann S., Guerin-Surville H., Bittoun J. – Standard and high resolution magnetic resonance imaging of glomus tumors of toes and fingertips. *J. Am. Acad. Dermatol.,* 1996, *35,* 550-555.

Dupuis P., Pigeau I., Ebelin M., Barbato B., Lemerle J.P. – Apport de l'IRM dans l'exploration des tumeurs glomiques. *Ann. Chir. Main,* 1994, *13,* 358-362.

Ekin A., Ozkan M., Kabaklioglu T. – Subungual glomus tumours : a different approach to diagnosis and treatment. *J. Hand Surg. (Br),* 1997, *22B,* 228-229.

Foucher G., Lemarechal P., Citron N., Merle M. – Osteoid osteoma of the distal phalanx : a report of four cases and review of the literature. *J. Hand Surg. (Br),* 1987, *12B,* 382-386.

Gandon F., Legaillard Ph., Brueton R., Le Viet D., Foucher G. – Forty eight glomus tumors of the hand. Retrospective study and four years follow-up. *Ann. Hand Surg.,* 1992, *11,* 401-405.

Glicenstein J., Ohana J., Leclercq C. – *Tumeurs de la main,* pp. 144-149. Paris, Springer Verlag, 1988.

Goettmann S., Drapé J.L., Idy Peretti I., Bittoun J., Thelen P., Arrive L., *et al.* – Magnetic resonance imaging : a new tool in the diagnosis of tumours of the nail apparatus. *Br. J. Dermatol.,* 1994, *130,* 701-710.

Heim U. – Tumeurs glomiques sous-unguéales. Intérêt de l'abord direct. *Ann. Chir. Main,* 1985, *4,* 51-54.

Hildreth D.H. – The ischemia for glomus tumours : a new diagnostic test. *Rev. Surg.,* 1970, *27,* 147-148.

Hoglund M., Muren C., Brattstrom G. – A statistical model for ultrasound diagnosis of soft-tissue tumours in the hand and forearm. *Acta. Radiol.,* 1997, *38,* 355-358.

Johnson D.L., Kuschner S.H., Lane C.S. – Intraosseous glomus tumor of the phalanx : a case report. *J. Hand Surg. (Am.),* 1993, *18A,* 1026-1028.

Kneeland J.B., Middletan W.D., Matloub H.S., Jesmanovicz A., Foncisz W., Hydes J.S. – High resolution MR imaging of glomus tumors. *J. Comput. Assisted Tomogr.,* 1987, *11,* 351-352.

Love J.G. – Glomus tumors ; diagnostic and treatment. *Mayo Clin. Proc.,* 1944, *19,* 113-116.

Mansat M. – Les tumeurs glomiques de la main. À propos de 14 cas. *Ann. Chir. Main,* 1985, *4,* 43-50.

Matloub H.S., Muoneke V.N., Prevel C.D., Sanger J.R., Yousif N.J. – Glomus tumor imaging : use of MRI for localization of occult lesions. *J. Hand Surg. (Am),* 1992, *17A,* 472-475.

Maxwell G.P., Curtis R.M., Wilgis E.F.S. – Multiple digital glomus tumors *J. Hand Surg.,* 1979, *4,* 363-367.

Menez D., Tropet Y., Vichard P. – Tumeurs glomiques de la main. *Ann. Chir. Main,* 1988, *8,* 121-124.

Nakamura K. – Multiple glomus tumors associated with arteriovenous fistulas and with nodular lesions of the finger joints. *Plast. Reconstr. Surg.,* 1992, *90,* 675-683.

Nigst H. – Weichteiltumoren der Hand. *Orthopade,* 1988, *17,* 209-222.

Noor M.A., Masbah O., Lumpur K. – Synchronous glomus tumors in a distal digit : a case report. *J. Hand Surg. (Am),* 1997, *22A,* 508-510.

Ogino T., Ohnishi N. – Ultrasonography of a subungual glomus tumour. *J. Hand Surg. (Br),* 1993, *18B,* 746-747.

Raimbeau G. – À propos de deux articles sur les tumeurs glomiques de la main. *Ann. Chir. Main,* 1985, *4,* 340.

Shih T.T., Sun J.S., Hou S.M., Huang K.M., Su T.T. – Magnetic resonance imaging of glomus tumour in the hand. *Int. Orthop.,* 1996, *20,* 342-534.

Tada H., Hirayma T., Takemitsu Y. – Prevention of postoperative nail deformity after subungual glomus resection. *J. Hand Surg. (Am),* 1994, *19A,* 500-503.

Van Geertruyden J., Lorea P., Goldschmidt D., de Fontaine S., Schuind F., Kinnen L., *et al.* – Glomus tumours of the hand. A retrospective study of 51 cases. *J. Hand Surg. (Br),* 1996, *21B,* 257-260.

Watelet F. – Tumeur glomique sous-unguéale. Un cas de forme inhabituelle. *Rev. Chir. Orthop.,* 1986, *72,* 509-510.

Wetherington R.W., Lyle W. G., Sangueza O.P. – Malignant glomus tumours of the thumb. A case report. *J. Hand Surg. (Am),* 1997, *22A,* 1098-1102.

Zanasi S., Botticelli A., Marcuzzi A., Marchetti M., Caroli A. – Glomus tumours of the hand. *Ital. J. Orthop. Traumatol.,* 1989, *15,* 463-472.

Les kystes mucoïdes des articulations interphalangiennes distales des doigts

F. CHAISE

INTRODUCTION

Les kystes mucoïdes (PKM) développés en regard des articulations interphalangiennes distales (IPD) posent peu de problèmes diagnostiques lorsqu'ils apparaissent chez un adulte, sous forme d'une petite tuméfaction para-articulaire dorsale, dure, froide, du volume d'un noyau de cerise, recouverte d'une peau plus ou moins fine, voire transparente (fig. 1 et 2). Ils sont connus depuis de nombreuses années et ont été largement décrits dans la littérature (Angelides, 1988 ; Arner *et al.*, 1956 ; Chaise *et al.*, 1994 ; Constant *et al.*, 1969 ; Cooley, 1964 ; Glicenstein, 1988 ; Goldman et Kitzmiller, 1974 ; Jensen, 1937 ; King, 1951 ; McCullum, 1975 ; Posch, 1956). Un certain nombre d'entre eux sont parfois inapparents et ne sont alors suspectés que sur la présence d'une déformation unguéale d'aval avec un aspect en rigole ou en cupule (fig. 3). Cette déformation peut précéder de plusieurs mois l'apparition clinique de la tuméfaction. Il s'agit dans ces cas de kystes situés dans le récessus unguéal proximal, en avant ou en arrière de la matrice unguéale qui se retrouve ainsi comprimée (Anderson, 1947 ; Bourns et Sanerkin, 1963 ; Smith, 1964). D'un point de vue anatomo-pathologique, il faut différencier les kystes comportant un pédicule vrai dont la dissection conduit à l'articulation (60 % des cas) et pouvant ainsi évoquer une hernie synoviale, comme l'a souligné Kleinert (1972), et ceux totalement indépendants situés dans le tissu cellulaire sous-cutané et qui peuvent être enlevés « en bloc », sans ouverture kystique ni articulaire et qui ont fait parler de méta-

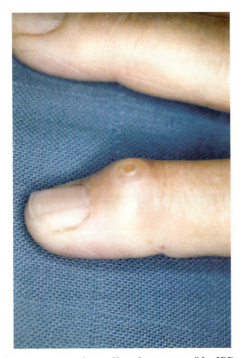

FIG. 1. – Aspect typique d'un kyste mucoïde IPD ayant présenté une fistule provoquée.

FIG. 2. – Volumineux kyste mucoïde de l'IP du pouce.

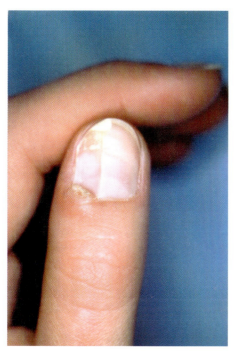

FIG. 3. – Déformation unguéale «en rigole» en aval d'un kyste mucoïde du récessus unguéal proximal.

plasie locale du tissu cellulaire (Isaacson et McCarthy, 1954; Johnson, 1965). S'agit-il alors d'une même affection dont les points de départ seraient différents ou de deux affections différentes présentant un aspect proche sans être totalement identique. Aucun élément absolu ne permet de répondre à cette question.

Les kystes mucoïdes restent les fidèles compagnons des articulations IPD arthrosiques quel qu'en soit le stade évolutif, ce phénomène est retrouvé dans 74% des cas (Chaise *et al.*, 1994), ce qui représente certainement un élément pathogénique plus qu'un signe d'accompagnement. La fistulisation non plus n'est pas rare, qu'elle soit la conséquence d'un geste qui se veut thérapeutique ou bien spontanée elle menace toujours l'IPD d'une contamination bactérienne. Si la plupart de ces kystes sont bien acceptés par les patients qui s'en accommodent, un certain nombre de patients réclament un traitement actif.

CARACTÈRES ÉPIDÉMIOLOGIQUES

L'analyse d'une série prospective de 100 cas publiée en 1994 par l'auteur a souligné les principales caractéristiques de cette lésion. Nous les reprendrons ici. Ces données sont superposables à celles retrouvées dans l'ensemble de la littérature concernant ce sujet.

L'âge de survenue s'étend entre 42 et 77 ans (moyenne: 60 ans). Les femmes sont plus souvent atteintes que les hommes, soit 69% contre 31%. L'analyse de la répartition topographique des lésions montre la fréquence des kystes de l'index (18%), du pouce (20%) du majeur (30%), de l'annulaire (16%), enfin de l'auriculaire (16%). Les localisations sur les trois doigts radiaux prédominent donc largement avec 68% des cas. L'ancienneté des kystes par rapport au traitement varie de un an à sept ans avec une moyenne de un an et demi. Vingt pour cent de ces kystes sont vus pour la première fois avec une fistule, le plus souvent provoquée dans un but thérapeutique. Il n'est pas rare de rencontrer des arthrites septiques après ces gestes aveugles qui peuvent contaminer les articulations IPD. Le traitement de ces arthrites conduit le plus souvent à une raideur spontanée ou chirurgicale. L'exploration chirurgicale a permis de différencier les kystes qui provenaient directement de l'articulation IPD (60% des cas) de ceux moins fréquents qui apparaissaient totalement développés dans le tissu cellulaire sous-cutané et qui ont pu faire parler de dégénérescence kystique du derme (40%). Soixante-quatorze pour cent de ces kystes accompagnent des lésions arthrosiques IPD radiologiques alors que dans 26% le profil articulaire est normal. En ce qui concerne les cas manifestement arthrosiques, un pincement isolé est retrouvé dans 16% des cas, une ostéophytose dans 39% des cas, une dislocation frontale chez 17% des patients. Une déformation unguéale accompagne 30% des kystes de la série. Cette déformation qui amène à consulter est présente depuis un minimum de trois mois jusqu'à un maximum de 20 mois. Les lésions unguéales se sont toujours corrigées après l'exérèse du kyste dans un délai de trois à quatre mois quelle que soit l'ancienneté de ceux-ci. Cette normalisation peut aussi se constater après une simple fistulisation du kyste (spontanée ou provoquée) lorsque la récidive n'est pas immédiate, ce qui est le cas le plus fréquent. La décompression de la zone matricielle apparaît donc suffisante pour que la repousse unguéale se poursuive normalement.

ÉTIOPATHOGÉNIE

Trois hypothèses pathogéniques principales sont actuellement discutées et doivent certainement orienter les choix thérapeutiques.

Notion de hernie synoviale

La notion de hernie synoviale, retenue par Kleinert (1972), Newmeyer *et al.* (1975) et Eaton *et al.* (1973), est fondée sur des constatations opératoires: un certain nombre de ces kystes communiquent en effet directement avec la cavité articulaire sous-jacente. Dans notre propre expérience, cette caractéristique est retrouvée dans près de 60% des cas opérés. De plus, lors de l'injection intra-articulaire de bleu de méthylène dilué sous pression, des auteurs ont pu constater une coloration du kyste (Jayson et Dickson, 1970). Pour séduisante que soit cette théorie, elle ne recouvre pas, loin de là, la totalité de nos cas puisque pour 40% des kystes aucune communication n'est retrouvée.

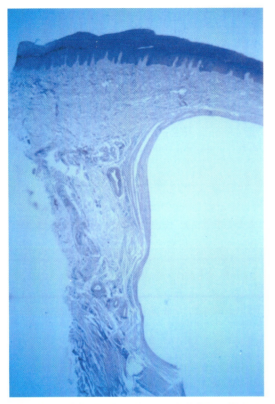

Fɪɢ. 4. – **Aspect histologique, à noter la faible cellularité de la membrane limitante du kyste.**

Théorie de la dégénérescence mucoïde primitive du derme

La théorie de la dégénérescence mucoïde primitive du derme a été évoquée par Gross (1937) et Woodburne (1947). Elle cadre mal avec les liens privilégiés qui unissent les kystes et les articulations IPD, et notamment avec la fréquence hautement significative de l'arthrose associée, soit 74 %. L'autre point qui nous paraît ébranler cette théorie est l'absence d'envahissement du derme superficiel et du derme profond dans les kystes d'apparition récente, cet envahissement étant par ailleurs constant dans les kystes anciens où il apparaît être ainsi un phénomène secondaire (Chaise *et al.*, 1994).

Notion de métaplasie fibroblastique

La notion de métaplasie fibroblastique qui a été évoquée par Jensen (1937), développée par Johnson (1965) et reprise par Angelides (1988) nous semble plus vraisemblable. Sous l'effet d'un facteur déclenchant variable (hyperpression intra-articulaire, ostéophytes, phénomènes enzymatiques), les fibroblastes des zones capsulo-ligamentaires dorsales initient un phénomène de sécrétion mucineuse actif (certainement autolimitant). Cette mucine, dont la nature histochimique est bien connue (Nishimura, 1985), se dépose dans les structures conjonc-

tives péri-articulaires et se propage ensuite dans les tissus voisins, voire dans la peau (Chaise *et al.*, 1994). Elle s'enveloppe d'une membrane limitante peu cellulaire bien différente de celle qui entoure les kystes arthro-synoviaux (fig. 4). Il faudrait certainement parler de pseudo-kystes mucoïdes. Cette théorie cadre étroitement avec les éléments caractéristiques cliniques des kystes mucoïdes (ostéphytose, instabilité articulaire frontale), mais aussi histologiques (pas de limitante vraie, absence fréquente de communication entre le kyste et l'articulation IPD). Des travaux biochimiques récents, en particulier ceux de Morris, ont pu montrer que des fibroblastes en culture avaient la possibilité de sécréter de l'acide polysaccharidique qui est un des composants essentiels de la mucine intrakystique (Morris et Godman, 1980). L'absence de récidive de ces kystes lorsqu'une arthrodèse IPD est pratiquée constitue un argument évolutif de poids noté par tous les auteurs (Chaise *et al.*, 1994 ; Crawford, 1990 ; Dodge *et al.*, 1984 ; Eaton *et al.*, 1973). Cette dernière théorie nous paraît donc à considérer dans le choix des méthodes thérapeutiques à appliquer, et dans l'explication des succès et des échecs postopératoires représentés essentiellement par les récidives kystiques (Chaise *et al.*, 1994 ; Crawford, 1990 ; Dodge *et al.*, 1984 ; Gross, 1937 ; Isaacson et McCarthy, 1954). Elle justifie pour nous la technique d'excision large cutanéo-kystique que nous proposons.

THÉRAPEUTIQUE

Les choix thérapeutiques proposés dans la littérature sont d'une extrême variété. L'abstention (Dodge *et al.*, 1984 ; Fischer, 1974), les ponctions répétées (Dodge *et al.*, 1984), les infiltrations de divers médicaments plus ou moins agressifs pour la paroi du kyste (corticoïdes, agents thrombosants, enzymes), la radiothérapie (Engle, 1958) n'emportent pas la conviction dans la mesure où aucune série n'est publiée avec un recul acceptable. Seule la chirurgie a fait l'objet d'une évaluation précise (Angelides, 1988 ; Chaise *et al.*, 1994 ; Crawford, 1990 ; Dodge *et al.*, 1984 ; Eaton *et al.*, 1973) montrant sa supériorité par rapport aux autres méthodes en ce qui concerne le seul risque qui est la récidive kystique (Crawford, 1990 ; Dodge *et al.*, 1984 ; Gross, 1937 ; Isaacson et McCarthy, 1954) dont la fréquence reste élevée, y compris dans les techniques d'excision chirurgicale simple. Pour tous les auteurs, la fréquence des récidives postopératoires après excision simple se situe autour de 10 à 20 %. Cette fréquence nous a fait opter ainsi que d'autres (Crawford, 1990 ; Dodge *et al.*, 1984 ; Eaton *et al.*, 1973) pour un protocole chirurgical plus large qui comporte cinq temps (fig. 5) :

– Excision cutanéo-kystique « en masse », elliptique, le derme étant souvent concerné par des zones de dégénérescence mucoïde (Chaise *et al.*, 1994).

– Excision des ostéophytes dorsaux dont le rôle pathogénique est peu discutable (Eaton *et al.*, 1973).

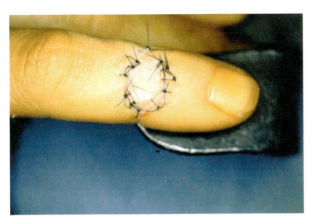

FIG. 5. – **Aspect peropératoire après une excision couverte par une greffe de peau totale.**

– Excision des zones conjonctives capsulaires dorsales où se situe la dégénérescence mucoïde initiale en respectant soigneusement le tendon extenseur, très fragile dans cette zone.

– Lavage articulaire et synovectomie des franges synoviales accessibles par voie dorsale.

– Couverture de la perte de substance cutanée par une greffe de peau totale (Dodge *et al.*, 1984), pour certains par un lambeau local de rotation (Crawford, 1990). Les greffes épaisses s'incorporent parfaitement bien, sans nécrose, lorsque leur surface reste de petite taille. Le prix esthétique en est des plus modiques. Le prélèvement cutané sur la partie dorso-cubitale de la main nous paraît parfaitement adapté : même zone opératoire, possibilité de réaliser la totalité de l'intervention sous bloc tronculaire à l'avant-bras. Les techniques de couverture par lambeau de rotation nous semblent plus difficiles à réaliser dans une zone où la peau est adhérente, manque d'élasticité et surtout leur préjudice cicatriciel résiduel est plus important.

Dans une série de 100 patients opérés par l'auteur selon cette technique, avec un recul de trois ans, on ne notait qu'une seule récidive. Celle-ci est survenue à un an sous

une greffe correctement incorporée. Dans la genèse de cette unique récidive, divers facteurs comme l'âge, le sexe, l'ancienneté de la lésion, le stade évolutif de l'arthrose ne peuvent être retenus. Il s'agissait certainement d'une insuffisance d'excision des zones de dégénérescence laissant en place des foyers actifs. Il est à noter aussi que les lésions d'arthrose ont poursuivi leur progression dans 12 % des cas, l'émondage articulaire semble bien n'avoir aucune influence sur l'évolution des lésions articulaires dégénératives.

En matière de traitement chirurgical, on peut donc noter une certaine convergence entre tous les auteurs. La chirurgie sous forme d'excision-greffe (ou excision lambeau) limite le taux de récidive par rapport aux excisions simples. Quatre facteurs semblent avoir une influence préventive :

– le lavage et l'émondage articulaire diminuent l'importance des microtraumatismes locaux ;

– l'excision capsulo-ligamentaire dorsale supprime la zone de métaplasie et conduit à un remplacement tissulaire peu cellulaire à faible capacité de production de mucine ;

– l'excision cutanée supprime les foyers mucineux ectopiques qui pourraient devenir actifs ;

– la greffe cutanée épaisse ou le lambeau de rotation apporte un véritable écran fibreux conjonctif.

CONCLUSIONS

Le processus étiologique de la dégénérescence mucoïde, bien que fortement suspecté, reste encore discuté. Le choix de la technique d'excision large cutanéo-kystique paraît justifié par le faible taux de récidives postopératoires de l'ordre de 1 à 2 % dans toutes les séries, ce qui est très inférieur à celui obtenu par les autres méthodes thérapeutiques proposées dans la littérature hormis les arthrodèses IPD. Cette dernière technique doit être réservée aux dislocations articulaires douloureuses accompagnées par un kyste mucoïde, le traitement du kyste étant ici un épiphénomène.

RÉFÉRENCES

Anderson C.R. – Longitudinal grooving of the nails caused by synovial lesions. *Arch. Dermatol.*, 1947, *55*, 828-830.

Angelides A.C. – Ganglions of the hand and wrist. *In:* Green D.P. (Eds.). *Operative hand surgery*, ed. 2, Vol 3, pp. 2290-2291. Edinburgh, Churchill Livingstone Ed., 1988.

Arner O., Lindholm A., Romanus R. – Mucous cysts of the fingers, reports of 26 cases. *Acta Chir. Scand.*, 1956, *111*, 314-321.

Bourns H.K., Sanerkin N.G. – Mucoid lesions of the fingers and toes. Clinical features and pathogenesis. *Br. J. Surg.*, 1963, *50*, 860-866.

Chaise F., Gaisne E., Friol J.P., Bellemere Ph. – Les kystes mucoïdes des articulations interphalangiennes distales des doigts. *Ann. Chir. Main*, 1994, *13*, 184-189.

Constant E., Royer J.R., *et al.* – Mucous cysts of the fingers. *Plast. Reconstr. Surg.*, 1969, *43*, 241-246.

Cooley S.G.E. – Tumors of the hand and forearm. *In:* Converse J.M. (Ed.). *Reconstructive plastic surgery,* pp. 1740-1786. Philadelphia, Saunders Ed., 1964.

Crawford R.J. – Mucous cysts of the distal interphalangeal joint : treatment by simple excision or excision and rotation flap. *J. Hand Surg.*, 1990, *15B*, 113-114.

Dodge L.D. *et al.* – The treatment of mucous cysts : long term follow up in 62 cases. *J. Hand Surg.*, 1984, *9A*, 901-904.

Eaton R.G. *et al.* – Marginal osteophyte excision in treatment of mucous cysts. *J. Bone Jt Surg.*, 1973, *55A*, 570-574.

Engle R.B. – The treatment of myxomatous cutaneous cysts. *Radiology*, 1958, *71*, 93-95.

Epstein E. – A simple technique for managing digital mucous cysts. *Arch. Dermatol.*, 1979, *115*, 1315-1316.

Fischer R.H. – Conservative treatment of mucous cysts. *Clin. Orthop.*, 1974, *103*, 88-90.

Glicenstein J. – *Tumeurs de la main.* Berlin, Heidelberg, Springer Verlag, 1988, pp. 61-64.

Goldman L., Kitzmiller K.W. – Transillumination for diagnosis of mucinous pseudo-cysts of the fingers. *Arch. Dermatol.*, 1974, *109*, 576.

Gross R.E. – Recurring myxomatous cutaneous cysts of the fingers and toes. *Surg. Gynecol. Obstet.*, 1937, *65*, 289-302.

Isaacson N.H., McCarthy D.D. – Recurring myxomatous cutaneous cysts. *Surgery*, 1954, *35*, 621-623.

Jayson M.I.V., Dickson A.S.J. – Valvular mechanism in juxta-articular cyst. *Ann. Rheum.*, 1970, *29*, 415-420.

Jensen D. – Ganglia and synovial cysts. Their pathogenesis and treatment. *Ann. Surg.*, 1937, *105*, 592-601.

Johnson W.C. – Cutaneous myxoid cyst. A clinico-pathological and histo-chemical study. *JAMA*, 1965, *191*, 109-114.

King E.S.J. – Mucous cyst of the fingers. *Aust. N.Z. J. Surg.*, 1951, *21*, 121-129.

Kleinert H. – Etiology and treatment of the so called mucous cyst of the finger. *J. Bone Jt Surg.*, 1972, *54A*, 1455-1458.

McCullum M.S. – Mucous cysts of the fingers. *Br. J. Plast. Surg.*, 1975, *28*, 118-120.

Morris C.C., Godman G.C. – Production of acid muco-poly-saccharides by fibroblast in cell cultures. *Nature*, 1980, *188*, 407-409.

Newmeyer W.L., Kilgore E.G., Graham W.P. – Mucous cysts: the dorsal digital interphalangeal joint ganglion. *Plast. Reconstr. Surg.*, 1975, *53*, 313-315.

Nishimura M. – Chemical components of jelly-like matrix in digital mucous cyst. *Clin. Exp. Dermatol.*, 1985, *10*, 116-120.

Posch J.L. – Tumors of the hand. *J. Bone Jt Surg.*, 1956, *38A*, 517-539.

Smith E.B. – Longitudinal grooving of nails due to synovial cysts. *Arch. Dermatol.*, 1964, *98*, 364-366.

Woodburne A.R. – Myxomatous degenerative cysts of skin and subcutaneous tissues. *Arch. Dermatol.*, 1947, *56*, 407-418.

Les tumeurs bénignes de l'appareil unguéal

C. DUMONTIER, P. ABIMELEC

L'ongle est un phanère posé sur le support osseux phalangien. La plupart des tumeurs cutanées et osseuses peuvent se localiser au niveau de l'appareil unguéal et entraîner des modifications de la tablette unguéale ou de l'extrémité du doigt. Plus de 70 tumeurs localisées au niveau de l'appareil unguéal ont ainsi été décrites, certaines sont fréquentes, quelques-unes sont spécifiques, la plupart sont rares, voire anecdotiques. Elles sont résumées dans le tableau I avec quelques références sélectionnées. Nous ne décrirons dans ce chapitre que les tumeurs bénignes les plus fréquentes ou les plus typiques en dehors des verrues, des kystes mucoïdes et des tumeurs glomiques qui font l'objet de chapitres particuliers.

GÉNÉRALITÉS

Les tumeurs de l'appareil unguéal ne sont pas rares mais souvent méconnues car quelques principes simples ne sont pas respectés. Cette méconnaissance peut être à l'origine d'une dystrophie unguéale définitive mais, surtout, d'une augmentation de la morbidité et de la mortalité dans le cas de tumeurs malignes (Fleegler et Zeinowicz, 1990 ; Salasche et Orengo, 1992). Ce retard diagnostique favorise les surinfections secondaires qui vont faire errer à leur tour le diagnostic. Toutes les anomalies de l'appareil unguéal supposent un examen soigneux des ongles des mains, des pieds et de l'ensemble du tégument (Abimelec et Grussendorf-Cohen, 1998). L'existence d'une pathologie monodactyle doit faire évoquer la possibilité d'un processus tumoral caché par l'écran que constitue l'ongle. Une atteinte tumorale pluridigitale est possible, quoique rare, et se rencontre dans la maladie de Bowen, les tumeurs glomiques, les kystes mucoïdes

ou l'onychomatricome (Abimelec, 1998 ; Abimelec et Grussendorf-Cohen, 1998).

La présentation clinique est polymorphe : épaississement (pachyonychie), hyperkératose sous-unguéale, tuméfaction sous-unguéale ou péri-unguéale, qui sont responsables d'une déformation de la tablette, d'une fissure ou d'une dépression longitudinale. Les tumeurs osseuses peuvent également entraîner une augmentation de volume du doigt (acropachie) ou un aspect en baguette de tambour (pseudo-hippocratisme digital). Une onycholyse (qui se traduit par une dyschromie de la tablette blanche, jaune, brune ou rouge), un périonyxis, une tache ou une bande pigmentée sont d'autres signes parfois révélateurs (Abimelec, 1998 ; Abimelec et Grussendorf-Cohen, 1998 ; Baran et Dawber, 1994). L'existence de douleurs est également très évocatrice devant une pathologie monodactyle. Elle est quasi constante dans les tumeurs glomiques et les kératoacanthomes mais peut se rencontrer au cours d'autres processus expansifs, notamment en cas de surinfection. L'origine des lésions peut être suspectée par la symptomatologie qui indique la région anatomique à explorer chirurgicalement (tableau II).

L'interrogatoire est une partie importante de l'examen : antécédents, date d'apparition et évolution des symptômes, thérapeutiques en cours. Il s'agit d'un véritable interrogatoire dermatologique, habituellement mieux fait par les dermatologues que par les chirurgiens. Des fibromes unguéaux ou péri-unguéaux apparaissant à la puberté peuvent être associés à la sclérose tubéreuse de Bourneville. L'examen ne se limite donc pas aux ongles, mais comprend au moins la palpation des aires ganglionnaires épitrochléennes et axillaires. Surtout, toute pathologie doit faire pratiquer, au moindre doute, un examen mycologique de

TABLEAU I
Les principales tumeurs bénignes de l'appareil unguéal.

	Sous-groupes	Type de tumeur	Autres références que celles citées dans ce chapitre
Tumeurs épidermiques	Tumeurs kératinocytiques bénignes	Papillome sous-unguéal, kératose distale sous-unguéale, tumeur filamenteuse sous-unguéale et kératose distale à cellules multinucléées	
		Corne onycholemmale	
		Kyste onycholemmal, kystes épidermiques d'implantation	
		Onychomatricomes	
		Kératoacanthome	
		Héloma, onychoclaves, hyperkératose sous-unguéale	
		Verrues	Voir chapitre de J. André
	Tumeurs mélanocytaires	Tumeurs mélanocytaires bénignes, nævus mélanocytaire et lentigo Mélanonychie longitudinale	Voir texte et chapitre de R. Baran
Tumeurs dermiques et sous-cutanées	Tumeurs des tissus de soutien	Fibromes	
		Chéloïdes	
Tumeurs vasculaires		Tumeurs glomiques	Voir chapitre de Z. Dailiana
		Granulome pyogénique (botriomycome)	
		Hémangiomes, angiomatose du repli postérieur, hémangiome histiocytoïde	Voir texte et références (Enjolras et Riché, 1997 ; Tosti *et al.*, 1994)
Tumeurs nerveuses		Neurofibromes	(Niizuma et Iijima, 1991)
		Schwannomes	
		Gliomes	
		Tumeurs à cellules granuleuses	(Hasson *et al.*, 1991)
Tumeurs des glandes sudoripares		Porome eccrine	(Baran et Dawber, 1994)
Tumeurs osseuses et articulaires		Exostoses sous-unguéales	
		Ostéochondromes	
		Chondromes - chondromes périostés - chondromes des parties molles - Bizarre parosteal chondromas	
		Ostéomes ostéoïdes	
		Kystes mucoïdes	Voir chapitre de F. Chaise
		Synovialome	
		Tumeurs à cellules géantes	
Autres	Tumeurs musculaires	Angioléiomyomes	(Requena et Baran, 1993)
		Lipomes	(Failla, 1996)
		Myxomes	(Kaehr et Klug, 1986) ; (Rozmaryn et Schwartz, 1998)
Divers		Tophi goutteux	
		Calcinose sous-cutanée	
		Ostéomes	
		Granulome à corps étrangers	
		Piquants d'oursins	

qualité (bien choisir son référent), un examen histologique (laboratoire spécialisé de dermatopathologie) et un examen radiographique. Il ne faut pas hésiter à confier le patient à un dermatologue ou à un chirurgien qui aura l'habitude des biopsies unguéales afin de limiter le risque de séquelles (voir le chapitre sur les biopsies unguéales).

TABLEAU II

Signes révélateurs d'une tumeur unguéale et localisation possible de la lésion en fonction de la symptomatologie.

	Lit unguéal	Matrice	Périonychium	Os
Chromonychie	*	*	*	*
Dépression longitudinale		*	*	
Dépression transversale-Lignes de Beau		*	*	*
Desquamation			*	
Douleur	*	*	*	*
Fissure longitudinale	*	*	*	*
Fracture de la tablette	*	*		
Hyperkératose sous-unguéale	*			*
Ongle fin-hapalonychie	*	*	*	
Onychoatrophie	*	*	*	*
Onycholyse	*			*
Onychomadèse		*	*	*
Pachyonychie	*	*		
Périonyxis		*	*	*
Tumeur/Tuméfaction	*	*	*	*

TUMEURS ÉPIDERMIQUES

Tumeurs kératinocytaires bénignes

Tumeur filamenteuse sous-unguéale (Baran, Samman), papillome sous-unguéal (Zaias) et kératose distale à cellules multinucléées (Baran)

Ces lésions décrites sous des noms différents représentent à notre avis une seule et même entité dont la survenue n'est pas rare (Baran et Dawber, 1994 ; Baran et Perrin, 1995 ; Samman et Fenton, 1986 ; Zaias, 1990). La lésion touche un seul doigt. Il existe une chromonychie longitudinale asymptomatique qui s'étend de la base de la lunule au lit distal (fig. 1A). La couleur de cette fine bande de 1 à 3 mm de largeur varie du blanc au rouge, elle est plus prononcée à son extrémité. La présence d'hémorragies filiformes peut donner une coloration noire temporaire à l'extrémité distale. Une onycholyse distale triangulaire, parfois accompagnée d'une fissure, peut être notée. On retrouve très souvent une hyperkératose filiforme qui émerge de sous l'hyponychium (fig. 1B). La fragilité de cette expansion explique probablement sa disparition au cours de petits traumatismes (nettoyage sous-unguéal ou tripotage par le patient). Au plan clinique, on peut discuter une tumeur glomique, une maladie de Bowen, une verrue ou une maladie de Darier. L'histologie montre simplement une hyperpapillomatose associée à une hypergranulose. La kératose distale à cellules multinucléées décrite par

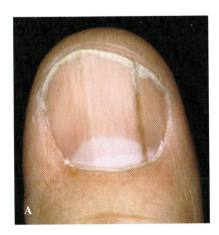 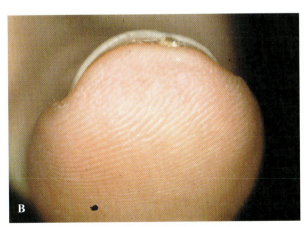

Fɪɢ. 1. – **Tumeur filiforme hyperkératosique sous-unguéale.**
A : Pseudomélanonychie longitudinale et fissure distale.
B : Hyperkératose filiforme émergeant au niveau hyponychial.

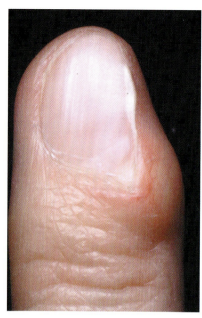

Fig. 2. – Kyste épidermique postopératoire (après excision latéro-longitudinale).

Baran est, à notre avis, une forme histologique qui est caractérisée par la présence de nombreuses cellules multinucléées, de quelques cellules dyskératosiques et d'une zone kératogène épaissie où la granuleuse est absente.

L'absence complète de douleur élimine facilement une tumeur glomique. La maladie de Darier unguéale partage des signes cliniques et histologiques avec la tumeur filamenteuse sous-unguéale. Un interrogatoire et un examen clinique complet sont nécessaires pour éliminer ce diagnostic.

L'excision longitudinale fusiforme à visée histologique est nécessaire pour exclure une maladie de Bowen. La récidive est fréquente si l'excision n'est pas suffisamment large.

Corne onycholemmale

Cette tumeur verruqueuse est localisée au sein d'un repli latéral. L'histologie ressemble au kyste tricholemmal proliférant.

Kyste onycholemmal/inclusion épidermoïde sous-unguéale, kyste épidermoïde

Les kystes épidermoïdes d'inclusion surviennent après implantation traumatique d'épiderme au sein du derme ou des tissus sous-cutanés, au décours d'un traumatisme ou d'une intervention chirurgicale. Leur siège peut être cutané, péri-unguéal, sous-unguéal ou osseux. Le kyste situé au niveau de la peau péri-unguéale se présente sous forme d'un nodule sous-cutané indolore adhérent à la peau et fixé aux plans sous-cutanés (fig. 2). Ces kystes

sous-cutanés péri-unguéaux sont asymptomatiques et parfois localisés au voisinage d'une cicatrice d'intervention. Les kystes sous-unguéaux sont responsables d'une augmentation progressive de volume de la dernière phalange et ce pseudo-hippocratisme digital est parfois douloureux. Les kystes intra-osseux entraînent une acropachie douloureuse. L'ongle en pince est un mode de présentation plus inhabituel. Un antécédent opératoire ou traumatique permet d'évoquer le diagnostic mais il n'est pas toujours retrouvé. La radiographie est utile lorsqu'elle montre une zone d'ostéolyse localisée. Si le diagnostic différentiel préopératoire des lésions sous-cutanées est très difficile, le diagnostic de kyste épidermoïde devient évident au cours de l'intervention et sera confirmé par l'histologie. Sur le plan histologique, la lésion kystique est remplie d'une substance kératinisée disposée en couches stratifiées et sa paroi est composée d'épiderme. L'excision chirurgicale complète du kyste et surtout de sa paroi est indispensable pour éviter les récidives.

Onychomatricome

L'onychomatricome est une tumeur matricielle, décrite pour la première fois par Baran et Kint en 1992. Depuis, quelques cas ont été rapportés (Goettmann *et al.,* 1994 ; Haneke et Franken, 1995 ; Perrin *et al.,* 1998 ; Van Holder *et al.,* 1999). Nous la citons ici car elle présente des caractéristiques cliniques et un aspect peropératoire typique qui justifient sa présentation.

L'onychomatricome peut être unique ou multiple. Il a été rapporté aux mains comme aux pieds, plutôt chez des sujets d'âge mûr. Le développement de cette tumeur peut être intra-unguéal ou sus-unguéal en fonction du siège matriciel distal ou proximal de la lésion.

Dans la forme classique à développement intra-unguéal, la tablette est épaissie avec une accentuation de sa convexité transversale et une hyperstriation longitudinale (fig. 3A). La pachyonychie et cette augmentation de courbure sont liées à la croissance de la tumeur au sein de la tablette. Une coloration jaunâtre de la tablette (xanthonychie) est habituelle, mais un aspect brun-noir, voire une mélanonychie longitudinale ont été rapportés (Van Holder *et al.,* 1999) (fig. 3B). La chromonychie est habituellement longitudinale, laissant une portion d'ongle normal. Des hémorragies filiformes sont fréquemment retrouvées (Baran et Kint, 1992). La tumeur matricielle peut s'accompagner d'un périonyxis. En cas de doute, l'aspect de l'imagerie par résonance magnétique (IRM) de haute résolution est évocateur car il montre un épaississement matriciel qui pénètre l'intérieur de la tablette unguéale, son signal est identique à celui de l'épithélium normal (Goettmann *et al.,* 1994). La matrice proximale à la tumeur montre également un signal IRM altéré, ce qui est un argument pour classer l'onychomatricome dans les hamartomes.

L'ablation de la tablette montre une tumeur matricielle possédant de multiples digitations filamenteuses qui s'infiltrent dans des alvéoles creusées à l'intérieur de la

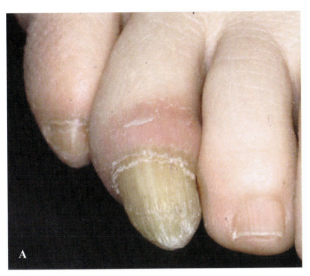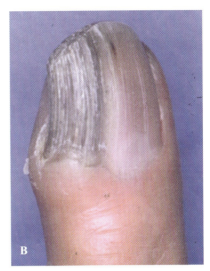

Fɪɢ. 3. – A: Onychomatricome : xantonychie et pachyonychie associées à un périonyxis.
B : Onychomatricome: mélanonychie longitudinale et pachyonychie latéralisée associées
à un périonyxis.

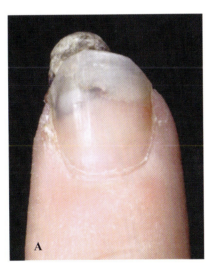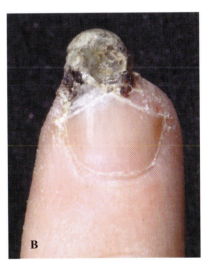

Fɪɢ. 4. – A et B : Kérato-acanthome
sous-unguéal.

tablette unguéale. Cet aspect de tablette percée de petits trous comme les alvéoles d'une ruche est pathognomonique.

L'étude anatomopathologique montre des projections épithéliales filiformes au centre desquelles on observe des colonnes parakératosiques ou des lacunes artefactuelles (Perrin *et al.*, 1998). Les études histo-immuno-chimiques montrent que l'aspect est proche de celui d'une matrice normale (Goettmann *et al.*, 1994). Le traitement chirurgical consiste en l'excision complète. La reconstruction de l'appareil unguéal dépend de la taille et de la localisation sur l'ongle de la lésion (Haneke et Franken, 1995 ; Van Holder *et al.*, 1999).

L'onychomatricome du repli postérieur prend son origine au niveau de la matrice proximale et se développe à la face supérieure de la tablette. Son aspect clinique est proche d'un fibrome péri-unguéal ou prend l'aspect d'une corne cutanée (Perrin *et al.*, 1998).

Kératoacanthome

Cette tumeur est rare au niveau de l'appareil unguéal. Elle survient chez des patients caucasiens d'âge moyen et touche préférentiellement le pouce et les doigts radiaux (Baran et Goettmann, 1998). Le kératoacanthome de l'appareil unguéal se développe au niveau de l'extrémité distale de l'appareil unguéal (KAD) ou des replis péri-unguéaux (KAPU). Le KAD est douloureux en cas d'évolution sous-unguéale, une évolution rapide est d'ailleurs un des critères distinctifs avec le carcinome épidermoïde (Abimelec et Grussendorf-Cohen, 1998). Les formes péri-unguéales et hyponychiales ne sont que peu ou pas douloureuses (fig. 4A et B). En cas de lésion sous-unguéale, l'examen radiologique montre une érosion osseuse cupuliforme bien limitée de la phalange distale, sans sclérose ou réaction périostée (Baran et Goettmann, 1998). À l'inverse des kératoacanthomes cutanés, les lésions unguéales régressent rarement spontanément

(Abimelec, 1998). Leur caractère localement destructeur et la douleur qu'ils entraînent imposent une chirurgie d'exérèse qui doit associer un curetage osseux à l'exérèse complète de la lésion. L'examen anatomopathologique de la pièce opératoire complète est indispensable pour éliminer un carcinome épidermoïde. Une surveillance étroite et prolongée est nécessaire pour dépister une récidive qui peut nécessiter une approche chirurgicale plus agressive. La présence de tumeurs cutanées et/ou unguéales multiples doit faire rechercher un syndrome de Muir-Torré. Cette génodermatose est un marqueur cutané de malignité, elle associe des tumeurs épidermiques bénignes (tumeurs sébacées et parfois kératoacanthomes multiples) à une augmentation de l'incidence des carcinomes viscéraux surtout digestifs. Les tumeurs unguéales multiples et douloureuses à développement tardif que l'on rencontre parfois chez des patientes porteuses d'une *incontinentia pigmenti* sont assimilées à des kératoacanthomes (Abimelec *et al.,* 1995)

Kératose sous-unguéale (cor)

Il s'agit d'une hyperkératose sous-unguéale des orteils secondaire à des microtraumatismes répétés (déformations des orteils, erreur de chaussage). Elle est responsable de douleurs augmentées par la marche. La lésion est localisée dans le tiers distal du lit unguéal ou sur l'hyponychium. Elle s'accompagne d'une onycholyse jaune, rouge ou noire et parfois d'une fissuration de la tablette. L'examen microscopique de la tumeur élimine les nombreux diagnostics différentiels possibles. Le traitement consiste à retirer au bistouri la lésion et à ôter la tablette en regard. La récidive est habituelle si une correction associée des troubles des orteils n'est pas réalisée.

Tumeurs mélanocytaires (Brantley et Das, 1991)

Mélanonychie longitudinale

Les tumeurs mélanocytaires bénignes de l'appareil unguéal (nævus mélanocytaire et lentigo) se présentent sous l'aspect d'une mélanonychie longitudinale monodactylique (un chapitre spécial est consacré au diagnostic des mélanonychies longitudinales, le lecteur est invité à s'y référer).

La mélanonychie longitudinale est une bande longitudinale brune ou noire de la tablette unguéale secondaire à l'accumulation de mélanine au sein de celle-ci (fig. 5). Cet aspect peut être simulé par une dyschromie longitudinale consécutive à une lésion du lit unguéal (pseudo-mélanonychie secondaire à un écharde, une hémorragie en flammèche ou une onychomycose). Les mélanonychies longitudinales ont des étiologies multiples mais, surtout, elles peuvent être le signe révélateur d'un mélanome malin de l'appareil unguéal, et de ce fait la biopsie d'une mélanonychie longitudinale monodactylique de l'adulte sans étiologie apparente est indispensable.

Le diagnostic étiologique repose sur les étapes suivantes (Abimelec, 1998; Abimelec et Grussendorf-Cohen, 1998; Glat *et al.,* 1995; Glat *et al.,* 1996):

– Interrogatoire, examen clinique soigneux et examens complémentaires appropriés à la recherche des étiologies médicales susceptibles de provoquer une mélanonychie ou une pseudo-mélanonychie longitudinale.

– Biopsie-exérèse (exérèse complète chaque fois que cela est possible sans entraîner de dystrophie unguéale majeure) de l'origine matricielle de toute mélanonychie longitudinale monodactylique de l'adulte qui ne reçoit pas d'explication satisfaisante.

– Excision complète de la lésion chaque fois que l'index de suspicion pour une lésion maligne est élevé (évolutivité rapide, bande large > 5 mm, présence d'un signe de Hutchinson ou âge > 50 ans).

– En cas de mélanonychie longitudinale polydactylique ou de l'enfant, nous conseillons une surveillance rapprochée et une exérèse de toute lésion évolutive ou dont l'aspect clinique laisse suspecter un mélanome malin.

– Exérèse complète de toute lésion dont la biopsie montre une lésion mélanocytaire (augmentation du nombre de mélanocytes isolés ou en thèques). Les mélanonychies longitudinales « idiopathiques » du sujet caucasien témoignent d'une hyperactivité mélanocytaire pour les deux tiers d'entre elles. Elles peuvent être post-traumatiques (onychomanie, onychophagie), secondaires à une prise médicamenteuse (minocycline, AZT, pilule contraceptive…), à une maladie dermatologique (maladie de Laugier, lichen, radiodermite…) ou à des pathologies systémiques (maladie d'Addison, cancer du sein…). Ces bandes provoquées par une hypermélaninose sont plus fréquentes chez les sujets à peau pigmentée. Un tiers seulement sont des lésions mélanocytaires: 22% sont secondaires à un nævus mélanocytaire, 8% à un lentigo et 5% à un mélanome malin (Tosti *et al.,* 1996).

Nævus mélanocytaire et lentigo

Le nævus mélanocytaire de l'appareil unguéal est une tumeur bénigne des mélanocytes (fig. 5). Le nævus jonctionnel montre la présence de thèques néviques à la jonction dermo-épidermique. En sus des altérations précédentes, le nævus composé comporte des mélanocytes en amas au sein du derme papillaire. Le lentigo est caractérisé par une hyperplasie mélanocytaire avec une augmentation du nombre des mélanocytes au sein des onychocytes basaux (fig. 6).

L'aspect clinique du nævus matriciel ne permet en général pas de le distinguer d'un mélanome malin débutant (mélanome malin in situ ou intra-épidermique). Pour Tosti, l'âge de survenue est le seul critère fiable pour suspecter un nævus mélanocytaire; dans son étude, toutes les mélanonychies longitudinales de l'enfant étaient le témoin d'un nævus (Tosti *et al.,* 1996). Chez l'adulte, le nævus mélanocytaire apparaît vers l'âge de 30 ans, le pouce et le gros orteil sont touchés dans les deux tiers des cas. Le nævus mélanocytaire se présente comme une

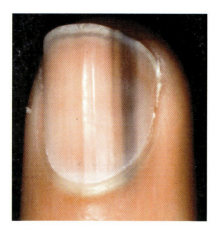

FIG. 5. – **Mélanonychie longitudinale secondaire à un naevus mélanocytaire jonctionnel.**

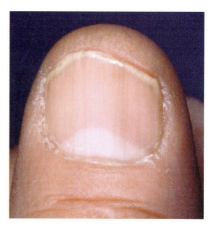

FIG. 6. – **Mélanonychie secondaire à un lentigo.**

TABLEAU III

**Comparaison des signes cliniques et de leur fréquence
pour les nævi mélanocytaires matriciels
et les mélanomes malins intra-épidermiques de l'appareil unguéal.**

	Nævus matriciel	Mélanome malin intra-épidermique de l'appareil unguéal
Nævus acquis	45 %	
Nævus congénital	65 %	
Adultes	50 %, moyenne d'âge 37 ans	moyenne d'âge 44 ans
Enfants	50 %, moyenne d'âge 3 ans	
Sexe	Femmes 40 % Hommes 60 %	Femmes 57 % Hommes 43 %
Pouce et gros orteil	64 %	86 %
Doigts	77 %	86 %
Orteils	23 %	14 %
Élargissement progressif	9 %	86 %
Atténuation de la coloration	9 %	
Largeur moyenne	4 mm	7 mm
Ongle complètement noir	14 %	43 %
Bande sombre	64 %	
Bande pâle	36 %	
Colorations variées		36 %
Signe de Hutchinson	23 %	79 %
Altérations de la tablette unguéale	18 %	14 %
Nævus jonctionnel	9 %	
Nævus composé	91 %	

mélanonychie monodactylique le plus souvent large (largeur moyenne 4 mm, ongle totalement noir chez 15 % des patients). La couleur est brun foncé chez les deux tiers des patients et il existe parfois des stries hyper-pigmentées qui donnent une coloration inhomogène ; une couleur brun clair est présente chez un tiers des patients. La présence d'un signe de Hutchinson, d'une altération de la tablette unguéale ou d'une évolution vers la disparition de la pigmentation est plus rarement rapporté.

Les signes cliniques comparatifs des nævi matriciels et des mélanomes malins intra-épidermiques de l'appa-reil unguéal sont rappelés dans le tableau III. Les données de ce tableau ont été obtenues par analyse de dix observations de mélanome malin intra-épidermique de l'adulte publiés dans la littérature et des 22 observations de nævus mélanocytaire de Tosti (Cho *et al.,* 1991 ; Ishihara *et al.,* 1993 ; Kato *et al.,* 1989 ; Kechijian, 1991 ; Saida et Ohshima, 1989 ; Tosti *et al.,* 1996).

Le traitement repose sur l'exérèse complète de la lésion dont les modalités sont étudiées dans le chapitre consacré aux mélanonychies.

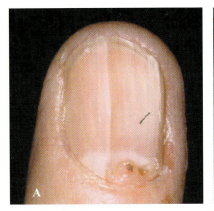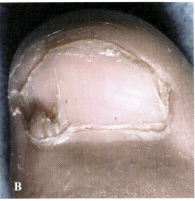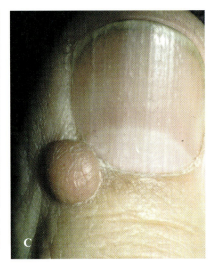

Fɪɢ. 7. – **Fibromes unguéaux. A : Fibrokératoacanthome : dépression longitudinale canaliforme et émergence de la lésion sous le repli postérieur. B : Tumeur de Koenen associée à une sclérose tubéreuse de Bourneville. C : Dermatofibrome du repli postérieur.**

TUMEURS DERMIQUES ET SOUS-CUTANÉES : LES FIBROMES

Les fibromes sont des tumeurs bénignes des tissus conjonctifs. On différencie le fibrokératome acquis (fig. 7A), les tumeurs de Koenen (fig. 7B) et le dermatofibrome (fig. 7C). Le fibrokératome acquis est parfois post-traumatique, les tumeurs de Koenen se développent chez la moitié des patients porteurs d'une sclérose tubéreuse de Bourneville. Elles posent alors les problèmes pronostiques de cette affection. Les dermatofibromes apparaissent spontanément. Ces tumeurs sont composées d'un amas de collagène, de fibroblastes et de capillaires dont la répartition permet de différencier les trois types principaux.

Le fibrokératome acquis, les dermatofibromes et les tumeurs de Koenen peuvent être localisés au niveau du lit de l'ongle, de la matrice ou de la face dorsale du repli postérieur, ces deux dernières localisations étant les plus fréquentes.

En cas de localisation matricielle proximale, la lésion prend l'aspect d'une tumeur conique, allongée, de couleur chair qui émerge de la face profonde du repli proximal, d'où le terme de fibrome en gousse d'ail (fig. 7A). Un cas de dermatofibrome sous-matriciel avec dystrophie de la tablette a été rapporté (Kinoshita *et al.,* 1996). La compression de la matrice est responsable d'un amincissement localisé de la lame unguéale (Fleegler et Zeinowicz, 1990). Au début, la lésion, encore masquée par le repli postérieur, se présente uniquement sous forme d'une cannelure longitudinale et pose alors un problème de diagnostic différentiel avec le kyste mucoïde. Au contact, la tumeur est ferme, parfois sensible (Kojima *et al.,* 1987). En cas de localisation matricielle plus distale, la tumeur

peut être en partie incluse au sein de la tablette unguéale et se présente alors sous la forme d'une bande longitudinale blanc jaune, opaque et striée. Lorsque la tumeur prend son origine au niveau du lit unguéal, elle entraîne une tuméfaction sous-unguéale qui soulève la tablette. Ces lésions sont fréquentes au niveau des orteils et plus rares au niveau des doigts, mais leur fréquence est supérieure aux 28 cas colligés dans la littérature en 1987 dont cinq seulement concernaient les doigts (Kojima *et al.,* 1987).

Fibrokératomes acquis et dermatofibromes peuvent être localisés au niveau de la peau péri-unguéale. Les fibrokératomes acquis péri-unguéaux ont l'aspect d'un nodule rosé entouré d'une collerette périphérique. Les dermatofibromes péri-unguéaux ont un aspect semblable sans collerette périphérique.

Le traitement des fibromes est chirurgical. En cas de lésion matricielle, il faut relever le repli proximal par deux contre-incisions et parfois réaliser une hémiavulsion transversale proximale. Lorsque la lésion siège au niveau du lit unguéal, l'avulsion unguéale est nécessaire. Les lésions péri-unguéales sont simplement excisées mais elles nécessitent parfois un lambeau local de recouvrement.

TUMEURS VASCULAIRES

Botryomycomes

Les botryomycomes (ou granulomes pyogéniques ou granulomes télangiectasiques) sont des proliférations vasculaires bénignes qui peuvent apparaître sur l'appareil unguéal après un traumatisme mineur (Salasche et Orengo, 1992). Elles doivent leur nom de botryomycome à Poncet et Dor qui, en 1897, pensaient qu'elles étaient secondaires à une infection fongique, tandis que le terme

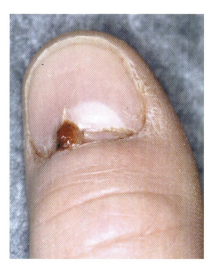

Fig. 8. – Botryomycome unguéal après piqûre de rosier.

de pyogénique a été ajouté en 1904 après la mise en évidence de staphylocoques (Witthaut *et al.,* 1994). Les botryomycomes se présentent sous la forme d'une tuméfaction rougeâtre saignant facilement, exulcérée en surface mais entourée par une collerette épidermique caractéristique (fig. 8). L'épidermisation du granulome peut survenir secondairement. Elles siègent surtout dans le sillon latéral (Baran et Dawber, 1994 ; Glicenstein *et al.,* 1988). Au doigt, elles font suite à un traumatisme, alors qu'au pied elles se voient surtout en réaction à un ongle incarné (Salasche et Orengo, 1992). Des botryomycomes multiples ont été décrits après la prise de rétinoïdes ou d'antiprotéases qui favorisent les incarnations unguéales (Bouscarat *et al.,* 1999). Ces pseudo-tumeurs n'ont aucune tendance à la régression spontanée (Witthaut *et al.,* 1994). Le traitement classique consiste à ôter la tumeur, à cureter ou à électrocoaguler sa base d'implantation, avant d'en faire l'hémostase au bistouri électrique ou au laser. Les récidives ne sont pas exceptionnelles. L'excision large, elliptique, emportant un peu de tissu sain n'est pas nécessaire si les facteurs favorisants sont éliminés (ongle incarné, prise médicamenteuse, corps étranger…) mais elle n'est habituellement pas suivie de récidives (Witthaut *et al.,* 1994). L'examen histologique, indispensable, permet d'éliminer un mélanome achromique.

Hémangiomes : l'angiomatose du repli postérieur (Tosti *et al.,* 1994)

Cette tumeur a un aspect proche de celui d'un granulome pyogénique. La lésion se développe sous le repli proximal dont elle émerge. Cette lésion a été décrite après fracture du bras ou de la main. Le rapport de cette lésion avec le granulome pyogénique n'est pas élucidé.

TUMEURS OSSEUSES, ARTICULAIRES ET TENDINEUSES

Exostoses sous-unguéales

L'exostose est une prolifération bénigne d'un tissu ostéocartilagineux apparaissant à l'extrémité distale de la dernière phalange. Longtemps ignorées, elles sont cependant fréquentes au niveau des orteils mais beaucoup plus rares au niveau des doigts (Zimmerman, 1977). Carroll, en 1992, n'en avait retrouvé que 50 cas dans la littératu[?] anglo-saxonne (Carroll *et al.,* 1992). Décrites par Dupuytren en 1817 sur un gros orteil, elles ont été rapportées à la main par Hutchinson en 1857 (Matthewson, 1978). Elles posent, à l'heure actuelle, un problème nosologique car les aspects clinique, radiographique et histologique sont identiques à ceux de l'ostéochondrome et il n'est pas certain que ces deux lésions soient différentes.

L'exostose touche les sujets jeunes, autour de la deuxième décennie, la prédominance d'un sexe sur l'autre variant selon les auteurs (Fleegler et Zeinowicz, 1990 ; Landon *et al.,* 1979 ; Matthewson, 1978 ; Salasche et Orengo, 1992). Baran a cependant rapporté un cas chez une femme âgée de 65 ans (Baran et Sayag, 1978). Dans sa revue de littérature, Fleegler en relevait environ 250 cas, dont 77 % au gros orteil, 10 % aux orteils et 13 % aux doigts. Pour cet auteur, la localisation préférentielle au gros orteil est en faveur d'une étiologie traumatique et il faut noter qu'un traumatisme est rapporté dans un quart des cas. L'exostose pourrait être alors un processus réactionnel (Glicenstein *et al.,* 1988 ; Landon *et al.,* 1979 ; Zimmerman, 1977). Aux doigts, les exostoses touchent surtout le pouce et l'index (Carroll *et al.,* 1992 ; Landon *et al.,* 1979 ; Matthewson, 1978 ; Fleegler et Zeinowicz, 1990). Elles sont presque toujours isolées, et ne s'observent qu'exceptionnellement dans la maladie exostosante (Landon *et al.,* 1979 ; Schmitt *et al.,* 1997). Leur localisation préférentielle au bord médial du gros orteil les a également fait rattacher à des anomalies congénitales ; il existe chez l'embryon de 2 mois un cartilage distinct au bord médial de l'hallux (préhallux). Cette origine congénitale potentielle n'explique cependant pas les autres localisations (Bendl, 1980).

L'exostose sous-unguéale se présente comme une tuméfaction sous-unguéale dorsale distolatérale. La lésion, de couleur chair, est dure et sensible au toucher. Elle émerge de la région hyponychiale et soulève la tablette unguéale (fig. 9A). La tumeur est parfois douloureuse à la marche, rarement spontanément (Landon *et al.,* 1979 ; Salasche et Orengo, 1992). Si l'exostose est médiodorsale, elle forme une tache colorée rougeâtre du milieu de la tablette. Cette rubronychie est le signe d'une onycholyse (Bendl, 1980). L'ablation de la tablette est nécessaire pour bien visualiser la tumeur qui est parfois associée à un botryomycome (fig. 9B).

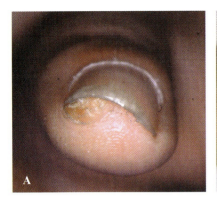 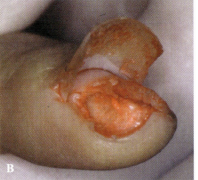 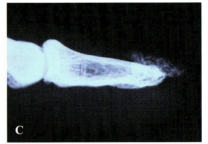

FIG. 9. – Exostose sous-unguéale.
A : Émergence dans la région hyponychiale d'une tumeur dure.
B : L'ablation de la tablette en cours d'intervention permet de préciser l'étendue proximale de la tumeur et sa taille.
C : Aspect radiographique typique d'une exostose sous-unguéale.

Sur le plan histologique, la lésion est constituée d'un tissu trabéculaire osseux mature couvert par une coiffe cartilagineuse. On la différencie classiquement des chondromes périostés par la continuité des travées trabéculaires entre l'os et la tumeur. L'exostose est limitée par une corticale en continuité avec celle de l'os sain, sauf à l'extrémité distale où il n'existe pas toujours de limite nette entre l'os et les parties molles (Landon *et al.,* 1979 ; Matthewson, 1978).

La radiographie suffit à porter le diagnostic en cas de doute (fig. 9C). La tumeur peut être invisible sur les incidences de face et de profil, voire être radiologiquement transparente si la composante cartilagineuse est prédominante (Zimmerman, 1977). Une biopsie au punch est alors nécessaire pour faire le diagnostic. Radiologiquement, l'aspect est celui d'une excroissance sessile ou pédiculée de la houppe. Sa base est large et son chapeau est soit irrégulier, soit surligné par une discrète ligne de sclérose (Carroll *et al.,* 1992).

Le traitement est chirurgical, il consiste à ôter la tumeur et sa base d'implantation. L'avulsion unguéale est nécessaire à l'abord chirurgical. Il est cependant souvent possible de la laisser pédiculée sur une charnière proximale afin de la reposer en fin d'intervention. Toujours plus volumineuse en profondeur que ne le laisse supposer la partie émergente, elle nécessite une large exposition. Nous préférons relever en bloc l'ensemble du lit unguéal et de la partie distale de la matrice par une incision en gueule de requin. Cette dissection est difficile au contact de la tumeur qui a aminci, voire détruit une partie du lit unguéal et il faut impérativement ne pas pénétrer dans la coiffe cartilagineuse pour éviter la récidive. Une fois le lambeau lit et matrice relevé, il est alors facile d'exciser en bloc, à la pince-gouge, la tumeur. Il est préférable d'ôter la corticale de la phalange, à la curette, à la pince-gouge ou avec une fraise, pour éviter les récidives. L'évolution est en effet marquée par deux risques ; celui de la récidive dont la fréquence varie entre 6 et 12 %

(Glicenstein *et al.,* 1988 ; Landon *et al.,* 1979 ; Matthewson, 1978) et celui de la dystrophie unguéale dont la fréquence n'est pas connue, mais apparemment rare (Carroll *et al.,* 1992 ; Multhopp-Stephens et Walling, 1995). Le geste idéal sur le lit unguéal n'est pas connu. La déformation rend difficile la dissection, exposant alors au risque de récidive. C'est pourquoi certains auteurs ont proposé de réséquer de principe le lit unguéal, et d'y associer soit une cicatrisation dirigée (Multhopp-Stephens et Walling, 1995), soit une reconstruction par greffe ou lambeaux (Matthewson, 1978 ; Muse et Rayan, 1986). La cicatrisation dirigée a donné, dans cinq cas, de bons résultats au gros orteil (Multhopp-Stephens et Walling, 1995). Si l'on veut reconstruire, la déformation du lit est telle, associée à l'excision osseuse nécessaire, que le sous-sol est impropre à la greffe. Nous préférons décoller la tumeur du lit unguéal, mais sans la pénétrer, ce qui laisse souvent une petite perte de substance. À la fin de l'intervention, le lit est reposé tel quel, y compris lorsqu'il existe une perte de substance qui est toujours distale. La repousse unguéale nous est toujours apparue satisfaisante, marquée au plus par une hyperkératose distale moins gênante que la perte de la tablette. Nous ne pensons pas nécessaire de décoller le lambeau pulpaire, comme le préconisent certains auteurs, pour éviter les séquelles pulpaires douloureuse (Carroll *et al.,* 1992 ; Hoehn et Coletta, 1992).

Autres tumeurs cartilagineuses

Ostéochondromes

Les ostéochondromes sont les tumeurs osseuses les plus fréquentes, sauf au niveau de la main où leur fréquence (21 %) est inférieure à celle des chondromes (Besser *et al.,* 1987 ; Floyd et Troum, 1995).

À la dernière phalange, on différencie l'exostose sous-unguéale qui est distale et l'ostéochondrome naissant à

TABLEAU IV

**Les critères permettant
de différencier l'exostose sous-unguéale
et l'ostéochondrome de la dernière phalange
(d'après Schulze et Hebert, 1994).**

	Exostose sous-unguéale	Ostéochondrome de la dernière phalange
Étiologie	Traumatique/ infectieuse	Congénitale
Localisation	Distale	Métaphysaire proximal
Âge de début	20-30 ans	10-20 ans
Sex-ratio	M/F 1/2	M/F 2/1
Aspect histologique	Fibrocartilage	Cartilage hyalin

la base de la phalange (Schulze et Hebert, 1994). Ces deux termes sont parfois utilisés indifféremment. Le tableau IV expose les critères proposés pour différencier ces deux entités.

L'ostéochondrome est considéré comme une tumeur congénitale, de croissance très lente, apparaissant plutôt chez l'adulte jeune de sexe masculin (Fleegler et Zeinowicz, 1990 ; Schulze et Hebert, 1994). C'est la déformation de la tablette qui est le symptôme le plus habituel, et elle est secondaire à l'hyperpression engendrée par la tumeur. En dehors de leur différenciation nosologique avec l'exostose sous-unguéale, les principes diagnostiques et thérapeutiques sont identiques (Apfelberg *et al.,* 1979 ; Eliezri et Taylor, 1992 ; Ganzhorn *et al.,* 1981).

Proliférations parostéales ostéochondromateuses

Décrites par Nora, ces lésions ressemblent aux ostéochondromes (Nora *et al.,* 1983). Elles s'en distinguent par l'absence de communication entre la prolifération ostéocartilagineuse et l'os sur lequel elle se produit, ainsi que par la présence de cellules atypiques. Plus fréquentes à la main qu'au pied, elles ne semblent pas avoir été rapportées comme pouvant donner des dystrophies car ne siégeant que sur la première et la deuxième phalange (Miyajima *et al.,* 1997 ; Mudgal et Jupiter, 1997 ; Nora *et al.,* 1983). Un seul cas a été rapporté sur une phalange distale du pouce sans dystrophie unguéale (Derrick *et al.,* 1994).

Chondromes

Les chondromes sont les plus fréquentes des tumeurs osseuses de la main (45 %) mais ils sont rares au niveau de la dernière phalange (Besser *et al.,* 1987 ; Floyd et Troum, 1995 ; Takigawa, 1971). Selon Takigawa, 4 % des chondromes isolés et 13 % des chondromes survenant dans le cadre de la maladie d'Ollier étaient situés à la dernière

phalange (Takigawa, 1971). Ils surviennent plus fréquemment chez les sujets jeunes, autour de la deuxième décennie, et sont habituellement isolés (Floyd et Troum, 1995). En dehors des fractures, révélatrices une fois sur trois au doigt, leur diagnostic est radiographique : existence d'une géode intra-osseuse bien délimitée, parfois soulignée par une discrète densification péritumorale. Il n'y a pas d'images d'envahissement des parties molles. On note parfois des calcifications intratumorales. Ces tumeurs peuvent, par leur volume, entraîner un agrandissement de la phalange (Baran et Dawber, 1994 ; Koff *et al.,* 1922 ; Shelley et Ralston, 1964 ; Shimizu *et al.,* 1997). La déformation de la tablette est en revanche exceptionnelle (Koff *et al.,* 1922 ; Shimizu *et al.,* 1997 ; Wawrosch et Rassner, 1985 ; Yaffee, 1965). Les chondromes juxtacorticaux n'ont jamais été rapportés sur la dernière phalange (Besser *et al.,* 1987). Les chondromes des parties molles sont encore plus rares à l'ongle, bien qu'ils surviennent préférentiellement à la main et au pied, et sont habituellement une découverte histologique (Armin *et al.,* 1985 ; Chung et Enzinger, 1978 ; Dahlin et Salvador, 1974 ; Mahoney, 1987). Cinq cas ont été rapportés au niveau de l'ongle (Ayala *et al.,* 1983 ; Dumontier *et al.,* 1997 ; Hodgkinson, 1984 ; Lichtenstein et Goldman, 1964). Un cas, ancien, a eu une amputation après récidive, un autre une greffe de lit unguéal qui fut un échec, les trois autres ont eu des suites simples après excision tumorale. À la main, le taux de récidives après traitement chirurgical des chondromes des parties molles serait d'au moins 18 % (Armin *et al.,* 1985).

Ostéome ostéoïde

Avant 1935, l'ostéome ostéoïde est connu sous des noms variés, c'est Jaffe qui lui donne alors son nom définitif. L'ostéome ostéoïde est situé une fois sur dix à la main où il représente 3 % des tumeurs osseuses (Besser *et al.,* 1987). Il s'agit néanmoins d'une tumeur rare, une série récente retrouvant 46 cas au membre supérieur en 43 ans ! (Bednar *et al.,* 1995). La localisation au niveau de la phalange distale est encore plus rare (Braun *et al.,* 1979). Dans une revue de la littérature récente, Bowen et Foucher en avaient collecté successivement 23 et 36 cas (Bowen *et al.,* 1987 ; Foucher *et al.,* 1987).

L'ostéome ostéoïde de la dernière phalange touche des sujets jeunes, aux alentours de la deuxième décennie. Le sex-ratio femme/homme est voisin de 1/1 mais on constate des variations très importantes selon les études (de 1/1 à 2/1) (Bednar *et al.,* 1995 ; Foucher *et al.,* 1987 ; Golding, 1954 ; Sullivan, 1971). Szabo a décrit une forme congénitale (Szabo et Smith, 1985).

La douleur et ses caractéristiques sont les meilleurs critères cliniques. Cette douleur semble moins typique, moins fréquente, voire absente, à la dernière phalange (Bednar *et al.,* 1995 ; Braun *et al.,* 1979). La douleur est profonde, continue plutôt que par poussées. Plus souvent nocturne et calmée par les salicylés, elle est souvent réveillée par la pression. C'est le seul symptôme dans la

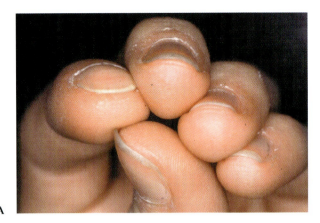

A

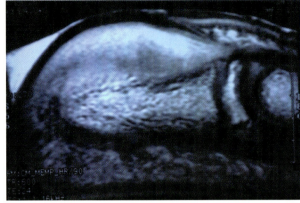

B

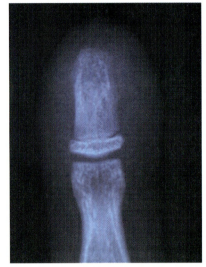

C

Fɪɢ. 10. – Ostéome ostéoïde de la dernière phalange, déjà opéré deux fois chez une enfant de 10 ans. A : Hypertrophie des parties molles persistante après les différentes interventions. B : Aspect IRM de la lésion montrant l'épaississement majeur du lit unguéal. Noter que la lésion n'est pas visible mais l'enfant a déjà été opérée deux fois. C : Aspect radiographique. Le nidus n'est pas visible (patiente déjà opérée) mais il persiste l'épaississement des parties molles. L'examen histologique confirmera la persistance de la lésion.

moitié des cas, ce qui peut expliquer le délai diagnostique moyen de deux ans (Foucher *et al.,* 1987). Une hypersudation pulpaire est très fréquente, mais il n'y a pas de signes inflammatoires ou d'adénopathies satellites (Braun *et al.,* 1979 ; Giannikas *et al.,* 1977) Une déformation de la dernière phalange qui est hypertrophiée (pseudo-hippocratisme digital ou acropachie) est habituelle (fig. 10A). La déformation précède souvent l'apparition de la douleur (Braun *et al.,* 1979 ; Giannikas *et al.,* 1977). Cette tuméfaction est circulaire mais ne s'accompagne pas d'un allongement osseux (Braun *et al.,* 1979). La tablette unguéale est déformée, élargie transversalement et longitudinalement, et le lit unguéal est souvent épaissi (fig. 10B) (Bowen *et al.,* 1987 ; Doyle *et al.,* 1985 ; Giannikas *et al.,* 1977 ; Nakatsuchi *et al.,* 1984). Seul le cas, peut-être congénital, décrit par Szabo avait une hypotrophie globale de l'ongle (Szabo et Smith, 1985).

Le diagnostic anatomopathologique ne pose habituellement pas de problème, à condition que la tumeur ait été enlevée en bloc. La lésion est habituellement granuleuse, de couleur rouge cerise. Elle est toujours de petite taille.

Le diagnostic repose sur l'examen radiologique qui met en évidence le nidus, en forme de cocarde, facile lorsque la tumeur est centromédullaire, plus difficile si elle est intracorticale ou sous-périostée (Crosby et Murphy, 1988 ; Sullivan, 1971). La radiologie était parlante 16 fois sur 26 (60 %) (Foucher *et al.,* 1987). Lorsque le nidus n'est pas visible, une opacité globale, un épaississement cortical doivent attirer l'attention (fig. 10C). Chez l'enfant, une fermeture prématurée du cartilage conjugal a été rapportée (Rosborough, 1966). Dans les lésions distales, la tumeur peut prendre un aspect lytique (Bowen *et al.,* 1987 ; Doyle *et al.,* 1985). Une hyperfixation scintigraphique est la règle. Actuellement, l'imagerie scanner et/ou IRM permettent de mieux préciser la lésion, son siège et son étendue, ce qui permet de mieux choisir la voie d'abord (McConnell et Dell, 1984). L'artériographie qui a été proposée nous semble actuellement trop agressive. Elle ne permet pas de dépister les lésions sous-périostées (Crosby et Murphy, 1988).

Le traitement est chirurgical avec ablation complète de la tumeur. La douleur disparaît instantanément, la déforma-

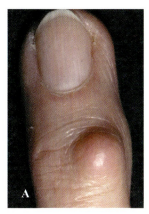 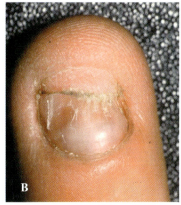 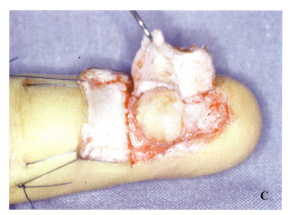

Fɪɢ. 11. – **Tumeur à cellules géantes des gaines (lésion matricielle).**
A : Tumeur à cellules géantes : aspect habituel d'un nodule couleur chair siégeant au niveau du dos de la phalange distale.
B : Tuméfaction matricielle et disparition de la tablette très amincie au niveau du lit unguéal distal.
C : Aspect peropératoire après relèvement du repli proximal et de l'ensemble lit + matrice car la lésion siégeait sous la matrice qu'elle soulevait.

tion unguéale est habituellement résolutive alors que l'hypertrophie globale du doigt ne régresse parfois que partiellement (fig. 10A). Le principal problème reste celui de la voie d'abord. Dans les lésions dorsales des deux tiers distaux de la phalange, un abord médian transunguéal, proposé par Baran, peut être suffisant (Baran et Dawber, 1994). Sinon, une incision dorsolatérale, éventuellement prolongée en gueule de requin, permet de soulever en bloc l'appareil unguéal et offre un jour complet sur les zones dorsales et latérales de la phalange (Sullivan, 1971). L'os cortical est habituellement très dur, ce qui pose des problèmes techniques avec parfois des éclats. Une reconstruction phalangienne par greffe a été nécessaire une fois dans la série de Foucher (Foucher *et al.,* 1987). La diminution des parties molles et/ou du lit unguéal a été proposée (Giannikas *et al.,* 1977), mais elle ne semble pas indispensable et peut être dangereuse (Bowen *et al.,* 1987).

Lorsque la lésion est de petite taille, l'ablation formelle de la tumeur est parfois difficile à certifier et sept récidives sur 36 cas (19 %) ont été rapportées (Foucher *et al.,* 1987). L'absence d'ostéome ostéoïde chez les sujets âgés, la possibilité de régression spontanée (Foucher *et al.,* 1987 ; Golding, 1954), ont conduit à proposer l'abstention thérapeutique chez certains patients. Cependant, dans presque toutes les séries, il existe un ou plusieurs patients souffrant depuis plus de cinq voire dix ans sans régression des lésions.

Tumeurs à cellules géantes

Il s'agit de tumeurs très fréquentes de la main et des doigts qui, habituellement, n'intéressent pas l'unité unguéale bien qu'elles siègent préférentiellement au niveau de l'interphalangienne distale (Moore *et al.,* 1984). Ces tumeurs sont issues des cellules de la lignée

synoviale qui proviennent de l'interligne articulaire de l'interphalangienne distale ou des tendons. Leur pathogénie exacte reste encore inconnue (Docken, 1979). Elles surviennent préférentiellement entre 30 et 50 ans et touchent trois femmes pour deux hommes (Glowacki et Weiss, 1995 ; Moore *et al.,* 1984). L'index et le majeur sont les doigts les plus souvent atteints. La tumeur est plus souvent située sur la face palmaire des doigts (deux tiers des cas) (Moore *et al.,* 1984). Elles peuvent cependant, par leur volume et leur croissance distale, comprimer la matrice unguéale. Dans sa forme typique, elle prend l'aspect d'un nodule érythémateux sous-cutané et ferme, adhérent aux plans profonds, en regard de l'interphalangienne distale (fig. 11A) (Moore *et al.,* 1984 ; Salasche et Orengo, 1992). En cas de localisation unguéale, la tumeur comprime la matrice et entraîne une dystrophie unguéale (fig. 11B). Il existe une tuméfaction de la région matricielle et un amincissement de la tablette qui disparaît presque complètement (Abimelec *et al.,* 1996). Dans d'autres cas, elle provoque une cannelure longitudinale (Salasche et Orengo, 1992).

La déformation des parties molles est souvent visible sur les radiographies standards. Il n'y a pas de déformation osseuse, ou alors par effet de masse. Des géodes sous-chondrales au point d'insertion des ligaments sont parfois visibles. L'excision chirurgicale est le seul traitement. Les voies d'abord, centrées sur la lésion, sont parfois circulaires de par le volume de la tumeur. L'extension osseuse et surtout articulaire conduit parfois à une arthrodèse. Les taux de récidives rapportés varient de 5 à 50 % dans la littérature, mais sont dans l'ensemble proches de 10 % (Glowacki et Weiss, 1995). Quelques rares cas de tumeurs à cellules géantes sans connexion osseuse ou tendineuses ont été rapportés au niveau de l'ongle (Abimelec *et al.,* 1996). Leur diagnostic est une surprise histologique (fig. 11C).

RÉFÉRENCES

Abimelec P. – Pathologie unguéale. *In : EMC de dermatologie.* Elsevier, Paris, 1998.

Abimelec P., Cambiaghi S., Thioly D., Moulonguet I., Dumontier C. – Subungual giant cell tumor of the tendon sheath. *Cutis,* 1996, *58,* 273-275.

Abimelec P., Grussendorf-Cohen E.I. – Hair and nail tumors. *In:* Sawaya, Hordinsky, Scher R.K. (Eds). *Hair and nail diseases.* New York, Applenton and Lange, 1998.

Abimelec P., Rybojad M., Cambiaghi S., Moraillon I., Cavelier-Balloy B., Marx C., *et al.* – Late, painful, subungual hyperkeratosis in incontinentia pigmenti. *Pediatr. Dermatol.,* 1995, *12,* 340-342.

Apfelberg D.B., Druker D., Maser M.R., Lash H. – Subungual osteochondroma. *Arch. Dermatol.,* 1979, *115,* 472-473.

Armin A., Blair S.J., Demos T.C. – Benign soft tissue chondromatous lesion of the hand. *J. Hand Surg. Am.,* 1985, *10,* 895-899.

Ayala F., Lembo G., Montesano M. – A rare tumor: subungual chondroma. *Dermatologica,* 1983, *167,* 339-340.

Baran R., Sayag J. – Exostose sous-unguéale de l'index. *Ann. Dermatol. Vénéréol.,* 1978, *105,* 1075-1076.

Baran R., Kint A. – Onychomatrixoma. filamentous tufted tumour in the matrix of a funnel-shaped nail: a new entity (report of three cases). *Br. J. Dermatol.,* 1992, *126,* 510-515.

Baran R., Dawber R.P. – *Diseases of the nails and their management, 2 ed.* Oxford, Blackwell, 1994.

Baran R., Perrin C. – Localized multinucleate distal subungual keratosis. *Br. J. Dermatol.,* 1995, *133,* 77-82.

Baran R., Goettmann S. – Distal digital keratoacanthoma: a report of 12 cases and a review of the literature. *Br. J. Dermatol.,* 1998, *139,* 512-515.

Bednar M.S., Weiland A.J., Light T.R. – Osteoid osteoma of the upper extremity. *Hand Clin.,* 1995, *11,* 211-221.

Bendl B.J. – Subungual exostosis. *Cutis,* 1980, *26,* 260-262.

Besser E., Roessner A., Brug E., Erlemann R., Timm C., Grundmann E. – Bone tumors of the hand. *Arch. Orthop. Trauma. Surg.,* 1987, *106,* 241-247.

Bouscarat F., Bouchard C., Bouhour D. – Paronychia and pyogenic granuloma of the great toes in patients treated with indinavir. *N. Engl. J. Med.,* 1999, *338,* 1776-1777.

Bowen C.V., Dzus A.K., Hardy D.A. – Osteoid osteomata of the distal phalanx. *J. Hand Surg. Br.,* 1987, *12,* 387-390.

Brantley S.K., Das S.K. – Junctional nevus of the nailbed germinal matrix. *J. Hand Surg. Am.,* 1991, *16,* 152-156.

Braun S., Chevrot A., Tomeno B., Delbarre F., Pallardy G., Moutounet J., *et al.* – À propos des ostéomes ostéoïdes phalangiens. *Rev. Rhum.,* 1979, *46,* 225-233.

Carroll R.E., Chance J.T., Inan Y. – Subungual exostosis in the hand. *J. Hand Surg. Br.,* 1992, *17,* 569-574.

Cho K.H., Kim B.S., Chang S.H., Lee Y.S., Kim K.J. – Pigmented nail with atypical melanocytic hyperplasia. *Clin. Exp. Dermatol.,* 1991, *16,* 451-454.

Chung E.B., Enzinger F.M. – Chondroma of soft parts. *Cancer,* 1978, *41,* 1414-1424.

Crosby L.A., Murphy R.P. – Subperiosteal osteoid osteoma of the distal phalanx of the thumb. *J. Hand Surg. Am.,* 1988, *13,* 923-925.

Dahlin D.C., Salvador A.H. – Cartilaginous tumors of the soft tissues of the hands and feet. *Mayo Clin. Proc.,* 1974, *49,* 721-726.

Derrick E.K., Darley C.R., Tanner B. – Bizarre parosteal osteochondromatous proliferations of the tubular bones of the hands and feet. *Clin. Exp. Dermatol.,* 1994, *19,* 53-55.

Docken W.P. – Pigmented villonodular synovitis: a review with illustrative case reports. *Semin. Arthritis Rheum.,* 1979, *9,* 1-22.

Doyle L.K., Ruby L.K., Nalebuff E.G., Belsky M.R. – Osteoid osteoma of the hand. *J. Hand Surg. Am.,* 1985, *10,* 408-410.

Dumontier C., Abimelec P., Drape J.L. – Soft-tissue chondroma of the nail bed. *J. Hand Surg. Br.,* 1997, *22B,* 474-475.

Eliezri Y.D., Taylor S.C. – Subungual osteochondroma. Diagnosis and management. *J. Dermatol. Surg. Oncol.,* 1992, *18,* 753-758.

Enjolras O., Riché M.C. – Hémangiomes et malformations vasculaires superficielles. New York, Medsi/Mc Graw Hill, 1997.

Failla J.M. – Subungual lipoma, squamous carcinoma of the nail bed, and secondary chronic infection. *J. Hand Surg. Am.,* 1996, *21,* 512-514.

Fleegler E.J., Zeinowicz R.J. – Tumors of the perionychium. *Hand Clin.,* 1990, *6,* 113-133.

Floyd W.E., Troum S. – Benign cartilaginous lesions of the upper extremity. *Hand Clin.,* 1995, *11,* 119-132.

Foucher G., Lemarechal P., Citron N., Merle M. – Osteoid osteoma of the distal phalanx: a report of four cases and review of the literature. *J. Hand Surg. Br.,* 1987, *12,* 382-386.

Ganzhorn R.W., Bahri G., Horowitz M. – Osteochondroma of the distal phalanx. *J. Hand Surg. Am.,* 1981, *6,* 625-626.

Giannikas A., Papachristou G., Tiniakos G., Chrysafidis G., Hartofilakidis-Garofalidis G. – Osteoid osteoma of the terminal phalanges. *The Hand,* 1977, *9,* 295-300.

Glat P.M., Shapiro R.L., Roses D.F., Harris M.N., Grossman J.A. – Management considerations for melanonychia striata and melanoma of the hand. *Hand Clin.,* 1995, *11,* 183-189.

Glat P.M., Spector J.A., Roses D.F., Shapiro R.A., Harris M.N., Beasley R.W., *et al.* – The management of pigmented lesions of the nail bed. *Ann. Plast. Surg.,* 1996, *37,* 125-134.

Glicenstein J., Ohana J., Leclercq C. – *Tumeurs de la main,* Berlin, Springer-Verlag, 1988.

Glowacki K.A., Weiss A.P. – Giant cell tumors of tendon sheath. *Hand Clin.,* 1995, *11,* 245-253.

Goettmann S., Drape J.L., Baran R., Perrin C., Haneke E., Belaïch S. – Onychomatricome : deux nouveaux cas. Intérêt de la résonance magnétique nucléaire. *Ann. Dermatol. Vénéréol.,* 1994, *121,* S145.

Golding J.S.R. – The natural history of osteoid osteoma. *J. Bone Jt Surg. Br.,* 1954, *36B,* 218-229.

Haneke E., Franken J. – Onychomatricoma. *Dermatol. Surg.,* 1995, *21,* 984-987.

Hasson A., Arias D., Gutierrez C., Barat A., Martin L., Requena L., *et al.* – Periungual granula cell tumor. A light-microscopic, immunohistochemical and ultrastructural study. *Skin Cancer,* 1991, *6,* 41-46.

Hodgkinson D.J. – Subungual osteochondroma. *Plast. Reconstr. Surg.,* 1984, *74,* 833-834.

Hoehn J.G., Coletta C. – Subungual exostosis of the fingers. *J. Hand Surg. Am.,* 1992, *17,* 468-471.

Ishihara Y., Matsumoto K., Kawachi S., Saida T. – Detection of early lesions of «ungual» malignant melanoma. *Int. J. Dermatol.,* 1993, *32,* 44-47.

Kaehr D., Klug M.S. – Subungual myxoma. *J. Hand Surg. Am.,* 1986, *11,* 73-76.

Kato T., Usuba Y., Takematsu H. – A rapidly growing pigmented nail streak resulting in diffuse melanosis of the nail. A possible sign of subungual melanoma in situ. *Cancer,* 1989, *64,* 2191-2197.

Kechijian P. – Subungual melanoma in situ presenting as longitudinal melanonychia in a patient with familial dysplactic nevi. *J. Am. Acad. Dermatol.,* 1991, *24,* 283.

Kinoshita Y., Kojima T., Furusato Y. – Subungual dermatofibroma of the thumb. *J. Hand Surg. Br.,* 1996, *21,* 408-409.

Koff A.B., Goldberg L.H., Ambergel D. – Nail dystrophy in a 35-year-old man. Subungual enchondroma. *Arch. Dermatol.,* 1922, *132,* 223-223.

Kojima T., Nagano T., Uchida M. – Periungual fibroma. *J. Hand Surg. Am.,* 1987, *12,* 465-470.

Landon G.C., Johnson K.A., Dahlin D.C. – Subungual exostoses. *J. Bone Jt Surg. Am.,* 1979, *61A,* 256-259.

Lichtenstein L., Goldman R.L. – Cartilage tumors in soft tissues, particularly in the hand and foot. *Cancer,* 1964, *17,* 1203-1208.

Mahoney J.L. – Soft tissue chondromas in the hand. *J. Hand Surg. Am.,* 1987, *12,* 317-320.

Matthewson M.H. – Subungual exostoses of the fingers. Are they really uncommon? *Br. J. Dermatol.,* 1978, *98,* 187-189.

McConnell B., Dell P.C. – Localization of an osteoid osteoma nidus in a finger by use of computed tomography: a case report. *J. Hand Surg. Am.,* 1984, *9A,* 139-141.

Miyajima T., Sakada T., Azuma H. – Bizarre parosteal osteochondromatous proliferation in a child's hand. *J. Hand Surg. Br.,* 1997, *22B,* 472-473.

Moore J.R., Weiland A.J., Curtis R.M. – Localized nodular tenosynovitis: experience with 115 cases. *J. Hand Surg. Am.,* 1984, *9,* 412-417.

Mudgal C.S., Jupiter J.B. – Nora's lesion. Bizarre parosteal osteochondromatous proliferation. *J. Hand Surg. Br.,* 1997, *22B,* 469-471.

Multhopp-Stephens H., Walling A.K. – Subungual exostosis: a simple technique of excision. *Foot Ankle Int.,* 1995, *16,* 88-91.

Muse G., Rayan G. – Subungual exostosis. *Orthopedics,* 1986, *9,* 997-998.

Nakatsuchi Y., Sugimoto Y., Nakano M. – Osteoid osteoma of the terminal phalanx. *J. Hand Surg. Br.,* 1984, *9,* 201-203.

Niizuma K., Iijima K.N. – Solitary neurofibroma: a case of subungual neurofibroma on the right third finger. *Arch. Dermatol.,* 1991, *ii,* 13-15.

Nora F.E., Dahlin D.C., Beabout J.W. – Bizarre parostal osteochondromatous proliferations of the hands and feet. *Am. J. Surg. Pathol.,* 1983, *7,* 245-250.

Perrin C., Goettmann S., Baran R. – Onychomatricoma: clinical and histopathologic findings in 12 cases. *J. Am. Acad. Dermatol.,* 1998, *39,* 560-564.

Requena L., Baran R. – Digital angioleiomyoma: an uncommon neoplasm. *J. Am. Acad. Dermatol.,* 1993, *29,* 1043-1044.

Rosborough D. – Osteoid osteoma. report of a lesion in the terminal phalanx of a finger. *J. Bone Jt Surg. Br.,* 1966, *48B,* 485-487.

Rozmaryn L.M., Schwartz A.M. – Treatment of subungual myxoma preserving the nail matrix: a case report. *J. Hand Surg. Am.,* 1998, *23A,* 178-180.

Saida T., Ohshima Y. – Clinical and histopathologic characteristics of early lesions of subungual malignant melanoma. *Cancer,* 1989, *63,* 556-560.

Salasche S.J., Orengo I.F. – Tumors of the nail unit. *J. Dermatol. Surg. Oncol.,* 1992, *18,* 691-700.

Samman P., Fenton D. – *The nails in disease,* London, Heineman Medical Books ltd, 1986.

Schmitt A.M., Bories A., Baran R. – Exostose sous-unguéale des doigts chez des patients porteurs d'une maladie exostosante. Trois cas. *Ann. Dermatol. Vénéréol.,* 1997, *124,* 233-236.

Schulze K.E., Hebert A.A. – Diagnostic features, differential diagnosis, and treatment of subungual osteochondroma. *Pediatr. Dermatol.,* 1994, *11,* 39-41.

Shelley W.B., Ralston E.L. – Paronychia due to an enchondroma. *Arch. Dermatol.,* 1964, *90,* 412-413.

Shimizu K., Kotoura Y., Nishijima N., Nakamura T. – Enchondroma of the distal phalanx of the hand. *J. Bone Jt Surg. Am.,* 1997, *79,* 898-900.

Sullivan M. – Osteoid osteoma of the fingers. *The Hand,* 1971, *3,* 175-178.

Szabo R.M., Smith B. – Possible congenital osteoid-osteoma of a phalanx. *J. Bone Jt Surg. Am.,* 1985, *67A,* 815-816.

Takigawa K. – Chondromas of the bones of the hand. A review of 110 cases. *J. Bone Jt Surg. Am.,* 1971, *53A,* 1591-1600.

Tosti A., Peluso A.M., Fanti P.A., Torresan F., Solmi L., Bassi F. – Histiocytoid hemangioma with prominent fingernail involvement. *Dermatology,* 1994, *189,* 87-89.

Tosti A., Baran R., Piraccini B.M., Cameli N., Fanti P.A. – Nail matrix nevi: a clinical and histopathologic study of twenty-two patients. *J. Am. Acad. Dermatol.,* 1996, *34,* 765-771.

Van Holder C., Dumontier C., Abimelec P. – Onychomatrixoma: a new tumor of the nail. *J. Hand Surg. Br.,* 1999, *24B,* 120-122.

Wawrosch W., Rassner G. – Monstroses enchondrom des ziegelfingeerendgliedes mit nageldeformierung. *Hautarzt,* 1985, *36,* 168-169.

Witthaut J., Steffens K., Koob E. – Reliable treatment of pyogenic granuloma of the hand. *J. Hand Surg. Br.,* 1994, *19,* 791-793.

Yaffee H.S. – Peculiar nail dystrophy caused by an enchondroma. *Arch. Dermatol.,* 1965, *91,* 361-361.

Zaias N. – *The nail in health and disease,* East Norwalk, Appleton and Lange, 1990.

Zimmerman E.H. – Subungual exostosis. *Cutis,* 1977, *19,* 185-188.

Les tumeurs malignes de l'appareil unguéal

E. HANEKE

INTRODUCTION

Les tumeurs malignes sont plus rares que les tumeurs bénignes. À l'appareil unguéal, les tumeurs malignes les plus fréquentes sont les mélanomes malins et les carcinomes épidermoïdes, alors que les carcinomes basocellulaires sont extrêmement rares (Baran et Haneke, 1994). Une lésion unguéale qui une cicatrice pas, quel que soit l'âge, doit être considérée comme une tumeur et nécessite alors une biopsie avec examen anatomopathologique pour éliminer une pathologie maligne

MÉLANOME MALIN

Fréquence et diagnostic

Le mélanome unguéal est la plus fréquente des lésions malignes de l'appareil unguéal. Il peut apparaître comme une bande brune longitudinale de la tablette (mélanonychie longitudinale), une pigmentation brunâtre de la peau péri-unguéale (panaris mélanique de Hutchinson), comme une dystrophie unguéale avec ou sans pigmentation, comme une masse « saignotante » ressemblant à un tissu de granulation, un ongle incarné, un botriomycome ou à une infection. Un quart à un tiers de tous les mélanomes unguéaux ne sont pas pigmentés. Bien que les mélanonychies longitudinales malignes soient plutôt noires que brun clair, l'intensité de la coloration ne permet pas de différencier une tumeur bénigne d'une tumeur maligne. Il est impératif de faire le diagnostic correct de mélanome unguéal afin, d'une part, de traiter aussi précocement que possible, avant toute dissémination, cette tumeur potentiellement mortelle et, d'autre part, d'éviter une chirurgie agressive et mutilante pour une lésion qui se révélera à l'examen anatomopathologique être bénigne.

Les critères suivants doivent faire évoquer le diagnostic (Baran et Haneke, 1994 ; Haneke, 1986) :

• Une bande brune apparaissant chez un adulte à la peau claire doit faire évoquer un mélanome sous-unguéal.

• Une strie brune qui s'est élargie ou a noirci récemment, ou dont la largeur excède 5 mm, est suspecte.

• Une pigmentation péri-unguéale est presque pathognomonique du mélanome unguéal bien qu'elle puisse parfois se rencontrer dans le syndrome de Laugier-Hunziker-Baran, dans les naevi unguéaux congénitaux, après irradiation, chez des personnes atteintes du sida, ou faire suite à des traumatismes répétés.

• Une bande brune ou une lésion pigmentée autour ou sous l'ongle du pouce, de l'index, du majeur ou du gros orteil.

• Une dystrophie unguéale pigmentée.

• Une bande pigmentée chez un sujet qui présente des antécédents de mélanome ou un syndrome des naevi dysplasiques.

• Une notion de traumatisme.

Le mélanome unguéal représente approximativement 15 à 20% des mélanomes chez les sujets à peau noire et chez les Orientaux et son diagnostic peut être particulièrement difficile chez les sujets à peau foncée (Oropeza, 1976 ; Kato *et al.*, 1989). Ces patients ont souvent des bandes brunes multiples des ongles. Une bande très noire apparaissant sur un ongle légèrement pigmenté doit toujours attirer l'attention.

L'étude microscopique avec épi-illumination peut être utile pour différencier la pigmentation de mélanine de l'hématome sous-unguéal mais est de peu d'intérêt pour le diagnostic différentiel entre les lésions mélaniques bénignes et malignes de l'ongle. Pour qu'une pigmentation longitudinale existe, le pigment doit être incorporé

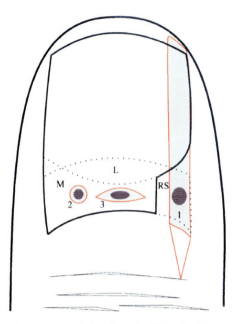

Fig. 1. – Illustration schématique des biopsies diagnostiques et thérapeutiques pour mélanonychie longitudinale. (1) Biopsie longitudinale latérale pour une bande noire latéralisée. (2) Biopsie au punch des bandes étroites. (3) Excision fusiforme ou en croissant pour des bandes médianes plus larges. L: lunule, M: matrice, RS: repli proximal.

de façon continue à la tablette unguéale ; un traumatisme unique avec hémorragie sous-unguéale entraîne habituellement une tache étendue qui tend à se développer de façon centrifuge avec un bord bien limité. L'application d'une gouttelette d'huile sur l'ongle, l'emploi d'une lumière rasante et d'une loupe ou d'un microscope permettent de différencier l'hématome de la pigmentation de mélanine. Si la pigmentation n'atteint pas le bord libre de l'ongle, un mélanome est peu probable ; un morceau de l'ongle pigmenté peut être découpé et étudié en anatomopathologie. La mélanine est colorée par le Fontana-Masson alors que le sang réagit positivement avec la peroxydase – la mélanine et l'hématome sous-unguéal ne donnent pas de réaction avec le bleu de Prusse. Si des cellules pigmentées isolées peuvent être identifiées dans les fragments d'ongle, il s'agit probablement d'un mélanome malin et non d'une mélanonychie bénigne. Cependant, beaucoup de mélanomes unguéaux sont diagnostiqués tardivement, comme en témoigne le taux de survie épouvantablement bas à cinq et dix ans (Blessing *et al.,* 1991 ; Paul *et al.,* 1992).

Principes du traitement

N'importe quelle lésion pigmentée de l'appareil unguéal exige une confirmation immédiate du diagnostic – bénin ou malin. Une lésion pigmentée, mais non mélanique, peut être maligne (Baran et Eichmann, 1993). Si la lésion est mélanique mais son diagnostic imprécis, une excision

à visée diagnostique est fortement conseillée ; comme la matrice distale est plus riche en mélanocytes que la partie proximale, que la plupart des mélanonychies débutent à partir de la matrice distale, le risque de produire une dystrophie postopératoire permanente n'est pas très élevé. Lorsque le diagnostic de mélanome est confirmé, l'excision de la lésion est indispensable, quelle que soit l'importance du défaut qui en résultera.

Techniques chirurgicales

Si la largeur de la bande noire n'excède pas 3 à 4 mm, une excision diagnostique et thérapeutique est réalisée. Si la bande est latéralisée dans le tiers externe de la tablette, une biopsie-exérèse longitudinale de l'ongle emportant toute la mélanonychie est possible (fig. 1,1). À l'aide d'une lame 11, l'incision débute à l'articulation interphalangienne et laisse une marge de 1 mm depuis la matrice jusqu'à l'hyponychium ; un bain chaud préopératoire ramollit la tablette tandis que des mouvements de cisaillement avec la pointe du bistouri facilitent sa section. La deuxième incision débute également au pli interphalangien et passe à travers le repli latéral pour rejoindre la première incision en avant de l'hyponychium. Le fragment est disséqué en bloc jusqu'au contact osseux à l'aide de ciseaux courbes fins. Il faut faire attention à bien inclure la corne matricielle latérale dans le prélèvement pour éviter une repousse d'ongle ectopique ou la formation d'un kyste épidermique. Lorsque la bande est localisée dans la partie médiane de l'ongle, une autre technique de biopsie est nécessaire. Le repli proximal est doucement libéré de la tablette puis incisé sur les deux côtés pour permettre de le relever. Si la bande est étroite à son origine, une biopsie au poinçon prélevant la tablette et la matrice est réalisée (fig. 1,2). Malheureusement, la lésion mélanique est souvent plus large que la bande noire. Il est donc nécessaire d'enlever le tiers proximal de la tablette pour inspecter soigneusement la matrice à l'aide de loupes ou d'un microscope chirurgical. Toute pigmentation résiduelle, même si elle est à peine perceptible, doit être enlevée. Un défaut de 3 mm ou moins dans la matrice distale guérit pratiquement sans dystrophie.

Si la lésion pimentée mesure plus de 3 mm de large, il faut réaliser une excision fusiforme ou en croissant ; l'ablation de la tablette est un préalable indispensable pour permettre l'inspection soigneuse de la matrice. Le décollement méticuleux de la matrice permet souvent de fermer de première intention. Cependant, les sutures ne doivent pas être sous tension pour éviter de déchirer. Nous avons constaté que l'excision en bloc jusqu'à l'os n'était pas nécessaire si le diagnostic suspecté était celui d'une lésion mélanique bénigne. Nous réalisons donc une excision superficielle d'environ 1 mm d'épaisseur avec une marge de 1 mm. La perte de substance est laissée à cicatrisation dirigée et la repousse unguéale est habituellement normale. S'il existe un doute lors de l'examen anatomopathologique, une reprise large de l'excision est réalisée.

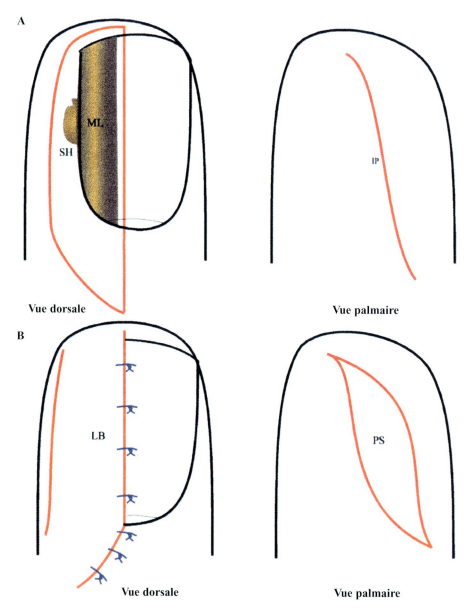

Fig. 2. – Lambeau de rotation pour la couverture des pertes de substance latérale de l'ongle. A et B : Illustration schématique. C à F : Photographies pré- et postopératoires.
A : Le dessin des incisions.
B : Illustration schématique de l'aspect postopératoire.
ML : mélanonychie, SH : signe de Hutchinson, IP : incision pulpaire, PS : perte de substance, LB : lambeau de couverture. *(Suite de la figure 2 page suivante)*

Les bandes noires larges, suspectes d'être un mélanome, et situées sur le bord latéral de l'ongle exigent une chirurgie plus agressive. Là encore, un examen anatomopathologique préopératoire est nécessaire pour préciser la nature de la lésion. Le mélanome intra-épidermique in situ peut être traité de façon non mutilante. La lésion est enlevée par une exérèse latérale avec des marges de sûreté de 2 à 3 mm. La perte de substance est couverte par un lambeau prélevé sur le bord latéral de la phalange distale. L'incision antérieure du lambeau part du pli inter-

phalangien et se termine dans la pulpe, en emportant environ un quart de la largeur de celle-ci. La dissection passe au ras de la phalange pour pouvoir faire tourner le lambeau dans la perte de substance. La fixation du lambeau se fait avec des points en U afin de reconstruire le repli latéral : l'aiguille est insérée 6 à 8 mm au-dessous de la berge du lambeau, passe à travers le lit et la tablette, puis revient sur elle-même en perforant le bord libre à environ 1,5 à 2 mm. La suture va permettre de recréer un repli latéral qui s'épidermisera spontanément à partir

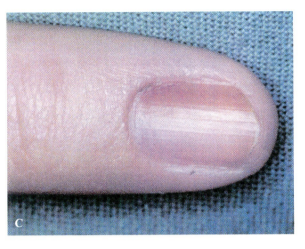
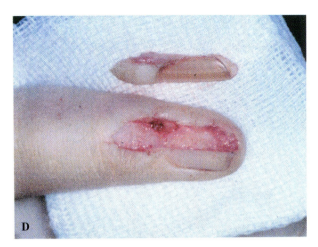
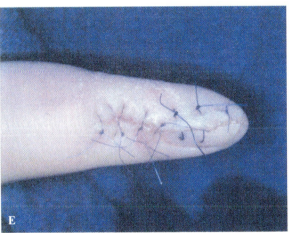
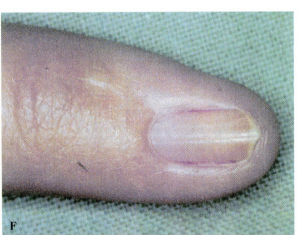

Fig. 2 *(Suite)*. – Photographies pré- et postopératoires.
C : Mélanome acral lentigineux sous-unguéal du petit doigt.
D : La pièce d'excision.
E : Aspect en fin d'intervention.
F : Résultats à trois ans de recul.

du lit de l'ongle et de la peau du lambeau. La perte de substance est laissée à cicatrisation dirigée et cela n'a jamais posé de problèmes dans notre expérience. La cicatrice est à peine visible, l'ongle est seulement rétréci, et la fonction du doigt est préservée (fig. 2C-F) (Haneke *et al.,* 1997).

Le mélanome envahissant nécessite l'ablation complète de tout l'appareil unguéal. L'incision est circulaire et, sur la pulpe, passe approximativement 8 mm au-dessous de l'hyponychium et du repli latéral. Elle se poursuit jusqu'au pli interphalangien et se termine au dos de la phalange distale. On dissèque au ras de l'os la moitié dorsale du doigt, en respectant seulement le tendon extenseur. Les berges (ulnaires et radiales) les plus latérales de la matrice doivent être entièrement incluses dans la pièce. La fermeture dépend de l'âge du patient, de son état général et de ses préférences.

Les greffes

Les greffes fines ne posent pas de gros problèmes techniques et prennent habituellement très bien, mais elles sont fragiles et peuvent s'ulcérer.

Une greffe dermique inversée est une bonne alternative. On soulève soigneusement un rectangle de peau mince, en conservant un des côtés attaché à la peau adjacente, qui sera reposé après prélèvement. Le derme sous-jacent est alors prélevé et mis en place sur la perte de substance unguéale après l'avoir retourné. La prise de greffe est assez facile car il s'agit d'un tissu peu cellulaire. Cependant, la greffe possède un tissu conjonctif épais et il faut trois semaines pour qu'elle s'épithélialise, même s'il est possible de la greffer secondairement, ce qui renforce la qualité et la résistance de l'épiderme au dos de la phalange.

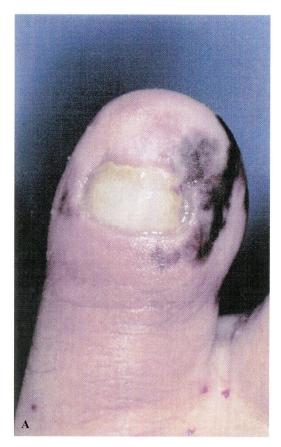 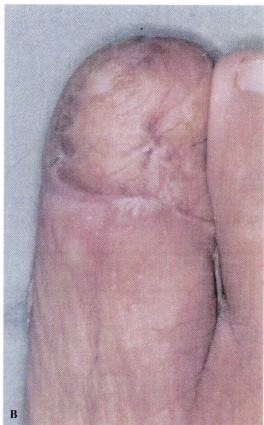

Fig. 3. – A : Mélanome lentigineux acral envahissant plus des deux tiers du gros orteil et de l'appareil unguéal.
B : Deux ans après excision de l'appareil unguéal et de pratiquement toute la peau de l'orteil avec couverture par une greffe de peau.

Les greffes de peau épaisse peuvent également être employées. Elles prennent habituellement sur l'os phalangien et donnent une protection suffisante. Des mélanomes unguéaux très larges mais encore superficiels peuvent se voir sur le gros orteil. Le mélanome est excisé avec des marges de 5 à 10 mm et la perte de substance est greffée temporairement avec des substituts de peau qui permettront l'apparition d'un tissu de granulation. Une greffe pourra alors être mise en place dès la deuxième semaine (fig. 3).

Les lambeaux

Les pertes de substance des doigts ou des orteils peuvent également être comblées par des lambeaux prélevés sur les doigts adjacents, sur la paume ou l'abdomen. Après une excision large de l'appareil unguéal, une grande poche est découpée sur *la peau abdominale* pour recevoir le doigt dont la marge proximale est suturée à la peau abdominale. On peut également prélever un lambeau quadrangulaire sur la peau de l'abdomen, permettant ainsi une suture étanche de toute la perte de substance.

Une autre possibilité consiste à mettre en place des sutures larges dans la poche abdominale, passées ensuite sur le doigt et repassées dans les berges de la poche. Ces sutures sont serrées en fin d'intervention après que la berge proximale de la perte de substance digitale a été suturée à la peau de l'abdomen. Le sevrage est réalisé à la troisième semaine et le lambeau est adapté aux berges à cette date. La perte de substance abdominale sera fermée de première intention.

Les pertes de substance de la face dorsale des doigts longs peuvent être couvertes par des *lambeaux palmaires*. La perte de substance est mesurée en tenant compte de la courbure du doigt. Celui-ci est fléchi dans la paume et son contour dessiné ; le lambeau pédiculé est levé et suturé à la perte de substance. La zone donneuse est fermée par une greffe de peau épaisse prise sur l'avant-bras (ou ailleurs). Le pédicule est libéré à la deuxième semaine.

Le lambeau doigt croisé (orteil croisé) est une technique élégante pour couvrir l'appareil unguéal (fig. 4). Il évite de fléchir le doigt dans la paume pendant deux semaines ou de fixer la main sur l'abdomen. Il s'agit cependant

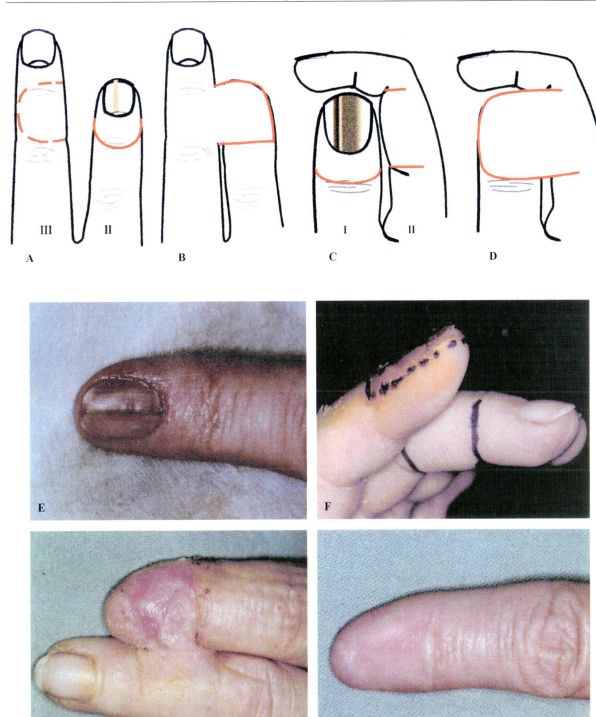

FIG. 4. – **Lambeau doigt croisé dans la couverture des pertes de substance totale de l'appareil unguéal.**
A, B : Couverture de l'index.
C, D : Couverture du pouce.
E, H : Mélanome invasif de l'ongle de l'index vu précocement.
F : L'appareil unguéal est excisé et le dessin du lambeau est réalisé.
G : Le lambeau doigt croisé en position.
H : Deux ans après l'opération.

(Suite de la figure 4 page suivante)

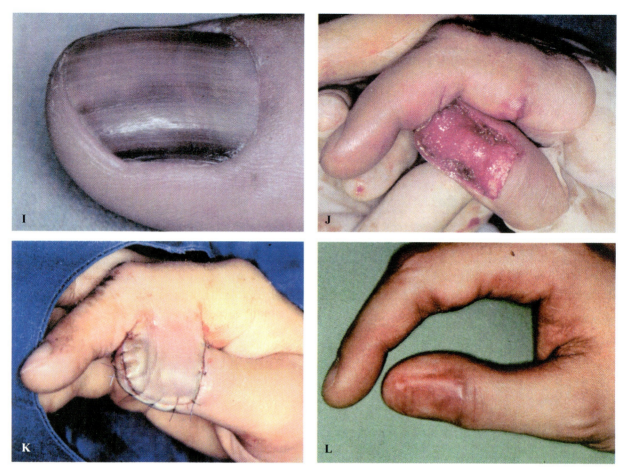

FIG. 4 *(Suite).* – **Lambeau doigt-croisé dans la couverture des pertes de substance totale de l'appareil unguéal.**
I : Mélanome invasif du pouce vu tôt.
J : Appareil unguéal excisé.
K : Lambeau doigt croisé de l'index sur le pouce.
L : Résultat un an après l'opération.

d'un lambeau au hasard et il faut être certain de sa vascularisation. La perte de substance est mesurée et le dessin rapporté sur la face palmaire du doigt adjacent. La première phalange de l'index est utilisée pour couvrir le pouce, tandis que les doigts longs sont couverts avec la peau de la deuxième phalange. Cette technique peut également être employée pour les orteils. Le lambeau est incisé, ses berges sont doucement écartées et le lambeau est partiellement libéré. Il sera transposé au 10e jour sur la zone cruantée et son pédicule sera libéré vers le 18e jour. La zone donneuse est couverte par une greffe de peau totale. Aussi bien les greffes que les lambeaux conservent la fonction du doigt avec des séquelles cosmétiques acceptables. Cependant, quelle que soit la technique employée, il existe toujours une diminution de la largeur de la pulpe, liée à la perte de la contre-pression qu'exerçait l'ongle.

Les mélanomes évolués peuvent nécessiter une amputation mais le niveau de résection idéal n'est pas connu.

L'amputation au niveau métacarpien-métatarsien n'a pas montré de résultats supérieurs à des amputations moins proximales (Park *et al.,* 1992). Un mélanome étendu ne peut apparemment pas être guéri par une chirurgie plus radicale. Ni la dissection élective des ganglions lymphatiques de la zone de drainage, ni la perfusion adjuvante du membre par du sérum à haute température ne semblent avoir d'effet statistiquement significatif sur la survie à long terme. La présence clinique de ganglions métastatiques doit, en revanche, être traitée par curage ganglionnaire ; une chimiothérapie ou une immunothérapie adjuvante peuvent être ajoutées.

Facteurs pronostiques

Le diagnostic des mélanomes unguéaux est souvent retardé de plusieurs mois ou années. Des lésions pigmentées sont facilement remarquées sur les doigts mais l'aspect d'un mélanome malin de l'ongle peut paraître inoffensif, et certaines lésions pouvant évoluer apparemment pendant des décennies (Boyer, 1834 ; Undeutsch et Ott, 1979), elles n'attirent pas l'attention du patient ou de son médecin. Un mélanome peut débuter par une bande claire et étroite de l'ongle – le moment idéal pour une excision curative ! Le retard diagnostique est épouvantable dans les tumeurs non mélaniques, souvent confondues avec des incarnations unguéales ou des tissus de granulation et traitées par des cautérisations répétées jusqu'à ce que le diagnostic soit évident devant des ganglions métastatiques. Cela souligne également l'importance de l'examen histopathologique de tous les prélèvements unguéaux. Les patients porteurs d'une bande mélanique peuvent se présenter après un traumatisme et le diagnostic différentiel avec l'hématome sous-unguéal est alors difficile. Le facteur pronostique le plus important pour les mélanomes unguéaux est leur épaisseur, tandis que le type de tumeur – lentigineux, à développement superficiel ou nodulaire – est moins important. Le mauvais pronostic des mélanomes unguéaux n'est pas lié à leur localisation spécifique.

KÉRATOSE ACTINIQUE ET KÉRATOSE ARSENICALE

Les kératoses actiniques sont extrêmement fréquentes sur la peau exposée au soleil et sont paradoxalement rares sur la phalange distale et sous l'ongle. Elles peuvent apparaître sous forme de lésion verruqueuse, kératosique ou comme une corne cutanée. Le diagnostic différentiel doit faire envisager les verrues, la radiodermite, l'acanthome d'irritation, la corne onycholemmale, la maladie de Bowen, le carcinome épidermoïde superficiel ainsi que d'autres lésions (Haneke, 1983).

Les kératoses arsenicales sont fréquemment notées en sous- ou péri-unguéal. Elles sont dues à des ingestions iatrogéniques (solution de Fowler, pilules asiatiques) ou à la teneur élevée de l'arsenic dans l'eau de boisson ou le vin. Elles apparaissent comme des petites papules hyperkératosiques qui peuvent confluer et entraîner une dystrophie unguéale. Un bilan complet est nécessaire car l'arsenic est cancérigène pour de nombreux organes.

Les kératoses actiniques peuvent être enlevées par excision tangentielle. Le prélèvement est étalé sur un petit morceau de papier filtre et fixé par le formaldéhyde ; cela donne des fragments qui permettent, au microscope, d'apprécier l'extension longitudinale ainsi qu'en profondeur. En cas de carcinome épidermoïde, la lésion est re-excisée et la perte de substance comblée avec une greffe de peau mince.

RADIODERMITES

La radiodermite doit être considérée comme un état pré-cancéreux. Le traitement par radiothérapie de l'eczéma, du psoriasis ou l'irradiation des verrues péri-unguéales

peuvent entraîner des dystrophies unguéales, des hyperkératoses, une sclérose, des télangiectasies, et des ulcères. Le développement d'une masse saignante doit faire évoquer la transformation en carcinome épidermoïde. La chirurgie micrographique (technique de Mohs) est indiquée pour ces lésions.

LA MALADIE DE BOWEN

La maladie de Bowen est un carcinome intra-épidermique (in situ) qui peut se transformer en carcinome envahissant. Puisqu'il n'est pas possible d'éliminer au microscope l'existence de petits secteurs carcinomateux envahissants, le terme de carcinome épidermoïde a été proposé pour la maladie de Bowen comme pour le carcinome épidermoïde «classique» (Mikhail, 1984). L'étiologie de la maladie de Bowen unguéale n'est pas toujours évidente, mais a pu être rattachée à des traumatismes, à des irradiations, à une paronychie chronique. Plus récemment, l'ADN des virus HP (herpès papilloma) 16, 34 et 35 a été mis en évidence par hybridation in situ et les techniques de PCR (Rüdlinger *et al.,* 1989). La plupart des lésions se présentent comme des verrues grandissant lentement, dans le repli latéral ou proximal, ou comme des inflammations chroniques péri-unguéales. Elles peuvent apparaître sous la tablette, entraînant alors des dystrophies unguéales, avec onycholyse. Une pigmentation (Baran et Eichmann, 1993), un aspect de fibrokératome (Haneke, 1991) ou une atteinte polydactylique (Baran et Gormley, 1988) ont été rapportés. Le diagnostic différentiel le plus habituel se fait avec les verrues, qui apparaissent cependant rarement chez les sujets de plus de 40 ans. Les paronychies chroniques, les infections, les mycobactéries atypiques, le botriomycome, une exostose ou une corne onycholemmale peuvent également simuler la maladie de Bowen et vice versa (Haneke, 1983). La formation d'un nodule, une ulcération ou un saignement du nodule évoquent le *carcinome épidermoïde*. Celui-ci peut également développer de novo, habituellement au niveau de l'hyponychium ou de la partie distale du lit de l'ongle. Il se présente comme une lésion sous-unguéale suintante dont l'extension ne peut être appréciée qu'après avulsion partielle de la tablette. Les carcinomes épidermoïdes métastasent très rarement (Mauro *et al.,* 1972) bien qu'ils puissent éroder l'os sous-jacent (Salasche et Garland, 1985).

Principes du traitement

La maladie de Bowen comme le carcinome épidermoïde doivent être excisés en totalité. Bien que les limites cliniques apparaissent habituellement bien nettes, l'anatomopathologie montre souvent une propagation latérale plus large que la lésion. La chirurgie micrographique de Mohs est le traitement de choix. L'excision peut être exécutée avec un bistouri ou un laser continu au CO_2. La couverture de la perte de substance latérale est au mieux réalisée avec un lambeau de rotation comme décrit ci-dessus (voir mélanome). Le carcinome envahissant du lit de l'ongle est traité par excision du lit de l'ongle et de la corticale sous-jacente ou par l'amputation de Syme. L'excision de la moitié distale de la phalange terminale permet d'utiliser la peau pulpaire pour couvrir le défect. Le doigt est plus court mais reste fonctionnel.

Facteurs pronostiques

Le carcinome épidermoïde de l'ongle a un excellent pronostic. Les érosions osseuses sont rares et les métastases n'ont été observées que chez des patients présentant une dysplasie ectodermique (Mauro *et al.,* 1972).

CARCINOME CUNICULATUM (ÉPITHÉLIOMA)

C'est une variante rare du carcinome spinocellulaire apparaissant exceptionnellement à l'ongle. Il se présente comme une lésion à croissance lente du repli latéral ou sous-unguéale, pouvant mimer une paronychie chronique ou une infection sous-unguéale responsable d'une onycholyse. Au cours de l'évolution, la lésion produit un exsudat crémeux et fétide. L'érosion phalangienne est habituelle et par conséquent une radiographie est obligatoire. La chirurgie micrographique de Mohs est le traitement le plus adapté. La perte de substance peut être laissée à cicatrisation dirigée ou greffée après bourgeonnement (Haneke et Baran, 1990).

KÉRATOACANTHOME

Le kératoacanthome est actuellement considéré par quelques auteurs comme une variante du carcinome spinocellulaire. C'est une tumeur à croissance rapide dont la caractéristique est d'être très douloureuse à l'ongle. Elle apparaît dans le repli latéral ou l'hyponychium, comme de petits nodules kératosiques qui, en six à huit semaines, se transforment en une lésion de 1 à 2 cm. Une érosion phalangienne est habituelle. L'anatomopathologie révèle une tumeur épithéliale avec un cratère rempli de kératine. La tumeur est orientée

verticalement, ce qui explique l'érosion osseuse précoce.

Le traitement repose sur l'excision complète jusqu'au ras de l'os. La perte de substance peut être fermée de première intention lorsqu'elle siège à l'hyponychium ou par un lambeau de rotation lorsqu'elle naît dans le repli latéral. La récidive est fréquente si la lésion est seulement curetée, ou excisée de façon parcimonieuse. La disparition spontanée est exceptionnelle à ce niveau, mais un traitement systémique par des rétinoïdes peut être utile (Van Vloten, communication personnelle). Nous préférons nettement l'excision chirurgicale, car le seul diagnostic différentiel important est le carcinome spinocellulaire (Baran et Haneke, 1994).

AUTRES TUMEURS MALIGNES DE L'APPAREIL UNGUÉAL

Le *carcinome basocellulaire,* le plus fréquent des carcinomes humains, est excessivement rare à l'ongle. Il se présente habituellement comme une lésion chronique, pseudo-eczémateuse, souvent suintante ou associée à un tissu de granulation, à une ulcération et à des douleurs (Mikhail, 1985 ; Rudolph, 1987). La chirurgie micrographique de Mohs est particulièrement indiquée.

Deux cas de porocarcinome sous-unguéal ont été décrits (Requena *et al.,* 1990 ; Van Gorp et Van der Putt, 1993). Les deux tumeurs provenaient du repli latéral et infiltraient le lit de l'ongle ; une d'elles avait également envahi la phalange. Une excision radicale, mais locale, est conseillée.

Parmi les autres tumeurs malignes de l'ongle, ont été décrits des cornes onycholemmales malignes, des carcinomes des cellules de Merkel, des tumeurs à cellules granuleuses malignes, des sarcomes de Kaposi, des hémangio-endothéliomes malins, des hémangiosarcomes, des sarcomes épithélioïdes, des léiomyosarcomes épithélioïdes, des sarcomes d'Ewing et des chondrosarcomes (Karabela-Bouropoulou *et al.,* 1986). Des métastases ont également été décrites sur la phalange distale, responsables d'un doigt en baguette de tambour. Elles ne présentent pas de caractères cliniques pathognomoniques. Si la chirurgie est indiquée, l'amputation est la règle (Baran et Haneke, 1994).

RÉFÉRENCES

Baran R., Gormley D. – Polydactylous Bowen's disease of the nail. *J. Am. Acad. Dermatol.,* 1988, *17,* 201-204.

Baran R., Eichmann A. – Longitudinal melanonychia associated to Bowen's disease. *Dermatology,* 1993, *186,* 159-160.

Baran R., Haneke E. – Tumours of the nail apparatus and adjacent tissues. *In:* Baran R., Dawber R.P.R. (Eds). *Diseases of the nails and their management,* 2e éd, pp. 417-497. Oxford, Blackwell, 1994.

Blessing K., Kernohan N.M, Park K.G.M. – Subungual malignant melanoma. Clinicopathological features of 100 cases. *Histopathology,* 1991, *19,* 425-429.

Boyer – Fongus hématodes. *Gaz. Méd. Paris,* 1834, 212.

Haneke E. – Onycholemmal horn. *Dermatologica,* 1983, *167,* 155-158.

Haneke E. – Pathogenese der Nageldystrophie beim subungualen Melanom. *Verh. Dtsch. Ges. Pathol.,* 1986, *70,* 484.

Haneke E. – Epidermoid carcinoma (Bowen's disease) of the nail simulating acquired ungual fibrokeratoma. *Skin Cancer,* 1991, *6,* 217-221.

Haneke E., Baran R. – Epithelioma cuniculatum. Histological and immunohistochemical aspects. XIe Cong Int Soc Dermatol Surg - Soc Ital Chir Dermatol, Florence; Livre des Résumés, 1990, 55.

Haneke E., Bragadini L.A., Mainusch O. – Enfermedad de Bowen de células claras del aparato ungular. *Act. Terap. Dermatol.,* 1997, *20,* 311-313.

Karabela-Bouropoulou V., Patra-Malli F., Agnantis N. – Chondrosarcoma of the thumb: an unusual case with lung and cutaneous metastases and death of the patient 6 years after treatment. *Cancer Res. Clin. Oncol.,* 1986, *112,* 71-74.

Kato L., Usuba Y., Takematsu H., *et al.* – A rapidly growing pigmented nail streak resulting in diffuse melanosis of the nail. *Cancer,* 1989, *64,* 2191-2197.

Mauro J.A., Maslyn R., Stein A.A. – Squamous cell carcinoma of nail bed in hereditary ectodermal dysplasia. *N.Y. State J. Med.,* 1972, *72,* 1065-1066.

Mikhail G. – Subungual epidermoid carcinoma. *J. Am. Acad. Dermatol.,* 1984, *11,* 291-298.

Mikhail G. Subungual basal cell carcinoma. *J. Dermatol. Surg. Oncol.,* 1985, *11,* 1122-1123.

Oropeza R. – Melanomas of special sites. *In:* Andrade R., Gumpert S.L., Popkin G.L., Rees T.D.K. (Eds). *Cancer of the skin,* pp. 974-987, vol. 2. Philadelphia, Saunders, 1976.

Park K.G.M., Blessing., Kernohan N.M. – Surgical aspects of subungual malignant melanoma. *Ann. Surg.,* 1992, *216,* 692-695.

Paul E., Kleiner H., Bodeker R.H. – Epidemiologie und Prognose subungualer Melanome. *Hautarzt,* 1992, *43,* 286-290.

Requena L, Sanchez M., Aguilar P., *et al.* – Periungual porocarcinoma. *Dermatologica,* 1990, *180,* 177-180.

Rüdlinger R, Grob R., Yu Y.X., Schnyder U.W. – Human papillomavirus-35-positive bowenoid papulosis of the anogenital area and concurrent human papillomavirus-35-positive verruca with bowenoid dysplasia of the periungual area. *Arch. Dermatol.,* 1989, *125,* 655-659.

Rudolph R.I. – Subungual basal cell carcinoma presenting as longitudinal melanonychia. *J. Am. Acad. Dermatol.,* 1987, *16,* 229-233.

Salasche S.S., Garland L.D. – Tumors of the nail. *Dermatol. Clin.,* 1985, *3,* 501-519.

Undeutsch W., Ott U. – Das melanotische Panaritium (melanotic whitlow Hutchinson). *Med. Welt (Stuttgart),* 1979, *30,* 54-58.

Van Gorp J., Van der Putt S.C.J. – Periungual eccrine porocarcinoma. *Dermatology,* 1993, *187,* 67-70.

Cosmétologie unguéale

P. ABIMELEC

L'attention que portent les femmes aux soins de l'appareil unguéal est ancienne et la mode des ongles longs semble nous venir de Chine. La cosmétologie unguéale a pris un essor très important aux États-Unis et se développe maintenant rapidement en France. La connaissance des techniques et des produits utilisés en cosmétologie unguéale est un préalable nécessaire au diagnostic des effets secondaires qu'ils provoquent. La cosmétologie unguéale permet aussi d'aider nos patients à masquer les onychopathies que nous ne pouvons pas traiter.

TECHNIQUES ET PRODUITS DE SOINS DE L'APPAREIL UNGUÉAL

Il faut souligner l'absence de règles strictes de décontamination ou de stérilisation des instruments des professionnels de ce secteur. Le risque théorique de contamination bactérien, viral ou fongique est réel et nous souhaitons qu'il soit évalué rapidement. Nous conseillons à nos patients d'apporter leurs propres instruments.

Manucurie de base

Dissolvants

L'élimination du vernis coloré ou des faux ongles se fait avec un dissolvant qui contient de l'acétone ou des solvants variés (acétate d'éthyle, de butyle…) et parfois des lipides. Les solvants peuvent provoquer une dermite toxique ou irritative.

Soins des cuticules

Des solutions aqueuses alcalines facilitent le ramollissement des cuticules, le bâtonnet de bois (dont l'extrémité est recouverte de coton ou de caoutchouc) sert à repousser les cuticules et la pince à cuticules élimine les excès de «peau». L'élimination mécanique des cuticules peut être à l'origine de sillons de Beau ou de leuconychies transversales multiples (fig. 1). La contamination bactérienne de la peau péri-unguéale ou du cul-de-sac postérieur par des instruments souillés peut être responsable d'un périonyxis aigu.

Nettoyage de l'hyponychium

Il est réalisé avec l'extrémité effilée d'un bâtonnet de bois protégée par un coton. Le nettoyage excessif sous les ongles entraîne une onycholyse de forme irrégulière, découpée en arcades ou en montagnes russes (fig. 2).

Façonnage de la tablette

La tablette unguéale est d'abord coupée avec des ciseaux. Le façonnage à la lime est ensuite réalisé par la manucure.

Ponçage et polissage de la tablette

Le ponçage délicat avec une ponce bloc à grain très fin permet d'éliminer les irrégularités de la surface de la tablette (crêtes longitudinales, grains de kératine…) ou une coloration exogène (coloration jaune des vernis ou du tabac) (fig. 3). Le ponçage excessif amincit et fragilise la tablette, il doit être réalisé parcimonieusement par des techniciennes qui en ont l'habitude. Certains instituts utilisent des miniponçeuses qui sont potentiellement dangereuses.

Le polissage de la tablette permet d'obtenir un aspect brillant. On utilise une crème à polir et un polissoir en peau de chamois. Le polissage excessif peut provoquer des traumatismes de la région matricielle à l'origine de sillons de Beau ou de leuconychies.

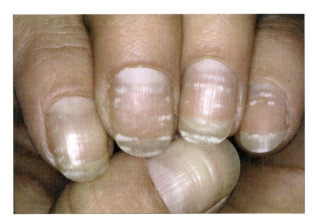

Fig. 1. – Leuconychies transversales secondaires à des soins trop agressifs des cuticules (refoulement trop brutal).

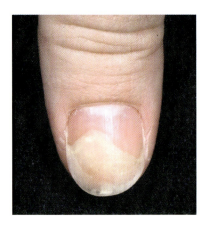

Fig. 2. – Onycholyse en « montagnes russes » provoquée par un nettoyage trop vigoureux de l'hyponychium.

Fig. 3. – Coloration jaunâtre provoquée par les vernis, cette coloration peut être ôtée par un ponçage superficiel (troisième doigt).

Massage et soins de l'appareil unguéal

Huiles et crèmes de soins contiennent des émollients dont le but est l'hydratation de l'appareil unguéal et la prévention d'une fragilité de la tablette.

Vernis à ongles

La fabrication d'un vernis repose sur la nitrocellulose qui forme un film dur et résistant et la résine qui augmente la solidité, l'adhésion, la souplesse et le brillant. La résine toluène sulfonamide/formaldéhyde est la plus couramment utilisée. La résine polyester est employée pour la réalisation de vernis dits « hypoallergéniques ».

Les vernis contiennent aussi des agents plastifiants qui assouplissent le film de nitrocellulose, des solvants qui contrôlent la viscosité et le temps de séchage, des diluants qui réduisent le coût de fabrication, des pigments, des capteurs d'ultraviolets pour éviter la coloration des résines à la lumière et des agents thyxotropes (argiles) pour faciliter le mélange des divers composants.

La modification des concentrations respectives des divers constituants des vernis permet d'obtenir des produits dont les caractéristiques sont variées. La base contient plus de résine pour favoriser la tenue et protège la tablette des dyschromies jaune orangé provoquées par certains pigments des vernis (pigments rouges surtout). Le fixateur *(top-coat)* a une teneur accrue en nitrocellulose et en plastifiants pour renforcer la solidité et le brillant. Les durcisseurs peuvent contenir des fibres ou du formaldéhyde qui peut être responsable d'effets secondaires qui restreignent son utilisation.

Les allergies de contact provoquées par les vernis sont le plus souvent dues aux résines (toluène sulfonamide formaldéhyde en général, polyester plus rarement). Elles sont multifocales et siègent préférentiellement au niveau du cou et des paupières. La sensibilisation survient par contact du visage ou des paupières avec le vernis alors que celui-ci n'est pas encore sec. Chez les sujets allergiques, l'application très prudente du vernis semble possible si on prend le soin de le laisser sécher complètement. Les vernis durcisseurs à base de formaldéhyde sont responsables de la majorité des onychopathies sévères provoquées par les vernis (onycholyses, hémorragies et hyperkératoses sous-unguéales) (fig. 4). En dehors des eczémas péri-unguéaux, les onychopathies secondaires à l'application de vernis non durcisseurs ne sont pas très gênantes mais assez inesthétiques : les granulations de kératines forment des petites crêtes à la surface de la tablette ; le jaunissement de la tablette est attribué à certains pigments.

Extensions ou « faux ongles »

Faux ongles préformés (fig. 5)

Il s'agit d'une capsule de plastique moulé (ABS, acétate de cellulose ou nylon) qui est fixée à la tablette à l'aide d'une colle cyanoacrylate (type super-glu). En cas de

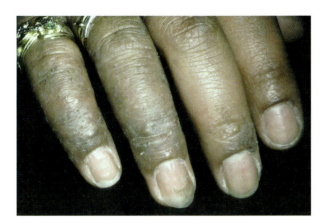

FIG. 4. – Eczéma au formol contenu dans les durcisseurs.

FIG. 5. – A, B : Pose de faux ongles préformés.
→

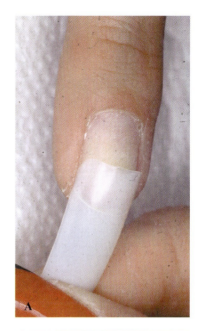

sensibilisation aux colles, les lésions cutanées et l'onychopathie sont souvent associées. La sensibilisation cutanée aux colles cyanoacrylates peut s'accompagner d'un
périonyxis douloureux et d'une dystrophie unguéale persistante. Les erreurs techniques peuvent entraîner une
onychopathie isolée : infection cutanée, fragilité unguéale,
sillons de Beau, leuconychies, onycholyse, prolifération
mycobactérienne.

Ongles acryliques sculptés

Une poudre (polymère du méthacrylate de méthyle)
mélangée à un liquide (monomère de l'acide méthacrylique) permet la confection d'une pâte qui va servir à
modeler le faux ongle, celui-ci va ensuite polymériser à
l'air libre ou à l'aide d'un activateur. Les complications
des faux ongles sculptés sont surtout le fait des monomères qui entrent dans la composition des liquides utilisés.
Les lésions cutanées (péri-unguéales ou à distance de
l'appareil unguéal) et l'onychopathie sont fréquemment
associées en cas de sensibilisation. La possibilité d'une
destruction définitive de l'appareil unguéal et de paresthésies prolongées est une particularité de la sensibilisation aux esters de l'acide méthacrylique. L'onychopathie
peut comporter : périonyxis, onycholyse, hyperkératose
sous-unguéale, dyschromie et hapalonychie. Les erreurs
techniques sont responsables d'une onychopathie isolée
dont les causes sont semblables à celles décrites dans le
paragraphe consacré aux ongles sculptés.

Renforts et kits de réparation

Ces techniques permettent de réparer une fissure longitudinale, une fracture transversale ou un ongle dédoublé.
On utilise un support adhésif (tissus ou fibre de verre) et
un gel acrylique. Le support est appliqué sur la tablette et
en général renforcé par une résine.

EFFETS INDÉSIRABLES
DES COSMÉTIQUES
À USAGE UNGUÉAL

Évaluation du risque

Les cosmétiques unguéaux sont fréquemment impliqués
dans les effets secondaires induits par les cosmétiques,
mais l'index de risque est bas. Pour la majorité des
auteurs, les dermites allergiques de contact sont le plus
souvent provoquées par les résines, résines des vernis
(résine toluène sulfonamide/formaldéhyde) ou par les
monomères liquides (esters de l'acide méthacrylique)
utilisés pour la confection de faux ongles modelés. Des
accidents industriels et domestiques parfois mortels
peuvent être secondaires à l'ingestion accidentelle de
cosmétiques à usage unguéal (dissolvants à base d'acéto-
nitrile).

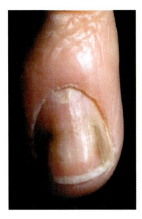

Fig. 6. – Surinfection sous des zones décollées secondaire à une pose défectueuse de faux ongles préformés.

Réactions cutanées extra-unguéales

Toute la gamme des effets secondaires cutanés est théoriquement observable : dermite de contact toxique et/ou irritative, dermite de contact allergique (eczéma, rarement urticaire de contact), d'autres réactions plus rares sont possibles (purpura, paresthésies,…). Il est admis que les cosmétiques sont plus souvent responsables de dermites d'irritation que d'eczémas allergiques de contact, ces derniers ne représentant pas plus de 10 % du total des effets secondaires observés. Les régions les plus souvent atteintes par ordre de fréquence sont les suivantes : cou, partie inférieure du visage, paupières, mains et face antérieure du tronc. D'autres atteintes sont plus rares : face antérieure du tronc, oreilles, lèvres et canthus oculaires, région périnéale, membres. L'atteinte cutanée péri-unguéale est fréquente. Les lésions sont souvent localisées sur plusieurs zones mais exceptionnellement généralisées. L'atteinte cutanée extra-unguéale (ectopique) est parfois isolée ; cela est classique pour les vernis mais peut être observé avec d'autres substances (résines acryliques utilisées pour la confection des faux ongles par exemple).

Onychopathies (fig. 6)

Toutes les structures de l'appareil unguéal peuvent être lésées par les cosmétiques ou les soins utilisés pour l'embellir. La plupart des onychopathies sévères sont provoquées par les vernis durcisseurs et les faux ongles. Les complications liées aux vernis colorés sont essentiellement cutanées. Les onychopathies secondaires aux erreurs de manucurie sont probablement plus fréquentes que ne le laisse supposer la littérature.

INTÉRÊT DES TECHNIQUES DE COSMÉTIQUE ET DE SOINS DANS LA PRISE EN CHARGE DES PATHOLOGIES UNGUÉALES

Les pathologies unguéales chroniques ou cicatricielles peuvent bénéficier de l'aide de la cosmétologie. Il n'est pas logique de proposer à un patient une technique pour masquer ses lésions avant d'obtenir un diagnostic précis car une fissure unguéale peut être le témoin d'une fragilité unguéale mais aussi d'une tumeur ou d'une cicatrice matricielle post-traumatique.

Les pathologies infectieuses sont des contre-indications aux soins de manucure et à la pose de faux ongles car les instituts ne stérilisent pas leurs instruments et peuvent éventuellement contaminer d'autres clients.

L'application de vernis coloré peut être intéressante pour les patients qui présentent des anomalies de coloration de la tablette provoquées par une affection qui touche le lit de l'ongle ou la tablette (onychomycose, psoriasis du lit de l'ongle).

Le ponçage et le polissage délicat et parcimonieux (une ou deux fois par mois) permettent de corriger les anomalies de la surface de la tablette : coloration jaunâtre des vernis foncés, « grains de kératine », ongles rugueux ou trachyonychie, et d'éviter l'accrochage des vêtements en cas d'onychoschizie.

La pose de faux ongles est rarement recommandée. Elle est déconseillée en cas de pathologie infectieuse ou inflammatoire (pénétration percutanée accrue des produits et risque de phénomène de Koebner en cas de psoriasis). Elle est théoriquement possible en cas de pathologie cicatricielle post-traumatique mais nécessite la présence d'un résidu de tablette qui permet l'adhésion du faux ongle. La meilleure indication est sûrement l'existence d'une fissure unguéale longitudinale ou d'un ptérygion dorsal localisé. Les renforts pour ongles sont utiles à la correction des fractures ou d'une onychoschizie lamellaire.

RÉFÉRENCES

Abimelec P. – *Pathologie unguéale.* AKOS Encyclopédie pratique de médecine, 2-0765. *Encycl. Méd. Chir.* (Elsevier, Paris), 1998, 11 p.

Abimelec P. – *Cosmétologie unguéale.* AKOS Encyclopédie pratique de médecine. *Encycl. Méd. Chir.* (Elsevier, Paris), *(*in press).

Adams R., Maibach H. – A five year study of cosmetic reactions. *J. Am. Acad. Dermatol.,* 1985, *6,* 1063-1069.

Baran R., Schibli H. – Permanent paresthesia to sculptured nails: a distressing problem. *Dermatol. Clin.,* 1990, *8,* 139-141.

Belsito D.V. – Contact dermatitis to ethyl cyanoacrylate containing glue. *Contact Dermatitis*, 1987, *17*, 234-236.

Braun J. – Grooving of nails due to P. Shine® a new manicure kit. *Cutis*, 1977, *19*, 324.

Brun R. – Contact dermatitis to orange wood in a manucurist. *Contact Dermatitis*, 1987, *4*, 315.

Calnan C.D. – Onychia due to synthetic nail covering. *Trans. St. John's Hosp. Dermatol. Soc.*, 1958, *41*, 66.

Caravatti E., Litovitz T. – Pediatric cyanide intoxication and death from an acetonitrile containing cosmetic. *JAMA*, 1988, *260*, 3470-3473.

Daly B., Daly M.J. – Pterygium inversum unguis due to nail fortifier. *Contact Dermatitis*, 1986, *15*, 256-257.

De Groot A.C., Bruynzeel P.D., Bos J.D., Van Der Meeren H.L.M., Van Jost T., Jagtman B.A., *et al.* – Allergens in cosmetics. *Arch. Dermatol.*, 1988, *124*, 1525-1529.

De Groot A.C., Weyland J., Nater J.P. – *Nail; unwanted effects of cosmetics and drugs used in dermatology.* Amsterdam, Elsevier, 1994.

De Witt F.S., De Groot A.C., Weyland J.W., Bos J.D. – An outbreak of contact dermatitis from toluene sulfonamide formaldehyde resin in a nail hardener. *Contact Dermatitis*, 1988, *18*, 280-283.

Dobes W.L., Nippert P. – Contact eczema due to nail polish. *Arch. Dermatol. Syph.*, 1944, *49*, 183.

Ellis F.A., Kirby-Smith H. – Contact dermatitis due to nail polish. *JAMA*, 1941, 116.

Engasser P.G., Matsunaga J. – *Nails: therapy, diagnosis, surgery*, pp. 214-223. Philadelphia, W.B. Saunders Co, 1990.

Fischer A. – Permanent loss of finger nails from sensitization and reactions to acrylic in nail prepration designed to make artificial nails. *J. Dermatol. Surg. Oncol.*, 1980, *6*, 70-71.

Fischer A. – *Contact dermatitis. 3rd ed.*, Philadelphia, Lea and Febiger, 1986.

Furjanic S., Flynn J. – *Milady's, art and science of nail technology*, Albany, Rossbach C, 1992.

Jehanno C.Y., Schlossman M., Wimmer P. – Nail care products. *Cosmetics and toiletries Manufacture*, 1993, 161-165.

Kechijian P. – Brittle fingernails. *In:* Daniel R.C. (Ed.). *The nail*, pp. 421-429, Philadelphia, W.B. Saunders, 1985.

Kurt T. – Adverse reactions and parethesia from photobonded acrylate sculptured nails. *Cutis*, 1990, *45*, 293-294.

Lazar P. – Reactions to nail hardeners. *Arch. Dermatol.*, 1966, *94*, 446-448.

Liden C., Berg M., Rwangsjo. – Nail varnish allergy with far reaching consequences. *Br. J. Derm.*, 1993, *128*, 57-62.

Mast R. – *Nail products. Cosmetic safety: a primer for cosmetic scientists*, pp. 265-314. New York, Marcel Deckker Inc, 1987.

Mitchell J. – Non inflammatory onycholysis from formaldehyde containing nail hardener. *Contact Dermatitis*, 1981, *7*, 173.

North American Contact Dermatitis Group and Food and Drug Administration. – Prospective study of cosmetic reactions 1977-1980. *J. Am. Acad. Dermatol.*, 1982, *6*, 909-919.

Norton L. – Common and uncommon reactions to formaldehyde containing nail hardeners. *Semin. Dermatol.*, 1991, *10*, 29-33.

Samman P. – Nail disorders caused by external influence. *J. Soc. Cosmet. Chem.*, 1977, *28*, 351.

Scher R.K. – Cosmetics and ancillary preparation for the care of nails. *J. Am. Acad. Dermatol.*, 1982, *6*, 523-528.

Schlossman M., Wimer E. – Advances in nail enamel technology. *J. Soc. Cosm. Chem.*, 1992, *43*, 331-337.

Schlossman M.L. – Modern nail enamel technology. *J. Soc. Cosmet. Chem.*, 1980, *31*, 29-36.

Shaw S. – A case of contact dermatitis from hypoallergenic nail varnish. *Contact Dermatitis*, 1989, *20*, 385.

Shelley E.D., Shelley W.B. – Nail dystrophy and periungueal dermatitis due to cyanoacrylate glue sensitivity. *J. Am. Acad. Dermatol.*, 1988, *19*, 574-575.

Tabulation of cosmetic products experience report, submitted to the Food and Drug Administration under voluntary cosmetic regulatory programm (Jan 1974-June 1975). – Food and Drug Administration, division of cosmetic technicology, Washington DC, USA.

Taylor J.S. – Adhesives, gums and resins. *In:* Cronin E. (Ed.). *Contact dermatitis*, pp. 645-673, New York, Churchill Livingstone, 1980.

Turchen S., Manoguerra A.S., Whitney C. – Severe cyanide poisoning from the ingestion of an acetonitrile containing cosmetic. *Am. J. Emerg. Med.*, 1991, *9*, 264-267.

Winter R. – A consumer directory of cosmetic ingredients. New York, Crown, 1974, 150.

Les prothèses unguéales

J. PILLET, A. DIDIERJEAN-PILLET

INTRODUCTION

Tout comme l'ensemble de la main, l'ongle signe une fonction sociale et de communication, dont l'investissement varie selon les religions, les cultures (référons-nous simplement à la longueur de l'ongle de l'auriculaire dans la civilisation indienne en particulier) et les différents contextes socio-professionnels. Montesquieu remarquait déjà : « Il y a plusieurs endroits de la terre où l'on se laisse croître les ongles pour marquer que l'on ne travaille pas » (*Esprit des Lois* XIX, IX).

En tant qu'extrémité, il est aussi la note qui fait passer du normal au beau. Il est affiché comme élément de séduction par les soins dont il fait l'objet sur le plan esthétique au même titre que le visage, les lèvres, puisqu'il est « manucuré », verni, maquillé.

S'il a un rôle fonctionnel passif, comme partie dure de l'extrémité dorsale du doigt insensible et qui protège des chocs (il peut servir d'attelle dans les fractures de P3), il a un rôle spécifique, il permet aussi de griffer, de pincer. Ainsi les musiciens « utilisent » des longueurs d'ongles différentes selon qu'ils pratiquent le piano, la harpe ou la guitare par exemple.

Gabriele d'Annunzio, dans le portrait d'une pianiste, Loyse Baccaris (1920), énonce même que « la vraie force créatrice réside dans la phalange qui porte l'ongle, une vie soudaine est créée par l'extrémité qui touche, frappe et glisse », et de poursuivre : « c'est comme une obéissance parfaite qui s'offre au mouvement intérieur ».

Comme partie du corps, il est pris dans le langage. Entre « avoir les ongles crochus » et « payer rubis sur l'ongle » se loge le « savoir sur l'ongle », expression traduite du latin *ad unguem* qu'Erasme regarde comme une métaphore empruntée des marbriers, qui tâtent au moyen de l'ongle la jointure des marbres rapportés.

Par toutes ces caractéristiques, il est la signature, la personnalisation de la main ; d'ailleurs, ne parle-t-on pas de la griffe du couturier ou d'apposer sa griffe ?

Il est aussi le signe de nos tourments, voire de nos angoisses par l'onychophagie, son symptôme le plus manifeste.

Il est la marque de la personnalité dans ses œuvres, si l'on en juge par ces ongles, de longueurs démesurées, peints comme autant de tableaux, là où la fonction sacrifie à l'esthétique.

De fait, c'est le regard des autres qui nous constitue, et nous ne saurions y soustraire le moindre « détail ».

Ainsi, tant par sa fonction spécifique que par son rôle symbolique, l'ongle déformé, malformé, voire son absence partielle ou totale, nous dicte des indications de prothèses unguéales extrêmement précises et limitées, répondant à une demande de perfection.

LA LÉSION UNGUÉALE

Sur le plan physique, l'impotence fonctionnelle est souvent majeure, malgré le peu d'importance de la lésion, la moindre blessure dérègle cet outil précis et efficace.

Il convient d'en préciser les effets en fonction de l'origine même de la mutilation.

Origine accidentelle

L'amputation acquise se réfère à l'accident et à ses circonstances. Ce sont des éléments déterminants dans la demande du patient et sa gestion du traumatisme.

Quel est le sens de son recours à l'esthétique ?

Origine thérapeutique

Cette autre situation d'amputation acquise confronte le patient à la perte de tout ou partie de doigt, mais il est, de plus, aux prises avec le diagnostic et le pronostic souvent réservé de la maladie.

Dans ces deux cas, la prothèse esthétique peut masquer les «traces physiques» du traumatisme mais ne saurait l'effacer.

Origine congénitale

Il n'est plus question de manque, de perte ou de gêne fonctionnelle (inexistante dans ce cas), mais de gêne esthétique.

Pourquoi cette difformité qui a pu, dans les premières années, ne poser aucun problème, devient-elle une perturbation notable dès la préadolescence et l'adolescence, oblitérant la malformation de cette question qui ne cessera de s'alourdir jusqu'à son intégration au groupe, au milieu professionnel affectif et familial?

Quelles que soient l'origine de la lésion et la nature du traumatisme, reste la question qui fonde la demande de chacun: comment affronter le regard des autres? comment passer inaperçu?

ÉVOLUTION HISTORIQUE DES INDICATIONS ET DES TYPES DE PROTHÈSES

Répondre à l'exigence des patients revient, nous le rappelons, pour les prothèses unguéales en particulier à répondre à une demande perfectionniste. Cette demande cristallise, bien souvent, l'ensemble des problèmes auxquels la personne est confrontée, comme l'arbre cache la forêt. Tel le patient qui tient à cacher un ongle dystrophique alors que l'accident laisse un doigt et/ou une main cicatriciels bien plus choquants avec des séquelles fonctionnelles plus ou moins importantes.

Comment expliquer une telle attitude sinon par une volonté farouche d'éviter d'être confronté à l'insupportable?

C'est dire que sur ce point qu'il juge essentiel, il sera intransigeant.

Reste, pour nous, à ne pas être dupes de l'ambiguïté de la demande, et être conscients de ce qu'elle sous-tend en rappelant au patient les limites de nos possibilités en le ramenant ainsi à une réalité qui évite des désillusions ultérieures qui ne manqueraient pas d'avoir des conséquences psychologiques catastrophiques.

Conscients des difficultés, qu'avons-nous à proposer à ces patients qui restent, pour les raisons énoncées, souvent incompris?

En 30 ans d'expérience, nos publications de 1978, 1987, 1998, permettent une étude comparative.

Quelles sont les évolutions?

1978 - Quelles sont nos possibilités?

1) La réalisation de la prothèse d'un ongle est facile.
2) La fixation, en revanche, pose des problèmes qui ne sont pas résolus.

Les prothèses unguéales simples

• *La pâte acrylique*

Celle que l'on trouve dans le commerce peut être utilisée si l'ongle est en partie conservé. Elle s'applique au pinceau ou à la spatule. Cette technique, aisée pour une manucure expérimentée, est difficile pour l'amputé car l'opération doit être répétée pratiquement tous les deux ou trois jours.

• *L'ongle «naturel» du commerce*

Il est vendu pour être collé sur les ongles cassés. Il présente l'inconvénient d'être posé et non incrusté, ce qui en diminue l'intérêt. De plus, le collage est fastidieux et l'ongle plus ou moins solide.

• *L'ongle à collerette*

Une collerette très mince, très souple, entoure l'ongle et permet de le coller. Cette fixation semble simple et efficace mais elle présente des inconvénients :

– pour la prothèse : la colle durcit et épaissit la collerette alors que celle-ci doit être extrêmement fine ;

– pour le patient : il est impossible d'obtenir une fixation sans problème.

Si la colle joue son rôle, nous avons une irritation par arrachement journalier ou par manque d'aération si la prothèse reste en place une semaine.

Si la colle tient moins bien, la prothèse n'est pas solide.

L'ongle chirurgical

Un ongle classique ou spécialement fabriqué pour l'intéressé est mis en place dans un sillon. Ce dernier est doublé par une greffe dermo-épidermique. Cette technique est théoriquement excellente mais, rapidement, le sillon se comble, le bord libre disparaît, l'ongle flotte et ne tient plus.

La prothèse unguéale avec fixation digitale ou prothèse «dé à coudre» (fig. 1)

Elle est indiquée depuis la simple déformation de l'ongle jusqu'à la perte totale de la dernière phalange.

Dans le premier cas, c'est un simple doigtier qui va recouvrir la phalange distale. Il s'enfile facilement sur le moignon mais il est parfois nécessaire de retoucher celui-ci chirurgicalement s'il est trop volumineux ou déformé.

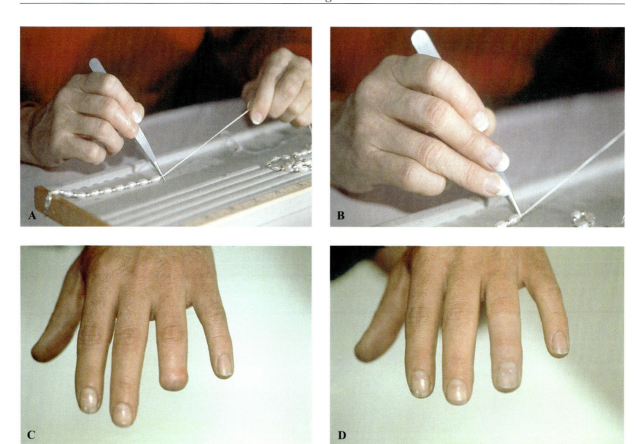

FIG. 1. – Prothèses unguéales.
A, B : Dans les amputations proximales ou totales de P3, les prothèses unguéales permettent de redonner la longueur du doigt.
C, D : Intérêt pour la dextérité parfois nécessaire pour certains gestes.

La peau de la prothèse doit être souple et fine pour ne pas diminuer la sensibilité pulpaire, posséder les stries du doigt et avoir la même coloration que celui-ci.

En cas de perte totale de P3, le bord supérieur de la prothèse peut s'arrêter :

– soit au niveau de l'articulation interphalangienne proximale où il est dissimulé dans les plis de la flexion ;

– soit au niveau de la racine du doigt où il peut être caché par une bague.

Conclusion de nos résultats en 1978 d'après le type de prothèse

• *La prothèse simple et l'ongle chirurgical*

Nous n'avons jamais obtenu de résultats positifs durables, mais il faut avouer qu'il est difficile de satisfaire un amputé d'ongle car il attache une extrême importance au moindre détail et les techniques n'atteignent jamais la perfection qu'il réclame.

• *La prothèse à fixation digitale*

Les patients sont immédiatement satisfaits du résultat esthétique. Ils ont retrouvé un doigt d'aspect normal et oublient leur amputation. Ils peuvent enfin se resservir de leur main.

Certains amputés affirment que leur prothèse joue, en plus du rôle esthétique, un rôle fonctionnel important. Pour eux, c'est une prothèse d'allongement et de protection qui, par sa finesse, conserve la sensibilité pulpaire.

1987 - Quelles sont nos possibilités et nos avancées ?

1) La réalisation de la prothèse reste facile.
2) La fixation pose toujours des problèmes.

Les prothèses unguéales simples

a) Pour la pâte acrylique, les améliorations constatées sont un suivi devenu moins contraignant et la meilleure adhérence.

b) L'ongle du commerce ne présente pas d'évolution.

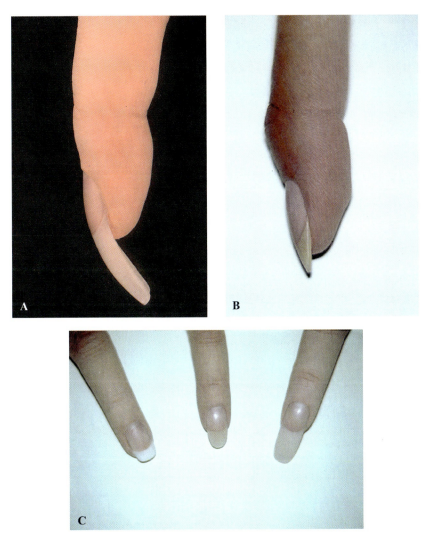

Fɪɢ. 2. – **Prothèses unguéales. La prothèse s'attache à reconstituer l'esthétique de l'ongle (tant dans la lunule qu'au niveau du bord libre) en respectant forme, courbure, couleur et longueur.**
A, B : Exemples de prothèses vues de profil.
C : Exemples de prothèses de tailles et de formes différentes.

L'ongle prothétique par fixation chirurgicale

Il pose des difficultés de fixation par le comblement du sillon.

La prothèse digitale

Son indication reste préconisée dans la perte totale ou partielle de P3.

Il est à noter que l'indication posée dix ans plus tôt, concernant la simple déformation de l'ongle, disparaît.

Dans ce cas, nous avons recours à la pâte acrylique.

Conclusion de nos résultats de 1987

L'évolution est sensible dans l'affinement de nos indications.

1998 - Quelles sont nos possibilités actuelles et nos perspectives ?

1) Si la réalisation reste facile, les années d'expérience et la demande de plus en plus exigeante de nos patients nous amènent à conclure que la conception est complexe.

2) La fixation reste toujours un problème.

En ce qui concerne l'ongle seul

Ces cas ne relèvent plus de notre compétence. Ces patients s'adressent directement aux «ongleries».

L'ongle prothétique par fixation chirurgicale

On ne note pas de changement notable.

Les mêmes problèmes se posent et ne sont toujours pas résolus.

La prothèse digitale

Les progrès tendent à un meilleur confort du patient par une modification de la consistance pulpaire. C'est un précieux apport, en particulier pour les musiciens.

CONCLUSION

Actualité des prothèses unguéales

La recherche

Les implants restent une évolution possible de la recherche. Ils trouvent leurs indications, notamment en permettant des prises de force. Cependant, cette technique présente des inconvénients : il reste un risque majeur d'infection de par la fixation, et d'ulcération due à la mobilité de la peau. En conséquence, ils ne doivent être mis en place que sur une peau adhérente à l'os, fine et immobile. Ils sont d'une «gestion» délicate au quotidien.

Notre expérience reste très limitée dans ce domaine.

Les indications

Les prothèses d'ongles stricto sensu n'existent pas pour nous. Nous les traitons dans les appareillages prothétiques des amputations partielles ou totales de P3.

L'ongle de remplacement reste un problème délicat à résoudre, car il relève des «ongleries» si c'est un cas simple, de la chirurgie si le cas est complexe.

Pour atteindre son but, la prothèse digitale doit posséder des qualités bien définies.

• Les qualités esthétiques de la prothèse

La prothèse reconstitue le volume et la forme du doigt en prenant modèle sur le doigt du côté opposé, surtout en reproduisant la «personnalité» souvent très marquée de P3. La prothèse reproduit à l'identique le grain de la peau, les stries et doit être de la même couleur que le doigt support.

Les détails de l'ongle sont particulièrement importants. L'ongle est fabriqué à partir d'un matériau dur et translucide. Il doit être intégré dans la prothèse et ressembler aux autres ongles du patient : forme, couleur, longueur, hauteur de la lunule (fig. 2).

On doit pouvoir le laquer sans difficulté avec les vernis du commerce et utiliser un dissolvant sans acétone.

• Les qualités du matériau

Le matériau doit être souple, ne pas durcir ni diminuer de volume, être réparable en cas de déchirure et surtout ne pas se salir ni changer de couleur. Il ne doit pas provoquer de réaction dermatologique.

Le silicone s'approche de ces qualités idéales.

L'épaisseur de la prothèse doit être fine pour diminuer le moins possible la sensibilité du doigt sous-jacent, pour ne pas gêner la mobilité articulaire, pour que la limite entre la prothèse et le doigt support soit peu visible et cachée dans les plis des articulations.

• La fixation

Celle-ci doit être solide, confortable et simple ;

L'ajustage étant parfait, il est impossible d'enlever la prothèse, même dans le cas de «dé à coudre» très court, sauf à briser la pression négative exercée par la prothèse elle-même.

Les meilleurs résultats sont obtenus :

– dans les pertes partielles d'ongle par la pâte acrylique ;

– dans les amputations proximales ou totales de la troisième phalange, par une prothèse digitale type «dé à coudre» en silicone.

RÉFÉRENCES

Baran R., Dawber R.P.R. – Disease of the nails and their management. Oxford, Blackwell Science 2nd ed. 1994.

Pillet J. – Les prothèses dans les amputations des extrémités digitales. Monographie du GEM n° 9. Paris, Expansion Scientifique Française, pp. 123-127. 1978.

Pillet J., Guyaux M.C., Le Gall C.A. – Les prothèses unguéales. *Ann. Dermatol. Vénéréol.*, 1987, *114*, 425-428.

Pierre M. – *L'Ongle.* Monographie du GEM n° 8. Paris, Expansion Scientifique Française, 1978.

ADRESSES DES AUTEURS

P. ABIMELEC
Médecin, Dermatologue
Hôpital Saint-Louis, 1, avenue Claude-Vellefaux,
75745 PARIS cedex 10

J. ANDRÉ
Dermatologue, Professeur des Universités
Service de Dermatologie, CHU Saint Pierre, 129, boulevard de Waterloo,
1000 BRUXELLES (Belgique)

T. ARDOUIN
Chirurgien
Service de Chirurgie infantile, CHU de Nantes
44035 NANTES cedex

R. BARAN
Dermatologue
Le Grand Palais, 42, rue des Serbes,
06400 CANNES

J. BITTOUN
Radiologue, Professeur des Universités
CIERM, Hôpital de Bicêtre, Université Paris II
78, rue du Général-Leclerc, 94275 LE KREMLIN-BICÊTRE

F. BRUNELLI
Chirurgien
Institut de la Main, 6, square Jouvenet, 75016 PARIS

G. CANDELIER
Chirurgien, Chef de clinique
SOS Mains, Hôpital Boucicaut, 78, rue de la Convention
75730 PARIS cedex 15

F. CHAISE
Chirurgien
Clinique Mutualiste, 10, rue Rollin, BP 98421,
44184 NANTES

F. DAP
Chirurgien, Professeur des Universités
Service de Chirurgie plastique et reconstructrice de l'Appareil locomoteur,
CHU Jeanne d'Arc, BP 305, 54000 NANCY

P. DESCAMPS
Médecin
Service de Microbiologie, Hôpital Boucicaut,
78, rue de la Convention, 75015 PARIS

Z. DAILIANA
Chirurgien, Institut de la Main, 6, square Jouvenet, 75016 PARIS

A. DIDIERJEAN-PILLET
Psychologue
32, rue Godot de Mauroy, 75009 PARIS

J.L. DRAPÉ
Radiologue, Professeur des Universités
Hôpital Cochin, 27, rue du Faubourg Saint-Jacques, 75014 PARIS

C. DUMONTIER
Maître de Conférence, Chirurgien des Hôpitaux
Institut de la Main, 6, square Jouvenet, 75016 PARIS
Hôpital Saint-Antoine, 184, rue du Faubourg Saint-Antoine,
75571 PARIS cedex 12

G. FOUCHER
SOS Mains Strasbourg, 4, boulevard du Président-Edwards,
67000 STRASBOURG

E. GASTON
Chirurgien, Chef de Clinique Assistant
Service d'Orthopédie, CHU de Reims,
rue du Général Koenig, 51000 REIMS

A. GILBERT
Chirurgien, Professeur associé,
Membre de l'Académie de Médecine, Institut de la Main,
6, square Jouvenet, 75016 PARIS

S. GUÉRO
Chirurgien
Institut français de Chirurgie de la Main,
5, rue du Dôme, 75116 PARIS